閭巷文學叢書續集 二

閭巷文學叢書續集 二

成均館大學校
大東文化研究院

《여항문학총서 속집》 제1·2권 해제

《여항문학총서속집》 제1·2권 수록 자료의 성격과 의의

김영진(성균관대 한문학과)

일오 구자균(1912~1964)에 의해 일제시기 처음 시작된 여항문학에 대한 연구[1]는 『이조후기 여항문학총서』 1, 2차분(1985/1991, 임형택 외 편, 여강출판사)이라는 빛나는 자료집성이 출간을 계기로 본격적인 연구가 진행되었다. 그 덕에 여항을 중심으로 한 한문학 연구뿐 아니라 고전시가, 음악, 회화 등의 예술, 중인이란 계층과 개별 가계를 고찰한 역사학 성과, '서울학' 방면 등등 폭넓은 확장과 심화를 이뤄 왔다.[2]

1차분 5책, 2차분 5책 도합 10책이 나온 지 꼭 30주년이다. 그 사이에 여항 관련 신자료가 꽤 많이 발굴되었기에, 또 이 기초자료 수집, 소개의 중요성에 대해 많은 분들이 인식을 하고 있었기에 임형택 선생님을 위시하여 여러 연구자들[3]이 수년간 열성적으로 추가 자료의 수집에 나섰고, 2019년 한국학진흥사업의 과제에 선정되면서 속집의 편찬 작업이 본격 궤도에 오르게 되었다. 이제 속집 제1·2권의 출간을 앞두고 여기 수록된 신자료의 성격과 의의를 소개하고자 한다.

---

1. 1936년 경성제대 법문학부 조선어문학과 졸업논문으로 조선평민문학사를 제출, 이를 수정 보완하여 단행본 조선평민문학사(문조사, 1948년)를 출간하였다. 이 책은 본디 3부작으로 기획된 것이 제1부 근대평민한문학사였고, 이후 제2부 근대평민시가사, 제3부 근대평민소설사가 예정되어 있었으나 실현되지는 못하였다.

2. 대표적으로 강명관, 윤재민, 이상진, 허경진 등이 박사학위논문 또는 단행본, 연세대학교 국학연구원이 『한국 근대이행기 중인 연구』 단행본, 그리고 역사학계의 김양수, 정옥자, 김두헌, 이남희 등의 단행본 등, 『웃대, 중인: 문화를 꽃 피우다』(전시기획 서울역사박물관, 2011특별기획전).

3. 안대회, 박철상, 한영규, 김영진, 이현일, 김영복, 임규완 등.

《여항문학총서 속집》은 전체 5권으로 나누어 간행할 예정이다. 제1·2권은 18세기 문집이고, 제3·4권은 19세기 문집, 제5권은 傳記、잡록、시선집、간찰、기타이다. 3년간 성균관대 대동문화연구원에서 연차적으로 간행될 예정이다(총 80여종으로 예정). 이제 제1·2권 수록 자료 27종을 도표로 제시한다.

書名	著者	備考	書名	著者	備考
昭代風謠	高時彦(1671~1734)外	譯官	玉振齋詩稿	周命新(1729~1798)	醫員
西谷遺稿	鄭琛(1610~未詳)		漁山散人詩集	丁彝祚(18세기 초)	
芳谷遺稿	崔延祿(17세기)		悟齋漫錄	白景炫(1732~1799)	
月潭遺稿	崔東渙(17세기 중반)		好古齋集	金洛瑞(1757~1825)	奎章閣 書吏
春谷集	庾纘洪(1628~1697)		藥塢家藏	嚴啓膺(1737~1816)편	承政院 書吏
春圃集	嚴義吉(1639~1704)		詩稿	저자미상(18세기 말)	
竹齋詩稿	李得元(1639~1682)		梧月堂遺稿	白師喆(19세기 초)	
巷東遺稿	金富賢(1648~1714)		海藏菴稿	李德楠(18세기 말)	
嵐谷集	金萬最(1660~1735)		鳳岳集言	愼千能(1764~1803)	
省齋集	高時彦(1671~1734)		六西集	鄭德亨(18세기 말)	
蒼麓遺稿	金時模		寬我堂遺稿	金世禧(1744~1791)	
傲軒集	白尙瑩(1705~1789)		靜軒草稿	金相淳(1779~1857)	
樵夫遺稿	鄭彝載(鄭鳳)(1714~1789)		泮林英華		
白華稿	洪愼猷(1724년생)				

발굴 성과의 의의를 논해본다.

(1) 18세기 핵심 여항시사의 대표 시인들의 시문집이 대거 발굴된 점이다.

18세기 초중반 여항 시사를 다시 써야 할 정도로 주요 작가가 많이 발굴되었다. 일단 본격적인 여항시사의 최초라 할 수 있는 洛社의 초기 구성원인 庾纘洪(1628~1697), 嚴義吉(1639~1704), 李得元(1639~1682), 金富賢(1648~1714), 金萬最(1660~1735) 등의 시집과 낙사의 바로 다음 후배들인 高時彦(1671~1734), 金時模, 丁彝祚(18세기 초), 白景炫(1732~1799) 등의 시집, 그리고 여항 시사의 최전성기라 할 송석원시사의 관련 인물들인 金洛瑞(1757~1825), 嚴啓膺(1737~1816), 白師昔(19세기 초) 등이 발굴된 것이다.

(2) 여항인들이 주도한 조선 후기의 시가사, 음악사, 회화사, 서예사 관련 자료의 확충이다.

우선 주목할 자료는 백경현의 『오제만록』이다. 이 자료는 일찍이 일소 오한근에 의해 『오제만록』 수록 「동가선서」가 소개됨으로써 시조집 『동가선』의 편자가 백경현으로 확정된 바 있다. 하지만 이 책은 이후 행방이 묘연했는데, 이번 속집에 수록할 수 있게 되었다. 여러 연구자들에 의해 경아전과 시조 창작 향유, 가악의 연행에 대한 일정한 성과가 제출되었으나 이 방면은 여전히 많은 자료가 속출하고 있고, 보다 총체적인 문화사적 연구가 필요한 지점이다. 향후 속집 제3권에 실릴 예정인 『帽巖詩會圖』라는 자료 역시 여항인과 음악의 관련 양상을 파악할 수 있는 중요 자료이다. 아울러 이 책의 앞에 붙은 3폭의 현장 기록화는 문학사와 음악사를 넘어 회화사와 문화사 연구에도 큰 보탬이 될 것이다. 제5권에 수록될 李壽長, 趙熙龍, 李至和 등의 친필 서첩은 조선 후기 서예의 한 축을 이루는 중인 서예가들의 빼어난 작품 면모를 확인할 수 있는 자료이다.

(3) 여항문학 담당층의 확장이다.

기존 여항문학의 담당층은 경아전이 주를 이루고 있고 역관, 의원 등 기술직 중인이 포함된 정도였으나, 이번에 발굴된 『반림영화』의 경우, 성균관 노복이 신분인 자들로 밝혀졌다. 『풍요삼선』에는 『반림영화』 수록 시인 47인의 시가 실려 있는데 그들의 조부·부친의 시 또한 『소대풍요』와 『풍요속선』에 실렸음이 아울러 밝혀졌다. 이러한 사실은 여항문학 연구에 있어 중요한 시사점을 준다. 또한 이번 제1권에 실리는 양근의 노비 시인 鄭彝載(鄭鳳 또는 鄭樵夫로도 불림, 1714~1789) 시집의 발굴 수록 역시 이와 궤를 같이한다. 그리고 안산에서 향촌 문인으로 활동하였던 白尙瑩(1705~1789)과 거창의 아전 집안 출신 愼千能(1764~1803), 제3권 수록 예정인 상주의 아전 시인 金岳柱, 興海의 문인학자 崔天翼, 의성의 아전 金敬天 같은 鄕吏 문인 역시 여항문학의 범주 확장과 관련하여 향후 연구에 관심을 촉발할 것으로 보인다.

(4) 여항 시사나 특정 교유 그룹이 확인되지 않는 중요 개별 문인 자료의 발굴이다.

이에 해당하는 것으로 鄭琛(1610~未詳), 崔延祿(17세기)과 崔東濼(17세기 중반) 부자, 金世禧(1744~1791)와 金相淳(1779~1857) 부자 등이다. 정침의 경우, 寫字官으로 중국과 일본을 오가면서 매우 주목할 시들을 남겼고, 최연록의 경우는 17세기 인물임에도 그 시집이 뒤늦게 발견되어 『풍요삼선』의 첫머리에 편입되는 특이한 사례를 남겼다. 김세희와 김상순 부자는 역관으로서 특히 김상순은 그의 사위 이상적과 그 아들 김경수로 이어지는 19세기 역관 중 문학 또는 대외 활동, 개화사상으로 연결되는 핵심 고리라는 점에서 주목을 요한다.

(5) 善本 자료의 확정과 출판문화사 연구에의 일조이다.

기존 『여항문학총서』에 필사본으로 수록된 몇몇 자료들의 刊本들을 찾아 이번에 다시 수록하게 되었다. 이는 초간본이라고 하는 의미와 함께, 보다 더 판본학의 정밀도를 제고했다는 점에서 의미가 있다. 이에 해당하는 자료는 『소대풍요』 1737년 초간 목판본(기존 통행본 『소대풍요』는 1857년 『풍요삼선』 간행시 함께 간행한 활자본이다), 김시모의 『창룡유고』 교서관 인서체자본, 엄계응 편의 『약오가장』 이명예자 목활자본(일명 장혼자) 등이다. 한편 여항인 시문집은 조선 후기 출판문화사에서 독특한 양상을 가지는데, 간략히 몇 가지 제시하면 다음과 같다. 첫째 여항인 시문집은 목판본 간행이 거의 없다는 점이다. 유희경의 『촌은집』, 최기남의 『구곡시고』, 崔承太의 『雪蕉遺稿』, 정래교의 『완암집』 정도이다.

목판은 주지하다시피 비용이 막대하게 들기에 대부분 가난한 여항인들로서는 목판 출간은 거의 불가능한 일이다. 앞서의 사례들은 대개 사대부 패트런의 지원에 의해 이루어진 것이다.

둘째, 18세기 초중반 비용의 절감과 간행의 용이함으로 목활자 간행을 선호하였다. 이에 해당하는 것으로는 김만최의 『남곡시고』, 高時彦의 『省齋集』, 정민교의 『한천유고』 등이다. 여항인들의 목활자 개발 활용은 19세기 이명예자(일명 장혼자), 『사포시집』과 『송목관신여고』를 찍은 목활자 등으로도 이어졌다. 셋째, 교서관 인서체자 금속활자로 간행된 것들이다. 洪世泰의 『柳下集』, 林昌澤의 『崧岳集』, 金時模의 『蒼麓遺稿』, 朴昌元의 『澹翁集』, 韓舜繼의 『市隱集』, 黃宅厚의 『華谷集』, 范慶文의 『儉巖山人詩集』, 천수경 편 『風謠續選』 등이다. 권력과 재력이 미미했던 여항인들이 그들의 문집을 국가 금속활자로 간행할 수 있었던 것은 이들이 교서관, 규장각 등에서 출판 업무를 직접 담당했기에 가능했던 것이다. 19세기에도 장지완의 『침우당집』 등을 비롯해서 『풍요삼선』, 『이향견문록』, 『희조일사』 등이 전사자로 간행된 바 여항자료 출판에서의 여항인과 벌열 사대부의 관계 양상도 하나의 중요 연구 테마가 될 것이다.

이번 《여항문학총서 속집》의 영인출판을 계기로 30여 년 전 여항문학총서의 간행이 불러일으켰던 한국학의 큰 성과가 다시 재현되기를 기대하며 끝으로 자료 제공을 비롯하여 많은 도움을 주신 임형택, 안대회, 김영복, 박철상, 한영규, 임규완 선생님과 김종민 연구원 이하 본 사업팀 구성원들에게 감사를 전한다.

16。어산산인시집(漁山散人詩集)

[제목] 漁山散人詩集

[서지] 丁彝祚의 시집。手稿本、寫本。線裝 1冊、32張。29。3×18。6㎝。四周單邊、烏絲欄、半葉 10行 20字、上2葉花紋魚尾。漁山詩集序：己丑(1829)中夏門人朴允默謹序 跋：歲庚寅(1830)重陽日漢陽趙秀三跋。漁山詩集序 하단에 소장인 '具滋均印'이 찍혀있고、3장 첫 면의 '漁山散人詩集' 內題 하단에 위에는 圓印 '滋均'과 아래에는 方印 '朴允默章'이 찍혀있다。圓印 '滋均'은 마지막 장의 발문 뒤에도 찍혀있다。

[편찬 연도 및 동기、소장처、이본] 『어산산인시집』은 정조 연간의 閭巷詩人 丁彝祚의 시집이다。문하생 朴允默이 시인 사후에 작품을 수집하여 편찬하였다。1829년에 편찬이 완료되어 같은 해에 박윤묵이 서문을 짓고、1830년에 조수삼이 발문을 썼다。편찬 동기와 과정은 서문과 발문、『里鄕見聞錄』 제6권에 실린 정이조의 전기에 간명하게 밝혀져 있다。『里鄕見聞錄』의 글은 劉在建의 『兼山筆記』에서 전재하였다。그 내용을 종합하면、아들을 두지 못하고 40세(조수삼은 41세라고 했다)에 죽은 스승의 시문을 박윤묵이 30년 동안 정성껏 수집하여 1책으로 엮었다。수천 수에 이르는 많은 작품 가운데 수집한 시는 겨우 백여 편에 불과하였다。그 흔적을 보여주듯이 일부 작품은 내용이 온전하지 않다。

이 시집은 고려대학교 중앙도서관에 소장되어 있다。편자 朴允默의 手澤本인 동시에 具滋均 선생 구장본이다。구자균 선생은 『朝鮮平民文學史』의 저자로서 초기 여항문학 연구를 주도한 분이다。고려대학교 국어국문학과의 교수를 역임하였고、1969년에 이 책을 기증하였다。간행된 적이 없고、다른 異本이 없는 唯一本이다。

[형식] 標題는 '漁山詩集'이고、內題는 '漁山散人詩集'이다。서문과 발문을 포함하여 모두 31장이다。한 면에 10행、1행에 20자의 楷書로 淨寫하였다。漁山詩集序와 본문의 글씨가 같고、박윤묵 수택본인 사실로 볼 때 박윤묵 친필로 보인다。맨 뒤에 실린

趙秀三의 발문은 조수삼 친필로 보인다.

[구성, 내용] 單卷 31張으로 1~2면에는 朴允默이 1829년 5월에 쓴 「漁山詩集序」가 실려 있다. 정이조의 불우한 생애를 간명하게 쓰고 아들 없이 40세에 사망하여 수천 수에 이르는 작품이 흩어진 채 수습되지 못함을 안타깝게 여겼다. 이어 문생으로 자신이 어렵게 작품을 수집하여 편집한 동기를 밝혔다. 다음에는 시의 특징을 간명하게 설명하여 奇僻하고 浮薄한 明淸의 詩風을 배격하고 高邁한 品格과 悠遠한 聲韻을 중시하였다고 하였다.

시집 본문 첫 장에 '汲景部'란 標題가 달려있어 題材에 따라 편집하려는 시도를 한 듯하나 이후에는 다른 표제가 없다. 시도에 그친 정황을 보여준다.

작품의 배열은 거의 시기순으로 되어 있다. 백여 편에 불과한 작은 시집이나 당시 여항시단의 주축을 이룬 松石園詩社 핵심 시인의 시집이므로 여항문학사에서 비중있게 다루어야 한다. 주목할 만한 흥미로운 내용이 많다. 그 내용을 간략하게 살펴보면 다음과 같다.

먼저 가족과 관련한 작품이다. 「會姑母葬、有述」에서는 어려서 부모를 잃고 숙부와 고모에게 의지해 자란 삶을 추억하였고, 고모댁의 빈한한 살림과 자신의 궁핍한 생활상을 한탄하였다. 처지와 감회를 읊은 시가 많고, 그 작품에서는 궁핍한 생활상을 표현하였다. 가난 탓에 혼인도 하지 못하다가 1790년 무렵에 혼인하고 딸을 낳았다. 「詠懷」에는 혼인 이후의 생계 걱정이, 「女庚生日」 3수에는 딸을 낳은 감회를 표현하였다. 이후 몇 년 지나지 않아 아내가 사망하여 「悼亡」과 「悼亡後題」를 지었다.

다음으로는 여항문인들과 교우관계를 보여주는 작품이 다수 있다. 趙秀三、金仲茂、千壽慶、河敬淵、李伯曄、李亶佃、金直甫、朴稚度、興坪、道以(李信民) 등이 나오는데 대부분 여항문인으로 松石園詩社와 관련된 인물로 추정된다. 그 가운데 「送趙芝園赴燕」은 1790년 전후한 시기에 연행하는 조수삼을 배웅하며 준 시이고, 「同芝園·興坪看穫」 오언고시 4수는 당시 國手로 유명한 조수삼, 변흥평과 함께 가을걷이를 감독하면서 지은 시이다. 비슷한 시기에 쓴 「悼李亶佃」 2수는 저명한 여항시인 李亶佃의 죽음을 애도하였다. 그가 여항시단에서 차지하는 위상을 뒷받침한다.

한편, 그의 시에는 당시 한양 일대의 명승지와 여항시인의 활동무대를 많이 드러냈다. 桃花洞、東將臺、淸楓溪、萬里瀨、淨土寺、晦雲菴、挹淸亭 등이 등장하는데 여항인들이 즐겨 찾던 장소이다. 그중에서 晦雲菴은 수락산에 있던 사찰로 무려 10수의 시를 지었다. 정이조의 대표작 가운데 하나이다. 그밖에 1783년의 흉년에 국왕이 기민을 구휼한 사실을 묘사한 장편고시 「粒我行」

이 흥미롭다.

책의 마지막에는 趙秀三의 발문이 실려 있다. 정이조와의 친분과 고궁했던 삶, 그리고 박윤묵이 스승의 사후 30년 동안 작품을 수습하여 시집을 꾸민 정성을 평가하였다.

[저자] 丁彛祚

[생몰년, 자, 호, 본관, 가계, 출신, 신분] 생몰연대는 정확하지 않으나 조수삼이 발문에서 자신과 어려서부터 친했고 41세에 사망했다고 말한 언급 등을 통해 대략 1760년 전후에 태어나 1800년 전후에 사망한 것으로 추정한다. 字는 茂倫이고, 號는 漁山이며, 本貫은 昌原이다. 자세한 가계는 알려지지 않았고, 서울에 거주한 중인층으로 추정한다.

[생평, 사우 관계, 벼슬, 저서] 정이조는 일찍 부모를 여의고 숙부와 고모에게 의지해 자랐다. 과거시험을 여러 번 보았으나 합격하지 못했다. 과거를 포기하고 여항의 학생들을 가르치는 塾師로서 궁핍한 생계를 꾸렸다. 숙사로서 매우 유명하여 여항의 선비들이 그를 모두 선생으로 불렀다. 가난한 살림 탓에 서른을 넘겨 혼인하였다. 1790년(庚戌年)에 女庚이란 딸을 낳았으나 몇 년 뒤에 아내가 사망하였고, 자신도 40세에 사망하였다.

그의 친구로는 저명한 시인인 조수삼이 있어 한평생 교우관계를 이어갔다. 그밖에 시집에 등장하는 친구로는 金仲茂(실명 미상), 千壽慶, 河敬淵(실명 미상), 李伯曄(실명 미상), 李亶佃, 金直甫, 朴維度, 興坪, 道以(李信民)가 나온다. 대부분 여항인으로 추정되고, 그 중 천수경과 이단전은 저명한 시인이다. 朴維度는 원산 사람으로 과거 시험에 합격하지 못한 서생이다. 이중 興坪은 조수삼과 함께 추수하러 간 사람인데 당시에 國手로 유명한 卞興坪일 것이다.

그의 문집은 『어산산인시집』이 유일하다. 간행된 적은 없다. 박윤묵은 서문에서 한평생 지은 시가 聯篇累牘하여 무려 수천 수라고 하였다. 그러나 아들을 두지 못하고 40세로 사망했고, 흩어져버린 작품을 수습하는 이가 없어서 자신이 30년 동안 열에 하나, 백에 하나를 거두어 겨우 백여 편을 얻어 1책으로 엮었다고 했다. 『里鄕見聞錄』에서는 정이조를 평가하여 문학으로 세상에 師表가 되어 그에게 배운 학도가 아주 많았다고 했다. 또 詩賦를 잘 지었으나 사후에 흩어진 작품을 문인 박윤묵이 수습해 문집 2권을 엮었다고 하였다. 문집이 2권이란 언급은 아무래도 착오가 있는 듯하다.

『어산산인시집』에는 오로지 시만 실려 있고, 산문은 한 편도 수록되지 않았다. 다만 『風謠續選』에 정이조가 쓴 발문이 실려 있다. 이 발문은 여항시단에서 그가 차지한 위상을 설명한다. 1797년(丁巳年) 그믐날에 쓴 이 발문에서 좋은 작품을 쓰고서도 자손이 없어 수습하여 시집을 남기지 못하고, 이렇게 선집에도 수록되지 못한 문인의 처지를 안타까워했다. 마치 자신의 신세를 언급한 느낌이다.

[특징, 의의] 정이조는 『풍요속선』에 발문을 쓸 만큼 정조시대 여항시단에서 중요한 위치를 차지한 시인이다. 당시 여항시단의 명사 조수삼, 천수경, 이단전 등과 교유가 깊었기에 가능하였다. 여항의 교육자로서 비중이 높아 박윤묵 같은 다음 세대의 시인을 배출하였다. 張混은 "松石과 漁山을 이 세상에서는 볼 수 없을까?[松石與漁山, 斯世得見不。]"(『而已广集』권1, 「訓存齋次山谷贈晁無咎詩見寄」)라고 하여 천수경과 정이조를 앞 세대 여항시단의 대표자로 추억하였다. 그만큼 여항시단에서 발자취가 크다. 다만 그의 시집이 널리 퍼지지 못했고, 영인은 됐으나 거의 활용되지 못했다. 『어산산인시집』은 편자인 박윤묵의 수택본이자 현존 유일본이며, 여항문학을 본격적으로 연구하기 시작한 구자균 선생의 구장본이라는 점에서 학술사적 의의가 매우 높다.

[선행 연구, 참고문헌, 관련자료] 유일본으로 1999년에 출간된 景仁文化社의 『韓國歷代文集叢書』 제2981책에 『漁山先生文集』이란 이름으로 影印되었다. 자료가 일찍 영인되기는 했으나 정이조와 『漁山散人詩集』을 다룬 선행연구는 아직 나오지 않았다. 『風謠三選』 권1에는 정이조의 작품이 세 수 실려 있다. 「郊居臥病」, 「東峽中親友」와 「晦雲菴」은 시집에 실려 있는 내용과 똑같다. 그런데 「林子道書室」은 시집에 실려있지 않다. 이를 통해 정이조가 지은 작품수가 많았고, 박윤묵이 수습한 작품이 전체가 아님을 추정할 수 있다.

(안대회)

17. 오재만록(悟齋漫錄)

[제목] 悟齋漫錄

[서지] 白景炫(1732~1799)의 시문집, 필사본 1冊 : 크기 21.0×27.0㎝, 行字數 불일정.

[편찬 연도 및 동기, 소장처, 이본]

泰昌堂書鋪라는 古書店을 경영한 오한근은 1953년 백경현의 문집 『悟齋集』(필사본 1책)을 입수하여 그 안에 실린 「東歌選序」를 통해 『동가선』의 편자를 백경현으로 고증하였으나 이후 『悟齋集』의 행방은 묘연해졌다. 김근수 교수만이 이 자료를 열람하였고, 이후 오한근의 소장서가 화봉문고로 전부 들어가면서 이 자료도 같이 들어갔다. 현재는 본 사업팀이 자료를 입수하였다. 표제는 '玉壺氷 悟齋集附'이고, 『옥호빙』이 본문 제1장부터 19장에 걸쳐 필사되어 있고, 「詩品」(사공도), 「城市全圖應令」(박제가)에 이어 제29장부터 끝(제74장)까지 『오재만록』이 필사되어 있다. '오재만록'의 아래에는,

"公姓白, 諱景炫, 卽僚友學古之曾考也。其文章, 不啻奇緯【偉】, 以忠孝之性, 著於述作, 不可但以泛看, 故特爲抄錄各文, 欲爲常目在玆焉。"

이라고 필사자의 기록이 쓰여 있어서 백경현 증손자의 친구가 백경현의 저술과 품성을 높이 평가하고 각각의 문체를 초록한 것임을 알 수 있다. 본서는 『한국고서종합목록』(국회도서관, 1968)에 "『오재집』, 백경현, 사본 1책, 오한근장"이라 저록되어 있다. 같은 책에 이 외에도 또 한 종이 더 저록되어 있다. 즉 "『오재만록』, 백현경, 사본 1권1책, 白英秀藏"이 그것이다. 백영수의 주소지는 "경북 순흥 읍내리"로 적혀 있다. 윤병태 선생이 어디에서 이 정보를 채록한 것인지 미상이나 백현경은 백경현의 誤植일 것임은 명백하다. 이 『오재만록』은 백경현의 증손의 친구가 초했다는 그 원본으로 추정된다.

같은 여항시인이자 書吏였던 벗 范慶文(1738~1800)의 『儉巖山人詩集』(운각인서체자 활자본 2권1책, 1815년刊)은 편년순으로 시를 수록하고 있는데 거기에 「白時晦景炫除日小集, 次唐人韻」(5언율시)과 1798년 작 「白同知時晦挽」(7언율시)가 수록되었다. 몰년의 경우 사위 徐慶昌의 『學圃軒集』(필사본 1책, 규장각 소장)에 수록된 「祭夫人白氏文」에 "장인이 기미년(1799) 정월에 棄世하였다"고 밝히고 있어 1799년으로 몰년을 확정할 수 있다.

[형식] 內題는 "悟齋漫錄"으로 되어 있고, 제목 아래에 필사자(백경현 증손자인 學古의 同僚)의 필사기가 있다.

[구성, 내용] 「夜聞風聲感慕而記」(1760년)으로부터 시작하여 문체별, 창작년순으로 배열하였다. "행장", "묘표", "제문", "書", "遊記", "序", "跋", "辭", "詞" 등의 순이다. 후반부에는 잡록이라 할 「家中訓誨」, 「學問」, 「心志」, 「體貌」, 「言語」, 「閒居問答」, 「係年錄抄」가 실렸다. 필사자가 시집을 보지 못한 것인지 시는 실려있지 않다. 가족과 벗에 관련된 글이 대부분이다.

[저자] 白景炫

[생몰년, 자, 호, 본관, 가계, 출신, 신분] 1732~1799. 본관은 善山. 자는 時晦. 호는 悟齋. 『日省錄』, 『內閣日曆』 등을 통해 掖庭署 司謁 및 司鑰, 승정원 서리 등을 역임했음을 알 수 있다. 아버지 白壽倫이 승정원 서리를 지냈고, 형 白景煥과 동생 白景瀘 역시 司謁을 지냈으며, 아들 白昌奎와 사위 徐慶昌(1758~1821) 역시 모두 京衙前이었다.

[생평, 사우 관계, 비슷, 저서] 백경현은 歌唱과 漢詩에 조예가 있어 중년 이후 시조집 『東歌選』(필사본 1책, 규장각한국학연구원 소장)을 편찬하기도 하였고, 1790년 동지사행에 참여하여 1791년 귀국 후에 『燕行錄』(필사본 4권2책, 성균관대 존경각 소장)을 남겼다. 1794년 결성된 "九老會"라는 閭巷 詩社의 一員으로 활동한 바 있다. 여항시 선집인 『風謠續選』에도 그 시가 수록되었다. 변경문, 김광익, 엄계응의 시집 등에 백경현에 관한 시들이 보인다.

[특징, 의의] 1790년 동지사행의 正使였던 金箕性(1752~1811, 사도세자의 사위)에게 백경현을 別陪行으로 붙인 것만봐도 백경

현에 대한 正祖의 신임을 잘 알 수 있다。백경현은 시조집을 편찬하였을 뿐 아니라 중인의 『연행록』 역시 매우 희귀한 편이라 일반 시문 외에도 다양한 연구 자료를 제공해주고 있다。

[선행 연구、참고문헌、관련자료]

오한근、「歌集 "東歌選" 編者考」、『국어국문학』 11호、국어국문학회、1954。

김근수、「"東歌選" 小考」、『행정이상헌선생 회갑기념논문집』、형설출판사、1968。

허영진、「"東歌選"의 주제어 분포와 주제 인식」、『한국언어문화』 23집、한국언어문화학회、2003。

강명관、「18·19세기 경아전과 예술활동의 양상」、『민족사의 전개와 그 문화(상)』、창작과비평사、1990。

김영진、「燕行日記(김기성 저) 해제」、『국학고전 연행록해제 Ⅱ』、동국대 국어국문학과、2005。

(김영진)

18. 호고재집(好古齋集)

[제목] 好古齋集

[서지] 金洛瑞의 시문집, 手稿本, 4卷4册 : 四周單邊 半郭 19.7×13.7㎝, 有界, 10行20字, 上下向2葉花紋魚尾 : 29.0×18.8㎝

[편찬 연도 및 동기, 소장처, 이본] 현존하는 문헌 등을 토대로 살펴보면, 洪奭周의 『學海』 권13 「題金洛瑞文卷後」라는 발문이 수록되어 있다. 여기에서 홍석주는 김낙서 사후 김희령이 1,500여 편의 시문을 자신에게 줬고 자신이 직접 시 618수, 산문 23편을 편집해서 돌려줬다고 기록하고 있다. 1857년에 나온 『風謠三選』에는 현재 『호고재집』에 수록되어 있지 않은 시 3편이 수록되어 있고 9편은 제목이 다르며 6편은 연작 중에 일부만을 실었다. 1862년에 편찬한 『里鄕見聞錄』에서 김낙서의 글 세 편(「金益春」, 「朴突夢」, 「文金生員」)을 수록하면서 출전을 『호고재고』라 기록했고, 1866년에 편찬한 『희조일사』는 「문김생원」을 인용하면서 출전을 『호고재집』으로 밝힌 바 있다. 이로 보면 김낙서의 문집은 아들 김희령의 1차 정리본과 홍석주의 删定本이 있었고 두 본 모두 유통되었을 것으로 추정된다. 현존 유일본인 『호고재집』인 버클리대 동아시아도서관(리치몬드문고) 소장본에는 문 23편, 시 592수가 실린 것으로 보아 홍석주 산정본일 가능성이 높다.

[형식] 標題는 '好古齋集'으로 되어 있고, 표지 오른쪽에는 '共四'라고 쓰여 있다. 1책에는 오른쪽 상단에 '文'이라는 글자가, 2-4책 오른쪽 상단에는 '詩'라는 글자가 쓰여 있다. 본문은 10행 20자로 구성돼 있다.

[구성, 내용] 총 4册으로 구성되어 있으며, 1책에는 산문 23편을 수록했다. 「金益春」, 「司戶傭媼」. 「尙眞」, 「東峽農夫」, 「朴突夢」, 「文金生員」 등 傳 6편, 「黑甛鄕記」 등 記 1편, 「與池司戶德龜書」, 「直中與子書」 등 書(편지) 3편, 「朴先生爾極氏誄辭」, 「哭

洪子章明爕靈筵文」등 祭文 10편、「李蘭皐琴銘」등 銘 1편、「題蓑碧社卷」등 雜著 1편、「北征錄」등이 실려 있다。2책부터 4책까지는 모두 시를 수록했는데 형식으로 구분하지 않고 시의 작성 연대별로 구성했다。정확한 연도는 확인하기 어려우나 2책은 1780년부터 1803년 무렵까지의 시를、3책은 1803년 무렵부터 1816년 무렵까지의 시를、4책은 1816년부터 말년까지의 시를 담아놓았다。시는 총 492제 592수이다。

[저자] 金洛瑞

[생몰년、자、호、본관、가계、출신、신분] 1757~1825(영조 33~순조 25)。字：文哉、文初 號：好古齋、西峯 本貫：金浦、父：金信聖、母：星州 黃氏、출신：楊州。신분：奎章閣 書吏。

[생평、사우 관계、벼슬、저서] 1757년 생、조부 金鼎一은 藥色 書員으로서 이인좌의 난 이후 奮武原從功臣 3등 공신으로 책훈 받았으며、아버지 金信聖은 濟用監、司宰監 등에서 書員으로 근무했다。경아전 가문으로서 성장환경은 상당히 유복했음을 추론할 수 있다。

송석원시사의 창립멤버로서 張混、千壽慶 등과 일생동안 교유했으며、특히 張混과는 어린 시절부터 친분이 있었다。『이향견문록』 등에 의하면 젊은 날에는 任俠으로 활동하기도 했으나、이후 학문에 다시 경주하였다고 한다。『內閣日曆』과 張混의 시 「金文初大夫人挽」 등을 통해 1790년에 奎章閣 書寫吏가 됐고、순조 즉위 이후에는 書吏로 역임했음을 알 수 있다。

1804년에는 아버지 김신성의 묘를 정비하고 1819년에는 문중의 묘각을 중수했으며 1820년 3월에 규장각에서 물러나 직위를 아들 김희령에게 세습했다。퇴직 이후에도 군직으로 1821년에는 장혼의 아들 장욱과 함께 『璿源譜略』 교정을 맡고、1822년에는 『四書三經諺解』 校準에 참여했다。만년에는 朴允默、林得明、盧允迪 등 후배 문인들과 사제관계에 가까운 관계를 맺은 것으로 확인된다。1825년 11월 7일에 69세를 일기로 별세했다。

[특징、의의] 김낙서는 『風謠三選』에 趙秀三、張混 다음으로 많은 시가 수록된 여항문인이다。그렇지만 조수삼의 『秋齋集』、장혼의 『而已广集』과 달리 그의 문집은 한동안 드러나지 않아서 여항문인으로서 김낙서를 입체적으로 조명하는 데에는 한계가 있었다。

그러나 『好古齋集』을 통해 송석원시사의 중심문인으로서 김낙서의 문학세계를 더욱 심도 있게 조명할 수 있으며, 아울러 송석원시사의 문학에 대해 보다 더 깊이 있는 자료를 제공하고 있다。아울러 김낙서의 시문을 통해 여항인으로서의 확고한 정체성, 민에 대한 따뜻한 시선, 세상을 향한 연민 등을 발견할 수 있다는 데 이 문집에 의의를 둘 수 있겠다。

(김영진)

[선행 연구, 참고문헌, 관련자료]

具滋均, 『朝鮮平民文學史』, 문조사, 1948
姜明官, 『조선후기 여항문학연구』, 창작과비평사, 1997
尹在敏, 『朝鮮後期 中人層 漢文學의 研究』, 고려대학교 민족문화연구원, 1999
鄭玉子, 『조선후기 중인문화 연구』, 일지사, 2003
金榮鎭, 「여항 시인 金洛瑞의 『好古齋集』」, 『고전과 해석』7, 고전문학한문학연구학회, 2009, 220-237면
강민형, 「호고재 김낙서 문학 연구」, 성균관대학교 석사학위논문, 2019。

19. 약오가장(藥塢家藏)

[서지] 木活字本 1冊 : 四周雙邊 半郭 18.2×12.4㎝, 有界, 10行 20字, 上下向白魚尾 : 26.8×17.4㎝

[편찬 연도 및 동기, 소장처, 이본] 본서에 수록된 張錫玄의 藥塢祭文이 丙子年(1816)에 지어진 것으로 미루어, 본서는 1816년 이후 간행한 것으로 추정되며 고려대학교 도서관에 소장되어 있다. 표지 이면에 1969年에 一梧 具滋均 先生이 고려대학교 중앙도서관에 寄贈하였다는 정보가 적힌 도장이 찍혀 있다. 張混이 藥塢 嚴啓膺의 戚曾孫이었던 관계로 張混家에서 張混字로 인쇄한 것으로 보인다. 성균관대학교 존경각에 본서와 동일한 본이 소장되어 있으며, 旣刊行 『李朝後期 閭巷文學叢書』에 『藥塢家藏鈔』(국립중앙도서관 소장)가 영인되어 있는바 이는 筆寫本으로서 본서와의 글자 出入은 없다.

[형식] 標題는 '藥塢家藏'이며 五針眼訂法으로 장정되어 있다. 10行 20字로 본문은 총22張이다. 版心題는 총 '錦衾記實', '藥塢晬讌', '藥塢祭文', '藥塢挽詞' 등 네 개가 쓰였다. 錦衾記實은 序와 詩로 구성되어 있고, 藥塢晬讌은 詩와 跋로 이루어져 있다.

[구성, 내용] 본서는 (1) 錦衾記實詩, (2) 藥塢晬讌帖, (3) 藥塢祭文(藥塢挽詞 포함) 등 세 부분으로 구성되어 있다. 그 대략의 내용을 차례로 기술한다.

(1) 錦衾記實詩

錦衾記實이란 嚴啓膺의 집안에서 錦衾을 보유하게 된 내력의 실상을 기록하였다는 뜻으로 이를 소재로 하여 엄계응과 그의 친척과 지인들이 여러 편의 시를 지었고 그 시첩의 서문이 바로 엄계응이 지은 錦衾記實詩序다. 이 서문에 기재된 전말은 다음과 같다. 엄계응의 三從兄 嚴啓寬(字 大裕)이 1782년 冬至正使 洪良浩의 參佐로서 燕京에 갔다가 錦衾을 수령한 사연을 듣고 돌아왔고 엄계응은 1794년에 비로소 자기 집안에 錦衾을 보유하게 된 전말을 알게 되었다. 淸나라 皇宮을 구경하던 엄계관은 太和殿 동쪽

登化門 옆에 있던 景化門의 편액에 쓰인 '朝鮮國人嚴漢朋書' 8字를 보았다. 엄계관이 놀라서 물어보니 청나라 사람이 "옛적에 雍正皇帝가 조선의 咨文을 보고 그 楷書 필법이 정묘함에 감탄하여 그 뒤에 칙사가 조선으로 갈 적에 한 필의 붉은 비단을 潤筆料로 보내어 嚴漢朋(1685~1759)에게 '景化門' 3字를 써오게 하여 걸어둔 것이다"라고 답하였다. 엄계응은 엄계관의 이 傳言을 듣고서야 자기 집안에 전해오던 비단이 자신의 조부 엄한붕이 청나라 황제로부터 받은 것임을 깨달았다고 한다.

嚴啓膺(1737~1816)·嚴啓寬·嚴性默·嚴載和 등 엄한붕의 자손들은 燕行使의 일원이 되어 엄한붕이 쓴 이 '景化門' 편액 글씨를 직접 그들의 눈으로 보기를 열망하는 마음을 시편에 담았다. 엄계응의 지인들은 본서에 실려 있는 여러 작품들에서 청나라에 조공하러 온 여러 외국 사신들과 조선조의 연행사들에게 조선의 명필이 청나라 황제의 은총을 받았음을 보여주는 일이라 추어올렸다. 金成達(涵翠園 주인)·黃德諄·馬聖麟·崔潤昌·金鼎煥·李景稷·金起行·白景膽 등과 같은 사람은 언젠가 연행길에 올라 그 부친의 유묵을 직접 보고 오길 바란다는 덕담도 건네었다. 李岳齡과 朴性裕는 그들 스스로 연행길에 올라 엄한붕의 명필을 직접 보고 싶다는 소망도 피력하였다. 李光稷은 실제로 연행을 체험하였던 譯官으로서 그 자신이 경화문에 당도하였을 때 청나라 사람들이 경화문의 편액 글씨를 칭송하였다고 증언하기도 하였다. 여러 동인들은 엄한붕의 글씨를 '鍾繇와 王羲之' 또는 '顔眞卿과 柳公權', '王羲之와 趙孟頫'의 필체에 견주었다.

張混이나 金鵬顯의 작품에서는 해외에 명성을 드날렸으면서도 정작 조선 땅 내에서는 알아주는 이가 없었음을 안타까워하는 시선도 보인다. 한편 金鵬顯은 '蒼老當時三昧妙, 星槎返日萬人驚'이라고 읊었는데, 여기에서의 '蒼老'는 蒼麓 金時謨를 일컬은 것으로 짐작된다. 본 총서에 수록된 김시모의 문집에서 김시모와 엄계흥의 교유관계가 확인되기 때문이다. 장혼의 이 작품은 『而已广集』에 「次藥塢家藏韵」이라는 제목으로 수록되어 있으며, '晩香齋嚴公漢鵬, 筆名震一世。皇帝賛紅錦一端求書景化門三字。後, 東使入燕從官, 覩大和殿扁牓姓名, 歸傳其事。公仲胤藥塢老人序紀實作詩, 要親知求和。'라는 서문격의 題下註를 붙여 놓았다. 이 장혼의 기록을 통해, '閭巷間善書人' 또는 '閭巷間善寫人'으로 조정에까지 이름이 났던 嚴漢朋의 實名이 '엄한명'이 아니라 '엄한붕'임이 명확하게 입증된다. 承政院日記 탈초본 DB에도 '嚴漢明'으로 잘못 입력한 경우가 있어, 인명정보를 다룰 때 주의를 요하는 문제이다.

(2) 藥塢睟讌帖

엄계응은 1797년 8월 18일 자신의 회갑연에 모인 동인들과 시를 창수하고 그것을 시첩으로 남겼다. 수록된 작품은 엄계응·崔潤昌·金成達·張道行·金起行·白景炫(字 時晦)·馬聖麟·李岳齡·范慶文(1738~1801, 『儉巖山人詩集』)·千壽慶·黃德諄·金壽鼎·金仁大·嚴性默·張友璧·張混·趙志源 등의 것이다. 이날 엄계응은 그가 23세 때 작고한 부친 엄한붕을 떠올렸는데, 28세가 되어서야 처음으로 승정원에서 給事 벼슬을 하게 되어 생전에 부모에게 효도를 다하지 못한 비탄의 심회를 내보였던 것이다. 또한 앞서 자신의 家兄을 먼저 떠나보낸 아픔까지 겪었던 터라 회갑잔치이지만 풍악을 울리지는 않고 시문과 술로 축하하는 자리 정도였다. 晬讌의 主人翁으로서 刪韻과 侵韻으로 지은 두 편의 시를 自序 뒤에 실었다. 前者는 5언 10구, 後者는 5언율시로 지어졌다.

錦衾記實詩에서는 집안 자제들의 작품부터 먼저 싣고 벗들의 작품을 실었는데, 이 수연시첩에서는 벗들의 작품을 앞세우고 집안 자제들의 작품을 뒤로 돌렸다. 금금기실시에서 장혼은 '戚曾孫'이라고 표기되었는데 이 수연첩에서는 '戚從孫'으로 표기되어 있다. 張混의 작품은 『而已广集』 卷6에 「次嚴藥塢回甲讌韻」이라는 제목으로 실려 있다.

이어서 엄계응이 眞韻으로 지은 7언율시가 한 편 나오고 그에 화운한 벗들의 시가 5편이 실려 있다. 엄계응은 이 시첩에 실은 세 편의 자기 작품에서 부모와 형제를 잃은 채 회갑을 맞이한 자신의 심정을 표하면서도 자신을 축하하러 모인 벗들에 대한 고마움과 조상의 음덕 덕분에 자신이 자제들의 축하를 받게 되었음에 감사하는 마음을 되새겼다.

이 시첩의 말미에는 발문이 다섯 편 놓였는데, 千壽慶, 金成達, 崔潤昌, 趙志源 등의 글이며 마지막 발문은 주인옹 엄계응이 지은 것이다. 천수경의 발문에 이 영월엄씨 집안 삼대의 가계가, '춘포 엄의길-만향재 엄한붕-杏南 嚴啓昇(1720~1755), 菊山 嚴啓興(1728~1793), 藥塢 嚴啓膺'임이 대략 제시되어 있다. 엄계승과 엄계흥의 생몰년은 그동안 잘 알려지지 않았는데, 영월 엄씨 대동보에 보인다.

엄계응의 벗 김성달의 발문은 이 약오수연첩이 어떠한 구성으로 된 문헌이었는지를 간명하게 기술하고 있다. 이 시첩은 엄계응의 아들 엄성묵이 손수 裝幀을 담당하였고 이 수연을 그려 시첩의 첫면에 놓았으며 엄계응의 서문과 시 2수가 시문으로는 제일 먼저 배열된 뒤에 여러 지인들의 수창시가 자리하였다고 언급한 것이다. 이로부터 약오수연첩의 원본에는 이 회갑축하모임에 모인 사람들이 함께한 그날의 광경을 담아낸 그림도 있었음 알 수 있다. 또 다른 발문을 지은 崔潤昌(1727~?)은 국산 엄계흥과 시단에서 시재를 다투었다고 자부하였던 인물이다. 그의 문집 『東溪遺稿』가 기존 『여항문학총서』에 포함되어 있다.

엄계응의 벗 趙志源(字 深遠, 號 花泉, 志浩라는 이름으로 金光翼(1721~1772)의 『伴圃遺稿』에 보임)은 이 엄씨집안과 三代에 걸쳐 우의를 맺은 사이로 자신과 엄계응의 사이를 管仲과 鮑叔牙의 관계에 견주면서 엄계응의 회갑을 진심으로 축하하는 한편으로 엄계응의 아들 엄성묵의 資質 또한 칭찬하고 있다. 역시 엄계응이 술만 한껏 즐기는 잔치를 열지 않고 시문을 짓는 고아한 회갑연을 열었음을 특기하며 그 모습을 그림으로도 그렸음을 명기하였다.

(3) 藥塢祭文

본서의 구성상 세 번째이자 마지막 부분에 위치한 藥塢祭文에는 제문 1편과 편의 6편의 挽詞가 실려 있다. 제문을 지은 사람은 張錫玄이고, 만사를 지은 사람은 이양경·劉相祜(字 愼敏, 號 以約軒, 奎章閣 書吏)·김낙서·천수경·池德龜·李基默이다.

엄계응의 옛 동료였던 장석현은 1816년에 지은 제문에서 엄계응을 '嘉義大夫 同知中樞府事 嚴公'이라 호명하였다. 엄계응의 자질과 포부를 비유를 통해 곡진하게 묘사한 다음에 이 같은 자질과 포부를 지니고도 里巷에 묻혀 衡門에서 삶을 마치고 만 그의 인생을 안타까워하였다.

다음으로 藥塢挽詞에 대해 언급한다. 김낙서와 지덕귀(字 文哉, 호 蓮巢, 규장각 서리)는 엄계응이 엄한붕의 필법을 계승하였고 엄계흥의 詩才를 이어받았음을 드러내고자 하였다. 천수경도 62구의 五言 挽詩에서 이 점을 거론하였다. 또한 천수경에 의하면 엄계응이 거문고를 연주할 줄도 알았고 그림에도 재능이 있었음을 알 수 있다. 그의 부친이 엄계응과 이웃해서 살았고 젊은 간에 대대로 친교를 맺은 사이이다. 엄계응이 여항문단에서 얻은 명망이 대단했음은 엄계응이 사망하자 '이제 여항에 인물이 없어졌다(從今巷無人)'라고 한 천수경의 一句가 웅변한다. 지덕귀 역시 이와 같은 시각을 내비추었다.

[저자] 嚴啓膺

[생몰년, 자, 호, 본관, 가계, 출신, 신분] 1737~1816. 字는 稚受, 號는 藥塢·燕石, 本貫은 寧越이다. 엄계응의 조부는 春圃 嚴義吉이고, 부친은 晩香齋 嚴漢朋이며, 杏南 嚴啓昇(1720~1755)과 菊山 嚴啓興(1728~1793)이 그의 친형들이다.

[생평, 사우 관계, 벼슬, 저서] 저자의 생평이나 사우 관계에 대해서는 장혼이나 천수경 등과의 교유에 대해 알려진 것 외에는 그다지 연구가 이루어지지 않았다. 본서에 작품을 남긴 인사들이 모두 저자의 師友라고 할 수 있다.

『승정원일기』 순조 13년(1813) 3월 6일자 기사에 엄계응이 景福宮衛將으로 벼슬한 적이 있음을 보여주는 내용이 보이는데, 이 외에는 『조선왕조실록』이나 『승정원일기』에서 그의 생평을 알 수 있는 정보가 보이지 않는다. 장석현이 지은 엄계응의 제문에서 '嘉義大夫 同知中樞府事'로 일컫고 있는데 이는 壽職이다. 본서 외에는 엄계응의 저술은 아직 발견되지 않았다.

[특징, 의의] 18세기 말에서 19세기 초의 여항시단의 핵심인물들이 총망라되어 있다는 점에서 큰 의미가 있고, 영월엄씨 四代에 걸친 閭巷의 名門 문학집안으로서의 면모를 구체적으로 파악할 수 있다는 점에서 중요하다. 명필 엄한붕이 '경화문 현판 글씨'일화와 개결한 삶을 살았던 엄계응이라는 인물을 후대에 널리 전하기 위해 엄한붕이 적중소인이었던 장흔家에서 특별히 공력을 들였던 것으로 생각되며, 李命藝字로 간행한 판본이 현재 고려대학교와 성균관대학교 2곳에만 있는 것으로 파악될 정도로 희귀본이다.

박윤묵은 엄계응의 아들 嚴性簡(字 主敬)의 부탁을 받고 지은 「嚴氏三世稿序」에서 春圃 嚴義吉·禮窩 嚴漢實·晩香齋 嚴漢朋·杏南 嚴啓昇·菊山 嚴啓興·燕石 嚴啓膺 등 영월엄씨 三世六賢의 시풍을 언급하였는데, 그 중 엄계응에 대해서 "아로새김을 일삼지 않고, 화평하고 순수한 작품은 그의 부친 연석공 휘 계응의 시다(不事雕鏤, 和平而醇粹者, 其考燕石公諱啓膺之詩也)."라고 평한 바 있다. 엄계응의 문집이 현전하지 않는 현 상황에서 본서에 수록된 작품들은 그의 시풍을 음미해 볼 수 있는 중요한 가치를 지닌다.

[선행 연구, 참고 문헌, 관련 자료]

강명관, 『조선후기 여항문학 연구』, 창작과비평사, 1997.
김영진, 『국산집』해제, 『규장각 소장 어문학자료해설』, 태학사, 2001.
윤재민, 『조선후기 중인층 한문학의 연구』, 고려대학교 민족문화연구원, 1999.
임형택, 『우리 고전을 찾아서』, 한길사, 2007.
임형택 편, 『李朝後期 閭巷文學叢書』 2, 驪江出版社, 1986.
朴允默, 『存齋集』, 한국문집총간 제292책, 한국고전번역원.
劉在建, 實是學舍 古典文學硏究會 譯註, 『里鄕見聞錄』, 글항아리, 2008.
嚴啓膺 編, 『錦衾記實』, 成均館大學校 尊經閣.
嚴啓興, 『寧越嚴氏三世稿』(『菊山集』), 서울大學校 奎章閣 韓國學硏究院.
『영월엄씨 대동보』

(김종민)

20. 시고(詩稿)

[제목] 詩稿

[서지] 작자 미상의 시문집, 필사본 불분권 1冊(113장) : 12항 20자.

[편찬 연도 및 동기, 소장처, 이본] 서문이나 발문이 남아있지 않아서 정확한 편찬 연도는 확인이 어려우나, 松石園을 드나들면서 松石園詩社를 세운 千壽慶(1758~1818)과 교분을 쌓았고, 천수경의 후배뻘 되는 朴景烈, 姜鳳一 등과의 친분이 있었던 것으로 보아서 18세기 말에서 19세기 초에 만들어졌다. 성균관대학교 임형택 명예교수의 개인소장본이고 유일본이다.

[형식] 標題는 '詩稿'라 하였고 서문이나 발문이 따로 남아있지 않다. 칠언시가 가장 많이 배열되어 있으며 총 316수가 수록되어 있다.

[구성, 내용] 詩體별로 분류되어 있지 않고, 곳곳에 첨삭의 흔적이 있는 것으로 보아서 간본을 만들기 위한 초고로 추정할 수 있다. 실은 시로는 「秋分後三夜步唐人韻」, 「中書堂小酌」, 「三翠軒夜集」 등이 있다. 『詩稿』에서 가장 많이 소재로 삼고 있는 장소는 雙槐亭으로 모두 14수에 나타난다. 정확한 장소는 고증하기 어려우나 경복궁 서쪽에 위치한 것으로 추정할 수 있다. 「雙槐隱映舊宮西 – 雙槐亭, 舊宮南畔掩紫門 – 與李漢叟朴汝貞過雙槐園」 저자는 쌍괴정에서 좋은 풍광 속에 노니는 즐거움을 노래하였다. 아울러 松石園을 시제로 삼은 시도 다섯 편 등장하는데, 주로 千壽慶과의 인연을 거론하였고, 「松石園初夏」 등에서는 여항 문인으로 들썩였던 송석원의 모습을 담아내고 있다. 『詩稿』에 등장하는 인물 중 인명 고증이 가능한 사람으로는 姜鳳一(字 翼瑞), 鄭尚玄(字 康伯), 朴景烈(字 汝貞), 李德祚(字 汝受) 등이 있는데, 대체로 松石園詩社를 주도했던 千壽慶, 張混, 金洛瑞보다 후배이며 가장 많이 언급되고 있는 인물은 朴景烈이다. 이덕조와 연관된 한시가 두 편(「暮春, 與鄭康伯携酒, 慰李德祚汝秀脚病, 時當桃花滿發, 賞未及而崔一之, 又過」, 「贈李德

酢調案」) 등장하는데, 모두 이덕조가 투병 중일 때 지었다는 특징이 있다.

[저자] 미상

[생몰년, 자, 호, 본관, 가계, 출신, 신분] 미상

[생평, 사우 관계, 벼슬, 저서] 미상

[특징, 의의] 저자 고증에는 한계가 있지만, 주로 교유한 상대가 『風謠三選』에 수록되어 있는 朴景烈, 姜鳳一, 鄭尙玄 등의 여항 문인인 점으로 미루어, 이 시집의 저자 또한 여항 문인인 것은 분명하다. 천수경의 송석원시사와 교유하는 등, 18세기 말부터 19세기 초까지의 여항문학에 다양한 면모를 살필 수 있다.

[선행 연구, 참고 문헌, 관련 자료]

劉在建 편, 『풍요삼선』, 아세아문화사 영인

(강민경)

21. 오월당유고(梧月堂遺稿)

[제목] 梧月堂遺稿

[서지] 白師喆의 시집, 필사본, 線裝 1冊(12장): 有界, 半葉 10行20字; 24.9×20.0㎝

[편찬 연도 및 동기, 소장처, 이본] 편찬 연도는 미상이며, 19세기 중후반에 필사된 것으로 추정된다. '文譜'의 앞에 붙어 있었다. 다른 소장처가 없는 유일본으로 개인소장본이다.

[형식] 標題는 '文譜', 內題는 '梧月堂遺稿'다. 내제 하단에 '石林居士白師喆希士著'라 표기하였는데 '白師喆'은 먹으로 뭉게 지웠다(희미하나마 판독이 가능하다). 5침 안정법으로 장정되어 있다. 목판으로 인쇄된 絲欄空卷에 필사하였으며, 매 행당 글자수는 20자로 일정하다. 서발문이나 필사기는 따로 없다. 아마도 벗 또는 후배 문인이 필사해놓은 것으로 추정된다.

[구성, 내용] 오언절구, 칠언절구, 오언율시 순으로 시체별로 필사되어 있다. 분량은 총12장이다. 내제의 梧月堂은 백사철의 堂號이다(「十月二十日陶湖歸路得韻, 到梧月堂始成, 仍寄秀才」란 시제를 통해 알 수 있다). 칠언율시는 필사가 누락된 것으로 보인다. 오언절구 18제 42수, 칠언절구 10제 12수, 오언율시 29제 35수 도합 57題 89首가 실려 있다. 1800년부터 1809년 사이에 지어진 시들이다. 시의 내용은 주로 교유 인물들과 주고받은 次韻, 和韻詩가 많다. 시의 내용은 주로 한적 은일의 일상을 담고 있다. 한 폭의 그림같은 정경일치를 느끼게 해주는 것이 많다. 시인은 唐風에 가까운 한시를 지향했음을 알 수 있다. 오언율시의 「閨人春夢」, 「鴈書」, 「織女嘆」, 「砧聲」, 「片霞照仙井」, 「正値秋風時」 등은 시제에서부터 당풍이 느껴진다. '積翠臺, 古址', '淸輝(暉)閣' 등 이 시기 여항시인들이 즐겨 찾았던 백악, 인왕산 일대에서 지은 시들도 종종 확인할 수 있다. 「壬戌秋七月既望泛舟麻浦, 得秋字」는 시제의 주석에 "同遊七十餘人"이라 한 것처럼 이 시기 여항시인들의 문예활동과 관련하여 중요한 정보를 제공해주고 있다. 교유 관

편 작품은 천수경, 조수삼, 오창렬, 김낙서(이름 미상, 호는 西林) 등과 관계되어 있는데 특히 천수경과 매우 절친해서 관련 작품이 가장 많다. 천수경은 송석원시사를 이끈 중요 여항 시인인데 백사철이 그에게 준 시를 통해 여러 자료들을 보완할 수 있다. 특히 마포 서강 쪽의 陶湖라는 곳에 잠시 은거(1803년 가을)한 사실 등은 좋은 자료라 할 수 있다. 천수경 관련 시들은 다음과 같다. 「秋懷三十首」 중 제7수, 「送松石主人隱西湖」(오언율시 2수), 「送王溪秀才僑居陶湖」(오언절구 5수, 칠언절구 4수, 오언율시 2수, 1803년), 「次松石主人賞春韻」, 「贈王溪秀才」, 「十月二十日陶湖歸路得韻, 到梧月堂始成, 仍寄秀才」(오언율시 2수)

[저자] 白師喆

[생몰년, 자, 호, 본관, 가계, 출신, 신분] 생몰년 미상(1814년 무렵 졸). 字 : 希士, 號 : 石林居士, 梧月堂, 本貫 : 미상, 父 : 미상, 母 : 미상, 출신 : 서울로 추정, 신분 및 직업 미상

[생평, 사우 관계, 벼슬, 저서] 白師喆에 관해서는 알려진 게 거의 없다. 『風謠續選』, 『風謠三選』 및 여항 전기집 등에 보이지 않는다. 오직 吳昌烈의 『大山詩鈔』 권4에 실린 만시 「哭希士」(4수)만을 확인할 수 있을 뿐이다. "今春剛腸哭殤兒, 今秋又作哭君詩. 哭兒有淚無詩句, 哭君有詩兼淚垂." "君曾顧我城西里, 撫我痴兒謂佳子. 回頭人事極變遷, 落花西日東流水." "試訪君家讀遺篇, 如對淸儀同討研. 西山泉石北社月, 我唱君酬凡幾年." "化翁不仁鬼手毒, 埋玉人間難可贖. 況是秋風陽館裡, 落葉蟲聲滿空谷." 『大山詩鈔』가 작품 편년순 배열이기에 대략 1814년 즈음의 가을에 白師喆이 졸하였음을 알 수 있다. 교유자의 면면으로 보아 저자 역시 중인이었음은 분명하겠으나 어떤 직업을 가졌는지 본 시집으로는 파악할 수가 없다. 본 시집 외에 여타의 저술도 발견된 바 없다.

[특징, 의의] 천수경의 초기 생애를 확인하는 데 중요한 단서가 된다. 西園詩社를 중심으로 한 여항인들의 활동을 확인하는 데에도 중요한 자료이다.

[선행 연구, 참고문헌, 관련자료] 백사철에 관한 기존의 연구는 없다. 시집이 처음 발굴되는 데다가 다른 자료들에도 거의 나오지 않는 작가다.

(김영진)

22。 해장암고(海藏菴稿)

[제목] 海藏菴稿

[서지] 李德楠의 시집. 필사본. 線裝 上卷一冊 零本 : 四周雙邊, 半郭, 烏絲欄, 半葉 10行 20字, 上下向黑魚尾。

[편찬 연도 및 동기, 소장처, 이본] 卷上만 남아있는 零本으로, 序文이나 刊記등이 없다。洪樂仁(1729~1777)의 『安窩遺稿』권5에 수록된 「海藏庵稿序」를 참조해 보면, 저자가 세상을 떠난 지 3년째에 그 學徒들이 유고를 간행하기로 도모하여 자신에게 원고의 산정을 맡기고 서문을 부탁한 것이라고 한다。이 내용을 보면 『해장암유고』는 1777년 이전에 편찬되었음을 알 수 있고, 현재 개인 소장의 유일본이다。

[형식] 표제는 「海藏菴集(單)」으로 되어있고, 오른쪽 상단에 「詩」라고 적혀 있다。속지에는 「海藏菴遺稿卷上」로 표기되어 있으며, 이어지는 본문은 모두 시로 구성되어 있다。

[구성, 내용] 詩 270題가 수록되어 있으며, 4번째 시 앞에 「碧城酬唱錄」이라고 적혀 있는 것으로 보아, 저자가 황해도 碧城(해주)에 있었던 시기부터 지은 시들을 모은 것이 아닌가 생각된다。앞서 언급한 「해장암고서」를 보면, 저자의 시문은 모두 산일되어 남아있는 것은 만년작 뿐이었으며, 이 가운데 약 3분의 2를 취하여 4編으로 구분하였다고 하였다。

그 내용을 보면 令公 閔亨洙, 홍천 군수 安重觀, 巡相 李天輔 등에게 올린 시, 芙蓉堂에서 지은 시 등 저자가 풍산 홍씨 집안의 겸인으로 직책상 왕래가 있었던 집안 혹은 인물들과 주고받은 시가 다수를 차지한다。이밖에 松禾·金沙寺·助泥浦·長山串·安山·鳥嶺·牛頭院·安東·蔓成·帶方·永川·大邱 등 여행길에서 지은 시들이 다수 보이는데, 이 경우에도 사적인 유람이라기보다는 업무상의 노정에서 지은 시가 아닌가 짐작된다。따라서 상대적으로 일상의 사적인 감회를 홀로 읊은 경우는 적인 편인데, 특히 후반부에 內延山 등 경상북도 포항 일원에서 지은 시가 많고 龍田子에게 준 시가 다수를 차지한다. 참고로 '용전자'는 흥해의 아전 집안 출신인 崔天翼(1712~1779)의 별호이다. 이러한 사실을 참작해보면, 지금 남아있는 이 『해장암유고』는 황해도 변경 시절부터 경상북도 松羅에서 察訪을 지내던 시절까지 지은 시를 수록하고 있는 것으로 짐작된다. 따라서 서울로 돌아온 이후 노년의 작품들은 수록되어 있지 않다. 이와 관련하여 최천익의 『農叟集』 부록에 저자가 지은 「心友記」 등이 남아 있는 것으로 보아, 본래 『해장암유고』에는 산문도 다수 있었을 것으로 미루어 짐작할 수 있다.

[저자] 李德楠

[생몰년, 자, 호, 본관, 가계, 출신, 신분] 18세기 중반, 字: 義仲, 號: 海藏菴, 本貫: 미상, 父: 미상, 母: 미상, 신분: 풍산 洪樂仁 집안의 傔人.

[생평, 사우 관계, 벼슬, 저서] 이덕남은 洪樂仁 집안의 겸인(오늘날의 집사에 해당)으로, 홍낙인이 임지에 수행하거나 하는 풍산 홍씨 집안의 일들을 수행하였으며, 중년 이후로는 외지에서 松羅 察訪 등을 지냈던 것으로 파악된다. 구체적인 생몰년과 가계 등은 알려져 있지 않다. 홍낙인이 쓴 「해장암고서」를 보면, 저자는 평소에 경전에서부터 제자백가에 이르기까지 독서를 좋아하였고, 可淵 安國賓(1683~1752)을 스승으로 모셔 문장에 있어 법도를 지키는 것을 중시하였다고 하였다. 또 최천익이 쓴 「심우기」를 보면, 저자는 어려서 과거에 뜻이 있었으나 몇 번 좌절한 후 궁핍하게 살았으며, 흥해 찰방 등 말직에 종사하기는 하였으나 나이 들어 벼슬에서 물러난 이후로는 대개 동년의 자제들과 어울려 여생을 보냈다고 한다. 송라 찰방을 지내던 시절 최천익과 사귀었고 서울로 돌아와서는 金士澄(金瀟)과 사귀었는데, 이 세 사람이 편지를 주고받거나 넘나다 오가면서 마음의 벗으로 여생을 함께 하였음을 알 수 있다.

[특징, 의의] 저자는 풍산 홍씨 집안의 겸인으로 흥해 찰방을 지내던 시절 그곳의 아전 출신이었던 농수 최천익과 교유하여 다수의 시문을 남기고 있으며, 서울로 돌아와서는 萍窩 金瀟(자는 士澄)과 넘나다 오가면서 만년의 벗으로 지냈다. 세 사람은 아마도 같은 신분이라는 점에서 동병상련의 교감을 하였던 것으로 보이는데, 최천익은 당대 중인 문학을 대표하는 申維翰(1681~1752), 成

大中(1732~1809)과도 교류하였으며, 김숙 또한 李彦瑱(1740~1766)의 『松穆館燼餘稿』에 발문을 쓴 위항시인으로 알려져 있다。 이러한 점에서 『해장암고』는 신유한, 성대중, 이언진 등과 함께 18세기 중인층 문학의 범위를 확장하는 데 좋은 자료가 될 것으로 보인다。 다만 이 『해장암고』는 완질이 아니어서 노년에 지은 시와 산문을 볼 수 없다는 점에 상당한 아쉬움이 있다。

[선행 연구, 참고 문헌, 관련 자료] 홍낙인의 『안와유고』에 「해장암고서」·「送李義仲訪閔公(百祥)謫居序」·「祭李義仲文」 등 다수의 글이 남아있으며, 최천익의 『농수집』에는 이덕남이 지은 「心友記」와 「寄海藏翁李義仲(德楠)」·「與李察訪(義仲)書」 등 다수의 시와 편지가 남아있다。

(조창록)

23. 봉악집언(鳳岳集言)

[제목] 鳳岳集言

[서지] 愼千能의 시집, 4권 2책, 필사본, 29.0×19.5㎝ 반곽 없음, 10行 20字, 序跋 없음, 刊記 없음

[편찬 연도 및 동기, 소장처, 이본] 필사본으로 편찬 연도는 알 수 없으며 개인 소장으로 여러 본이 있는 것으로 보임

[형식] 表題와 內題 모두 「鳳岳集言」이며 1책의 표지에는 賦, 詩라고 적혀 있고, 2책의 표지에는 詩, 疏, 書라고 적혀 있다.

[구성, 내용] 4권 2책으로 권 1에는 賦 1수, 詩 104題, 권2는 시 135題, 권3은 시 78제, 권4는 疏와 書가 수록되어 있으며 시는 연대순으로 배열되어 있다. 이를 조금 더 살펴보면 권1에 실린 부 한 편을 제외하고는 모두 시이며, 권1의 시는 1781년부터 1789년까지, 권2는 1790년부터 1798년까지의 시다. 「步虛詞」를 비롯하여 현에 있는 張氏의 딸이 매우 가난한데 일찍 과부가 되어 병든 시아버지를 봉양한 일을 읊은 「張娘歌」처럼 歌詞 작품이 많으며 남을 대신하여 쓴 挽歌辭 작품이 권1과 권2에 걸쳐 상당수 수록되어 있다. 권2에는 蒙山 沈魯崇(1762~1837)의 評이 부기된 「遣懷」나 「寄夢山兄弟」, 「答夢山」, 「懸來不來寄夢山兄弟」처럼 심노숭과 관련된 작품들이 주를 이룬다. 특히 「進士黜試後寄夢山 戊午」는 진사 시험을 보러 갔다가 巨擘의 혐의를 받아 시험을 보지 못하고 돌아와 심노숭에게 쓴 시인데 그중 4번째 수의 自註에 심노숭이 그의 시를 평하면서 위로한 내용들이 있다. 신천능은 서울에 있는 심노숭의 집에 기거하면서 과거 시험을 준비했었다.

권3은 1799년부터 1803년까지의 시가 수록되어 있다. 병상에서 읊은 42수로 된 「病時吟」, 병상에 있으면서 정조의 덕을 읊은 「新樂府」 6수, 이상적인 삶의 즐거움을 노래한 「善哉歌」, 절의지사인 成揆憲에 대해 읊은 「揚言二十三韻」 등이 있으며, 「賀申注書緯書」, 「倒地梅」 등 紫霞 申緯에게 보내거나 화답한 작품이 상당수 수록되어 있다. 권4에는 1799년 함양군수

를 대신하여 지은 「應旨農政事宜疏」와 介坪 盧璞에게 쓴 편지, 西湖 金琦와 왕복한 편지, 심노숭과 신위에게 쓴 편지, 趙鐘永에게 쓴 편지 등이 수록되어 있다.

[저자] 愼千能

[생몰년, 자, 호, 본관, 가계, 출신, 신분] 1764~1803(영조40~순조3). 字: 勉之, 號: 鳳岳, 本貫: 居昌, 父: 敦恒 母: 미상, 출신: 거창. 신분: 향리

신천능의 집안은 대대로 거창의 유력한 향리 집안이다. 특히 그의 부친 신돈항은 문재로 이름이 널리 알려져 박지원, 이덕무 같은 이들이 그의 문재를 언급하기도 하였다. 일례로, 이덕무는 "居昌 愼敦恒은 鄕吏이다. 儒業을 배우고 독서하고 행실을 닦았으며 가죽띠에 布衣를 입고 있는 모습이 매우 훌륭하였다. 집에도 慶尚道에서 간행된 서적이 거의 빠짐없이 소장되어 있다."라고 하였다.(이덕무, 『寒竹堂涉筆 下』, 「愼權兩處士」)

[생평, 사우 관계, 벼슬, 저서] 신천능에 관한 선행 연구에 따르면 『居昌愼氏世譜後錄』에는 신천능에 관한 전기 사료가 수록되어 있다. 여기에 "공의 기절은 높고, 才稟은 우뚝하고, 젊어서부터 문장으로 당세를 울렸으니 평생 마음 속에서 충효로 激勵하여 文辭로 발휘되었으며, 筆法은 사우들 사이에 우뚝하여, 명성과 재주가 가장 빼어났다. 불행히 수십 년 동안 고질병에 시달려, 날마다 약을 끼고 살았으나 백가의 책을 보지 않은 것이 없고, 한번 본 것은 바로 기억하여 평소에 익숙히 읽던 것과 다름이 없었다."라고 되어 있다. 신천능은 부친의 명망에 힘입어 사근도 찰방으로 왔던 이덕무를 사사하면서 서울로 올라와 심노숭, 신위등 서울의 문사들과 교분이 이어졌다.

[특징, 의의] 그간 신천능의 이름은 심노숭과 신위에 관한 연구를 통해 학계에 알려져, 인물과 그 시문학에 대한 궁금점이 더욱 증폭되었다. 그후 학계에 신천능의 이 문집이 소개됨으로써 여항 시인 신천능의 면모가 드러나게 되었다. 신천능의 시문집을 보면 장편고시, 악부, 歌辭 등의 형식이 많은 비중을 차지한다. 이는 그의 장기이면서, 당시 문인들에게서는 흔히 볼 수 없는 부분이다. 이 점만 보아도 신천능은 문인 의식을 지닌 시인이었다는 것을 알 수 있다. 지방의 향리임에도 불구하고 서울과 지방을 오가

며、소위 말하는 경화사족들과 문학을 매개로 한 교유는 신위나 심노숭의 문학세계에도 영향을 끼쳤음은 물론이다。또한 그간 심노숭이나 신위의 문집에서는 미처 알 수 없었던 부분도 신천능의 문집을 통해 밝혀낼 수 있는 부분이 많아졌다。예를 들면、신천능의 시 가운데에는 심노숭의 평이 실린 시들이 여러 편 있는데、이는 심노숭의 문학 연구에도 큰 도움이 된다。또한 신천능의 문집에는 편지와 한 편의 疏를 제외하고는 산문이 없지만、많은 시에는 自序가 실려 있어、그의 문학과 삶에 대한 많은 단서를 제공해 준다。

[선행연구、참고문헌、관련자료]

이현일、「鳳岳 愼千能과 紫霞 申緯」、『대동한문학』41、대동한문학회、2014
심노숭、김영진 번역、『눈물이란 무엇인가』、태학사、2001

(신로사)

24. 육서집(六西集)

[제목] 六西集

[서지] 鄭德亨의 시집, 手稿本, 線裝 1冊, 30張: 左右雙邊, 烏絲欄, 半葉 5行12字, 無魚尾. 六西集遺稿序: 時壬午(1822)秋七月旣望 不肖尙琦謹識, 寫本.

[편찬 연도 및 동기, 소장처, 이본] 『육서집』은 영조 정조 연간의 閭巷詩人 鄭德亨의 유고이다. 아들 鄭尙琦가 쓴 六西集遺稿序에는 낡은 글상자 속에서 부친의 殘篇短軸을 얻어서 편집하니 모두 47수가 됐다고 하였다. 이 시집은 先親을 사모하는 마음을 유고의 수습에 기울여 작은 규모의 시집으로 편집한 아들 鄭尙琦의 정성과 노력으로 만들어진 책이다. 7言律詩 3편의 끝에는 본문과 같은 필체의 雙行註로 『風謠續選』(1797년)에 들어가 있다"라고 밝히고 있다. 이 책은 編者가 만든 唯一한 淨寫本이다. 개인 소장의 유일본이다. 간행된 적도 없고, 다른 異本도 알려진 것이 없다.

[형식] 標題는 '六西集'이고, 內題에는 '六西集遺稿'로 되어 있다. 서문을 포함하여 30장에 불과한 소략한 시집으로 한 면에 5행, 1행에 12자의 楷書로 淨寫하였다. 일반 시집에 비하여 큰 글씨로 필사하였는데 작품량이 많지 않은 여항인 시집 사본에 이런 사례가 제법 있다. 서문은 아들 鄭尙琦의 자필 글씨이고, 본문은 반듯한 글씨로 정사하였는데 동일인의 필체로 보이기는 하나 명확하지는 않다. 본문은 刊本으로 착각할 만큼 단정하게 필사하였다.

[구성, 내용] 單卷 30張으로 첫 면에는 鄭尙琦가 쓴 「六西集遺稿序」가 실려 있다. 열에 셋은 작품을 잃어버려서 자손이 부친의 전형을 흠모할 길이 없어질까봐 작품을 수습하여 시집을 만든다고 밝혔다. 자손이 이 시집의 시를 늘 음송하면서 추모할 수 있기를 바랬다. 시집을 편집하여 세상과 사회를 향하여 전해지기를 바라지 않고 가정 안의 후손을 향해 전하기를 바란 소극성을 보였다.

시 본문은 詩體에 따라 작품을 수록하였다. 7言律詩는 「陪元尙書登松嶽懷古」·「總營次姻兄柳光伯寄示韻)」 등 35首, 5言古詩 「蒼麓翁挽」 1수, 5言律詩 「野行」·「和金主簿章甫寄示韻」 등 5首, 7言絶句 「曉過坡州」·「瞻拜圃隱先生遺像」 등 6수가 실려 있다. 모두 합해 47수이다.

이 시집에는 모두 47수의 시가 실려 있다. 7언율시가 대부분이고, 나머지 시체 몇 수가 포함되어 있다. 작품수가 얼마 되지 않는 작은 시집이라 소재가 풍부하지 않고 언을 만한 정보도 많지 않다. 남겨진 작품의 다수는 개성과 공주 등지의 누대와 잔치자리에서 지었다. 그가 영조시대 경화세족 권력자의 한 사람인 元仁孫의 傔人으로 지방관의 막료가 되어 객지에서 보낸 체험을 서술한 작품들로, 작품 전체에서 절반 정도가 개성에 머물 때 지은 것으로 보인다. 이는 당시 여항인의 직업과 생계활동을 이해하는 데 도움을 준다. 따라서 객지에서 서울과 서울의 가족을 그리는 내용이 많이 나타나고 타향에서의 客愁, 생계를 위해 떠도는 자의 슬픔 등이 빈번하게 등장하였다.

『풍요속선』에서 뽑은 세 편의 작품은 모두 개성에서 막료로 지낼 때의 작품으로 시인의 고독과 향수가 중요한 정서로 표현돼 있다. 그의 시는 이처럼 객지에서 보내는 쓸쓸하고 외로운 처지를 자주 읊어 처량하고 쓸쓸한 정서가 곳곳에 나타났다. 여항인 시인의 구슬프고 낮은 幽蘭孤芳의 시세계를 작은 시집에서 찾아볼 수 있다.

그밖에 「武溪洞」·「樓谷小集」·「與李參奉次明律」·「蒼麓翁挽」·「和金主簿章甫寄示韻」·「和章甫寄示韻」 등은 서울에서 여항인들과 어울려 창작한 작품으로 추정된다.

[저자] 鄭德亨

[생몰년, 자, 호, 본관, 가계, 출신, 신분] 생몰연대는 미상이나 대체로 영조조와 정조조에 활동한 인물이다. 그의 생애를 『풍요속선』 권6에서 字는 文哉이고, 號는 六西이며, 本貫은 慶州人이라 밝혔다.

[생평, 사우 관계, 비슬, 저서] 정덕형과 관련한 문헌도 거의 없고, 당시 여항인 문집에도 그와 관련한 기록이 거의 보이지 않는다. 『풍요속선』에 세 편의 7언율시가 실리고 그의 자호와 본관을 밝힌 것 외에는 다른 정보를 확인하기 어렵다. 『육서집』에 실린 몇 편의 작품에는 가장 많은 작품이 元尙書를 따라 개성과 공주 등지에서 幕僚를 지낸 것으로 보인다. 여기서 원상서는 이조판서를 지

낸 元仁孫(1721~1774)이 분명하다. 원인손은 1769년 전후하여 開城留守를 지냈다. 그는 원인손의 傔人으로 개성과 공주 등지를 따라가 일을 본 것으로 보인다. 그가 다른 여항인과 교유한 흔적 역시 거의 드러나지 않는다. 다른 여항인의 문집에서 그와 교유한 자료 역시 거의 보이지 않는다. 다만 5言古詩 「蒼麓翁挽」 1수는 그 내용으로 보아 『蒼麓遺稿』를 남긴 저명한 여항문인 蒼麓 金時模(1685~1767)가 분명해 보인다. 그렇다면 정덕흥은 김시모의 문하생이거나 그를 추종한 후배였을 가능성이 충분하다. 그러나 『蒼麓遺稿』에는 정덕흥의 이름이 나오지 않는다. 정덕흥은 이 『육서집』을 제외하고는 다른 저작이 없다.

[특징, 의의] 정덕흥은 학계에도 거의 알려지지 않은 인물이고, 여항인 시단에서도 존재감이 별로 없는 인물이다. 고립된 채 시문활동을 한 시인으로 보이지는 않으나 어울려 활동한 흔적이 잘 확인되지 않는다. 『육서집』은 영조대 여항인의 직업과 의식, 창작활동, 시집 편찬의 특징 등을 보여주는 하나의 사례로 의의가 있다.

[선행 연구, 참고문헌, 관련자료] 정덕흥과 『육서집』에 관해서는 선행연구가 없다. 다만 시집이 『문헌과해석』 통권 13호(2000, 겨울)에 영인되었고, 안대회가 그 해제에서 이 시집과 시인에 관하여 간략하게 검토한 바 있다. 자료가 소개된 이후에도 후속 연구가 나오지 않았다.

(안대회)

25. 관아당유고(寬我堂遺稿)

[제목] 寬我堂遺稿

[서지] 譯官 金世禧(1744-1791)의 시문집, 필사본, 1冊(63張) : 四周雙邊, 半葉匡郭 : 20.4×14.2㎝, 有界, 10行 20字, 上下向二葉花紋魚尾 ; 28×17.5㎝

[편찬 연도 및 동기, 소장처, 이본] 『관아당유고』에는 따로 序·跋이 없지만 책의 끝자락에 김상순의 짧은 간행기가 적혀 있어 개략적인 편찬 동기와 수록된 시문의 저술 연도를 파악할 수 있다. 김상순의 기록으로 보아 이 책의 편성연대는 그의 말년에 해당하고, 수록된 시문은 김세희의 초년 작품인 듯하다. 열에 여덟 아홉은 잃어버렸다는 것으로 보아 김세희의 저술 중 극히 일부만 수록된 것으로 보인다. 『관아당유고』는 서울대 규장각 한국학연구원 소장(古3428-447)의 유일본이다.

[형식] 표지 서명은 '寬我堂遺稿'이며, 권두 서명은 없다. 표지에 수록된 문체의 명이 기술되어 있다. 수록된 작품의 문체로는 詩, 書, 論, 序, 記, 呈文, 祭文, 議, 解, 頌, 銘, 贊, 歌 등이 있다. 본문은 10행 22자로 쓰여 있다.

[구성, 내용] 1冊으로 되어 있으며 시, 서(4), 론(11), 서(16), 기(3), 정문(9), 제문(2), 의(1), 해(1), 송(2), 명(1), 찬(2), 가(1) 부록-증판서공연보가 수록되어 있다. 序·跋 및 목차는 없다. 詩는「寒食雜咏三十首」, 「秋夜感雷雹」 등, 書는「答朴稚然書」, 「諫馳峻坂書」 등, 論은「蘇秦張儀孰賢論」, 「郭巨埋子論」 등, 序는「送七十老訓長赴燕序」, 「代蜀父老送蘇允明率二子入京序」 등, 記는「文章洞天記」, 「孟宗泣竹圖記」 등, 呈文은「請勿序使臣班於僧道之後呈文」, 「勅使禮單半減事有旨呈文」 등, 祭文은「祭外舅邊公文」, 「祭岳母河東鄭氏文」 등, 議는「官帽變通議」, 解는「酒解」, 頌은「重譯獻雉頌」, 「親耕頌」, 銘은「銅雀硯銘」, 贊은「文房四友贊」, 「縱火牛贊」, 부록은「贈判書公年譜」가 수록되어 있다.

[저자] 金世禧

[생몰년, 자, 호, 본관, 가계, 출신, 신분] 1744~1791(영조 20~정조 15), 字 : 士浩, 號 : 寬我堂, 本貫 : 霅城(開城), 父 : 金德華, 生父 : 金德潤, 母 : 평양 조씨, 外祖父 : 趙璞, 兄 : 金世禎, 출신 : 漢城, 신분 : 譯官.

[생평, 사우 관계, 벼슬, 저서] 김세희의 생애는 본서에 수록된 증판서공연보와 아들 김상순의 정헌초고에 실린 고증판서공묘비(1815년)를 통해 상세히 파악할 수 있다. 김상순의 기록으로 보아 평생에 걸쳐 시문을 저술하였을 것으로 보이나 대부분 당대에 일실되고 현재는 『관아당유고』에 수록된 작품만 남아있다. 英祖 41년(1765) 乙酉 式年試에 역과에 합격하였다.

[특징, 의의] 역관 명문가 설성 김씨의 핵심 인물로 역관의 생애와 역할(정문 9편은 매우 중요하다.)을 잘 살필 수 있는 자료일 뿐 아니라 시와 문 모두 재능이 뛰어나고 문예적 성취도 높다. 18세기 역관의 문집으로는 큰 의미가 있다.

[선행 연구, 참고문헌, 관련자료]
宋萬午, 「朝鮮後期의 譯官 金相淳에 대하여」, 『전주사학』4, 전주대 역사문화연구소, 1996.
김두헌, 「19세기 중인의 초혼 연령 및 배우자의 신분-현탁 가문과 김상순 가문의 사례-」, 『鄕土서울』73, 서울역사편찬원, 2009.

(김영진)

26。정헌초고(靜軒草稿)

[제목] 靜軒草稿

[서지] 金相淳의 시문집、稿本、1冊 : 四周單邊、半葉匡郭 : 19。7×13。7㎝、有界、10行 22字、上花紋魚尾 ; 28×17。5㎝

[편찬 연도 및 동기、소장처、이본] 『정헌초고』는 序·跋이 없어 편찬 연도와 편찬 동기를 알 수 없다。규장각 한국학연구원 소장(古3428-446)의 유일본이다。

[형식] 標題는 '靜軒集'이며、표지 오른쪽에 수록된 작품의 문체인 詩、賦、論、序、記、文、碑、傳、贊、銘、箴、頌、議가 쓰여 있다。첫 장은 비워져 있고、둘째 장부터 문체별로 목차가 기술되어 있으며 마지막에 「靜軒公年譜」가 수록되어 있다。본문은 10행 22자로 쓰여 있다。

[구성、내용] 1冊으로 되어 있으며 詩、賦、論、序、記、文、碑、傳、贊、銘、箴、頌、議가 차례대로 수록되어있다。「仲春晦日與諸益拈韻」·「春別朴老兄聖執氏」·「燕行途中」·「敬次古松流水館道人花甲韻」 등 詩 38首、「羽化賦」 賦 1편、「却醫論」·「汾水秋風勝直臣論」 등 論 3편、「送滄海力士序」 序 1편、「靜軒記」·「蟾蜍湖記」 등 記 3편、「自警文」·「祭仲姊金氏婦文」·「呈禮部文」 등 文 9편(自警文 1편、祭文 6편、呈文 2편)、「高祖考判官公墓碑」·「曾祖考贈參議公墓碑」 등 碑文 4편、「金重戈傳」 傳 1편、「夏雲贊」·「陳玄贊」 贊 2편、「靈臺銘」·「石鼓銘」 銘 2편、「賢臣爲寶箴」 잠 1편、「作舟車頌」 송 1편、「包蔘加增便否議」의 1편이 수록되어 있다。서발문이 없어서 저술 시기와 배열의 기준 등은 알 수 없지만 다양한 장르와 주제의 글이 수록되어 있다。가장 중요한 글들은 역시 역관으로서의 직분에 관계된 「呈禮部文」、「包蔘加增便否議」、「聽敏廳題名錄記」 등이겠고、그 다음 「自警文」、「靜軒記」、「怪石論」 같은 개인적인 글들도 의미가 있다。엽전(돈)을 가전체로 지은 「金重戈傳」、문방사우 및 筆洗 등을 소재로 지은 「陳玄贊」、

「蟾餘湖記」도 흥미롭다。

[저 자] 金相淳

[생몰년、자、호、본관、가계、출신、신분] 1779~1857(정조 3~철종 8)、字：而直、號：靜軒、本貫：牛峯(開城)、父：金世禧、母：미상、출신：漢城、신분：譯官。

[생평、사우 관계、벼슬、저서] 김상순(1779~1857)은 역관 김세희(1744~1791)의 아들로、서울 사자정동에서 태어났다。사우관계에 대해서는 알려진 바가 없지만 만사위는 추사의 제자로 또 19세기 조선 문사교류의 핵심 인물인 역관 李尙迪(1803~1865)이다。본서 안의 작품으로 朴聖執(이름 미상)、화가 李寅文(호 고송유수관도인) 등과 교분이 있었음을 알 수 있다。

『정헌초고』끝에 수록된 연보를 통하여 그의 생평을 구체적으로 알 수 있다。김상순은 1795년 16세의 나이로 역과에 합격하여 통문관 참봉에 임명된 이후로 50년 이상 관직생활을 하였으며、총 20차례 청나라 사행에 참여하였다。1819년 조선 후기 외교문서 모음집인『同文彙考』의 監印에 참여하였다는 점은 특기할 만하다。

1804년 처음 사행 길에 오른 이후로 1811년까지는 從事官 자격으로、1818년과 1820년에는 贅沓官 자격으로、1820년 이후로는 首譯 자격으로 참여하였다。김상순은 主簿、敎誨、訓導、敎授 등의 관직을 지냈고 1810년 역관의 최고 자리인 司譯院正을 지냈다。1818년 折衝將軍의 당상관 품계를 받은 이후로 1819년에는 嘉善大夫、1821년에는 嘉義大夫、1824년에는 正憲大夫、1827년에는 崇政大夫、1832년에는 崇祿大夫에 올랐다。1844년 봄 중궁전 승하에 대한 청나라 칙사가 왔고 그들이 떠난 뒤 廟堂草記 건으로 김제에 유배되었다。5~6년 뒤에 해배된 것으로 추정된다。

김상순은 뛰어난 실무 능력을 바탕으로 관직 생활을 하면서 2차례 삼대가 추증되는 영예를 얻었고 관직은 숭록대부 知司譯院事에 올랐다。1851년 73세의 고령으로 스무번째 중국사행(陳奏使)에 참여하였고 귀국 후 품계가 이미 다 올랐기에 자손을 등용하라는 명과 함께 노비와 전답을 하사받았다。1857년 10월 9일 79세의 나이로 卒하였다。

[특징、의의] 김상순은 조선 후기 유명 역관인 金景遂의 부친으로서 그의 개화사상에 영향을 준 인물로 처음 학계에 알려졌다。

『정헌쇄고』에는 화폐를 의인화한 「김종과전」, 중인들의 처지와 현실을 간접적으로 보여주는 「자경문」, 퇴세적인 면모가 드러나는 「우화부」 등 사회 비판적인 글들이 수록되어 있으므로 조선후기 중인들의 개화사상을 연구하는 데 중요한 저술이라 할 수 있다. 연행 도중 읊은 시와 연행 후 조정에 올린 글 등이 수록되어 있고 또 아들에 의해 기록되었을 것으로 추정되는 상세한 연보가 실려 있어 연행록 및 조정 사행 연구, 역관의 생애 연구 등에 매우 좋은 자료이다. 다양한 장르의 작품이 수록된 『정헌쇄고』는 19세기 역관 김상순의 문학적 외교적 소양을 알게 해준다는 점에서 의의가 있다.

[선행 연구, 참고문헌, 관련자료]

宋萬午, 「朝鮮後期의 譯官 金相淳에 대하여」, 『전주사학』 4, 전주대 역사문화연구소, 1996.

김두헌, 「19세기 중인의 초혼 연령 및 배우자의 신분-천녕 가문과 김상순 가문의 사례」, 『향토서울』 73, 서울역사편찬원, 2009.

(김영진)

27. 반림영화(泮林英華)

[제목] 泮林英華

[서지] 필사본 2권 1책. 49張. 線裝, 四周雙邊, 半郭 22.2×16.3㎝, 有界, 半葉 10行 20字, 註雙行, 上向花紋魚尾 ; 32×21.7㎝

[편찬 연도 및 동기, 소장처, 이본] 순조 20년(1820)에 편찬되었다. 서울 도성 안에서는 어디서고 올려다보였던 북악산이 동쪽으로 뻗어 내리면서 매봉鷹峯이 솟아있다. 매봉의 뒤편으로 성곽이 둘렀는데 매봉의 주맥을 따라오면 바로 성균관의 건물들이 배치되어 있다. 이 성균관을 가운데로 양쪽 골짝에서 내려오는 물 두 줄기가 흘러 이를 泮水라 했고, 거기 놓인 다리가 泮橋이다. 성균관을 일명 泮宮이라 한 것은 이에 연유한다. 반수의 동서로 주거지가 형성되었으니, 마을은 반촌, 마을 사람은 泮人이라 불렀다. 『반림영화』는 다름 아닌 반인의 시작품을 뽑아서 엮은 시집이다. 편찬 당시 나이 60세 이하에서 미성년자까지 지은 시편의 정수를 실었다 하여 책이름도 '반림영화'라고 하였다.

반인은 조선이 한양에 정도하고 이곳에 국학을 세운 당초부터 살기 시작하여 『반림영화』가 엮어질 무렵인 19세기 초반에는 8백여 호를 헤아렸다. 성균관의 제반 실무와 잡역에 종사하는 인원을 인근에 거주토록 해서 반촌이 형성되었거니와, 소고기 판매의 이권을 이들에게 주어서 노고에 보답하였다. 전언에 의하면 영남의 인사들이 과거에 응시하거나 벼슬살이를 하기 위해 올라오면 으레 이곳에 머물렀다 한다. 여기서 주목할 바 반인은 성균관 가까이서 성균관의 공무를 수행하였기 때문에 자연히 감화를 받고 문식도 생겨서 시를 좋아하는 분위기가 일어날 수 있었다.

서문은 성균관 典籍의 직에 있었던 沈啓錫(1782~1837)이 쓰고 있다. 그는 大林山人이라고 자호하여 『大林山人未定藁』를 남진 사대부 문인이다. 『발림영화』의 각 권 첫 면에 편자로 李鳳章, 교정자로 金麒永이 올라 있다. 이 두 사람의 시편이 본문에 뽑혀 있으므로 반인임이 분명하다. 맨 뒤에는 발문 2편이 실려 있다. 하나는 金養直, 다른 하나는 朴英錫이다. 박영석은 본문에 시편이 올라 있으므로 그 역시 반인이다. 김양직은 신원이 확실치 않으나 그는 자신이 黌舍(학궁을 가리킴)에 있다 한 것으로 미루어 성균관 유생으로 추정된다. 『발림영화』란 서명이 말해주듯 이 시집은 반인이 가꾼 아름다운 꽃동산이다. 반인 스스로 자신들을 시적으로 표현하고 자긍심을 살리기 위해서 엮어낸 것이지만 당시 성균관에 보임되었던 심계석이 지도적 역할을 하였으며, 성균관 유생까지 한몫 거들었다.(이 책을 편찬하고 기념하는 연회를 개최했는데 심계석이 그 자리에서 지은 「泮林選詩宴」이란 시가 문집에 실려 있다. 시는 뒤에 부록으로 실었다.)

근본적으로 말해서 사람은 누구고 시인이 될 수 있다. 왜냐하면 성정을 표출한 것이 시인데 성정은 사람이라면 너나없이 타고났기 때문이다. 다만 세상을 살아가면서 물질적 욕망에 의해서 성정을 잃거나 출세주의로 인해서 성정이 왜곡된 나머지 대부분은 시인이 될 본바탕을 망실해버렸다. 인간사회의 현실이다. 시의 본질에 비추어 고금에 시라고 이르는 것들이 무수하지만 과연 '참다운 시'는 얼마나 될까. 『발림영화』에 대해 대릉산인은 서문에서 봄날의 새 울음, 가을철의 풀벌레 소리처럼 저마다 타고난 소질을 마음껏 발휘한 결과물로, '세상에 감동을 주는 데는 귀천의 차별이 없고, 후세에 이름을 전하는 데는 빈부에 구애됨이 없다'라고 하였다. 반인은 신분제하에서 閭巷의 서민에 속해서 벼슬길에 올라 고귀하게 될 길이 애당초 차단되었기 때문에 오히려 시인으로서의 성정은 오롯이 표현될 수 있다. 天機가 저절로 작동하여 '참다운 시'가 나올 수 있었다. 여항시단을 최초로 열었던 洪世泰가 제기한 시론이었다. 본서는 현재 알려지기로 유일본이다.

[형식] 標題와 권수제, 판심제가 모두 '泮林英華'이다. 심계석의 서문 뒤에 '泮林英華凡例'가 있으며 권1과 권2로 이루어져 있는데 각 권별로 目錄이 제시되어 있다. 작품의 배열은 나이 많은 사람부터 적은 사람까지 시인별로 이루어져 있으며 한 명의 시인 내에서는 오언시·육언시·칠언시 순으로 해서 詩體별로 실어 놓았다. 박영석의 발문이 맨 뒤에 있다.

[구성, 내용] 편찬 당시 나이 60세 이하에서 미성년자까지의 泮人들 62인의 시 총 186수가 수록되어 있다. 『발림영화』의 시편들을 음미해보면 꽃피는 아침, 달뜨는 저녁의 흥취를 읊은 것들이 많다. 전원시-자연시에 속하는 부분이다. 이는 한시의 주류적 경향이기도 하다. 그렇지만, '동산이 朝市에 가깝다고 탓하지 말라'(洪翼龍, 「幽居」)고 하였듯, 자신들의 삶의 현장이 서울 도성 안

에 있지만 그래도 그윽한 정취가 있다고 자부하였다. 성시민의 취미라는 특성을 띠고 있는 것이다. 향촌을 기반으로 한 사대부적 산수자연과는 같을 수 없다. 이는 여항시 전반의 특성이기도 한데 반인의 시에서는 반촌 주변이 시적 배경을 이루는 일차적 지점이다.

吾儕環住碧松亭	우리들 碧松亭 둘레로 거주하여
及見先王德化成	임금님들을 더러 뵈어 덕화를 입은 데다
恭守聖祠斯願足	대성전을 모시니 무얼 더 바라리오!
忝登仙閣是身清	仙閣을 오르내려 이 몸 또한 맑도다.

(洪翼龍, 「敬次風軒韻」, 전반부)

'선각'에 '守僕廳을 일컫는 말이다(仙閣: 守僕廳號).'라는 원주가 달려 있다. 위 시구를 보면 그들은 대성전을 수호하고 임금님을 가까이 접할 기회도 갖는 성균관 수복의 직무에 보람을 느끼고 자부심도 가졌던 것을 십분 짐작케 한다.

위에 나오는 벽송정은 성균관의 명륜당 뒤편 높은 언덕에 위치한 정자로, 큰 소나무에 둘러싸여서 붙여진 이름이다. 현재 성균관대학교 제1교수회관이 그 유지이다. 당시 성균관 경내에서 제일 명승으로 쳤다고 하거니와, 반촌 주변으로도 풍광이 수려한 곳들이 있었다. 동북쪽으로 계곡이 굽이굽이 봄이면 복숭아꽃이 핀 사이로 인가가 띄엄띄엄 선경을 방불케 했다. 그중에 松洞이 제일 유명하여 성균관의 居齋生(재학생)들도 상춘의 발걸음이 미쳤고 반촌 사람들은 거기서 시회를 벌이곤 하였다. "골이 깊어 버랑에서 구름이 생겨나고 숲이 푸르러 옷에 비치네."는 『반림영화』에 나오는 「宋洞納凉」의 구절이다.

송동은 본디 尤菴 宋時烈이 살았던 때문에 붙여진 지명이라 한다. 후일 그곳에 정선생이란 이가 학사를 열어 학생들을 가르쳤다. 趙秀三의 『秋齋紀異』에 「정선생」이란 제목의 시가 들어 있다. "학사 앞뜰 꽃나무 사이 길로 아침저녁 종소리에 학생들이 모이고 흩어진다. 도성 사방의 자제들을 가르치노니 도포에 띠를 매신 정선생이로다." 정선생은 여항의 교육자임에 틀림없어 보이는데 성명이 鄭學洙라는 것만 알려졌을 뿐 실체가 미상이었다. 그런데 정선생의 죽음을 애도하는 시 4편이 『반림영화』에 나온다. 金宗宋(1773~?)의 작으로 학자·교육자로서 정선생의 풍모를 감동적으로 담아내고 있다. 정선생 또한 반인인데 몇 가지 몰랐던 사실이 언급된다. 그는 호를 壁下라 했고 조부가 鄭祖國(호 迂庵)이란 학자로 이름이 있었으며, 스승은 安光洙(호 竹菴)였다는 것이다. 여항에서 실시된 교육의 현장에 구체적 관심을 끌도록 하는 내용이다.

이 대목에 덧붙여 소개하고 싶은 일화가 있다. 申光河란 시인이 성균관의 거재생으로 있을 때 송동으로 놀러가서 읊은 시에 "송동이 鄭谷으로 불러져도 무방하네"란 구절이 들어 있었다. 이 구절이 크게 문제가 되어 노론계 재학생들에게 비난을 사서 그는 성균관에서 퇴학을 당했다. 위대한 송우암의 권위를 감히 모독했다는 것이다. 그러나 지금 따지고 보면 정선생은 오히려 새로운 교육의 장을 열고 있었으니 시인다운 예지로 미래를 내다본 셈이었다.

『반림영화』에 대해 서문에서 '여항의 吉祥'이라 찬양하고 있다. 또한 문명의 한 표상이라고 생각한 것이다.

[저자] 편찬 당시 나이 60세 이하에서 미성년자까지의 泮人들 62인.

[생몰년, 자, 호, 본관, 가계, 출신, 신분]

[생평, 사우 관계, 벼슬, 저서]

[특징, 의의] 위에서 『반림영화』란 책이 무슨 내용을 담았고 어떤 경위로 만들어졌는지 대략 살펴보았다. 그것의 의미는 다음의 두 방향에서 논평할 수 있겠다.

한 측면은 여항문학으로서의 자료적 가치이다. 여항문학이란 17세기 이래 19세기 말경까지 서울의 여항에서 발달하여 이미 『여항문학총서』가 10책의 방대한 분량으로 정리, 간행된 바 있다. 그중에서 한시는 특히 성황을 이루었던 바 60년을 주기로 여항시의 정화를 모은 시집이 간행되기도 하였다. 1737년에 『昭代風謠』, 1797년에 『風謠續選』, 1857년에 『風謠三選』이 그것이다. 『반림영화』는 『속선』과 『삼선』의 중간에 위치하는데 『삼선』에는 『반림영화』 중의 시인이 대거 47명이나 뽑혀있다. 또한 『반림영화』의 지면에는 그 선대가 『풍요』나 『속선』에 입선된 사실이 있으면 명기해 놓았다. 그럼에도 반인시는 여항문학의 세계에서 전혀 구분되지 못한 나머지 지금까지 학적 인식의 사각지대처럼 되었다. 이제 『반림영화』를 통해서 반인시의 존재가 비로소 뚜렷이 드러나게 된 것이다.

다른 한 측면은 성균관 관련의 문헌으로서 갖는 의미이다. 『반림영화』는 조선왕조의 국학이었던 성균관 관계 문헌의 하나로서 특별한 의미를 담고 있는 책이다. 왕조국가의 중요 기구의 하나였던 성균관=태학의 문헌이라면 『太學志』가 대표적인 것이다. 그리고 사적인 성격으로서 흥미로운 내용을 담고 있는 것으로 『泮中雜詠』이 있다. 성균관의 유생으로서 문과에 급제를 못해 오랫동안 거재생으로 머물러 있었던 尹愭란 선비가 반중의 체험과 견문을 220수로 읊은 것이다. 『반림영화』는 이 『반중잡영』과 쌍벽을 이루고 있다. 『반중잡영』이 말하자면 성균관의 재수생 처지에서 지은 개인의 시집임에 대해 『반림영화』는 성균관의 제도적 기반을 이루었던 반인 집단 다수가 참여한 점에서 각별한 의미를 띠고 있다.

수도 서울지역을 가리켜 首善之地라고 불렀다. 그래서 서울의 고지도를 「수선전도」라고 한다. 성균관을 가리켜서는 「서울의 수선지지」라고 일렀다. 성균관이 당시 최고의 교육기관이었기에 서울에서도 모범적인 곳이 되어야 한다는 뜻에서 붙여진 호칭이었다. 『반림영화』는 수선지지의 문화를 증언하는 한 실체로 보아도 좋을 것이다.

성균관은 지금 사람들이 다 일상으로 체감하듯 근대적 변천을 겪는 과정에서 옛 모습이라고는 찾아볼 도리가 없게 되고 말았다. 반촌은 어느덧 사라지고 반촌의 사람들은 어디로 흩어졌는지 물을 곳이 없다. 하지만 성균관의 건물들이 의구하게 서 있거니와, 반수와 반교는 비록 눈앞에 사라졌지만 복개된 땅을 파보면 자취를 확인할 수 있을 터이다. 그리고 송동은 고성 아래쪽으로 예전의 풍경을 그런대로 유지하고 있다. 이 『반림영화』는 현재 알려지기로 유일본이다. 지금 그 원형을 재현해서 세상에 선보이는바 우리 중세 대학문화의 격조 높은 옛 정취를 실감할 수 있지 않을까 한다.

[선행 연구, 참고문헌, 관련자료]

임영태, 「『泮林英華』와 閭巷文學」, 『漢文學報』 42, 우리한문학회, 2020.

(임영태)

《여항문학총서 속집》 제1권 목록

《여항문학총서 속집》 제2권 목록

《여항문학총서 속집》 제二권 목차

一七。오재만록(悟齋漫錄)

册三

好古詩 中

二三。봉악집언(鳳岳集言)

鳳岳集言 卷之三

詩

二四。육서집(六西集) …… 四六七

二五。관아당유고(寬我堂遺稿) …… 四八五

漁山詩集 全

漁山詩集序

漁山丁先生讀書三十年學邃而識博文富
閭巷之士皆稱之以先生聲名甚藉藉然命數窮苦
屢策不中遂棄其業無當世念於是敎授羣弟子以
成就人才爲己任焉家雖甚貧客至每置酒酒酣擊
節爲詩平生所得聯篇累牘無慮屢千首嗚呼先生
年纔四十遂無子而早沒其詩皆漫散流落世無收
拾之者小子受先生書積有年矣念家塾之敎育歎
文華之泯滅或訪之於山寺水樓或搜之於窮閻塵
篋僅聚其十百之一二未幾旋失之遂慨然又復力
求懇粹纔得百餘篇遂粧成一冊全鼎之一臠其或
在斯也歟噫先王旣遠大雅之音熄已久矣採觚之
士由乎唐而溯其眞源激其餘波庶得其正而若或
溺於奇僻悅其浮薄惟明清之賸吳殘馥是務焉則
詩之道安得不病乎哉惟我先生其爲詩也品格則
高邁聲韻則悠遠庶不失三百篇遺義若使太史氏
採下里之歌謠登諸　王朝捨先生而伊誰爲之先
也哉但其詩散而見佚世無完帙不得使後之人無
由以知先生邃學博識之業富文達理之妙可勝惜
哉雖然就若干裒輯想其遺風餘韻萬一之髣髴亦
未嘗不在乎此宜可以片金之碎忽之也哉先生諱
奭祚字茂倫昌原人

乙丑仲夏門人朴允默謹序

汲景部　　呂原　丁㬰祚茂

覽古 二首

一寸山河經百戰一人榮樂萬人哀請看暴露沙場
骨半是英雄還草來

盛地元從闢地來鐵衣應續舞衣裁可憐百戰英雄
業消淂房孫長夜盃

昭君怨

君王枉自惱延壽延壽何曾誤妾身滿目腥膻秋色
裏紅顔不復画中人

隋煬帝

紅腐相因洛口倉四夷猶自識兵強如何一夜彭城
閣不及愚夫死道傍

擬陶形影神 并序

昔淵明作是詩敘形影之苦釋以神辨自然
竊以淳風既邈智巧斯興君子有利義之癯
小人迫飢寒之憂日以心煎終歸于盡紛汨
撓攘百年瞬息晤言興歎三復遺篇夫靜性
莫善於寡欲養生莫過於安神爰以暇時輙
復染翰

形贈影

妍強不可論百骸幸而具與子非一物墜地忽相遇
俛俛二十年坐卧相依附詩書情偏重賢達夙所慕
義和逝不留今古猶朝暮人生會有極顧非金石固
願子長相隨成名不余誤

影答形

稟生有堅脆運命或不均大都百年内同為一丘塵
與子非骨肉生而託子身既已同憯怳未嘗異苦辛
所嗟人世短綢繆不淂伸苟無騰化術為憯當及辰
願子常秉燭令我長相親

神釋

吾聞邃古世其道尚無為攝養依自然羣生各熙熙
如何三五下真風無復遺日夕交悲悦年命非促之
子有惜生志撫己獨長悲逼逼徇名譽無乃勞心思
秉燭常所羨荒宴恐非宜既已無奈何終須取吾辭
口體能養人甘苦令心移耳目稍開明非我奚所知
所以古達人優游不相疲冲心袪百慮堅貞或能持
咄嗟百年内蕩滌復何疑

桃源

避地初來遂不還一溪春碧夷潺湲神仙也解思鄉邑故遣漂花出世間

銅雀妓

西廊深院鎖逶迤雲雨無情豈夢思日落漳河歌舞歇西陵松柏不生枝

七夕

鳳幄開銀浦龍驂總白榆精靈自聚合烏鵲竟虛無月逈飄寒桂風驚隕夜梧穿針存古俗不必待蜘蛛

送春

水流雲去駐無因嗅過殘芳恨更新盡觴明日登臨處縱有花開不是春

七夕

鳳杼無聲轉七襄露和輕雨濕霓裳龍鸞誓死三霄逈烏鵲填河一夕忙星佩紉來榆莢小月帷移去桂花香義和自趂扶桑曉不管佳人有斷腸

題曆

鬪草爭花尚了然思量星紀再周天只言明日來無盡多恐今年似去年

讀范睢傳

范叔元非賣國人誰知金酒却妨身昭王母子終相失惡在梁家報在秦

征夫曲

歸騎絡浮雲南園草正薰慣作春閨夢猶言夢見君邊衣寄不盡尚在篋中香刀尺準疇昔郎今試短長

遊桃花洞遇雨來同遊

今日桃源裏霏紅望若霞不知風雨後定有幾枝花

偶然作

葉落花開秋復春層城日起化衣塵江湖好着青蓑去猶是昂藏未老身

初秋

七月秋還早三庚暑吉終蕭蕭鳴葉雨摵摵振條風道拙功名際年過旅食中紫溪吾有墅歸伴釣漁翁

春詠

許晷添閒睡迎瞳罷舊痾前山朝更碧春雨夜應多紅樹逢騎馬芳蹊閒踏歌誰憐爲客意終日斷經過

鹵城登眺

病有臨邛渴尋常欠酒錢不才還傲骨作客更荒年霧罷山如鏡春遲柳欲眠寂寥登眺意獨立正茫然

閨情

抽絲亦有端遠戍亦有限萬里尋城去十年猶操版

送春

繞樹臨池知幾過芳罇怊悵送嬋娟有情莫遣今宵卧落盡残花又隔年

桃花洞

此山今日試春衣長遂短歌悲落暉堪恨桃花無意緒雨中開了雨中飛

夏夜讀書

俢々林響繁空園一茅舍微雨溪上来細泉幽竇潟寥々此曲裡寂々孤燈下煩歊一舒散展轉書猶把君問昇沈理息迹忘機者

此牖

潦雨淘煩暑此牖眠方永翳々雲蘿陰肅々空宇静満腹不須餘即事多真境羣書倦紬繹散亂誰能整

繡勝園 用杜韻

芳園日陰深芳樹逮霞蓊偶趁林下期適與賞心會主人喜逢迎真率無揖拜蒼浴引屐遠盤根絡崖壊爭長繞出林松古不須大炎涼卧来變昏曉寂中旼圖書塞左右幽夢不在外伊余抱微尚拘拘形跡内虚名患入指薄藝懲竹怪終當偕翕隱茹淡猶可賴

晩晴

小池開天色前溪捲雨聲微風蕩夕氣露竹踈泠泠閑軒暢幽襟觸目怡遐情新蔬長綠葵細菓綴朱櫻山光滿虚牖歸鳥息檐楹撫息物自親病枯體更輕方將理山屐好事期函城

擬愁

勝遊那惜貴羇思奈愁何可是燃犀獨非關戀綺羅酒中消不盡枕上得偏多黯是無新別煩應帶舊痾鵬柔渾欲斷髮短恐成皤映雪書仍掩衡星劍屢摩玉盤虚贈遠蘭佩莫追歌寡嫂朝臨鏡征人夜枕戈不眠知刻漏無賴費吟哦別有懷鄉處川長水湯波

苦熱

赤日罷黄道朱光徹綺寮天長渾是烘雲薄不禁消勢等洪爐熱狂添内火燒漸知氷不效終覺扇無聊畏把巾遮額愁將帶束腰蝇繁思落日蚊足怕經宵逝水浮涼息来風助熱遥真成夸父渴實有馬卿痟鄭灼瓜何愈袁公酒謾饒方忻得清月頓懼抵明朝白榻堪隨分凉棚詎見邀寒塘慙鷺浴朔野羨鴻飄八月乘槎客三冬卧雪樵遐情嗟未展高蹈信難徼早歲親書籍羇遊慣寂寥壷觴期獨逞林壑久相招

還寓

南登高臺望罔阜欝相縈天气澄餘滓郊原逈且平
凌厲萬物肅迢遞數鴈鳴蕭林發悴色時菊獨寒榮
清晨起盥漱汲我東井水短綆不汲深剛腸乖祿仕
歷觀古時人誰其要終始紫蔡榮朝露光輝一時委
達亦不足榮窮亦不足恥商歌吾豈敢聊以奉君子
茲非曠士懷感念無端來王喬勸服食雲霞爲排徊
枯桑隕沃若蟋蟀鳴正哀天風捲征蓬露色寒蒼苔
下視子雲輩千載卧蒿萊乃知仙人術保養誠悠哉
西臨大河望迢遞見蕪城蕪城昔繁華夾道起朱甍
蓋世蕭與曹金張席簪纓人事有隆替百川東南傾
昔爲臺與殿今生杞與荊悟彼蜃樓幻咄此錐刀榮
懷玉終見疑授金反成名於中有優劣要此非達生
舍彼區中緣言遂汝上情

粒我行

牛犖〻車策〻轉粟遑〻度嶺阨癸卯之歲六路荒
升斗重無前年積南民嗷〻业民僵許我令長與方
伯方伯飛狀聞　九重瘰疚耿〻憂朝夕　天語丁
寧綸綍垂　聖心不有肌膚惜外色　教停二歲租
內貢許減常年額貂鼠之皮與胡椒　御府繙錢出
千百繡衣驄翩監瞷賑縣道分部各乘驛都甸遊民

浮萍不著水窮燕還巢幕風波一搖蕩蕩蕩無終薄
少孤遲娶室固窮早爲客賓館實濫竽蘭交顧在昔
荷此食魚心東西邉可擇去非延幸舍還即舊講席
井蛙守缺甃磨驢循故迹方知拙者心終焉戒附益

七夕諧傚李義山體

銀河帝子嬋娟容一夜流雲開星帟綾扇嗅風揄笑
星語玉珮冷飄雲錦裳金針纈作元央侶蛛絲網斷
秋〻天夜作玻瓈碧飆輪電車迷處所靈槎眺聽星
三霄露蹈宮花繞七寶樹人間更有巫山高靈光化
作霏〻雨

九日與諸子有泛菊之約而適風雨因有此寄
二首

落葉紛無數陰雲寒凭重不知籬菊意辛苦作秋容
檐溜滴未休峯雲濕欲冒秋風不相期慇勤吹短帽

擬古

衡畧移躔度熠燿縱横飛高飆厲節候颯〻赴重幃
寒〻抱虛寂宵眠驚單衣衣寒當自綻歲晏誰與歸
秋气日稜〻我思日悠〻羊腸阻脩坂江漢绝輕舟
玄鳥逝不留蟪蛄鳴堂幽彎弓上丘坂刈稻臨西疇
粒食豈不飽割鮮豈不求所遇殊感激安得不泥浮

貧且窮稔年亦自徒四壁渲有顛連溝壑人行乞隆
冬身裸赤負薪汲水渠生理壯者尚可充厮役哀此
幼稚無告訴搜訪一々登簿籍日糴貧口一升米月
費太倉三千石千里近在几案間天威不違顏咫尺
赤地更有安土人荒年却少流離客臣聞水旱非人
力堯湯亦有九年七年厄聖帝一心勤撫摩所以民
無流亡與捐瘠試看吾　王憂民意至誠斷々由衷
腸不然顛死百萬户此屬何以措衽席迮謂六路民
命輩亦知蒙　恩澤命椽不能糊汝口命纖不能庇
汝脊反使　至尊萬機餘宵旰重為此感々稟庚之
積為汝粮蠲税減糶拯汝溺請數周漢来為命明掊
的梁王説移粟所移只是民間穀漢文云有道未聞
仳離逮哺育大禹十起憂艱食文王發政先孤獨不
獨　至仁配前古兼將　德音喻比屋　聖恩一如
菽粟味厭飫置人貧窮腹異類尚可孚豚魚命曹亦
應非石木似聞涑詆如挾纊復道騶枀請含肉康衢
擊壤歌粒我於陵咲李寧匍匐冀土愚臣雖虫技市
烟街月行蹈々不有負郭二頃田不有淇園千畝竹
生成亦荷皇天私十指不動飽饘粥啾々發吻歌
聖澤譬彼虫鳥鳴寒燠亦知俚語非大雅微恍窃自
喻芹曝九條廟謨雙手擎十行　天書三復讀終南
長青漢水流　聖主萬年受寶籙　聖主萬年受寶
籙太平之世生亦足

東將臺

襟帶雄如百二關危城劃石跨孱顏羊腸曲引雲頭
路浪勢争奔脚底山百里陰晴来座下諸天花雨落
胸間韜鈐幸際昇平日鈴閣還同梵宇閒

雪

滕六驚昏戀窮陰斃未曉細吹緣曲隙輕霏滴林杪
鹽虎勢相軋玉龍闘未了平池野色均凍合灘聲少
連珪冒池面疊壁架巖表蒼髯亞喬松長腰卧寒篠
萬像圓太素二儀闕犀擾栖羽涑輪囷潛鱗洽鵝夭
衛章手未攜郢曲思已渺衛寒氣難蘇習静神更悄
一枝逞可安懷鄉同越鳥煮茗餘宿火枯腸瀉纏繞

會姑母葬有述

姑母屬為尊恭惟父姊妹骨肉在所敦窮老義不替
回余失怙恃諸父屬牆戴仲父踰七耋差強惟姑在
咄嗟衰老疾一措如股大孱窮有二男出入無襤襁
水漿或不繼藥餌乏假貸忽赴一夕至祖車七日載
征馬為悲鳴寒雲垂靄翳灌木歛精魄孤墳宿荒穢

賵賻禮則然矧茲五服內自顧貧窮甚何以佐奠酹
蒼天不可問慟哭秋原晦

送金仲茂記室赴寧邊

都門悵望柳絲々牽引春風綰別離曉捧丹毫隨計
簿夕尋精舍下書帷海沂實賴王祥力幽薊爭傳阮
瑀詩桂樹山中花似霰念來鄉國一相思

青楓溪

芳躅相傳泂壑幽石門晴望晚悠々池臺偶逐樵蘇
入風物猶關 愁啼鳥歸雲空此日野花踈鬓各
清秋從來不盡登臨意虛道人間酒解憂

寄仲茂

昔別桐葉抽君行繞雨朔今別棗花落音書滯河嶽
一劍千里道異鄉秋風早寒雲動邊色白露生蔓艸
淒々夜衾薄肅々歸鴻度高歌香嶽雲紅粧藥山筭
奇文振聾俗風謦在京師鄉樂慶舊調里謠傳新詞
相思君馬黃秋艸萎已滋何能待歲寒秋筭以為期

寄君善

數旬殊不見秋事近如何病共寒花瘦喧應宿鳥過
揷籬嫣竹短晒藥惱雲多稍待前溪月孤琴趂綠蘿

秋酌萬里瀨

滿目悲陳事斜陽隨急流登臨餘涕淚來進白人頭
一氣浮將夕千聲動各秋孤懷曠何許林壑自清幽

屏居

屏居愁積雨綠蔓上柴扉陋室秋仍掩親朋夢亦稀
薄雲低欲筭栖鳥定還飛不用綈袍贈迎冬有短衣

閒情

願淂耕農小丈夫一生相守樂樵蘇無端枉嫁封侯
壻纔罷征鞍復擊胡

次韻圍棋 二首

梅雨蕭々竹引風手譚頃刻判雌雄蛛絲蜩甲經綸
際野火春泉摶擊中忽訝殘兵淩絕處果知驕將喪
全切試來逐鹿原頭望多少英豪盡着空
窺斑聊可辨南風翻覆難分楚漢雄弱趙亦分依代
亟強秦蠶食自關中手譚未辨連衡計金注方酬力
戰功務勝由來知必敗阿房一炬便成空

秋筭

過去悲懽悟已空偏來秋思更何窮閒愁易作經旬
別好事難教一日終山色霾餘高樹景葉聲寒送滿
溪風人生好得浮名繫直取年華寄酒中

送河敬淵之沁都讀書

少年方負笈落日動行鑣別意盃中盡前程卷裏遙
海雲迎駐馬鄉信待回潮愁寂空齋夜相思雪正飄

唐宮詞 六首

沈香火外五門開實笑朝元百福來鳳紙詔成春曉
冷太監催索硯爐回

中王按進決雲兒鐵爪金眸一種奇陛下好生千萬
歲苑中春獵不多時

有路通天葉法師虹橋雙跨月宮時紫雲係是神仙
樂明日梨園按解吹

御座前頭七寶山千官影靜五雲間看取箇中誰得
上姓張學士謝恩還

御手親將捉蝶兒美人頭上揷花枝欲知今夜承恩
是百子池中賜浴時

沈水爐中撥夕香鎖金帳裏透晨光太平天子朝恒
晏道是無爲化萬方

淨土寺

萬竅無聲月欲彎白雲香霧浣塵顔妄緣猶繫三生
外空色初圓半偈間春冷野田耕薄雪歳荒僧食斷
青山雄飛雌伏明朝事泉石留人且未還

夏夜懷李伯曄

夜短思方永悵悵委煩襟夕氣泛微清雨聲歸空林
眷言懷良覿契闊間涼斟若人實挺秀詩有山水音
案牘有時暇嘉遊良愜今且共懽一飲誰復論陸沈

小屋

窄失三分景低容半截身敢辭繩縕牖免見釜生塵
堪比牆東隱何如杜曲貧莫將咬菜意來問齒肥人

卽事

溽空陰霧塞卷地朔風來凍入三更雨狂奔十月靄
聖朝寧有闕天道偶多災吁咈有元凱虛懷及艸萊

過金士元舊居

數畝生涯薄浮雲世事休圖書隣舍得園菓老妻收
古木渾生耳新松恰過頭嬌鶯啼送客淒切舊林丘

燈花

回祿輸芳信三更抵一春未應分五出猶可訂千身
竹雨含英小飈風落蘂頻美人慵攀折針線悄凌晨

三田渡

此來虜騎箭如沙東射長安十萬家就裏男兒能幾
箇至今胡碣照江花

己酉三月廿三雪戲題

常年豈有花侵夏今歳都將雪送春喬木與鶯爲彼

晦雲菴 十首

茲山窈窱餘凌晨吾道東始念雲木秀不謂鳥路通
林泉互英發夕陽明玲瓏崩沙擁虛白離花舒小紅
蚕緣扣僧夏清言來遠風長廊飫松花鍾動山逾空

疊巔露微月前山已半矚重林乞虛白倏開光明燭
魍魎競走藏纖翳悉可矚微凉生水次夜色歸空碧
風龕時一驚露出跡寂歷觀心悟無我清言謝營求
頓覺歸依晚倚檻至晨旭

行山類涉世宿昔思一用自遊此山來欲試翻悖恐
崩石隊雨停傾崖迤復縱攀援捸搽如淩兢鼯鼠共
窺石畏蹈滑試足賴蹲緣懶心非一端憂來誰能綜
臨深實所踐薄氷翻內訟方悟觀世非持為山屈誦

自為招提客益知招提好高由瞰遠峯極目皆了〻
石氣澄羣陰磬聲歸夕鳥日落泉逾駛雲起山更悄
長風振幽谷樵歌發霞杪空羨靜者心咄此軒冕小
望極心彌遠村烟生嫋〻

禪宮閑寂寥褰帷候月色野水忽微明山帶如潑墨
迢〻嶺頭輝翻〻枝上翼飛螢滅遠影幽竇響是滴
嘉遊愜素襟清賞延夜席盈虛豈自免動息俱有浮
守此由間景露出同唧〻

崖綠蕪縈蝶是前因饕風夜〻還疑酒微雨時〻下
浥塵一任化兒旋斡得碧桃紅杏引烏巾

春詞

茸〻艸偷芽決〻泉通脉踏青殊未至春衫太較窄

遊曹氏園林

愚谷園廬靜到來生遠情人烟已新火樹色過清明
午枕移落石山歌雜鳥聲遲光殊未晚林酌且徐行

春雨 二首

搖颺如絲密渡斜隨風浣畫滿城花啼紅惡綠今宵
恨並溼佳人桃畔紗

掠鬆雲髻睡鬖髿溪上春泥罷浣紗一種芳菲新雨
後下階先摘杜鵑花

春思

東風脉〻柳絲〻最是佳人惡別時一紙書題兩行
淚百般心緒上顰眉

賦得遊絲 二首

烟經霞緯織來遲冪向春林鳥不知祇應夸父精靈
在留下人間繫日絲

暖向平蕪纈未收搖風蕩日劇悠〻玉人心緒長如
許牽得新愁續舊愁

茲遊已信宿經涉廣如閒巖磬先林崔僧齋過洞雲
暗流穿樹靜斜路出山分稍覺機心遠䔿前下鹿羣
勝遊宜醉後非是戀盡觴壁陰生積潤潭影集斜陽
山鳥分僧粒巖花度佛香重與譚禪罷茶蔬意不忘
山比太華小閒幽非世情地從人外邃泉出石間清
半景游倏上殘鍾宿鳥迎營營此俱寂吟到篝烟平
萬象歸禪寂山房閒更幽露凄孤鳥夕有鳥翔翔歸必達夕星
淡數螢秋高尚非吾事林泉懷舊遊欲窮雲起處明
發到源頭
昨夜夢海嶠靈仙恍惚信難要朝遊水落山清水白
石頗同調去天三百玉芙蓉合沓雙匣藏兩曜兩曜
旋轉洞天開鳥道百折縈巖隈晦雲蓊子紅碧泥歲
久臺殿半摧頹曇花不落菩提樹慈雲夜濕四大兩
福田逶逶祈佛靈僧鼓時時香一炷長飆捲送碧空
月玄豹嘯起三里霧李子潦倒文彩存鄭虔官冷鬢
已素趙璥醉後筆如椽紗年瀟洒滄洲趣笑拂丹霞
措絕境雲間一醉真奇遇為文恥作反離騷有酒當
澆要離墓丈夫立身貴磊落薄俗夸毗何足數吾將
嗄取天吴倒狂瀾坐令蒼生開覺路然後歸來置寒
充

閏夏二日同諸子訪鄭氏園却至杷清亭作

流雲霽木末山日爍以朗窺林一鳥鳴過雨百泉響
有客鶩朝眠出門偕所適官舍亦林下庭宇頗弘敞
山霞垂薄陰松風送餘爽方池漾空明萬彙呈氣象
微醺暢高眺冲襟盈遐想即此謝塵纓營魄猶可養

新晴

圓沙落漲痕露葉鳴餘滴有時竹間行清風不滿幘

送趙芝園赴燕 二首

離家無遠近出門便為客男兒四方志何必戀阡陌
燕京古帝都五車富文籍赫赫觀周道班班興王迹
夫君左海秀胱罨懷奇文搖筆赴使幕高足躡清芬
鴨江生薄冰燕山橫算雲行逢悲歌士一過屠狗市
委遲款段來蒼茫萬里裝身上慈母線逝將適殊方
殊方天一邊遠野何茫茫黃茅隱薄雪朔氣慘微陽
長城劃門出狹斜連康莊金臺不可問易水空湯湯
精靈今有無一為笑昭王

芝園宿高陽悵然有作

旅館猶古國瘦馬即長途今夜高陽月應憐舊酒徒

賞春

春衫稍薄怯春寒春色還須趁早看好鳥遠如芳怡

到異花遲似待人難溪沙浣白晨霏重山气浮凉莫
景残漆倒不妨澆磊落掌中呼取酒盃寬

庚戌元朝

無論駑駿數偏奇漆倒人間少所宜緣木事違汶上
訏積薪名讓里中兒楊歧岦礙東西路滿鬢才添一
兩絲最是殷勤貧不棄洛城花鳥舊相知

悼李齊佃 二首

浪跡稀三宿奇才愽一寒興多同我宴詩苦似渠難
夜桃霜生壁朝飡日照盤平生兇兩屐殘半破雲山
半世無家住殘篇有女開朝飡兼夕爨春服只冬裁
未必貧傷命還應鬼愛才凄凉一抔地香火不曾来

自遣

不辭山遠與溪賖看未開花到落花中娟朝朝相偕
悶濫觴今日又誰家

讀山海經

迢迢不死民乃食不死樹大春猶朝菌彭鏗纔免孺
靈真自有鍾黃白非素具蕭蕭茂陵原風雨滿秋墳

朝起

遲遲舒晴旭納納延朝凉園畦有餘滋露葉分白光
虛室絶塵襍清心寡延將開籠數鷄驚散髮臨荷塘
微微曉風善灔灔晨霞彰真境隨所遇即事無否臧
眷言同心友玆遊安可忘

捫腹

輪囷已足閱紛紜𪏮落猶堪貯見聞寬處可能容太
傅小来真不負將軍元無刀劒懷方寸槩有文章未
十分好是禪由秋雨夜一樽徑飽萬山雲

新晴

瀛浮人間一蠹名萬篇難贖鬢絲明生逢磨蝎那論
命技似黔驢只鮮鳴荷气竹凉来小睡水聲山色報
新晴京塵自古饒車馬肯信吾廬特地清

庚戌晬日

塗鴉哺雀已無時弧矢今朝可見思百感重来来梓
地餘生忍讀蓼莪詩道非狂狷空懷古才坐透跡欲
惡誰愁鬢更堪秋气入一蟬寥唳在高枝

送金直甫下第歸湖南

歸時重来到時裝依舊書在一囊雖同和璞三遺
黜也似良金百鍊剛吳地蓴羹滿千里洛城風雨過
重陽臨岐不用頻惆悵明歲槐花盡意黃

送朴稚度下第歸元山 二首并序

稚度以庚戌仲秋中　慶科鄉試發解到京

師不利將以九月十三日歸益推度今年四
十堂有尊嚴赴司馬試亢再遭黜見屈新被
鄉選冀得榮歸以供朝夕之懽是歸也不能
無恨愴怳微色爰庸作詩以餞其行兼慰其
意云

秋山青滿眼秋水鳴淙潺靡靡時物改惻惻秋士顏
歸思集繁霜長路迷业閱文史三十年名猶諸生閒
春官有遺珠見屈非才難悲涼強仕年歌驪行將闌
況有白髮親承養須適安迮歲笑伯氏蒼茫門户单
臨歧少懽趣惜別多辛酸行矣勿復道惟孝令親懽
識君已三歲能無惜別情古人傾蓋間猶復輸平生
君來不須史逌逌隔閡城偶預州庠選翩然遊上京
上堂辭老親下堂別妻兒安知如椽筆翻成歌五噫
路鬼敢揶揄蹭蹬尘前期俯以愧妻孥何用慰親思
窮通洵有命一失寧足悲矧茲場屋間榮辱同黑棊
縱令得高着未足為子奇去去須勉旃何用泣路歧

詠懷

未娶憂在倫既娶憂在貧二者孰輕重賤子請具陳
迮在十四五微才頗自珍六籍窺藩墨百家泝涯津
雖乏倚馬能立意頗出真先輩許奇毛同學推縱鱗
中間事大謬蹭蹬十餘春六尺不自謀一哺常寄人
五斗終非今束脩忝館賓課譯美事業敢推大經綸
兒戲不足道實怕後生嗔揭來尋酒伴東社與西隣
一醉恒兼日小酌便達晨差可慰磊落終亦損精神
顧惟父母遺昏酣徒累身香火久寂寥隻影中悲辛
宗黨行媒妁遺贈及交親偕隱事未晩親迎禮已伸
日索杜陵米無憂蘇季薪悲歌異燕趙浪迹非隱淪
自信腸如鐵誰知鬢似銀昭代方揚陋天路邈何因
行將去闤闠中林友麋麕

盲生子

屬人夜生子求火急一窺何論事有無至情諒在斯
悵悵盲夫娘咄咄兩逢之有子孕在腹十朔彌厥期
哩哩男子笑茲惟金粟兒伹得父聲音忍是母形儀
隣里競來賀便言多令姿一聽猶自慰再聆還自疑
摩頂復摩踵手與心俱遲阿誰向余說故人愛傳奇
感此中忉怛興言遂賦詩須知明目者心盲良足悲

榆錢

微雨刷銅綠束皇鑽火成銖文建漢社寶气孕星精
白侶穀鈆巧黃疑鑄錫羸邪煩多自予却喜少人爭
柯想移泉府根應到水衡荷圓誰作母落澁愧稱兄

有便酬閒債無因買不平庭空偏露積風掣任流行
散渴餘春色儲堪悖月明烟絲青未貫虫篆細還縈
萬業非関治雙戈偶借名眼前休爛熳終慝路傍情

秋夜飲仲茂

蕺々葉侵座中庭霜氣微細泉生夜石纖月在秋衣
久客堪頭白虛名歎志違晩菘寒更嫩知角出門稀

同芝圃與坪看獲

秋雨足沾衣秋士多懷慨况茲來曠埜層陰薄秋晦
寒花被原陸飢鶴鳴坡磧紛擾各有營利達堪逐隊
性本愛幽寂生不慕紐績兒孫共耘耔有無通假貸
長歌懷永古日隱寒山背
遺世而長逝君子殊不然與其志為合果哉差為賢
小少尚志業晩途遂迍邅東畬眷有秋偕俞賦歸田
桑麻話隣曲斗酒勞弄年永茲今夕懽勿為名所牽
肅々南去鴈戢翼寒江氾秋蟲一何苦嘖々鳴不已
雖非曠士懷頗窮倚伏理新息近可休馬革成薏苡
所以鴟夷生浮家五湖水窮賤敢論此聊用耕代仕
鷄黍茅屋下日高猶未起
良金鑄刀劒餘以充鎡基野人不帶劒磨鎌向東菑
黃々束霜稻青々剪秋葵翻思耕種初筋骸敢告疲
幸茲穡事成但聞秋無飢餘糧貿為綿黽勉庇妻兒
不知明歲春蔾藿足饔炊
禾黍繞茅屋蟋蟀鳴啾々稚子懽初能凌晨出行遊
野老榆柳下鷄犬柴門幽踈籬懸宿蔓日色清寒丘
依々野饁歸漠々樵唱秋今歲頗旱旱稻田寡所收
猶可了官租衣食非所憂

女庚生日 三首

庚戌仲冬月朔日維丁丑初日出未高吕克生无咎
荏苒涉春夏復茲垂此牖屋然而歲人言語頗學母
我昔執殤志三十猶不娶非為井臼養要余單孑故
黽勉娶爾母食貧四霜露妄料在腹汝多為人所誤
生女何遽惡生男寧反哺乃爺踈且狂嗣續恐遲莫
故老有遺言初女財之緒斯語倘不謬乃父何福祚
旣生望其長已復迫冬序於古有斯禮初度卜其祜
刀尺與豆餅粲々長命縷婉娩床几間弄攫恣橫豎
嗄爺繞成音挽鬚肆厥侮俄復下膝去咻々而索乳
且暫忘飢渴真欲慰衰朽卽事歌蓼莪天地彌高厚

止酒

藥爐書簏一般清無復龍鍾睡失明湯既飲中通大
道可能盡褱竟長生從今不惱蕪司業向後誰嫌阮

步兵閒取茶經勘補寫勝如春晝奥雷鳴

寄仲茂時客古城

雲斷鐵鋤苔低亞籠裡悲鳴亦我時無地可逃家室
詢有心曾荷主人知洞仙雪漲飛書遠蘸水風多掛
帆遲想得五更鄉夢醒南枝梅發伴吟詩

悼亡

雪落楊花覆故蹊病時千縷綠初低印山不比章臺
路何用長條拂馬蹄
東風作雨晚淒淒一點殘燈耿欲迷醉裏不知人事
變五更消渴覓山妻
稱女隨人也漸勝喜翻書帙誤吹燈時時點檢呢喃
語半是阿孃去後能
鰥鰥阿睹惻吏長何處儲來淚萬行只爲柔腸銷不
盡也須流恨到天荒

悼亡後題

心緒搖搖可自由世間何事不東流殘芳正耐悠揚
恨斜日空牽荏苒愁匝地烟霞迷遠目極天歌吹在
朱樓悲懽若許平分得未必書生最白頭
薦菖涸廁事難齊榮辱初從命裏睽元亮慰情纔有
女伯鸞偕隱已無妻萍池細浪吹殘月樓閣微涼帶

曉鷄愁疾欲憑詩遣興不勞花鳥責新題

賦得硯田

方圓會向絳州尋一片畦吟籍外深蟠陛開荒領誥
艸蓺畹分耦引詞林中書剩辦司農務墨子能知樂
溺心春事百家同傲載小樓清晏墜花陰

郊居臥疾柬峽中親友

平分郊色架茅廬幸有禽魚慰索居江月再圓仍抱
疾峽雲東去少回書更籌暗展蹤燈裏古木秋生積
雨餘好就重陽拚一醉黄花消息近何如

秋日病中寄道以

入秋連日病纏身琴匣仍栖搗藥塵書在腹中那潤
屋老從頭上不饒人閒愁歷歷芭蕉雨往蹟惺惺蟋
蟀晨且就此山同社飲看誰先醉倒烏巾
誰教風月荒閒身花鳥緣深四十春萬事只餘貧入
手百般惟有病欺人山扉雨過行題葉磵户雲來坐
失晨煩怯今朝邨酒薄石涼松氣滿衣巾

早秋

不學鴟夷不種畬龍鍾只是坐迂疎福至眼前沽美
酒懽從分外借奇書雲邊返景明蟬後林下輕風在
雨初鱸鱠蓴羹菰米飯五湖秋水定何如

幽獨 重出

幽獨添閒睡暄妍罷鳶病前山朝更碧春雨夜應多
紅樹看駐馬芳蹊聞踏歌誰憐爲客意終日斷經過

稚子候門

昨獲阿宣報我言送花春酒已盈樽孤松翠蒲尋荒
五柳陰殊認故村長路關心開句駁短衣垂髮立黃
昏别來蔥竹懷通子靜裡琴書憶華門挈榼懸知田
父扣推梨遥想案書翻放鷳自切鄉關思舐犢空深
骨肉恩久客秋風生栗里休官晚路向林園家山入
望愁何在秫酒陶情喜載奔情話擬從親戚道桑麻
須與野人論羸僮别久聞還喜稚子歡多點指喧欲
候田間愁棘刺將迎路左惱泥渾髭髪綠映垂門柳
彩服香飄繞徑蓀叉手也知承唯諾低頭更擬問寒
暄廚中索飯慭阿母門外逮襟逗乃昆遥望山邊愁
日暮時窺簷隙晨星繁鳶停詎解趍庭禮狼藉猶餘
鬪艸痕簪潯難邊初綻菊佩來堂後自生萱柴扉未
掩青山色蘆笛仍抛古樹根且喜歸來對童稚寧愁
契活老山樊

悶旱

騎陽積慾候厥咎惟恒暘炎々亭午景無乃燒穹蒼
遠雲時髣髴爀曦何由蔵高田行拾薪下者塵浸揚
聖上憂悄々職司走𨂻々牲幣豈不勤神道殊茫々
穰田者誰子仍泣大道傍听此前致辭八口有爺孃
往歲雨暘均田收足稻粱官逋與里徵旴獲纏瓶囊
始春同舉趾及茲望登場奈此浹月旱水耨同告殃
母老食不飽爺病先怕凉蒼茫十月初敢論春後粮
余本貧居者聞此重彷徨無錢可救汝語汝慎勿忘
嘗聞民苦樂不係於豊荒湯世七年旱厥民無流亡

跋

右五七言古今詩若干篇即余友丁漁山茂倫遺稿也漢山與余束髮結文字交數十年相好如一日也漁山有詩余未嘗不商略而酬唱盖漢山不余陋而許以元白皮陸之遊也漁山少孤家貧其死時年四十一又無子嗣傳其業詩多散佚然其平生之傺侘坎坷憂愁怨慮一發之于是而無他事可事者方其掉頭蹋壁至不欲以天地萬物易之也故其詩皆深沈溫厚清麗典雅得力於陶謝韋柳之間者最多而惜乎今已不可得也朴君士執幼少時間守於漁山乃於漢山死後三十年力爲之求而得成是卷尚可以傳諸後而耀當世如吉光片羽足以覩全體也士執可謂不忘舊而盡後死責也已余旣深悲茂倫又重士執書以跋其卷尾歲庚寅重陽日漢陽趙秀三跋

悟齋集附

玉壺氷

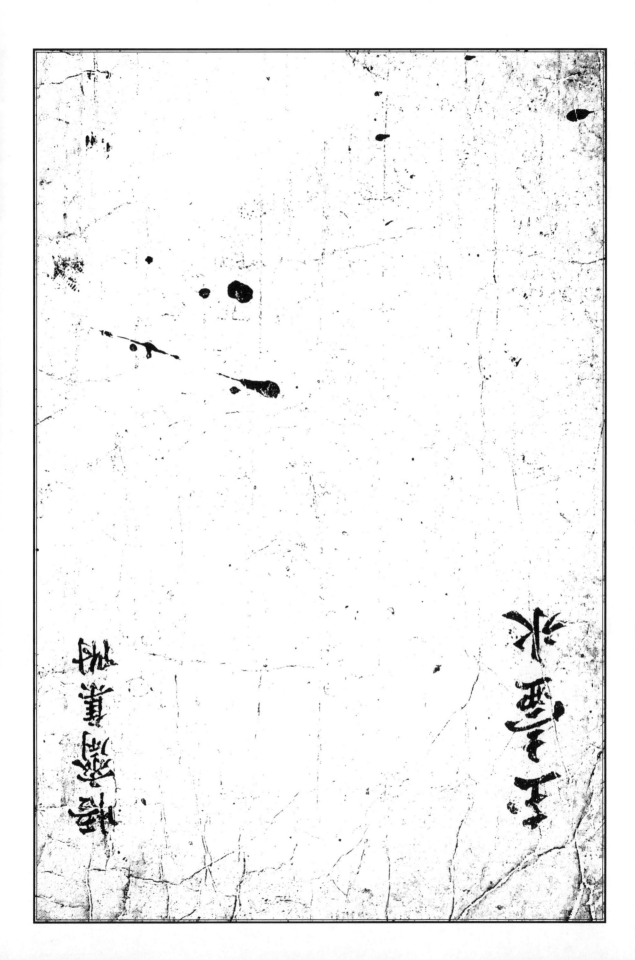

悟齋漫錄

公姓白諱景炫即僚友與古之曾考也其文章不曾顯韡而忠孝之性著於述作不可但以泛看故特爲抄錄各文欲爲常目在茲焉

夜聞風聲感慕而記

庚辰秋九月既望之夜忽聞風聲來自何處蕭〻瑟〻初驚我夢淅〻瀝〻復動我心於是焉感慕之懷迸出于中靜言思之不覺涕零嗚呼粵昔壬申是月也余病紅疹卧在床褥聞此聲而曰此何聲也父親曰寒哉風聲也夜起而親燃我堗母親曰寒〻哉風聲也曉坐而親煮我粥豈無使令代勞而然歟嗄起姆僕之際恐致遲延而親自爲之也處温堗飲温粥不死而生以至于今父母生育之恩人孰不受而我則

倆蒙而倆荷矣欲報之德穹壤罔極嗚呼癸酉是月
也父親有事滯留西圻時聞風聲我心如剉曉程百
里往奉秋衣嗚呼甲戌是月也母親多事未製綿袴
時聞風聲我心如裂半夜燈下手自搗砧嗚呼今年
是月也又聞風聲我心如折有倍於前我縱病卧誰
為之夜起而燃我堗乎誰為之曉坐而煮我粥乎日
寒如此我将為誰而百里作行乎我将為誰而半夜
手砧乎子欲孝而親不待樹欲靜而風不止默念疇
昔感慕如層倚枕而坐欲眠未能滿窓月明夜正三
更庭樹風鳴葉〻秋聲

亡弟景煥行狀

吾弟景煥丙辰正月初七日生而少我四歲也其爲性也謹孝寬厚年纔數歲事親敬長合於禮道而能成拜跪之節待人接物必以仁恕而自顯和柔之氣隣里鄉黨見之者不以幼待之待之以器則父母兄弟愛悅之心夠復如何哉與余俱在父母之側遊戲翰墨當是之時自謂人在天地間一生過活但如斯而已不復知其哀樂之有歧矣嗚呼痛矣壬戌饑年先妣疾患危劇祖母朴夫人以卜筮之言謂將不利於膝下命我兄弟移居于外祖父同中樞安公之宅

是時外祖母貞夫人金氏以年高抱痾常在寢席而
惟同知公臨於先妣病所故婢僕來往不絶余聞先
妣患候日增時加以故家之意泣告于貞夫人夫人
不許曰汝去則汝弟亦隨奈何時余年十一歲煥年
七歲晝則同席而坐夜則同衾而卧食必同盤出必
同武居處不相違跬步不相離而意謂我無煥不能
獨生煥無我亦依於何於是余以桃實誘之而詒曰
吾於洞口又買林檎而來煥曰兄去則吾必偕矣余
曰洞外有狂夫而必打如汝之幼兒汝則不得去矣
煥曰兄不必去矣盡使奴孚余曰奴安知果品吾必

擇而市之仍抽身忙步而歸家翌日先妣奄棄堂帷時六月二十八日也余罔極中猶業終侍而煥則
不能知也但泣曰兒去洞外何經宿不廻也皆見其不知毋喪而惟待兒尤爲之慘怛及其成服也先
考以人子至情不可終諱始君率來而以年幼之故不加麻絰只如朞服之樸煥以不能終
侍爲恨朝夕祭奠必哀哭過時哀至則雖無時兄弟必痛哭於廬次祖父母與先考感之曰聞
汝等之哭則心如寸斷矣煥即止哭恐傷親心也先考未對案之前不敢食未就寢之前
不敢食〻未〻就〻寢〻之寐先考悅之則悅憂之則憂蓋見誠孝之出於誠〻天性而不以矯也七
歲兒猶未免乳下者多而煥之夙成如此人稱之以世所罕有余與煥寓心於讀書晝夜不輟
先考止之曰讀書必定時有課而已汝則無已太過煥拱而對曰人之無學如眼無睛不勤而得者
未之聞也且衣食於父母而惰其肢體廢其學問則非子之職也先考雖善其言而勉循其志
亦憂其病生也嗚呼庚午冬忽得一病轉至三載比如毒蠹之蝕生木也外雖强作內實枵

然先考昔日之憂果驗於今矣煥得一句詩曰病餘高臥北窓前細雨歌時風破烟先考批之曰風破烟之句悽然矣烟比於病風比於氣氣盛則病自破得非汝病將蘇之吉讖耶其後又賦秋雁詩曰影落千山月聲傳萬里秋自能知時節陣陣向南洲先考評之曰詩格淸而壯但影落之落字有悽凉氣象改之可也乃改之以過字盖影落千山月之句有短命之兆故先考一覽而不甚喜也一日作一書奉獻于先考其書曰立身揚名以顯父母子職之當然而煥也年今七二十在適一病縈身反貽憂於親爲子之道深且愧矣時當秋風病將欲蘇蘇則夜對明燭聖賢爲師書對明窓筆硯爲伴功名可以唾手而得上慰父母下憮兄弟矣心若不遂雖死何惜先考覽之慰曰吾有汝輩又何憂乎但汝病之快愈是所望也既以矣字終之而又何用贅附八字乎仍筆抹去心若不遂雖死何惜八箇字嗚呼無乃奉訣之書而一死字結之耶是歲即庚申也又病之餘又加紅疹之疾幾乎不救而幸得差完一家稱慶千人致賀是年十一月痛恙復發褥席沉

綿二十六日奄然而故時年十七嗚呼哀哉前日稱慶數賀之際安知今日痛哭弔慰之極乎兄弟遊戲父母膝下之時亦安知有丙壬年之哀痛乎及其入棺也先考憐其平日孝性於棺上手書朝鮮國孝子白三孫之柩十字以代銘旌三孫即煥之幼名也故僞以常時所呼者也同年十二月葬于新華山先塋之下而以童子夭故用以殤禮返虞哭日以紙牓付諸屛而祭之嗚呼鬼何疾善之甚耶抑造之猜而奪耶不遂其平生志願而死必有精靈之遠於門闌而不忍啟矣嗚呼汝以無我何依之意胡爲棄我而去我以無汝亦獨生之意忍作永訣耶命耶非耶問之于天漠漠無聞言問之于鬼寂寂無聞嗚呼汝歿之後我意如狂其於風雨之夜獨卧中堂耿耿不寐忽然思汝心神如對暗暗涕淚潸然於枕上而已嗚呼微余此作余之一生所迹於世者誰得而詳知乎亦微余汝之一生所迹於世者不可詳記也今作爾狀悲懷塞胸不知所書嗚呼哀哉

先君子遺稿序

古之詩取天機自然之意寓風雅興比之趣今之詩不然一句一字之下必用工巧如金之鍛之又鍊玉之琢之又磨之或一吟動經數宵而繼成之或立草屢易點抹而方搆其意无他思欲以播之於人口不朽於後世耳然而古之詩不斬傳而自傳于今之詩雖欲傳之竟不免於與草木同腐則其鍛鍊琢磨之用心一何苦哉唯我先君子不以此爲心逢場酒席信口而號命筆而題之後不復改考此是不肯當膝下而所以俯聽之熟也故節物之咏旅舍之作皆取天機自然之意而臨膺懷容易説道與古人合則鍛鍊琢磨者之心又奚足論哉是不肯有不敢一辭讚揚而爲人子以親心爲己心先君子之爲心也有如是故不敢不詳及于斯耳於戲先君子之爲心也不求知於世唯以孝一字爲家學之本又以八条口誦書授爲子孫遺訓爲子若孫者倘奉承盛意孜孜服膺則存心修身之節愛親敬君之道不外乎是何必遠求古人之書而讀之乎先君子前後所著不下累百篇而晚來之作一不收拾只有若干首儲于篋笥中即時昔親筆所記者也旁搜散秩中又得若干首與家訓世系裒集成卷藏于家爲子孫

千百代不朽之宜視他欲傳之後而竟與草木同腐者不可同年而語矣嗚呼叙之而先君子之爲心追
慕彌切臨書不覺涕沾于地紙不肖子景炫謹書

先考贈嘉善公墓表

恭惟我善山白氏本以羅麗簪組之族世傳詩禮忠孝之學我 太宗朝判刑曹事諱仁遠於公爲
十四代祖也公諱德麟改諱壽倫表字聖達以折衝追贈左尹摠管高祖武科參上部將諱士謹曾
祖通德郎諱孝得祖僉使贈軍資正諱有成考贈工書參議諱璨登妣密陽朴氏夢獲玉
麟有娠壬辰四月初五日生公命名有以也披越無苟且容早攻弓肄擧子業不中晩將詩酒自娛
事親以養志爲先躬奉甘脆心專怡悅粤在乙丑參議公損堂喪葬凡節必遵禮制每侍
慈側藏哀惻懷逮夫丁卯又遭慈艱擗踊罔極絶而復甦水漿之斷動經旬而膏肓之祟
源哀毁雖在病中朝夕哭泣未嘗或廢終服闋轉益沉痼遂委床席忽一日朝起盥櫛衣冠而

坐謂不肖曰吾今日必啟矣命進筆硯手書遺訓而賜之又以務用節約毋或過濫勉之少頃曰時已至矣仍就床而卧奄然啟天即丙子閏九月二十四日也享年四十五既系孝性不勝喪慟而竟致於斯耳

配白川安氏嘉義同樞爲期女仁孝和悅推人及物生於甲午四月初七日先公十五歲載壬戌六月辛卯日卒壽二十九葬于楊州荊茱山坐艮之原兩位合墳四男一女長不肖景炫次景煥夭三景煜四景熺女適崔得樞景炫有子曰昌奎景熺有子曰祥奎公嘗自謂生不能立身揚名於世則無寧消遙於漢山之間耕雲釣月蒔花種竹或琴棋或醉吟爲熙代逸民可樂也自號晩隱有詩一卷遺于家嗚呼一箇孝字爲公一生家學之大致而餘外塗人耳目之可法可欽者不敢一二擧不肖子景炫滴泣敬書

祭姑母文

維歲次月日侄景炫敢將滿腔哀疚之情略具菲薄之奠痛哭告訣于姑母淑人白氏靈筵之下曰

嗚呼痛哉賢淑之行堅貞之資早入盛族閨門高潔五福之一人間七老壽則無憾生何了了所天先
故孤蘭又折惟有稚孫相依契濶井臼多闕廚煙屢絶命耶分耶天胡不恤侄亦罹重怙恃早失常
於悟語感慕昔日先子同氣姑母惟一奉之如母每事禀決侄之薄廬不能自活橐裏錢粟敢曾補
欽尋常枕席近尤衰疾以侄劇任恨不頻謁向日之候注目歎曰爾盡子來今與爾別語已泫然情
從淚出至今追思不覺嗚咽剋期在邇宅兆消吉祖父母墳幸一塋麓越冥冥之中必如同室幽
堂暗泉空山明月萬事已矣一夢倏忽今夕何夕痛哭告訣伏惟尊靈庶垂歆徹嗚呼
痛哉尚饗

祭李大材世梓文

嗚呼李君大材以偶然之疾庶冀勿藥而無以爲慮豈意未一句遽作死生之別癸巳七月十八日即君永
襲之期也前二日癸酉白景烋等諸友不勝愴感之懷茲具時羞之奠相率痛哭告訣于靈筵之下曰

嗚呼大材胡爲乎來胡爲乎歿古人有曰天之生人必將有爲仁者壽厚者福理之常也以君之仁而不能享其年以君之厚而不能救其貧天胡生之而天胡奪之耶仁而夭厚而窮所謂誠不可測理者亦不可推矣天之報理之應何如是反常耶抑鬼神亦擇仁厚之人而將去耶不知其何爲而然也有生必有死已矣奈何我等之哭非哭君之死也哭我等失一好朋友也亦非哭失一好朋友也哭世間少一賢人也嗚呼君遺乳下孤兒以君之仁厚將必垂蔭於來後君之未及壽福者當施之於孤兒天之與之以孤兒者理之所必然也然則君死而不死也是足知天之報理之應果不爽矣嗚呼言有盡而情不可遏君其知耶其不知耶其曰不知則已若知之則庶有感於斯文嗚呼哀哉尙饗

祭姜正老 鄕齋 文

維歲次月日善山白景炫以隻鷄單酌一哭送訣于姜君正老之永歸嗚呼吾與君托以師生之義而吾所以愛重君者以君純古不俗之心而吾常自謂知心者惟有君與李君大材而大材與君誠今世

間未易得之友也嗚呼大材死之不一月君又違我而故自今以後可與論心者少耳大材長我四歲不滿五十而死君小我七歲不滿四十而死死者固不可以年之多少論其前後也則如我多病者亦豈能久於人世哉人死也如炬銷火滅其曰無知則吾之悲悲君不壽於世而若佛家所謂善往天堂之說則君與大材必握手相從而大覺見前生苦海之夢也吾又何悲焉但悲夫我於斯世少與知心者也嗚呼室邇人遐音容難接言念往事忽焉陳跡追尋歡笑盡成悲端悲端種種非書言之所能盡臨柩一慟不覺雨涕之無從也嗚呼哀哉尚饗

祭次壻李郎文

歲己亥五月二十九日即李郎彥濡辭世之辰也粵六月聘翁白景炫略具時食臨柩慟哭庶洩悲哀之懷作文以諭之曰嗚呼哀哉汝之禀年夭者短故限滿而不得不放耶何放之太速也命歟非歟吾莫知也嗚呼見汝之病不甚危篤醫亦一時毒感云故吾果不以為深憂仍為持被矣豈吾意首年遽聞

汝訃乎欲語輒咽有淚先零乃問家矣曰眞耶夢耶抑言之錯耶我聽之誤耶顛倒出來即汝之尸汝何不我迎而寂寂假臥於床上汝自今春以來容貌銷鑠肌膚瘦瘠問之則無所病而自然云人或陰虛漸我果慮之深其以此至於斯耶抑以毒感藥不對證而至於斯耶命耶非耶吾莫知也嗚呼臨殞諄諄中再三呼我云而我今來何靳一言以寄我而使我知之而不應何欺我之甚耶嗚呼汝於十九歲丙申贅于吾家今幾四閱春秋而吾以家貧之故衣服飲食之節無一稱意尋常對汝不覺赧赧而汝不以爲嫌反慰我我視之以子無間於心矣聞汝病中以敬事丈母之語勉于汝妻而今思之無乃臨死遺囑耶汝以諧樂之情何不將汝妻而同去使十八歲紅顔被哭擗永作人世間畸零之物汝雖忍棄吾何忍見慘絶之狀乎命耶非耶且吳知也嗚呼汝曩日謂我曰年踰二十未得祿仕奈親老家貧何我曰修我之所當行則天豈不命之而祿耶必有其時但當自修而已汝喜唯唯我懷汝慰之汝懷我慰之天胡不恤不假之年

而天不使其志終啟於無何之地命耶非耶吾莫知也嗚呼天性孝友行止簡默終日讀書必取經傳子史吾曰聞閱小說或不無文理通徹之益汝答以小說率多誕妄不經之書徒令人眩惑心性不足掛眼也吾於是乎歎服期汝之為他日之器何意二十二歲奄然夭折吾以汝平日純孝至和之性如知白髮雙親青春孤孀之哀慟罔極則必當更甦也俟之竟夕聞無變動其冥冥無所省覺而然耶命耶非耶吾莫知也嗚呼若是命也則已矣其非也則終吾身而悲不可極也吾抱癖積之痼疾有時發作氣又向衰當不久於世倘逢汝於九原汝詳說我於命與非之由書不盡其意言不盡其哀

嗚呼哀哉尚饗

哀金君猷文

嗚呼君猷自我十六歲心得之友也其為也孝而慈然家極貧窶有董生之行而不得紓其心之所

繼詩而以鳴之人只知其爲詩之能不知其心之所以也而我獨許之者心耳其詩則特其餘也于是有過
心相勉有補則心相喜相對則心相吐相思則心相照至于白首無一事間於心如非許心之友豈能
如是耶嗚呼我以職事所縻今年夏秋以來阻懐日積而聞趙深遠之言重陽前一日君猷就深遠園亭
話及於我將擬品坐源々期在黃花未老之前而十七日奄然云亡則屈指纔二十日也何意一旬之間人事
之變有如是耶君猷年五十有二人生五十不稱夭人之賢且夭如吾弟景煥吾壻李彥濡可悲者
何限而君猷則免於夭吾何足悲哉然而所可悲者老母在堂稚孤未成君故應不瞑於九原之下以平
日孝而慈之心忍爲是耶死之信宿不克成殯趙深遠告諸親知鳩聚如干錢物庶禪斂葬之需
君猷君猷其知耶其不知耶我今哭君來君何不我迎不見君之和顏而但見素帷隔床落木飄々不聞
君之溫音而但聞寒溪遶屋流水咽々觸物生悲々懷目心言不盡十之一二空有清淚滿
襟而已嗚呼哀哉嗚呼哀哉

莉茉山墓竪石記

人死而藏於山曰墓墓焉而必竪其石禮也若夫丘壠千載之後子孫不能知乎與地齊松老成枯竟至於為田為壚為家為路之啟則夫孰知藏人之所乎此所以古之人用石而表或誌焉或銘焉使不朽於千載之後而見者必曰此是某官某之藏子孫見之則亦知其祖先之墓而重尊之獲免於為田為壚為家為路之啟則墓焉而竪石者豈徒為儀以禮而已哉古書云以父母之心為心則庶幾乎人子之道余則非敢曰能我先君子有心於墓道而不得遂蓋以貧窶而力未克也先君子每飯歎曰先墓皆有石而於父母獨闕焉食而安用床為不肖侍側仰承此教心焉憧憧不能自已乃以來後有時之言進慰矣嗚呼丙子離言年先君子奄棄堂帷丙子之於今倏爾二十有八年噫二十八年之間不肖何曾忘昔日百憂歎之教而以孤露餘生未遑及於此不肖則朝夕之飯用盛孫盤而父母之墓則宿草榛棘之中鋪設祭器為人子心忍如何哉今日不肖之心即先君子昔日之心也邇來重荷聖恩家道稍成身既榮

矣祿亦厚矣是天必許我力而賜我時也逢其時得其力而豈可不偕我先君子暨不肖幾十年經營之心乎向所謂來後者正此時也迺於癸卯五月二十二日卯時涓吉樹石於祖考妣考妣之墓三石之面以不肖之筆書鐫官啣姓諱而俾後子子孫孫瞻仰而明知焉嗚呼從玆以後庶幾乎人子萬一之道而有敢拜父母之顔矣不肖子景炫拔涕敬識

祭亡弟季章 景燁 文

維年月日長兄晦以一盃之酒痛哭洩哀于亡弟季章之靈曰嗚呼同受父母之氣而為兄弟兄弟者在身為手足手足折傷則安得不為之痛盡哉今吾弟季章先我而永逝痛盡之心矣特手足折傷而已是身之半剔去也嗚呼人孰無兄弟之情而我則有別於他嗚呼痛矣曾昔丙子變亂年父母違棄堂帷二弟俱在髫齔育養教道寸之責專在於我故晌之濡之相與為命如或不聽我勸勉之語則我必流涕而撻之庶幾無至於羞辱家門之地當

此時孤露餘生家徒壁立食不能使汝飽衣不能使汝煖其間悲苦之狀口不得說盡。而幸年各長成
受先蔭蒙家君恩并得祿仕次第娶室通來二十年子孫棠棣成林翩翩鶺鴒同樓子之之樂有倍於人
嗚呼昨年始買宅分居而汝誤我而言曰況將西況此世間滋味乃今知之矣我亦喜以為長如斯豈意
一疾沉綿遂至於此汝病無一痛處而惟痰喘是主症迎醫西門或云陰虛或云內傷以藥以鍼
乍效復然汝如寢稍食元氣暗爍猶能强起動作人雖尋常看過在汝實為死祟而不自知耶嗚呼
數月之間汝之三歲男七歲女俱為夭絶汝病中添悼妻身床褥人或謂徙宅之出示故賣宅出其家而今年
汝况先之家醫藥之不足禱神誦經至於雜方之極而無更吾則以造物豈有并奪父子之理二見既殁要汝
病雖劇必不至於死汝亦以為然畢竟汝不能免命耶非耶蒼蒼者天天胡禍人若是其酷也以汝平生柔順
善良之性不得其壽而三十七歲奄然而故天之無心從可知矣嗚呼我在直中聞汝病重蒼皇出來則汝
見我起坐執手謂我曰此症頓勝兄須勿憂我亦回敬為喜不以為慮旋復入直矣翌朝忽聞汝訃

昨日一語無乃永訣而散至此何太甚也少壯之哭老者衰理之常也今乃反常使我白首哭汝之喪對人實有忸怩顏矣汝豈忍為此耶汝豈忍為此耶嗚呼汝有九歲女五歲男自在乳下付與汝之次兄指汝次兄為父而不知汝之為父汝喪也曰季父之喪也莫知其悲痛而遊戲自如人見之不覺慘切而況我兄弟之心尤當如何哉嗚呼嫂氏情境慘不忍見而然而吾與汝次兄在矣嫂氏平生依賴當無異於汝生時汝亦能知此否汝既如有相見相知之理則上奉父母下率子女宛然別作一家之樂於冥冥之中而樂於生世之樂也吾所以哀汝夫何悲哉不然則孤魂無依悵悵乎何所之又不然而如燈滅燭銷散於太空云爾則吾之悲痛有不可極也嗚呼斂殯之時擧衾而見汝面則依然如卧睡之様少無瘁色胡不開顔而視我啓口而語我今已附木影形愈邈從此以後永隔千歳今夕何夕將發之日至情所極不可一言而遂掩淚記懐之不能寫萬一肯臆抑塞惟有痛哭而已嗚呼哀哉嗚呼慟哉尚饗

祭亡弟季章小祥文

維年月日長兄時晦痛哭告祭于亡弟季章小祥之日嗚呼日月易得吾弟季章之歿歲已周矣死而更生四時是也耶年今日死其復來而共生共世何日是我季章更生復來之期乎是知我之待汝之來終不可得則汝之待我之歿而歿有日矣嗚呼父母早歿捐背而我則壽過父母之年々近六旬殊無覓世味之志離其歿也幾何其久遠也歿則共侍父母歡與人世間未盡之情冥々之理果有是耶嫂氏與汝之子女依於汝兄之家無異於汝生時汝其知耶不知耶不知則已知之則庶無憾於九原也汝歿後一無見於夢何其間忘情而然耶歟抑我思汝之情不足而然歟真面既不可得則惟有夢見一條路而夢亦不可得吾之悲愈久而愈深每顧一見於夢而頃於病卧依俙中身到一處層閣重門莫知其何所也忽見汝立於廡下我謂之曰汝病近何如汝笑而對曰今則快穌矣仍辭我而入其門々即閉我敲門而呼之俄而驚覺乃是一夢々中相見不知死之為悲而猶問病之何如豈我於汝生時憂病之心結於中而然歟汝昔快穌云者亦寬我之心如病中所對者然歟轉輾涕潸思其所以則汝之笑語少無悲慽之容然則汝之歿也命也雖則命也在我悲不可極也

悲雖不可極今世則已矣或可期更卜來生復爲兄弟而續此今生未了之情耶滿腔無限懷抱付之一聲號痛季章季章嗚呼哀哉嗚呼哀哉尚饗

祭朴甬京東鎬文

維年月日僚友白景炫等茲將菲薄之奠相與哭告于朴君甬京靈筵之下曰嗚呼甬京知夫花之早榮者乎早榮之花之於凡花未發之前而花之發也有三曰將發曰方發曰既發既發之既則落之理也故其落也在於凡花方發之時也嗚呼甬京殆花之早榮者耶爰自妙齡風骨飄然若不勝衣而偶翱翔花出入林園是甬京方發之花也纔踰不惑一擧科甲易於唾手而御花賜樂出榮擢父母是甬京既發之花也發之既而豈有不落之理耶嗚呼甬京不登第則或可延壽耶嗚呼以甬京之孝友之誠忍捨白髮雙親而遽然長逝者何命耶抑向所謂理耶生死者理也壽夭者命也然則命與理茫茫然一任造化翁之爲也耶有弟而奉親有子而繼志如甬京在世則甬京死而不死夫何悲之有哉但悲

夫幾十年作僚無一事相忤秋月春風共戴天恩持被則同坐席同食飲退朝則同射鵠同局棊友于之樂無異弟兄今則音容寂寞使成千古流水浮雲想象而已茲綴數行之文少伐無窮之悵爾京爾京其知耶其不知耶如知之則庶幾乎感斯文而歆斯盃也嗚呼尚饗

祭亡室淑人李氏文

維歲月日室人李氏以風痰之疾之劇纔十數日而亡家夫白景炫不勝悲痛之懷茲將酒果之奠爲文而告曰嗚呼痛哉我十六歲丁卯七月受父母命行納聘奠雁之禮通來恰滿四十年于茲矣四十年同調偕老不爲不久則今日之訣豈足爲悲但悲夫丙子連失怙恃孤露餘生相與爲依喪毀之後塡壑在即長夏忍飢嚴冬耐寒此時艱苦之狀難以一筆記之相慰度日惟俟好時之來伊後果然承先蔭荷聖恩補官得祿猶不免朝不慮夕自茲勉旃儉衣節食能計在無必量入今則家道稍裕人事稍成昔之糟糠今爲粱肉昔之布褐今爲錦紬當此時始開眉睫之際遽遭無奈何之慟天之

慳耶鬼之猜耶若假之以數年庶可為晚年之樂而猶不能得命耶非耶嗚呼次女早寡孝居於家旦夕常憐恤非他子女之比臨終猶戀戀不能忘乎中而丁寧托於我我豈負於冥冥嗚呼父母捐堂之後人間萬事無一可樂於心惟兄弟妻子在庶幾寓懷而前年季弟棄我而逝今賢人又棄我而逝悠悠蒼蒼此何人斯自少至老琴瑟之情極其調和而生理間相議外靜默無一辭及於戲笑其一生為人之謹嚴吾常敬之而事父母孝奉祭祀誠是我平生益友也益友而失焉可無悲慟之極乎嗚呼正月忽謂我曰四月吾當死矣聞之則有夢先兆云故謂以誕妄不果信何意其言之到今日而不爽乎思之至此不覺悲慟嗚呼無限悵袍惟付之一聲長號而已吾逝也不遠子其先逝守我九原之宅而待我之逝也嗚呼痛矣尚 饗

祭弟嫂子華妻樂安吳氏文

維年月日夫兄景炫作文告訣于賢嫂恭人吳氏之靈曰嗚呼痛矣一自孤露之後世間萬事無一可樂于心而唯

兄弟相依娣姒相和庶幾慰悵則情義之諧有非他人之比況在他人娣姒姊妹同居一室者何限而或不無是非之端而況於吾家尊嫂與季嫂氏妹氏十載共爨無一番反目之事〻無巨細必也諮問於亡室而行之亡室為行之長故待之以敬非尊嫂之賢能若是乎吾弟子華性本疎闊家事專昧於內治之得宜衣服飮食之節常患不足而善為推移無苟且容此亦尊嫂之賢可驗於不知不覺之中尊嫂之賢若是其得於心則外而閨範之高潔儀容之簡默於人耳目者尤章〻明而不其可敬處乎然而以尊嫂之賢不得有一箇子女之遺後天之報施於人其果然乎哉有不可知矣嗚呼吾哭亡室而淚猶未乾尊嫂又亡一年之內兄弟喪耦胡憯之酷季弟之服纔除又服妻之服今又服尊嫂之服白首之年朋友遠死而怨服不當服之服乎老者之服者當服而有此顛倒家之運耶身之命耶舊哀新悲層激于中唯此一場號哭而已嗚呼先山地盡宅兆未定梁鑯之坪始為權窆更擬卜吉尤可愴者襄葬期在夕而身係公務未得隨櫬其於情禮哀慟何極謹以一盃之酒告此千古之訣尊靈有知庶幾歆格嗚呼哀哉尚饗

祭亡室李氏生辰文

二月初五日即亡室生辰也略具酒果爲文而紓懷曰嗚呼今日何日廼吾細君之生朝也疇昔今日子女輩欲藉盛饌而力止之盖以吾永感之人當劬勞之日追慕罔極不敢讌樂之意爲意從吾意也故每於初度日爲白飯藿羹夫婦相對子女環坐我勸爾食樂在其中當此時不自意有今日在也嗚呼今日菲薄之羞亦副生時之意乎其無格乎耶寂寂帷筵不見一物之聲無而忍見子女輩躃慟之狀乎年年今日究其復廻而人事則何昨今之殊有如是耶生之死之其理必然吾於是乎知不久而歸與子同今日也嗚呼尚饗

祭亡室小祥文

維年月日夫景煜痛哭告祭于亡室全州李氏嗚呼今日即子小祥而禮經所載十一月而練者也非年今日同在一堂怡怡然懽夫婦之情老而彌篤于斯時也夫安知有今日之悲慟哉緬憶疇昔恍然一夢有時乎入子中堂耳若聞咳聲目若睹儀容側耳而更聞則寂寂無聞拭目而復睹則暗暗無覩此生此世何日是眞聞眞

覩之期耶此所以悲悼之懷愈久而愈切者也日居月諸歲周矣玆以清酌庶羞式陳常事嗚呼尚饗

祭亡室大祥文

維年月日夫景炫痛哭告祭于亡室淑人李氏嗚呼子歿之後歲已周矣昨年以來丈夫容止對人不可苟且外雖强顏談笑如平昔而實疚懷悲哀無窮極目自顧蹤跡齟齬非不欲入于內堂而不自入撫躬遲徊於外軒豈有逆旅過客之底意人生到此寧不酸苦弟妹與子婦兒女輩相議求得鸞枕人不吾謀而率來欲我心懈若一端和氣容雍自在如子之生時則其或庶幾而否則非特不爲我心之慰也我心之悲動輒觸事而轉甚去年今年不過一朞人事之殊類如是耶日月易邁奄屆大祥几筵將撤當附于廟悲悼之情不自勝堪墓前床石之設卜吉在邇卽幷爲告由玆以清酌庶羞陳此釋事尚饗

祭亡室生辰文

維年月日夫景炫以一盃之酒攄懷于亡室淑人李氏嗚呼子之歿後生朝已再廻死而更生者四時是也而不

可復生者人生是已三女俱集于中堂與阿兒阿婦環坐成列宛若昔年今日而子胡不與我主座于上
煕煕然作歡笑之狀而使我白髮獨與子女輩茹悲悼之懷耶昔年今日則歡笑今年今日則悲悼昔年
今年同是今日而悲歡人事何昔今之殊有如是耶大較人情久則忘之我平生不作埋沒底氣色故對人
必言笑自若豈真忘而然歟中夜睡覺追惟少日同奉父母之事及孤露後同閱艱苦之情不能無感于
中自不覺沾半枕此所以愈久而愈不能忘也尤有所感者十數年來我猥叨天寵官祿榮重衣食凡節遂
以成樣於是乎我與子共稱先蔭依賢當以未及奉養於父母生前之誠猶可追致於祭祀之意私相酬酢庶幾
解眉而然而我長在禁直閑日常少子之憂慮于我以其職要務劇不勝任而病死我素有關格之症故耳
我則不死而子先歿不及見我閑官晚養之今日子若尚在必回其憂慮之心頌祝聖恩以為樂矣嗚呼
兩先妣纔弍歲前後而捐堂先君子四十五歲而故天我則今年五十七歲視父母之年可謂壽之極矣壽
之極則當不久於死死而茫昧無知則已如知之則當如子說盡未盡之懷於九原之下先以百分之一出是

子能聽知也否耶嗚呼尚饗

祭亡室禫事文

維年月日夫昱景炫悲哭告祭于亡室淑人李氏嗚呼之子啟後音容依依於耳目之間而雖欲求真於冥漠終不可得也猶有遺几之設而朝夕之祭或洩我胸臆之哀庶幾為憑依寓懷之地禮制有限既祥而撤惝惝然如有所失悲悼之心去而益新大凡人情久則易忘而至於我則一日二日昨年今年而所以竟不能忘者祭祀之誠衣食之儉和諧兄弟戒飭子女四十年如一日而家道成矣豈區區私情而已哉孤露餘生相依為命者惟夫妻是而今則已矣緬惟疇昔暴恍若前生俄頃之間判成兩塵逆旅身世頓覺支離對人不可不強作談笑操子其中則心如死灰縱有喜事淚輒凝眶鬱老精傷之懷動易為哀日月不居倏又禫祀酸苦之情尤不自勝茲用清酌庶羞陳此亨事嗚呼尚饗

祭亡室初忌文

維年月日夫景炫昭告于亡室淑人李氏嗚呼子之歿後倏過二十有五箇月矣以余在世之故遵禮制行練祭於昨年而其實則大祥于今也世人或有夫婦反目者而子則與余琴瑟諧洽或有青春夭殁者而子則有壽六十少二或有飢寒之困者而子則晚享厚祿或有孀寡之慟而子則先我而歿蓋跡子之一生可謂有福矣既喪而凡諸初終之具庶無不足之恨既葬而三年祭奠無一闕焉我之於子實無所憾於心豈足悲之為哉但悲我喪妻二字之目而四十載和樂之事歿於一場春夢之中而依依然不能忘自覺我之離於世而羨子之歿侍父母之側矣日月邁流歲已再周哀悼之恨不自勝堪茲以清酌庶羞式陳禮事尚饗

考妣追贈改題主告文

維歲次干支孝子景炫敢昭告于顯考某封府君顯妣某封安氏嗚呼小子早歲孤露之養無地奉必

請所與之養良窮壤罔極此生抱風樹莫逮之痛惟追顧一心常蘊于中罔或倏忽幾年直抵于今然
二品實職非人人所可期則小子安敢妄自期然則斷送今生恐不能報顧復之恩而未嘗不蘊
蓼蓼莪而呑聲畢然天不人違廼者恩秩驟躐既玉且金職忝宰樞贈及三世於是焉蘊中
者忍不期紓而自紓豈敢曰子道之能盡乎今日以後庶有故拜之顏矣於戲知遇聖朝昵寵霑
雨露父子兄弟一門榮耀前後所叨莫非隆渥况今追榮尤係盛眷此實賴積善垂蔭
之致也消吉奉主改題新啣其於慶祝之忱不勝感慕之心謹以清酌庶羞用伸虔告敢告

不肖回甲日告由文

維歲次干支孝子某炫敢昭告于某封府君某封安氏不肖子周一甲則壽矣秩躋二品則貴矣貴亦
先蔭壽亦先蔭昔在幼弱稟氣虛脆每貽惟疾之憂當幾之時何曾期今日之壽今日之貴乎嗚
呼洋洋如在到底冥佑必若疇昔惟疾之憂豈此今日之壽今日之貴而况逢劬勞之辰痛切蓼

真寶卷一

戕之痛第與我拮据渠輩所捧廩為不肖設遂不肖雖武其本康而亦難拒至情不得不勉而循之
第景煜子昌奎以為紗祿祀各具官居之服攏擧並於不肖之前恩洽一門榮動四隣在渠輩
繼王慶禮然以不肖未能奉親之事猥受於子女心焉愧感有淚潸潸謹以清酌庶羞敢告厥由嚮

答趙深遠志浩書

炫性本疎迂識且魯甘棄植志淺短謀身齟齬甘守草萊之而恥恥競芬華之趨所存者惟讀古書樂古
道也是以世與相乖為貧所驅而舊交先達彈冠飄纓欺我卑賤莫與為知毀世道然也人情然也噫
世道人情務從外飾則如炫者之不能見取於世者固宜矣徒自情與俗異木同爲而世無已知也何幸足下貽
書以結交許以知心如非水流濕火就燥其孰如是耶足下讀聖賢之書通禮學之文而宗族推之
而孝外而朋友由乎其情則果然好古書行古道而取炫於世取之外者非耶所謂世取者何也其貌也諂
笑其言也喋敏其才也善棋奕其德也多金銀其居也奢麗之地其行也形勢之塗此皆外飾而世之納

交惟恐或後足下獨不於世而取炫之跡過嘗荐則知足下之必不足取於世取而取炫之讀古書樂古道也炫於是感激遂許足下許必將以董我也其益於我不爲貲矣豈可與世之稱朋友而以外而不以內者比論哉惟足下勉之哉勉之哉炫白

答深遠書

瞻仰之際忽承手牘依之焉如面討披審孝理保重欣慰何等來書中有古則埋主於祠堂之側今則何埋於墳墓之傍或有去櫝出主而裹埋者或作外櫝而埋之者而多有立埋立埋者亦有所據耶博考以示教矣炫固愚且蒙識淺者何敢妄作論列於禮典儀文之間乎自顧惶恐不可以臆見仰對者也然既蒙下問義難泯默謹按古禮有埋主於祠堂之文而今人不古宅不世居雖欲遵守古禮其勢末由也栗谷家禮有曰神主當祧將埋墓所云云埋於墓則神道攸安子孫傳知於禮於情俱爲得當或子孫凋微代遠不知其墓則埋之於山川精潔處或恐不違於禮也或者用錦袱裹於櫝內而具外櫝埋之或者以潔白綿花塡補櫝內而以厚潔紙

外喪而埋之亦爲得宜此在家力足不足之如何耳去櫝出主似欠敬禮謹人情考從學何必考禮也至於立埋悬意以爲有乖於義理也嗚呼人盡究其義理之所以大抵人之爲事也莫逃於義理之中合於義理則苟合於禮違於義理則亦違於禮故禮也者義理之所由生也究於義理則人之死也未有立葬而至於神主則必也立埋豈人長而不便於立葬主短而便於立埋而然乎神主限盡當埋與人死而葬理所固然然則卧埋者實合義理亦不失父安之道矣禮有埋主之文而未曾見且埋立埋之論不敢遽自指的而有逢之心如此更俟博識君子而質之如何 炫白

與深遠書

炫於人言不能無誤惑者實切聖訓辨破俚俗之愚迷可乎人之言曰甲與乙年相差過相似是爲朋友矣至若甲之父年八十乙之父年六十六十之於八十間以年不可謂朋輩也乙之父年既總少於甲之父則甲豈可待乙之父以父執乎父年相等然後方稱之以尊丈也炫應之曰否是何言也年相若過相思似曰朋友朋友有兄弟之義

旣稱兄又稱弟則其父非尊丈而何豈可許其仮此父年而後稱尊丈乎然則七八十生子則其子長成世無尊丈耶嗚呼風化之日下習俗之不美胡至此極昔柳公綽之子呼幕賓猶爲丈況朋友之父乎孟子曰老吾老以及人之老至哉聖賢之言乎我若不敬人之老人亦不敬我之老故敬其老者亦敬人之老聖訓有曰年長以倍則父事之十年以長則兄事之父事之兄事之者極其敬也蓋較差五六年稱丈稱兄而聖人之所以誨尊老之意也此乃昭載經傳兒童之所誦則不可以橫波濁其源也必若人之言其不至於斁倫者幾希拗恐謬俗之轉傚略叙發明之一端未知兄意何如耶炫白

答金君猷 振來 書

嗚呼友之道貴相知心世之交一何多歧錢交詩交反覆論難而始以錢交敬之世終以詩交責我讀之未半不覺歛然于心錢交之炎凉詩交之聚散兄旣發端而未究其意炫雖愚迷爲兄一明之可乎噫以錢爲交者入必市從以詩爲交者入必烏集或以卑賤之身賭附於公卿而躡蹤榮華之途或以鄙吝

之惟貨結於儕類而暗鈎貿販之衷腸比其利盡交疎則公卿嗔之以欺負而綱之罪儕類擯之以傳詐而遠之

話可以錢爲交乎吟風咏月歡如弟兄登山臨水隨如影響既乎道乖心違則患難疾病視若氷炭訕謗

惡辱避若仇敵可以詩爲交乎蓋由乎不以心之致也至若心交貧賤而不爲恥富貴而不能忘不以數違

而親之不以稀見而踈之有過則心相規有補則心相喜不見則心相照既見則心相吐然後方可謂交

而所以友居五品之一故謂之達道也不由其道則人倫廢而天理斁矣詩不云乎神之聽之終和且平朱

子註之曰若能盡其道於朋友雖鬼神亦必聽之相之而錫之以和平之福聖賢之意申申飛或不罪於

心而勗勉之以神之聽之之語也炫與兄交自妙齡今至無白無一介滯於心豈可以詩交玷其心乎

嗚呼於戲詩交雖曰清事殆同雜技而無其實則甚於錢交炫謂楊墨之害甚於佛老者亦喻

於此也茲以心之一字益勉於兄勿以心外心爲念焉炫白

告靈臺文

是日辰良重修更始於丹田之上不可無翠基之祝作文以告之曰伏以天君以仁爲心人之心法乎天天之心降於人天與人其道同天有元亨利貞元曰春亨曰夏利曰秋貞曰冬元之氣生於春至夏而盛至秋而衰至冬而復春爲四時之首全行而分其序然則春無時不在矣人之有四性猶天之有四德仁之理發於惻隱在禮而辭讓在義而羞惡在智而是非仁爲四端之首化行而分其事然則仁無物不推矣理發而氣隨之氣發而理乘之氣者陰陽也理者動靜也動靜陰陽孰主張是天有太極人有一心循環不已變化莫測雨露霜雪風雲雷電天教之所以生萬物也喜怒哀樂愛懼惡欲人情之所以出萬事也天之教化人之性情雖其分域之不同然其脈絡之所皆屬于仁焉豈斯須相離而不相統哉天之心與人之心相感而相應賞善罰惡捷於影響比如草木之生不失其種種豆則得豆種瓜則得瓜此理之常而不足疑焉善者仁之所由生也在內之仁見於外曰善故仁其源也善其流也仁者稟於天而與人俱生也而其惡者何從而出也無乃欲中出來者乎欲之大者有三曰食欲曰色欲曰官欲交攻積累成惡故欲發於心而衷心者欲也蠹生於穀而害穀者蠹也於是命于四性統領七情愛

惡之太偏者仁覆而濟之以惻隱哀喜之太過者禮裁之而節之以辭讓好懼之太甚者智和而平之以是非
欲之太淫者義勉而抑之以羞惡喜怒哀懼愛惡之發仁禮智兼聽而至於欲義獨主之者何也七
情之中惟欲難制故一任於義義以刑官之故欲專其貴也欲萌而不折則爲貪貪長而不伐則盜何以見
爲貪爲盜之狀乎噫糲飯足以充腹而不知足又求之以粱肉求之不足至於奪人之財麁妻足以治
家而不知足又求之以姿色求之不足至於奪人之妾卑官足以安分而不知足又求之以權要求之不足至
於奪人之功不知足者欲也求之者貪也奪之者盜也未貪之前義以抑之不使放外而反求諸己則易所
之不遠復者是也既貪之後莫之御而縱之爲盜則天之降罰烏可已乎天心之仁必欲使人人皆善而其所
以罰之者豈天之本心哉或降之災使惡者必警懼之而終不悔悟然後不獲已施之而罰嗚呼抵酷刑
投遠方亡其身敗其家豈非積惡而受罰於天者耶賤登貴貧致富有其樂無其憂亦非積善而
受賞於天者耶或有無妄之過而卓然省之飜然改之則不特免天之罰而亦將受天之賞人之所爲

天無不知所謂上帝降衷者不其信乎人固不能無七情而其未發也只是存養而已發而中節則無過則是之真善也禮愛惡之過如水之始達涓涓而爲川爲江至於爲海其流有漸欲之過者直走而爲海其可畏也已故遏欲是心學用功之第一也欲遏則六情次第操存奏功於四肢四肢克復致治於理氣理氣涵養扶護一心則法乎天竊然有愛人利物之仁靈臺之樂萬壽無疆

遊摩岳記

余嘗欲聞摩尼之勝而欲一致足者久矣適於丁酉三月見差分倉糴羅官到沁沁之於摩尼爲五十里也道里既不遠況復天氣和暢萬物同春之時豈可不謂我宿願也公事畢開牽作行往入自訪足山借一宿於傳燈寺翌日以肩輿逶迤而上自山下抵山巓亦十里也山之巓築壇曰塹星塹星壇下西邊有天祭庵僧傳檀君卽位之初築此壇建此庵所以祭天也所云未知果然否耶老僧擧手以指遠樹曰陵是東齊島卽南面樓望尾津北瞻三山三山之下佳氣葱籠者洛陽城闕之萬年金湯也其他東西南眼力不及不知何者樹爲陵何者齊島而但見水

接乎天之接乎水魚龍所宮雲霞香花而已以言乎近則椒陂古城等諸峯拱揖若子孫之衛又見草芝與烟花界永
宗井浦月串等島鎮列布于下如衆星之環宸極也若夫山底之所謂義皇村等屋柴門鷄鳴犬吠者依然目見陶元亮
夢中世界而沙鳥風帆汀柳岩花特其細者何足道也噫未及登山也崎嶇回紆攀蘿捫壁極其勞備然後始達其絶
頂既而登山也一望萬里青香雲夢極其遐矚然後始覺其浩渺奇心當如登山之險豪心當如俯海之寬余
今登山俯海深得其理若徒知峙者為山環者為海而已則何所益於心哉乃命從者移席進酒嘯傲乾坤飄若
御風醉倚籃輿不省下山之時而心隨白雲繚繞於半空不知身已在朴生村朴生村在山之北十餘里也吾田花
場蒲濃可意出三古之姓朴人之所居而朱陳村之類耶不可知也

遊洛山寺記

余於西南北覽遍千里之外惟彼嶺東世稱蓬萊而未覯一步之地尋常自恨夫仙分之淺也適於壬辰冬因王事
抵江陵而敀時不由大關嶺古路暫過鏡浦直向襄陽之襄陽所稱八景中一而壯觀亦莫洛山寺云故也既至則

居僧因列余指示諸天勝境山峯然獨出群峯之上而壓大洋者洛伽山也殿宇如畫隱映於松檜奇石群之間者即所謂洛山寺也寺之東北數里許逶迤而下地脉陡起岩嶽嶄屹立者義相臺也有樓巋然與義相臺相對如揖讓者觀音菴也蓋義相思尋直到此而觀音佛顯聖之處云爾斯菴也浮跨於千仞石崛之上崛中息泉與海水相盪於樓板之下隱隱有金革鏗鏘之音而危欄倚風若搖搖焉僧云經累百歲于茲而少無傾側之慮此其設屁之時必以雲霧遮其簷下者佛靈所暨非人力也其然否耶吁亦異矣登臨其間如在半空俯仰上下蒼蒼茫茫一色浩然之氣塞乎天地不復與人世間許多榮辱而大丈夫胸襟中無一毫介滯矣嗚呼人之生於閭閻者於奔競若蛙之處井底而不知井外之天局於地而自視也小則安知夫如斯之壯者乎余乃今始知觀於海者難爲水之意也於是命酒深酌既飲輒醉醉後長歌歌和風雲我乘飛塞之槎耶我果羽化登仙耶我不知我身之所在也

得閒齋記

古人詩有曰人生待足何時足未老得閒方是閒余味斯言而未嘗不三復咏歎也人之說閒者必曰江山之亭田野之庄而浮沉宦海翺翔榮途空有百年之計未得一日之閒至被移文嘲誚而不遑言歸豈厭耕雲釣月之樂而然乎噫人於物欲若不知足鎮日奔競老死而後已然則何時足而何時閒耶可慨也已吾友金稚舉卜宅於西谷縱無江山田野之景而蕭灑可喜亦足以適吾性而安吾分也冝春苑一脉逶迤而下仍成小園斯園也非廣非狹不高不卑名花交映而好鳥咊鳴綠陰深濃而清風如期松菊開逕而明月送影梅竹露霞階而微雪添奇此蓋園中之四時也園之下築草舍蘧之曰得閒齋小軒可以容膝古書可以消日斗祿代耕諸子代勞怡然自得悠然自樂公退之暇每邀良朋或置酒賭棊或論詩談懷此豈得閒之趣者非耶吁彼江山之亭田野之庄閒則閒矣雲物無主徒為過客遊翫之具而終非己有者較此何如哉稚舉為性踈放有意於閒者也屬余以記之余不敢以文辭於是乎書

一松寫序

客有問於余曰子在松谷宜以松於子之所居而今徙宅不改而仍其義焉在余曰然曰松在我心中何往而無松乎然則美花佳木不一其種而獨取於松何也余曰草木之可愛者非不多也而固難合於心耳噫噫悲於人既有損益之友取物當如擇友之勉我也吾將以草木比諸人而品題可乎若夫寒梅處士清則清矣乘時而婦人之態也吾所作之細柳將軍銳則銳矣從風而靡匹夫之容也吾所棄之桃園主家士繁華成蹊終有蕭瑟之歎吾所捨之杏壇公子聖賢接迹猶無道德之實吾所疑之牡丹富翁威儀棣棣殊無長永之計吾所揮之葵花忠臣誠惻切切徒放朽腐之境吾所憐之白蓮高士宛在水中央未免風雨之敗吾所慮之黃菊隱者偃臥籬東還竟爲霜露之摧吾所悶之綠竹君子如玉其節而其中也未必有吾所惜之蒼松道士如鹿射其香而其終也不能實吾所慨之杜鵑客子猶帶啼血之色吾所悲之梧桐友人常有無知音之嘆吾所恨之至於梨柰李柰橘榴柿栗之屬鬪色於紅白桂檜楸柏芭蕉藤葛之類效嚬於綠翠外此海棠薔薇丹楓紅蓼之種何限其名而或榮或枯或花或葉紛紜於其間者誠不足道也然則吾之

所擇而最者惟一蒼髯十八公在耳氣烈色貞無變改之意中信外直有黛雅之風抱大才而不近
世路是賢君子謙退之心拂壯氣而欲撐雲霄乃大丈夫倜儻之貌玆豈勉我者非松耶松而勉
之我而許之則松在我心中何往而無松乎客點頭唯唯於是命毛穎書問答付之我所居之窩仍
以四韻詩松題乎下方詩曰清風吹不盡爽籟入踈琴翠色凌寒雪貞標冠百林鳥過欣有托
客至許分陰吾道須加勉平生勿貳心

盆種月桂花序

吾弟嬉也得月桂月一枝栽諸小盆而居數日枝葉稍有蕭索底意嬉也咄咄不已乃曰惟我惟我始吾
灌水之勤培土之厚也而猶不免枝枯而葉凋者何也余見而咄之曰事若異而理則固也何惟之有惜乎器大也已
大凡物稍其器然後方伸其氣今花枝之大大於盆而盆之小不容數掬之土其勢安能根乎而枝生氣散而葉瘁
宜爾灌培之效矣惜乎器小也已豈矣特花也余將以花喻非花夫士之於學也如花之於盆也盆為花

之基而基廣則不費灌而自潤不待培而自繁油然俾其根而勃然發其氣也學亦人之基也其學博然後方可行吾道吾道之行苟在於博學不博則不得道之不行抑或有不仁之病醫國家四肢不能屈伸之病謂之不仁不仁云者氣脉壅而滯不得流通之稱也道之不行之病亦類是乎其究亦之數人與花一致故君子之學擇地而蹈若花之植焉夫盆則其於着根之始庶望滋之效立脚之初能無不仁之病豈此花之非我也惟吾弟勉之哉勉之哉於是易以大盆而序其事仍儆汝爲學云

送張君一之北關序

未易動而難制者心也心之動也動於物我相形之際而如物之姸醜照於水而輒應也水之於物其應也雖速物去則水之清冷虛明之體終然自如也然則姸醜在於物何關於水心爲甚一動於物即有所蔽蔽則必有所忘蔽者物之迷我者也忘者我之溺物者也既蔽之又忘之狂惑爲出來病不能醫吁亦懼矣可不勉乎哉吾友張君一將作北關之行矣世稱南男北女者以其妓色之最名於北關故也紅粉翠黛

纖歌妙舞迭相往還日與狎昵則人非聖賢能對此而卓然不動心者幾希矣不動心之工在於善養浩然之氣孟子言之盡矣何必他求乎欲求浩然之氣何在則須觀山之峩峩水之洋洋為天地間最大者也峩峩洋洋之氣收諸吾腔子裏養其浩然而無累無餒則青吞雲夢非此之謂乎然則村柳野花之自誇春色不足動清冷虛明之心而起迷溺蔽忘之病耳吾愛君一而臨別寄以此語而勉之其或綺羅席上能憶吾今日丁寧之意否千里追塞珍重自愛是所望也

有恥窩序

李君聖賓甫以有恥扁其所居邀余而謂曰吾平生所執恥與人較縱人辱我我安受之俟彼怒息徐喻不然之義則彼亦人耳人而能不感悟於心乎人辱我而我不能忍而較則人必不我謝而辱又加一猶恥之而況辱乎吾故欲以恥一字存諸方寸而庶幾為涉世無辱之良方所以特筆揭於座右常自念茲而夙夜自警也仍要余作序余不敢辭而為之書曰夫有恥一字其由聖學淵源而油然流出者非耶子曰道之以政齊

之以刑民免而無恥道之以德齊之以禮有恥且格德以體之禮以用之人必觀感而興起恥不善而遷善善之可善不善之可惡人所同然則恥豈非心得躬行之效歟善莫大於孝悌之善〻於孝悌則百行何莫非孝悌之餘善也我能孝於親而後教人以孝我能悌於長而後教人以悌孝移於君則是悌移於友則曰信孝悌忠信之名則雖殊其爲善一也爲善之道在乎養心以德修身以禮德禮之化〻於人如油之浸綿自宜其家人推於國人而不自知也苟能德禮則政刑自在其中何必專用政刑而勉其不善耶今君之言不能忍而較者乃聖人所謂政刑之意也徐俞不然之義者乃聖人所謂德禮之意也借令人辱我而我治之以政刑則彼雖一時惕而強服其心未嘗服也故必欲報怨於後初不悟不善之可惡則安能進於善乎唯德禮可以有恥而格乎善恥者善之端故能爲善者亦可以有恥〻心豈特無辱於身而已措之萬事無不爲善非直君自警言亦將化於人矣聖賢其以吾言爲何如也

御鳳軒重修記

上之七年癸卯仲春命宦侍傳命廳于侍賢門之內與再明年乙巳杪秋重修額其門曰啣凰蓋以示傳
鳳綸之意命名之也大凡天地間萬物莫不聽於造化之爲而得其時化其身如蟦之以至微之虫埋於泥土中蠢
蠢然罔有省覺及夫逢秋而化爲蟬則輕飛近青雲清鳴在高枝者渠豈能自爲耶是造化之使之然也
今以虫之至微取觀焉則其大於虫者亦可推而知之啣凰軒已是軒也本謻正閣之南重月廊也廊而爲軒
則棟樑雖仍舊貫窓牖宛是新成瓦甓之罅缺者緝之則齊丹青之漫漶者改之則鮮門逵之曲曲者廊
之前平墻壁之剝落者鏝之則固棲軒之古無者今有旁堧之前陋者後敞夫室宇之得其所幻其貌亦非
造化之攸暨耶倘不命之爲軒則不過一廊而止如未蟬之蟦已耳又况左右圖書藹然如神仙之居者非臣
等所敢暫處而特命處之晏如於戲臣等亦虫之蟦也室之廊也俱是造化中一物偏蒙陶鎔之大德猥以賤
疾忝居斯軒蟦已蟬虫之化極矣廊已軒室之制至矣此向所云得其時也得其所也軒在於偏殿隔一門
之地地愈近而恩愈摯是用感激夜不遑眠孜孜之誠豈容少忽勿以地之近而矜其身勿以恩之摯而

肆其心惟以毋或貽戚於上爲心然後庶可爲報萬一之道故不可無勉勗之辭於是乎記

怵惕文

時維日南至北陸之積陰爲一陽之所驅乃作大塊之噫氣其聲也初則翏翏乎山林之畏佳而晚來感發焉淅瀝焉萬竅怒號而撼屋拔木君子聞之能無怵惕之心乎噫彼南隣公子重狐貉飲酒酩酊燒設屏帳藉毛氈而防寒使人不敢開戶而猶恐隙風之或侵當是之時能念北市之丐瘦瘠惸獨者耶否耶此乃張子所云皆吾兄弟之顚連而無告者也鶉衣不掩其膚糟糠不充其腸呼寒啼飢匍匐道路君子見之能無怵惕之心乎大較人之貧富在乎勉怠之如何耳若使北市之丐孜孜憧憧罔敢自暴而自棄則不啻比南隣之豪家矣假令南隣之豪家得之揚揚專事安尊而妄大則不惟爲北市之丐矣推而究之則今之北市之丐安知非昔日南隣之豪家而忽於勉而致此也故戒愼乎其所不睹恐懼乎其所不聞況聞而見之者乎天道無親常與善人君子思之能無怵惕之心乎

病鶴文

野鶴病下於庭拳足蹁躚不能飛去旁有鸚鵡睨視而嬉遊巧言而平押有若嘲戲者然噫彼鶴自是不羈之仙也混於馴禽之中而受侮不恥者豈其性然歟夫惟病翮之故耳惟鶴也素質丹頂圓吭脩趾鳴在陰和子唳九皐而聞天朝刷芝田之露夕飲瑤池之水厭塵寰而鎖羽翰蓬壺而高翔豈可與媚人之麗鳥同日而語哉然而鸚鵡則人必愛之畜諸金籠養以菽穀而鶴則放在疎林之中飲啄寒溪之上霜毛冷落曉聲清切噫人不知愛其鶴不如鸚鵡而然乎豈其然乎凡人情不喜天然之純質而喜異常之巧飾故不知鶴之爲羽族之長仙家之驥而獨愛鸚鵡之錦衣能言悅人心目而然也然則世之不知鶴也宜矣若一朝病已誰〻之翮既長脩〻之尾既脩一擧萬里凌雲冲霄則向來鸚鵡之嘲戲者何異嚇鵷鶵之鴟哉噫人爲甚矣特鸚鵡之於鶴云爾

警晝寢文

余於暑月晝寢而爲蠅蚤之所困心煩意撓不覺狂叫而起揮扇逐蠅則飛而復集披衣捕蚤則跳而旋失心自怒曰胡爲乎有此無益之二虫而使人不得安寢也仍垂首攢眉默思所以去二虫之計忽翻然大悟曰噫俄所無益云者我固失言矣夫子以朽木糞墻之喩深責宰予則晝寢之害於人者誠不貲矣古之聖賢夙興夜寐孜孜勤勤者豈徒然乎哉法天无息之義也易曰君子終日乾乾夕惕若厲无咎故大禹之惜陰陶侃之運甓良有以矣處勞形之地而然乎乃不敢私其身而惰其志也今余昏昏冥冥偃卧牖下匪特心志之放肆客氣乘人入睡而以爲病則蠅之輕翼而集我目蚤之銳喙而吮我膚者無乃警我而起我乎然則二虫之助我者不爲不多矣於是洒掃軒楄盥櫛衣冠端坐對案焚香讀書心在傚省而不知二虫之何去矣

東歌選序

書曰詩言志歌永言聲依永律和聲詩者出自吾心筆之於書寫景記事如國風所載後來攷俗化驗性情則亘
萬古垂千秋而不朽者也歌者詩之餘也轉喉而吐氣掉吻而出聲方其唱歌之時高低清濁莫數緩促務盡
其妙合於節奏或繞樑塵或遏白雲及其曲罷之後則無痕無跡只是為太空之散然而有心者誦而
傳之好事者采而記之古人之觸物起感代語道懷如堯民之擊壤舜臣之賡載大禹之塗山箕子之
麥秀甯齊之採薇夫子之獲麟甯戚之飯牛馮驩之彈鋏優孟之慷慨荊卿之易水雜出乎傳記
子史而與詩并行而不朽則歌亦詩之一類也余用是於東國名賢所作歌曲中選名謳若干名之曰東
歌選若夫忠臣烈士奇節憤慨之志征夫怨女憂思幽鬱之懷太平氣像康衢烟月之樂山林隱
逸琴鶴逍遙之閒當時不過托於聲寫其情而已後人詠歎亦足以攷俗化驗性情則歌豈徒然
乎哉憤慨者由是而洩之幽鬱者由是而暢之樂者由是而興起閒者由是而消遣以此言之歌亦未
必無少補於云爾

送金季約之濟州序

粤乙未歲飢命繡衣移粟賑之翌年丙申聖上即位之初特繼先王恤民之遺德以牧之善賑重書褒嘉之金君季約今當貢去矣季約將行也或曰濟州〃在海中鯨波噴薄千里浩渺若遇之風則雖有帆楫無所施為余為之言曰夫濟河也非海也禹貢有曰浮于濟漯達于河又曰濟河惟兗州又曰海岱惟青州按地圖河出乎兗通于青〃通于海而濟州在兗青之間右碣石左雷夏地屬山東而實為我國南邊之附庸古所謂嵎夷者非今耽羅乎然則知濟之為河而非海也江通于河〃通于海君嘗浮于江只知江之永矣不知河之廣矣今浮于河必知河廣於江而夫安知河外之有海倘使浮于海則其意洋〃乎又愧浮河小江之心矣是用河伯遊於秋水欣然自喜以天下之美為盡在已終不免於北海若井蛙不可以語於海之嘲季約能知此乎今濟州貢舡商舶尋常來往其險〃也非瞿塘桂浦之比況在靡盬之義脚下十丈風濤何足懼乎且夫漢拏一山世稱瀛洲而白雲常

繚於絶頂其上盖有神仙遊云其果然否耶歷々遊覽見如有壯觀歸來詳語于余

謹跋 御製字恤典則卷尾

臣按史記漢文帝當春和之時見草木羣生之物感而有發倉賑貸之詔後世猶稱治世盛事而況我
聖上德惟善政々在養民至仁至慈之心不待見草木羣生之物而藹然自發於宸衷猗歟盛哉於是
王曰饑歲乞兒路傍遺子無人收養自就於死天地生物之意豈若是哉其令有司之臣講究
拯濟之策於是焉惻隱之心溢於十行綸綍保育之節備於九條事目名之曰字恤典則頒諺翻書付
諸剞劂內而百司暨各部坊曲外而八道之列邑面里上自大夫下至士庶無有不須經者於戲推廣之聖
念恐或一夫一婦之未得聞知而丁寧曉諭者旨是其遍也於乎大德往曜邪無自茲以往市無童稚
之行乞路無襁褓之棄兒飢者飽而寒者煖病者穩而死者生天地之仁無物不壽父母之恩無子不育
雖在堯舜文武之世未有若今日曠絶之聖德而爲萬年金石之盛典者也漢文帝一時感物之詔豈足稱

美於古耶古則一遇饑歲民情騷然道有盜賊市有攘奪甚至有殺越人命之舉今則六經告歉民
猶晏如野無餓殍人無菜色懽然有管絃太平之象曷其然哉寔是我聖上特軫大星之布又減
什一之租停方物却貢馬復尚節累千鍺錢數百疋布與丹木胡椒等物發出深賑盡心撟捄靡
不庸極而使民莫知歲之飢也前後綸音之下京外億萬蒼生孰不欣躍感戴而況字恤典則之廣頒
者乎臣夙夜昵侍邇聞近天之地跪敬手祗受左切向日向日之忱寔與書令子弟細讀諺文則許婦女
詳觀又以言語解說其義於婢僕者亦仰體德音之萬一云爾歲癸卯陽月十日臣是炫拜手稽首

謹跋

少事偽朝論

人有云聞誦諸葛孔明出師表而不涕泣者忠臣也聞誦李密陳情表而不歎息者非孝子也嗚呼
忠與孝曷嘗有貳哉於君於親分其境界而曰忠曰孝泝其原則一言而蔽之曰一箇誠字而已故君親

雖曰不同忠孝本無二致事君不誠則非忠也事親不誠則非孝也求忠臣於孝子之門者政以此也余
讀陳情表少事僞朝之句不覺廢書而咄咄也惜乎密也旣委質於昭烈皇帝歷職尚書郎則
國亡之日隨卽殉命可也抑或以祖母劉之奉養無人謂之不能則隱於山耕於野亦可也何必苟且
屈節以事他君而後可以奉養耶旣屈節在不得已云爾則何不曰少事漢朝而必曰僞朝乎昭
烈皇帝乃堂堂紹漢大統之君也何可以僞朝稱之辱莫若是之甚耶李密之心於是乎余知
之矣以僞朝二字諂於晋而欲釣孝名於當世者也噫嘻渠以舅奪母志直書於章奏是其母
之醜於後世可爲孝乎大較子而孝臣而忠女以烈所以爲天地間三綱而其母旣更二夫其子又事
二君是一家之內壞了二綱一綱三綱則壞一綱則樹余以爲未必信也況孝之一字豈可濫加於李
密之身上乎若夫諸葛丞相出師表每起言必稱先帝而句句聲聲節字字感激其慷慨忠誠之意
溢於辭表不特自己之臨表涕零聞之者之涕零不待哀笳悲筑之聲而自然出於秉彝之心倘

使孔明爲董生之地則入厨具甘旨上堂問起居彩衣悅親自以爲樂安肯出山而應先帝之三顧乎然則孔明誠天地間忠孝之一大儒也豈可與祿祿假名求利之李密并論耶由此言之君也不惟不忠於君而已亦可謂不孝於親也

安峴宮行閣庫舍成造告祀文

維年月日謹齋沐虔告于土地及成造之神爰自設宮之初每欠房闥之狹小會當建廟之役左宜文章之肅嚴于是經營不日成造杞梓山峙班輸雲屯龔劉斤鋸信手而裁規矩繩墨隨意而適竿等基而定礎費不及於度支盟程而上樑制非近於宏麗寢室廚房之緝修雖仍舊貫行閣庫舍之湢敞全是新構尾似翬鳥之齊飛正正其桷墻如虹霓之横亘重重其門鏝之以粉灰百堵皆作塗之以菱畫一字始完矧復清蹕之屢駐慶事莫比於他宮柳亦禁林之孔適靈氣常鍾於此地池塘滔滔常涵日月之影草木欣欣亦需雨露之恩

揔是神芍垂佑之功可無人而叩謝之擧列酒肴而盈兕陳餅果而滿盤日吉辰良天朗夜靜伏願尊神旣醉以飽式悅且歡佑我聖壽之長期得大春之不老扶我邦家之鞏固仔見少海之重清風調雨順上下同豊穰之心物阜人和內外共昇平之化禱止此矣神維歆焉

卞德章追感戎後跋

大較人之相知之道有三曰知面曰知音曰知心面之知者相逢知某人之爲人則世皆然矣聲名爲知々何足稱焉趨向相同氣味相合如琹調之和聲嚮音之應然後方可謂之知音々者出自口發于外心者藏於中而爲一身之主宰知音者誠希何況知心乎余於卞德章相知餘四十年則過於面之知而音之知庶幾近之矣卽見追感戎後錄乃知德章之心々旣知矣奚特音之知已乎追感戎後錄者德章之所著也大暨羃忝親叔君以忠孝二字爲一生之綱恭

儉讓三字名其三子爲勉戒之目千有數百餘言〻〻懇惻字〻丁寧讀之三復令人感泣余既知德章之心則德章不知余之心可乎於是出余所作侍年錄示之侍年錄者亦余一生記心跡之書也嗚呼余早失怙恃未敢菽水之養追憶劬勞恒抱蓼莪之痛中年以後猥蒙天寵每睨日月之光尚涵雨露之澤祿已厚矣寵亦榮矣感慕先蔭圖報夫恩之心日復一日何嘗暫忘乎中此余所以與德章心同一般水流濕火就燥類其類自然之理也相與扶携而語仍請跋於錄尾義不敢辭茲援數行之文寄付知心之意德章其以知心亦許我耶否

上應旨疏

伏以臣以至賤之品幸際聖明之世寄通侍衛夙宵禁直涯分踰矣榮華極矣一食一息何莫非聖恩之攸暨則臣之頂踵毛髮非臣之所有區〻犬馬之忱惟有殫竭心力庶幾萬一之效而不可得也乃者應旨之教至

及於賤臣此實出於詢蕘之聖意十行綸綍藹然懇摯臣豈敢以僭越之爲懼而不思所以圖報之義

乎竊伏念我殿下以三朔不雨致勤宸衷憂動八彩而拋靡安持擧六責之義親行桑林之禱步輦去傘

赤日登壇凡在臣民孰不焦灼及其禮成之後沛然一雨頃刻報可臣固知殿下之至誠上假天心捷於影響

殷湯不獨聖於千載之上而即伏見至治之美於當今之世矣然而以殿下日月之明親御萬機獨勞

於上而在下之臣不能仰體德意誠心矯捄則紀綱安得不弛僭侈安得不盛民情安得不鬱乎以言

乎紀綱則頑民敢肆其惡於閭門之外奸吏欲售其妻於公廳之上此曷故焉爲官者不能道率

使民徒知威而不知恩故民怨積而反生惡心其流之弊至於貴家奴僕之豪悍而極矣歐辱閭里

侵漁市廛邀騎上典之馬橫馳大道之中官府不能責禁尉不得問蓋畏其勢焰而莫敢誰何若

或問而責之則其爲主者反怒而捏搆法吏竟置之罪是不特不禁之而已乃縱而使之也然則紀綱安得

不弛乎此雖細事關係則大臣以爲亟令攸司詗察施法民無冤枉則庶有補於樹紀綱之道矣

以言乎僭侈則賤而學貴專事奢靡雖蹤等無以畏其法貧而效富徒尚虛文雖倫踰無以知其分
以髢髢一事言之集他人之頭髮績成雲𩮜加之以金銀珠玉簪珮奇巧之屬不可形言婦人一身粧
飾之具動費千百金婚家不能辦此則人必嘲笑故貧者效嚬至於賣宅賣田而務隨人爲或不能如
此則若將蒙恥不容於世貴足下賤之類亦從而風靡以衣服一事言之古法則爲文章以表貴賤而
今則貴賤混淆無甚差別氈笠之下夏苧冬貂假家之中髹帛雲鞋胥吏府隷示之如常不
以爲怪其他飮食什物之巧麗難以毛擧然則僭侈安得不盛乎踰制之漸決不可長臣伏以爲
亦令法司嚴明飭厲以別等級則庶有補僭侈之道矣以言乎民情則士田農工賈民惟有四而不
文不武無田無財非工非賈遊衣遊食者又有之若値荒年饑歲則流而爲丐顚連道路轉而
爲盜害貽乎民此專由乎無所事業而致然也博施濟衆堯舜其猶病諸雖不能一一救活使無飢餓
之歎而然而或有出類拔萃之才遁跡於其中不能自食至於塡壑而止則豈不爲聖世之一欠事乎然則

民情安得不大昭乎惻隱之情惟在廣推臣伏以爲亦令營門摘捜無役之人屬之軍籍而使之習熟挨次付料非但軍得壯丁而已俾民各得其所則庶有補於化民情之道矣凡此數者皆非創新之事按例淬礪則足可爲交災爲祥之一端耳抑臣有區區餘意敢此尾陳焉君民之間霄壤逈隔故古有差備門擊錚之法使抱寃無告者得以上達九重之深矣近年以來其法寢而不行則每値動駕輒有呼呼之擧而金吾禁之不得以自暴卽行時言之左右前後十百爲羣比於府衙之少猶不敢若此而況侍衛肅敬之地乎事之駭然孰甚於此原其本情不過微瑣猥屑之事而該曹一例勿施則或不無眞箇抱寃者混入其中爲在治世設申聞之意哉臣伏以爲闕內擊錚之法復舊行之至於動駕時衛外擊錚呼訴之弊一切禁斷恐合事宜矣若夫國計民憂之事則廊廟者有司存焉臣不敢容喙而謹以閭巷目擊之弊略擧一二伏願聖明俯垂鑒察焉臣無任伏地瞻天惶隕屛營之至謹昧死以聞 答曰省疏具悉風知爾悟道精邃猶不料蘊經綸事業如許言足聽聞行當採施矣

疏帖小識

伏惟我聖上御極之後雨暘時若無歲不稔粤七年壬寅自春抵夏天旱洽踰三箇月矣既減御廚之常膳特省侍衛之扈從親冀圭璧於雩壇疏放罪囚於鑾金路爲民之誠靡不容極天果格應甘霈即降昔成湯七年之旱而後始爲六欵之責今我聖上三朔不雨而數以累千百言如絲如綸字字懇惻是至仁至聖之德過成湯遠矣於是王若曰咨汝先帷之臣宣布予言於中外曰咨股肱之臣詢瘼于百揆以助予曰咨汝京兆之臣適告予坊曲可以利吾病者來想曰咨汝方岳之神臣食哉惟時柔遠能邇體予此意洞諭民庶粤翌日又召臣等教曰爾等亦近侍之人也如有所蘊書而奏之猗歟盛哉億兆臣民莫不攢祝跛躄之殘疾亦能蹈舞矧爾賤臣葵藿之忱有倍於人者乎臣敬奉聖教退于直署以所下綸音付諸廳壁謹讀數四相顧而語曰如我螻蟻視之如人恩詔至此敢不奉承乃以芻蕘之說庶效芹曝之誠匪意聖批迫出尋常摧擲九頓惶隕感涕是夜與洋直百遍披玩

不與覺漏已撤而天將曙矣於戲臣本以至賤之蹤猥近尺五之天何日非恩何事非恩而況此日此事寔是無前曠絶之恩也豈特銘諸心不忘而已耶於是手作一帖字首書綸音次書上疏暨批旨以為家間之珍藏而要壽聖世之美事故有是言 年月日 臣景炫拜手謹識 御批書下曰東壁二宿夜規摭垣增彩奎已起討儘有老筆詞華惜此才況未官之列

悟齋銘

歲庚子十月十有九日之夜 聖上名臣景炫特下稱汝道士之命自兹每呼臣而道士也粤壬寅六月初吉書下悟齋二字蓋 聖意稼取疏批中悟道之悟字也賤臣之奉是命者何限而矧又伏承美號之錫嗚呼臣豈真有道而有是名也天意春春之愛臣而恐或迷方特以一悟字為吾道之指南耳臣聞命以來感泣銘骨不敢忘悟寐而暫忘也于是扁於所居之室而侈君之賜寓以念兹之義不知者疑之曰子何道之悟而以悟為號耶甚矣斯言果然忘之茫昧而不知吾道之為吾道者也吾所以為吾道非人所

疑之何道也何道無乃仙佛之謂歟仙稱術佛稱法仙佛之非道從可知矣吾道則必曰道吾道之外吾不知更有何道也吾道即人所當行之正道也洒掃當由小學之門修齊必躋大學之域入吾道者子當孝臣當忠幼當悌友當信從吾道行無適而不當堯舜禹湯文武以吾道治天下而風行周公孔子孟子以吾道植世教而俗美冠婚。祭喪衣服飲食凡諸日用事莫不由吾道而行之不疑孟子之後行之者尠故吾道日就荒蕪幾乎陻塞人皆倀倀然迷所向但知仙佛之為道而莫知吾道之為道浸浸焉入歧塗而不能返如夢之不悟於是有九流三教之學於是有虛無寂滅之語至於惑世誣民蠧心喪性而極矣嗚呼人之好怪而不自悟若是也甚可歎也幸而程朱子出而闢之廓如也至于今坦坦平平夫何疑之有哉況今聖上以至治之德揖吾道而誨之丁寧豈將使賤臣一人悟於道而已在朝在野億兆臣民亦將趨道之不疑矣仍作銘頌聖恩云爾銘曰 吾有吾道參乎天地天地中間吾道無貳嗚呼異端胡為乎至肆然難眞如朱在紫昏翳其夢人盡悟矣吾悟吾道聖德攸賜聖明在上吾道如砥無處不達無適不是不惑之工即悟而已

燕射禮頌

癸卯十二月初十日春塘臺親行燕射禮〻畢夜命臣等分韻作頌以進臣得旭字製進句〻御批而以二上書下此寶曠絶之恩榮也頌曰瞻彼宜春朝日旭〻于以帿之熊虎蹡〻御射連中翻禮以謁載禮載樂于金于玉四耦濟〻鼓鼙之續以弓以矢舞手蹈足臣拜作歌太平之曲

四重頌

甲辰八月初二日王世子冊禮成臣謹作頌仰祝千萬歲无彊之壽頌曰　日重輪兮聖人生月重光兮壽无彊星重耀兮殺太平海重潤兮萬物昌

所懷

歲丙午正月二十二日仁政門朝叅入侍時以元朝日有食之特下求言之旨上自大臣卿宰下至百官庶僚之入庭者許令各陳所蘊臣亦在暱侍之列其於報效之義不可無一言乃敢書進所懷曰臣本以螻蟻之賤偏蒙

陶容之恩孜孜之誠出於感激區區之心每切叨報茲於臨門之日伏奉求助之教芻蕘一言極知其猥越而猶陳三條敢曰能矯揉乎其一曰正風化也古者典禮之官掌憲之職所由設者以其化以導于善劃以禁惡之意也方今聖主在上治教休明而典禮之官不能承化道于率掌憲之司不能按法禁遏則悖子庶弟之不孝不悌者或被丧酗酒奪人妻妾直家奴悍僕之藉勢藉力者或凌辱士夫浸漁屋里此非細故有關風教人莫敢言官不得禁所謂風聞者不過無勢殘氓之見忤於人而橫被刑戮真箇有罪者自幸魚漏之免果然無莫幸者獨令鴉羅之寃豈非有欠於治平之世乎伏願亟令憲府嚴加糾察以正風化焉其二曰禁僭濫也婚姻之禮衣服之制既有等級則賤者效貴卑尊效尊庶人用士之禮制士用大夫之禮制禮制紊矣等級淆矣至若奴隷之賤也而袍鞋扮士子之妝衣娼妓之賤也而駕馬混婦女之儀禁戢不得視若應行凡所以見捉於禁亂者只是前啣人之獘者也朝官妻之板轎也此豈法令綜核之道哉伏願亦令有司區別以禁僭濫焉其三曰裕財用也財用之積莫重於泉貨而鑄錢匪久新錢皆白無去處見今府庫之儲置市廛

之行用惟有舊錢在甫何者鑄錢之際次知員役及工匠輩惟利是求莫念久遠鉛多銅少貪其優數則新鑄之錢比舊錢不啻爲鵝眼之小不過十年至於破碎不用也境而致然也且一鑄錢所費不下千萬金則鑄錢豈容易頻爲之事伏願此後鑄錢時依舊摸厚大務爲厚大則用之久用之久則不至於頻鑄不至於頻鑄則財用必有裕矣今臣所陳三條皆是上回天災之謂乎第伏念人心不能懋實俗態專尚飾外姑息以爲務彌縫以爲要此皆在下之臣不能以誠實底道理奉承我聖上求治之至德然則風化安得正僭濫安得禁財用安得裕欲裕財用先禁僭濫欲禁僭濫先正風化風化之正不在於他亶在乎以誠心行實而已轉災爲祥之道不外於是矣惶恐敢達　荅曰爾言頗根據矣

字趙愿識 并說

吾友趙深遠有子愿其名十六歲之丁酉三月上旬日即其三加之吉也深遠要余賓而字之賓者禮與學備與然後可以稱其人而顧余魚目燕石爲識者何敢居賓位也然以故人子即吾子之義不可以不勉於成

人之初敬於表字之請固辭不獲遂爲之說曰甫名愿〻者敬也心爲萬善之本敬爲一心之原也昔趙文子之冠也韓厥勉之曰成人在始與善〻始與善〻進善不善蔑由至矣始與不善〻不善〻進不善〻〻亦蔑由至矣斯言盡之又何加焉韓子所謂善與不善者善由於敬與不敬〻者善之體善者敬之用隨其所當爲之事而盡其所當爲之善不過曰敬而已故善其意曰誠善其身曰謹善事親曰孝善事君曰忠善夫婦曰和善兄弟曰愛善朋友曰信等謂然善端特從在內之敬而自發於外分其関而各有其名〻雖不一其脉絡之故聽命於敬〻與善曷相有須臾相離哉故曰心爲萬善之本而敬爲一心之原也惟甫愿也顧其名而念義於是表而字之曰敬甫申之以敬之〻義甫須勉旃毋孤余們甫成就之意箴曰 人之有有冠如屋有墻心之有敬如屋有樑墻而無樑特一荒墟心而無敬亦一蘧篨敬以字甫〻須儆惕儆惕不已天錫其祿

紙羽扇銘 余倩人剪紙依白羽扇樣製作遂見之則紙與羽不能分辨人之造化何天然之若是耶不覺叫奇於是銘作以志之

非羽而羽在人造化為扇則一風其德也

匏葫蘆銘

非嘐然大藏天地理所以畫仙醉隱乎是

古硯匣銘 家有文木硯匣即余王考所用之舊器也年久自破余心傷之命匠重修仍以銘之使兒輩知為世傳之寶云爾

以木也文以器也質文質得宜陶泓之室其不雕用久則剜載膠載釘既壞復完依然舊物爰自王考傳之子孫為吾家寶

木筆筒銘

何山之木剡以為器其器也小其用也備在我座右任我筆紙虛心相對形貴不侈

送痘神辭

痘有神兮載靈之旐我孫兮來我家顆如豎之瘢痕如花兮落痂體之完兮壽徵神之佑兮十日旬有三兮期

满辰既良兮日嘉駕鳥將行兮何所山與水兮路長撤豆餅兮成包奠香醪兮盈觴聊再拜兮達門祝此旆之安康

金天瑞小祥之夕哭于几筵次陶靖節停雲詩作哀辭

靄靄停雲乍晴乍雨中心懷人如何路阻有詩獨吟有琴獨撫夢魂無間依依延佇

停雲靄靄細雨濛濛中心懷人如海如江閣梅香盡伴圃虛總薄言思之涕淚無從

主人一去園木再榮木存人亡寧不傷情忍逢今夕日月易征此生已矣願卜他生

疇昔歡娛一枕南柯忘年論交膠漆相和豈無他友知君最多知我者少非痛而何

次歸去來辭

歸去來兮溪山信美何不歸世無既人為知己空抱璞而自悲況容髮之易衰歎隙駟之難追嗟大夢其

未覺定孰是而孰非脫擾擾之塵網厭惱惱之荷不遵秋渚之稀蹻樂春山之翠微行有杖屨不馳不

奔居有澈風雨茅屋柴門數畝欽耕食餘濟備存跡混漁樵趣專琴樽說來麻而順占陰晴而

槿顔卧北牕而坦腹喜心神之安安無案牘之衣煩豈毀譽之相關起幽思之敬步時縱目而遠觀隨流雲

而獨往帯宿鳥而偕還樹蒼蒼而將暮弄溪月而盤桓歸去来兮悔浮沉之宦遊棲與辱而相逐無所營兮

美我知清儉之無累豈見貪欲之引憂古人戒余以退修遂有志于田疇身是一梟心是虚舟詎死後而有知竟

寂寞土丘山青青而不老水滾滾而常流羡山水之長在哀吾生之易休已矣乎寓身天壤際能幾時百年過客

逆旅蓋胡為乎悵悵安所之簪紱雖去好禽魚奈有期為聖世之逸民同婦子而耘耔歌伐木而釃酒咏

棣華而賦詩樂莫樂於此樂樂吾之樂不復疑

御射古風傳命龐揭板頌并序

聖上萬年之十有五年歲在辛亥陽月初吉　玉趾臨于禁苑丹楓亭親御决拾既佽既調一巡柳葉四矢

中革猗歟盛矣此臣等之睹仰舞蹈以為慶者豈是徒然乎然人徒知御矢之連中之以為慶而不知此慶

之有所由而為慶者則豈曰識慶之為慶乎慶莫大乎聖體无疆之慶青宮岐嶷之慶慶莫甚於清

朝無事之慶民樂有年之慶統而言之曰太平之慶要之今日之慶寔基太平之慶以爲慶也臣等之以爲慶者豈淺淺而徒然乎哉是日也特命古風寵錫并及於臣等仍命親受自天雨露無所不普在臣感激殆若偏霑於臓臣等俱以螻蟻猥近尺五之天幸際休明獲覩千一之盛其於慶忭之忱詎無讚禱之語古者國有慶則書於史君有賜則書於紳識不忘也今茲之慶今茲之賜豈特識不忘而已哉於是留記頌於廳楣永壽傳於千億云爾頌曰節屆穫稻百穀登場年豊民樂太平之祥御射連中觀德之光

臣拜獻祝萬壽無疆

浣溪紗　春日閒情

偃仰高樓任懶真元無門外熱蹄輪誰知閑趣在吾身　作意落花投靜几多情啼鳥喚幽人罇中自有太和春

西江月　暮春

睡起眼惺聲似擻坐來山色如期花陰正午不知移方是春天永日　排詩隻句雙句命酒三巵兩巵閑趣也

閒非我誰莫非聖德攸賜

一剪梅 惜春

落花風雨滿庭春不惜春光還惜春光平酒十千歌且長欲捨深觴那捨深觴 可憐鬢髮已滄浪強臨澄塘看臨澄塘日月催輪孰主張怕對斜陽易對斜陽

臨江仙 老懷

枕上蘧々翻一夢々中吾忘吾身莊周蝴蝶孰為真百年通計數餘復幾多春 日月胡為行不止空中迭轉踵輪令人鬢髮白紛々無辜將好酒日々入吾唇

蝶戀花 歎老

明月近夕紅日曉日居月諸去々何曾了不與覺不知人自老朝來昨夜還成古 白髮玷人無復少名利醉中這裏誰知道仙丹未必醫衰暮惟對清樽時發笑

滿庭芳 新秋夜

積雨初晴新凉乍動正是大火西流明月東昇朱簾半上鈎憶昔少年行樂琴樽擁美人夜遊于斯時爽氣無敵誰料鬢霜愁 玉宇崢嶸銀河影轉梧桐露滴秋步中庭但聞蟋蟀啾啾老懷尤覺激烈嘆青春更尋無由風流事留屬後輩歌舞幾家樓

青玉案 訪梅效興

跨驢一出溪邊路雪作梨花開萬樹通身清香風外度不知何處定有新梅引我故相往 故來寒日已去暮佳詩欲催燈添炷擬煮濁醪爐火取家僮笑道隣翁適到又况山月吐

家中訓誨

惟爾阿兒阿女與子婦靜聽吾言吾言靡他惟將往昔所見所行之事說與爾曹爾曹其無喧而靜聽之吾家本以簪纓之族中間雖寢微世傳詩禮之學言行尚忠厚故我祖父母與父母之垂訓於子孫者可以

御場矣余八歲受孝經于祖父而祖父以文義語之曰夫子首言先王有至德要道以順天下民用和睦上下無怨汝之言孝德之本教之所由生蓋至德曰孝要道曰教教者使民以和之意也愛親者不敢惡於人敬親者不敢慢於人此釋和睦之義也故孝經一部之旨摠之爲和和之乃汝一生受用之道汝須毋忘祖毋亦以孝經諺解有曉喻余之道學深甚於此而余禀性燥急少有不如意者不能忍耐故丁寧以和字爲戒我先子以西門豹弦韋矯性之語深責仍令蓋世帶纏腰我先妣德性未嘗疾言遽色每以一言使人感化我外叔母性剛不協於我外祖母而姑婦之間多有不平之氣我先妣柔以諫之於外祖母義以誨之於外叔母叔母終爲孝順之婦一家欣然有和氣此余所耳所覩者也嗚呼不肖銘于心書于紳於是乎以必和爲自修之要道嗣後凡對人言語戒在迫切與人論辨戒在角勝受人侮辱戒在報復責人罪過戒在嚴督衣服取潔戒在奢侈飲食戒在珍味財取其義戒在貪污職安其分戒在僭濫迫切則氣不過而忿角勝則意不和而感報復則心不和而賊嚴督則志不和而酷奢侈則身不和而殃珍味則口不和而病貪污則廉不和而亡僭濫則道不和而喪摠而論之則

不和之禍胡至此極耶故董子曰心和則氣和氣和則形和形和則聲和聲和則萬事莫不一於和至哉言乎余則曰心和則事和氣和則家和陰陽和則物亦和人民和則天亦和和則吉祥至不和則災異集和之致豈其少也哉余見人家夫婦不和兄弟不和親戚不和隣里不和或爭其田宅或訟其錢貨或奪其先業或惹其詬罵甚至刑戮及身自速敗亡之境而不悟者多嗚呼不和之為禍其慘乎昔張公藝以忍字百餘能九世同居九世同居之際豈無一二不平之事乎忍其不平之事自然為和若張公藝者可謂知和之本歟然則致和之道莫如忍矣嗚呼余與汝之母氏結髮四十年言語間無一相詰者而余以孤露餘生兩弟婚娶同居一室嫂叔娣姒相與愛護及其撤離各爨情義惟篤非徒余之用和宰汝母氏事我以順治家以和之致此則汝輩之所目覩而非余自誇自獎者也雖奴僕間不加以惡言而常道之以善渠亦人子也豈有不感化之理乎雖朋友間可以責善則勉之以義不可則置之雖被人欺凌我必謝之則於我無所損果彼亦從而敬之矣雖下隷之有罪者必曉喻使之思所以改過若

不悛然後始乃懲治則渠亦無所怨而還感之耶以衣服言之是布冬綿不生醜裂則好矣若着錦紬則恐人之稱美不敢諸門余常懸琥珀纓而過路人或顧之則不覺心愧而顔赧即還解而改以松枝故余之翫玩之物無一可觀而但取野朴者矣雖以飮食言之膏粱之饌孰不嗜之一日再食一盤數器足以飽腹猶君之賜也何敢充谿壑之欲而求巧邪之味乎

學問

人之無學欲知正如暗室摸物有學者易覺特獨者易知○學者當晝夜孜孜惟言行是修則不念爵祿而爵祿自知夫子曰言寡尤行寡悔祿在其中孟子曰修天爵而人爵從之此皆學者之謂也○小學之灑掃應對大學之格物致知易之理機詩之興比書之記言春秋之述事禮之威儀樂之品節魯論之經義鄒書之譬喻中庸之道理通鑑之歷代須當次第玩繹善者取而師之惡者捨而懲之至如天文地理兵書法律之當世所須者亦不可不知若其卜筮之書妖淫之說

決不可掛眼也○人之為人寔由於學問學問然後心志正心志正然後體貌端體貌端然後言語重言語重然後衣食簡衣食簡然後祭祀誠祭祀誠然後可謂事君親敬敬字工夫惟在於學問而已

心志

須潛心立志於學問而不可放逸於賭博之戲賭博則不但心志之荒亦慮有亡身之患當以學問之工收斂心志主乎一而無使於放逸於外○坐勿近炉近炉則衣裳易於燒破衣裳燒破則足見心不正之一端也○持心必敬執事必慎不可至於有所失不可至於有所悔○出入無時莫知其鄉者心也尋常收拾莫使斯須橫逸也必須專心於操存之工○凡當疑難之事心自商量然後取議於賢君子而處之不可臆見獨斷至於後悔也

體貌

鬪鬨之處不可近醉酗之人不可狎○絶險處不可履〻險者多有蹶悔之失故體貌端重者必

戒之○與於我之爲下者不可嬉笑嬉笑則易於見侮敵己者猶不可戲甚况爲下者乎○或有

侮辱己者當不較〻則人必重辱之一猶愧痛况再乎但當自修益愼體貌則侮辱者反敬我

而謝我矣古人有行之者唾面俟乾之言是也○擇婦當取不以敝襪塡於窓穴者擇壻當

取不以水墨汚於壁上者襪窓之女墨壁之子益見體貌之不足於雅潔也○人之細言不可

竊聽人之封書不可拆見人之秘事不可摘出入之房室不可獨入〻門曳履升堂必咳出

入行事使人洞知

言語

凡言語不可妄動亦不可以甲之言傳於乙言語相傳小人之事君子必愼之○言可詔不可敎言

可直不可飾○言以抵禍者多言不可可愼也言悖而出者亦悖而入聖訓攸載也

閒居問答

太極

主人閒居客有問之者曰濂溪先生太極圖說曰無極而太極無極與太極有以異乎天地有太極之理則物亦有太極之理耶所謂太極者何物也主人曰大哉客之問也冲漠無朕鴻濛無形者曰無極也無中有分陰分陽者曰太極也故曰太極本無極也太極生陰陽陰陽生五行五行生萬物原其源則一太極也人於天地之間得其靈以爲心則心亦人之一太極也故心爲人之太極太極爲天地之心小者大之影以其小者體其大者其理瞭然無一毫之爽無所疑焉太極分萬物萬物各具一太極無形者心也有形者物也有心然後有形故父母生子之心已有於一身未形之前是所謂無極而太極者也而生於天地爲心受之父母而爲形則張子西銘乾父坤母之稱是也大凡人之生死物之盛衰何莫非係於天地天地之闔闢元會之輪轉亦莫非主於太極靜爲太極動爲天地動而生陽神也靜而生陰鬼也鬼神者太極中理氣屈伸者也理靜則生氣動則生理動却靜中來靜却動中來天之所以爲天地之所以爲地是陰陽之根之主張也陰陽之根即所謂太極也今以目擊者推之非草木之有種禽鳥之有卵者耶

二氣

客問陰陽動靜者繫於日月往來而乎於月借日光之說果然否耶然則十五之月中夭日沒已久安得相照而借其光乎日月之薄蝕者何由而然萬物之精上爲列星爲者亦有是乎主人曰太極原有一而已分而爲二陰陽是也陽爲天而天未嘗無陰之爲地而地未嘗無陽日月麗於天而日爲陽月爲陰山川形於地而山爲陽水爲陰日有晝夜一日之陰陽月有弦望一朔之陰陽也山有南北之陰陽水有涇渭之陰陽大抵自有天地以來何物非具陰陽者耶月本是質而受日之光以爲明日月在天無時不相見但人處卑下不能見日忘謂之日入地下晝既有月則夜豈無日乎蓋天地之樞傾於北日月旁行繞以四方在於東南則其道稍高而發陽爲晝在於西北則其道稍下而從陰爲夜日月如彈丸之形相望則月受日全體之光而圓相近則月受半邊之光而缺今有水盆受火之光而光漾盆影照於屋漏之中月受日光者不其然乎日火精也月水精也日照水晶則火生月照方諸則水生以水之虛受火之光其理自然也陽道疾陰道遲有時乎相掩月掩日而日爲陰氣所奪則日蝕日掩月而月爲陽氣所奪則月蝕堯舜之時欽若昊天曆象日月敬授人時以齊七政故無日月之食至于春秋之時以日有食之特書於史傳者見其陰陽非除爲後天斟酌者也若夫萬物之精上爲列星爲者吾未知某物之爲某星而竊爲惑焉京房易傳曰

星辰者陰也春秋說曰日分爲星愚意則從春秋說火精晝則聚於太陽夜則散於青冥視夫火乎火是日也火之燼烬是星也陰陽之氣和則經緯不越其分而戾則重者爲孛爲彗輕者爲流星陽之至明陰不能掩而益著其光故燦爛於夜天跡此現之陽無陰不以爲陽陰無陽不爲以陰陰陽相從理之常也日曝濕而氣生陰從陽也晶石而水生陽從陰也陽包陰陰包陽然後萬化生焉人有男女男有少陰女有少陽一身之中有陰陽而後生子矣特人也萬物無不然也天一生水地二生火天即陽而水即陰而陽動以奇數生陰地即陰火即陽而陰動以偶數生陽十二支奇偶相間所以成變化也

三才

客曰天地之間動物如龍虎兕象植物如松檜楩柟何限其至靈至大而獨人以至藐之身得參於三才者何也主人曰惡是何言也惡是龍虎兕象靈則靈矣松檜楩柟大則大矣俱不免於草木禽獸之無知則安敢與論於人乎大凡太極分而爲天地天地無非氣與理也天形於上非天自生所以生天者太極之氣也地形於下非地自生所以生地者太極之理也天不墜者氣之浮也地不陷者理之載也形於兩間稟天之氣鍾地之理而以爲性者人也天之氣有二十四節二十四節之內有七十二候一月分二節五日爲一候地之理有二十四山二十四山之內有七十二龍

一方分兩山五岡爲一龍冬至六陰之中一陽生夏至六陽之中一陰生自夏至至冬至是六箇月一月內天氣成六運六方內地理成六局六六三十六

是也人有二十四關二十四關之內有七十二宮一節分三關五脉爲一宮康節先生所謂三十六宮都是春者特擧七十二之數半數者

陰之終陽之始也天之氣不外乎不外乎陰陽地之理不外乎剛柔人之性不外乎仁義氣屬天而動者爲氣理屬地而靜者爲理

人之動者無非氣靜者無非理氣與理粧排一身一身之所有莫非應天地故曰小天地也天地與人其道同稱之以三才不亦宜乎

五行

客曰風雨雷電孰主張是耶怒號則曰風伯之鼓吹潤澤則曰雨師之揮洒虩虩震則曰雷公之奮武閃爍則曰電母之揚光果然乎耶主

人曰此等俚談非特愚俗龍衣謬相傳也亦或文人演說習由於不能窮格物理之一致也天地之間無非陰陽五行之氣也氣作三際近地者爲

和際五行主之中爲冷際陰主之最上爲熱際陽主之水火常升金木常降土則居中用事而相上下種種變化悉在其中故登高山之顚俯

瞰則風雲雷雨或出其下鳥鵲之飛不敢越和際者以其冷之故也水火土相交則鬱鬱成然沛然下雨或火爲水土之所圍而不得則出殷殷作雷

及其衝突則閃閃爲電劈破奔飛炎勢極猛則遂成霹靂霹靂者眞陽之正氣故逢邪則擊擊理所必然有風而不雨者火勝水

也有雨而無風者水勝火也風止而雨繼者火先而水後也風起而雨止者火盛而水衰也風雨并作者水火土相敵也土勝水則爲霧霧而成雨者水亦勝於土也土獨專則黃霾晝晦或與火俱則風隨雨散水入和際則爲露深入則爲雨入乎冷際則爲霜深入則爲雪再深則爲雹雹之大小視入淺深雹在夏而冬反無者夏則水氣爲火所驅上升之勢銳然直入冷之最深處故曰爲雹冬則上升之勢緩僅入冷際故爲霜爲雪也人之腹中亦有三焦爲天之熱際中焦爲天之冷際下焦爲天之和際肝木肺金居下心火腎水居上土脾居中腎氣與脾氣上交心火於上焦中焦之間則爲熱熱則爲汗肺氣獨盛於下則焦爲寒寒則爲戰心火爲腎脾之所圍而欲突出則腸鳴腎犯于心凝結於中焦而脾氣弱則上吐下瀉心火熾而離其所則風生之腎水潰而失其道則痰壅痰之輕者爲眩重者爲聾瞽極則中其毒痰之輕者爲喘重者爲跛躄極則被其頑毒而頑則雖欲救之末若之何矣五行之氣和則風雨調不和則水旱災五臟之氣和則身體康寧不和則疾病生天與人其理同矣

萬古

客曰五行備具於天地之心天地之心可驗於人乎主人曰稽諸萬古歷歷指掌三皇爲天地之三綱五帝爲天地之五常夫皇氏以

前豈復有盤古氏乎既有三皇五帝之目則不可無一數故史氏粧出一箇人强名曰盤古氏在天地為太極在人為心在數為一在史為盤古天皇氏無為而化者天地之良心即赤子心也堯典舜謨君臣誥勉者天地之本心即大人心也商紂之淫樂隋煬之侈暴天地之橫心也紂與煬初豈不善而然乎觸於物而慾動乎中不能制之於外自不覺捨其直而就其橫也秦皇漢武之遊巡山河天地之放心也周穆梁武遍求仙佛天地之惑心也華清夜月之惡天地之私心也輪臺秋風之悔天地之公心也齊王觳觫之仁天地之感心也會國禮樂之治天地之養心也孔子之至聖大德天地之性也盜跖之縱慾恣暴天地之情也項羽之喑噁叱咤天地之怒也諸葛之錦囊出計天地之智也關公之明燭達夜天地之義也文山之竟死燕獄天地之忠也夷齊之餓於首陽天地之節也程朱之闡明斯道天地之勉也以萬古得失驗天地動靜天皇氏以後莫非動也以其靜者言之則亦非向所謂盤古氏之時歟大則貫乎古今者之子史歷治亂之事小則藏諸方寸用之一身斑斑操捨之機是天地一闔一闢一動一靜之驗也

身心

客曰天地動靜驗之於吾身古今治亂體之於吾心則可也而或自棄其身或自欺其心不亦哀乎主人曰氣之精以爲身天地之靈以處身是藏心之舍心之處於身也猶身之處於室乎無人則虛室而不自修葺雨漏之風磨之至於頹圮之境而不能捄也不恤其身何異於是無其心則身亦一蘧廬也噫縱心於酒色雖快於一時之樂不覺戕賊其身自促其壽命也可哀也已是故聖人戒之收斂其心常宅于身中而無放斯須或放於身外也收之則安放之則危今有涉海者知其險浪必懸帆搖櫓以爲避危之計身之行世其爲險浪也甚於涉海豈可放心而乃縱任一葦之所如耶名者人必猜之才者人必忌之猜忌之積禍將及身名與才之爲累於世者蓋由於不能收心之一端也故安身之本在於收心而靜古人云出入無時莫知其鄕者心也心之易放專在乎慾求其富者狼攫之貪猶無以知其厭求其貴者狐媚之態猶無以知其羞其未得也有患心其既得也有傲心得之而復恐其失也有畏心不幸而失之也有悲心終其身爲四心所困豈不哀哉盍反其操存涵養之工乎禮義而操存之仁德而涵養之一身之安不求而自至故仁積其心者蔭積其陰德潤其身者富潤其屋

善惡

客曰人之善惡有淸濁之分耶堯舜之仁桀跖之暴亦天之所命耶抑自爲之耶何不齊之甚也主人曰天命之性本來皆善堯舜桀跖初無以異

也性比於鏡，鏡何不曾明乎鏡本明而時磨之則不受塵者堯舜之聖也鏡雖明而不磨終為塵蔽者桀跖之惡也磨不磨在人而鏡不任焉性固

善也而為惡者自悖性真性之罪也或者云人之善惡在乎稟賦之清濁厚薄也強柔余則以為由於聞見之正邪居處之薰炙孟母三遷而教子者不其

然哉雖堯舜亦為之矯性耳既不能生而知之則獨不曰學而知之困而知之乎既不能安而行之則獨不曰利而行之勉而行之乎故君子期於盡善而不無

些子之失反求諸己則滌塵而鏡自如也小人亦豈盡惡而或見鵠然之端不能擴充則拋鏡而塵復合也人身不能無疾故為劑治之方人心

不能無過故立勉誡之辭今有人十事有九事之善而或不無一事之惡九善之賞不足贖一惡之罪如一疾在身血脉不相關通亦猶其疾雖瘉

陸珍錯無補乎身促求其祛疾之方而已苟欲祛疾則當勉自新之工吾道貴悔過好善之心故夫子曰惡人齋戒沐浴則可以祀上帝

壯謂自新也勇者徒涉不可以越大海而駕巨舫則一瞬萬頃跛者有乘亦足以致長路而捨逸蹄則不過數武善者之行善勇者

之巨舫也惡者之改善善之跛者之逸蹄也以善累亦累乎去惡就善不亦快乎人不能無過過而不改則罪遂著矣身不能無病病而不醫則命遂危矣

禍福

客曰君子或罹禍小人或獲福善者或夭惡者或壽此非天道渺茫而不可測者耶主曰天之於人賞罰無私善無微不賞惡無細不罰善者初困而終亨乃之

必顯達受其福而報其善，惡者先雖榮華，後必枯悴受其殃而報其惡。未及報之於其身者，亦當報於後裔也。今有不識仁義全昧向背者不應處富貴而富貴，是吾子豈天偏私於此人而然歟？此人必受先蔭之報而致然也。若恃富貴而有傷人害物之心，則此人之富貴安知其移於修德行仁者耶？於是乎見天之許於善者而不許於惡者。世間報應如影隨形，豈天道之渺茫哉？人之禍福雖在天命，其善承與不善承而已。善承者得意則必爲天之恩我而樹德而益勵，失意則必爲天之儆我守分而益修。不善承者得意則貪權樂勢，窮其所欲，失意則怨天尤人，無所不至。得意而善承者天必愛之，使永期頤之壽而享之；失意而善承者天必憐之，使受子孫之榮而顯之。得意而不善承者天必憎之，使觸形戮之禍而亡之；失意而不善承者天必怒之，使纏厄苦之災而死之。爲善者受福，爲惡者受殃，豈其偶然也哉？人間操賞罰之柄者人君也，冥中司禍福之權者天也。橫罹无妄刑辟者人雖不赦，天則無不赦；暗藏無激惡想者人雖不罪，天則無不罪。人猶可欺，天不可欺。佛氏所謂善而壽者使之久享世間之福，善而夭者使之速致上界之樂；惡而壽者使之備經苦海之報，惡而夭者使之早受冥司之治。天堂地獄之說雖君子之所不足信，而其於勸懲之義，恐不可一切委之於虛誕之科矣。

生死

客曰：既有報應之理，則佛家所謂生死輪迴之說亦有所據乎？主人曰：吾生也誰爲畀？吾死也誰爲收？當其生非吾欲生也，當其死非吾欲死也。生之死之者非造化之氣之使然也造物之氣鍾於物而爲形以天稟之神附之於形形受神則生神離形則死凡人喜怒哀樂莫非神也神去則一塊無知之枯骨腐肉也釋氏曰人之一箇精氣靈明燦身雖死神不死此說似近之而亦未究其理也萬物莫不自有受有於造化萬物之生死與奪一聽於造化之命故人之所事靡不有造化之所默許也謀之而竟得者雖曰自爲然而實造化之所許者也謀雖善而竟不得者亦造化之不許者也其猶然矣況生死之大者乎茫茫世界家耶族耶今有人係戀於美田宅好妻子而自謂曰吾有吾家捨吾家而奚適嗚呼死期將至雖大智極勇能緩之耶（須臾）世間萬物誰非借而用之乎終當還主人耳然則乾坤亦難欲不謂之旅不可得也故生寄也死歸也歸于何處歸于氣氣即造化之氣也是氣也亘古今盈天地往來屈伸無一息之間斷是所謂神不死之說而豈可以輪廻他生之說一切做會耶

魂魄

客問人死也有知乎無知乎其曰茫昧則謂之無知可也無知則雖存亡豈有欲言之理乎或有顯靈之人則謂之有知亦可也何爲而然也主人曰子貢問死有知子曰賜也爾終當自知之未曉也聖人猶未快析者使人欲其窮理自得也人之生也魄守體內而魂倚體外凡笑也哭也語也行也無非魂也其夢也魂遊之其覺也魂還之其死也魂去而不返之何以知其然也春爲樹之魄花爲樹之魂其閉也落也是魂之往來也炭爲火之魄而燈爲火之魂其明也滅也亦魂之往來也魂來也依於身體魂往也故於

造化造化之氣與人相感故父母之魂常在於孝子精誠之中祭則饗之理所必然若為無知而不祭則為子孫而將不知父母亡日之為何日也聖人制禮之意豈徒然哉至於冤屈之魂不能散於造化之氣而鬱結于中或為顯異或為鬼魅此不可以常理論之也大抵生死魂魄一而二二而一無初二理矣客聞之唯唯於是作問答餘條書之如右

係年錄 抄

余八歲己未受孝經于祖父通德公而公以孝一字解文義語之曰孝者百行之源而為善之本也孝以移於君為忠移於長則為敬移於兄弟則為愛移於朋友則為信移於妻子則婢僕親戚鄉黨則為和各於所當之域雖分其名一言而蔽之曰孝孝乃一誠字中出來者也然則人之日用事為何莫非誠實底道理也汝今八歲即古人入小學之年汝須以誠字工夫為一生收用之資可也

文

好古齋集 一

共四

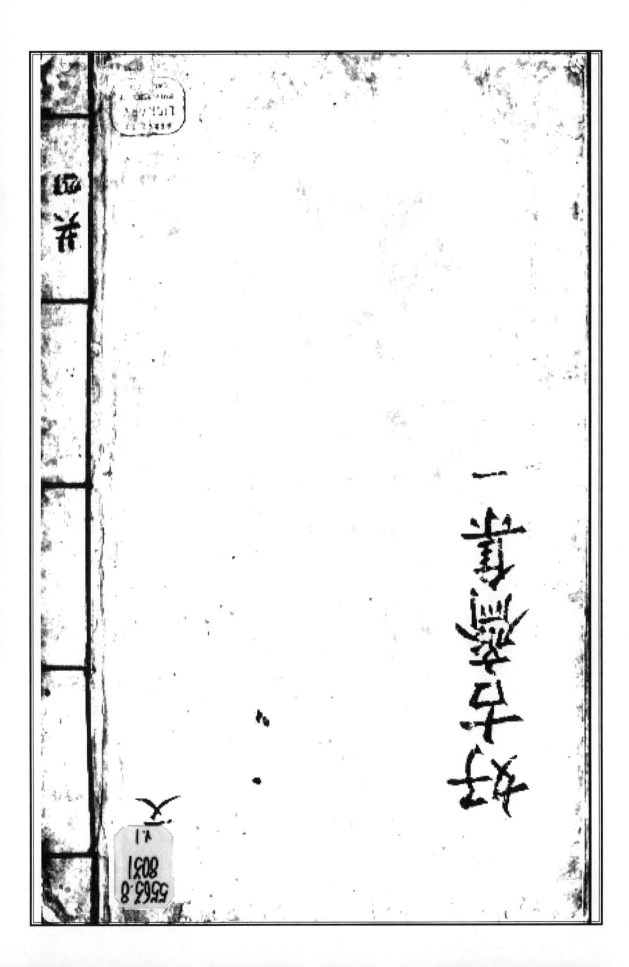

好古文

傳

金益春

金益春字仁叟貫金海司宰監吏也自幼孝友喜讀書及爲吏恭愼少文處衆如處女手書論語章句常袖藏之簿書趍走之隙坐必玩覽僚吏或有目之者益春不以爲意焉居仁達坊都嘉里里多惡少常橫暴里中里中亦待以匪類益春常出入見惡少必拜揖于前惡少始以爲調怒而詰之益春曰諸公皆吾伯仲之年輩也安得不爾惡少乃忸怩言不敢當後遥見輒避匿年二十一遭母喪爲父所開譬不得過禮哀毁其年冬又丁父憂益春躃擗不食氣絶復甦者數其兄爲慮滅性旣殯僑里舍還之不欲令耳目之益春爭之不得命之里舍泥首苫塊悲哀愈劇氣餒且病每晨朝必衰杖往伏門首號哭而返上食及晡亦如朝哭而病則日深其兄曰本念其致病而權居之乃反嬰疾因扶而還其家益春益澌綴未練而死隣里無善不善皆憐之相與謀上狀春卿得旌其閭余從兄大武氏與益春居比道其事甚備焉

系曰毁而滅性禮所不許若益春者其亦謂之毁而滅性者耶余聞益春平居好經傳爲人孝弟豈不知不能執喪以禮而涉古人之譏也其死也安知非其心以爲親喪固自盡而不幸氣不從志而殞其命也歟嗚虖悲夫

司户傭媪

劉司户漢謙家有老傭媪其二子爲邸舍庄隸媪寄饔於內竈竈有柴則用蒸蒸則用柴以別混糅之嫌每設飯二子必伏於案前已乃起而食人問其故則曰食老母之所躬爨者也豈敢晏然坐喫乎司户夫人夜覲舅家媪執燭從往者數遭後一夕夫人又欲往覲媪進曰夫人夜行雖爲覲禮數則恐不可夫人甚韙之

系曰善無世類黙而躬行毋廣子孝賤寠也禜彼都那豎徒狗苟營

尚真

高氏妹家雇奴尚真本積城農氓流冗來寓後其弟自鄕來見其寒凜無衣爲之悲泣乃解其新襦而衣之身自箸舊袂其婦有難色尚真卽責喩之每當春秋必藏送果蔌于其弟使之祭先墓焉

系曰寒飢損廉齊民之恒刻乎報本匪學疇與龠乃

原性賤士之能

東峽農夫

東峽農夫種白麻數畒及穡釀油得一甖置竈門閒其老母眼眊認爲泔澱之器咄曰何者兒曹置器人出入地爲因擧以棄諸地少婦知而故不言少選農夫從外來見油留匜史甖則空矣夫卒愕未及問婦輒曰是乃所欲溉壠麥者溺溲也母曰吾以爲敗湯乃溺器也若有歎焉夫知婦之不欲令母知而恨也乃反慰母曰易致者溺也何惜之有母心則夷

系曰油豉有需中饋攸珍饒益育鞠出自劬勤恐爾劬媟戚戚慈親孝與賢耦宜其家人取箕立誶禽犢不倫

朴突夢

朴突夢其人貟人金家奴也自能言志于書字以地賤不得師受金家兒常坐堂軒讀書突夢從階上傷覽雖不觧義然隨其讀而沒記字音兒或忘音反質於突夢矣隣有丁先生者家居敎授突夢既髫就先生願受業先生許之突夢日晨興懷書候其門啓然後敢入趨造寢户外肅竢先生枕起先生知其來隔牖而問曰突夢來乎曰唯衆徒弟後至畢升堂突夢自嫌以毛笠盖衿觽間蹈蹐不敢升先生權令戴折風巾而進之授則還家供役如故金家莫之知也歲餘卒受小學語孟文識日進先生甚竒之其爲役乃縛炬斯橦而揮斤東縢之閒不輟唔咿家人指爲癡僮常患苦瘧金家爲之蠲役理病突夢私語其妻曰是吾讀書之秋也乃入其房冠總危坐讀書瘧氣蔾寒痒齒戰而愈益堅坐口不廢誦三日瘧則乃已後與妻洴澼於蕩春川川多石盤陀突夢轂漂之石上不冠褰褌赤脚而坐盤礴研墨石窪握大管書小學題辭淋漓石面日西施乃蔭封偃卧引聲長吟悠介自得趙尚書鎭寬家郎適遊春蕩春見其所爲心異之就而呼曰爾何爲者突夢徐起而對曰家人奴也郎曰而主非人也豈有學經傳而爲人奴者乎吾爲爾責而主而免而身曰以奴故令老主覲閒義不敢出也郎乜重之金家兒長益挑達不勤學其父恚罵曰汝逸居肆姐禽鹿視肉反不若突夢數督過之兒無所起怒見突夢輒扶毆之突夢曰吾寧避之以安主家父子聞乃辭以病不任役移居其妻主家兒憾毒不釋見主家陰以他事搆害之主家果疑其夫妻突夢乃歎曰命也敢誰怨乎挈其妻流寓於南陽郡

織籠爲生歲餘里正白郡編之束伍突夢曰織籠所以糊口也軍租顧安所輸入會郡都試鄉兵突夢以砲中試及會試不果因鬱鬱思京洛還歸金家居無何爲典獄吏年四十餘卒其作吏趙郎有力焉丁先生致學其名爲人淳素篤學兼善風水說少爲芸館小吏未老以病謝歸閉門敎授其婦翁鄭余伯從郁武氏妻内舅也子文九爲銀臺别駕余嘗至臺中與文九語及突夢事頗娓娓余樂聞之歸而記其槩

系曰賤而好學固不易學而知義難之至也肆而角栗孰謂犂子于嗟乎使余臨風而如將覯止

文金生貞

文金生貞者不知其名漢城家人子也頞短侵龍鍾自稱以生貞　英廟時其女姪選入宮後封爲淑媛門戶暴盛淑媛有弟聖國因得爲　毓祥宮小監而淑媛獨以生貞之貧不祿仕恥之欲屬籍宮禁而貴之生貞苦辭而止聖國素猾悍不學又性嗜酒及爲宮監滋欲驕侈裘馬之冨聲伎之娛惟日不足儇婢健僮指顧承趍門庭喧鬧日夜如市閭里盬慕者妄擬主第親舊之窮而食於家者皆曲謹奉之少忤其意輒怒罵之若傭丐常出入街巷白鞶銀鞍醉馱僕僜酒光拂拂人皆避路側目而送之生貞久貧約而常戒家人毋納聖國饋遺絶不與来往聖國亦無意相速一日生貞拊膺而歎曰亡我家者聖國也不去將及累乃謂其妻子曰人有死而復起者乎曰無有曰如甭則何若曰何幸如之生貞曰老而不終命不若夭死於牖下况今吾垂七耋雖死無所慽怛吾將棄家遠遊以終吾身請自今日爲吾大歸之日吾嘗歲一来見若曹而去一覯猶爲奇幸幸假我以八十九十所與覯者爲十遺二十遺矣其爲幸尤當如何即日理笻屨與妻子相訣遊域内名山川窮林絶谷厓寺洞觀之略有可賞者閧輒投止止必遊衍去住亦不㥿情所至常稱以金生貞盖欲别於文族冒其母姓而故里素相知者皆歸以文金生貞每歲竆生貞必来省邱墓歸過其室而亦不信宿臨去妻子爲牽衣啼泣生貞少無係戀色後又至其家時生貞年八十有餘仍留不去曰今則淑媛雖在聖國已死庶乎免矣且吾氣力漸乏不宜行邁吾將真死矣豈忍以父母所遺之身死於道路爲烏鳶食乎乃家居閉門歲餘而卒　正廟即位初淑媛竟以罪賜死文氏遂亡焉余嘗過維揚至龜山里見數三大墳牲石離

立穹碑大床瑩明照人西樹松檟陰森蒙密旁有墓
廬高牖對楹窮極侈壯如卿相所置余問其里人乃
聖國父母與聖國所奠者也後十年余又過其所向
之所謂墓廬者爲蒿萊剝床斷碑埋沒殆盡獨有塚
而不食焉

系曰避危機而處約符娥之癡歟念覆宗而別族輔
果之知歟其生也如死九原屢作其死也如生人到
于今稱之

記

黑甜鄉記

齋東人從夜邑來有說黑甜鄉者心異之考諸收地
記而無徵始斥其妄後閒居甚無事觀漆園書時午
暑方溽氣體涔涔不覺自卧着素成玄如重紗之籠
於物而矇矇也又如飮醇神昏心酣舐之無物嗅之
無聞忽有大蝶栩栩然乍往旋復若將引去者余乃
起而從之翩躚輕舉千里歷塊始焉冥擿從其至其
漸如黎明蒼蒼者爲昭昭戎戎者爲曈曈前有闉闍
扃以衆玄門扃則闔矣蝶缺二字而語曰觀人之書不
見其人可乎見其人不知姓名可乎入人之邦不問
其俗亦可乎此齋東所謂黑甜鄉漆園莊周吾是也

余愕然久之欲叩其所以背有人拍周肩而向余言
曰叟之來固也苦海上人胡爲乎此中人之涉吾境
而過者日以萬計皆解以返回迷黑北走邯鄲南奔
槐安卒莫能宿留惟東魯宰予數造焉樂而忘返其
師仲尼責以糞土之墻而尼其行予之後寥寥數千
載未有相訊者而結髮托契如漆如蜜源源不渝者
此叟在耳今子若無叟俱則亦將南奔北走而不識
衆妙之門矣余應之曰吾之所居不咸之南乇羅之
北環以溟渤數千里內巻石勺水悉載版圖子所云
苦海未嘗聞也其人捧腹絶倒曰小哉子之言也不
周以南炎海以北滔滔皆是豈獨以一隅鯷岑有所
甬甬乎吾聞苦海之人所慕者名所趨者利其視也
鰥鰥其行也纍纍其顙侵而不揚其脈素而化緇以
此物色子非其人乎曰然則子之以黑甜名鄉何也
人曰此即渾沌氏之所封華胥國之無何鄉也子之
所聞傳之者過耳吾將語子以有初渾沌老期倦于
勤有玄冥在下玄德升聞渾沌迺薦于天錫玄圭兹
矢命之曰道本無爲理在玄妙黙介聰明懋介拱黙
玄冥受終不率厥命高枕肆志沈湎冒色陽臺之女
甘與同寢左右或風以醒寤之言寢不報如諒闇之

含黑渾沌之緒荒墜羣黎咸貳愁城之戎敢懷宿怨乘其昏亂日夜侵軼耳目之官股肱之輔夜起彷徨不知所措玄冥乃渡漆沮適黑水避于廣漠之野歎伯勤王率其從事暨督郵大戰于甘決酒泉灌其城而潰之蘖其巨魁遂迎玄冥復歸于華胥玄冥乃革心率德不通聲色靜而能定卧而治之及其沒也推讓于橋玄橋玄陟位於玄黓之歲以亥為正色尚黑其師周公尼父之所慕也其輔傅說高宗之所求也卧草堂之諸葛亮不目逃之北宮黝其將甚相也其士黔婁烏有其衆蜂起烏合厥土黑墳厥篚玄纁厥包柑橘暨蔗河南甘棠武城剡寮錫貢餳餹伐鬼方於昧谷滅觀扈于甘野南巡雲夢至于朔方用玄牡于后土萬方咸化四境寢息愉德所昭不以宮室聲教所暨不以封疆雖勿察察闇然成章御物務在安靜無聲無臭甚甘澍之化時物而不自知也久道成化皇天陰佑甘露降醴泉出玉燭不忽宵衣丙枕人咸稱之以夜天子此乃吾邦肇基之大略其餘希夷醇厖之鄉風民俗不可纖悉蓋至道之君知白而守黑極治之世無象而馨香由是而言黑甜之稱毋足怪也然此特齋諧之所傅會非吾所謂無何也余乃朶頤曰樂郊樂郊維子之居願與子亟遊而吾有官守未卜其晝只卜其夜不亦可乎仍謝而歸欲與莊叟俱叟逍遙濠上而不返及抵門夕鷄喔喔驚而視書脫手而肱曲焉心自語曰異哉異哉真耶夢耶如夢耶齋人之說奚為同符真耶莊周之骨已霜安得從遊乎夫武陵荊楚之一都會冠蓋所至舟車所衝宜無有隩塞不通之地而桃源一區始闢於秦漢五百年之後則又安知如此幽奧隔絶之境為天所慳人莫之知而吾獨以夢遊也耶白樂天詩曰縱道人生都是夢夢中歡笑亦勝愁其取適樂志何間於夢不夢也故為之備記以歎收地之跡而笑齋東之粗

書

與池司户 德龜 書

洛瑞白昨座卒卒未罄鄙說歸而不能忘于中復庸書白洛瑞於兄先墓移窆竊以為據情理有不可者六推術數有不可者二怵於賊師禍福之說移動萬年閟安之葬一不可也春間既以舊葬之安吉仰告北堂則尊心必以為百年之後固當祔葬於斯矣今乃卒猝改遁於身後者二不可也新占之地東缺西汰雖以王公之富逐年補完一經雨潦勢將復甬不

見其福家力先窮三不可也師之言以爲莎草不必補夫馬醫夏畦之葬爲其子孫者必欲修其邱墓安有袍帽束帶稱司户而食官廩者忍能翦其山童其塚而揚揚言於人曰利在壙内封植何有四不可也道途邈遠且有虎狼之患今以兄之孝思省掃奠獻必無間於遠近然後之孫與曾孫玄孫豈可必以兄之心爲心乎然則今年而行明年一行再明年不行又明年如此如此之不已則勢將棄廢而後已五不可也卿相之家雖千里各葬有奴僕焉守護子孫焉輪謁至若百姓之人墓在四處則省拜之行一舉則一廢享祀之禮春行則秋闕雖欲兼舉而并行其道末由六不可也嚮者他師之言舊山此諸新占之地吉不可言以兄不解風水之見聽之他師之言將其然此師之言新占亦將其然均是其然何遽舍舊而就新乎七不可也高韓兩人素自稱術誂之流高之言曰妻喪因倉卒未克葬於正穴云聞所謂正穴去其妻葬不滿數步則何憚乎移厝而以吉與人遽趨百里之外乎又曰居百里之外省掃難便欲葬家山云今若指其地爲蔭福之處則葬之未久必致富貴富貴之家將有守塚之人焉祀奠之備焉又將有鞍馬來往之具何拘於百里之遠而以福讓人而不自居乎八不可也夫行路不平猶有解紛之道洛瑞於兄坐見其敗而恝然不知救乎惟冀恕其狂僭而察其衷懇焉洛瑞於昨暮偶閱唐史有呂才論塚葬之說言甚明達故謹書一通于下方兼照章甚

唐太宗以近世陰陽雜書訛偽尤多命太常博士呂才與諸術士刊定可行者凡四十七卷才皆爲之序質以經史其叙葬以爲孝經云卜其宅兆而安厝之蓋以宅穸既終永安體魄而朝市遷變泉石交侵不可前知故謀之龜筮近歲或選年月或相墓田以爲一事失所禍及死生按禮天子諸侯大夫葬皆有月數（古者天子七月葬同軌畢至諸侯五月同盟至大夫三月同位至）是古人不擇年月也春秋九月丁巳葬定公雨不克葬戊午日下昃乃克葬是不擇日也鄭葬簡公司墓之室當路毀之則朝而窆不毀則日中而窆子產不毀是不擇時也古之葬者皆於國都之北兆域有常處是不擇地也今葬書以爲子孫富貴貧賤壽夭皆因卜葬所致夫子文爲令尹而三已柳下惠爲士師而三黜計其邱壠未嘗改移而野俗無識妖巫妄言遂於擗踊之際擇葬地以希

官爵荼毒之秋選奚時以覘財利或云辰日不可哭泣遂莞尒而對弔客或云同屬忌於臨壙遂吉服不送其親傷敎敗禮莫斯爲甚術士皆惡其言而識者皆以爲確論云夫以呂才與當時識者謂之暗昧蒙愚則可也若使呂才少達事理且當時識者不可與後世談學等則今之所謂高韓安張輩之無識蔑學眩惑人孝子慈孫之詭術悖論决不可留心也

直中與子書

今夜以　親行臘享仍留　祭罷後出去則似當爲三更末若或過此不待吾之出去卽行祭祀爲可祁寒之時有難致誠祭物藏備牀卓拂拭之節必須致愼然後可免如不祭之歎也

又

見書具悉而膓子奉往云者汝將躬奉往參之謂耶若爾則必皆寬濕爲可祭所旣非奉主之家凡節必多苟簡草率汝雖屢日失睡必須虔將可免如不祭之歎矣

祭文

朴先生爾極氏誄辭

人稱古之人古人吾不得以覩無已則烏乎可其將於今之人而求近於古歟惟我先生廣業而醇固窮不忮履德言之庸則絶標榜之詭異孤貉比緼怡怡者由輪騈過蓬蓽囂囂也思叔度之波頃難量仲舒之園春下帷求諸古而世之訓乎叔季未易多見見而不能知然知不爲先生喜不知也亦不足爲先生悲嗚呼眞儒不興邪術孔熾伊川被髮芟之而已方山畜頭人而無恥凡今之人皆知布帛菽粟之免飢且寒而不知蔑學術而爲獸爲禽可勝歎哉試語於人曰使爾以飢寒而易禽獸人必卒愕按劍而相看而自不覺侵尋漸深終止於舞爪磨牙而相殘孰知夫先生之學菽粟其味布帛其文御之盎然而潤服之充然而安也耶不獨自御而自服以與我鄰里鄉黨

而曾不疑也歟顧余不敏志鶩干祿狗迷塗其逐逐柰旬寒而暑暴嗜天柱之遽折而仰止之失屬詎先化之有恒緊後死之匪穀嗟乎已矣祖道一哭哭之不足乃反臨歧佇立漢落四顧而長歌曰求之既得失之何亟人孰無身欲贖誰百

哭洪子章 明燮 靈蓬文

峽猿失其子拔彿山木閒泉鳴而錯應葉墜而狂顧彷彿回徨四求而不得眼穿骨酸兀坐望雲山蒼蒼至無所見然後乃呌三聲腸九斷而投顛崖而死征客商女過而見之莫不掩袂悲泣者爲其物有似乎人也有似乎人尚若是况於人又况於人之氣味所通才業所同至老死不失其親者乎嗚呼子章其定死於病耶將死於死子耶子章家數世傳一子錄無洪四十始有子章之極極故愛之篤篤故不捨懷抱恒若握固掌中之珍子如長洪氏胙子如殤洪氏已去年子不幸死子章柰非金石安能瑰銷腸絕而獨保兀兀一空身今年春子章有事走嶺南道病痔三日死于閒善逆旅寂寞之濱嗚呼哀哉世言痔乃壽疾耗使子章勞於鞍馬其擁腫滲泄治昕夕可已斷非殺人之症然則子章之死余其知之余其知之復何憂陳閑子章婦有身六月幸而爲男爲子章靈者其將悔已往之煩寬托精神於遺腹宜陰隲庇護昌而壽而思作門楣不宜以其身之存不存有所嚬不嚬也癸亥冬余有湖南行子章來酣酒夜別於松月南亭其後余衣食於鹿鹿與子章不覿歲再春矣今年正月子章過干君善而謂曰諸友落落懷緖日惡吾將於閏月往嶺南宜可無一晤而別歸而送酒錢二百於君善期以十二日社飲其日 國有哀未果子章果往嶺南而余時滯直東省未克送行數辰計程準擬覲止而抒欝湮嗚呼早知子章往而不返者惜別留連奚翅春從春夜專夜而止復誰恨乎料其生不料其死吾與子章均然生別如春草猶可期乎年年死別如逝水往之不得從之不及日去日遠徒悠悠而傷神

祭從兄 泓瑞 文

維歲乙丑七月辛亥朔十七日丁卯從兄宣略將軍行龍驤衛副司果公將大歸前一日丙寅脯設祖奠從弟洛瑞因以文奉訣于靈柩之前曰子四人而未終養哀孰如柏齡年嚬期而喪孤子慟孰如仲母若洛瑞則匪哀匪慟有物在肚鬱塞溫屯神若墮霧環

侍候絶而不加慘爲梟復不返而不加寃爲夜卧推
枕畫餐忘飡蔑之欲爲聲哭而不足泄其欝尚按之
欲以推折而末由批其株根若將以此終身念誰使
之自瘠蓋爲其撫昔愴今感茲孤生而然煞將爲憂
閫門戶念及後昆而然耶宣言即長操文一洒生死
之間庶幾知之者惟從兄與洛瑞耳嗚呼痛哉

祭仲母文

猗我仲母惠淑且貞歸自華門爲君子刑敬恭承奉
大人攸順周旋妯娌庸言斯愼慶由善萃安富中身
卜居棣洞夏屋其輪內堂外閣莞簟秩秩西亭花竹
樂彼琴瑟伯叔與季于余來依爰足厥居東西垣扉
諸兒日集繞膝聒聒視猶己乳誰能嗔喝而冠而嫁
儼列驥鳳榮動門閫歡均伯仲圖極而虧造物不公
閼逢中冬仲父崇風結帶侍湯月跨七八洛維總丱
夾從殫劫禍纏未夋諸父下世兩年崩天我又血涕
否其不既如疾未痛孔懷羣從永慕先古先古莫逮
仲母是恃移孝扶敬偏獲覆字靈壽彌邵蓋八滿百
神淸氣康髮不梳白侵晨沃潄燭衾拂第服御齋飭
動罔疲倦早候閨首寂若在寢即拜隅坐瞻視肅凛
俯就和顏溫溫語笑推膳使飽愛逾孩少曰汝小子
撫育懷新爾生穀似宛而先人肇宅雲谷今爾對門
叔歲十餘來止源源宿食遊嬉如過家庭恩克厥禮
肆姐是聽庚申始冠賢逑思共懿汝母氏實余外從
惠質令德靡斯奚宜議叶尊堂儀成結褵指教若姆
情私何極贈之髢髢侈以首飾暨有居室念周紫藪
頻年門殃同我城哭環顧諸姪舉失所怙有婦人焉
白首三數垂老相憐不見如失既見失喜動淹旬日
寢必長枕食則同案情見于話襞積氷泮詎意鸞縢
弟爲先驟汝維厥子終始閔覆長跽扠淚悅聞慈訓
顧言同宮晨夕晛近縻公鞅掌末有就養退食即過
雖慕母曠官尉有蓄先己後匕糕粻果餾袖歸呈庋
滕傾泉鈔反念薄俸恨無朱提贍厥施用勝禮易離
遅暮難悅欲慰榆景故作婉節難諶者天不爲人地
降割斯酷從氏莫避慟纏西河何辭可寬白以理遣
爲一加餐柏也寔肖繼志率舊承家洞屬孝友是懋
色養服勤餘力拮据如歉初定慮其可紓月正十三
歸拜自官診知懲和似感春寒豈謂厥世庶冀瘳翼
既望之謁閙我當直奈此靡盬不獲夜侍嗚呼凶聞
隶丁持被奔哭揭帷僾如音容欲追莫攀上蒼夢夢
餘誠淺薄于何敢竭羣從急難襄事克卒沐襲而歛

銘誌吾罍是寔是執罔或有攝心則云恔怨誰秘因
嫘嫘姑恤逢此不辰以存度亡理儻無爽往即地下
會覿親黨髫髾翁湛永悠不悲唉我後死零丁安之
靈駕將戒撤詞泣訣庶幾洋洋歆茲清酌

祭金司戶 信元 文 司戶軒致祭

謂老可死公宜居後謂善可隲公實孝友理則靡常
于何怨讟冥冥莫追撤茲平素弱冠英妙先武是承
趨陪笋班惠顧見稱周旋同舍練諳公幹咸期遠騄
不料中衢閽爺曰傷其毋繼襲厥有難弟俾受榮業
窀靚梀月重閽庠香於斯歌哭奄閱星霜哀纒宿草
望斷停雲揮涕奠蕃冀格苾芬

祭朴司戶 之純 文 司戶軒致祭

東辟開府簡登邦彥慎及椽辟一拔九薦濟濟才美
率羣司先庸勛雷肆先公膺選人有恒稱孝在述善
公維令賢早荷 天眷庇蔭單愽紿武坊院光復門
楣窀甫風見養適慈志美服佼膳慶喻躬勞香扇忘
倦食子豈下晚休宜跨彼蒼難諶甫定旋變纒痛喪
明承歡無面入愉出疚心匪石轉親故強寬日飲自
遣遽遭天崩命危一綫胡忍錦稲下從幽竁行路掩
涕後先旋轉矧余友僚奚翅郊唁從鷟官牘禮稽祖
餞旅進酹侑情從文見靈庶不昧格斯菲奠

祭金士貞 義鉉 文 玉溪社致祭

尚友前修在彼遺躅撫策考信若遇晨夕幸茲並世
肩隨膝促歡言惠好寔蒙麗澤公惟俊髦稟厥粹白
獨立頎頎拔出凡百貞匪近劌不冰伊玉馴而莫狎
涵鳥與鶴正色近信外內端直居之存養出口無擇
蓋名儒雅餘事翰墨學優試用蚤通禁籍跡厠刀筐
志抗郎𦂳跼于地步未展素蓄本孝濟廉立懦敦薄
維我玉社蒐羅洛北風流英妙林七溪六遠師引陶
故誘盃酌致公有似折簡吏僕求至謙光褎然賁席
社如微公類居無竹談霏玉屑一聽醫俗春雲佳句
淩駕楊駱吳溪霜雪興劇剡曲準擬遊春整理中曷
張谷桃棃瓊棲泉瀑濯纓飛觴畫窮林宿視猶階庭
薇原雲麓無那障魔烏有隍鹿芳月未屆公桃先伏
豈云感冒遽至易簀嗚呼哀哉哀之不足不足奈何
撫棺一哭呼號無聞嗒然南郭一木窀在九原冥漠
靈其不昧庶歆尊湛

祭李伯燁 陽馝 文 玉溪社致祭

吾黨之爲公所許而相能者無慮十數或自束髮而
切偲或自中年而追隨又或因其爲父執而陪遊傾

慕咸與好樂莫有違逆其進與之語如啖筍蔬而忘肉味既歸而思如飲醇醪而暢支體只知從公而有之不知何由而至斯也朋類之德性才學豈盡印可於公之心而然哉實由公寬雅之量恬淡之懷包容而不遐棄也結社未近四十年所無異乎老病者亡仳離者散而夫何自數年存者又不幸戊寅秋松翁始棄社越三年鮑翁繼去之未半年而庸齋又去之如誒之曰盛衰理也則社固衰也未可謂之盛矣然松翁之寒疾而喘嗽鮑翁之齒為八十庸齋之病羸而嬰憂患者固常慮其不能永年至若公則以年則下於鮑翁以精以氣則優於松庸兩翁遠矣胡至今日遽去而不少顧也將嚴薄於社中存者而樂赴於既去之三翁如異時玉溪置期而不蹔違者乎假使如存者之所云尒則三翁者必相與翹足盱衡而待尚恨公之虛徐公亦握手軒渠若相見之晩也然則三翁之所得存者之所失也公之所懽存者之所怨也然安知夫所怨者不幾次而為所歡所失者為所得而三翁可四可五惠好之意蒸款之樂相尋於無窮也耶然此亦存者之無所致怨而臆逆於冥漠無以知之地也杜少陵詩云公來雪山重公去雪山輕正為公準備語也今日之玉溪果為誰而輕重山之高也水之流也風月之光朗也花鳥之嬌姸也亦為誰而顏色於草堂乎昔日之蒼蒼而與目謀者反為割腸之鋩冷冷而與耳謀者反為墮淚之絃光朗而管領於公者任其優閒嬌姸而牢籠於公者得免愁惱轉眄之閒物是人非所謂玉社者如在梁之猷筍孰得以逞恤乎今當永訣雪涕臨文道其怨而叙夙昔之萬一公其知乎否乎

祭金士元 命錫 文 玉溪社致祭

晏景云好奈昏斯薄情交似之垂老見篤慨戒慎翁含此安適舊社維新公先賁席衣布冠緇一團素樸思超衆吴疑入禪寂動惟不妄出言抗直恥與伊優義比適莫早悟書法已一人百顏碑柳塔三千管秃巨筆長杠一字半壁総非戰藝名振京洛詩宗陶韋務祛粉飾無拘八病任情取適種經績史矻矻頭白曽不恥問見疑相析涉世智短樂山仁熟子荆桃嫩遊巖痼癖同以老觧登先郎盤氣全神安壽考必得不意閔天降災孔酷一夜未浹八方痛毒臭復不撤道僾相屬天定則那公亦無祿脆如難逭公維貞確謂善可免公實崇德理難諶斯于誰因極嗟吾社事

隕若顚木鑽火甫改六英凋落茱萸少一尙紆情曲
剏伊同人大歸接跡夢繞池草淚滋山笛病同阽亡
醉稽臨哭禮非過時旅獻涚酌靈於此乎庶頋菲薄

祭池文哉德龜文 玉溪社致祭

溫必逮留人或自全謂善有鷹在公不然一言槩公
生晩志古呱呱依恃謂舅氏父蒙占宅相顚覩考槃
敎不里遷譽在家達溫雅率性文之才學弱冠展步
歷躡曹閣筆祖歐陽道邁娟好名登文陛率吏錫彌
術各殊塗公無救貪世擧罪迂迂故見眞有賁奚施
於人患病陋室易安庭柯嘯咏天若定分知足斯吉
西河再哭理于何質喪明恐譏澆宵自寬酒豈伐性
心爲如劍鬪苦痒疾謗飮者常猶喬根絶一吹旋僵
巻歌則止社赴詎堪始疑重叩公果雲驂知舊星散
奠稽一慟侑文滅哀在亡俱夢

銘

李蘭皐琴銘

人不知則隱無可解慍發中節者和無可禁邪琴乎
琴乎于何相須虛取於桐白取於絲有聲無聲問諸
子期

雜著

題㶚碧社卷

詩可以攄懷耶撚鬚則近謠酒可以暢情邪濡首則
失儀如之何其可洛瑞右抽毫左鉗卷謹書之曰今
日之會老者安之朋友信之少者懷之拜而獻于東
厓丈人曰斯足以畫之乎若夫一咏一觴叙于㶚碧
之中亦早晩閒事耳丈人曰唯

北征錄

乾隆將於明年正月設千叟宴令冬我使以年七十人充送參宴云故上使茂林君 墉 副使姜尚書 世晃 見差而李校理 泰永 書狀官也行期只在數日而上使卒逝李相國 徽之 今日差其代倉卒治行衣裝未成相國要余隨往余以親老辭終不能得 甲辰十月初八日

陪相國發程以常着衣服發行及至義州始具服 二十日

晩發至鴨江將渡邊景憭栗客懷甚悲黯鴨綠三江皆初凌未堅故自上流涉氷而渡循江北山際迂行六七里至九連城露宿使爺宿所則自灣府設軍幕施煮鐵無異於煖堗灣校率檐軍十數人斫大木委積於幕前四五處高與人齊號爲優燈火達宵燃爇人馬皆相附火枕籍而經夜 十一月初一日

金石山 一名松鶻山 體勢不大而峯巒攢屼如劒南有獨壯山對峙而全無巖石

葱秀酷類我境平山葱秀不知稱道之孰先孰後而清奇反讓於我矣未到葱秀里所地名湯站有古城築以甓甓毀堞數三版隱見於荒榛中傍有一井眢涸又有石碾二或傳云唐子城

至柵外鳳城將出來者閱人馬後開柵乃入柵留宿于雙龍山下鄂姓人家雙龍山西與鳳凰山相對于午成谷長不過里許如我國北漢此是安市舊城而山上往往見城址 初三日

冊封北使牌文事鳳城馳通譯官回便付家書

鳳凰山在鳳城東南面面削出似三角諸峯而差小所過有數三寺剎或臨路歧或禖閭里望之不似梵宇

前程有會寧青石兩大嶺雪塞路阻故取西北小路行踰小會寧嶺止甜水站宿何姓人家若從大會寧直抵則不過四十里而商旅車馬則常自小嶺而行云矣

至狼子山宿王姓人家若過狼子則前有大小青石嶺且無可宿之站故止頓于此

到麻姑嶺下遇北使 上使公西明 副使阿肅

渡江而北至遼幾五百里皆亂峽塡塞過遼城以後一望曠野無一培塿

至白塔堡路左有一甓塔可八九層略如我東大寺塔而無雕鐫之奇每層穿四門而已到瀋陽外城南

門外少憩于路右佛堂堂名茶棚廟有住者自稱道士而其衣服則不異於滿廟西有皇帝願堂甚大中有白塔蓋入栅所在多塔刹遠城華表自外陸之亦類塔焉滿禁我使不得乘轎入瀋城故諸使爺皆騎馬入城自外城距内城洽過二箭場而閭閻鋪肆櫛比其中外城門則非虹門而如里門矣

瀋城内亦有六官衙門其餘當街皆是販肆無一閑門雖鼓刀賣炭之户必揭金牓而列肆之中彩架亙櫝不可勝數數處通街中立三層樓樓下鑿四門以通四路城門之制外為甕城左右有門與正門成鼎足中可容百餘人馬矣外城西門外有順治願堂制作甚麗而鍾爐之屬尤為奇巧堂中龕前有華櫃小匣内藏金剛經漆紙寫以泥金有榻覆以黄帕問之則時皇行瀋時所坐者也

周流河城河北有舊城數年前移築於此雉堞樓譙之壯不下於我國箕城

新民屯者四處商貨之所都會也自東止西民户市廛之盛不下瀋陽

至一板門少憩店舍買喫卞氏湯我國内中有此物素稱宮人卞氏所刱云抑未知所謂卞氏即古中州宮人而其湯方流及於我曰以罥傳耶

止新廣寧宿陳姓人家有漢人金姓者能彈琵琶奚琴又吹笛云使奏各伎音皆迫促無腔矣樂器之制略如我東而奚琴之附形似小鼓鞔以薄皮皮乃蟒皮云篴稱長笛而差小於我矣

夜有笳鼓聲問之乃遭喪家所為而獻奠受弔輓轝之至葬乃撤云

未至閭陽二十餘里有壯鎮堡古城乃　天朝所設而城多圮毁有數十民家極蕭條

醫巫閭山自新店後依微入望及至廣寧始乃快覩峯巒疎聳千里連緜

十三山村舍之東南野中有十數石峯體不高大而各自鼎峙我國人稱為十三山彼人則稱石三山蓋漢音石與十音同故有二名而峯為十數則彼以單三名之者未可知也

宿寧遠衛南城門外店舍自東門門春和入至通衢有祖大壽牌樓樓之制如我郊館迎恩門而左右又附作一門差低於中蓋三門四柱以文石斲成刻鏤絶妙樓額刻玉音二字四世元戎三世少保八字矣時皇行瀋時毁舊城更築于舊城内城東南有石山上

有汗皇歐血臺

中後所有關王廟屋宇壯麗異於諸所經覩者中州崇奉關王雖三戶之村必立廟貌人各家奉焚香叩頭殆無闕日恒言必稱帝矣

姜女廟在山海關東南制作奇巧廟中有姜女塑像廟後有巖石陂陀盤礴此所謂望夫石石上往往有稜凹處稱以姜女足跡石面刻時皇律詩一首刻立銘碣四五矣柳柳州望夫石詩云望夫處江悠悠淮漢以北水無稱江者此處又從以無河抑柳州之感興而泛道者歟蓋聞姜女古秦築城時征人婦也征人久不歸姜女於此怨望不見仍化爲石云矣

山海關自東距西設五重城閭舍市井充滿其中關外二里所有臺或傳吳三桂將臺緣關而南數百步長城五六間頹毁以大鐵索綱之汗皇入關時不欲從關門進兵三桂乃毁城納之云者即此處而至今傳以爲盛蹟故不補築云

至撫寧縣少憩于徐進士家徐家素以文翰見稱多蓄書畫古董之物自前使行必過見而今則徐已死其子宦游不在家云縣之西南有半夜山文筆峯峯下即昌黎縣云矣

永平即古盧龍而府西門外有青龍河或云河外路右樹林中有李廣古碑而半折埋土府南十里許又有射虎石云

榛子鎭有東西兩門而無城矣嘗見洪滄浪詩集有江南女子季文蘭爲虜所擄北歸至此鎭題詩于店壁辭甚悽惋今問諸店人皆不知矣

豐玉(豐潤玉田)兩縣 天朝盛時簪纓之鄕而古家殘孫尙或有存者東使過此輒來賣書畫古器矣輓近來絶罕云適有一士人來賣春秋體註四卷相國易以五柄扇

遼瀋以北野無水田而獨高麗堡有之蓋聞丁卯以後東人被執者皆移充於此仍名其堡我使之過堡人相率來見悲泣怨咨彼甚惡之稍稍遷之於僻遠之地故今則所存者無多而亦不與我問訊而故俗遺制或有傳之者矣

燕中餠餌之屬所謂切餻者用黃粱麵雜大棗赤豆而蒸之如我國甑餠他皆不類而獨於高麗堡有銀切餠我使之過必來賣之

薊州枯封店之北土阜上有一封春夏無花葉之榮而亦不死故店以是稱名又有蜂螺鼈三山鼈山石

理或盤錯回回或縱橫鱗鱗酷似鼈甲餘二山別無類物矣

未及薊州十里餘山有娘娘廟或云楊貴妃廟州西門外山上有祿山廟矣

過白澗店觀音花菴僧皆北部佛宇亦無可觀而庭中有大銅爐款識 天朝年號小廊有柚子梅花迎春花皆盆植而柚即時皇過庵時所賜云梅迎春方蘂花柚尚不隕葉間柚結實辛不則云年年成子仍示枝間子蒂橋柚乃南土之産而能結子於北假寒苦之地可異也耳廊外又有數叢亦木類我東所見而名多不同迎春一如我國所謂辛夷而枝條花瓣甚小蓋辛夷即木筆之一稱而我東混圖稱通無稽之甚也庵後有松皆白身漫無鱗皺我國近斡青平兩宮亦有此松名白澗抑未知此種歟

白澗西北十里許有山名盤山山下有行宮塔院依徽入望問鄭僮言時皇有孀妹遷處于此矣

通州城東北桃河河為兩派商舶之所都會也城郭市壘勝於瀋陽矣自鼈山以東數三店里俱極繁盛無異城邑此為京城迫近之地而然耶

入京日例即送咨于禮部而今日以臘祭齋戒禮部不得白云故仍留宿于通州城聞此俗每以十二月八日定為臘日矣 十二月初七日

東岳廟或云泰山神所奉者廟內有傑閣數三重而當中一閣最大中有金身長可三丈此謂東岳神龕前置鐵燈缸大如釜灌油至半腹當中燒燈心纍以銅絲綱人云自造廟時爇燈至今傳之南廡下設十地獄人物刑具皆以塑成所見甚慘切庭中離立十數石碑而有趙孟頫所寫者筆畫尚完全廟蓋趙宋所剏而至清大脩云矣

入城留南館館在正陽門東城下玉河橋之西此是古玉河館也城內閭里之壯輪蹄之盛可謂一大都會而自南自北自西自東有路則壓肆左右對峙其屋宇制作無異於瀋通而但覺金碧之炫煌矣 初八日

自通州至朝陽門連鋪石甎廣可方軌而京城正門南西北亦皆如是云

八里橋在城東八里許通州河之所灌入太液者也橋口甚大可通舟航橋面石縫皆下鐵隱釘嘗見景福宮簡儀臺亦有鐵隱釘蓋古人制作類皆牢確

譯官金致瑞得牧丹蕙草海棠水仙花四盆納于相國時當隆冱而花葉敷榮甚奇異海棠與山丹花無

異石戒東以玫瑰稱海棠
三使爺入太和殿叅朝班國禁入闕者必下馬於東
華門(外宮城東門)外而戒使許騎門內出於尊高年之意
耶(十五日)
禮部知委以戒 國趂時遣使有賞物于 本國矣
觀戲子於館中其伎有細竹竿長爲二尺上梢置碗(玉如意玉瓶玉筆筒及各色綵緞)
楪楪上又立竿置楪如是者三重而一時環轉之瞥
如風花而少不欹側又跪坐地上揷竿於左右腋及
胐脥手持一竿以五楪各置其上先轉後轉並不停
息而腋脥所揷者勢皆橫斜楪子從而倒轉亦不隕
地又以鐵連環五六箇隨手貫脫取而視之環無罅
隙又西人搏擲如角觝盤旋鬪美之際盤果瓶花忽
出於裙裤間其中一老者最稱善技即吞細細長尺
餘有左右刃而吞吐容易甚怪訝其餘吞丸出腦滚
擲鉛毬等技亦足供笑
皇帝於西苑觀冰戲三使爺晚往西華門外待之天
明皇帝以肩輿出來三使爺迎于路左因隨入西苑
苑在西華門西百步許苑門題以西苑內有池乃通
州河所引入者也廣可二百步西南岸往往置樓閣
北有玉蝀橋跨池東西矣皇帝坐池南小閣於池冰
上植木架如棹楔楣上懸圓物大如西瓜架旁又有
物如小墩健卒數十各服彩衣以分方色足着鐵屐
屐底縱施一尺鐵齒負羽挾弓兩兩作隊左右突出
或仰射圓物或俯射小墩回旋往復捷如猿猱
還羅使四人亦來叅三人頭着金兜子上尖注可一
尺着周衣外尚短衫皆赤質金章而淺窄貼身帶紅
錦略如我朝服大帶至着馬蹄袖靴鞋之屬與滿無
異其一人裹髻以紅氈此云象譯而從徒數三人皆
着滿服聞其四人在館時亦着滿服今日所衣則欲
俗之朝衣冠歟其人牙齒皆黑非漆齒而然也聞其
俗好食檳榔故也近來中州毋論漢滿皆嗜喫檳榔
黑齒者十居八九
玉蝀橋東西頭各有門如牌樓東爲玉蝀西金鼇橋
北池中有彩亭五名曰五龍亭
萬歲山在宮北墻內高可數十仞對之以側柏老柯
子往往樓臺縹緲山上又有一土阜差小於萬歲在
玉蝀之東與萬歲斜對上有白塔及若干樓閣聞是
寺刹也蓋西山壘土而坯者也即 天朝所稱煤山
歟

自潞以西至燕都地無松柏或有樓臺之勝而坡麓濯濯無可觀而墳壟之間則皆植以柳木白楊矣宮墻之外閒閒置堡舍巡卒數三人擊柝警呼內宮墻北路上間數步植鐵籠燈沿路左右有如水桶者此皇帝夜行時羊角燈所置者云蓋宮城外內及閭里街衢皆有把守軍卒備置刀銃晝夜警察而已不爲行巡禁夜故車馬夜行與晝無異而但無燭而行者必誰何矣

念前數夜聞一二砲聲出城中自數昨稍稍增加今夜幾至三更連發不絶問之乃驅儺之方而明日即立春日故尤加於他夕矣每年臘月例自念間逐日放銃至上元滿城轟殷達曙不撤云後見砲制乃環紙作筒如拇指十餘筒多者或二十箇中實火藥以細火繩連貫其中懸之竹竿燒其下筒則次次銜上聲如鳥銃名之曰紙銃 二十三日

西天主堂在都城門內 順成門 有樓可八九丈畧無木材以甓累成如豎匱子四無椽桷之出外面雕鎸花卉內中居半作層隔層下面南鑿户層上又設五六牖皆嵌以琉璃要見裏中則有守護者言若無堂中大人之令莫得擅開而大人適赴闕不在堂云矣從門隙視之內裏渾壁畫物象當中寫一孩兒稱爲天主樓東附築石臺高視樓過半從樓北層砌上臺倚瞰城中四望幾盡堂之西北有重廊是洋人所居者而皆闔户無人往往禽鳥之聲聞於外上頭炕中數處有自鳴鐘南廊前有日影臺數座庭植四株對如丁香問于其人亦不知其對而但云三月開花紅白二色矣蓋聞天主堂乃西洋人造曆之所都城東南北皆有之而西堂制作最優焉

見暹羅國王表文安南國王賡詩暹羅表曰暹羅國長鄭華叩首叩首上貢云云貢物有公象母象龍涎香金剛鑽沈香氷片犀角孔雀尾翠皮西洋毯紅布象牙樟腦降真香烏木白膠香大楓子白豆蔻蓽撥檀香甘蜜皮桂皮藤黃蘇木等物分貢皇帝皇后而后半之安南詩云中國欣今有聖人轄開盛京永無塵卿雲化日昭寰宇壽域春臺遍廣輪天瑞祥凝忝贊石地靈傑出亮寅臣幸生重譯覲光 缺 慶祝皇圖億萬春暹羅文字有如戒諺書者其表難以解讀故禮部以漢字繙出云矣

三使爺參歲終宴習儀于保和殿曉自東華門迤北由左翼門入去左翼乃太和殿庭東門門有左右夾

闈外有廣堦八九級分門而封石欄於階而石皆白珉看看城闕門額必書滿書於漢字左方而字數依漢字似是翻書矣(二十八日)

鷄鳴三使爺回參朝班入宮待于午門外公廨未明皇帝出來將謁鄧將軍廟云(皇朝劉綎喜用大刀萬曆壬辰東來劉倭後死於深河之役清帝每於正朝先宗廟而親謁其廟不然天下歉疫宗廟有災云號曰鄧將軍或稱劉大刀)有頃皇帝還入至太和殿行正朝賀矣(乙巳正月初一日)

見西洋人人皆深目高準面白皙著滿衣帽三使爺立談少時臨歸遺使爺鼻烟筒一箇所謂鼻烟以烟茶阜莢等屑貯之小玉筒常佩之纔有表氣鼻滯之時則以鼻接筒口吸之嚏出氣爽云往往見人鼻孔皆黯黑如烟堗以此故也

三使爺入紫光閣叅宴紫光在五龍亭近地而宴則未知緣何設也(初二日)

聞相國言工部尚書金簡極為致款簡本灣府人後裔其先墓尚在灣故每年使行來輒囑修護云矣

蒙古人博明以文翰著名三使爺速明于館西古廟半日談話而罷廟即雍正從父賢親王廟而左右廊廡皆許商人僦居全無廟貌矣

相國與姜尚書入乾清宮(在保和殿後)叅千叟宴有賞物所謂壽杖者刻木作梅植形頭懸壽字鐵牌矣叅宴儀注十六條其頭辭略曰康熙年間舉千叟宴原定四品以下六十五歲以上始入宴而官員與兵丁不同年六十者兵丁年七十以上入宴各給銀牌一面云云書狀官以年少不許隨叅焉(初六日)

陪使爺觀雍正願堂雍和宮宮在都城東北地頗壯麗門內面南有大閣子中有彩龕坐小佛龕背有紫檀假山丈餘面面有佛像山之左右列置朱漆書床百餘出閣後門有二層傑閣環以彩甓闌築外壁以青色龜文甓閣中有立佛可八九丈北壁鑿兩小户户外植層梯回通上閣而第一層視佛身尚不過肩矣閣西又有小閣中立彩柱如馬檣戴以蓮花畫欄圍圓可五六尺植于大木板板圓視花欄板唇緣短闌刻繪浪花下設斡機可以輪動回旋云矣有僧徒皆着黃帽黃衣有一僧冒紅帕至肩背矣

太學在宮(雍和宮)西巷首築墻墻開二門如牌樓者東西對開皆題以國子監門外分南北有石碑百餘皆天朝所竪進士題名者也入門轉北百步許有正門額題大成門門之內即大成殿由西夾門入庭三使爺將拜謁守護者開殿門鋪席於階下(席以馬鬣織成者)禮

畢上殿殿內當中設 先聖位版左右列四聖十哲
及配食諸賢位而 先聖位版書至聖先師孔子之
神位旁謄胡書極可驚駭諸位只書其公其之位不
書神字矣階下東西有多少石碑清所爲也有石鼓
九分置於正門之東西西四東五而西則有短碑一
充其列焉鼓之體略如軍營行鼓石皆烏潤文則一
行蓋五六字即古篆而過半殘缺外封木柵使不逼
礙柵外立鐵鎗五六枝矣蓋聞石鼓初以南金塡其
畫至宋金虜之變金虜刮取其金故字畫多頑剝焉
辟雍在於太學之西方始改作堂宇則已建而圜池
未及貯水堂中設坐榻堂前有門如牌樓題以圜橋
教澤門外東西建碑閣碑各長三丈許有閣老和珅
族弟和琳者董其役矣 和珅素寵幸於時皇帝恣修貪矣嘉慶初論罪自殺
皇帝每年正月於西山圓明園觀燈戲浹辰而罷云
今日因禮部知委三使爺將往圓明園由西直門 都城
西門 出城外有石溝導自太液而迤至圓明園沿溝五
十步或百步置小閣子制樣不一各盡巧妙皇帝自
太液舟行時所憩者也 日十二
睎後皇帝出坐園內小閣簷下閣前爲山高水長前
有廣庭庭西遶以林薄而無溪谷之勝矣閣前左右
樹木闌闠之內各有半面彩廊廊下有假山簷端列
掛琉璃燈廊前植六面彩棚遂面又懸琉璃燈十餘
顆有絲銃二箇大於股對立廊首亂火四散聲如霹
靂健夫十餘人人皆袒裼只衷下體而毹於庭內又
有百餘人各持雙頭絳綃燈婆娑歌謠或離立聯燈
穹窿而作橋形攢疊而成字樣頃刻轉旋少無窒滯
中有青黃兩龍燈三人共擎一龍一人持大紅圓燈
蹄爲如意珠滾轉下上於兩龍閒珠之所向兩龍升
降蜿攫曼延活動庭之西立木橦高二丈餘繫以大
緪回子一人手執木鎗踏緪周旋如我優人橦戲而
反劣焉 日十三
禮部知委使臣還館至十九日又來待故三使爺還
入城路經宮之南垣垣內有樓倚臨閭街對垣小衕
有回回貢館蓋聞皇帝登此樓偶見回女甚美悅而
納焉回子人皆深目高鼻衣清衣帽如氈笠而揭左
右簷軆狹而頏酷類鐵姸其女則辮髮垂後如我童
子樣而以紅錦絞兩股大如臂而長至跟冠如氈笠
之駿帽童女遍頭辮髮如章居焉到館留館人云昨
夜街巷大放絲砲而燈戲亦多可觀矣 日十六
使爺入內苑觀燈戲 日十九

還館取南路行過一牌門有石橋是萬歲山前路門者言不得乘轎而過使爺步行至文昌閣閣爲三層上有自鳴鍾時聞丁東西有大池傍池開路南走路面貯鋪石灰堅白如磁池之西有山皆土名爲西山高如戒城西圍嶠而西條邐迤至池北而稍陡起此卽萬歲山山上多植雜樹自山顚至水滑不滿數箭場而彩甍畫棟羅絡碁錯又自文昌右循萬歲而至西山緣作長廊廊皆跨水繞繚石欄西山則略有臺榭而往往見虹橋白塔矣蓋池之東西可二里所南則乃通州河之導入于池者而有石橋名爲十七橋中高傍低偃如虹下有虹門十七中者可容一帆自橋距池北略如東西橋之東頭有八角亭扁曰廓如亭亭東有銅牛大於常向池而卧睨視水曲背刻文數行似爲壓勝作也自亭東行有一門門外有小石橋過橋以後諸使爺始乘轎而來自文昌前路扶東止十餘里皆是水田閒閒有造山有一渠自東來達于池南此乃太液之所通者也過萬壽寺觀佛宇有小寮庭植數頃竹頗清洒僧言皇帝所經宿也有獮爲道士者不剃頭而服緇衣制近道袍着絮帽如方冠之倒着蓋聞華人剃髮之時或有托以道士而免者以爲流風焉

三使爺往禮部參上馬宴因入宮受賞物於午門前及回館禮部饋餞盤于三使爺此乃下馬宴餞而例無參宴云禮部有知委冬至使外別使勿納方物之意當遣使告之而以有弊於兩國付傳於回使前者別使時所受方物代以綠緞還給云 二十二日

離館至通州宿謝恩使適至得家書俱報安寧喜幸之極不啻抵萬金 謝恩使錦城都尉朴公明源尹參議承烈李校理鼎烈○二十五日

傳家書于先來軍官使 二十六日

燕中氣候常早正月播種至臘之際有雨無雪及春初河柳微黃出關後反爲陰冱幾度遠左尚未耕植矣歸聞去冬雨雪無前一馱之柴直錢二百窮巷貧户斫取花木而供爨炊焉

孤竹城在沙河東北灤河之南城有夷齊廟奉兩聖塑像被袞尚白廟前小墻嵌以石面刻百世清風四字乃朱晦庵所書而戒清風溪仙源廟所刻者摹於此也廟北有時皇行宮極巧奢宮之內有清風臺西有小佛庵與廟比隅孤竹城東西不滿二百步南北可半之城無瓲堵但有如埭堰者周遭而已南有門題孤竹城又題賢人舊里城南數箭場有小土山名

首陽河之北有孤竹君廟望之可數三間與夷齊廟
相對矣我使之過此例食蕨菜故廚人預自我境齎
來矣（二月初一日）
廟西（夷齊廟西）佛庵多旅櫬惡臭四聞遺廟咫尺不潔太
甚蓋見人家預作櫬匱以無松柏皆用橡栗之木其
制上頭則底短蓋長如船艫以朱塗之加畫以雲物
卉花置于瓶甒間多爲馬糞人烟之所汙及人死始
用之而亦不速葬移殯於佛寺謂新寘道或露置之
田野林木中待其柩內乾淨卽茶毗之雖有葬焉而
殆無墳塋之制信手覆土上銳下廣如灶灸纍纍於
平野中不被莎草繞經雨潦輒頹荑莽爲加土則上
揷小幡而表別之或有修除墓地者以石灰瓦甓隨
柩體而築之如我風爐様而所謂鄕相之塚全無斧
堂之制亦以灰甓圍築隆然如囷前置石床床面因
其石刻戒列銘之狀外圍以短垣有小門通行門之
外雖無溝渠必有石缸列封白楊檉柳而已
出南門行見路傍倡戲所謂倡戲以簟爲樓樓多間
架回復相通有倡優六七輩被甲持兵叫怒搏擊奔
逐顚仆又有一美女佃徑詀譺有如怨咨之狀而就
中可惡者以我朝士冠裳扮出一人倒着紗帽偃僂

蹣跚貌甚屛陋號爲王八所謂王八卽鼈也鼈之爲
性有他鼈交其雌則必好之故彼人之相詬罵必曰
王八大抵其戲略類我國儺戲而儺戲則皆着假面
而此則就其面點抹黶瘢假作須眉而變其貌蓋閙
寫出稗官中奇詭之事而供笑焉
永平古之盧龍都邑之盛城郭之壯關內諸郡無與
比者矣
行至中前所路逢齎咨官得家書俱爲安寧（初四日）
至十三山宿李姓人村舍數日沍路泥淖難行嘗聞
關外每當霖潦融雪之時道路泥濘車馬不克通行
處多布秔秸以便過涉及至春閙取以爲糞壤焉（初九日）
而一板門二道井煙臺隅等處尤甚云往往見泥澤
數日陰沍無異冬候一板二道素稱泥塗而近日凍
洛得免困頓（十二日）
冰渡周流河至邊城中火諸裨以今日相國生朝請
設杯酌仍留宿（十四日）
至白塔堡渾河雪水方盛河橋幾沒亂渡至十里堡
宿
昨日車馬之在後者因河溢不得渡今日始追到言

昨日三使爺渡河後雪水益漲河橋卒圯彼人馬多淹沒而俺等僅免云 十八日 至青石嶺下得家書於灣府候吏便俱為安寧焉嶺路犖确氷雪糢糊開闢度嶺至甜水站宿每使行回到狼山連山之境則灣府例遣候吏饋餼物矣

朝飯後行至連山留宿會寧嶺雖無巉巖之險而勢高於青石一日踰兩嶺則人馬必為困踣故兩日飯後啓行

今日乃寒食而無上墓者問之其俗然也 二十六日 回車重之俅及趕來故淹留四日焉

出柵至溫井露宿 二十九日 大抵燕中民俗率多怪駭遇喪家成服之日剪紙為人形設盥盆帨巾之屬一人將紙人來作頫面之狀畢挂紙人椅上設奠於桌子擧樂於中門外主人者乃焚香叩頭而罷途見一羣男女簇行中有一人捧素椅上挂畫真縞素者數人隨後而哭至野外百步地燒其畫物仍不顧走回若鬼兵之趕到凡縞素者外着白周衣而裏衣不改其常帽裹以白緜布孝巾長尺餘卷而置諸帽簷之内以白縈為腰絰長曳地若遇泥淖則攝而行之雖乳哺之兒遇故則必服之

喪輀之制略如我而極華侈以大紅方木為雙杠兩端金銅尚襻用紅絨黑緞帷上雜繡卉物又有小擔杠上對龍頭竿挂紅錦丈餘書以泥金謂之銘旌以大藍盛紙錢隨輿而行向風颺之漫天撲地數里不絶噫用夷變夏今為百餘年 中朝遺氓漸染於夷俗可勝痛哉抑未知故家子孫能不失遺風而遵守歟

行路流丐之人見我必於馬前叩頭蒲伏乞錢額甚矜憐問之皆漢人而盲瞽則擧工聲樂行乞於市中聞彼法滿人則雖滿簍之童皆隸八旗而食俸故無貧丐之類所謂八旗者以五方之色織其旗章稱為正紅正白鑲紅鑲白等旗以别軍部上自時皇下至編氓皆屬旗内焉清初漢人雖隸臺不與滿人嫁娶矣百餘年之間困窮無告稍稍通婚於滿入於八旗别其號謂之漢軍云噫周餘遺民幾何不為馬非馬之物乎

三月初一日 中火九連城渡鴨江由晏波門 灣城西小門 入灣府留宿

相國以士馬跋涉之餘欲為休息仍信宿 初三日 自灣府發行宿龍川別館本府使柳公 甯 新作小亭

于館西涧上命名天渊要相國書扁與題咏矣
朝餐長湍府宿高陽松姪帶莊奴三伊來候於碧蹄
路上矣 日十六
天未明發行入城拜堂慈候安寧諸宗皆平安而伯
母自數朔有患候沉重矣 日十七

好古詩 上

秋夜

秋夜静未眠月明空山谷荒村四無鄰水竹雙栖鶴
坐久深省發清冷詩思足明火照深松厨人成夜食
織妻下殘機怔我吟不宿好樂宣無日愛此心事適

失題

秦皇築長城萬里堅如鐵辛苦防北胡自云累世閱
失康蕭墻内函關閉無日但自惰德業休勞百二設
感激上階下羣后朝屈膝 以上庚子

秋懷

且喜炎蒸息翩鶯節序闌蕭颯凉風至厭浥清露團
念彼林下士凄其絺綌寒莎鷄鳴在野秋思轉楚酸
圃蔬已委蔓園木日漸乾天機故如此白髮禁亦難
前有一樽酒孤斟詎能歡待發東籬菊爲爾強自寬

君善卜築松石園和其韻

風雨長年一欒廬麻衣草坐不求餘做官未必饒耕
食買得溪田却賣書

其二

松下房櫳接數廬雲中鷄犬似秦餘田園日廣兒孫

長傳渴鄭翁種封書

陪李相國 徽之 赴燕 乾隆將於明年正月設千叟宴我使以年七十人充送相國要余隨往以親老辭終不能得。甲辰冬

歲程向高陽

揮手謝情愛悲懷安可論關河四千里從此始傷魂

向鳳山

悠悠征路似萍浮無限青山過馬頭生憎館下西流水日與行人去不休

留平壤

大同江水碧於苔樓榭參差鏡裏開黃壚樽俎留人醉青舫簫笳載妓回古木蒼然箕子廟層城何處乙支臺風土縱然稱信美客心隨處轉悠哉

栅門

故國思千里荒山欲二更比(此)絲愁轉亂如燭淚長橫

草河溝

連山關外雪連山夜宿胡姬酒肆間寒天月黑悲笳歲末過三聲觱篥淚潸

遼東

千里茫茫大野通行人說我是遼東雲邊對繞青徐入天際山臨渤澥窮古渡猶傳太子水荒林何處郭隗宮千燒萬戰英雄盡殘柳蕭條落照中

次周主簿 命新 遼野韻

路入燕天倍覺寒雪花如席撲泥鞍山形遠自醫巫出野色平吞鞣鞨寬薊封烟籠千點黑瀋城雲捲一丸團蒼茫疑與鵬程近馬上連句不了看

白塔堡

九門突兀八門開勢入浮雲却恐摧思欲翩然生羽翰變時飛上望鄉回

客懷

孤裘縫冷馬蹄穿爲客三旬苦似年心界無冰寒漸劇愁城如月夜逾圍未忘親念常加飯欲送鄉魂強就眠此去燕京知近遠不堪風雪野連天

大凌河途中

去去非鄉國悠悠向薊州終年征馬上幾日大刀頭

望海

閒信無京使留詩上驛樓北來非執趙空弊黑貂裘

東南雲盡碧涵虛萬里平包海若墟孤島誤疑奔渴馬亂帆看似上游魚來三變淺還如許天一生時始有初今日誰煩重譯至颶風鯨浪百年餘

榆關途中

度關堠亭遠驅馬日將斜古驛依殘柳荒城擁數家有山皆白草無野不黃沙縱使愁禁得哀笳奈爾何

灤河途中望見首陽山

二聖當年恥事周一般清節死難休今日輕裘入灤客青山不敢重回頭

豐潤途中偶吟

黃菊開時即別家故園風景近如何可憐雲谷千株對只有寒梅入夢多

牧丹

偷得寒梅地殘年獨自王類愁長夏日無面御羣芳

舍伯忌日 十二月十六日

為客深知此日悲天涯心向故園馳遙知今夜諸宗至祭羅床前說戒時

除夜以一年將盡夜萬里未歸人分韻作

五字訣

遠客心非一抱膝寒燈前忘言如有失歲去思歸切況逢乙巳年北堂應獻壽萬里獨凄然

旅客同愁思杯尊夜相將可憐燈前語俱是說家鄉年去復年來去來自無盡悠悠人世間不覺老相引羈旅連三冬傷心最此夜思鄉千緒懷不語淚雙下悄悄送殘年鄉心不啻萬五更寒館中誰送屠蘇椀殘燈四五更歸夢三千里如寫此時情青天一張紙尾時寒枕夢能度關山未猶記語家人難分過鴨水萬里春將至殘年客未歸寄書無驛使猶着在家衣永夜寒燈下相逢萬里人坐到鷄鳴盡非是守庚申

除夕漫吟

儺鼓鼕鼕聽不眠客心入夜倍凄然非關厭看青春色却恨侵尋白髮年

豐潤途中

細雨曉來濕輕塵浥未生春風關路迴晴日馬蹄輕鶴下雲橫海人歸柳擁城漸看新物候適識遠離情

甕北河途中

平田杳杳對依依欲問津程野客稀再度水憐餘板約曾過店記有松扉山邊細路何村入柳外晴川遠峽歸春色殊方愁易切不妨關塞少芳菲

出栅

亂寔滄浪百里間此中道路亦凋顔 缺峒晚見侵雲

缺遠塞春多欲雨山芳草漸生寒食後行人猶著臘衣還鳳城一出吾鄉近好是明朝漫鴨灣

龍山

欞欄動處白十里見平湖漁火遠相照水禽時自呼月高樓影畫潮落島痕孤忽有扁舟興臨風聽棹謳

西原雨中

苔黏泥滑還宜屐松翠林霏欲墊冠滿郭微濛花似霧無人解道雨中看

謹次閭中韻

石渠西閣鈴川陰竹藥梧埤接上林雲暖朱樓留御氣松長玉局見仙心鳳毛文藻官曹貴鶴髮清閑地處深　昭代即今無一事丞廳亦自日哦吟

西原月夜

黃昏送盡尋芳客獨上西原待月華春色只應去年似某溪楊柳某園花

難難曲

笳聲何難難難復難難非爲行路難又非征戍難上難爲君難下難爲臣難臣難難責難君難難壬難如知二難難太平不足難

和安和堂韻

安和丈人心事寬安和小堂清且安翰墨萬家落墻壁丹青十日忘衣冠廣文老去興猶在元亮歸來祿不干年少誰能入室者時時獨展雲岷看

其二

猶可有容蝸殼寬與他不競鷦枝安門無駟馬乃高枕案對聖賢方整冠北牖棋槃歌永矢西山邱壑樂斯干白頭難忘咏歸興畫得帽巖堂上看

杏花

開喜春風善落怨春風惡自無耐久性非關風開落

賡石南軸中韻贈庾虞衡

王母稀族姓姓同則留心近字不惡麁瞻屋猶愛禽長沙庾虞衡問氏情先深爲人且奇特作文頗雄沈安知厥祖初支分不尺尋從此視眷戚源源襆中襟

木筆花

譜花疏卉欲盈車東俗無稽等魯魚可笑迎春眞僭竊辛夷名字竟歸虛

司戶軒與羅聚之林子道共賦

鈴欄衙散靜無聞板閣朝眠晝欲分辟擱墨君添素韻床緇字毋到黃曛鶯情慧黠常欺雀松氣蒼森不受雲誰道傷心趍走地臨池日破緑苔紋

過尹丈壽河墓
尹翁慷慨士忠義天下聞来吊古原上長松疑是君
省中漫吟
今朝忽惆悵昨夜夢秋山錦石猶清胃朱衣却厚顔
舊題尋巻裏餘意寫屛間本欲安耕鑿非爲未老閑
九日感懷
九日有名節先君初度時上香秋室靜嘗饌昔人思
古里黄花在寒風疎封悲依然弟妹集滿眼已携兒
次寮友重陽後省中夜吟韻
惻惻重陽過清霜日漸華尊窺醒後酒菊闕採残花
高葉揺砧落明河帶鴈斜預知曉来夢應繞玉溪家
拜庾春谷墓
柳下集中篇見傳津寛洞裏屢尋塋松楸先壠還同
徑草色新年今始行地下尋常㛰婭舊人間冷落子
孫情歲時瞻拜長隣近文雅風流起後生
早過鄭衎甫家園因至松石園得春字
苦遲盧照隣還過鄭子真宅憐林是竹行怯巷無人
花絮千家曙蘼蕪小逕春一般紅濕處期至玉溪濱
張氏山林
踈籬從客入芳樹向人傾步院紫苔濕出林斜照明

晩花還更好春澗淺還清回首深源裏鳥啼空復情
雨後西麓
風雨經宵後繁華逐水歸還如死生際獨過翟公扉
過訊韓丙後病
落日下庭院主人行將歸惻惻不成別出門春草菲
出洞又次金氏莊夜宿韻
歸谿始覺入山深第一橋前獨石林共向幽源宿不
返獨愁塵事来相侵溪花淡淡霧中曙谷鳥嚶嚶空
外音採藥看棋定何處白雲紅樹杳難尋
金和甫玉溪精舍流頭夜集 辛亥
林薄偃風色泉谷含夕晴川光露忽明華月雲際生
谷禽動深栖礫礫時一鳴時余感冲抱褰裳遵溪行
佳侶来命酒屢屬山酌盈秉醺跂素石美波沿空明
殊賞愜良覿懽言敦雅情所欣非絲竹要使心跡清
夜坐
清景如秋凄夜思菜畦涼露敷蟲知秉陰卧看白蘂
華憶宿牛溪田舍時
竹夫人
不將脂粉汙䧲青數度衾裯賦嘒星楊柳微風思卧
簟蕭蔬涼露廢螢亭縱抛替玥元非聲武恐蓬篨錯

此形豈有舊愁同息女自無言語外人聽

鴿奴

寶翎常帶赫蹄書消息誰家任所如黄耳懸騰茅與伍綠衣多口漫成虛何須橘宅千頭足堪比紫桑一力餘來去不隨王謝燕曲江猶識主人居

鴈字

冥冥的的不離羣天末先從數點分月裏撒開飛白字風前回合惹蘭文硯泓秋碧三湘水紙幅天長萬里雲忽就半行皆筆陣誰言作者寂無聞

訪玉溪幽居

溪日淨輝輝蜻蜓淌逕飛不知草堂處遙望青松歸

東郊

野逕葭花雨人家楊木灣東西漫流水翔向雲中山

在澗亭

丹楠擢頳碧薜封主人已斷十年蹤簪纓豈是傳家物不及孫家世世農

鍊戎臺水亭避暑

崷兀火雲爍四山萬人如海紅塵間域中無地可逃暑水上之亭方解頳森木蟬聲晩蕭颯斜陽潭影碧灣環諸天重閣石林暮秉月還須次第攀

永豊銅礦

白山西北來劾礴起鐵嶺綿連共四郡基置千里境永豊積餘氣欝結而不騁其陰産青銅鼓鑄權所秉藏命禁黙奴爭趨如市井畚鍤役萬夫千尋開坎穽曲折架危棧縮縮行不猛負出一簣土辛苦九食頃穿窿燭松肪蹭蹬垂麻綆歎吹覘髓脈挽掣候動靜海眼恐跑突雲根妨捍獷劾歧及黄泉若螬食李杏往往遭淪塌不顧老甯那甯那旣不死他山且無幸民生有本業不過務儉省何必横黄金萬死冀一逞安得陶匀手日見大奸屛熙熙天地內人人礦自礦

直夜與子道宗浩惠卿共賦

朧朧樹分影冉冉月初移廣陌清光轉層樓夜望遲遠鴻搖楚思疎髮落秋詩宴坐歌呼絶應無後會知

院中兩鶴一折右脛一傷左翮右脛者忽飛去不知所在一箇孤栖甚憐之一朝爲頑童所逼左脛又剥傷帶血哀鳴類甚矜悶爲賦短篇

顧頷經新別軒昂減舊奇十顚那復起三折自難醫碧海相思日孤雲獨望時一爲稻粱誤誰與怨離羈

晩吟

開門初夕月依杖更秋皐晴葉時時墜清砧箇箇高

歸鴻聲一槩遠夜念同袍縱有詩情在蕭騷不敢豪

司戶軒南望

搖落眞同老太常山爐隱几送斜陽秋雲欲雨無全白寒樾迎霜不一黃苑外巢烏官舍晚橋頭吹葉禁川涼沈沈不見城中事萬井浮煙紫閣長

重陽夜話君善山房

山北烟書屢度飛日來塵事不勝揮難將白髮禁愁滘豈有黃花與昨非樓外鴻聲星落落樽前人語月依依萊囊醉飽還多事只爲名辰一詠歸

冬夜留話內從黃鍾復

外家從弟自忠州消息眞傳事事愁相看黯然欲無語山庭木落雨颼颼

上南山

彭谷歸時遠鬣峯絶處孤中天窺帝座白日壯神都草樹烟霜晩樓臺氣色殊盧胥南紀豁千里散江湖

冬夜

蒼森羣木靜紺滑夜雲微山大無人吹林鵶向月飛鄰家寒未宿燈火照相依繰績三餘計室中聞不違

暮思

卯色遠空冷不風寒城餘照夕雲影相思日日愁搖落況復荒山古驛中

挽丁茂倫彝祚

北里今朝葬富兒叢金厩馬子孫資爭如一介布衣死鳴却世間千首詩

其二

昂昂不肯受缺羈四十長安一布衣文章非是塵閒物還被天公奪得歸

其三

玉澗東流太華淸招招留作草堂靈塵須戀別還來此遠郭曾歸舊址 丁

林丈人必昌挽

丈執於吾黨丈人惟同庚令胤四昆季患我如弟兄以玆獮世好敦義益不輕緬憶詹溪舍攝樞侍南榮烏几衣裳古逢日琴書淸彩毫藤箋白徹吟動高情一揮爛雲錦四韻許俱成續貂敢自幸登龍且若驚私淑憑園後如入雲臺嚳詩禮在故家嬌傳不隕聲典刑求幽素志業授專精依仰二十載山斗忽頹傾孝欒庶無忸生晩獨抱慟古人不在今今人徒備名安知淺來者舊要守堅貞一哭感歲年餘生鬢華明

愼丈在閣挽

與兒經句照溪濱桑君無術救齋民死堪嗟惜皆三
老生贖輕儇可百身循吏舊稱丞相史名家今數益
昌人久從蜀座醇醪飲不獨吳郎杵臼親

其二

行必闔閭自厥躬慎家翁似石家翁異時賢輩吾猶
及下里淳風日不同墓對牛鳴先壠近屋今烏止舊
鄰通經過西巷人誰在一任門前佩韘童

玉溪

花鳥年年玉澗期白頭漸覺減新詩忽看松石園中
月憶宿楓皋社裡時幽藪送溪穿澗遠閑雲守竹傍
岩遲出門怊悵藤蘿曙此意惟應去後知

西郊

麥芒欲吐壠畦平槲葉初齊山雉鳴野老相逢不相
識依依原封送人行

戲贈松石子

玉洞先生無一奇但將松石傲當時安能縮地為吾
有立使先生成白癡

官齋雨中

雨集尾官閣雲出青松院羣木若決籬往往川光見
雖無山水事幽寂且自遣何如玉堂夕卧對郭熙卷

晚晴玉溪精舍

一行白鳥處南郭遠人家樹色晚相似山光晴更斜
深松照殘日幽逕落崩沙北崦如聞好欲尋林壑賖

送池司戶海西監屯

延白之西西海東十年耕稼十年豐如何九月山中
雨便作一朝河內凶渺渺哀鴻澤國凍啾啾飢雀暮
倉空從來焚券非無意薛邑黎氓憶老馮

和子道戲贈

子道善吐辭如鐵蒺大黃落筆數千言指顧窮紙張
據床回眄擲還我意自操戈揮我堂今我已非舊日
我老馬為駒真堪傷竭臭折脅不相容可斬為俞輸
一場少年患卿患難者入座吐氣如霜鋩坐令子道
縮頭哆舌汗流漿

苦雪 丙辰春

玄冥肆餘烈青帝斂驂驪恐有行藏失能無號令違
臘三恩未竭賸六勢仍依晦朔兼澌洛昕晡迺暄晞
風驕乘後殿雲疾集先幾狼籍屯羣鼠飄颻拔丈旂
鳴何猜埋鸛躏戒惡川豨維霰纔飄瞥其雱忽皓澧
踏回旋掩跡掃却輒齊腓瀾馮奔霆昏霓旋導玉妃
地應連冀壤人認着曹衣袞比庚辰厚徵咮甲子霏

海航輸浙米庭薦賓荆璣西嶺界天關藍田通句繼
塩增柴且椎薪積汲堪欷氷雪森公戟郊堆列射麻
城宜名不夜烏砍化令威黎首皆耆耋廷紳揺晳頎
素鱗朝天蟜白額夜依俤陌騎疑聯駱宮袍惜續緋
履穿慵老脖塗截怨沁駢鬢粟梢貂帽皮龜撲錦幃
童狂因置穽虞巧用張機因兔封藏窟欺梅壓小碕
尾湛鏤篕且藩柵掛桃樺墨沿光全爭湯泉蝬吏稀
野梢棲桑筵岩戶托窮罩竹眠經冬困禽鷲未曙飛
南飛棡猎火北鴈滯音徽延矚愁瞢眩衡過怕瘴痱
山忘真面目對慣履光輝瑞愧儔遠豕高看蔽蜀犂
樵迷前度棧釣失舊垂磯蹋價妨沽酒佳期阻浴沂
園葫尋韮藥壁蟄見蠨蛸鉤乙思抽綠蘇昭待訖暉
室墐垂輿析村卜錯豐饑賦憶聘梁調詩嫌涉衛譏
興雖迴剡棹寒孰問袁扉但自憂飢凍何曾辨祟禨
縱珠穤可淂如麪食還非驢過猶肩聳鵝懸敢腹誹
夕炊歎貴桂早採損香薇 宸念忘鍾厦貧居軫布
韋方春聽漢詔開歲廼周圻大有知民樂乾元識
聖希訏謨勞丙枕建幣夙辜祈星駕淩沿灑雷尊薦
秘翡兩師行訊道義馭始揚纖陰翳期清豁天心在
廓揮新曦升旭旭残尾落微微消入来鮮潤流添澮
洫肥九農饒慰滿庶草麗蕃菲自顧忝金省相随近
瑣闈尋常臨日月造化及蝼蟻言貝色雙陛宫檀来
十圍一夫宜偏獲八域頗同歸會被陽和澤神功頌
蕩巍

偶吟

人皆執熱顛逢秋不恨年光去若流到淂新涼生几
閤寒蟬碧樹奈清愁

曉行沙峴

殘月蒙雲曙未開前登沙峴惻崔嵬嶺頭雜樹如人
立野外飛霜若雨来客舍鷄鳴相送㦲山橋樵唱一
時迴紛紛俱是沁途上獨向楸原耿遠懷

臘日雪

三百六旬詩揔廢今朝臘雪喚詩生蕭踈何似杏花
白晃朗全勝秋月明兩火一刀問誰在撒鹽飛絮從
兒評酒邊舊侶俱揺落毎逢時節空復情

除夕

大醉屠蘇酒駒馳送五更自知無愧怍何苦患三彭

讀春秋作

萬株佳木四圍栽百畝中庭淨盡埃一自經春人卧
病名花顛倒落青苔

挽青楓麓主人

太華老人青楓麓青楓未老老人歸有時魂返楓林
黑進夜葉聲秋雨霏蓬島迢迢紫鸞遠松堂寂寂白
蝙飛平生一曲廣陵散除却外孫傳者稀

其二

寒松骨格鶴精神雖在塵闤不染塵寥落十年東郭
隱支離一病茂陵身青山故宅竟誰有數封新梅空
自春他日傷心何處是月明鵑哭玉溪濱

次劉讓之韻

落落異時事不爲人所憐如今籠鳥日兼向井蛙天

次僚友咏筆韻

嶺海孤吟外經書未死前低垂親筆硯白髮自年年
長短何曾較鶴鳧中書告老髮猶烏齊頭挿架森霜
較濡尾臨池涉野狐古鄕知應身後象辛莫愛似辟
聞蛛從來輕銳先衰謝每被陶陳嘆隙駒

寄東莊 羅文奎聚之宅

梲漿縕火不時求鶩鳥通羣便忘頸種得甘瓠墻底
意東西引蔓會相收

其二

東來西棗影交加數版荒垣限兩家時有唔咿深處
聞不知書牖劇阿那

與池文哉

蔚蔚石上松托根無寸土咫尺含廣陸如何此辛苦
墳衍宜不美難與持負固石泐會無日綢繆當歲暮

雨中書事

舊雨話隣曲今雨好家居晏起廢冠裳默閱室中書
黏糊補綻缺拂塵捕蠹魚餘力整床笫位置何清疎
怡然盻庭木柯葉亦欣舒顧謂機上婦朝餐當何如
餅罌餘祿米且摘園中蔬幽事轉相關外物頗蠲除
自當安陋反誰復慕渠渠

螢

數點輝輝暝始覘陌槐含露動更籤偶經寒屋窓無
燭幸值秋原草未鐮幾處青熒迷鬼燐有時搖動上
松髯縫囊繼晷還多介照乘何須十二兼

千君善大夫人挽

崑項無恙石瓊林無蠹枝高門毓貞德內閫標懿儀
刑于既不忒樂只斯匪虧如何中否艱施報失所宜
遷居遂令子守貧玉溪湄伊余三世舊過拜造堂帷
賜坐比慶也揣摩觀所爲意將謂此子庶乃益吾兒
自顧乏蒙養何曾有師資未作非度遊徒爲季良知

率身自不周況暇切且偲慢嬉稱籏建浮薄飾文詞
謹嗽雜庭户畫酣還夜期截髮具饋餉爲來尭蕣醜
寸葱與方肉醉歐歸殘糜莫如里中子服貫養蓄耆
市門本非惡穢由鮮純滋以蕃蓄屛營臨趎折東私
不敢蘇賢淑萬漏綴荒辭

與忠卿過宿趙芝園歸後有寄

咫尺長安市先生此隱淪青囊要壽世玉貌不求人
泛瑟星光夕聞蘭露氣春相從阮家飲愈喜仲容親

其二

騷壇多俊逸經畹最清奇兄弟稱陳紀親朋說項斯
金聲槐院句繡口杏湖詞近欲醫民俗朝朝飲上池

其三

盧仝才有異趙壹恨偏多白比雙南重吾於二子何
上天無棄物中歲劇蹉跎勉爾幽燕去休聽擊筑歌

豆湖雜咏

巨石伏江門纍纍羣馬飲孤舟欲近前風沫吹清凛

其二

江屋類巢居高出江柳上定爲月溪西年年秋水漲

其三

漁翁不中織西日滄江曲獨揭孤篷眠長風吹坦腹

其四

漁父烟簑綠沙禽雪鷺白何當共禽羣反恐衣冠俗

其五

江叟如江鴉往來豆浦傍白頭小舴艋不識七山洋

流霞亭

樓前綠浪浸霞流岸上桃花落未休萬柳潮侵青草
嶼孤舟雨入白蘋洲雲潭不改王孫去鷗鷺曾經太
史遊何用漫悲昔人有聊將風景散閑愁

院北

獨來如已有稀過覺情長避笋斜尋逕耽蓮屢遶塘
不知鳴鳥處何限晩林光欣賞隨時節炎涼合兩忘

旱久始小雨口占

烟光含小雨黯黯來黃曛木葉未全濕土香先已聞
蜉蝣涼意足蚯蚓暮聲殷獨宿竹林舍淋浪聽夜分

趙子翊將之燕贈之

連城趙璧琢磨初求價中州計不疎但恐狂秦無意
償行人誰有藺相如

晩山

山顛星漢依依落山際烟霏冉冉生大米卷中開墨

畫宣城窓裡坐黎明少焉紅旭層峯變只麽青光疊
嶺横北崦空濛猶未曙西邊雲木子規聲

餠花

借得楊枝水非關羯鼓春千紅歸色相一朶到精神
銀燭回看影紗幮護辟塵嬋娟初入室恐見妬佳人

扇

五月南邦底貢宜蒻青紈素上形摹　君王扇得薰
風動正是人間觧愠時

新晴

林居得雨勝逢晴晴後還如雨裡情不向街泥尋季
主閒聽田水憶淵明籬根晒日蠶絲白松頂當風鶴
鷺輕近夕亭皐凉意足桐陰深處有蟬聲

榴花

積雨花看盡嬋娟獨海榴偶過先照眼難忘屢回頭
林暝停紅燭苔青落彩毬會看成百子珠玉掌中留

仙人掌

躡蹤過緱氏抵掌入甘泉已竭文成術誰延武帝年
六宮如脫屣萬乘學寒蟬擘去青冥上承來沆瀣先
玉凝千斤白珠轉萬枚圓盤大披雲月莖高出水蓮
鷰鳴頸遠引鵬浴咮孤褰近薇長安日邊摩太一天
茂陵含暮景蓬島杳秋烟無計留朝露仍成束手仙

其二

宿留東萊夜公孫若上仙不思元首起獨念暮齡延
破却中人產鎔來一掌圓亭亭荷柄出落落月輪懸
遂指飛廉觀孤撑沆瀣天羊腊接碎瑣鮫淚掬連聯
毛遂丹階日巨靈關華年三緘賢孰與十視掩無緣
詎比調羹手爭如鼓腹拳空餘隻臂在揮涕魏車前

嚴菊山　啓輿　挽

長安城裏十萬間日厭粱肉同葵蔬菊山先生家三
口木豆脫粟常無魚雲從街上人如簀過體綺羅兼
廣蜀菊山先生年七十斂縕掩脛猶不帛傷人爲之
重歎息先生一笑視白日仰飲大酌聲汩汩等身齊
齊繞錦綫果腹便便藏緗篇暮年詞賦動聲價清貧
到骨不換錢上接屈宋下李杜汨沒世儒安足數醉
後據案叢長吟巨筆落紙生風雨七言若建瓴四韻
如抱鼓須臾書破百餘幅傲睨四座何倶倶青雲時
復動高興不信頭上髮已素再書宰相一見之三年
始得小褊裨傲骨那堪負弩矢軍旅俎豆兩不知辭
罷幕府坐拳毆巫峒子秋風拂衣去蕭蕭江海思東
遊帆恒北沃沮八九氣吞海若壚歲暮歸來閉蓬廬

皁帽繩㧌債郵書冨春山中歸夢多成都肆裡晚計
賒古人於今骨已霜先生先生竟柰何一朝棄家不
知處世上空傳壯士歌

李知事 德滋 挽

都門送葬日幾回挽歌嗚嗚盡悲摧揮淚頓足攔道
哭哭者哀死不自哀我今一歌送公行不哀其殁哀
後生雲臺玉漢盛詞林鉅工才子羅秋星爭事光大
紛磊落中有李公如君明清標出羣思不羈繚瞳銀
髮仍玉姿揮麈騁談落璠屑四座寂然皆承頤眼前
有子子有孫箇箇珥瑜映蘭芝山中宰相花冨貴百
年錦稿縈祿滋美病何須下苦藥知命未必煩庸醫
鮮尸飛升非自然乘化歸盡是樂天浮雲無蒂不悲
舊悲舊獨自涕漣漣磻溪故宅比鄰東我髮髮髮初
見公始製五言書八法一聞高論如登龍閫西夫子
傳新彌汝南朝評有古風臣源藻鑑物不遺季主著
筮吾誰欺通來景仰四十年不見如癡見則喜見則
喜兮今不見古巷無人秋草徧招招西望書雲空日
暮臨歧迷所從生晚感古惟我在公歸試問菊山翁

和柳僉使 明均 寄示韻

陳雷共見當時稀欲寄情書病未能上苑秋鶯雲外
鴈西窓夜萬雨中燈何緣沁府後營將遠慰金門一
老丞十載青袍戀吾在不分我馬與君鐙

其二

吾愛令公氣岸軒馮凌大叫視瞻尊滑稽帝子流漿
酒快活鵰拳鸞鵝鶡斗膽囷蹲身反小寸忱傾向死
何論校丈分夜窮鯨伏見事生風渴驥奔雞主出專
監印所帝感曾假茂松屯青年患甭如騎竹白眼看
他即批根尚友更生蔡共熱騁談景略蝨常捫橐鞬
可是新蟬蛻刀筆頻驚舊夢魂長綬去時垂着着層
墉倚處遠言言貔貅七色列起拒鴈鶩六房行躡跟
絨蒯士背斬茵細削竿城有受降幡韜鈐粗解圖兵
將獄訟曾窺錄洗寃經咒龍王臨經水詩招牛鬼寄
鴒原眼空吳楚東南盡胸盪滄溟八九吞滿篋結繩
要係頸當牙吹角勝聽壎書來每恨雲山別神往那
成石路痕府裏洗洗誰羨涉坰中跕跕或歎援露瓜
休恐先秋熟毒瘴宜愁未夕昏已擬卜居全穴谷不
勞顧入玉關門欲知衰病今何似數封婆娑老漆園

夜坐

薄寒堪夜坐明月照人遲偶詠非關意幽懷欲待誰
遠砧時一聞高樹靜如思砌菊清香動簾間秪自知

省中秋晚

流光洵有序秋思益無聊社少遺妻両官稀飲史醪斜暉無定照高葉不勝搖松竹空庭晚題詩近楚騷

華城

歲月經營大樓臺指顧成　聖心茲報本神策不緣兵雲斷蒼梧野天空白帝城耕鑿遺民在相看欲吞聲

夜發華城

官路有常程夜中發華城鳴笳臨店送候火過橋迎却避蒼巖出深窺白道橫不知村遠近軋軋聞舂聲

次壽谷夜宴韻 壬戌

歌笛悠揚霜月團南營舊會此重看兒時童是彝時老擊壤衢謠一操歡

敬和舊僚劉文示韻 癸亥

浮榮堪歎蟪蛄春歸卧蓬廬一老身貴賤已知廷尉客月朝兼謝汝南人檐前白日棋隨手窓下清風酒入脣安得從容陪杖屨趂衙當直動經旬

又呈二絶句以罄餘懷

養得青霞氣昂藏自謂奇一爲塵細物顏髮苦俗垂

清塵阻絶五經春世事如雲逐日新霎檜子今憔悴甚應緣思見舊吟人 丈人在院時共賦老檜歎故下句及之

果州即事

長把帶犢燒畬去黃帽搖船獨鯉迴江雨江風冷颯颯南兒寒食未花開

途中寒食

驅馬南州悵獨行西原上墓憶諸兄蘼蕪不是無情物客路先從愁處生

肆覲坪口占

麥田高下繞宮堧野店清明欲斷烟堤柳無人攀折得風梳霧濯自年年

遲遲峴

峴首高臺春草霏　先王於此駐鸞旗雲山南望情何極野水東流去不歸孺慕曾無千乘樂神籌今作萬年期凝旒幾度需龍衮　寢廟留瞻月出衣

朝起

微雨涔涔晚不知隔窓禽語起眠遲夜來春色誰偷得輕綠先歸老柳枝

其二

朱蹄綠萸色色栽都被前宵一雨催最愛辛夷相稱意青苔地上數枝開

松石園共賦

來遲非滯雨住處爲閑行澗水無人道巖春散鳥聲門深雲擁石峯廻對浮城憐爾清羸疾看花亦忘情

喜洪來瑞遠過書示情事

晏興忘盥櫛不意見經過好客無騶騎貧家有杏花茅茨便座少樊圃互時多待到開缸面重來醉若何

西臺賞春

陌上醉看芳對春春光無賴白頭新莫須催起花開卧明日遊遨屬別人

重過松石園與張元一林子道金宗浩盧患卿呼韻

春山柔膩欲成陰翠壁雲門一倍深溪遠禽聲迷草色路高人影出花林醉題青竹何年事坐對寒松此日心白首豈爲沂上興憐君衰病故相尋

其二

問徑非無客尋花不盡溪庖厨過林遠籬落帶巖低吏隱慙方朔山居憶子西雲霞松路永還恐去時迷

躋雲臺晚眺

西登躋雲峯北望華山道縱覽君飲醇久之方覺好緋桃遠可見黃鸝鳴何早羣綠覆萬井兩川明如縞落日下大堤餘光暮芳草漸於視聽靜幸無提携惱去留情不怯獨來足幽討

燈夕過蒼谷

高林斜月露餘輝上路行歌聞漸稀隔封殘燈餘數點誰家尚待醉人歸

和劉丈人燈夕觀燈聽鍾

烟郭戎戎欲放燈虹橋來倚若仙登華鯨初吼千家月寶餤遙傳七祖僧醉面相逢金勒馬清襟獨照玉壺冰誰憐西院松筠夕負手吟哦一老丞

李提學相公將赴燕閣學士餞飲且營有詩敬次其韻仍呈行軒

漢官今半從賓幪當鶴俸煤山天欲荒清河誰復頌真人不再起償泉久已壅餘民轉灘壑艱食掘遂蒔事萬痛則那飲氷苦所共尚書早登龍射策如蔟縣立幟驗壇聳從壁觀者恐可但鳥獸識直爲絲綿用聖蔺屬專對物議無譁訟毛詩賦使才麟經尊王統義嚴斧鉞飾詞斷雲錦綜清秋啓行征羣彥出餞供彭彭動驂騑蕭蕭吹巾幰贈勉心不平請纓事堪誦有時詩暇曹無處禮徵宋過殷悲離黍適越疑縮縫望絕朝宗海顧慙會同灘古月風轉狂醉天氣常霁

八旗驢非驢百年種易種凄凉風不至蹢躅豕乙縱
烹魚頷漑鬵猷冠忍莫䪌彗伊塵化緇凌𣁋冰脫褪
見鶩玉貌鲁着比織皮雍徽帨魚曠懷臨風訴鄭重

其二

征車秋偈偈首路入燕雲弔古金臺客觀周石鼔文
尾箕天四蓋遼薊野中分扶轍非無志其如老白紛

同諸僚遊清幽菴

積翠中天近孤巓一杖容浮雲千萬里落日有無峯
寺廢迷灰刼壇高訝牒封延翁歌詠地惟記舊攀松

同池文武千君善林子道盧惠卿王步庚携兒

輩遊洗劒亭呼韻

老興今朝熱孤亭暑氣微萬株雲木内盡日石泉飛
澆水臨溪飯乘凉卧石衣何如童子戲風詠舞雩歸

續遊棲碧亭

嘗聞青囊訣朝醺傷年壽人生惡早世亦未能視久
歡叫孌時娛良勝老塵垢所以涉幽園一醉窮卯酉
巍峩詩方就莫訴尊無酒

其二

吳翁所種楓過於吳翁壽蕭寒翳秋陰宴坐紓情久
錦石耿朝光幽竹無塵垢屋西通山徑思欲搜二酉
傍池餌秋花姑且傳杯酒

和諸僚田家秋事

邵氓等遊鹿愛食心弗貳不有耒鋤若胡穫登穰秋
嚴霜昨夜下籌車日委積機杼任中婦索綯于汝季
老夫那無爲出門應租吏刈秫聿及時社釀猶可備
殺鷄亦有限來春當伏穽鳴缶御田祖餘殘諸父醉
蹲蹲舞相顧此意良無僞芸芸各馮生農知農家事

又和新凉

一氣從秋至蕭然萬木凉碧雲遺暑濕空宇靚晴光
院落經新雨郊墟近夕陽晩蟬流響急高竹帶陰蒼
軟葛生衣凈斑桃細簟香爽應蘇病肺清欲滌煩腸
尊膾秋懷遠樵漁歲計長短檠明照壁心戀讀書牀

又和聽琴

松宇含夕澄華月盈前砌敞軒留上客靜聽奏綠綺
一彈百蟲絶再彈庭鶴止三彈未終曲流響散空裏
秋岑夜逆遠瑩雲靜不起但聞幽篠間瑟汩風湍駛
問客何能尒志在山與水此曲尚前修非爲悅俗耳
沈吟得其人桒余非鍾子沖情欲依歸愼勿變清徵

又和春草

雪泥漸地濕鉤乙晴生春賁若均施德藹如隨感仁
寸心含日遍一色偃風新池靜頻牽夢庭深却任眞

披簑行弄笛援崙坐當茵野逕呦呦鹿江潭脉脉今
天涯青極目湖外碧傷神白馬邵陵暮難禁舊興回

又和簾紋

漾為輕白麼為青影透斜陽落一庭自是迷離看不
定莫言春睡未全醒

又和鸞池

豎邪茗鸞碧重重半畝虛明靚水容宜向漣漪看洗
馬會逢雲雨候飛龍天寒翠羽來窺鏡夜靜潛鱗出
聽鍾故倘清溝開小閘涓涓應得海朝宗

又和冷韻

屋漏床床擁布衾白頭臥歎秋宵永玉階羅韈思淒
淒銀燭畫屏光熠熠御史臺中趁早衙姮娥殿裡栖
孤影世間炙手幾多人獨有朝陽妵稱冷

又和亦各言其志

家世為良吏清醇長子孫時蓄供豆享月俸足甕飧
未老成婚嫁將休守墓原苓華非耐久感激少游言

院中盆荷聯句

比隣六君子馨德齊如鵷文初 端合植仙府不教移巷
閭朴德武 釦盆縈紫蘚環砌落圓蟢金士貞 異種宜從華
高標愛自瀛鄭衍夫 闞蒴初脉脉出水却巖巖盧惠卿 揀

七挿金鉢翠翹欹彩奩劉士安 曉星分落落晴旭出漸
漸朴子通 綽約窺書幌嫭婷近畫簷鄭衍夫 洛神留寶襪謝
妃剪輕纖文初 弁轉頭頭魚簪柚箇箇娥朴士執 鬆黃儀
散綬卷碧戟橫鐮文初 離立鸞幢簇孤搴鵠嘴尖德武 詩
筐箋半擘硯泓筆斜拈士貞 翠蓋傾殘照明珠碎細霰
池文武 飲霞瓊盞側濯霧月鉤纖士貞 交首香腮暈褰裙
素手摻士安 流香猊麝孕斑點受程砭子道 酡頰潮初上
氷肌而未沾德武 羽翻風裊裊銅掌露厭厭士貞 影簫魚
桐戲粧成鳥欲覘士執 雲消留壁女錦褪夢江淹盧惠卿 國
色風流最天然物議僉士安 輕盈潘氏傑紅緑鄰家鐵
惠卿 塵垢何曾汙淤泥詎敎黏衍夫 心虛同竹節鬈曲愧
松髯金宗浩 肯與蔓枝伍終看華實兼德武 牽絲登織杼
麪葉代鉛槧崔而健 象鼻宜供飲龜巢擬問占文武 吹涼
搖扇箑障日聚喝唅盧惠卿 尺土根堪托驕陽意自恬劉謙
之 欄圍同井甃莎長視汀蘋子道 數應文昌位光黜武
庫鈷士執 絳知歸院燭青見揭郁帘文初 金態臨寒鏡弄
嬌隅晚簾謙之 霞光濃似醉霜氣薄還嬾而健 灑落容姿
潔禎祥爵秩添士執 官梅應笑遜籬菊豈專潛子道 特地
呈奇妙羣芳見退讓謙之 凝情空好立巧笑動觀瞻宗浩
素質淨無染清儀頎欲廣文武 錯鶯西子豔著較六郎

愉浩宗有意憐頗並無言惜口鉗文獻開何須羯鼓裒宣
此無鹽西施皎若爭芳艷望之覺正嚴女壯採來裳可製
釀得酒偏甜西施粉漬延朝爽衣輕辟午炎夫衍夏錢銅
綴碧秋菂露收黔浩宗每學玉壖步綠花前後諳之譏

富林道中次沈直閣韻以呈

四年九渡漢江濱應被篙師為我嚬斜避黃塵方麯扇回遮烘日折風巾此行天地窮無日未死螻蟻敢有身湖海如今難浪跡扁舟空羨濯纓人

乙兒受學於君善余携酒暢叙兼寓東脩之禮

董生昔隱遯門對清淮水子今城闕居乃在俊秀里寄迹雖殊塗樂志同歸耳蒼石十餘春有松亦相似石貞而松介左右如瞽史府辟累不起見我方倒屣

其二

阿乙八九齡迅寀如湍水分時異清混相去繆千里愧余老冬烘不足與提耳真同厲夜生反恐或相似托子期遠步非徒勤書史子如不殘言有如窓前屣

北漢西門道中

首路三川北迢迢見角山屢經清澗曲猶在綠蘿間鵓鴿春殼苦茅茨畫影閑浮生鞋襪雨十載此重還

直夜雨中得夕字

官齋雨成滯悄然孤燈夕鍾鼓遠相聞沈沈掩雨扉寒淋滴梧井晴風吹槐柏蕭幕寂深更丹丹幽愁積獨自耿不寐昨送秋溪客

其二

南風吹時雨翼翼竟晨夕到郡上農牒原野均膏澤刈麥未云漂芸苗方始役愧我食於人安知勤阡陌三年居尸素但言歲豐樂

和子道韻

繞舍嚶嚶春鳥鳴晨興簾幕入新晴獨憐老竹饒生態亘耐殘花別綰情玉澗故人書斷絕松軒昨夜夢分明何當秉燭林間宿共醉還能共解醒

和諸僚禊而春遊韻

聞說府中彥言尋禊下春護花行舍馬拂石坐迎人陪杖龍門貴當筵玉對新自非修禊事聊與道相親

松石山房小集

妻兒三畝宅木石一窮儒白日衣冠廢青霞氣色敷姓名常諱客文字獨容吾自有幽居癖誰云與世殊

松石園

晴巖林光改鮮如見未曾淵回人屢渡臺迥鶴初登

細竹源依石高松遠掛藤山朝應更好携酒倘還能

其二

山閣静於寺窓間詩一篇藤陰生白晝石壁出青天
犬大傳書日松高撫頂年北部簪纓地清貧覺汝賢

其三

林深米累爽窓揭遠山横䑓掛巖藤食蛙吹水葉鳴
茅茨成小築松石識平生索隱非吾道終年在漢城

其四

小圃柴門内主人生計踈雨中稀問訊山色獨興居
賣書何須廚茹蔬不重魚飲泉非果腹但自益清虛

漉酒巾

達性貴天真漫冠亦有人以茲方漉酒猶可賀吾巾
細葛纚纚淨踈經井井句挹来缸面熟聽得雨聲新
襞積多堪惡團圓小欲嗔倒持膨豕腹徑蓄縮龜身
蛆胥疑星弁津沾化白綸篘孀頻老婦榨妨乞諸鄰
誰道醉濡首直須香入唇釃餘還突爾無意辨疵醇

松石園夜集

萬木秋陰静空山夕氣清孤齋雲外宿幽澗月中聲
冠帶妨高卧盃尊悟達生藤蘿看漸曙惆悵去時情

直中次林子通韻

舊時東嶺雨溪路擁蓑衣只記某邱壑不知今是非
洞遠雲迎入林昏鶴送歸勝時那可再徒自説清機

和驟雨

萬木俱鳴葉長雷忽繞庭河飜捎地白雲急漏空青
野外方奔勢林間已斷聽霽来何所似天醉一朝醒

又和觀漲

雨歇南風五兩輕層皐晴望快懐生魚龍偃卧中洲
沒鷗鷺齊飛落照明百谷輸来終一色高江呑盡却
無聲渺然還有乗槎興極目天邊覔貼平

恠石

岱宗非一卷磊砢獨超羣嵌空含霜雪尋常吐霧雲
縫疑媧線合根是鬼鞭分著與花綱等名從禹貢聞

中秋望月

生當中元月蓋云百回秋幼時不解愛老去易含愁
今吾軀尚健頗喜清夜遊時天夕氣霽仔月東池頭
氷輪上宛轉清光浩難收水木洗涼露散作銀汞流
幽徹無定景照之皆瀲湫詠月意不盡舞月行且休
試擧掌中盃向月聊相酬明年未遠老佳期與月謀

燈花

芳心愛看半開時喜事憑將數點知凍雪封松光獨

照暗風吹雨落還遲蒸成丹菌元無葉濯出紅蕖自
一枝夜夜金英容易發笑他桃李隔年期

寔琴乞者

一曲靈山直一錢施施來往市門前平生不識岐王
宅行乞長安六十年

其二

兒時見者老猶然黄面青瞳不記年曾過高門三易
主此翁依舊一鶉懸

陪閔學士 健陵奉審行過銅津口占

極目蕭蔎浦思長江門石出水搖光哀笳忽似清猿
叫未到三聲欲斷腸

逍覲峴

沛里遺民髮欲絲喬山雲栢已髙枝至今鳴咽皇橋
水猶勝人心漸忘悲

次朴像大寺塔韻

削玉雕龍世所稀中天白日放光輝𨪷疑下底有鼇
戴但見上頭無鳥飛石帆東來真誕妄雪山西望正
依微未妨昭代看雲物莫遣千年待令威

遊湖南發向露梁 癸亥

晩渡爭如市寒江自不平斜陽臨浦盡疎雨過津晴
對老忠臣廟碑荒節士塋客吟同落葉十月更秋聲

枕上口占

霜笳當枕發山縣曉開門殘眠還不著卧與僕夫言

馬上口占

野鶴立清晨微茫烟水際不隨老鶩飛時向寒空唳

其二

村高空裡見橋敗半邊行古堠無完字長亭不識名

素沙

連峯如劒入遙空馬首東來逐斷蓬野外黄雲埋殺
氣沙頭白日送悲風百年黎庶歸南畝三輔關防重
左馮山水漠然無戰伐恠禽驚戢自西東

滌愁樓

官酒柔情欲解憂斐時登眺驛南樓無端隴麥如春
草日暮青青喚客愁

天安途中

曠野荒無店荊榛晚色寒滿山風雨暗驅馬入天安

水碓

盈歎無失次俯仰不知休似與前山語時時見點頭

雙封山城

江上孤城壓古津門開江動碧鱗鱗汀沙烟白遙知
月浦柳霜黃却似春樓檣尋常巢水鶴舟船來往稅
行人晉陽亦是爲歸處　聖祖當年此地巡

礪山途中

馬如乳狗僕夫蚩征道閒心只自知魯縣度來唯有
酒公山過後欲無詩尋常驛路黃茅澤一半人家白
竹籬不妨霜陰連夜結悶看明月益悽其

全州

東南都會最繁華民物喧塡競富奢沛里父兄依舊
老春陵氣色至今佳門頭白楊刀圭肆巷口朱樓蒨
解家共道風光春更好雨川烟柳鶴臺花

南中

山川南國異風土北人疑野店因橋彌官程界嶺期
叢祠依阜莢草市賣烏榠郵飯稀滋味董鬚獨解頤

其二

同雲還送雨宿霧不成霜背屋貧營碧樓田穲稏黃
路人參石佛村婦祝花郎時問山川彌方言自未詳

牟陽縣

山縣如蝸殼城在閭井背僻守鮮人烟散置松壢內
幕挍寒齋宿松燈清可愛留與吏人語疎澹無容態
口誦夏商書衣不牛犢佩決辰因鞍馬方茲失心痗
夜久獨耽枕打窗葉聲碎

茂長

王母庚爲姓華貫卽此方藹然顧穎意獨自心內長
未知阿那處乃是厥初鄕不敢向地唾況見梓與桑

途中卽事

竹之生湖南無異路傍蘇大者充籬栅小者歸竈門
斬伐若所惡反見枝條繁洛中重此君百金求一根
貧家無資購顏置寄所尊思欲虛車左載歸子與孫
物性固難齊莫爲人所援安知泥中蟠不要中笥恩

茂長郡齋

海日無風雨浥塵山園十月菜花新窗前鳥語蘼蕪
綠却似清明冷澹春

靈光郡

路繞荒山遠悠悠向古城怙禽當馬起惡竹上隄生
郡吏衣冠短村人井臼清離腸渾斷盡寒郭又笳聲

永豐途中

短景天涯遠他鄕海曲深行人看古堠瘦馬畏荒林
峽雨無蹤濕湖雲少薄陰江南稀驛使梅蕊若爲心

綿城

海氣蒸成霧林光午未晞庭紅冬栢豔柔綠晩菘肥
峒客行摇笠村丁出裸衣縣城傳舊跡不信有寒威

務安途中

客路悠悠入瘴鄉綿州南下海壖長兩湖千里無佳
水十月中旬始薄霜野樹連天晴渺渺蠻烟抱島畫
蒼蒼長安北望何由見不是浮雲蔽日光

山逕

崩沙枯柝屢迷蹊林僻兼無一鳥啼山下孤村知近
遠黃泥數處落牛蹄

青松驛

竹屋新泥卧箄便松廚進飯喚甘眠主人莫謝無兼
味已恨官羊費菜田

小葛嶺

坦途如達官山逕若禪師雖之富貴相但覺眉目奇
犖确數里石依違寒澗湄東峯忽岧嶢突怒崖脚垂
陰岡為排擠西走頗委蛇雲嵐互歆歔良久升朝曦
天風散榭梱緖緣紛相吹踈菊處幽深獨保高秋姿
下馬循紆曲故為經歷遲會心豈在久邂逅欣斐時
千里苦吟望於茲留佳詩

南川橋

水轉龍腰出人昇鶴背回未聞鞭石苦徒見濟川才
落日蒼茫盡長溪豁達來自非題柱客秉興斐徘徊

客懷

浮生緣是如過客客裡不堪為客悲孤館聽鷄燈暗
後亂山驅馬雪晴時雲間只見長安日嶺上還吟蜀
道詩金橐歸來須散盡此身贏得滿頭絲

李同知 思龍 挽

吏部侍家遠江鄉閱族清經過常飽德鄙吝自消萌
祖馬今晨别登龍異日榮百年耆舊盡泪沒愧餘生

同金致文千君善張元一共集金美卿園亭

詩成勝似得高官江海何須較陸潘千里蓴鱸秋夢
遠一園松菊宦情闌民曹舊興雙尊滿老尉悲歌尺
絅寒不有交懽今夜罄蕭辰落木作懷難

夜赴李丙晦社席次陸龜蒙韻

賤屐研光管緣泚青燈坐繞舊書林芭蕉喻性觀空
寂蟋蟀牽愁語殘深不有積霖傾小札何緣衰病動
長吟無教甫里詩傳者添得江湖一段心

林子道 慈聞 睟筵

方士虛誇九轉丹癡人顧服一圭殘豈如仁壽齋龜

好古詩中

次松石園咏雪韻

山光幽墨慘窮冬故向嵯峨一夜封屋小茅乾來䫻
皆薰趺燈暗入從容孤村問酒先開逕近市歸樵獨
有蹤莫道荒居易蕭澀簷峯皆作玉芙蓉

參差折竹覆溪矼門巷深深斷過從蕭寺月高人倚
柱茅齋爐小客圍窓細穿籬落欺梅點亂入庭皐失
鶴蹤最愛樊川多意緒較看篷底睡秋江

赤忍雄狐黑忍烏壓巢封穴在須臾同胞萬物寰中
偏強項高松嶺上孤大勢驅來魔不去嚴威霽却寂
如無試看今日長安道幾箇冰心照玉壺

西崖埋却舊扳梯欲訪新梅逕轉迷谷底凍泉終日
響洞門雲栢一時低兩三巖背花枝出多少林閒鹿
跡齊乘興擬將孤棹去無人今住剡中溪

緇塵無復累形骸玉燭昇平氣不乖分外坵陵相與
埒向來喹吟一般埋同雲狼藉時寒君大地輝光物
靚皆綠林掃蕩貪泉涸道上遺珠孰肯懷

麪市鹽車擔失真較他清素等埃塵薰炎不避朱門
貴冷淡偏肴白屋親殘夜樓臺生海日舊年門巷入
江春雖挺經過青城裡到處逢迎鶴髮人

鶴又有寧馨列柱蘭錦席璠章聊永日綠醅香麪好
禁寒共醋寶菱臨螢室却笑黃冠拜石壇

沙斤坪

沙斤南路永駐馬故宮隈攀柳傷心翠看碑滿面苔
野荒秋景薄山遠暮雲催白首餘司户曾陪　玉輦
來

直夜次諸寮韻

月隱長廊靜蕭蕭風動枝層城聽漏遠寒院上燈遲
宣意在公夜歡言無事時觀書只自適不與燃藜期

其二

別院生寒早趺槐落凍枝爐深浮篆細燈靜褪花遲
高枕猶織月殘眠定幾時卧聞孤鶴唳還似雪堂期

除夜得眠字

兒曹剌剌語燈前老我齁齁卧酒邊善惡已應天倚
燭三彭無事伺人眠

其二

傳神那得借龍眠寫出吾人面靦然遺與兒孫為鑑
戒慎無干祿到華顛

㮛花戹戹蝶紛紛欲得傳神未七分始下庭階踈可數積來檐背畫無闌巾衫飄瞥經吳客戈甲糢糊入蔡軍一種寒山堪畫處萬株松上濕和雲
樵客谿洸宿未還柴扉村冷晝仍關城中賣炭應呵手江上垂竿獨解顏飛洒風吹千尺瀑虛明月吐四更山何當快意龍門賞簷隙蕭踈豹一斑
塩豉銀鱸十月交臨皋底事恨無肴浦邊珠墮幽鮫淚穴裡毛餘白鳳巢潤麥占豊參巧曆履霜存戒驗初爻強吟欲和郢中曲却恐瘦寒似島郊
玉妃星駕穀朝差縞帶霓裳整復斜抵罷崑崙飛去鵲踏殘蒼蔔落來花瓊林夜宿山陰道寶封時尋謝氏家還似楚天雲雨散度阡適陌靜無譁

次樹亭柳檢書首夏韻

軒窓足幽事林竹亦從遮靜護蜂留管閑嗔鶴啄花慈殘知杖爇蒲棄有鞭撾除却簷鈴動應無外物譁

人定鐘次劉長僚臣鎮韻

禹歬淪泗穀神功竟難諭岐陽非耀德之罘安可數存廢跡雖異豈是誇騁鶩邇來數千載王氣遂不布麗代既云季妖氛迷國步 聖祖秉大運中天掃黃霧日月復昭煥鱗翼爭攀附聿來漢之陽大邑實西顧食龜澗瀍分定鼎郟鄏固不關提三尺何曾赫一怒雍容秉文德風雲動干羽竆髮及出日皮貝來貢賦銷兵事春農介駟驂五輅仁風扇大治萬品咸陶鑄鴻業蕩無外金簡書難具此鍾際時成銘誦萬一補借問銘者誰權公所布漢有文同其聲渢泱感婦孺有字同其質剛勁不朽蠹那無史皇篆詰屈恐訛謬斑斑載程楷横目皆會悟嚳不一羊易鑄非九牧聚器大難為文天成及樸素精而無苦濫脫然去豢鏤秬黍起奠量伶倫失所措隔八合大成希音準韺韹下堂虞雖古置庭秦可惡喧喧國都市齊民若水趣有蕩雲從嚮物與地相遇傑閣康莊闢四無塗堅傳前帶明堂水傍達如砥路周遭列棨戟嚴森竆武庫鐵鉤壯追蠡柱礫儼簴跗下挂垂萬勻架撑牢抵牾囷蠢龍首卷雲物常吞吐物用貴軏度焉可作繫瓠警民限作息耕鑿亦循務豈如徇道鐸鏗鏗鳴不駐滿卅即除二上應經星度清越吼秋霜函胡徵夜雨紫閣烽已落銅龍漏初注一撞聲始振市門驚奔赴正如壯士怒叱咤千人怖再撞聲正激澎鞫鯤海颶鳥鵲失故棲啞啞繞深樹三撞益嘈囋百谷聲如錮森竦愁嶽瀆蒼黃落松茺撞罷聲未絕餘響杳回

亙萬井羣動息迢遞層城暮但聞秋郊外啾啾嘷鬼
嫗禁暴絕誰可何待金吾捕詩無露厭浥謠聽民安
作誰敢語輕重各自懷戒懼縱無象物怪不與不若
迕昏曉聽無譁達四同謳諭念昔龍蛇歲慨我漆沮
渡楚子問九鼎魏冠摧承露鐘乎爾獨存狡虜還瞿
瞿亨衢非慢藏百靈費呵護螳臂詎能撼狗䑋空相
汙靈籙喜再昌神物無改故 今王真聖武救功承
先裕天球均國寶晨夕寄 宸慕巍巍 祖宗業餘
烈致刑錯泰山缺二字顏黃河缺二字涸庶見此鐘礴千
萬延 國祚

東溪崔丈 允昌 挽

菊山宅裡初見時公曰居吾語汝詩詩可以羣不可
僻歸求斯言有餘師蛇神牛鬼當時體帛文粟味無
人知滔滔狂瀾駕大地隻手回障東注之嚴翁已死
千生少百年斯文其在斯況復令子省像舊過庭詩
禮相師資汝南先賢許家在河北赫世博陵推每歲
月正元日朝柏酒升堂介壽眉壽眉如雪顏如玉梅
花小室春意遲遣兒辟書愛蓮說旋馬庭鑿觀魚池
仁者有壽壽無疆燭火不改神仙姿三彭應無庚申
訴二竪底事至夜窺錦囊佳句三萬日此日絕筆白
髮詞白髮白髮如爾何公樂天命逝不疑大師適來
採風謠發潛揚仄公所尸生者無愧死者缺吾亦於
公將有辭松崖竹軒舊時好人間詞賦地下期其邱
依依其水流故里何處非我思雲臺恨入芳草綠翠
園淚濺春花枝欲誄不文欲歌長大聲慟哭送素輀
獨有馨德埋不得留在吾黨之口碑

崔子重挽

有酒如猛士無酒如惡人無詩心若灰有詩氣若神
使君無詩酒生不如歸真社徒頹星散廢吟將十春
時令重禁釀病喝餘九旬屈首洛陽邸悒悒困涸鱗
涅鞜好顏色近漸白勝銀我吾為寬譬齟齬雖重陳
四顧無長籌上訴誰極因忽棄妻子去去作玉京身
脫下紅塵騎快騎白麒麟手把紫烟書來叩閶闔晨
笋班會見招備文當及辰酒星羅下列文曲結芳鄰
下視塵寰處壤蟲空紛綸悵余不早計歲月空因循
和章復競病千篇來往頻大釀無清濁百榼注如泉
以益阿其好庶幾不我捐空言竟何補佇立以沾巾
顧惟清都賓不為人所馴一入白雲鄉相思不可親
維揚蓋有塚年年春草新

松石園重修聯句

處此山中靜雲松寄短椽于君善迤迤薇苑側秩秩玉溪偏王步明小隱猶知足淸脩孰比肩張元一文章悠訪討經義極覃研林子道攤飯支肱曲澆書坦腹便文初挹苓蘭社契稱達竹林賢王步庚雙欲鷗盟踐終爲鶴怨牽君善陶園嗟廢棄揚宅惜頹顚步明巖猶塵添浣階葩雨打姸元一房櫳宿羽集棖闑蟲絲連子道草帶誰言采麻皴會不褰文初商量同志歎工費幾繙穿步庚款礎開還整空籬補更堅君善故新隨向背仍貫得經攡步明壁牖宜移鑿楣額合改鐫元一螺鬟微碧獻烏几熙埃蠲子道止彼邱隅鳥鏑予鼎裡鐘文初率身行日可游藝在時爲步庚素履進高蹈丹田理宿慾君善渙餘因萃作記後以時箋步明坐靜生虛白言微入太玄元一篆奇蛇詰屈畫活錦煩擱子道款識盦磁古分排藥果圓文初烔蘿從脫略簪笏謝包纏步庚漱石骨筋勁食泉榮衛痊君善敢希桓綏釋應悔蓋帷褰步明洗幘池光瑩倚筇峯翠鮮元一林禽羅砌隙崖蜜匝畦邊子道地訪构成犬堂非鸛墜鶴文初夢熊祈寢晏彝燕賀樓聯步庚蝸室初心復鴝原暮景全君善計栽八百床帙貯三千步明課業東隣共舒懷一壑專元一替伻雙鯉躍留客兩旗煎子道破寂圍殘局淩危繕舊篴文初自來携管橘疇與割江甑步庚營產昧良術學仙希祕詮君善紛華忘想念逸閒任盤旋步明傲若逃名士癡疑學定禪元一固窮曾不悶訟過巫須悛子道日邁將肥遯天遊遂解懸文初古耕亡犢佩神悟失羊鞭步庚花逕鋪紋繡苔庭錯寶鈿君善飛湍澄境界蒲團挾區壓步明妻續香爐燼兒疏橘井塡元一露消傾硯沼萍泛導觥船子道窺戶表飢臥搵衣孟舍遷文初葉題煩贈答鼇酌屢招延步庚輿卓常推腕談橫輒墮涎君善浮漚思草草幻海夢綿綿步明撫跡循塗轍觀爻會意筌元一蠻爭憐鬪角龜壽羨巢蓮子道棲息饒檜木猜嫌遠桃乾文初貓薰休苦辨鑿枘詎輕捐步庚霜雪輸雙鬢風流屬大拳君善簞瓢貧獨護裘葛氣俱宣步明鹿鬧躬閑檢鷄援手慣編元一雖黃證耳熱忙迫斷眉燃子道勞馬懸朱博無錢乞鄭虔文初爰居式相好寵辱等鞏鸇步庚

遊東嶺瀑

橋頭初曙色郭外正秋山草封軍城冷莓苔野寺閑入雲呼僕至尋瀑倩僧還欲證重來約留題古壁間

其二

歷觀皆異狀合計是佳山定爲登攀遠仍無應接閒沈吟巖桂落徙倚嶺雲還安得同僧住鬚眉白此間

南充郡齋

秋雨空齋冷蒼山曙不開攬衣窺室白呼燭撥爐灰
落葉愁何盡邊鴻苦遠來廣陵多少水候吏未應回

途中雜詠

野客爲折腰行行避車馬偶逢達官來背立秋封下

安養村

老有含飴樂兒無負米貧每過安養里風封淚沾巾

華城

真殿雨連奉壽樓飛甍羅絡壓鼇頭新豊自是宸遊地夜夜東南御氣浮

其二

繚繞雲開百雉城滿山樓閣不分名黃昏傳鑰千門閉高處銀燈數點明

同子道和柳對軒寄示韻

中院近清切垣廡通長樂蔥蘢瓊對枝東庇尾官閣
閣底有二妙抱書思冲漠蕭然几牘閒終日秋葉落
何如待詔者榮華稱東郭

其二

君子貴素行蓬累聊且樂不才刻龍鍾聯武添鳳閣
有如附驥蠅戢翼越空漠薄有詩書好用之爲郭落
幸茲安蹇步東歸無負郭

冬夜社飲于東崖金丈晦章氏宅分岸容待臘將舒柳山意銜寒欲放梅各賦一篇得臘字

責可肘繫印富可薪代蠟誰如談天屠龍手十有四
人同時合七步八叉紛成章競病當之若朽拉久拚
身世老蓮社着將名字題雁塔玉溪桃李東崖月硾
紙尾硯濁醪盒三百六句無不宜何必烹羊炰羔逞
伏臘

次朴僚士執影燈韻

明因膏火勢因風飛走浮潛莫有同遞遞不離旋磨
下生生都在轉輪中傀儡師雖死猶餘戲流馬無傳獨
得工縱道圓通森萬象端由回斡法高穹

直夜用朴檢書韻回呈 名宗善號六雲

嚴城傳鑰遠重閣上燈遲渺渺鴉棲後沈沈雪下時
煎茶聯石鼎談栗註烏絲不怕西曹地無尊獨有詩

其二

却悔彈冠爲還慵學稼遲定知金省夜回夢鐵原時
野碓秔鱗雪山笸菜疊絲從君爲排悶非是愛吟詩

千君善初度日邀諸益設酌次丁茂倫韻共賦

玉溪夢斷舊柴關此日逢迎一解顔詞客盡從青麓社仙家新住赤城山妻兒靜對琴書內井臼凉生竹樹間未信壺中忘甲子生朝留作酒杯閒

和樂翁

樵漁準擬老江皐偶入京華作酒豪數出庭戶留犬在暝歸門巷辨槐高經書自信便便腹心事沈吟種種毛自是虛舟無繫着不分輕浪與狂濤

其二

村醪雖薄勝官茶日日微酡到日斜地僻軼輪遺跡少山長雲鳥入觀遐舊病囊有三年艾秋計田無五色瓜頭白會須拂衣去西江楓荻一漁家

其三

淡交相好莫相阿百遍源源若始過爲泰不孅三非薄借書還覺一瓻多燈花夜雨聯床話杏封春陰負杖歌習靜何須觀鼻白近來胷海自無波

其四

近郊耕釣足爲情衰晚難期五嶽行老鶴刷翎猶遠意稚篁分葉已秋聲黃精服食宜中歲白首栖遲愧後生自是疎狂招物議莫耽佳句要人驚

用冰湖夜集韻

却喜清遲遠巷過強將衰頰整時酡憐君不失青雲志率爾頻成白石歌松宇聽琴霜氣淨菊籬移席月明多尊前起舞婆娑影縱道風流奈老何

直夜與林子道劉讓之次滄浪韻

悔不青春惜寸陰羞將白髮到如今寄官誰道金門隱憂 國空憐漆室深應與錢神無素契獨存詩骨愛清吟共君十載緇塵裡一片氷壺未泯心

次玉洞韻

幽逕不知遠白嵋西復西山風無靜對洞雨足寒溪漲坐從苔濕清談到日低何如叢碧社乘月一樽携

再遊湖南贈林子道司戶 丁卯冬

來時完子病醫藥近如何疎闊收應盡輕痂落漸多須宜清眼熱莫遽理頭痤亟祝覊邦禁送神君爲歌

口占

沙嘴初生侵敗蘆潭光不動下雙鳧漁梁清曉僧孤往記得檀園野水圖

金溝即事

痛僮衝雨雪一步一蹣跚爲念泥中苦還忘馬上寒

高敞郡齋

紙閣文茵煖不風官廚夕進蓋殘饞八梢䰕筋凝霜
白七絶登盤吐火紅米價恐逢王述怒鎰基囙之趙
過功擊斗焚券非難事志氣無由似老溫

松沙途中

雲烟南紀暖風土北人妨野迳羊蹄綠山祠鴉脚黃
無襦堪卒歲不襪任凌霜問俗饒魚稻憑生樂瘴鄉

馬上口占

海山青不斷連雁去飛飛遠浦寒潮落孤帆宿未歸

法聖鎮

重鎮千夫長兼輸九郡漕龍驤侵岸繫鷁尾出門高
湖色天開鏡人烟地壓鼇海安無警備蕭鼓弄漁舠

暮投加里驛

古驛蒼山曲黃昏遠客投亂嘷羣犬定始入竹林幽
席滑閑篁篾燈香點柏油夜供雖草具清淡勝官羞

綿城客館對菊

來時籬菊見殘英風雪如今定萎莖此日綿城忽相
對異鄉顏色若爲情垂垂蒼珮露含冷箇箇金鈿笞
籍明更欲泛杯慰揺落豔香䰕恐喚愁生

道過舊經溪村

小橋無板柳添圍記得溪頭問酒扉遠客今情頻駐
馬沙禽依舊背人飛

井邑縣齋留話濟州士人李爀

細問耽羅勝瀛州實此鄉一山䨱絳漢殘夜見扶桑
巔高白潭靜峭奇明浦長串頭雖可畫鼇骨未曾霜
乙那何爲者丁寧自立王娶應逢蛇女俗且比羲皇
丹洞宜桃藥瓊沙不種粱魚無潛射影島有遠隨陽
叱撥三千紫扶揺九萬蒼於菟天自絶刀布市相忘
城郭麐麌跡閭閻橘柚香如輪星照屋非蔺草生房
地是神仙窟人今翰墨塲齋糇綏節使乘傳許觀光
冠冕同侯服軿車異越裳 聖恩曾子弟壽考半夫
良近爲流工地䰕成樂魅方琉球究血碧莫外旅魂
傷椎髻雖忻陸桃源竟恨黃欲從愁浩渺誰道說荒
唐

曉發

寒郭晨光遠登途顏僕頻風笳閒漸小霧封逾如新
野水星隨馬沙橋火度人擁裘霜氣重無賴魯山春

車嶺途中

平明入山口十里始清暾亂夾饒通水枯松盡倒根
霜烏時不呌泥串夜過痕屑𡺰燒畬在來耕何處村

次樂翁韻

門逕荒寒似近郊短墻柴封小簷茅苫因攜橫多穿
綳竹爲禽棲畫亞梢縱遠弔朝均肇敎却除風雨異
櫓巢鵲書觥酒頻來往懶惰何心着絶交

樂翁庄小集余自公追至

春遊連日恨空閑退食來時晝已分尸闥先留幾兩
屐爐存猶歡若千薰醉扶上馬逢山簡吟罷驚人見
陸雲待月煩君了清賞疎梅影落碧苔紋

遊關北人日送別 戊辰春

人日思見人還自別家人在室不省異將送顏色新
立門雖惻惻猶得望行塵悠悠征途上何曾半面親

雙門途中

雙門見道峯塢塞當馬頂回出大道望却立層宇廻
時春未柔和山氣猶剄耿雖無媚華滋疎然如可敬
坎雪與溜氷參錯限陰嶺餘勢走踴躍入野方始定

過石缺村

洛下名園日闘芳太湖頑璞百金償可憐石缺村前
路無數瓊瑰落野塘

立春日次君協韻

北來無驛使年後憶梅兄今日花開未春應到洛城

戲題

稚兒帖子揭門頭奔豕驚鴉宛在眸莫道手中霜兔
老都緣心下紙鸞留

鐵嶺

驛路銀溪北雲嶂望依違信馬就炭口幽側雞䟽䟽
舊棧架窮壑疎潤如破扉下有長溪水奔迅弩蕤機
山風吹松末微濛亂雪飛前岑忽已霽峍兀銀色輝
亭午始見日出對疑晨暉歷脚互出沒屢窺窮庶幾
邐迤向巔冢不知所來巍却臨萬仞深氣眩失憑依
北望只一氣蒼然所見稀咸關定何處盤山不可睎
南北自此限越絶從何歸倚覩吏取逕繞繚山腰圍
下馬試進步瑟縮喪儀威三十三盤曲一曲一欷歔
前者若相逆欲辨還依佛後者百尋上行影落我衣
有時抱石角手滑霜華霏辛苦愧行旅低頭淨潛揮
垂堂有示戒叱馭乃覺非浮雲阻南望日暮歌式微

永豐途中

東瞻出日近北去長亭斜平莽自寒燒亂山時一家
物華非不在懷惡少相誇濁酒雖無力禁愁也勝茶

夜蕤定平

中野寂初夜遠虎時一嘷雪峯天外小滄海月中高

蓴潭

衆水西北來鐵壁天爲開風霆與之俱摩戞成奇瑰
組甲蹲百札縣壁植千枚根石落顚倒抵敵水屢回
水湍咽不進四出爭喧豗有如玉龍鬪鬐鬣紛拉摧
仰視欝參錯俯窺愁傾頹僕夫脛脚健輕率凌崔嵬
獨自領其妙歎息故遲徊異哉造化力不厭費剪裁

其二

張翰東官去托言思蓴羹濁世早見機滋味豈牽情
當時不識意以此成其名東人未知蓴思見如金莖
茲潭有似者藉藉俗耳驚標牓旣失實形勝反假鳴
一區乃天造流峭鍾淑清關東五百里奇特少與京
萬瀑一勺貴片石千金輕縱使產芝朮不足爲潭榮
況茲芹蕨類區區充煎烹始知飮食人難與山水評

張元一大人挽

玉川非藏珠仁山非產芝胡爲擅佳勝滿城無異辭
地靈固隨人人在名乃施嘐嘐張處士掩扉寄北涯
丘琴六十載遺世世亦遺出若雲中鶴入如蓍上龜
往來惟一逕招延絶旁岐濯清而枕石流峭爲回姿
天遊若將終仙謫還有期紫烟杳空廓落景翳崦嵫
山川定無賴魚鳥爾何之已通蜀班籍安用萬里辭
闕通清無礬宵泌靜不勞吟鞭任老馬歷歷向江皐

樂民樓

城川江水去悠悠江上高樓生暮愁風月自來無庚
亮閬山一望似并州古今歌哭千家郭來往輪蹄十
里洲獨有洲翁留傑句畫欄西畔更回頭

北山樓

高棟層軒勢快哉欲消離恨登徘徊長河落日無邊
下萬里悲風不斷來座外雲山連古塔指頭溟海沒
那臺望鄉何處長安是獨鳥東南極目回

本宮

千年王氣欝葱葱廟貌開成舊堵宮月出冠餘初
織篳龍飛弓在昔攀髯雲田社棗無玉媼豊沛樓頭
有大風聞說庭前手栽封當時指點盖童童

高山途中

來時不似去時艱猶是長程隔鐵關塞日未知生氣
候春風還覺減容顔野田渺渺天邊封雲雪冥冥海
上山馬首東來投鳥後行尋驛路暮烟間

暮投釋王寺

未到釋王寺先登斷俗門諸天通覺路半日入靈源
鶴返松無影龍潛水不喧上方燈火早應爲辟蘿昏

欲休羲不可料陳平生知我齡十一二混也賓肴隨
承拜社席上撫摩髭鬚垂環視無家具懸磬一茅淡
㜷簀委土軒脫粟饘䉶瓷斝掛柯亭笛床披杜陵詩
別有一釣竿揷在黃桑籬童觀少所經頗怗丈人爲
亨興共翕汝堂階恣譆嬉折殘扇草綠偷得櫻桃滋
百回上對木黏蟬集遠枝皃爭黜岩浴竹𦃽白麓騎
倉卒聞謦欬斂然整衿鶴徑至杏陰下開卷讀何遲
短檠與窓硯鴉塗欲移時四韻雖不足五言多新奇
拘手齊吟唉淸朗塤和篪丈人爲一笑故不分雄雌
人今仲蔚宅事異習家池甭來歲時改駑驥各自馳
寒暄故過拜阿悅啓其誰睡起烏皮几銀髮映絲絲
支頤西山曉嵐翠入窓楣卿坪賜隅坐怛怩憶爲兒
葭玉縱舊契風流亦吾師後死將誰與乘化竟奚疑
官家有拘禁未獲相紼儀恨結不可掇泣向玉川湄

自女溪向北漢途中呼韻 定錫興祿乙同偕行乙巳秋也

雲日熒熒遠沙流脉脉長野人秋穫後門掩槲林黃

鎭國寺

蕭蕭孤寺夕客到雨滿林不知所來徑楓封幾重深

曉起

客睡先僧起松燈點火明幾回峯上雨秋澗曉來聲

山睒樓

搖落山情晩寒城一笛秋經過相識少獨倚寺前樓

次數里庄小集韻仍贈座上諸君子 庚午

打窓驕雪捲茅風寒士如何耳獨聰净掃室淸饒有
道長昏飮廢愧無功錢腰十萬難乘鶴詩肚尋常欲
吐虹使有坡翁文似者敢嘆磨蝎與同宮

和樂翁韻

樂翁耽句不求名名自隨詩動後生半榻寒氈三世
久一瓢春酒五侯輕留連竹祖忘年慣契濶梅妻立
誓明閉戶高吟從偃蹇始知無辱足當榮

樂翁庄値盧惠卿吳敬言金學淵共次元詩韻

溪光欲動小漪淪春意先生臥柳身階葉暖窺書帶
草籬梅晴傍丟珠人靑山不改玄暉宅新雨相過季
主隣待到花時拚一醉休嫌尚戴舊塵巾

松石園夜餞金宗浩司戶之湖南屯田

醉後離歌咽不淸更長燭短喚愁生人無十月臨皐
興池有巴山夜雨聲莫謾傳書嫌地遠須將進酒到
天明南中舊是經過路嶺對湖雲爲寄情

敬次閔學士示韻仍呈

春遊雖浪跡逢日在華林竹外携琴遠花閒置酒深
香傳無定封啼近自來禽秖恐嘔茵醉那忘秉燭心

其二

斜日初穿樹輕雲不滿林竹陰留客久花氣擁人深
地濕先春草樓閒足晚禽誰料文墨裡贏得舞雩心

重過君善

愛汝草堂塵事空衡泥頻過錦溪中杏花籬落參星
夕楊柳門庭少女風及此芳時傾大白幾何封底覓
殘紅閙閙共欲尋源去十里洛城東復東

金僉知 琓 挽

年少聲名半世聞海岑高卧弄烟雲千金垂橐歸烏
有萬事揮觴到白紛洛社衣冠稀舊老邵山松柏又
新墳樞衛可得為公貴會籍清都玉筍羣

崔司戶 道根 大夫人挽

華閥玄風尹稀年白日仙德儀無一失壽福有雙全
教女收鍋屬課兒薦膳連眉齊珍集擧頭點彩衣聯
未盡南陵養何知二豎纏筍魚殘宿澤瑜廟落餘潸
寶發移躔次翔鸞罷鏡前長桑非術淺両紉莫期愆
素馬丁原曉嚴霜夜月天終當從禮祔舊兆刻牛眠

數里書屋邀千君善張元一夜話用陶詩念子實多分韻各賦

君善顔貌侵吐辭何清豔揮霍斯須間變出十文皺
熛烈逼傷人及走恐不贍元一一破衫不為塵所染
著書滿其家矻矻老不厭乘虛屈賈壘拔幟欲先占
步庾抱遺經蕘言無纇玷破屋玉溪濱終年一冠墊
商歌出金石意欲俗耳砭文初何為者老大無書劍
日費太倉陳到死侏儒饕徒有一壺冰每見三子念

張元一慈闈壽筵

建亥窮陰月泱旬無一陽見君北堂讌忽爾朝暉長
蔬筍極滋味布荊流寵光年年開此席衣彩到鮐黃

夜集白衡仲書室用譚用之韻

紛紛萬事夢驚頻一枕繁華誰是真唇舌恥為五侯
客身名不失一詩人蓬門却掃塵關跡梅屋相將雪
裡春未老會當掛冠去平分林竹作同隣

和千君善金子淑雲臺賞雪次東坡韻

二子詩腸劇煩渴百篇一斗須臾竭擲盃大叫欲蹴
狂走向雲臺賞暮雪鯨鯢焚死空鋪張螘絜誰家蓋
彷佛銀海萬里盪心胸喜事天工為若德長安如今
米貴玉一斛七緡三年月雲臺臺下凡幾家家家閉
門烟火絶戒願此雪砰為糇粻獻為醪總餽貧人口

耳熱

送李公熙往湖南監關西賑穀 壬申

清北黎氓欲倒懸遂隨張角事戈鋋廟謨始轉河東粟軍食將屯渭上田共道倉胥飛輓苦莫論書記藝翰翩暮年樗散甘損棄終日金華拂蠹編

初夏玉溪讌集

玉澗無塵午景清家家一對一鶯聲不因邀者棲遲靜那有衰翁出入輕落盡名花流水在幾多春雨綠陰生東風也解遊人意留得緋桃刺眼明

王師

王師經歲討黃巾義士先登不顧身七里旌旗增壁彩一宵風雨洗兵塵梅花吹罷關山月楊柳來思漢水春從此西門無警急爲銷金甲勸農民

其二

西征消息靜無聞此日真傳恨始分淮海鯨鯢爭授首薩灣貔虎勇超羣血流雨洗清爲水兵氣城空化作雲藉藉平安巡察府宵藏萬甲有希文

玉溪遊集

舊雨經過畫掩扉主人無事卧書圍今東綠樹晴方好往聽黃鸝興欲飛漠漠松陰聽水飯紛紛蘿影掛巖衣抱琴且有明朝約未必迷花宿不歸

敬次閔學士韻回呈

龍須龜甲帙胥 賜厲附琴還勝鄴侯架敢論單父音手搜香獸點心賞韻沈沈宛似衙門下相將日洗襟 右在直聽琴

洛東名勝紫芝村供奉殘年寄掩門藜火夢回天祿閣竹林心在辟疆園夜吟髭短新生白春酒袍斑舊汙痕徒步誰堪官長罵自無鞍馬趁晨昏 右屬李檢書功懋

和呈李同知

千塲歌筑一身存白首猶聞北海樽卧內江山今日眼夢中雲雨舊時魂醉憐俠少麤豪甚老厭儒酸禮數煩顧我懸非賣漿隱若爲來往信陵門

松石園用東坡韻

洴澼欲晴耕欲雨二者求天天應苦玉川先生無適莫雨卧晴出皆淨土窓閒散賛惟一身幅角屋底光氣吐錦囊奇字掛龍梭古硯墨色含翠羽吏有壁上積雪圖六月寒風排出户松月道人大髥翁居今好古無於古貰酒攜琴日來往兩屨底穿忘綻補七言大篇爭雄雌擬金擊球無陳語我來揮汗不暇吟貪看幽竹青一畝自是因暑非因詩飯顆歸時日卓午

君善書室與道以步庚共賦

玉溪先生顔如玉行年六十鬢毛綠閒此雲水還不可雲飛去來水流促只有一事不知老三旬著書牛腰束六經無麓儲在腹但自便便飯不續自言高卧非避世世路難行難於蜀辛夷古塢松石園何如勅賜鑑湖曲即事逍遙儘良圖莫論山石與風燭

松石園共次李青蓮韻

佳山如畫幗數見還無妙不向玉溪久一來窮夕曜高松有正韻方池無邪照於茲止視聽自知而自笑微吟弄清姿非是為詩調

送李道以鎮鳥嶺

重門設險鎮東隅别將宣威長百夫地絶龍湫層棧遠天開鳥嶺一城孤時清市閙黄昌戲秋熟村迎永等巫去後欲傳書數字不知霜鴈過關無

過許兵使林壑（申企齋光漢故家近為許兵使所居石壁刻紅泉翠壁四字）

松色泉香絶點塵翛然不信在城闉碧蘿林下蒼苔石來坐人人是主人

月下賞菊

月將輪處菊初華淡影幽香冷更多自笑身忙常卜夜不知佳色畫如何

直夜與林子道諸僚次唐詩

與君少年日文酒時相過萬事今成老浮生苦未多秋風動城闕昨夜夢松蘿遙憶北山客負薪誰共歌

和朴士執（余牧院後薛荔葉習字士執有詩）

物各有所愛千金不易篤攻書四三年浸淫如甘酒所嗟乏筋骨腕鬼恣跳蹂楷雅漫費墨鵝鶩奚暇取往往被傷嘲赧汗動盈斗欲罷還不能真同畏影走尼父有垂訓難先而獲後恐成中途畫遂令初志負悱憤屢忘食責心不責手晚得蘭亭帖好若自其口但苦紙賤艱尺寸隨所有偶見掖垣藤霜葉無盡朽摘來試筆尖引動若相誘行當共芻蕘取非盗主守帶草空自長柿英福所受愛此淨而滑揮弄終中酉宜謂大巫眼胃來分苗莠虚譽配玄虔濫笑追顔柳羨爾千人掃愧我九牛厚願為寫練裙俾出羊欣右

朴勉之設社飲于白衡仲書室君善病未偕替以詩仍次其韻

相思獨夜苦嫌遲相對還愁酒盡時顔髮經秋先閱病襟懷向月始有詩東西社裡惟吾在三十年來與子期此日山中人卧雪一瓢還慰定為誰

金宗浩大夫人挽

樓溪壇屋舊同鄰異日經過獨愴神劫火免教壇杏在春風記得砌萱新

華陰李學士以書狀赴燕要詩餞之

軍城飲餞集羣公雄髮危冠四座同萬里行人滄海士百年中土陸渾戎黃金臺下牛羊道孤竹祠前草對風壯上車塵非報趙狐裘空自歎蒙茸

哭金丈昌運 癸酉

非士非工是逸民生年不食太倉陳深衣來自香山下鷩怪長安一市人

其二

開門如見入門虛髣影窓塵俊起居真性帶來還帶去欲求糟粕更無書

閒居書示兒輩

雲物鮮新霽晚空斜陽轉對入簾櫳北窓夢覺啼黃鳥南圃閒看長綠菘一室悟言吾與爾九春花事雨無風不知今日登高伴何似庭除植杖翁

直中次係友韻

日陟中園至暮雅在官閑似在吾家行穿大酉千竿竹回看宜春十里花詩為長城松對對飲因無事酒頻賒變時欣過忘形役奚對芳菲歎髮華

燈夕

乘夕懸燈動萬家滿城俄頃闘繁華夜深門巷遊塵息月照茅茨一對花

過金士貞書室口占

世故驅人日不堪相憐鬢髮白鬖鬖檐端忽見西山色愧殺衫時屋下談

北寺洞與兒輩遊呼韻得花字

尋源不自認桃花背郭松陰一路斜奚道武陵非世外桑麻鷄犬亦人家

與諸僚遊清潭次卧雲樓板上韻

次野老人真道流欲隨笙鶴訪茶樓重來或恐迷歸路處處巖間碧字留

其二

背日楓杉翠欲流千峯霽色入虛樓松風不斷清泉駛宜有衣塵一點留

自清潭還至朴允默墓廬留宿次壁上韻

巖阿井臼隱棲餘澗上軒楹肯構初採谷芝殘懷綺皓攀枝封老憶梟魚三山近接神仙窟十室兼存孝

烈閭門外維揚冠蓋道不知幾箇式過廬

和徐明重慶昌種藷詩韻 并序

藷本瓊崖閩出性溫平肉視薯蕷而優甘久食益人壽且濟饑非蹲鴟阜斗之比前五十年湖南沿人得其種種之不以方故不蕃廡海康一二郡外無有之余友籌司吏徐君明重常志於民食每見廟畫之闢荒政者其中則有辭而職卑不能贊癸酉春明重求得種藷諸方抄輯一通繕謄而藏之其意蓋以為字民者如用之使農氓不文者見之自曉也海石金相國吁石徐尚書見其書謂之曰此民國之所急先不宜私藏而遂覆議立閱諸道道投一卷俾播告列郡而期收效明重退而喜曰志無大苟立斯足矣既又喟然曰事之行尼在人在我者盡何責乎在人然既示其能不恤其後此嗜名者所為吾實恥之乃別購藷種於南人手藝之家有求之者輒副士族之有知舊者得宰南邑必袖其方往候而勉之若托其妻子於其邑而望存恤焉是可謂仁人君子之存心也一日余道遇明重明重道其事津津若無人又語其種藷詩一篇既歸遺余一本藷勸種之余甚感欲著文字以傳其績顧蕪拙不足闡萬一止和其詩而歸之以答盛意

數顆能充八口饑較看麻麥味珍滋河東移粟還多事汶下收芋不獨宜小史求方真懇懇尚書宣力也孜孜勸民惟在神明宰奠遣全功一簣虧

贈別慎一之陪李侍御慰撫耽羅之行

月出山前浪拍天扶羅南望路為千中丞此去播聲教書記君今倚雋賢霧裡鈎衣搖毒草烟中拂幕薗飛鳶但令卉服爭歸化莫受裝金為擊鮮

鄭聖瑤溪亭賞梅病未赴追和

溪樓夜飲屢孤期可耐月明梅發時冷蕊端應經臘畫素輝那得待人遲昏黃清淺捻佳句叢碧玉流同舊如更欲折來恐傷損煩君為我畫中移

癸酉除夕

隨俗酒漿具五更燈火遲鷄鳴還一日斗轉已多時守歲兒童喜逢辰老大悲縱教年滿百忽忽只如斯

送李鶴栖君愓海州卜居 甲戌

同城思不見忽如在遠途遠途今將歸老懷當何如安得決塵網從爾石潭居碧城有棲鶴爲我數附書

東省雨夜話學渊司户

青林雨積欲黃昏虛閣無燈聽水喧遥想此時東嶺瀑飛過松頂落雲門

南泰嶺廢城

不知羅濟代城此定爲誰亂石門何向崩崖徑屢移憑依當日事荒沒後人悲幾箇爭蠻觸參差盡若斯

流民

不食扶携盡已三敲門泣訴急焚惔主翁炙背簷間道吾亦全家計荷擔

其二

黧面兼將菜色無飢兒在背晝呱呱惟應因劇求糠覈愧殺今朝肉食吾

李公默夜邀余與君善元一步庚賞梅用白愛新梅好公韻共賦

謂吾爲君至恐見梅所棄徑造疎枝下索笑何嫵媚幽馥騰舊聞素蕊盈今視薄帷惱霜氣深夕動清思縞袂與蚌胎名言反多事雕繢覺詩妄契在玄妙地如從叔度遊變時消吝累除非一文初好者應無二相識有主人肯信非俗吏閒暇即行尋莫問來何自

送慎汝長安岳記室 乙亥

安邑遥遥接湨西思量客路白頭低草堂卧病逢人日海嶽明朝送馬蹄書寄北鴻那見報愁隨春草漸看齊休言書記翩翩去雲斷鄉關望轉迷

悲閔石農

存歿伶俜没可嗟憶時情較別時多未聞梅福逢吳市莫學三閭赴汨羅墻穴依俙通水火閉門寂寞向山阿侯芭已去童烏死其奈遺編覆瓿何

和茶坊書室人日小集

人日常年見故人開軒拂席賦詩新今年此日獨相望短柳疎梅空復春偶寄一官甘凉倒難期數子樂清真元宵步月如聞健十二橋頭踏後塵

又次村邊杏花白韻

曲江院裏倚雲紅十里香飄繡轂風自是村家遊冶絶獨將踈白隱墻東

路逢盧惠卿看花暮歸言懷仍寄

尋芳日日抵斜暉步屧登登歷翠微陌上不知人散盡林間惟待月明歸鳥貪殘食爭參席蜂戀餘香遠趁衣更有花神如問我爲言今墜百重圍

和吳敬言暮春感懷戲贈

翟公門外去來人背面背曾遲瞻親豈謂風流二三子較量雲下有無春清陰一路蒼蒼谷微綠千家薜荔鄰對此幽情聊耐久莫教心目換時新

再疊和惠卿

知君詩興似玄暉坐臥窓中對翠微久廢冠中風不出一貪花鳥夜忘歸家僮肩卻曾隨揷村嫗壚留舊典衣數寄新詞難和得三句篇牘準腰圍

桃花

輕紅淺白為誰裁羅綺泥沙任落來莫道春風無假借閒時不獨雨頻催

晚春遊玉洞次唐人韻

閒戶吟詩使不新詩腸磊砢轉車輪檣端起視半邊日巖背去尋三十春細草罷光朝過雨殘花遲待晚來人代悲頭白是兒女快意變時無俗塵

次諸僚遊三溪洞韻 并小序

仁廟丁丑 昭顯世子北行也春坊吏姜孝元領陪往留瀋館後與鄭文學雷卿謀欲殺叛虜鄭命壽事泄俱被害 朝廷憫其節義命復其家子孫世襲春坊吏其六世孫世重年未冠屬春坊至 正廟朝特念孝元忠贈職左尹旌其門除世重內閣屬官尋陞資為壯勇營善騎將屢拜節制使庚申後因老病且貧寓居三溪洞月課廳有孫以舊蔭永付司果祿猶不贍躬樵採耕藝而自給春坊則世重姪子屬焉閣吏姜鳳一為世重族叔時與諸僚遊世重所皆有詩贈之余滯直不偕止次其韻聯其卷而歸之三溪或稱雙溪

左尹旌忠宅雙溪彰義門春秋餘數卷風雪在孤村病有僧來問貧無雀下喧不緣梅上月誰屬索郎樽

夜坐戲題

燈後如窮巷燈前如狹斜短檠照三面左右力尺羅當中子讀書餘光女治麻許我坐其陰塊然若無何靈臺湛虛寂明暗無損加潛思溫舊學咲蔗味漸佳抽思製新句雲錦爛光華思了歸靜域冥冥轉河車今夜誰足用丈人功最多

士執宗浩仲麟伴直 次韓昌黎會合聯句韻賦成一篇余朝赴玩賞蒐得原韻外十一字間以足成

曲席從坐密僚誼倍覺重 士執 林壑夢常懸塵塗退未

勇宗浩謀醉期首濡試吟書肩聳仲麟避床盡何慚聯髣
佚自悚文初彩廣磬音鏗古硯墨波涌士執苑迴烔初消
橋冷氷欲壅宗浩在公思匪躬爲吏繼舊踵仲麟龍圖登
俊髦玉燭際垂拱文初後進無厓岸先輩半邪巃士執歸
隱澗多懸送窮鬼不恐宗浩薰蕕雖異臭駑驥亦一種
仲麟但知器不同休論駕或罷文初裹劇閎或削材薄奈
贅冗士執飮久麴爲壘書多筆成塚宗浩直道還見容徵
官詎要寵仲麟燃藜可校讐飮醇堪止謅文初需雲凝仙
扃辟月轉畫栱士執離羣懷作惡涉世意多悩宗浩綾被
憐直伴瑯函畏盈奉仲麟蟠膐愁羊跳井鼃勝牛湮文初
梅蹊綴珠璣擬老結瘿腫士執　恩賜琴瑟張祕藏圖
書擁宗浩語妙心相契譴善腹堪捧仲麟溫室忘對嘉藍
丞愛竹攫文初霜清時警鶴陰竊已蟄蒼士執呵凍手添
皴履雪足生繾宗浩滿樽達羲馭無詩屢恨輩仲麟懶宣
解客嘲狂如被人憑文初繫匏歎空枵濫竽愧偏褥士執
恠石對若言寒檜森且竦宗浩談資秋栗熟詩思春草
茸仲麟覆射分跂脈卧遊描寵從文初八環盃爛銀六顆
燈斷珙士執化鯤欲從溟籠鸚難忘隴宗浩名韁牢絆縶
宦海苦洶溶仲麟神繹紛影形顧責等偶備文初愼莫失
尺寸命不在梏拳士執蛙井觀小天蟻垤比太冢宗浩睡
甘莊幻蝶心寂蒲成蛹仲麟賭棊肯推枰投壺限傾筩
文初香裊金鴨研茶沸火獸踊士執歲色催似矢鬧愁亂
如氄宗浩棲鴉動宮林斜漢低禁甬仲麟酒醒奈樂何天
街曉鼓洶文初

奉呈嚴文啓膺 丙子

菊翁詞賦動京華令弟風流老更多二王傳嫡金韓
後吾道東來屬此家

其二

金貂賜誥本無情偶爲年高被世榮應悔市門來賣
藥時人已識伯休名

偶吟

小艇偶出海鷩濤幾不歸幸因好風便來泊舊漁磯

和羅聖範文箕韻歸之 聖範夢與其亡兄聚之賦詩其兄有斷雲如雨濕斜陽之句覺而傷感足成律詩一篇仍要諸寮友和裝成一帖而置之云爾

浮生較夢夢差強夢裡歡忻覺後傷死別十年空悵
望陪遊一夜若平常人間未了壎篪樂地下猶傳錦
繡香烏帽着花舊僚在不堪聽笛過山陽 聚之嘗於內院與諸僚友賦詩有白衣官送酒烏帽吏看花之句故第七句及之

眼花

近撲簾櫳遠纈空認梨非白杏非紅團團鬧着元無

莆熙熙飛來未有風醉後漸於他日盛看時難與少年同欲知一種愁人處庭院深沈暮雨中

暝色

花塢斜陽亦不遲數家烟火欲生時蒼蒼遠入牛羊逕丹丹先歸鳥雀枝明月又從何處去老年無奈此中垂山橋斜送人蹤盡惟有雲閒獨鶴隨

硯池

半硯如月小波平較有三湘一樣清雲黑渓魚深處伏春晴書帶近邊生蟾蜍有水傾心吐鸜鵒無塵洗眼明畢竟堪爲湯沐所管城休待秃頭成

書聲

清響高低靜處隨茅檐獨坐細聽宜頻停定爲挑燈屢卜疊應緣擊節遲萬木蕭蕭風撼夜半窓虛白月斜時起余懷永還無寐棐几緗篇意可知

翠屛

門欲常閑榻欲懸一屛長設繞池圓糢糊粉素冬宜雪渲抹蒼青畫有烟折不傷生同鶴短矯非移性學牛穿漫藏豈與寒氊失花鴨來窺鹿卧眠

春日路傷情

章臺面面柳絲春寶馬驕行不起塵來醉銀瓶多少酒田窺朱箔有無人鳥鞭脫手紅初墮帶叢攀枝綠更新擲梟難孤今夜約杏花驄上㸃頭頻

松石園共賦

時體貴彫鎪隻句窮暉晩物無數見鮮事有一往返天遊始自今迷途知未遠滌彼花鳥愁反我烟霞本松石風好敦稱心如茶飯漫吟遣八病清言絶三攅優游靜域內庶見詩魔遁（近來年少有作輒咏物窮搜彫繢絶無雅趣今日諸子畢集始賦古體一洗嗜痂之陋篇內及之）

松石園共賦

談言不稱情屍時還爲久坐卧非所安夏屋旁於斗蕭然玉川宅堵宮餘五畝中有黔婁子復生千載後邀我松石間呼以金蘭友孀傲忘飢渇富貴眞烏有

送王步庚烏嶺赴任

赳然王別將本是老諸生蓮幕頻叅畫芹宮早擅名蘿塩精舊業吋虎荷新榮展足追風驥矯音出谷鶯定由稽古力應爲報今誠召募千夫長指揮五等兵加息專地利闡喜實天成猿鳥三千棧雲雷百二城危還嘗失險蠻醜敢橫行背水何膠柱當關孰抗衡芭桑存訾戒樓櫓備堅勍吹角齊嬰堞懸燈儼列營寫農通旅曲弛武際昇平夜獵冠文月春遊剪子晴

村書瞿佑上店鼓永登迎唐突防於菟憂虞適巨僧
祇謳聽麥秀兒叫識花鄉街罷投壺晩齋閒運甓輕
毛錐弁槍劒胄甲雜瑤瓊瞰乃弢韜㟁穆如賦誦清
鞭蒲使無訟射鵠共其爭緩帶元儒雅撫鞍豈老成
軍威害馬去子惠小鮮烹空柚思文績燒畬念苦耕
瘡痍關若恫蓋戢見須驚夢遠周庠近心馳 魏闕
傾倘傳梅驛信休怕草堂英燕頷飛當食誰愁滯遠
泝

其二

西山風雨晴層城臨水送君盃酒清烏嶺定知千里
遠蟬聲離恨一時生社中元白誰爭長洛下機雲舊
擅名翰墨豈為乘障用軸邁休忘在阿情

重別步庚

酒醒西樓雨滿天古人詩似此離筵可憐顏髮歸應
老莫道驂騑去若仙一別停雲當落日兩閒叢菊自
今年來時見報秋瓜熟遊覽休須學馬遷

諸倧遊石瓊樓余方滯直未偕翌日和韻示之

平生遊北華難忘水頭亭檻曳雲衣白窓排石劒青
老年無日到幽事借人聽三復清泉句飜教熱耳醒

與倧友共賦午睡

午睡甘於蔗中邊味漸生只緣靜無事非為夢浮榮
半覺蠅投隙方濃蝶忘情華胥知近遠却訪尼時行

川上

塵道冥行老未休遂初無計返林丘此身還似昭溪
水繞過中橋便濁流

寄君善

少日重陽樂事多登高作賦飲成酡蕭條短髮今如
此寥落空齋近若何紅對晩吟人悵望碧雲秋思鴈
來過書回若報黃花發一為相求到澗涯

松石園又集

山翁留客宿苦辭茅齋吟來此風雨夕愛甪山水境
雲月忽吐明參差松散影幽菊動寒香遠澗聞夜靜
且聽郎中琴老懷聊以永

銅雀津

上流游儵樂下流漚鳥親如何直要路爭渡南北人

舟中

水落江平穩輕舟挾櫓柔鳴鷗同載去終是愧沙鷗

、三遊湖南至釜城早發 丙子

郡樓哀角罷殘眠秣馬明星已在天孤店鷄呼如聞

客平橋馬度似乘船水從素野來無定山過華城走
不連草具羸驂隨所有休論風土異前年

暮抵歡城 天安古號

錦營呈巡相洪直學

凍雲不成雪暮作蒼山雨一郡暗荊榛陰陰閉門鼓
都尉賢聲傳奕世令公儒雅冠當時直提門下搞文
省兼察湖西布政司野外甘棠仍不伐田中秀麥已
成歧
經筵今日思諮訪峴首行看去後碑

見郵僮說鷄龍山頂有鐵馬僅如驢人若移
動雷雨驟至虎出嚇人云甚詭怪有賦

聞道鷄龍上有臺鐵馬高未過驢鼠大欲動虎狼嘷
直以禪家物轉成吒俗嚚何當得羚角一辟息洶洶

客懷

天時寒如此家事日何爲指使須穉子身親有乙妃
竈薪將夕徙盆菊未氷移卵育冬還可籠鷄且伏雌

金溝縣滯雨

寒渹入池鳴決決晚風吹葉亂飃飃前村應有高人
卧不敢敲門借雨衣

晩向泰仁

瘴鄕千里苦愁顔馬首心懸不斐閒郡郭遠知烟際
封海門常見雨中山天時隨日將南至歲暮離人盡
北還可有絃謌能悅耳前程行入武城關

暮向靈光

黃雲落日嗅愁生極目孤城數十程北鴈同來背水
宿雪中猶自暮南征

廢村

行逢廢村墟問是逃亡屋生者不歸來死者無塚宅
魂魄托叢祠姓名留縣籍環堵有餘灰鄰人來種麥

夜聞笛聲

長笛誰家動夜鳴暗隨寒雨入孤城梅花楊柳何須
問摠向離人作怨聲

馬上口占

牟陽曉雪興城齊晩入松沙半作泥朝日靈光騎馬
去青山睽郭水平堤

松沙途中

蒼蒼路何向靡靡背征鴻落日東邊雨荒溪十月虹
有時天色改遊望暮愁同烟火村扉掩胡爲曠野中

送歲

家家具饌服鮮新明歲如將見大賓惆悵老懷何所
似每年除夕送情人

好古詩 下

北園賞春 丁丑

南陌東風步屧遲，北園西日款扉時。高松過雨無邪色，老杏深春亦好枝。幾箇治遊分日出，此中幽事自吾知。殘尊留坐情何限，纖月芳林暮更宜。

省中共次牧隱集韻

碧城逈遆畫樓明，微雨朝來洗得清。弱柳受風還不恐，初花臨水最多情。詩安字眼千金重，事到盃心一髮輕。籍草東階君記取，萋萋猶似去年生。

松石園

粟穗初長槲葉齊，巖扉咫尺使人迷。天陰新筍通身醉，晝永幽蟲動股啼。蘭紫青苔輞川宅，草堂流水浣花溪。有誰來卜墻東屋，幽獨仍無鶴共棲。

與諸益信宿松石園（李適以 李伯輝 金亮元 曺汝秀 林子道 金宗浩 趙子益 金子淑 金聞遠 方士行 金芝山文仲 若 金學淵 金愼武 崔子元）

淵農邁軸舊清暉，松叟琴書此掩扉。華表安知無鶴返，墨池重見有魚飛。溪山文藻空回首，城闕緇塵未拂衣。老去還能蓮社飲，遠衝泥雨不相違。（玉洞舊有金農巖別墅閣名清暉云）

其二

四山暝色亂雲層，一路水光羣木澄。念我歸節應帶雨，教兒留榻却回燈。巖芝吐氣歌懷遠，磵竹含涼奕思凝。入夜風泉松檻逈，清泠勝似向來憑。

其三

山禽磔磔動晨光，曉起高窓雨氣涼。散帙簾閒人去後，飛泉對杪夜來長。碧蕉風擒題詩葉，綠穗灰沈繚篆香。留醉可能永今夕，東家知有壓糟床。

其四

吟弄鶯花憶去春，遠來風雨慰窮貧。閒門峯壑無尋處，滿架詩書獨卧人。後世子雲今若此，小山叢桂更如新。端居不是悲搖落，莫遣鳴騶入谷頻。

與諸友遊松石園夜宿（金士元 金士貞 鄭元瑞 金宗浩 鄭聖瑞 林子道 文仲 若來）

惠川西塍玉溪東，落落雲泥不可同。門掩獨愁今日雨，書來多見古人風。高齋碧對蟬聲處，一路蒼苔水氣中。白首過逢何所作，當年麗藻已成空。

其二

流水柴荊似瀼東，隔林烟火數家同。少文歸卧山皆畫，與可來遊竹有風。斷送歸輪三逕裏，起居泉石百年中。交情每向貧時見，雲雨人間竟幻空。

晩起

一天風雨後萬壑月星高諸品皆歸靜飛泉更覺勞

次徐友晩涼看洗馬韻

洗馬澄潭快十分清流激激四蹄聞金鞍已卸瘡磨樹珠汗初收鳴向雲水漬脩筋蘭茁茁風驊長鬣雪紛紛䨥奴脫幘麤豪甚意氣相將欲出羣

内閣舊是都摠府而庭有二大檜人傳李提學晩秀曾祖鳳朝爲摠管時所手種云六月二十八日夜大風雨一封摧仆足可歎傷朴士執有詩要和

雙檜多年寒暑更上有靈籟白日常隱匐朱扉左右儼相守彷彿神荼欝壘呵嗔百鬼驚托根得地人所愛免彼斧戕伐丁丁何來怯雨狂風乘夜入萬敲千打一者摧其生學士蹶起官僮走好古子下庭涕泗橫宿昔輝映門墻内如闡塤篪更和樂弟兄一朝受外侮存者雖存還孑煢早知中道摧頹有如此不如正衙起時要棟楹高標無復千尋翠繁陰已失一邊清鐵根銅柯固非灌漑之所養豈若夭桃豔杏一雨一暘關悴榮滄波老封少陵嘆檜乎檜乎況爾仙府舊植若爲情 癸亥仁政殿火甲子改建

七夕

珠帳沈沈月欲斜鵲橋相送夜如何生憎下界人多口故遣微雲蔽絳河

再宴佛巖 沈學士子寶宴也

山似天台有石橋古松南畔一谿遙深源屢引青鞋步高處如聞絳節朝陰洞草腥龍氣在翠嵌雲濕佛香消從來王子求仙地笙鶴迢迢若可招

過張氏庄次少陵張氏隱居韻

栖遁何須在遠求誅茅郭北籍清幽生涯休問千奴橘世事應看一貉邱夜靜樓虛雲借宿水流花落客來遊百年喪葛安耕鑿豈有人偷壑裡舟

士執携酒期同人夜過松石園

然謠悠悠行路間除非數子少歡顏未知屋裏齊金斗爭似樽前倒玉山明月蘇來詩客病黃花見得主人閑幾何林下休官日愧爾飛禽趁夕還

遊山寺 與千君善朴士執盧忠卿順汝長金芝山期遊金仙菴道聞菴僧設齋頗煩擾改路至地藏菴信宿而歸

遲回度萃岑霧封石門深已喜携康樂兼能訪道林倚松皆傲骨臨水各禪心晩飯山無店盧籌託澗陰

其二

蘇秦

寒乞兒情最可憐膏粱一飽死猶賢早知購賦臨淄市不似為死負郭田

謹次小華李學士慶熙宮齋宿韻 戊寅

惟清齋沐日既望吉蠲時紫帕封題細香函奉跪遲不違天只尺頻問夜何其大小宜寅畏宸心重祝釐 咸興永興兩本宮祭品香燭前自內司主管至先朝乙卯令內閣定儀式閣臣照管自上親傳

其二

珪幣 躬傳率舊儀 宸恍洞洞近臣知香輿已出皐門外猶望行塵下殿遲

送盧惠卿遊金剛

海嶽歸心老未衰聞君此去益悽其吾身只似貧家女每見桃夭過嫁期

暮春遊北渚洞 與從氏及柏齡諸姪孫廷翼行

幽源行欲晩春谷靜無風喬木淺深處小蹊蒼翠中雲飄過眼白花亞打頭紅畢竟登高頂東西一覽同

過棲雲寺舊洞

負笈曾遊古寺前依俙憶得浴春川重來雲水無尋處興廢空山六十年

松石園餞春

睡起樓何向晩山還復情客梳先鶴刷僧語後禽聲丈室初生白人寰定未明石門知近遠烟雨萬松平

其三

雙峯合沓畫常昏欲上諸天只一門流水竟隨遊子去青山獨與老僧存氣添蔔蔬通心性思入烟霞絶語言夜久祇園羣象靜木犀香聞月華繁

其四

蓮宇迢迢梵唄長門開千嶂月流光人天夜靜星辰大佛國寒生木石香鷲嶺詩篇吟處若虎溪談笑過時忘無生安得金仙術不見侵尋鬢髮蒼

滯雨宿院甚無聊官僮買饋三白饌要替夕飧時二劉僚當直呼韻共賦為余破的

凍雨霏霏竹院西夜愁如醉欲成泥飢蟫蟬腹饌堪嚼吟忌蜂腰筆屢携暗水赴池鳴石鬧寒雲去嶺凝棖題可憐枯葉同梳髮風裏蕭蕭墮不齊

乞得兩本菊於蓮巢植盆土日勤沃灌色甚憔悴無林園閒想為賦一詩

塵蒙烟涴飽辛艱保得貞姿不是頑幾度子騫思泣上偶然元亮落人間應懷故土頻低首強為重陽一解顏只有東籬舊時意主翁檐下見南山

百年使有駐春逢今我應爲未老時少壯幾何成雪
髮雨風無奈落花枝殘暉冉冉登高送芳樹依依去
後思安得餘生比松石不關青帝往來期

細泉

雲竇初窺海眼纖力微還恐芥舟黏琮琤漸聞春山
静涓滴爭鳴夜雨添餘潤足霑紅藥甲殘流未沒綠
莎尖林童也解詩翁意決到階前硯沼無

石澗樓

一磎流水曲宛似武陵而客至桃花落人居竹對迷
向來皆火宅此去盡雲溪安得挈妻子對門茅屋低

其二

石樓清夜似仙家露浥叢蘭月未斜洞壑疑聞蕭史
鳳房櫳如宿武陵花道通盃酒應無外生與林泉自
有涯此地烟霞堪送老雲閑鷄犬是浮誇

半仙

嬌倚畫樓邊彩繩手自整雙抛蠶月功聊戲花朝永
高借閶風誇倒看飛鳥影微餘凌洛波笙久過秦嶺
輕擧綠鬢安倏來鳴珮静地非毛女寧人在藐姑境
儀忘出閶闔驪愁屡參井輸贏爾所爭超絶誰能領
却訝羽翰生歸猶懷緒耿遠懸舞掌中難與半仙幷

酒旗

易識難忘小市東青旂獵獵一竿紅朝沾山郭杏花
雨晚颭水村楊柳風掩映黃公壚在下分明白墮字
當中指揮力士招徵伯所過愁城輒掃空

和僚友省中韻

好雨也知秋節來新篁穉菊亦從栽長廊翠合千章
封小院塵清一色苔過水一雙鳴翠鳥封泥無數落
黃梅玉溪携酒明朝事定看芙蓉木末開

松石主人回甲日知舊持酒饌來宴 會者四十餘人各賦一體詩爲壽

醫言肉食者易病難壽者正爲蔬人康强未邃衰
矧服清虛氣老將齊鶴龜之子愛松石好之劇飢餐
剝髓恐傷鮮餐葉惜損枝但取堅貞趣充然忘渴飢
貞以礪志節堅以延壽期今歲値周甲周甲自不知
酒食速人客一任妻子爲戒未携壺榼欲餉還不宜
請從爾所好一讀松石詩

聽雨

庭林滴滴夜深聞獨愛蕭疎有此君漸覺琴棋微帶
潤不知簾幕半和雲布衾茅屋憐寒士孤燭西窓憶
舊羣捉老歸田多少計書灰吐到曙光分

雨夜與宗浩士執虞衡宿松石山房

山川自在憶他時歲月何曾爲我遲苦恨緣慳千丈髮可能乘醉百篇詩林間烏雀雲同宿石上藤蘿月欲移縱使明年當此會蕭條不似向來期

君善士執與金子貞劉仲麟昨遊郭北宿張山人庄余有期未偕今日追尋

昨見長髯信尋幽宿未還抵年愁裡日終夜夢中山流水相逢處紅塵一嶒間禽魚元夙好應不怯生顏

重別李公黙

別後行塵杳莫攀那期征旆隔旬還未知露桂花如霰但覺風蟬響滿山垂老不堪頻送遠浮生誰有本來閑煩君待到楓林好招我天磨水石間

伏日直中拈韻

乙爲煙鶴在仙皐頗作風松送翠濤萬國同時炎海上西郊不雨火雲高東方割肉何其壯河朔銜盃獨自豪知有溪翁饒笑我薄書終日困青袍

挽千友壽慶

生居洛北不知津到死蓄爲慕取人漱石寒添孫楚病草玄窮徹子雲貧中庭地白松堂月獨對花明澗道春應有精靈來又去未隨埋骨化黃塵

其二

六月生朝樂事偏氷瓜香醞謝詩仙只言來歲似今歲不意壽筵成別筵此子難忘郎壑態何人合作竹林賢徊徨窓壁如相覯酒汙燈煤尚未湔

士執書齋夜與步庚惠卿飲次雅誦韻

垂垂素髮坐窮廬惻惻秋懷暮雨餘九日不堪無露菊千翁一去絕山書癈詩白麓鳴蟬後把燭蒼溪落葉初老興淺深休問月自知難與舊時如

送林子道關西

不見龍城四十年如今思到総茫然只有天淵亭在目煩君爲看舊題椽老浦李相國赴燕時過龍川館川守柳侯甫曽新落溪上小亭名以天淵請相國書揭之故及之

石處聯句并小引

故人千松石壽慶歿於戊寅秋七月葵子維揚石處村北是歲十月同人爲之封碑將發幽光也對已金洛瑞文初吳得麟子祥徐慶昌明重池德龜文武金載明子淑王太步庚暨子淑子鎮恒酧酒侑文灑淚而去零落之感不能斷絕聯成一篇聊以作口中石闕

惻惻向何之東原杳蕭瑟文初霜露月交十杖稜客行

七(子祥)荒草閱新阡長程話舊日(明重)誰與汗漫遊奈非
金石質(文武)扶將交皓頭登歷強寒疾(子淑)路出徐五郎
郝過吳副率(步庚)君堂宛在前我懷諒非一(鎭恒)儻知白
馬來遙認青烏言(文初)尼石發輝光寒山立峯嶸(子祥)嵩
名可久傳善行難容述(明重)汝南後一賢吾東中六逸
(文武)清狂似四明濁俗難再出(子淑)尊生不妄交誅死無
愧筆(步庚)想風憶松園薰德緬芝室(鎭恒)玄塚憶雄芭黃
壚懷阮畢(文初)松石字不虛詩人名是實(子祥)萬里鏜日
斜醉席寒雲密(明重)人間我沾襟地下誰促膝(文武)幸遺
舊詞章無逕稱子姪(子淑)寧作帛皐刪肯爲鄒紹失(步庚)
散當效李編貪孰致朱恤(鎭恒)新孀識蝦蟆舊堂悲蟋
蟀(文初)數字足揄揚平生難備悉(子祥)空留墮淚情安得
致瑰術(明重)一尼墮嗟歲八分臨郭乙(文武)手摩歎則那
口誦聞豈必(子淑)風吹掛劍樹雨暗摹書漆(步庚)事並曾
山傳名與滄海匹(鎭恒)龜任綠苔侵客無黃絹詰(文初)知
己古所敦陳人或見嫉(子祥)一夢隔存亡六甲符生卒
(明重)我輩雖情鍾時論非美溢(文武)埋玉慟冞深訣金讖
何怵(子淑)向空燒紙錢灌土薦芬苾(步庚)回看肉食徒爭
似樂衛泌(鎭恒)

二月二日書懷 己卯

墻根融雪濕青苔紙牖今朝暖始開病起忽驚新去
鴈備看纔送落餘梅春風已過三之一故友難教往
復回向後芳菲多少好更無緣到玉溪涯

春日懷松園

花時借憶古松臺臺上無人載酒回縱有春風依舊
至不知桃李向誰開

許氏園學渊社飮

玄度栖遲寄小園叩門還恐作塵喧井邊碧甃閒瓶
綆籬外春泥少屐痕細看竹殘題字葉曾攀樹老讀
書根同來不有馬曹在山氣清佳誰與言

題書橱

小於鵝柵大粧奩野得經書更不添汎覽百家非篤
學何須三萬鄴侯籤

其二

癡婢頑移戍庋閣老妻要換作衣箱爲人所欲還多
事不似邊韶腹裡藏

春日許園送別朴士執往海西

去歲送君梅雪天別筵芳草又今年花牽愁思如啼
頰柳綰離情不着眠半日一盃堪笑語四時三月最
風烟春光流轉如相惜歸及園桃未墮前

西園送春

春來好與雨從東春去空留雨打紅縱逼古今只如此不堪零落又無風新愁樊子生離後別恨微之病卧中自是情鍾吾輩事休論色相本來空

初夏過西麓

三月破來花始好朱朱白白何鮮新時因暦日強爲夏地逼芳華猶是春車馬向來太早計燕鶯方至正當辰滿山微雨不歸去傷人喚我作何人

書揭墓廬 并序

墓廬剏在去己卯吾仲父所經始也丁酉年間伯從氏補葢以東檐及壁龕逼來四十餘年頗隳頹迺謀修葺改撓易朽迺月而新之工訖得數篇詩言志題壁上栢齡義齡繼有作并書以示來後時己卯孟夏念一日也

李公愛平泉丁寧托其子先人所構堂宜與花石比

其二

酬歌于室中古訓曰巫風况此邱墳下遊嬉比校童

其三

風雨三間足松楸一逕通寄言雲耳後來此視同宮

其四

丘墓三山下烝嘗十世同莫聽風水說棄去各西東

其五

古人云悖子能變爲三蟲有食墓廬者亦足忝其中

附

先人敝廬在隨頹葺棟椽仍舊無增廣長期後世賢 栢齡

仍舊存三畝維新易數椽仰惟先子德深望後昆賢 義齡

偶過許氏園主人沈醉在内值數詩友坐亭上

老子閒過本偶然主人無事且酣眠尋常同調思難見忽漫相逢興更牽金翠驚心當枕上薔薇刺眼近床邊解醒明日如相命準擬來時杖掛錢

金子淑書軒小集

落日餘光轉樹間主人閒語掩柴關户庭虚白逢南郭詩律清新見子山争枝暮雀仍同宿照水幽花却自閑後至劉談難住去不妨促暝借燈還

省中呼韻

畏日堂堂不肯斜千山斂翠水無霞涼思乞飯青荷葉喝憶和茶白葛花蠅蚋營營何意緒蝦蟆閣閣自生涯天遊雲卧難忘處去歲今時玉洞家 通值君善生朝故云

和朴士執省直聞蟬見寄
蟬聲聞日夕忽憶舊詞林搔首感秋物故人同此心
碧城風遠遠森木晩沈沈清切雖盈耳懷哉歲暮音
夏日閑吟
年衰無疾是清安枕上殘書覺復看午飯澆來新井
水蕪撥誰道瑪瑙寒
鵂巖納涼
松風詩思較誰長蕨爲清音滿意涼花隱未容蜂採
畫林深不借麝過香對分團影隨移席石壓回流坐
引觴十載緇塵衣欲化挂來蘿薜淨生光
次僚友管城子韻
秦家無裂土毛氏獨專城湯沐夷吾邑提封伯子榮
中山戕衣褐前殿亂簪纓毫末將何報心中欲盡誠
焚坑微甬故衡石賴渠程汎愛親儒術還嫌近墨名
委身常左右惟意敢縱橫造次頭容直飛騰舌本輕
髡髦堪器使老禿屬功成世世同文國枝孫免白丁
次僚友無絃琴韻
南薰一消歇千載撼哇淫烏鶴凄涼曲螳蟬殺伐音
宮商徒亂耳山水獨留心抱倚東籬月携過五柳陰
希聲空外想真意此中尋鴈足虛翹立龍唇靜斷唫
禁邪雖古調取適祇冲襟子欲無言久誰知托契深
大羹那致味直釣不敲針守肉論何若翛然并忘琴
黃金臺
昔爲幽薊客求問郭隗臺蔓草傷心遍層雲滿目來
故宮疑指點落日悵徘徊馬骨已銷盡英魂安在哉
永歎高世主不惜萬金財數仞勞民力同時集霸才
累非容撮土高想絶浮埃流水無尋處行人欲奠盃
回頭朝暮過往跡古今嵬猶勝驪山塚千秋奠冷灰
與金子淑訪朴士執清潭墓廬
數里蒼山近孤烟出封來凍泥分尾巃跌雪落稽灰
念我衝寒至留門向夕開不須催暮飯腹底未鳴雷
其二
此地常遺愛餘生屢過逢雪埋無舊葡鹿觸有枯松
僮僕依農事門廬遠世蹤藏修百年後徒自仰高峯
除夕即事
手閑中筍檢詩篇却喜今年準去年何似賣兒餘歲
計燈前誇數櫃緡錢
寄而已广仍戲之
經過何處最幽偏峭蒨亭前梅可憐數封繞庭漆園
吏青山近宅杜陵賢年來無那相知少老去還應數

見鮮隨意欲題茶影句恐敎俣喜不成聯

新居 地即青城都尉舊宮址中有小峴鄕西學爲學宮在峴之東故也

一岡少陵北高處數家同植杖青城老橫經學峴臺茅淡先旭日草樹易春風不有市聲鬧安知京洛中

晩望

倚杖庭皐上遠看白閣坡雪明蘺落出山際幾人家草封烟色晩冉冉青吏多不知白閣下南望亦云何

告退日書示僚友

老柳無腔不自持春來何得長腰支東君好借生成力卧後猶存綠一枝

舊僚期遊南園

晩期天又雨遠過郭南園花對主人好鄰家春鳥喧青雲曾一路白首復同尊相顧生顔色不知病眼昏

其二

郭南曾道無住處洛下今知少此園白閣雲山當面勢青城臺榭遠塵喧人於嘉對宜尋傳地有蒼苔合置尊餘興那堪相送去杏花門巷月黃昏

赴王步庚期遊幽蘭洞

薇麓蘭溪去不遙閒行忽到紫霞橋心憐酒氣家家住興逐春風樹樹搖老杏山寒開較晩幽苔人罕綠偏饒坐來笙鶴如將見石局松壇似洞霄

許園呼韻

小扉通別院來往自無時不省林居靜惟聞鳥語遲遣兒開地席留客借隣棋桃李未成逕詎爲車馬知

子淑携酒期午入幽蘭洞士執晩至要余與伯輝士貞步庚惠卿先過太古亭

二十年來躡舊蹤廟門深鎖草茸茸依然識得先生面澗上寒巖一樹松

其二

欲遠白閣雨行入古亭雲山靜人相忘林春鳥獨聞菜田花一半松路水中分澗老考槃地似見鸞鶴羣

與諸友遊清潭冒雨向津寬

郭外已知塵事空泉聲對色放歌中野橋人去蘼蕪綠山店鳴鳴躑躅紅晩飯依林仍帶雨春衣臨水不禁風佳遊幾度逢晴景詩料將無此日同

清潭途中

樹中村逕繞依微烟濕茅茨閉短扉野壠饁歸僧乞食山溪橋斷客褰衣禽來林果夏猶綠泥滑竹鷄晴更飛欵段披簑方麴掩詩人物色似君稀

歸路

麥壠平連十里垌行行問酒過村扃田蛙亂叫蒲芽綠山雉初飛楪葉青中角仍殘林雨墊耳根猶帶瀑泉聽壽坡回首情何限目送閑雲處處停

次影燈韻

寶蓋懸空玉燭明中涵萬象自生生頭頭衣甲昆侖黑面面麾幢列禦輕剩水殘山環未了豆人寸馬杳無聲去來縱似磨驢步不遣回蹊踏得平

其二

行似羲娥迭代明忽從西沒自東生仙遊暗辨驂鸞遠胡獵貪看逐獸輕愁馬奔蹏常接跡恐禽驚散各吞聲此中形影俱忘遠神釋何時意始平

次恵卿瓶花韻

黨外逢疑畫逼眞瓶頭始覺折來新何煩郭橐栽時法獨保封姨過後春犀有辟塵添色態蝶無偸馥損精神摩挲屢觸佳人手却恐鉛朱汙一身

許園逢吳敬言

吳子經年别燕雲萬里睽相逢陳鬢白數語落輝斜綠長傷心草紅殘濺淚花昔遊如更續爲過許詢家

李僉使 景淵 大夫人挽

令子交情四十春推遷孟母屢同鄰熊丸恐致斯須情蔥寸無違造次仁持户半生裙是布崩城一哭髮如銀天應好善終餘慶兒爲寧親早立身雄鎭展才節制使大家從貴員夫人腰符每自將喻廚衣綵兼能視鼎茵蠟鳳戲延含哭久玉麟環坐點頭頻器猶求舊憐槃短餐欲袪珍說甑塵爻字或籌添甲子發星垂曜侍筵賓疴因調護且淹歲書郵起居饒淚灰正擬詩星稱兕席那期劍落化龍津故阡爭道高陽踄何獨緱山跡不渝

士執來携許園

吟病端居日苦遲逢君始出雨晴時雙抽綠笋初分葉並坐黃鸝別占枝老去容顔宜數見年來名字少相知夕陽雖好還愁暮石上藤蘿影漸移

洗劍亭

鄭翁歌曲鶴鳴臯擊柱嗚嗚老興豪五月梅花何處落半天人影此樓高英雄洗劍應霜骨客子留樽已雪毫軍壘百年惟鎭靜至今雲鳥屬詩書

張氏山莊早起

始知雲共宿窓曙見雲痕磔磔鳥移對依依山在軒醉詩連點竄新笋一温存習靜成疎懶還嫌盥洗煩

分竹色拂雲連嶽寺泉聲帶雨出溪林各賦一

體得色字

嘗聞相人術妙在占氣色鼻眼與口耳橫竪無所匿
以玆觀山水淺深歸有極庶幾張山人真訣窺閫域
冥搜太華間置屋陰嶺北與不涉幽荒高無過孤特
詛頌帝跪泉非因龜坼墨鑿牖納普賢對樊連道德
攬結衆泓崢偭羅成輪翼瑟汩湊社席荊巃接飲食
盤飧饒五鯖蔚莧薺一力晨夕魚鳥親自來非我即
花葉雖細瑣亦足媚游息獨有性所愛風松淸護援
垂老且優游況爾頭尚黑先得在疾足安能顧偪側
重來益聞奇今我空御御

次社友花陰韻

雖分杏臉與桃腮淡墨橫披一幅來琴韻乍淸籠小
檻鶴眠初穩繞平臺有時摻蘂蜂吹落別處斜光鳥
踏開醉卧不知隨返照蔥籠移在澗邊苔

詠櫻桃

憶昔兒時上對輕嘗新今節老懷生吃津絲斐除喉
渴呑核何曾碍目明丹似鷄心圓更潤軟於龍眼破
無聲滿籠相贈雖今日佳句誰酬野客情

沙韻

沙光十里繞江濱潮去潮來濾得新殘月影籠遙認
雪淺莎靑染始知春依依屢失雙飛鷺歷歷時看獨
往人一自賈生吟賦後湘潭無處不傷神

蛙韻

朱夏生成反畏炎靑林爲障水爲簾前身丁子空憂
尾別族波臣故欠髯梵罅支頤苔點點籬根鼓吻雨
纖纖草堂愛聽華園閙莫是官私兩得兼

宿斷髮嶺下

山光已失夕陽奇嶺底猶愁夜宿遲好事還如顏氏
學門墻未達一間時

元化洞

水態山光柰樂何洞天紅對夕陽多仙蹤欲蹋無尋
處靑鶴臺前一放歌

神溪寺

側轡橫嶺摠瀛蓬又向神溪作北宗骨相元無同面
背合稱二萬四千峯

九龍淵

天門中斷素蜺懸鐵壁藍泓氣肅然響外楓杉愁儷
立空中霜沫舞回旋暗窺恐觸癡龍怒驚叫鵰飛老
鶻眠安得斐時生羽翰紫煙深處泝源泉

士執邀社友龍甫營東樓夜話

聞君置酒夜相過頭白跌狂奈我何世事浮雲看不
一詩愁落葉較無多莊生未必齊羣物梁甫還應近
怨歌窮達共沾 昭代化考槃休道在中阿

許氏園亭夜集社友

秋後西園第一期忽思坡老雪堂時中天月小人隨
影滿地霜繁菊壓枝世事控搏那得定風光流轉不
曾遲相逢輒醉良圖是明日陰晴也未知

人日書懷 辛巳

鳴禽占柳可憐春懷緖今朝一倍新空有樽餘藍尾
酒更無詩寄草堂人風流寥落非前日耆舊凋殘獨
此身年少過逢求馬地難將衰朽強為親

其二

眼看六十五年春春去春來便不新只喜晴明逢甲
子剛著莊舄化陳人金花柏酒誰邊事土銼綿衾獨
卧身若遇陽和蘇萬物九原能得作交親

步庚書齋小集

書來起我病低垂先逼山瞳柳弄枝麗景三春能幾
日清遊百遍自今時不嫌烏話要歸近預惜花飛欲
綻遲皛飯偶然欣一飽難教善謔似坡詩

又於步庚宅次柳州韻

南山南望思悠然思入閒雲倦鳥邊寂寂床書如昨
日依依門柳又新年尋常行藥墻前地準擬看花郭
外天補得清羸惟菜粥日斜方始出廚烟

其二

步屧隨吟縷高齋入望遙洞春餘薄冷山晚曖微霄
偷眼梅依石拘衣柳掩橋近因花事促不待主人邀

步庚宅共賦

開門應與俗相猜只為山光小蹊開原草先從燒處
綠庭禽常識飯時來貧容客笑餐三韭老作妻看置
一梅勸僉移居西崦宅碧松對畔有平臺

金士貞 義鉉 挽

一病侵尋月四弦今朝共却竹林賢琴亡山水彈何
得鶴別烟雲盡不傳聊樂玄真乘大化那堪渡落送
餘年張家桃李吳園雪欲說前遊涕淚先

三日過數里庄

洛城三日未成春風色蕭蕭雨不頻閣屋東尋垂白
老街兒錯逼踏青人何曾燕子依辰至無賴蘼蕪換
日新宿昔蓮岑同灑淚忍教山笛過西鄰 昨會士貞葬故及之

挽徐明重 慶昌

弱冠情好老彌深一慟存亡遠在今入户疑聞開口

笑憑檐忽似桃腋吟早知作吏仍霜鬢應得居閑養
素心卑制籌方遺草在他時廊廟會搜尋明重嘗著種籌之方農卑之制欲試用於世而不果心常恨之

金子淑挽

人間棠蔭好雖吾亦未知但覺談言內心無鄙吝時

其二

真遊欣獨往風駕恐人知縱被仙班促那無别我時

其三

本為世所棄偶與君相知早識此離苦不如行路時

王步庚景福宮衛將直廬小集 壬午

此地逢迎不相期故人零落異前時巾裳病後如新
面楊柳春中未好枝苑有芻蕘來往慣池多魚鼈歲
年遲君無見熟庭爪去須到蓬關更一卮

其二

平臺曲沼靄雲前省識飛龍舊御天舜帝謳歌猶故
老文王鳥獸又新年吟官還有人携酒春物先占柳
帶烟渾似衛尊同醉日慶樓東畔一陶然

後集

白閣雲過紫閣晴散成霞綺滿層城花心向日斯須
見柳色搖春次第生內史杯觴咸少長廣文詞賦足
名聲上林應得黃鸝早柑酒酬君此日情時鄭伯康來

步庚直廬次鄭湖陰士龍板上韻

宜春春賞步隨便晩日沈吟太液邊池接銀潢盈不
溢門開紫極正無偏明時遭遇郎從直當日經營鄭
道傳未妨借民來種藝長看爪瓞滿宮田

再到步庚宮直共賦

病後詩篇漫興為春來題詠稍新奇嬌禽口舌如相
慰弱柳腰身不自持己得牢籠胸裡有欲將摸寫畫
中移人生頭白還稀見誰對殘花苦代悲

其二

病怯朝寒氣未強尋君日日夕暉當岩嶢蓮岳那由
上咫尺龍池不可方細草老懸花色綠垂楊醉愛麯
塵黃散官應許疎慵得白首何妨監建章

其三

春風宮柳拂金明牽動閑愁日日生獨憐平仲承閑
地渾忘催歸喚盡情松桂舊叢迷太乙烟霞晴望近
三清晩來詩思隨狂蝶散上花枝次第成

送李君協歸永春卜居

人事紛紛花謝枝重逢奧道有前期梁家隱跡攜妻
日渚令閑居御毋時秋雨西窓孤對燭暮雲春樹各

題詩同舟北壁老無奈縱有夢遊知未知

松坡 與李適以王步庚遊南漢

萬柳中開水岸斜春衣問酒入漁家主人坐客土牀濕雨滴簷前山杏花

南漢南門途中

山腰一路接雲平對抄飛樓入眼橫元帥臺前春草合單于峯外夕陽明 國蓄未洗三田水天險空餘百濟城向晚客愁多撩亂殘年遊覽少詩情

西將臺

遊人於此故遲回愁思無如城上臺錦稿可忘嘗膽苦文章空說勒碑才蟲沙草黑春潮入雉堞雲黃殺氣來安得葡萄元帥酒三忠祠下奠深盃

其二

重關百二壯畿東城出浮雲玉壘同山爲鬼愁多暮雨地緣兵氣少春風繫纓誰得終軍請圍帶猶聞墨翟功江水朝宗何所向西流極目恨難窮

步庚直廬飲集

芳時不合卧茅堂日日留連送夕陽上苑已知榕葉暗中杻添得菜花香閒官似客書連屋春飲如村酒過墻供客朝來盤蔌美芝蘭應產舊宣房

其二

天遣番風強半寒春於閏月未全闌可憐社燕依辰至無數宮花得地寬一死耽詩王衛將獨醒愛酒李啃官從知清切非凡界能得繁華耐久看

與社友上西城遊望晚至金氏五松園作

林院沈深紅素飛春山晚色翠霏微擬從花封持紅燭不向人家借雨衣白髮緣愁如許短垂楊記昔未成圍如今金谷無詩罰杯酒從容到夕暉

鄭康伯持酒步庚直廬共賦

春攬閑愁欲黯然徐移蠟屐傍池邊詩如有助堪終日飲到無巡各忘年院裏人歸紅雨夕城頭封繞綠陰天更期攜手知何處流水紫門五柳烟

其二

閏三月半綠陰繁山杏花飛幾點存垂老惜春如送客終朝吟病始閑門身空瓠落憐詩瘦袖汙龍鍾愛酒痕擬把芳枝明日飲莫教風雨五更喧

郭北賞春至姜氏園 李適以鄭康伯金亮元張伯言金宗浩洪德祖金起卿同遊

春遊強病試生衣行坐高林度翠微萬封桃花如有待一經風雨盡應飛路知山郭曾過寺酒憶溪橋舊

款扉流水蒼苔人處處幽源莫道往來稀

過千君善墓 與王步庚朴汝貞遊水落山道過此

壟間人立識荒碑漠漠春蕪路更疑寃鬼終身麾不去九原猶作若敖飢

内院庵得人字

山僻七星閣花開四月春六時一啼鳥有路無來人視地難遺唾巡檐恐起塵窓間僧獨坐疑是影全身

和步庚

百年聲德與爲隣一日相思似隔旬杜預春秋仍痼癖曺交衣食只長身海鷗可狎難充玩野鹿雖飢不受馴避俗無如兼吏隱山多捷徑水通津

步庚書齋共次孟齋韻

茅檐數掩僅過眉欲納山光故短籬無賴上賓煩看竹宣要明府醉臨池米求遠市炊恒晩書借隣家送每遲知尒近來耽道味顔容勝似去年時

玉磬山房共賦

午眠和醉入無何不省王翁有使過笠子遠來朱日卓蒲團高坐碧山多疎情一任奴呼字佳句誰誇妓載歌骨相如從唐擧問君應枕石戎披蓑

步庚直廬

幽意不常得每從君處在城風泛萬柳炙歒忽已改荷氣漸近閑佳禽如遠待重到末一句似蔓或相倍宮詩亦近史雲物俱可載静翫若華芝不爲人人採繞廬樹扶疎且堪讀山海

步庚直中次唐詩韻

文酒相逢便勝遊宮林重過更清幽卧消畏日應添病來見情人即破愁紅藕池塘千柄雨早蟬楊柳一聲秋乘興何由成夜宿月明流水古橋頭

其二

病暑兼旬氣未平那能容易喚詩生空憐水葉田田大無賴風蟬對對鳴池上鵞飛王内史窓中畄列謝宣城青眸幸不隨顔白猶解逢君帶笑迎

向北漢

懸棧縈紆較削門并高雲角絶禽喧霜濃薜荔無全葉石狠松杉盡倒根風籟天吹衣上冷烟濤江入掌中飜任渠僧飯鍾前後行得層樓倚夕昏

文殊寺

歸時不似向來時一顧含情一步移解惜分張流水住不堪持贈白雲遲蒼苔山瞑樓前酒黃葉文殊寺裡詩會得明年老猶健杜鵑花發與君期

自文殊後岡至僧迦寺

尋思開士置菴初端爲懸崖過客跡大小茅山雲一槩東西石室鶴同居徘徊孤嶂碑無字拂拭幽龕佛有書獨愛階前寒檜在閱来僧臘幾枝餘

彰義門樓和洪致敬洪致誠趙允文三碩士寄示韻

自謂鄉中善未逢天下奇偶成拍肩笑仍和倚樓詩落日雲山別西風鬢髮吹罝塵城郭内車笠可能知

夜宿江亭 壬午十月與李道以池文載鄭行夫金亮元王步庚金起卿同遊

杭州眉目有西湖風景能饒此地無西埳帆檣烟渺莽千家砧杵月清孤閒情試讀黄樓記遠意兼閑碧海圖紫鱗桃花春更好煩君書札一相呼

王衛將直廬夜飲

詩家月令揔佳時獨愛立春春未遲濕雪濺城雲不動條風入夜雨相隨何煩金勝花開臉將看銀塘柳展眉陶寫幽情吟詠了非關兒輩預先知

其二

来時住杖禁西橋對裡高齋望不遥萬户立春寒未覺上林餘雪暖初消可憐窮臘官仍冷底事新詩老更嬌舊是鵷班鳴玉地莫嘆幽獨滯元朝 步庚滯直送歲故末

句云

過劉士受飲 癸未

昨日完齋飲晨興興尚飛何孤白墮約又醉黄昏歸書帙無塵雜衣裳落翠微愛君棲息靜衰謝欲相依

士執書齋邀近局賦

棣谷斜通錦澗隈平時過訪信筇来階因覓草春先掃户爲聞笙畫半開白首金蘭憐下榻青衿花柳憶登臺番風桃李應催發秉燭飛觴定幾回

步庚仍職在直偶過和韻

再官君亦老春色去来閒柳待鸝黄至人添鬢白還養痾詩是藥耽睡夢應山誰道懷微祿天公遣做閒

宗浩林園

謌詠芳園感昔賢吾儕猶得歘華筵竹溪上客詩仙至松雪仝家草聖傳故里門扉如夢裡近山花木向人前試教老眼偷春物不耐迷離萬柳烟

其二

對裏深藏一兩家苔墻短短竹扉斜吟緣春日多於鳥情在西園愛及花石醜松疎元契合蝶忙蜂鬧底生涯莫嫌佳節人来往桃李成蹊不待誇

步庚直中共賦

休怪花殘一夜餘較看人老十年如細推物理終期
盡欲罄春懷不暇書信口歌行前有酒便身杖屨出
無車白頭縱浪還非妄鮮道飄紅過眼虛

其二

一色蕪菁百畝橫萬株楊柳拂金明誰料綠野堂中
趣忽向上陽宮裏生午日冒花皆靜影春風搖對盡
柔聲知君官職折衝是醉看愁城不足平

內省舊僚以 香幣封齋齋直西宮書邀劉士
受及余賞春

齋居晨夕直惟清時有詩篇寫意生樓迥紅雲常有
氣地嚴黃鳥欲無聲日斜柳葉春陰重塵淨花飄曉
雨輕白首重來部廨故窓煤壁字尚含情

持遊冠嶽過青坡 李道以吳子祥金亮 元玉步庚朴士執

憶曾出郭厭青坡平陸黃塵閉眼過冠嶽清遊今自
此中節春興復如何綠江入望莎堤斷晴野流光麥
壟多更有新詩先就處孤舟容曳小風波

紫霞洞

家居縱得十年閒未若名區一見還細草香聞劉阮
洞孤雲影落敬亭山天應致我烔霞上人自勞生道
路閒老去漸知林壑趣綺黃合是住商顏

三幕寺

萬仞峯回一寺藏高樓西望海天長洞舍虛籟渾仙
梵林徹斜暉盡佛光靈鷲舊栖雲在嶺化僧遺影石
爲堂祇園春入花千樹誰與譚禪辨異香

出寺

水流花謝寺門春杜宇聲聲解送人芳草底心隨客
跡白雲無事伴僧身相看滿袖攜山翠其奈連裾走
陌塵更有餘懷傾瀉處紫霞村路綠蘿新

步庚直廬餞春

餞春去歲玉溪䧳今日宮林且送歸自是老夫悲逝
水雖非兒女欲沾衣棃花在對堪持贈風雨無情又
打飛若使年年無此別人生離恨也應稀

數里山房

古洞無多屋幽溪不一林茅茨帶流水墟落散清陰
自謂居貧慣吾知托意深來往唯數叟詩酒見同心

元一園亭

園林遲日氣清和綠杏漸肥黃鳥歌醉依蒼石非要
醒言似幽蘭不在多北海常寬深淺酒西江莫問有
無波只緣惠好頻來往不識傍人謂我何

宗浩園亭

對深無署入臺迴引風長社客衣冠古山家酒食香
望雲頻負杖聽鳥緩呼觴莫漫催詩句東鄰尚夕陽

數里山房

已辨衰顏不再紅可憐頭白白還空親朋地下多於
世氣味人間冷似風海嶽夢殘雙屐底歲年天假六
經中見嘲愚拙無因解怪余何心逐臭同

其二

飛棟華題某某亭玉川破屋本無名經春風雨茅茨
白市地蓬麻户牖青小井通厨當一力高松對案視
先生紛紛萬事慵撞眼獨向林泉覷得明

其三

玉瀾之濵久掩扉白頭猶寄一官微晝眈便腹邊韶
卧夜闘馱鞍李廣歸野鶴天長期獨往林鶯風暖解
雙飛詩神憂爾慵成病日課清吟限落暉（步庚帶戎垣禅故四句及之）

士執携酒饌邀友步庚山房

近來頗覺出遊頻風物清和却勝春中聖飲無如戒
者後生詩有不羣人西家竹影東家轉一封鶯啼萬
對新怪殺吟懷藤蔓似每逢松石輒援因

其二

王翁心事玉溪清示我詩篇每一驚花鳥愁添頭雪
重筍蔬氣作腹雷鳴偶然看客有何物率爾坐苔非
俗情薜荔門墻枸杞井京華誰信住青城

其三

鳥雀飛飛對影重茅齋留客坐高舂舞憐蛺蝶狂非
躁花愛蕪菁淡不濃老且折腰參石丈閒無牽夢上
槐龍從君為問清真意笑指窓中居箇峯

元一宅小集

步屧無計學三茅鳴世那能似孟郊愛汝邱園成小
築經時林木長新梢故捐爛果容飃食閒覷幽花近
鳥巢酒榼井餅均得喪何須苦解客人嘲

其二

林園忽夕陽山雨無時霽知有客先來棋聲門半閉

其三

翠木擁千章白崖圍數曲中有老詩仙骨清鬢毛綠

其四

渴思罏溜當清涵涼思松颸封北牖只喜先生飯具
饒翠岑如甑峗如臼

其五

風契期終老還悲老漸侵羨彼東逝水到海猶不流

人生不再少去去止寘幽要取眼前快良晤歡朋疇
古人帶索樂刻茲盃酒遊

其六

玩好從來貴遠邦誰網花石苦浮江爭如乞種東鄰
竹書看清陰一面窓白日黑甜甘菊枕蒼苔濁酒老
瓷缸詩家物色還應介只欠庭䧟鶴對雙

其七

弊樓仍舊尾森木替垂簾屋陋師先儉年衰律已嚴
談經餘寸舌隱几只長髯每見客狂簡無心遠小嫌

其八

不耽花解笑常顧石能言靜觀遲移席幽居慣閉門
只堪留小榻誰待過高軒自顧文何有相逢許細論

元一園亭

雨洗炎氛畏日西烟涵蒼翠小園迷客摸桐葉覓爲
扇童聚溪沙堰作堤梅新送迎黃子大竹過醒醉綠
梢齊一般節物摧人老怕聽新蟬得意啼

偶吟

舌駟自當繫酒户未可高所以阮劉輩日興事沈寘
耽詩頗類似於道得權經一吟體渙然萬慮秋籜零
再吟忘形影放神游津溟妙境非襲取吾胷囊夜螢

元一園亭

小齋稀土石虛寂絶人烟風雨疑遮傘圖書似載船
雲輕無定岫樹老獨依天書汝誅茅志猶能致暮年

自遣

牙如破屐眼重紗豈保容顏帶舊華奉倩悲來頭有
雪文通老去筆無花心非石轉憂難動日抵年長恐
易斜但自不歸歸即樂塘雲川月主翁家

士執來過同至元一書齋共賦

七月月生明稍覺暑氣沈高客故過我携至西園深
曉雨洗群木餘雲散涼陰流響有清蛩息柯無困禽
庭院足幽曠刻茲屬書林詩韻若清水見君蓮花心

其二

寂寞西林翡少微西林不到見應稀夢酣華胥如遺
蛻談破鴻荒恐洩機閒研道經嬾鳥聒老抛山屐羨
雲飛自憐小技同魚目欲向璵璠得與依

七夕遣懷

七夕今年至雙星定合歡銀河虛指點白髮實悲酸
若識重逢易何愁雙别難鵲橋雖萬里不及九泉寬

咏芭蕉 代人作

秋夢緣渠失半宵風飈獵獵雨蕭蕭無端綠擣三分

葉依舊青纖一丈腰心似管城期盡吐質如蒲柳恐
先凋自從純束隍中鹿幾箇嵗嵗枉見招

懷友人 代人作

憶時來上別時樓酒汙書痕更喚愁縱道月楔顏色
照那禁霜鬢嵗華流尊無下馬同傾友地隔南鴻不
到州客路亦應離恨切驛亭黄葉暮蟬秋

滞雨金陵店舍

搖落金陵縣風煙近海門蒼山愁欲暮秋雨卧忘言
雲擁對相失浦回潮自喧分明前夜夢先到蔣家園

其二

水國秋多雨江城暮吏涼巷深鳴杵小樓迥隱笳長
味薄常餘飯眠遲未穩床村醪將野菊冷淡不生香

鼎足山城次牧隱韻

山腰蕭寺占幽清老釋多年不出行夜夜仙幢靈雨
濕時時石室紫雲生潮窮閱相船頭浦地老桓郎影
足城此日登臨多古蹟西風短髮不堪情

塩盆

煬時汗滴汲時寒一斛塩成臭醋酸滄海成田如有
日始為桑者得閒閒

重陽後二日出彰義門

逢秋卧屋便悲秋故作年年出郭遊霜露已催紅對
葉塵埃可駐白人頭雲隨遠鴈先期去風送長川盡
意流聲伎登臨還俗物未應安石愛清幽

獅項途中

心將蓮嶽欲爭高步出雲門自忘勞已向煙霞稱達
相安知草木識詩豪渴窺泉竇疑丹井流憩楓根訝
紫袍萬事如今皆閉眼每逢名勝察秋毫

宿太古寺

林僧留遠客溪月掩雙扉山靜佛香聞寺寒蟲語稀
誰開元亮酒欲贈太顛衣楓葉還應早遊筇莫遽歸

宿圓通寺

圓通久別夢常圓記得盤盤路上天鍾梵重聞紅樹
夕杖鞋渾忘白頭年月籠桂影成三昧雲靜潭心息
萬緣欲問金經無老宿蓮燈何有十方傳

下山

去時流水往時雲都遣歸人悵見聞僧過溪頭須一
別路連京口未曾分詩篇領略烟霞界咳唾參同鶴
鹿羣恐被市童相物色不妨行入郭門曛

游月澗洞 搖戎月課

佳處非徒在遠深近埛猶自愜幽心路連玉洞參差

封人伴蘭溪往返禽舊主亭園今四易暮年詩酒此重尋清池碧石應餘墨金老當時寄素襟士元嘗棲息於此

其二

三溪之曲武溪隅臨水短扉無處無逕掃綠苔通蠟屐鑪燒紅葉煖漿壺空林不謂同人宿好月能知永夜俱可恨蘇仙應酒困未傳十月雪堂圖

其三

謝汝窮居喜客過土爐剩炬酒香和夢隨流水團圓少詩較寒山骨氣多人影屢回霜下菊禽棲不定月中柯偃偃醉羅前溪舞未識兒童謂我何

其四

蒼溪十月霽寒朝葉墮泉鳴慰寂寥土銼煮芹開冷胃松房燒榾煖酸腰小山鷄犬無多屋丁卯漁樵有一橋想得庭皐宜賞雪會當時節更逍遙

隨朴勉之拜晩翠先生墓 甲申

未得升堂早獨陪文席頻經書兒子在祭祀歲時新陋巷人今老空山草復春德馨安可挹還欲薦溪蘋

華陽寺

十里青郊谿四開水多楊柳逕莓苔山樓只合留詩去野寺非因結社來未怪支公偏愛馬誰憐陶令獨貪盃歸時會待春相送杜宇林間莫遽催

梵窟菴

古寺臨江江水遲僧心惟有白鷗知樓高長入虛明夜地迥常多冷淡時繡佛何曾見蘇晉烟波吾欲學天隨風餐雲卧歲年事不識老人宜不宜

早起

詩愁晨起更相關何似支頤老釋閒鴨綠謫仙樽外水螺青王宰画中山不分孤島廣陵處無數春帆斗尾間浩蕩輕鷗難得狎餘情寄與宿雲還

恭題安堅畫八駿圖 我太祖嘗御八駿世宗命護軍安堅圖其形集賢殿學士李季甸製贊

九五龍飛紫極開駉駉地用出時哉星言未暇乘田税朝走曾從水滸来 宸思遠紆摹画繪駿姿重覩掃氛埃經營毛骨窮殊相省識鞴鞍獲昭陪蹀血荒山妖領殪追風感集義旗回何須萬里求宛國却憶千金售郭臺 神武收功清左海文章撰頌落三台鬃披白拂飄成線蹄踏朱提散作盃數幅丹青心易會寒空烟雪意難裁休將王佐分人物非虎非彪亦俊才

其二

黃獅玄豹六關開淵塞王心儘一哉亟作那無神物覩瑞星非是異邦來緬思草澤勞筋骨新歟丹青絶壒埃德重正宜坤牝載時危不獨虎臣陪尾箕元與房躔接奧白應從冀野回定賴随駒稱八士還同鄧馬畫南臺衡過良峙蹂蠻蠶馳上頭流憂斗台促腕削成寒水玉方瞳夾出夜光杯近前催賜千金重詔後須題五色裁歌頌兼將圖畫意集賢知有挨天才

五百斤油 金冬心墨名

一兩如將一縶分八千煤氣滿城聞高岡剝盡鳳皇對半沼磨成鸜鵒雲頗怪金農真好事不知鉛槧足爲文若教淶翰凌班馬凡錠吾當準萬斤

內府籌司諸友邀知舊讌飲柳槐精舍

白戰千場已掃空吏將鼓吹試秋風久聞才俊皆人表一見談言盡意中山暑初殘疎雨過林光忽變細雲通相逢非有遠方至臨去莫歎吾道東

與道以步庚士執遊佛巖山宿石泉菴

懸棧盤盤上梵宮高囱落落杳秋空千峯粉糅雲和雪萬木蕭森瀑吼風古殿寒開黃葉裡孤僧晝卧翠微中霜濃氷滑石林曉欲向鶴菴通未通

其二

客來僧問誰與俱雲爲先行鳥亦呼林絶樵蘇皆老大地除臺殿即虛無獨堪寒竈稱香積只有荒園似給孤勝界尋常吟賞遍詩仙何必住方壺

贈別朴勉之之北營幕

惻惻送君去愁州近塞門有書何所寄繫雁本空言

其二

含淚各分手門前天一涯邊城還有菊莫見再開花

赴士執招賞梅

穩卧茅堂晝不開鄰翁爲報看新梅此身未若南山豹霧雨今朝一出來

寄朴勉之北營幕

殘年不合事弓鞭短髮應羞照幕蓮送去家僮憂薄食却揮官妓耐孤眠自君之出心如失曷月還歸眼欲穿遙想逢春倍離恨愁州城外草連天

人日與道以步庚會公黙宅君協自永春適來

乙酉

書灰伏枕各衰翁苦憶詩樽一席同此日情人逢事外永春詞客得心中天光黯淡雲初細山翠糢糊雪

半空老去無如數相見白頭容易落花風

李吉甫 澈升 挽

與子俱爲五尺童壯窩門下最貧窮交頭裘馬元相
逊便腹經書本自充李路鼎茵前後異姜肱桃被煖
寒同有誰解說當時事未死如今一禿翁

贈別君協

分張莫道易前期我病侵尋君亦衰夢得再遊玄觀
日洞賓三入岳陽時幸得少留春共去君爲輕別日
相思書來縱說千重意不及芝眉一見之

桃花帶雨濃

流水桃花澗道遙紛紛蝴蝶去如招不知曉雨含芳
對疑是紅雲鎖洞霄穿過還愁飛一點留看直欲到
明朝武陵未必長遊衍行盡幽源半日消

次他人林閒宿不歸韻

花應於我有神交不忍空山一夜抛留醉蒼苔半壜
酒起攀殘月五更梢非關老蝶頻驚夢或恐春禽未
定巢衣露嗅香岩背曉縱無人見自堪嘲

槐陰次他人韻

童童圓蓋出墻頭十畝蒼森擁小樓行蟻上柯新雨
濕走龍緣幹晩雲收魏公歸院凉如水韓老移床翠

欲流知是深沈非暝色一聲高處有蟬留

酬朴士執

詩道日趍下胥溺項就滅沾沾各自喜繡口騁簧舌
不識三百篇茶飯無哽噎舉言出諸性性豈有虧缺
只爲先入誤如濯還執熱孰能罪禍首投北當赐玦
之子頗好古有作堪擊節巴里雜亂聒傾耳惟白雪
吾非阿好者愛茲醇且潔無爲眩衆咻却顧失妙訣
近聞悅白傅言志去險絶願言樂簞食佚鯖非所啜

欒塢家藏

錦衾記實詩序
嗚呼先君以書名世　皇使出來則每求書屛障而
歸大小墨蹟嘗播諸燕市日域而猶未聞寫牓書如
石峯之書　皇明殿額也記幼時家有一錦衾慈氏
每指而言曰此　皇帝賜汝爺潤筆者也不肖只記
其語如此而猶未詳其事實也　當宁壬寅三從兄
萬戶大裕氏以冬至正使洪尚書良浩叅佐赴燕歸
路仍居平壤十有餘年今春來京袖其燕行時所錄
示之曰吾入燕時　皇帝命諸國使臣應製從使臣
後望見　太和殿東登化門傍有景化門其扁曰朝

鮮國人嚴漢朋書八字驚問之華人曰昔我雍正
皇上見朝鮮咨文歎其楷法精妙其後勅行賚送一
匹紅錦使朝鮮寫咨文者書景化門三字以來揭於
此也老譯知其事者亦曰昔日　皇勅出來時焚香
宣　詔名某公書而持去吾輩聞之如此云不肖見
此然後怳然覺其吾家舊錦之爲伊時物也噫先君
生於海外偏邦其筆翰之妙驚動異域能使　皇帝
愛重而求其書以爲　帝居門牓流沙海外炎風朔
雪雕題漆齒之人莫不指點嗟賞知其爲某之書也
不亦盛哉不肖愴喜之餘念此事不可終泯敬爲近
體詩二篇謹識其事爲小敍以遺後承云爾
　歲甲寅暮春不肖男啓膺謹識

詩

先君筆蹟入燕京高揭　皇居百代榮紫氣凝雲龍
鳳活靈光射日鬼神驚　九重樓閣增華耀萬國衣
冠識姓名每欲仰瞻嗟已老夢魂頻向薊州行

未死何當到北京仰瞻門額謝　恩榮昔年賜錦家
傳美　皇帝求書衆所驚盛矣子孫懷舊躅巍然
宮闕揭高名平生素志終難就萬里遼陽夢幾行
　不肖男啓膺

王考扁題入　帝京金門一揭帶　恩榮奚徒昔日
皇心悅直到千秋衆眼驚不獨東方傳妙墨能令天
下識高名欲爲瞻仰何時得正待星槎共作行
　小孫性默

求書　勅詔下　皇京盛矣吾家曠絶榮三字展來
天子悅一門高揭世人驚中原有此曾題額東土非
徒久擅名回首燕雲空悵望星軺何日得隨行
　小曾孫載和

見公遺蹟耀燕京華額從知萬古榮氣勢豈徒風雨
驟靈光正是鬼神驚善鳴東土曾無敵獨步中原復

有名景化門高山斗仰三韓行客幾停行

三從姪啓寬

稽古恩光耀漢京不過車馬侈桓榮何如手蹟 至尊愛長在額楣天下驚雄與南山相敵勢高依北斗亞懸名可憐東國無人識忍使鸞皇地上行

戚曾孫張混

晩香豪翰達淸京博得 雍皇奬詡榮疇昔無聞誠詡異而今始顯實奇驚朝鮮國字猗增彩景化門題不朽名孝子潸嗟難一見憑誰消息使華行

李德涵

絶藝終須達 帝京當時 特詔見恩榮銀鉤鐵索精神動鵬搴蚪蟠氣勢驚東土幾家傳妙蹟中原雙闕揭高名多君飾慶揚先美應想遼陽願一行

趙志源

細楷偶然到北京纔求門額出恩榮誰言 皇帝輕斯藝自有天機動彼驚一鎭龍樓萬國覩高懸象魏千秋名聞之感嘆不能已爲君聊作短歌行

丁寧 天語下瑤京昔荷吾 王不世榮重見 皇居三字揭始知當日萬夫驚中原筆法尚元氣左海何人配此名偶露一斑鳴大地眞才如展可橫行

金琬

遊藝絶倫動二京瞻聆非獨爲君榮天機活活 皇心悅神彩煌煌鬼眼驚法奪鍾王眞面目筆驅華夏大聲名金門扁額千秋炳萬國星軺幾駐行

當年 皇勅出東京門額求書 賜寵榮記得見聞爲我道聽來事蹟使人驚知應百代傳雄筆奚特今時擅大名孝思它乎瞻遺墨君須早晩作燕行

金成達

君家先筆入 皇京扁額 宮門事可榮法藝鳴時皆學習光輝纈眼盡奇驚燕雲豈獨多瞻仰天下應須滿姓名鴨綠星槎年不絶一隨早晩作西行

黃德諄

大筆從來入 帝京高懸 御闕照光榮銀鉤鐵索人皆許虎躍龍跳鬼亦驚不啻東方鳴翰墨能令中國仰聲名知君誠意它瞻望早晩經營萬里行

馬聖麟

妙墨由來擅兩京蒼稜骨格絶浮榮縱方晋帖心無愧遂使燕 皇眼忽驚却向門楣高揭字秖應天下盡知名一番瞻仰惟君事須逐星軺萬里行

崔潤昌

崩雲大字壓燕京此事君家曠世榮左域羣臣心已
許中原　皇帝眼先驚鯤騰海宇挪無跡龍挂天門
自有名直北關山千萬里不禁清夜夢魂行
金潤基
三字銀鉤照　上京寫時　皇命外臣榮墨光北海
鯤飛動筆力山中兔走驚師事鍾王能接武携將顔
柳可齊名知君西望懷先躅景化門前一欲行
大字高懸鎭北京　帝王稱羨亦　恩榮蜿蜒始認
龍蛇動炳烺翻教鬼魅驚墨沼百年傳美跡管城千
里播芳名唯君孝思應瞻視欲賀　丹門幾日行
錦衾記實六詩　五
金鼎煥
文章當歲學西京筆法鍾王亦足榮懷寶海東千士
仰播聲燕北萬人驚寧憂白屋諸孫業佇看青氈百
代名匏繫褊邦君莫說庶幾吾道置郵行
申純希
顔筋栁骨莫之京華額能令大國榮蒼老當時三昧
妙星槎返日萬人驚今聞異域猶傳寶還有同城不
識名叟喜典型餘白髮春風坊曲作歌行
金鵬顯
筆力崢嶸莫與京　端門題額亦云榮特蒙　天子

明知鑑遂使華人暗嘖驚鐵索千秋森有色銀鉤四
海煥傳名何當快覩神州勝添却吾詩附驥行
柳光杓
尊公筆法擅燕京景化門題特　詔榮氣似蒼龍從
海動光如紫電使人驚誰憐不朽千秋蹟也識長輝
百代名爲感胤君揚美意一瞻要伴使車行
李岳齡
星軺依舊造　皇京扁額巍然景化榮健筆淋漓神
且妙題書彷彿喜猶驚東藩一代無雙事　上國千
秋不泯名難忘家庭珍重字他年專對見君行
錦衾記實六詩　六
李景潤
嚴公筆蹟入燕京益見　明廷寵育榮世遠誰論千
里照時來自致萬邦驚晩香齋保爰清節景化門傳
不朽名才薄將何揚盛美大家端合作歌行
金祏孫
削玉鎔金力叟京鍾顔室入不禁榮豈徒鰈域稱揚
久畢竟燕　皇照玩驚兔盡中山推健步鯤飛北海
可雄名象賢蘭有滄桑慕早晩應隨使价行
銀鉤大字入　神京賸賀君家不世榮萬國衣冠爭
指點九天閶闔煥飛驚挐雲玄鶴寧無見閃日蒼

虬自有名若使夫公生並世元章當道讓先行
李景稷
細楷因緣赴 帝京 宸看吃嘖足云榮重敎錦字
綍綸盛一落霜毫風雨驚東土藝才傾 上國金門
扁額擅高名知君瞻仰誠應切早晩空從譯使行
金起行
大畫如椽動 帝京遠傳奚翅子孫榮從來神出龍
蛇活特地人看眼目驚景化門題三字額朝鮮國筆
萬年名君家稀蹟那容泯詩以作歌歌以行
白景炫

錦衾記實七詩　七

端門扁額耀燕京宣 詔徧邦與有榮況復當時
皇帝詡秪應今日子孫驚蒼稜已自王家跡遒勁猶
齊鍾氏名追感罙增傳美事知君誠孝夢西行
太命喆
聞昔石峯遊 帝京天幗落筆至今榮題楣 鳳闕
遙求字此事嚴公叓可驚自有書家傳法髓最奇王
氏繼聲名我曾景化門前過幾被燕人指點行
李光稷
鳴世筆家莫與京 帝宮三字是爲榮海東聲價如
山重劃北 君臣變色驚氣合精神剛自許工參造

化妙難名知應宇內同瞻仰顔柳何辭竝駕行
韓重賢
當年文藝似東京墨蹟偏敎一世榮氣動龍蛇華使
惕光懸日月 憲皇驚精神獨秀千門額王趙同留
萬古名嗟爾弟兄能繼體至今雲錦詑燕行
李斗元
寶筆當時孰敢京 龍庭寫額最爲榮文章非不中
原會字畫猶傳後世驚萬里分明賢姪翫百年光耀
大人名橋南春事還如舊緬憶叨陪杖屨行
金彥郁

錦衾記實八詩　八

景化扁高耀 上京西來雲錦侈 恩榮天門動彩
人睟駭墨瀋生花鬼膽驚千載鍾王今不死三韓士
女早知名若論明宋諸家筆嚴丈人應媿竝行
金壽鼎
丹鳳華題煥 帝京 皇朝厚幣荷 恩榮文才自
任當時譽墨蹟猶傳異域驚顔柳餘風曾許壯鍾王
竗法獨成名君家景仰無窮意一伴星槎願北行
朴性裕
虬龍華額挂燕京敢曰當時曠世榮千里始爲宗子
感百年能有後孫驚遂令天下同傳美不必吾東獨

擅名罙切君家追慕意而須他日在儂行

白景爐

藥塢晬讌帖

丁巳八月十八日卽余回甲之朝也家兒略具酒餜要請諸賓作小讌噫余廿三歲遭怙恃之痛廿八歲始給事銀臺不得伸反哺之情雖列鼎之供當此日豈有樂哉以此情懷縷縷挽止而因渠力請遂不得已勉從此豈非暮年氣衰心弱之致耶感懷之餘玆成五古短律要和諸君子焉

憶昔高堂上蹈舞晬席間隙駟季先駛於焉甲已還
可憐髮髮星星掩衰顔家兒今日樂是我昔日歡
今日縱歡樂昔歡難再攀

衰年逢此日尤切遠追心風樹痛何極劬勞恩已深
玆成文酒會猶勝管絃音未得塤篪樂悽懷更不禁

主人翁

斑衣雙獻壽喜溢酒杯間親戚來相賀隣曲亦同還
依然蟠桃會仙漿醉酩顔瓊什上銀鉤竟夕作清歡
甲年今爲趾頤髩尙可攀

終南一片色落在壽杯心綵服歡情洽白頭孺慕深
門闌崇儉德讌飮謝繁音社老俱參席娛嬉興不禁

崔潤昌

主翁弧矢日園會酒席間萊舞和風轉郢曲陽春還

座上諸君子俱是老蒼顏不啻今日樂長留百年歡
南星照此地壽域可躋攀
回年兼晬日淸讌助歡心華軸詩常滿蘭尊酒復深
平生難適意末路幸知音竟夕留連飮豪情自不禁

金成達

惠而能好我從遊伯仲間阻闊無多歲華甲已再還
五福一曰壽韶華尚童顏庭玉能養志舞綵繞膝歡
憐君懷如我風樹痛未攀
晬席周華甲知君遠慕心鶴栖玄圃穩龜息碧潭深
酒解靑年語琴調舊日音蓬壺無信息鬢雪正難禁

藥塢晬讌八詩

二

張道行

蓬壺信使來海棗到人間斯翁領來歃甲齡六十還
白髮猶春住和氣動朱顏高堂設讌酌彩衣舞承歡
金資此日陞何況 主恩攀
壽宴酬善者理這悅天心慶賀斯年喜 恩榮此日
深翩翩看舞彩秩秩共知音短律供豹續微才愧不
禁

金起行

聞道嚴君平大隱朝市間樓簾開道旁葫蘆貯九還
神仙類如此白髮猶童顏室中旣偕老膝下見承歡
甲回又新賀 恩誥是日攀

主翁回甲日諸老滿堂心 聖世人爲瑞 恩資我
與深酒中靈曜影琴上太平音看取垂餘慶斑衣樂
不禁

白景炫

弧辰兼二品都是孝兒心列座羣賢會盈樽綠酒深
只耽李杜句不設管絃音令伯前年逝悲懷那可禁

馬聖麟

主翁當晬日應切愴然心祈壽子誠極勸杯交誼深
暮年能許己浮世是知音詩賦今相賀歡情不自禁

李岳齡

善人多福慶滿眼盡歡心玉樹庭前秀霞盃座右深

藥塢晬讌八詩

三

甲年兼晬日歌管迭和音聊以永今夕華篇政不禁

范慶文

生甲人皆賀歡今感古心秋如春日暖讌若講詩深
子姓承先慶才華繼德音高年看滿座惠好意難禁

千壽慶

知子懸弧日何忘彩服心六旬追慕切二品晚榮深
晬席無塵態華篇遠俗音病吾嗟少一懷抱有難禁

黃德諄

逢君回甲日杯酒作歡心眉壽南星耀鬢金 聖德
深芝蘭宴晩翠琴瑟亦諧音雖未忝高會一言詎可

禁　　金壽鼎
樹老花重甲蘭芳草寸心況諧琴瑟樂可謂福源深
父母劬勞日親朋慶賀音人生稀六一白髮竟難禁
金仁大
鶴髮雙親在長存喜懼心斑衣呈蹈舞綺席溢歡音
諸老詩方就芳尊酒正湀遲遲南極照獻壽樂無禁
子性默
重甲人難得賓親樂會心芝芳榮養極爵溢感恩
湀讌趁黃花節琴和白雪音可憐衆壽酌衰髮孰能
禁　　戚姪張友璧

達人無待足樂事在稱心增秩門榮溢重弧子喜深
朋尊留晚景鸞瑟泛清音秖爲時霜露孤懷自不禁
戚從孫張混
懸弧此日卽佳辰只欠歡筵少一人風樹感懷唯獨
我琴尊清興是諸賓華篇秩秩能成軸賀語紛紛欲
動鄰先世流來多儉德至今餘蔭及吾身
主人翁
君平初度卽今辰洛社相從九老人少一嗟吾況病
質登筵羨彼曳裾賓佳吟麗什應盈紙寄示要和可
及鄰來日儂家曾有約聯翩企待訪微身

黃德諄
回甲之年讌晬辰君家盛事足誇人趨庭丰彩知賢
胤滿座耆英卽賀賓曾向詩壇敦舊誼晚從珠峴結
芳隣慇懃嘉速難孤負錦席華樽暫致身
崔潤昌
弧辰況是得良辰無乃天公借與人盤上佳肴空佐
酒琴中妙曲更留賓晚年養志知賢胤此日邀歡揔
舊鄰儉德由來多福慶賀筵能起懶慵身
金成達
彩舞翩翩獻壽辰滿堂和氣溢於人詩筵雅趣西園

集尊酒歡情北海賓勤儉自來膺厚福交遊曾是接
芳鄰生逢聖世仍回甲煙月康衢有老身
范慶文
甲云回矣又弧辰詩禮高門愷悌人不設管絃由示
慕但將盃酒會親賓箕裘繼業賢稱胤琴瑟空家化
及鄰五福能兼三達德賀君長作太平身
趙志源

跋

齒一德一者無齒德不彰無德齒不尊齒德兼備後
乃謂碩老故鄉黨有碩老鄉黨化天下有碩老天下

化焉雖然天下之老不世出至於鄕黨之老如嚴晩香先生是矣晩香先生卽春圃先生之子有齒有德爲北里之碩老而其子杏南菊山能繼其德也惟齒不高北里之人皆惜之今其弟藥塢丈齒已周甲而德亦侔其父兄晬日開小酌速親戚故舊終日雅讌勸酒酬詩慕其先子傷其二兄而亦不廢斯讌者乃爲其子之誠仍藏一帖而志事壽慶敢書帖末曰寧越嚴氏齒德故家眞傳之藏也

後生錦溪千壽慶謹跋

此帖乃吾友藥塢嚴稚受回甲晬筵詩帖也其胤君

性默手女而龍眠畫弁之藥塢自製序文及詩二首而並書諸彥訓唱詩以爲壽傳之資帖旣成示余而求一言之識是豈余拙文之可記其盛迹哉但以相知之厚有不可孤其請者乃閱其帖則書法已精工其筆體則蒼稜骨格所謂銀鉤鐵索者是已詩亦平澹雅順而是外諸君子詞律雄健華麗其畫其筆其詩可謂三絶俱爲粲然于數幅華牋之上一覽可令人愛惜不已不啻若金珠之寶豈不美哉雖然非獨是帖之可觀其志有可取者存何者今俗之人於回甲壽宴無力則已有力則必大張宴席挾妓樂而務令奢華悅人耳目者多矣至於藥塢則不然捨浮華而從儉約略設杯酌邀朋親以詩酒供歡座上諸賓亦皆韻士騷人一觴一詠竟夕團欒其澹然風致彷彿乎蘭亭之會西園之集由此觀之則是翁能守家庭之淸德是可尙爾至如詩筆則特其餘論耳以余拙陋亦參席末而有所目擊者故有是說焉

歲丁巳陽月閑齋老拙金成達題

余與菊山子頡頏角逐於騷壇者今幾年矣其奇傑之氣放逸之態尙不忘諸懷也今觀其弟藥塢則品格節操宛與伯仲而其誠勤雅操猶有菊山之所不

及焉余是以深契於平日者也蓋晩香公之箕裘是一國人之所寶藏而爲慮久後且泯就家奉中擇數三本敬自摸出入刻印行以期壽傳非有誠勤能如是歟明窓靜几拈弄書畫綠槐淸月乃琴乃詩非有雅操能如是歟且理產有規專意純儉無一芬華當此周甲弧辰亦戒侈大略具酒餌邀請故舊盡日讌歡而不用歌管只以詩篇識喜其淸愼自持槩可見也伊日詩囊恐致散漫親自善寫留與後昆圖而要余爲跋余以此數三語書而歸之

歲丁巳陽月東溪翁崔潤昌題

人於晬日宴酣爲樂而吾友嚴稚受獨不然蓋其爲
言實有符於子程子所訓而非欲自異於流俗者故
從而遊者不以爲過而愈重敬之余與稚受交三世
而誼管鮑同憂樂而視昆季孤露之生頭皆已皤矣
今於仲秋旬八吾稚受花甲之回也吾之喜之不啻
若自己當之則其知稚受是日感慕有倍於平日者
亦宜不後於人也其胤子性默順志不違略具樽醪
盤肴請諸鄉鄰故舊常往還者歆而賦之於是父老
咸曰是可以傳諸後遂相與繪其事妝之帖或詩或
序以識之夫稚受律已有素教子有方克繼家聲重

爲世豔且其神骨康健顔須矍鑠庶幾胡耇詩詞冲
澹筆法遒勁有自得之妙往往爲當世鴻匠所詡而
性默又馴謹有文不媿爲稚受子摩詰所謂寧親爲
令子康節所謂何用子孫多者殆若爲性默準備語
也吾以是賀稚受稚受以爲如何
歲丁巳陽月下澣花泉趙志源題

存於心者發於言發於言者撰而爲文文者增其彩
也石砌葦簾書之於章句之間則爲玉堦珠箔自歸
華麗之物荒園草屋績畫於華牋之上則其蕭灑幽
僻端合翰墨之場噫不佞本以鹵莽蔑識少無才能
百不肖人者今當回甲晬日因迷子之請略以酒肴
設小酌邀諸同志以詩律唱訓歡娛諸君子爲詩之
餘仍以數行文字尾附而歸之其誇奬吹噓不啻若
階簾園屋之比不亦過乎無乃平日誤知燕石之爲
美存於心而著於文歟抑或因其文勢而自然生其
彩歟於心實不勝媿赧之至書此帖尾滐自警惕焉
歲丁巳陽月主人翁藥塢嚴啓膺稚受題

藥塢祭文

維歲次丙子六月乙未朔初六日甲寅舊僚張錫玄等謹以淸酌蔬果之奠笑于嘉義大夫同知中樞府事嚴公之靈曰嗚呼哀哉公吾黨之哲人也其生也仰以爲師範倚以爲風儀永有歸矣今其忽焉將安所仰將安所倚嗚呼元精瀜會珪璋光曜旣有內美重之修能者公之質也金潤玉貞氷潔河淸春不加茂秋不益勵者公之志也以公之質居官守職則仁義足以補化以公之志奉法受責則貞固足以幹事歟而鬱鬱抱玆利器沈陸里巷老于衡門豈非天賦

之體而神遏其用天與之具而命奪其機耶嗚呼公在官忠敬居家孝友壽而無辱子而有孫庶幾生死無感矣詩播六義揚聲振彩書陳八體鸞漂鳳泊克紹家庭之令名矣由此觀之公可謂德全于內而藝達於外其來也有關而非適來也其去也有故而非偶去也錫玄等義重前僚仰實師表以蒲柳之姿瞻菊蘭之容塵累之儀攀光霽之風少者十有餘年多者倍之雖龍門之登何以過此是以高山仰止景行行止恩深而義重愛隆而敬篤官有事則必曰公也家有故則必曰公也佳時宴會則必曰公也今忽陋玆世之囂而遐翔乎區外悲玆世之隘而高蹈乎天衢抑將會靈而歸于川嶽運神而飄于雲漢耶幽道微昧其誰知之嗚呼哲人其萎吾黨盡瘁自今以來仰無歸於師範也倚無藉於風儀也有事於官而無與諮度也有故於家而無與諏謀也開筵酒酣而無與陶陶也嗚呼哀哉桂折秋風蘭摧夜霜澤失靈龜屋去高樑衷情之乖亂何以抑之襟淚之泫然何以禁之操文奉斝告哀玄柩靈或不遐庶幾有感尙饗

挽詞

八耋高齡貴亦台淸儀鶴骨好相開鍾王筆法傳家

實李杜文章擅世才永日玄談皆近道翠園佳會每登臺老年閒趣眞多福臨挽那堪一律裁

李岳齡

終身榮辱不曾加翰墨場中送歲華交許忘年三世久敬先尊老八旬遐紹裘筆法同王氏連壁詩聲是謝家生死古今嘆逝水薤歌一曲淚空斜

劉相祐

晩香爲父菊山兄幼學家庭得大成永叔蓄書傳集古士龍聯壁見齊名門邊氈罽休官早簾下幽潛棄世輕耆舊襄陽從此少凄凉誰與送餘生

金洛瑞

朮停松鄽溝蟬咽夜峙柳疇昔拜道上花爛含春囿
存亾各斯須一設永且久從今巷無人邈焉才德懋
書曾承晚香無不爲學母詩繼兄菊山赫赫傳家舊
畨棄銀臺仕事不愧屋漏歸來茅檐下家中何所有
儉不衣錦囊敦行所厚厚勤孜惜分陰毫卷不釋手
撫琴愛古調凌雲自獨奏學畫惟寫意頓脫丹青臼
傭書與賣藥勞亦代畊耨蹟庶近王韓今人無出右
譚論尚意氣見惡如讎寇行已清濁間貫蝨戢不負
子孫亟克肖爲善獲天佑嗚呼吾先君比隣兼世友

小子復追陪翠社九老觀非但悅風儀感慕竊不輶
西城賞花鳥北菴斟菊卣八老滾滾逝年爵公獨壽
知公莫我若詞蓉慙無取計至時伏枕未能哭玄柩
涕和山中雨西望屢擧首

千壽慶

晚香肖子菊翁弟神筆文章又不隳奇氣輪囷天賦
與得來何處後人悲
古琴華髮一團春暇日陪遊絕點塵可但餘生桑海
淚世人皆說巷無人

池悳龜

先人執友惟公在時節源源況隔鄰風雨不關渾似
舊經書有味一如新傳家詩禮兒孫守優老 恩榮
八十春小子從今誰倚仰龍阡西望倍傷神

李基默

秋分後三夜步唐人韻
久惹榮塗竟失真　衣歸卧榻擬塵一燈秋氣生踈
屋半夜砧聲起四隣倩筆暫忘身外事怡顏常對意
中人最許滿今宵興只書沽来酒味新
○明月還秋夜好懷又此生利紛當世事沖澹故人情
燈下歲多諳霜前鴈一聲豈吾隱名者西蜀爲君平
幽居
○閑情或恐世人看識下深居較自憺赤日流雲知大
熱北窓清簟有些寒經綸遺後槐三樹榆錫隨身升
一宿對酌學書青眼子幾分平夷幾分難
暮日小集

賓朋起我許相過日涉園亭醉且哦清露氣從塘半
水亂蟬聲自樹多柯三庚次筭垂方盡積暑尋常老
轉多誰賦右文千一會已聞河頌不揚波
夏日漫吟
尋真未遂飽芝霞想彼田園眺望賒伊昔翱翔城北
里於今嘯咏澗西家一天秋氣經蟬動虛箔松陰受
日斜落筆渾成歸去賦墨濃奇處字翻鴉
中書堂小酌
結社從知有此期衣冠不讓永和時蒸雲碧落炎威
重白晝黃扉日影遲高興遠加山簡醉暢懷須趂習
家池蟬聲忽起庭前樹晚向詩筵故近移
夏日賦幽居
林樾抱村天四垂席爲門扇白雲籬地連泉石還欹
眠巷絶輪歸只譜棋廁跡清時官是累無心華髮病
相隨殘書撿却殊慵廢事事由来動失宜
林園偶吟
夏木中間起小臺爲看清蔭昔曾栽門扉補輒多編
竹砌石歌因半蝕苔醉興高時無酒令詞鋒鋭處有
詩媒潲煩頻日居居卧早晚涼風得一槐
夏日即事
霽景連空接鳳城夕陽山色又餘清此時邀客鄉無
酒暇日排筵更對枰未老偏多衰倦至題詩每見感
懷生流光况復庚炎去一樹蟬聲却有情
漫吟

○醉下江樓路欲分秋聲一雁更堪聞指端青點來三
角眼際光明起五雲薄宦何時期脫穀踈襟半日喜
離群晴從野樹烟生郭咏罷新詩向夕曛

三翠軒夜集

小秋燈燭夜文酒一堂中砌冷虫吟露更寒鶴警風
勝流從已遠高興畧相同喜君栖三翠生涯自不空

石井洞小會

數間松菊室幽絶勝居村巘近簷前翠苔留石上痕
景光頻入夢詩句反消魂暇日携高會清樽醉欲昏

秋日小集

○晚就心期此結茅爲耽佳境學雲巢墻蘿露徑苔成
縫砌竹迎風鶴見敲踈散寔真要潔已紛紛還復羨
懸匏秋來料理流觴會共鶯溪鮮好作肴

秋夜小酌

勝覽休教擬史遷每逢知己自無眠清儀却看殘燈
照壯志唯餘一劒懸寒語露宵螢北户曉聲秋月雁
南天浮名漫就詩千首寵辱何曾夢寐邊
稍喜閑愁病與消安排酒席坐清宵茅茨逈絶洞門
靜碧落虛無河漢遙玉露團團明複草寒烟裊裊弄
輕條小燈花結詩成處禁漏聲殘廿四橋

月塞

放散唯吾輩忘疲水石行雁聲風外度雲影日邊横
古塞長水闊秋天結廓清自慚撫時景書劒老無成

仲秋

涵蒼誰敵白板扃息機從此可窮經黃金易致人心
黑細雨不孤山髮青搜篋自然有燃角讀書何必待
流螢一簑時看風來處寂寂梧桐碧滿庭

早秋即事

忽見新秋淨掃軒酷炎餘祟氣猶昏碧山長戀宜疏
世駟馬非私故穿門流火節如催暮景盈堦草不損
芳痕消除萬慮悠然坐竹裡清風鎮日喧

即事

○短髮蕭將虜不羣雲莖無奈已三分酒因消病慵司
馬祿代耕田笑子雲餘事賦詩君最健漫愁爭席我
偏醺結廬爲卜西巖下石上松泉日夕聞

秋日偶吟

行藏揣了蓋棺前七尺身還食與眠樂遂遨遊皆勝
地恩深雨露有仁天暮江秋膾邀心起十載鷗盟一
夢懸志業無成空白髮誰憐潦到老風煙

即事

水雲寧失鶴同巢却喜門無俗客敲晴几教兒閑石
藥晚風聽鳥對烟梢故人零落書難寄中歲蹉跎世
絶交癖性長年耽看字近因衰謝即前拋

秋日

門帶碧流緣石砌竹籬深處卧開窓冲襟畫靜懷南
郭短髮風輕坐北窓移樹重陰雲作對倒池孤影鶴
成雙入秋新味兼魚果晚節歸依勝曲江

江亭歸路

○閉户身無繫逢秋意正長地隂接黄道風力響枯桑
巻裡偏增味頭邊早得霜與君惟取樂寒菊待重陽

秋日

客散秋齋落景遲一庭松菊正垂垂無端忽聽蕭蕭
雁解得西風草木悲
十年功課揔陳篇意思秋来轉索然幸値文章伊石
輩楓林底事共堪傳
落葉皆秋状雲天迥共添牧人朝雨經新雁午風簾
嶽色爭高潔詩情擊細纖酒闌饒赤舌罵後駁儋瞻

秋日登高

落木蕭蕭裡楓林有小家水鮮何處在秋色此山多
不負衰年良爲看重九花草茵供短律沽酒日將斜
欲盡登高醉西風問酒家地清九秋在天濶遠山多
赤寃堆霜葉踈籬绕冷花與懐随處满敀杖夕隂斜

秋日西山

○緑隂如昨日楓菊近重陽忽見雁敀地從憐燕謝堂
坐来天許大題處壁留香一席爭秋澗出懐正復長

九月一日與姜翼瑞李聖叔向北漢記行出郭
得空字

北郭蕭蕭路松林萬壑風一節抛底事塵慮卽前空

又得峯字

清溪路揺遠山峯杖外時聞上院鍾落日西風迷醉
眼白雲紅樹影重重

獅項

足臨高絶頂心曠遠馳江風燈真如歸雲椊断似紅
羽衣今不見息歸只傳渡到處供秋味畦蔬酒一缸

到白雲禀與主人共賦

物外仙缘得暫時楓林下日步遲遲連雲半落蕭踈
影断壑中分錦綉姿匪我平生懐道古惟君夙昔抱
才奇賞秋詩不成全句金谷清樽百罰宜
四圍松作户朝晝翠霏微古木三秋在寒霜九月飛
白雲樵短髮紅葉客長衣一賞連回枕猶言不定帰

西將臺

削立三山鎭國都將臺高並出塵無千年備禦遺娛
策此日登臨慨壮圖何事佛灵開世界不堪秋色满
江湖吟未勝槩還多感徒倚西風醉擊壺

祥雲寺

殺角天乖接地低佛花開落白雲接数僧風外敀斜
径一盤林端出別溪梵語蒲團還寂寞騷吟筆底有
提携尋真叓上千層壁無限烟霞滿眼迷

自祥雲寺抵元曉菴歷過绝隂之巉峯

遍捫菜茰客仙區次第看落霞蒼壁古秋葉暮山寒
跡似飄然鶴心怏熱耳官世塵都一擲詩思十分寬

元曉菴

一登菴上頂宵海浩無涯古木鳴隂壑蒼藤掛石崖
白蓮金龕室霜菊貝沙堦犢下生雲氣衣塵踏處埋

獨

性將退奇已沒痕白雲千載水空喧臨流倘復開詩

軸桃石還宜洗酒樽風外雁聲穿霧落眼前林翠飽
霜餘坐來清淨非凡界老樹陰陰日月斎
暮向國寧寺止宿
散策投蹤白雲還寂現樓臨逈絕埃隔樹天風吹丈
室蓮花法雨下中臺晚鍾齋罷僧俱定曉渴燈明佛
殿開三日讀秋猶未了卧來聯枕記行催
避雨捍禦門樓
秋山白雨雁聲頻雨定溪楓幻更新暫憩城樓收路
晚遠鍾愁殺苦吟人
再宿白雲窩
兩日騑床許栽襟數間松室轉幽陰滿聲還减石泉
聲寒氣逼生楓樹林不種黃花樽更對無端白髮病
相侵遊節止宿秋山裡細雨中宵起遠砧
山映樓
落葉停節處危樓客上初白雲楓樹聲流水石門渠
棟宇飛丹艧絃歌入翠虛故人多寂寞秋色此空餘
大南城樓
關防已許俗人遊路出崇河屬九秋遥接漢南通鳳
翥更看城上白雲流峯應斗起關天壑鐵瓮鉤連擁
石樓醉倚風欄還意氣千年地逈近羅浮
文殊菴
有菴知不遠峯轉出雲扃古樹霜初落秋風杖屢停
數間依白塔鍾歌就玄經忍與山僧別深盃任醉醒
回路得長字

折來楓菊滿衣香濯盡塵纓興欲狂病脚須節逢險
凝白雲經眼入懷長參差老樹飛丹壑滴滴青霞映
夕陽如問此行知所得九秋風物錦詩囊
重陽日與巽瑞共和步唐詩韵
九日黃花節幽懷入醉鄉野烟生遠岫園木帶繁霜
寒雨過陰砌午鷄下短墻此來羨彭澤高趣卧林塘
朱門處處起高樓急管清歌夜不休未信黃花許吾
輩多憑白酒儘名流相逢處士無錢日共對茶筆落
帽秋憶昔登高重九醉青燈燄子舊同遊
此夜依舊坐樽酒故人稀菊已爭新吐誰應得早歸
壁門燈火落窓外雨聲飛白首如今醉虛心更整衣
重陽后三日次老杜韵逢故友叙及
佳節不堪秋又來幽懷只切楚辭哀榮枯聚散多年
事雪月風花幾處臺偶爾相逢餘九日陶然共醉此
深盃論襟却怪容顏改四十殘名遠斧材
秋日小齋
碧落蕭蕭送雁聲秋山一面遠含晴寧拚素志趍塵
内為報明時住洛城愁向酒邊心稍定閑從卷裡味
偏生
雨中漫吟寄示
暮雨乘冬候悠然坐小軒冷烟衛屋斷寒鵲鵠枝翻
暫罷懷人夢聊成寄傲言静居還契濶空復對清樽
肇冬夜坐小集
碧落霜深月色寒禁門清漏夜将闌襟懐頭取適誰勸

譯眼底爭趨世俗宦仙艾那能消肺渴茶僅足止
喉乾懂言共盡甕甎醉一盞花燈並二難

三槐亭小集

好儔三間洛下廬寄情時或命中車樽開白鴈南歸
後客赴新梅閣上初燈㶁基全南皓局寒床悄散漢
公書每逢佳節尋常醉更看峯雲甕甎舒

暮春登洗心臺

高臺縹緲轉晴朱萬化樽前摠有情九陌韶光三月
暮夕陽花氣半山明出禽弄舌皆林翠過客醒心自
水聲剩喜物華容懶拙詩中歷歷記勞行

春日小集

人生賦命摠由天底事窮通鬧且邊春日幸逢同志
客清淡仍及醉陶然

仲秋念七日登終南山

登臨徐繞未川原迥絕浮塵滿秋喧䡖閏千年吊穎
邑平蕪十里壓江村鼇頭勝借風騷會雉堞荒誅草
木痕倦客細翻秋色裡時聞日下放樵言

西臺秋望

松風吹盡穫西疇洗出青天岳勢遒萬戶烟沈秋色
遠亂楓霜落葉聲殘十錢當酒堪高卧義菊緣情孰
一官浪跡不知日將夕於為林鳥暮雲端

重陽後一夜

悲秋皆有聲落筆頭生色何妨醉華筵情懷看不枕
一生多病度年芳思入仙翁肘後方天放吳輝秋有
月地回寒氣夜飛霜小燈挑盡看書與衰胃調未煮
茗香晚節歸依唯濟活那能名利到癡狂

新元復槐亭小集

懷抱向來君處開一杯方覺好時迴積陰正整經冬
雪暖律庭除破臘梅樂事偏宜春帖在閑愁似欲白
頭催誰曾蘊積空皮骨且作休糧待價哉

復槐亭

復槐遠映舊宮西迤作亭臺抱一溪不怕聲名詩酒
死却晚縱跡水雲栖垂門柳帶春風細繞座山含瑞
靄低和煦漸看添刻漏短墻時過午雞啼

漫吟

處士生涯自有天藥囊書籤老風烟春光陌上饒和
兩爽籟松間當素絃世事都將手談了襟懷更把酒
盃傳庭前可愛復槐樹不改清陰似去年
兩對青山几戶前煮茶時後汲松泉尋常卷裡朝三
讀閑漫樽邊畫一眠春與正憐懷海鶴老情何似浮
秋碑年未料理誰同話半世田園業未全
大情風前醉半斜賞春餘興到君家地陰方拆陽從
發柳色輕披綠漸加斟酒更攜聞翰墨息機還與賦
烟霞閑情未老來無恨莫以功名向我誇

復槐亭

癖性耽看水與山洛西曾買屋三間春臺處處人人
醉壽域年年事事閑鶴唱洞虛來午枕塵囂市遠滿
衛閻茶鐺整暇新生潤浩浩風光解此顏

松

忽看高樹倚空閑往事閑徵坐此臺藏籟蒼髯寒帶
月盤龍老甲碧封苔若爲猿鶴経過地我倩騷優用
處財氣節如今霜雪後春風盡日影交杯

春日旌槐亭

華山靄景滿叢青剩得風烟戶北庭司馬桃経還有
病步兵疏節不言醒一年春李花爭姸數曡琹心鶴
竊聽時嗅茶醲閑意緖無那鬢髮欲星星
細雨東風柳色青杜鵑花發滿園庭逢逢白晝還心
靜滴滴冷泉便耳醒畦菜異香人不辨溪禽名語樹
如聽十年林下門常掩照遍知應處士星

同題

簷前趺坐對青陽自笑聲名四十强綠剪輕羅烟柳
嫩紅裁重錦露花墻當桃一釖空懸壁每向殘書只
看床春物媚人我病眼世情於此暫相忘
識向幽人宅滿園春色佳看花樽更對送席句仍排
節賤帰新燕風輕有老槐太平還想處歌管動城街
琴書晩就臥林園俗累那曾到耳喧草屋中間花爛
熳風枝上下雀飛翻春來勝美皆詩債老去幽懷尚
酒痕卷絶輪蹄無所事不知何處是朱門
小巷連山脚泉源石上聞撫琴南郭几看鎖北窓雲
短髮逢知己沖襟有數君一群嬌鳥語桃李正醺醺

暮春洗心埜

登臨正値夕陽天萬綠輕陰忽眼前地迴千年寒挹

石松高長日罩金烟九春餘與如相問數子清襟此
有緣荒憤都無身外事盡樽取醉坐悠然

漫懷

異所取諸罕出門墨鄉之戒視膽尊身雖不作山中
隱耳或寓酏世上噫分內似毫無龍辱宅間如亭有
庭園北窓堪臥親蒸藿數卷床書性理存

初夏林亭

春帰未盡夏交來又見繁陰萬樹開一策已先芳草
浣小機猶戀落花杯少人行径餘逢日多雨空堦遍
綠苔佳節每逢依晩許爲聽黃鳥坐忘迴

病伏床第已多日矣朴友 汝貞 辦備粮饌邀往
道峯轉入北漢未懲不已顧此病状雖難強作
而自聞此言不能孤其勤意相與出門路逢道
峯之未人屬氣大熾食息不安云不敢向東仍
出彰義門自僧伽寺轉入北漢時已乾月念
日也

出郭緣何事超塵容意閑渡溪仍石路豪爽有松風

午飯僧伽寺

白雲遥指處孤杖向碑峯曲折溪爭磬遠迤路入松
木魚晨聽梵齋鉢午聞鐘望遠心無際踏來山萬重

過御倉逢李 士逸 兄弟共話仍宿

踈狂不合用於時每遣逍遥此有期綠樹長風勞病
脚高齋盡日醉溪危飄層翠幛看塵好繞坐清溪聽
亦宜情話從容仍繼燭惟君伯仲舊相知

山映樓

流水聲中石上樓曲欄人倚似虛舟白雲千載山空
寂惟有題名徧九秋

元曉菴

菴寂高臨地又偏坐來疑上帝居天優遊每結勞長
夢一宿從知得暫緣清磬數聲白雲過層崖萬丈玉
樓懸幸逢慣面詩僧在盡日松陰說往年

元曉菴歸路

朝日戒裝山映歸飄然袖拂遠公扉石多溪澗流還
激霧罷峯巒鶯欲飛地僻尋常寒透骨神疲無奈汗
沾衣虛樓更上題名字自笑狂夫跡不稀

題白雲窩即李士遠庄也

流水洞門環以山茅簷展席得清閑仙緣若付三生
外世事堪過一夢間書卷自多慵後廢烟霞不厭靜
來看白雲窩主懇勤意貫酒知應待我還

綠樹濃陰裡鶯歌客過初雲來山自近門掩洞常虛
沃渴斟壺酒愚歸看壁書雨宵清楚夢塵累滌無餘

東將臺得來字

地入騷人感山長漢北來塔前環彩蝶　雖起斯臺
野色平收盡江干遠控開停杯詩欲就歸杖莫相催

四月念四自北漢歸路

夕似迷松林路出地全低看雲回首皆晴
峰前
認別溪餘與誰忘閑我伴老懷猶道興
君攜更沽村酒濃陰坐不覺前峯日已西

與李漢叟朴汝貞過瓊槐園

舊宮南畔掩柴門一畝方塘任鳥喧詩句每經吟處
澹樹陰頻見轉來繁地分清切供茵席人自疎狂用
尾樽閑靜園知多暇日百年吾欲醉長昏

晚雲斜日更多奇蕭洒林亭與思遲欲却殘棋生事
少白頭猶自樂清時

與朴汝貞過吳仲明園上共賦

自君得休許連我盡清歡細雨留棋客微風度竹欄
園畦閑不廢書卷老猶看十載經綸事尋常酒戶寬

瓊槐亭小酌

自古騷人事丟閑清棋濁酒笑談中安排枕簟涼陰
地爽得衣巾淡蕩風弄墨花殘香蕊觀看山晴日翠
浮空息機非直瓊槐在取適時來遠壑通

瓊槐亭漫吟

朝晝陰晴景半分篆烟閑共鷲邊雲此時烏几無餘
事十載蓬門足隱君揮筆影低蕉葉展濾巾斟細酒
香閑坐來風物看猶色聊復長歌且屬文

滿園林翠午陰濃一陣清風樹動容吾輩只應勤學
就何人漫功覓侯封閑尋越夕情春夢涼影過池蓮
迓松已信巖居唯道義年年此地任追從

睡罷悠然竹小窓短簷亭午燕喃瓊愁還賦遼詩成
律喜欲顛狂酒滿缸避世寧嫌客與寂攖心幸免擊
雨撞客來閑共消長夏窄窄門雖卧吠犬
鳴簷一雨夜過窓碧落晴生風閣瓊閑睡正濃青離

簞瀉醪初釀白砂缸林園果熟山禽啄醉席歌闌水
圭撞松毬時有來遠客柴門吠出短毛狵
衣巾解脫掛松枝展席清陰勸酒危名利底邊非所
向田園以外覓安之天心影盡雲藏岫斤裡群寒鶴
傍池白戰詩仍成晚沐老來藜杖任扶持
此地偏應脈少微鄉雲南麓竹編扉惟堪問字隣童
在絕喜棐軒上客稀笠逕穿來香浸簇林園坐久翠
生涯衣索屋勉保清心境細美行藏總覺非
老於蒼朮氣和舒近市山林亦隱居長日蒼深宜避
暑積年門穿不容車松間稚鶴新添口竹外冷泉細
作渠晚後琴書故人至坪筍何嘗待瘦魚
虛名洛社處長娛俗子應嘲我輩愚五蠹卷中閑送
日瘦槐亭下覓攜壺還嘶宦海身猶在却憶雲林意
欲供彤管若令擠高會臨風一洒墨成畫
夏木呈陰綠影齊晴烟不散鳥安棲白飛峯勢天中
起殘露星光局面低籬外客過閑犬吠墻頭午正認
鳴雞狂吟着處交遊濶一竹节枝好伴携
晴閑小閣萃盈增綠樹風輕鳥百喈山添捲雲閑寄
跡壁間鳴鈞光生懷黑酣聊暫欣形忘白戰元因花
首理料理須看盤上味一樽香醞並看佳

瘦槐亭

鑿池因勢小花臺早晚清風閑上來爐細篆香留几
竹露園荷氣溼庭苔流觴欲趁山公醉暇日應新水
鳥猜中歲博閑兼市隱白頭詞賦總堪咍

瘦槐亭與諸益夜酌

夜色庭除燭影分一天搖動總星文五更殘月峯頭
見今壁冷采席上聞鼓吹東西蛙雨部琴書左右客
同聲虛襟直到清樽數無限狂歌醉欲醺

喜雨與姜 翼瑞 共賦

快澍甦回萬物新蒲團靜坐懶為真門前几過襄衣
客野外應多來非人對此欣然開戶牖通衢俄已洗
氛塵釀來雲氣猶濛靄念到農功喜歲中
巖雲陰翳過庭園回看前峯雨脚翻滌去炎威還几
簟露來風色凌朝昏蹤人正合題詩句野老端宜覓
酒樽叢竹自栽隨意覓觀溪漲倚柴門

與李 漢叟 過瘦槐亭共賦

欽跡無營亭高懸一劒寒百年餘草閑長夏漫詩壇
好客非今識晴山得舊觀嘯吟成老大隨處意便安

瘦槐亭小飲

筆硯菜鋪趣轉閑十年京國駐衰顏一亭風月留人
賞滿壁雲松待鶴攀樽酒銷涼池上酌衡扉向寂雨
中關從知野性增殊散平日身同倦鳥還
豪狂自得付生前不羨騎驢孟浩然老子藜床方釋
卷庚炎此日忽聞蟬塘陰轉靜棋聲在鶴覺回明年
景懸勝地尋常行處在百年何用買山錢
一室清涼對晤言悠悠世事付翻棋虛簷竹翠當書
壁白日槐陰薜荔垣時嶺白藏雲還坼破苔還淺鶴
過痕使屋澤忘蒸炎氣寢食何曾有眩昏

雙槐亭伏日小集
樓臺複道望中遙美出霓裳何處簫氷盆劈砌煩已
散火簇裁扇興堪招才人綵筆凌雲手玉女嬌歌學
柳腰戲度衣中辰下嶠清風桃葉送飄〻

雙槐亭漫吟
白鶴松翻斷宮鼓池塘畫靜鎖烟梢偏松雨露終無
塵一卧乾坤恨少交暇日彈琴欣有託當時採菲餞
經嘲叢居未必將真氣為麥清出此絃簫
河朔會斯饒氣豪吟邊物色微爭高踪非為了彈長
鋏過過潘郎感二毛自傣年來無別味客從時復有
新醅風花雪月多般境好把閑忙混作遨
淺巷遙從樹掩遠城西僻迴最吾家老妻廚下吹晨
火稚子園頭摘露花煩著困人長夏日細香俊塵滿
塘花客來如問蒲團趣靜味詩篇熟後加
老子優且一任酡顏亞窓吟罷竹枝歌當簷赤日蒸雲
過入樹清風好鳥多新穀已從黃犬得晚禽還有故
人過此身甘作明時物涼倒其於辟性何
避暑依林坐小塘荷香鳥語解清狂凉雲影裡青山
遠老樹陰邊白日長更有諸君兩翰墨因知勝箕醉
壺觴小園生事鏡風味一世馳名半已忘
竹戶風來酒氣清手傳銀卷看雲生蕉窓漸退槐方
陰好句才成鳥亦鳴懶情從知衰境事工謀精覺妙
年情無因書詩親閑過靜掃門庭倒屣迎
詩緣感物身心內今體古詞先後輩到底文章脫穎
多惟看匣裡青萍在

霽天虛碧衆峯青雲影風光共一亭鳴碉亂流當檻
瀉忽蟬高處滿林聽誰家藥石饒灘末車流書囊昕
數螢清簟晚凉留勝客手中輕扇却披停

秋日
有詩多好約無酒少清遊喧雀爭枝亂淡烟衡屋頭
彈冠因避俗調病不知秋倚坐看山菊空嗟歲月流

送秋後十日與社友燈下共賦
會須佳境裸兒曹且對燈華歌袖袍殘菊折來懷落
帽清樽別後廢登皐(高)天影動(河)上星垂白禁漏辭寒月
上懽椒微宵煩藻歸一篇詩句較誰豪

肇春非〻堂拈韻
雪擁春城白山含麗日斜買茶街上市論釣巷西家
共榻通三子翻林但六花逆新書帖在清賞契還加
東皇帝力布三陽華品載新和滿室池水潤陰春有
意柳條花木空生光名場已遠懷橫觶老態先將從
瘦篁春事今年添一處靜中經濟自多壯

春日偶吟
尺書期數子便服到西園細雨花爭發春風鳥共喧
物華看不盡詩料老多昏共酌新交潤披襟一〻論
雅素尋常持不堅柳蹊花陌稅難穿上林春望深如
海長日詩裁坐似年一畝塘閑來遠嶂三間屋置擬
方舡較知蹤放多前輩到老聲華放自賢

肇夏元日庙享

平明坐到日中天竿後風清瞞一眠戯度青衫依曉
節數鮮黃鳥又今年樹陰輕轉金毫後嶺色晴回祝
聖前休道勝春去無跡靜觀時物自油然

復槐亭漫吟與金仲厚期以手談仍賦詩

復立庭槐影自移一簾風暖靜多時千回蝶舞林梢
歇百囀鶯歌柳上遲棋爲故人圍細雨句因新影得
清池茉羹粗飯同惟意盡茅茨事事宜
非獨此來菜味清蕭君藻翰使人驚槐陰自在床書
潤千景方懸邦鳥鳴到處奇觀吾有病尋常泛態世
多情還知息食優遊地十載居然住洛城
一頃荒洣謝眺山數椽新搆卧雲閒長時鶴夢松陰
下晴晝棋聲竹裡閑縱有投閑休病脚何如節食樂

韶顏蒲團邂逅諸君子盡是青衿舊酒班
一榻凝塵閉戶深鬢邊衰謝日相侵空增嬉鶴知何
事碧落歸雲見底心雅子盈前成小課觀朋滿座各
高吟十旬隨處皆滋味暮景清懷自不禁
宦海皆青眼騷壇更布衣鶯來惟綠茂蝶去使紅稀
聽溜鏡湖趣看山對落暉步樣何所事高咏却忘歸

復用老杜韻

青燈十載愧無功末路身名一笑中民事三農秋小
麥天時四月有南風逢佳節物呼浮白集古詩篇也
照紅近卜此居多暇日邊然鬢髮已成翁
跡謝名途有甚愁而來經濟數間樓綠陰濃畫時方
好此興應多日後遊可喜吾人傳勝事始知王謝亦

風流吟餘步屧斜陽下雲影天光一杖頭

雨後用老杜韻

好雨經宵下霽然松面到曉獨無眠詩情此際姑、
捨稽事前頭晴、牽瑞常作涼炎捲處頑雲不露驚
過邂得君相與課濤酒且喜囊中自有錢

復指杜韻

浮閒弛酒意重新解渴經知病自春佳汁滴來湖海
客白首今日醉醒人溪雲不去從三逕洞樹常陰蓋
四鄰一切世情休問我此窓堪卧懶爲真
地僻多年巷自深時來谷鳥下庭陰爲看逢日松間
照靜聽枯桐石上吟遠几徒懷南郭志論交還對此
窓襟惟君高義真堪取後世誰知有斷金

十載休官隱漢都此身閑似卧林湖清懷有句吟時
見習氣隨眠做處無多賴華筵留勝客還嫌白首作
腥儒行藏算到機頭歇天地間吾一懶夫

得晴過仲明宅上逢梁羅兩君拈韻

幽懷遙想趁晴開一樹蟬聲景半分盃酒喜真情可
見詩篇警切語多閑微涼上體臨寒井赫熱騰天認
火雲匪意詞用參於席遠間光彩暫為羣

枯柳

委沙無力向春臺九死餘生積水開不復顛狂爭艷
日奈何皮骨學殊極衰來自恨攀緣絕更立猶滋雨
露回莫道風流頓減却當年或恐後時栽

右呈與金子安相逢

古洞真源坐郭莊雲翳日綠鋪陰晴泉噴響留危
石嵌鳥窺人域短林遠俗絶囂多迭客偷閑跡更
出溪從然一面元非舊好作斯文半日襟

中書堂

虚堂客上坐林林澗檻相將到夕陰當檻老栗皆種
柳繞地喧送詠啼禽才分携學還高下醉筆道腸白
淺深来此欲忘塵世事明朝對會更同心

西山

工羣體勢幾多年積翠無從起四邊面面平鋪皆水
石間間遠映更雲烟奇觀有自吹毫落送化如真畫
拂懸光景因知非寀際一時高趣爾皆傳

夏日蓮亭

吾輩堂真遊使徒狂歌醉舞且長娱綠陰芳草皆堪
賞西閣清風不可孤水泛銀塘图作鏡雲移白嶽如
成圖逃名已得閑居處日夕何妨挑行畫

書齋漫吟

雨歇前溪水正肥朝因灌圃試簑衣摘蔬野老籬邊
過市酒家榜老歸今世底人何少智昔年遷子自
空非馳心向架抽書帙一榻閒庭也掩扉

君子亭

地入我恒攬羽林萬株樹影散清陰笑答問下千年
迴水石名匾一一迷溪妻曲窗韻還供席冷凉壓氣更
饒心虚標斷覺風塵遠程髮相看醉帽簪
勝還君子閣更木深千章滿堰青藜客阿誰白馬郎

夕嵐衣巡幕新句筆生香浸歌還擊節豪興欲飛揚

聽流堂小集

茅屋椽何客過番聽流為愛響多澄在中非之明時
邀盤上何嫌野味登酣唱祇應歌擊節舊遊還憶話
桃燈常逢考較騷人事古往今來總我朋
北遊繞羅又城西坐得山雲屋角低戲墨縱橫緣古
篆濯纓頻數下清溪小庭果熟兒爭摘老去風道鳥
共啼一席潮醞會主人先我醉如泥

湖南之行冒雨渡錦江登拱北樓次板上韻

雪後寒程雨未休更催征馬向公州鐘鳴雲外僧歸
寺潮打城頭客上樓帆與海鷗沙際立疑從野鴨水
中浮誰知塗倒吾行役此日登臨憶舊遊

向錦山馬上口號

拜家遠涉嶺湖間馬首長程度幾窮七字詩酬新歲
祝三杯酒解旱春寒風烟剩過悲還去水石還餘夢
裡看有此行多勝地鳴鞭陽彼錦州山

代人作壽春詩

年年記得笑談時叩語今辰為我思所以同堂宜有
酌其於滿座誰無辭懽群醉飽淋漓味賀禮壽齊山
斗詩欲識盛筵兼寓意一庭槐陰向春池

遣意

鹿鳴旗唱午東閒起羅閒眠也自擘往往寄懷招近
業朝朝採綠咏歸雲惟全性命同仙客肯羨輕肥憶
使君更喜興鄰山野老報余春及學耕耘

晴日

春山昨夜雨新晴，萬井今朝畫㶑生。美彼韶光元不屬，感吾人事若爲情。門前卧柳柔枝老，牕上瑤琴三尺横。更是東風寒食節，誰家燕子報清明

述懷

若絶營求就被陵，古猶如也豈吾能。小盃曾比王摩詰，短棹何辭張季鷹。老去宦情蓬酒減，春來詩興看山增。生平忍負江湖約，日與沙鷗漫作朋

聞鶯

不識何來鳥，陽歌一曲清。爾名能自喚，於止解其聲

即事

林泉自愛卜居斯，白酒清詞樂志而。學士風流誰有矣，閑淸節操我期之。庭花岸柳皆新種，蝶舞鶯歌任所爲。莫道芳華今日晚，滿園春草正萋萋

柳

多情寂是一枝春，駐馬相看引路人。聞道淵明歸去矣，風流獨擅向誰鄰

春日幽居

蓬日山窓雨已晴，竹扉深處午鷄聲。冷流水石瓏溪碧，獨發桃花一樹明。黃鳥交來皆巧語，白雲長在悟閑情。紅塵不到山扉僻，課罷吟餘睡自成

寒食

早發長安道，松風送曉音。踏來花笑雨，看去鳥啼林。令節兼寒食，香醪惹醉金。路漸椒山近，無語淚斑襟

春日

公退之餘事事幽，栽花晚好上山頭。數聲嬌鳥三春樹，一曲清歌百尺樓。野洞雲光無點漏，閑深泉響欲窮流。論文更有盈樽酒，岸幘風前醉散愁

宅近青山境轉幽，樂琴書帙滿床頭。月臨井欄雲生楣，柳拂簾鉤花覆樓。若説酒仙多興味，豈看詩老有風流。析從適意無塵累，起舞春風一散愁

登七星庵

遠鍾天半起，隱隱亂松間。古寺藏僧少，空壇白日閑。題名掃石面，沽酒對花顏。返景誰相伴，林端鳥已還

幽居

樂哉無底事，如我醉何妨。訪花移竹杖，煮茗汲泉香。有夢羲皇上，裕囂聊以忘

春日江行

滿岸三春色，無心倒入江。浪翻花影没，舟發浴鵝殘。夜火數人室，棹歌篙子窓。水村知不遠，徐步下前矼

登麓

漫將春興上山巔，淑景遲遲氣浩然。欲石細商赤松子，臨流不見武陵仙。更教移席輕陰下，相與討論太古還。拂袖歸來芳草路，夕陽疎雨落花天

暮春

春序將闌節已深，紅塵白髮兩相侵。落花園裡餘香亂，種藥身遲　心客易。年光人漸老，芳閑樹色綠成陰。欲酬晚景高登處，四月山中風滿林

初夏漫吟

角巾深坐却忘機不復人間有是非晝永山翁鷗鷺
夢陰濃洗樹薜蘿衣芳菲已歇三春過大麥先秋四
月忭後步時來松籟下逍遥自遣世相違

邵行路出洛昌君墓歷臨六西亭

欲問當年事鳴騾故不行自生池畔草都入路人情
歲月殘蟬在丹青小閣明我心還可悵滿樹慕禽聲

巖花

千紅落盡後獨自半巖開人似探香蝶相隨去復來

玉泉巖口號

携壺相與上層巖一陣輕風滿廣衫白石亂流清澗
響斜陽細滴翠山嵐樹林烟鎖知村郭雲磬鍾鳴認
佛菴詩席莫教移別地幽興夕鳥恐先語

江郊訪友

江村五月路隨節過前川入洞疑無地臨門別有天
論交萍水合叙舊笑談圓如問山家業羨羨不買田

月桂花

方開月復回落且能留蝶香合四時專長春枝上葉

三和軒

夏木陰陰日影遅爐烟細細夢回時心情已許近新
客臭味相求結好期對月飛觴流水在臨窓落子午
禽知不堪閒趣偏吾有一卧清風喜欲癡

是日與文仲範金伯顕姜翼瑞金元直兄弟鄭
允之金幼安李壽卿少飲輒醉戲賜諸君子用

前韵

憎彼壽卿來或逢先從顕範手談時當今翼瑞金元
直昔日伯牙鍾子期筆法真源文丈詳詩家妙处鄭
君知更兼才貌幼安在識見誰我獨癡

即事

宿雨今朝過溪聲繞一軒眺餘詩滿袖談下酒盈樽
雲影淡無底山光洗入門物皆由動植學圃向葵園

松溪夜吟

坐臨溪水草芊眠工有鰻松老幾年夜色蒼茫星轉
地詩情淡蕩月明天寺鐘還度三更後人語還長小
燭前愧未能工蘇子賦老來猶且檢殘篇

弼雲臺

弼雲臺壓洛西頭積翠得來何處樓　酒樽微雨
過碧溪詩席細霞流松陰篙退船長夏麥浪風翻作
一秋醉起步喚臺畔去千林嵩色眼前收

夜飲三和軒

詩情近日　深景物令人柔蠋尋若道盃盤真艸
々室料才考正林々古書燈下且三復明月床頭令
一吟有物自多動高與為君靜夜史論心

送李壽卿之湖中

三和軒上送君行詩酒且歡々有聲征馬祇今向何
處湖中物色入閑情
君作湖山幾日行空留去路馬蹄聲愴盃帳望河橋
樹一曲驪歌送別情

西園

琴尊左右客中間自古遊場與不殘絲我踈狂塵事
少聊君魁梧道心寬午陰坐達天機靜晚樹風枝鳥
夢寒知矣功名一蝸角林園此日孰高官
誰結金蘭契李園花已殘高談與轉處一席意相寬
叢竹影難整孤松籟更寒嘯吟成日趣林下可休官
拂石仍相坐繁陰尚不殘切當品倖薄司户一任寬
世味胡求熱人情解耐寒百年身半老對酒愧摩官

訪德者不遇

叢蔵一逕白雲扉詩豁依然滿葊徽流水不停台上
宿青山長在鹿門歸
飛無處尋真復悒悵壁詩吟罷對斜暉

次清城夜操

画角齊鳴到夕曛羽林千隊正紛紜誠才應許沙場
馬演武先從水上軍一字八門虛夜月前艨後艦照
秋雲備禦為是邦家事孰擬當時捧閫勲

西園滯雨

白雲叢下一軒幽雷雨鳴簷故我留剩得入門溪水
闊好將樽酒滌煩愁

雨後

乍霽非徒喜有朋莫遇來忘機懶倚桃欄濃更登臺
雨歇山猶濕雲移樹自閒披襟拂石面竟日倒深盃

苦熱

涔暑無風桃葉何火輪當午勢雲多晚蟬如解吾人
苦滿樹清凉一曲歌

江亭

露下鳴梧葉江亭七月秋水天元一色鷗鷺與相遊
雲物詩同得漁歌坐以收晴宵良可賞樽酒說風流

上北城暮抵普國寺晚飯後宿禦舍

招提何處在秋色滿荒臺西壑望中茫踈鍾杖外來
鳥還僧已定霜落鴈初廻乘月移禽宿殘灯夕飯催

出郭

携笻漢北路世慮逐輕塵英適楓林晚往來多少人

聽流堂

下榻誰來問起居陳蕃座上數無餘風流漸減毛襄
後酒令還挑病渴初庭寶苔從癖撒芥看稀蠹任蝕
床書芳瀞章有情鍾客近得清詞錦不如
客語樽前錯溪鮮雨後多朱門猶按劍世事若翻波
飛景無詩否良辰不醉何績遊知少壽明日更何如

詩會近何如

曾聞諸子有增刪一幅華牋莫水山暗想詩才兼絕
妙應知筆法不慵頑閑吟席上清風至漫對枝頭好
鳥還珠語錦腸無俗累世間何物更余閒

聽流堂

相携入室勸茶鍾宿契如萍似水逢衰老堪為塵外
客天雲自作幽中筆納凉簾户心同爽弄筆窓間墨
正濃憑眺更吟彭澤賦倒巾時撫閒門松

辛未四月十七夜松石園閒樽

園翁起我許相隨攜月松風政此時滿壁雲沉山共
寂虛樓客上話初逢半生聊爾逢知已白首欣然勸
酒危燈　袖袍樽耿〻却看天北斗牛移

蟋蟀

掛秋蛩語一聲中萬戶千門夜不空四壁寒多露玉
露虛帷冷重動金風愁偏夢斷深閨女感襯詩成短
褐翁異到數更頻取酒伴床灯焰結初紅

既望泛舟

共載篇歌月一船錦帆高處冷秋天今來勝跡千年
鶴古洪濤遊不世仙白露中間星點落澄江上下壁
留連襟期只許蘇公賦五夜寒波接素烟

小集

折旋隨嫚席時序最先翁髮易衰全白顏難少復紅
社謳循古俗鄉飲有淳風莫道名場遠離能業比中

同題

自愧參詩社誰憐半百翁宿雲移嶂白朝旭上楓紅
氣重盃行庸寒生鶴唳風比肩同四座曾許一城中

初冬小集

釋卷欣然集午香蓬窓正是酒盃濃蓑君多暇身無
恙顧我連忙賸一封春意暗藏梅上閣茶烟巧避鶴
巢松臘前呈瑞今朝雪衰髮相將對笑容

與汝貞敘阻

散處誰憐范叔寒論心却與坐高欄事從方冊多曾
驗世較前人不足看慎莫朱門許馳逐得無他日起

波瀾江湖舊約如相踐共子修真學煉丹

新雪偶咏

六花初下積陰時愛彼凝華坐故遲皆海萬形都是
幻城鴉一點別般奇灞驢時動看梅興剡棹那無訪
戴期天意共歡題小賦遍光添我凍毫枝

與汝貞拈韻

林泉忽憶對斜暉十載紅塵未拂衣前度風流嗟半
老強年難價覺今非天寒擁被頻沽酒犬吠為君始
啓扉況復新梅清賞足何如盡醉咏而歸

與汝貞相和

隱處非康業門墅不高白山還競秀朱戶各爭豪
耳絶喧千駟心棲靜一皋許君情契日相對感衰毛

頂會向松風戲碧枝宛轉規綱龍躍緩連軒矩步凰
蹌逢當年若使爭高下燕女巴童却顧移

假花

紫紅隨巧匠春色忽登植淡結殊香濃青懸細葉斜
雪冰寒已遍蝴蝶夢應還剪綵徒能爾新詩借芳華

漁燈

古渚蒼蒼夜似年何來火點點沙邊忽驚螢度抽書
卷更認星流蘸水天低隱棹回艱笑草還生柳拂一
江烟明知信宿漁舟子自有臨人夢不圓

次張元一大人醉詩韻 元一即張混字

此鄰稀慶屬重辰函軸期願四座親志喜詩傳偕老
楔要知續及後生人綺筵獻祝斑衣戲玉斝添壽異

味新節壽建榮齊賀日樂隨松栢共長春

喜雨

雨意天光晝易曛一犁甘澍旱餘閒擡頭遠近山無
脊終日高低野盡雲漸見藏雞泥欲亂從知稼穡賀
成聲熟中觀漲前溪水稍酌深盃記以文

題龍武廟

看碑駐馬記當前遺像能忘苦海邊中歲帝京持玉
節十霜纏貉脩腥烟慰窮邉未全圖日酬德侯如西
貌年想感千秋人去後征鞭指點漢山川

景萬臺小集

景萬名臺試一登四圍林木石層層眼闊斜日百千
戶心許勝春三五朋棋羅英云飛駒倦司成還愛登
天澄此來應似前期在顧我微痾恨未留

漫吟

誰羅山翁夢出禽語樹枝呼晩仍掃席茫憤漫吟詩
老去年年切春逢事事宜適來閑靜趣聊以息塵奇

春日偶吟

老健猶多與樽中酒纔清得斯心有就廬受學新成
詠較非春事逢迎但爲拜掩門休治產庭草日還生

暮春之望與諸益來坐君子亭共吟

方春幸値雨餘天暖日編襟坐檻邊細柳營中花霞
徑飛鷹峯下石分泉聚散樽前都一夢咏歌身後幾
多年國知諸彥能文芸英道茲來事不全

夢端亭次唐人韻

一登渾忘世人間半日清遊水與山看盡春花誰伴
我暮禽自去自來閒

中書堂會吟

誰因常然合有期騷人底事況無時春塘水泛繞過
雨古木花明最上枝正見子子知盡永方深覺覺
栖遲倚欺此日松亭下一隊風流勸酒卮

洗碧亭小集

鳥迎來客近林啼一洗春光眼欲迷細路東風尋古
洞數村楊柳過前溪飛花送酒香猶暗芳草留人綠
漸低自愛幽深仍坐久却忘遲日已山西

歸路

芳草才過轉花陰到處啼啼樹樹禽詩羅更逢洪謔
祖夕陽歸路細論文　德祖即洪字琦字也

春日過太氏林園共賦

偶過名園懶上臺有懷投筆共君栽花而可見吾衰
矣望裏難忘彼美哉綠樹陰未閑聽鳥夕陽殘處更
斟盃披衣認得曾遊地欲去頻頻首自回

夜過尹聖中直所用唐人韻

親朋熊坐足三壽玉漏殘燈屬暮春延訪自分無事
日笑談誰解太平身十年奔走塵官半夜豪狂出
世塵斟酌古今隱君子不求辭價幾多人

拜讀

衆星環拱紫宸宮物我生成造化功吐盡情懷春夜
短蒼蒼曉色漸開東

洗碧亭呼韻

問余生事鉅如微 報道林泉跡不稀 徑辟草應香暗閣 虛風燕自語輕飛 彩雲華薇春長日 白髮青眸客短衣 可愛彼殘紅紫態 故教遊子坐忘歸

帽巖春賞

熙皞世上太平春 處處笙歌物物新 花柳攪囬沾酒客 溪山只解覓詩人 風光落日憑眸遠 烟景池時入夢頻 步步來歌芳草晚 林香鳥語共分茵

春日登帽巖

勝地元無主 隨人坐處臺 管弦風外遠 樓閣日邊開 紅遍花迎杖 綠垂柳戲杯 帽巖春正曖 香蝶舞林(四)

偶吟

騷壇近日事多繁 一句詩從酒一番 俗節逢迎時有定 故人消息歲云翻 閑情似不當華蓋 勝會何閑用皂幡 知矣榮塗心尚遠 但將書帖散塵煩

早凉

天道還炎政用商 節光猶惡帶驕陽 煉金霞氣流梧井 戛玉蟬聲落羽觴 洗熱江山還洒麗 得秋風月轉飛揚 漸多冷冷生疎簟 病肺蘇回亦一祥

暮春重過太氏園

癖性山雲與水霞 重過非是覓殘花 近臨臺石田高聳 凝亞松柵自遠斜 淑氣元來連鳳闕 春光早晚謝人家 平生不願馳名者 萬事塵間總有涯

薇園呼韻

世慮相忘酒戶寬 清遊近日十分歡 名園到處題新句 樂意從來在此山 藜藿飯供茅屋裡 琴書譜樂古松間 頻尋杖屨猶多俗 多為應嫌老大顏

次朴 汝貞 神武後麓韻

緩步無多上終南 望可通青開萬井戶納一衆風 詩字商量縈春光 指點中美君來此意 拾翠覓殘紅

避雨月渠契

夕渠堂中借一筵 青山簇簇立搏前 殘花雨我飛蛛雨遠 杵鳴村起夕烟 軒戶傷展多種樹 庭池鑿石適通泉 翁詳漸寂猶忘返 笑步溪邊漫作篇

鶯園小會

期會吾曹洗此時 論文叙阻兩相宜 坐吟詩句皆真境 眼得山川總舊知 成伴老樵歌芳草 更聽林鳥語風枝 何人遠惠樽中酒 却愛清香下飲遲

漫吟

得機真所樂 踈散寓於天 悔切功虧後 兢持事過前 有官無暇日 無慮有餘年 非不知循俗 驕人自古然

薇園小集

春將暮矣夏之交 杜燕從知入舊巢 真境物華誰是主 故人亭子載來敲 塵腔洗了琴三疊 日脚斜餘樹上梢 濟濟衣冠如有契 肯嫌千萬事全拋

初夏過松石園

草堂人不見 鶯語客來初 綠樹通三徑 柴門絕駟車 坐執情隨劇 身全世與踈 若得休官日 携君共此居

花月山館小集
故人多皓髮出往滿苔衣此會從無定天時自有期
盃酒心轉宕名利夢隨稀逐日淸遊事徒煩容忘歸

夕陽偶吟
靜中多健與雞外少人行處非淘靖節閑勝謝宣城
濁酒長昏飲靑田半日耕掩門無箇事身穩夢常平

花月館夜韻
挑燈也罷檢殘經已見賓朋集滿亭忽憶春間無限
與猶多筆下凝箋續來餘趣知先後閱盡淸懷入
醉醒戲劇尋常書劍事還爲華髮最吾形

書淸雅集
樂意相關好鳥鳴柳塘風淨綠漪平世間富謝姓名
字門外自踈車馬群四壁圖書閑帙帙一天雲物捲
輕輕佇來別澆多淸景洗後新林雨霽晴

松石園初夏
滿閣城市北高卧憶文園草色侵堦亂禽聲近檻喧
澗山晴有日松石翠連村白酒逢佳客出懷道學源
日涉閑成趣謳吟淩此園坐衣塵不到晴晝鳥多喧
積翠松間室踈烟澗上村主人安在否淸福有仙源

夏日書淸偶吟
掃石迎來客披衣笑磬中澆胝盃與轉添鬓髮華新
景鬖殊聊夏花香萱獨春綠陰無限好隨處以頻頻

夏日偶吟
處世空奔走何時掛角巾看山心曠遠隨與夢淸新
汗漫三巡酒居然四十春故園雲水地遙想頭撞頻
足穿康樂屐頭戴子瞻巾畫影移槐永鶯聲上柳新
短歌眞率會長醉太和春若說風流事傍人笑我頻

書齋偶吟示諸生
寸陰須是競詩卷吐澄潭腹裡無凝滯豪端有露嵐
品題非實學資益豈閑談莫效如吾輩風塵尚草菴
小齋司[illegible]谷逢日碧虛潭樹亞晴生蔭山重翠滴嵐
盃留夫子飲詩遣古人談此地閑多適何由遠就菴

鶯
巧歌流入漢宮城轉出千門曉氣晴嫩柳身藏難辨
色淸陰語滑稍分名春風莫向紗窓近錦字祇看別
恨生慼管最饒樽酒席輕金一片遠簷楹

無題
黃扉不換此翁歡一室琴書與碧山竹逕簾踈微送
韻苔從石老細生斑流鶯語滑晴歸澆綠樹陰濃日
上閑起卧爲常長太古無人過我廢峩冠

盆竹
此君依逕我宜之故園遙踈影秋生韻孤根葉不凋
氣淩風雨夜心見雪霜宵帶月還瀟灑淸樽好遣招
綠抽一掬土盈尺意何遙處小猶高節持虛肯淩凋
未成鳴鳳樹欲拂碧雲霄突淘沙國殷勤待我招

鶴
生來毛羽學仙衣烟霞洞府歸一笼高姿三點
遠數聲淸漢九皋飛靜渠松月寒多夢懶舞花朝雪

映暉嵐高骨含山氣瘦凝丹薦須向壑歸

月山館小集

不患高名遠此翁平生只自難書空虛處正午遲紅
日夏蕭微涼紉晚風稚子争蒲迎滄節光景收蕭解
鬆功安閑已清遙々卧擾々塵間一夢中

即事

一畝方塘上茅茨五月天淡軽雲吐氣晴影樹含烟
醒醉曾臺裡閑忙撫眼前論文三數子交誼已多年

戲題三五七言

門臨澗檻近山不閑塵世遠無用此身閑箇中何物
成三樂盃酒琴書共一間

送永伯之南州 永伯即金

相對樽無蟻黃花眼忽明丁寧送君語莫忘故人情

初冬書室

釋翁門獨掩持卷可安心漸覺寒威動堪嗟節序深
凝聲天外鴈幾處日邊砧時物還生事蕭々入我吟

雲月館小集

今向閑多適知歡與共心忽風鳴戶牖初雪下庭林
客意三杯燒天時十月陰暑光看不厭襟帶喫帷深

湯月之晚偶興詩益溝定月課之約仍吟

騷人自古喜清幽勝事從来上話頭風日惱寒垂小
幔簿書偷閑醉官樓節光誰許便長去名利亦隨還
不留程課刻[illegible]知有屬老年詩債庶將收

重續蓮沼社 即含人司

昔年觴詠大同尋賀可相將愛看深緬想清風曾相
府端宜雪月此空林小梅香醉寒燈語禁漏鮮催五
夜心隨處短章聊自適那堪歲色欲垂陰

客來偶作

雪徑為君掃開顏意未闌俗奇從此遠華髮任吾歡
若説田家樂都無一事難擁爐深畫醉梅酒不知寒

冬夜小酌

白月高臨榻轉寒禁門清漏夜將闌棧頭取適誰勤
課眼底爭趍世俗官仙艾郎能消肺醬渣茶僅足止
喉乾懽言只為尋章地可信人間遂意難

過松石園

此地曾過結構初非因取醉玩詩書山窓喫久鷄鮮
晚一碧松林洞四虛

老去詞鋒鈍一頭每逢佳節强為遊此時清賞分廿
菊十載寒盟付白鷗客子何来渾漫興主人自在亦
閑愁茅齋好是論心地夜色灯光九畫秋

秋夜小酌

城樹依微出衆星蒲團帰卧一燈青功名可笑先天
事楓菊偏宜是處亭錦軸言々閑病眼秋聲葉々入
閑聽深盃却省幾毹冷照夜霜華落滿庭

松石之遊總是閑居然往事五年間梨花月在徂清
夜烏帽人来對碧山淨世誤生塵短鬢渴醪終老一

枝

秋日小集

香茗煎来抛卷時竹窓棋静午陰遲滿塘荷氣烟含
水一樹蟬聲雨過酒敵千鍾醒不可難百体慶方
宜達观徒爾無他事如是安排亦好湖 書

坐雨遣與

父畊児讀足為娯胥義浮湯怭壯畜積雨聲還蛙乱
聒紅塵道上暑徐無祇分與劉竹亭客還 碧濃金
井梧持蟹短籬何處老浩歌一放酒顛沽

圓覺寺

梵宮何處白雲迷石逕斜暉路指西風引遠千澗鍾
落地閑諸佛衆峰低老僧迎客明閒吐法鳥聽經寶
樹啼得得晴衫閑歳月烟花界上放歌歸

遣懷

自分生世此身微遯隱岩川掩板扉慵不廢工眈字
句病常行菓試巾衣樽前莫問當時事牖下寧知白
首識韋有児探閑趣頻十年城市訪過稀

秋日

秋至蟬聲急晴生嶽色高門無長者轍誰聽故人袍
遯跡同共願浮名謾自勞何當渴閑地清興在揮毫

雨後謾唫

入簾疎雨冷書齋遠對歐雲起我懷瞻憶秋風香稻
飯蕉看鳳尾碧苔增人情較盡殘篇在世事輸来一
局排話到男児豪曠地生前酒味與肴佳

餞酒

壅頹榮枯聚散都休問勝會而今得存還
萬樹晴帰出遠峯一園幽趣與君同尊前不盡看花
興九十春光此箇中

西城物色屬三春萬戶晴生淑景新雅趣如今花柳
客殊狂實但竹林人酡餘懷曠詩成後坐久神馳酒
擧頻一向絃杯星散地衣中此日淨無塵

夏夜

九街更漏報丁東坐數乘除過去中半夜燈殘延客
照滿天星斗入庭空壯年雄劒青雲志晩節金罍白
戰切凉篁與蘭何所有石榴花畔一簾風

水聲洞

爽氣鳴泉百道生唫唫入耳自閑情芋花閑落松間
照山日依逢杖外明索句吾已慚涵卷選勝君今說
此城世緣於此暫相忘一抹晴雲縱復横

初秋漫吟

太平身老此閒居一枕羲皇夢有餘長日悦心魚鳥
性感時濡手草楷書奢華補是今人勝樸原交非古
俗如秋節忽驚梧葉墜火雲驕熱頓消除

故人相過拈韻

爲聽早蟬門始開襟懷况是故人来火輪當午炎仍
積烏几看棋却廻築藿共親分白飯詩歌各説討深
盃園知靜勝清凉地避暑何須向翠臺

趣生吾與素北親一自交來共屈伸暢可寧忘身外
事酣能好結世间人咀唔極處空勞夢邂逅之時飄
失真豈意紅亭遽相別秋風此日獨傷神

中秋

庭宇合成如掌園荏蘺门巷绝人喧漉中酒氣通厨
下行砌虫聲暗草根木葉黃生微雨過秋天淡入彩
霞飜不才何恨明時棄白首吟哦亦聖恩

小集

倜儻吾朋有數君每於公退輿爲群百年文酒許相
伴好月樓臺做共分秋興歎聽南浦雁曠懷須着北
窓雲逢場更吐楓林下舊課新篇一一聞

秋夜

天畔獨啟雁叫寒如何感慨忽無端庭陰轉夕鳥投
木秋氣滿山人倚欄屈指黃花空有待搔頭好月此
先看蕭蕭鬢髮閒忙裡不用清樽詎以歡

漫筆

蹤跡風塵内襟期竹素間日邊雲漠漠天際鷺閒閒
未就經綸志翻成老大顏莫云湖海遠猶可旅程還

秋日書齋歎無酒

一園秋色碧潭前數帙床頭小篆烟名是滿招嘲可
白切無戲見事難圓問語香菊何孤與及此空樽案
少緣况復今宵明月在騷人幾處不成眠

述懷

漸雲南麓澗西橋翠積柴門隱寂寥楓菊可將饒

胃友朋聊與見清標寒蟹露湿吟秋苦獨鶴松高夢
海遥萬象咸啟天宇廓一時徑盡亢如傍驕

無題

按劒人间少結交坐禽擇木且安巢迭遷時序尋常
見東閣函書一向擁病後衰姿無善狀年來習氣飽
多嘲及秋爲蔬羹具繞屋霜蘺累累饒

夜坐

黃庭讀罷意全高客散林亭月在皐秋色峥嶸星耀
朗松陰寂寞鶴逍遥人心狃若經膏火世事危於涉
海濤是處埋輪誰得笑向来煩惱悶蒲曹

過慕齋次唐人韻

幾四清賞此中過載酒無人公唱歌壯志自憐衰病
減幽懷偏覽九秋多寧持百世歎鬢髮敢借天公駐
杼梭不有佳題難寫境期十日上君定如何

幽居

爲藥而衣種秋麻草门謝不礙前遮楓林日下紅爭
艷鬢髮年来白漸加名姓远逃當世辱詩篇肯俟後
人誇嗅香聊有清秋興落帽風流憶孟嘉

夜會

洞受夕嵐山共蒼少焉東嶺月飛揚疎籬有菊霜華
重碧落無雲雁叫長不怕羸軀承夜氣何嫌白袷點
茶香此時樽酒傳中婦未必親朋在孟光

走筆

沈疴初哉照懷明天地秋空葉盡鳴人事百年元有

夢文章一去漫爭名但令志氣須冲澹毋使談鋒太
露呈棋罷更投籬下菊隨緣坐卧任題評

過菊齋拈蘇谷韻時酒禁至嚴

睡罷書窗懶倚樓故雲淡，碧峯頭殘家砧送秋聲
起老子詩將落景收杯酒有難同此席性灵無悔異
前遊清閒在我省常且飲咏何須向外求

偶吟

十年書屋坐燈青浮去游觀局散星秋色無邊來草
木鳳聲連日落窓櫳黄花未作陶潛醉白眼空為玩
籍醒久矣斯翁栖隱後床頭一理就著室

口呼

游藝琴書愧未能衰年一劍是親朋林窓落葉山仍
碧池閣秋生水自澄意氣天長看快鶻營為去逺集
嚶蠅向人不道悲歡事還恐顔皮皺或增

遣懷

隱不沽名境自幽事多相忘見浮沉有詩好遣三盃
與無酒難銷七字愁身向進波知坦道心因駭躍憶
安流徑荒松菊城西宅白雨聲邊落木秋

松石園迎夏 時主人千居善移寓十二載蒂邊重慨而還林

幾度相忘松石園坐令時序此飛翻玉溪草長埋車
轍翠壁雲過露跡痕客子襟懷還送宕主人心地欲
迷昏撫今堪歎春故跡滿樹幽禽鎮日喧

徙東郊路出鷹峰

放閒唯復盡分韻更松風渴、來溪北逢、向郭東
一峯斜日外難關五雲中可憾天公意清遊付此翁

新興寺

溪山度越不曾愁為欲清心卧寺樓公道百年如馹
隙壯觀何日是雲遊香燒佛殿僧傳偈磬落天風硐
送流靜夜蒲團來好處慈悲一念話生頭

過雉溪洞姜令家

蒋逕松荒客過來主人歎我細斟杯不停溪作雉潭
去長立峯為翠髻開竹色縱然林下淨賢華無奈巻
中催公餘日月緣誰淂只恨明時也不才

咏棋

運心奇正擬兵家貴在衝鋒戒或遮高壘戰場也似
蟻好觀交勢如落花遠畫何必鴻溝割一線分明漢

倦馬長程又雪天湖山景物轉蕭然午鷄何處知村
落大野前頭傍弁田

前韻

秋城旅店鎮日靜坐懷人不至無聊之甚又步

慰此心懷也有誰照來燈自吾不期男兒事業終須
濟肯較人情漫作悲

又

詩成旅榻與誰誇日下鄉園望裡賒盃酒好將聊以
遣此身還勝卧烟霞

又

多感故人憐鬢華客懷何事轉增加端居只欲澆胸
海更就爐邊也煎茶

又
雪壓秋城白滿家野蹊端不辨盤沙短僮亦解寒威重鎮日殷勤勸酒茶
又
喜聞晨鵲坐寒天雪色侵凌思悄然凍筆呵來詩欲就忽看朝旭散平田
來此後與黃友愼裕雖有瞥眼之牽少叙積阻之懷自聞撤逆之來一席團欒遂失所圖悵咄之極不勝戀戀復用前韻聊以相勉焉
雪月梅窓好看誰知音恨未過鍾期客津莫問風波事此日憐君語自悲
又
利名休與別人誇去路崢嶸賒復賒會識攝生須福地索居端合在青霞
又
省燭猶然手剪華寧忘舌刃暗相加可憐穿徑奔馳子日事奔回視飯茶
又
結識誰將劇孟家蒼凉曉月照明沙臨門款款萍逢意掃榻呼兒進熟茶
又
一吐襟期戲暮天悲歡了未醉陶然看君氣象非凡輩悵之嶽南二頃田
自遣又拈前韻

可笑吾行若爲誰旅窓中夜即前期人生一去宜豪曠何用區區動苦悲
又
酒無清濁醉仍誇不問樽前釀與賒賢達古來留底事至今標榜赤城霞
又
丈夫何從不豪華巨耐頭邊白漸加爲客幸逢三數子去情都付煮梅茶
又
七尺身安熟似家出門相視等如沙定應眠食非吾有始信陂翁酒勝茶
又
有生無不挖由天覆去翻來自古然點檢行藏吾老矣掛冠何日退耕田
李友挽 多基號宋靜山
蓮社莫攀疇昔遊曠懷先灑淚交流行藏擬古人稱義雖素樹今無罕儔槐柳政酣多歲夢夜螢回覺一蟬秋操哀誅及門閑處後祿元來毓慶由
又

見物理須憑卷裡尋聽淵胡然與浩歎引觴聊復費狂吟手親凍筆呵成字應有天公照此心

次朴汝貞種花詩韻

閒種名花耀一亭想應階北又南庭皆當要處隨心地遂順其私供眼青前使去人偏自愛肯容吾輩獨為醒從今好對春風面莫怕樽前兩鬢星

清和十九日雲下拓杖少陵韻 雲下池蓮巢居也 池德庵号蓮巢

隱淪安相樂知者樂清貧對酒熏珍味開懷有故人綠陰當四月天氣過三春晚契誰能識白頭意更新

江流石不轉

空流浩浩聽無邊古跡猶存百代傳水勢不能搖轉石至今遺恨憶當年

不復南陽卧

如日貞忠宣慶尋忘身兩表報恩深星讀不復陰中卧餘恨悠悠淚心

綠樹陰濃夏日長

相會賦詩共一床清機發處道心長日遲庭畔濃陰裡樹影隨風拂水塘

田家望望惜雨乾

朝激前川暮鋤田農功一念祝餘年惜乾南畝終無洽載酒西疇瞻彼天

鳥啼山客猶眠

閒枕山窓亂鳥啼滿庭松子落前溪夢中樂與誰能識倦起不知日影低

有酒盈樽

滿眼江山醉裡還一樽清酵自怡顏時時堪笑浮雲事鎮日頹然半掩關

芳草

綠滿長堤草正芳紛紛舞蝶惹幽香可惜光陰今已晚謾吟詩句下斜陽

故來何太遲

幾年征戍渴始覺離合皆有時稚子不知兩鬢雪牽衣猶問何太遲

穿魚換酒柳橋邊

玉鱗穿柳綠江邊換酒橋頭向暮天物外風塵何足問生涯都在一霞烟

翻 伏日

朝有禾穀一笠回欲賞流庚辦酒盃共酬相歡知己友開懷何妨醉歸來

夏雲多奇峰

何處時時作數峰無心排布一天容不啟海墜空浮意自愛光明喜有逢

烟柳

生心碧柳帶朝烟百囀流鶯鮮正憐一陣清風何處轉垂枝已拂半空連

卜居宜取淨治徑不嫌斜寒食稱佳節春風入萬家此時盃在手何日樹開花蹤放誰知未堂豈故路賒

題醉睡軒主人
睡是書媒醉在盃胡爲醉孽睡教囙想君偏取題名
義儘得優閒盡畾哉
霖雨
濕盡雲烟雨復東蘭出茅屋又南風睡羅襟篋初些
久一亭多少雨聲中
看棋
落子聲中席一齋好觀奇正首忘低燭村誰必稱南
嶺逃走爭如擬武溪長向百年祇取適背教山日易
平西很然妙理能醒我寢去難眠欲述
遊白蓮社口呼
映月岩前宅白蓮洞復深山園泉易冽樹密地常陰
帖鳥窺碁局淡雲出磬音一登周覽客蕭洒絶塵心
次满友園會賞春詩韻
稚會從教接地靈傳簡此日似馳星踏青而涉濁畔
遠步韻才和側耳聽無奈白頭磨一劍爭如短福於
殘經賞來花信名園裡或恐風前落滿庭
暮春李汝秀家拈唐人韻
涉世愧多才未良遂初心絶學蘊張近年西舍知音
在暇日春風引與長愛彼殘紅着短髮眺於警句醉
流觴半生習靜仍微趣卻却榮塗妨不妨
夏日漫吟
竹籬雞唱起廚烟棋局聯床酒一還休惱短簷晴盡
永挨過如是又閒眠

夏至日與鄭康伯往彰義門外口呼
綠陰鶯向路斜斜揮汗臨溪問酒家看取少多詩料
事蒐尋處處草生花
自遣
癖於棋酒且狂吟不識當時於道心何必貴避礙吾
身得閒無奈病侵尋
待花開
啓軒春氣政晴暄花事尚遲桃李園滿地草草空草
色盈階駿駿只苔痕幾廻蜂蝶過前陌一切輪歸隔
遠村來日定應開爛熳好懷都付濁醪樽
聽鶯
斗酒臨皋上髮聽出谷聲始於花底滑終認柳梢生
逸客心猶戀遊人耳暫明載彈仍繫馬遐想揔詩情
中春小集
君家近卜此幽深便養何如學道心壽聖古墟來硐
馨巖雲南麓散松林祇收窮巷情交在背羨朱門遠
者尋頻日往過此徒角老年生事付枯琴
又
歷盡當時宦海深穩休岩穴得真心釀來屋宇皆雲
物種下庭除遍竹林間趣自如詩卷覓短節元不柳
花尋衰吾鬢髮猶塵累雅操之君尺七琴
又
話劇仍忘返前村起夕烟續遊知有在來日摠擬然
一松亭春賞

柳陌和風白日長一松園裡又茅堂春光賸有撥詩
色花韻亦能添酒香層石周知移作築小池還認鑿
為塘曠懷從見交遊在不妨聯翩醉羽觴

花餅

杜鵑花百本玉屑煎成餅小樓香風細通欄大盆高
賞春魚閏歸添味又餚膠一設聊為樂無詩愧我曾

春日小集

秀氣惟寅嶽勝形最此村春風來柳陌澹霭擁紫门
老子時有曷白丁日上園幸緣高士些相對絕塵言

又

詩篇底事寫閒情如掌郊園斷市聲羨爾驗人通夕
醉任他山鳥一時鳴年年古洞來吟句日日前溪些
挹清衰病與誰仍闭户幾回花柳笑浮生

浮跡堪為鷗鷺群暢懷聊與共諸君詞鋒老去無餘
花事春來已十分深巷暗藏溪北柳高臺隱映洛
西雲主人歎曲閑新釀更有清標鄭廣文

暮春與鄭康伯攜酒慰李德祁沁秀聊病時當
梔花滿發賞未及而崔一之又過

卜居何必武陵原一宅幽深是園圃宿債及春詩滿
軸親朋偷漱酒盈樽遠ゝ去路開三市只愛梔花抱
一村鎮日閒談無底事任他溪水自相喧

一曲清幽境轉深中間置屋道研心譚詩日復當晴
晝隱凡時常對茂林塵事紛吾懶廢襟懷懸谿客
勤尋名場些厭真如夢且弄無絃膝上琴

代人作壽筵詩

綵筵開處雪盈樓白玉鍾看琥珀濃客來賀應和韻
日海籌添却潋鵜秋主翁金圈明塡鬢兒子花簪上
一頭盛事躬逢無別語年年歲歲樂斯遊

肇夏與鄭康伯上溯雲臺

緩步穿林徑綠陰三四家坐來唯積翠看去只閑花
古洞雲初斂西臺日正斜節光如逝水空歎鬢邊華

上西臺歷過金宜章家少話拈韻

適與登高去抱真誰有無馳名人則快晚跡我如愚
靜境詩仍就清談酒可沽老來貧亦好斜掛卧游圖

一丘一壑些相違杖屨尋常在暮朝氷梡沈瓜籬下
圃尾瓶沽酒市東橋景維襟帶宜為賦地是齋廬不
用篇樸近夕陽村杵起知應苔逕已歸樵

夏日閑居

紫门畫掩坐深深事事幽閑只醉吟餘暇弄毫無點
熱一簾風滿碧梧陰

苦熱

有明置酒、仍得爽懷難為瀑一聽排悶誰有扇大
扇無如養靜坐燈青

灌圃

屋後清溪日夕喧弁編门對兩三村天之與物惟時
雨浸灌故為及圃園

雨中即事

碧沼荷香雨滿天松擔鼻鼻煮茶烟偶然暮酒近佳
客竹枕踈籬起午眠

濯足戲咏

居家喜樂又閑遊醉飽頹無一点愁今日放情偏可
愛香涎出自漱泉流

觀漲

水漲通川擊汰多摇空浩氣沒波過淩晨咫尺提携
地壯我游觀不飲何

漲勢安流信不多激湍平陸任橫過瞬空滿浪堪誇
賞姑壯襟懷醉若何

閑居

日移池面影涵虛少事因為晒蠹書休養性靈蓬蓽
下醉醒三百六旬餘

夏日草堂

老鶴庭陰夏日長床頭玩易也焚香簡中誰譯玄機
在時有客懂遲數觴

訪隱不遇

昔曾此地記山行門掩白雲流水声惆悵伊人終不
見一庭松鶴亦閑情

納凉

八窓開處敞而寬況復當軒澗送寒箕踞此間夏世
熱一冠林下不曾彈

聽蟬

引風流響聽難齊出自踈桐高復低微物先秋能感
我故教蕉葉強為題

田家雜興

耕從活計田疇起生長老於山與水四時鷄黍足與
居若為天造私吾喜

江村雜興

臨亭眺望草依微一帶江村不少稀看味供醪鮮可
食暮歸朝往任隨携

江居性癖耦耕微一念名場夢亦稀時或荷竿沽酒
去逍遙活潑自天機

遣興何須酒力微江村無事客過稀一生身在鷗盟
在始信烟波有息機

曉色初江入翠微无多烟雨見晴稀拖曳往往漁翁
計徃徊由來在粧樓

老將

當年出塞馬如流尺劍藏來白盡頭回想標名烟閣
上誰知力戰運籌謀

名期衛霍并驅流秉比燕然績石頭撫劍不堪殘鬢
雪墻車伏櫪詎人謀

世數勲勞歎歲流幾多征戰肴蒐頭如今自許雄豪
氣可耐霜華不我謀

伏波名姓古場流百戰邊疆逆白頭吾事悦如符左
契甘心畢葦敎壽源

老僧

錫杖飛時繞綠林蒲團任受一菴深劫灰消盡歸何
地色〻空〻寂滅心
清溪洗衲晒雲林萬壑千峯唯後僧身外世念都化
去一声呪偈証禪心
芹鞋踏遍萬松林老大樓雲入定僧流水空門閑歲
月蒲團一念悟真心

牧童

夕陽山色笛声中多少閑情帶晚風村去牧童三五
輩一時牛背倒騎同
雲落逕穿楊柳中驅牛牧子溯溪風耕樵盡日輸來
樂都入笛声同復同

樵夫

伐木丁〻何處鼻爛柯閑說嶺之高停斧一声長喝
者萬象虛無意獨豪
斧鎌惟白業專鼻一曲樵歌高處高人指似切斯已
矣草埋鳥識氣雄豪

採蓮

蘭橈瓊槳水中間紅日芙蓉共玉顏風起綠蘋荷葉
動芋蘿輕拂未言還

少年

呼酒看花蝶酒過鞍甚薔帙夕陽多繡鞍金轂逝何
到醉入娼家更聽歌

閨怨

繡鷹孤枕又深冬一夢難成織妾容極目南雲翔鴈

畫憶郎無路寄書封

贈李德裕閑業

憐君卧病掩柴扉幾度風花未拂衣草灵百本應差
速醫雜多方藥技微稍慰停簡情照在空懷把酒會
相稀苦語每披和更切夕陽庭木亂鴉啼

避暑秀木清流間

三伏庚炎甘巷酒烈日當天火雲逗一畝平鋪洛西
林轂曲瀏洽石工溜八谷步〻暑漸退臨溪處〻人
相蠑閑〻幽鳥百般啼翳〻夏木千章秀巾服少與
長看棱義且留旗鼓不見詩卑降聲片時轉談義闌
氷壺酒氣濃駁雲日光漏趨乘別有此洞天戱欄清
流風拂袖
碧落奇觀雲作苗旋張火爽萬井覆人居其內如焚
救欲避熾焰將安就閒道清泉鳴石竇試向繁陰嘉
木秀繁陰相藉宜左右清泉窮溯可濯漱千鍾琥珀
隨杖屨滿軸瓊琚載詩句欲彼飛禽與走獸同我一
物樂此圖松間不盡顏筐揆體工何曾點汗透任情
逍遥真得趣諸君莫辭朝明又

醉翁亭

君不見中州清淑氣千載讓百灵金陵與錢塘寬閑
擅勝形寫心隨所嗜翁於斯亭名翼然飛焉上八窓
啓四櫳控攬非近狀縈繞呈而青閑遊羅賓係左絃
右歌聽風流樂未央觀者立滿庭又不見人生如泡
幻杯酒且莫停

宗匠志緯經結搆叶地靈千秋閱霜星一區泉工亭
華額表其形山園列錦屛翼如風飛檻髙似建諸瓴
魚戲水蓄渟禽鳥通林陘幅巾値辰令賓從此追停
奕射洪醑聆樽爵酒香馨過客仰範型登臨眼[illegible]青

詠史

自天之與子有事必有紀非皇則伊軏直筆付太史
麟經修大旨謹嚴不容僞臣主並正義阿衡鑑爲視
格非承輔理何如遠辱恥於戲在顧諟永言萬千禩
三代猶綦否後王焉足齒興思徒偶爾明窓對案几

過淵明宅

駐馬看山碧沿溪訪故宅荒徑莓苔積落霞淡流壁
入門宛如昔依稀登堂獲偃松今千尺殘菊覆砌石

莫匪攸賜賤誠未展獲福無量日過旬望旋駕有限
擇書良辰謹具菲薄以備拜送敢表微誠伏惟尊灵
倘燭貧殘茲以小酌如覧大床陪從諸神家址基灵
共鑒賤誠同饗賤禮使爾小兒身軀日健枕食俱安
事々無頃敢祝寵惠只望太平伏惟尊灵庶歆格

賢文

梧月堂遺稿

石林居士 [redacted] 希士著

別離 庚申

別離此心苦長歌更无歡出門不相見還嫌天地寬

懷人

長江流不盡大路去無窮蟋蟀鳴秋月杜鵑泣春風

春事

扶藜入小溪淡雲起東西雨晴風復止幽鳥隔花啼

春日與敬言毅仲飲梅園 辛酉

柳枝隨風裊花色帶雨新自京二君至共賞梅園春

閒話

石床春睡足松壇鶴舞輕臨潭知魚樂聽禽賦閒情

雨後獨坐

樹〻添十分處〻聞鳥聲淡雲飽花溪青靄散春城

種樹二首 上首欲種下首已種

閑居無他事潛心種樹篇遍看種樹處山下又溪前

其二

茅屋讀花史朝〻引石泉樹〻紅爛熳正值艷陽天

寒食西郊途中

渡口楊柳綠村邊小桃紅曠野松楸晚蒼庚喚春風

秋日

愁懷把酒澗詩意入秋高靜裏无營事惟應筆硯勞

雪

時見蓬窗白呼兒題月詩起看山上雪頻笑是誤知

秋懷 三十首

園〻三五月寒影落梧桐螢光流艸際蟲語入房中

其二

淡雲擁古壁蟋蟀吟虛牖凉風動階竹曉月下西峰

其三

霜風動苦竹落日下西江皎〻中秋月夜深上碧窓

其四

捲簾通河色開窓納月規風勁艸猶碧霜嚴葉已危

其五

閒卧草堂上月光照我衣相看不相厭今古無是非

其六

行酒溪邊月讀書岩下廬黃花霜後好木葉秋來踈

其七

行吾之子居竹屋傍湖湄姝來何所賞漁艇月中孤

其八

落日踈籬下高砧小磵西有時人獨坐深樹鳥空啼

其九

洞雲遮俗轍階蘚印芒鞋古木秋風起山人自遠懷

其十以下十首佚

思君不相見日暮獨徘徊黃花有明月無人勸酒杯

其二十

霜威旦夕勁綠葉日夜黃游子感時序征客變衣裳

其二十一

嘗讀陶令句林園无俗情風鳴雨霑竹月掛下雉城

其二十二

書幌神仙籙畫屛山海經向夕閒簾坐黃花滿中庭

其二十三

山家酒新熟默然思良朋秌景與誰話柴門有叩僧

其二十四

宿鳥投烟樹山雲淡暮秋行採籬下菊弄月池上樓

其二十五

有客抱琴至清風生竹林詩思當秌知酒盃對月斟

其二十六

時讀宋玉賦襟懷正不堪秋山明落日鳥影度寒潭

其二十七此詩當在二十篇上

綠水分村合青山入簾斜待君重陽日漉酒迎菊花

其二十九

酒熟楓千樹琴聲月一簾寒花籬下發却憶晉陶潛

浣紗明月下

臨流浣紗女揭腕杵還輕斷續林風遊演漾水月明

落花

昨夜青山雨今朝杏花飛狂風時入戶數片落吾衣

次金君見寄韻溪巖山窓月念白達夜清无眠何日一尊酒賞心泥玉缸

紙上相思字定知故人心裴然二三子桃源結交深

送丘溪秀才僑居陶湖登友

松石之居士秋風陶湖去相思空賦詩頻寄讀書處

其二

秋風送君去黃菊爲誰開君去非千里相思日百回

其三

何日一尊酒孤舟載月尋荒村麻浦近古木西山深

其四

惆悵故人意西湖去不歸雲帆漢水泊白鳥青山飛

其五

問爾青江事百年魚鳥心秋風日夕起蕭瑟入吾襟

偶作梅園詩話

古園梅花發白雪下霏霏西湖騎驢客清賞猶未歸

興秋齋敬言諸子 並積翠臺古址 乙丑

閑来綠陰好鶯啼自古木暝景晴入畫雲烟淡山屋

又

柴門逢客至藜杖聽鶯啼春興餘柑酒幾番過玉溪

春閨怨 辛酉

白玉樓前一樹梅今朝忽見數枝開誰云黃鳥能喚友聽盡紗窓君不来

贈徐秀才

君為綠竹我蒼松風日霜天不改容擺却世間多少事一生共卧是西峰

洗車雨

碧天微雨洗車塵滄海茫茫恨更新年年此會銀河畔猶勝人間長別人

仲秋過愛日堂

積雨千峯秋氣清涼風一室道心明半醒半醉人間事死毁死譽物外情

次安君見寄韵

白石青松同古時霜天風日共無期賴君共在京城地每得閑情卧絳帷

雨後庸前韵

小雨初晴暑氣清秋空雲際鷺飛明永日山窓佳景好莫嫌詩句惱幽情

送玉溪秀才寓居陶湖 四首

雨歇長堤萬樹秋送君八月下陶洲樽前病起還無賴鴈影蟲聲搃我愁

其二

之子惟能厭世塵買舟江上荻花新秋風頻送相思句應是西湖先故人

壬戌秋七月既望泛舟麻浦得秋字 同遊七十餘人

月上湖心白露秋蓼花如雪覆孤舟東坡舊事隨流盡惟有吾人今夜遊

園廬

孟夏綠陰鋪中庭綿綿黃鳥晚来聽園廬定在碧山下種杏枝枝結子青

惜春 己巳

春光去去也難遮又奈霏霏雨勢加蜘蛛佀慰詩人意舊外縈絲護落花

其二

滿庭花落雨瀟瀟九十韶光此宲寥獨有黃鸝惜春暮綠陰深處喚詩曹

出郭次唐人韵 辛酉

出郭紅塵絶沿溪石逕微遠峯殘雨綴古木早蟬飛
山色入尊酒水聲吹客衣洗心亭上好坐久自忘歸

水月中摘禾黍

摘黍秋風裏黄雲四野平村稀衆鳥散雨過一燈明
鋤把水中去蟲生月下聲客來又沽酒應是田家情

木燈檠

綠幕涼風起華堂秋氣生吐花能破暗剔跋也還明
看字憐憑力裁衣頓有情抑蟲悵更切耿耿欲三更

曬我腹中書

邊子便便腹郞知滿腹書姦奢曬七夕萬卷无蠹魚
舖簷卧洛好負暄詩興餘牙籖日照撿與我更何如

眼花落井水底眠

騎馬落紗帽秋風似上舡對花穿眼白倒井倒身眠
誤禮王公座眈衣平樂前莫辭金罇酒美酒湧如泉

鼉鼓

曉起高樓上四山宿雨。時無禰氏曲晴能解五音輕
疊疊漁陽畫池池水咽生非公非私物令客怨邊城

閨人春夢

斜月紗窓白東風綠樹寒孤寬渡碧海蚁鬢在長安

蝴蝶含愁舞関山帶淚看花時一枕恨數點燈花殘

鴈書

霜風吹木落孤客傷秋時昔日雙魚到高天一字隨
江南烟水濶北海音信遲怊悵无書寄那堪久别離

織女嘆

何由心耿耿機下小蟲鳴霜鴈音書。秋風隔碧樹生
燈殘膓欲斷枕冷夢還驚无語傳梭坐終難錦字成

砧聲

玉面紅粧女裁衣到天明高砧萬戶動亂杵四隣清
斷續碧空月依俙白帝城為君紅燭下垂淚夜三更

卮霞眠仙井

莫言寶誼宅玉女洗盆頭石眼紅霞起井欄紫稜抆
涵泳星相照清甘日復來借問武陵裡如何此地幽

正值秋風時

夜深人語絶葉落霜風時淺水蘆花白孤帆秋月遲
功名滄海遠鱸鱠江東期白首花奇器奈何千里思

紫菊二首

數叢早菊蕊非是艷陽天紫穀積山下卮霞鋪砌前
妖紅又漫綠體團逼散錢舊友攜罇酒日開花下遊

其二

次松石主人賞春韵

森邃玉山洞卅堂泼石林風流丈人事春賞少年心
園裡花如素溪邊柳欲陰春殷幽興發續和踏青吟

贈玉溪秀才

憐爾青山裡閑居遂性情誦詩春院靜臨帖午窓明
醉看紅桃發醉聽黃鳥鳴晚來風景好隨意緣溪行

四月十一日與諸子遊清輝閣

選日移厨至君今載酒來洞天芳樹綠人境碧山開
倚杖聽溪水抱琴坐石苔遊當詩興盡遮莫夕陽催

贈金君 [illegible]

濟濟寒雨灑獨坐憶西林雲起青山疊風高落葉深
素書先處寄蠟屐幾時尋只有庭柯鳥翩翩遺好音

次見寄韵

蘭章忽有贈林壑鬱襟時雲淡襟容潔雪晴竹色奇
思將明月夜共作滄洲期簡寄成來往情仍歲暮滋

次西林韵

碧澗雨初霽文虹天際橫詩聽舊友至風送早蟬鳴
雲色樽中落林涼塵外生夕陽桃遠興餘靄帶高城

送松石主人隱西湖二首

秋風分手地惆悵故人歸黃菊映尊酒清霜沾客衣
山下有紫菊危巖散暮天自愛白露裡只是霜風前
寀莫數間屋爛熳五色錢久要酒食至日夕關蹊邊

玉簪花

白玉青叢裡庭前小影橫太真新嫁意合德承恩情
薄暮沾雲濕清晨浥露平幽香石壁下嬌鳥兩三聲

歛拙歌

兩脚敲舷去百年死定居四山秋景好一棹盡江餘
風月舟中在功名笑裡虛平生公事少真趣非是漁

打魚

罩罩然處江流百丈清石頷筆尾細銀如錦鱗明
丙穴隨風盡鑾刀斫雪鳴勝遊真快樂非是羡魚情

賞春三首 先生田友以酒食至被雨賞春聊寄其題乃綴末席

晚來高下雪萬樹春風深碧桃山中發長松園裡陰
韶光招客子美酒起豪心舊友非耽樂惜花日日尋

其二

古徑攢雲樹双扉掩小溪[illegible]柳邊近[illegible]花高低
竹長隣家北山橫院落西被雨賞春處亂松咫尺迷

其三

愛雨又嫌雨山花開落中籬邊地欲白林下泥成紅
美景論文好閑愁對酒空韶光雖可住見說白頭翁

城中舟日落江上暮雲歸松石從今別先生晚計違
其二
先生門外迷長者轍幾回秋水西湖淨黃花栗里開
松間出道士城裏少奇才悵別情无限題詩不敢裁
送玉溪秀才僑居陶湖 二首
送爾陶湖去陶湖水欲平白雲天際重孤帆浪前輕
歧路那堪別江山空復情停杯還悵恨林末暝烟生
其二
欲尋松石去惜與故人違惆悵舟中別慇勤江上歸
一言余有贈千里覓相稀依舊青山在如何白鳥飛

十月二十日陶湖歸路得韻到杭月寄秀才二首 何
落日荒林下暝禽飛繞猶舟渡水。携扶青山遠歸
白鷺田間宿寒鴉江上飛疎鍾動谷口惆悵掩柴扉
其二
卜居滄水上曉踏平元山日照竹籬下江深雲霧閒
香醪對客勸松火隨人還良友多乘月應知門不關
竹
四時元不老凌雪伴松林疎影微生月清韻時和琴
精神烟外露氣色雨中深桑府誰傳器虛心作好音
扶疎堂与諸君分賦

谷邃烟生暗亭孤雨送凉鶯聲初歇樹雲影晚過墻
竹翠斜陽淨榴花一院香西園柑酒熟日作逍遥郎
西郊同登齋敬言諸子賦 律
夏至似秋至松風吹石林雲歸青嶂出鶯囀綠陰深
半日溪山趣百年麋鹿心共憐芳草色履齒一般侵
赤壁賦 宋蘇軾字子瞻號東坡
壬戌之秋七月既望蘇子與客泛舟遊於赤壁之下
清風徐來水波不興舉酒屬客誦明月之詩歌窈窕
之章少焉月出於東山之上徘徊於斗牛之間白露
橫江水光接天縱一葦之所如凌萬頃之茫然浩浩

乎如憑虛御風而不知其所止飄飄乎如遺世獨立
羽化而登仙於是飲酒樂甚扣舷而歌之歌曰桂棹
兮蘭槳擊空明兮泝流光渺渺兮予懷望美人兮天
一方客有吹洞簫者倚歌而和之其聲嗚嗚然如怨
如慕如泣如訴餘音嫋嫋不絕如縷舞幽壑之潛蛟
泣孤舟之嫠婦蘇子愀然正襟危坐而問客曰何爲其
然也客曰月明星稀烏鵲南飛此非曹孟德之詩乎
西望夏口東望武昌山川相繆鬱乎蒼蒼此非孟德
之困於周郎者乎方其破荊州下江陵順流而東也
舳艫千里旌旗蔽空釃酒臨江橫槊賦詩固一世之

海藏菴集 單

詩

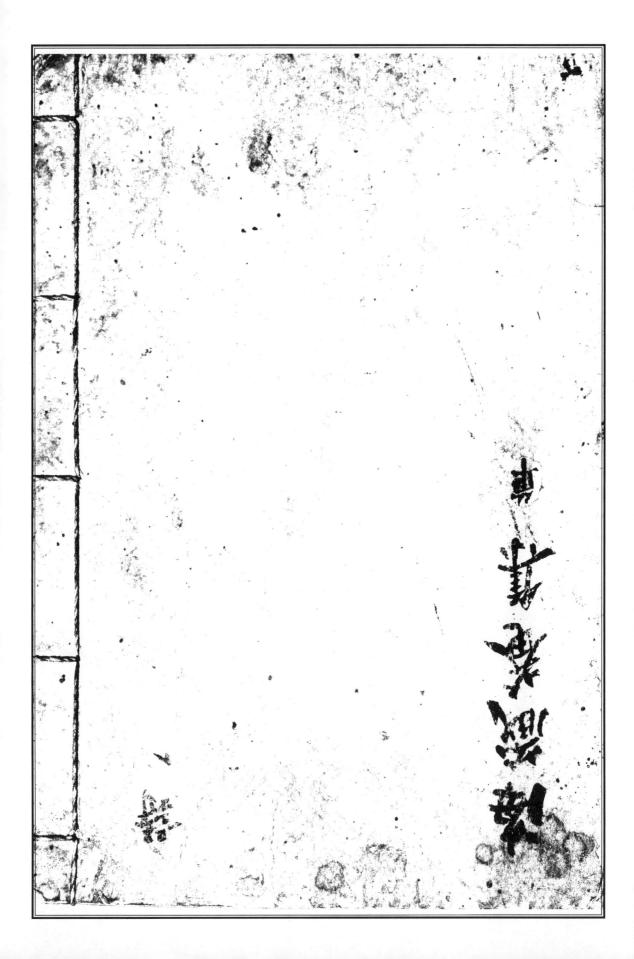

海藏菴遺稿卷上

詩

奉呈閔令公亨洙　南海謫行

尺蹠朝參夕嚴程意思從容不自驚日月照心惟聖主巖廊動色幾公卿曾經北塞羣山盡此去南荒大海明要試剛腸天戲劇故教頻作極邊行

洪川守安公重觀遺貶題歸可洲奉呈一絶

田園秋熟可歸來夫子元非百世才白酒黃花歌笑地貶癈邦到野人盃貶目有觴政不節之語故云

碧城酬唱錄

栢林亭陪巡相李公天輔拈韻

意到名亭步屧過蒼蒼松栝北山阿故人邂逅華筵酌觀察風流錦瑟歌閱月殘花林鳥囀夕陽踈雨海雲多盈頭白髮憐吾老繞席青娥奈爾何

芙蓉堂呼韻

槐柳陰深覆曲塘晩雲流影漾天光層城四月鶯聲滑畫閣微風燕語長簿牒邦妨新句穩笙歌不管午眠凉羣魚潑潑堪供玩一笑悠然進一觴

栢林亭陪巡相次三淵集韻

殊方菀菀少來人昨日寥寥又送春叵耐千林花落

盡獨憐中夜月窺頻蒼山一面登樓逈白髮千莖覓
句新紫閣雲臺佳麗地今年虛度踏青辰

芙蓉堂設通判新恩宴用進退賦詩古事呼韻
督對巡相公逵次其作仍及諸人謹次之

仙官丹桂帶新 恩西境歡聲動海門西郡福星應
耀彩北山喬木自深根君民身任時憂始進退詩肴
古事存浪迹殊方逢盛會畫樓春日酒盈樽

芙蓉堂次五律韻

意愜移時坐槐風午睡餘笑談無簿牒造次有詩書
雲逈歸山鳥淵深聚藻魚天機隨處活俯仰不相疎

通判來謁拈韻謹次之

新荷抽葉繞朱欄休惜芳菲已向殘幕府清時旗纛
靜樓臺暇日酒盃寬停雲欲雨床琴潤蹊柳含風客
枕寒從古碧城佳麗地逢君那不盡吾歡

又

狂歌大噱几憑欄平楚蒼然日欲殘細膾盈盤春酒
縱亂山圍席野樓寬瑶琴聲逈雲流影畫戟光搖雨
送寒勝事龍湖君莫說奇緣爭及此間歡

陪巡相泛舟潔城至青浦海口

旄纛飄飀宿霧空平明吹角潔城東船頭擊鼓風濤
湧港口懸帆海獺雄潮滿不分鷗鷺集島開惟看水
天通書生袖有青萍劍欲斬長鯨獨倚篷

濯熱亭拈韻共賦

白石離離繞一溪洞門騎馬夕陽低元戎駐節青山
靜遊子題詩黃鳥啼遠樹依依村靄合平蕪漠漠野
雲齊岩泉雨過宜觀瀑竹杖他時更度蹊

芙蓉堂中伏日呼韻

微雨前宵綠滿池張筵畫閣卽佳期荷香酒氣渾相
得舞影歌聲故自遲節序聽蟬高柳外海山留客夕
陽時尋常故社諸朋集萍水殊方儘是奇

夜卧聞日進來坐荷堂有吟

病中幽意未全闌羨爾高吟月影寒朝起欄頭悄然
坐荷花應笑獨來看

翌日荷堂疊前韻

羅綺成行綠竹闌亭亭池面獨清寒色香元不困人
損任爾婆娑日把看

又疊前韻

聞道南池花已闌碧城風雨一葩寒世間萬事無遲
速後發還宜晚暮看

又

林月未升畫角闌和應荷葉露凝寒暗中時送微香
至還勝欄頭白日看

荷堂拈韻

青娥犇滿座官閣任殘暉柳色搖歌扇荷香上醉衣
風濤臨海靜朱墨到樓稀放曠應吾道年來任是非

又

悠悠吾底事耿耿坐斜暉客久蟬啼樹樓高雨入衣
海山風土別京洛信書稀可笑桑蓬志方知四十非

又

紅粧照綺席朱檻漾晴暉細酌青荷酒嬌歌金縷衣
興將官沼滿詩寫旅愁稀隨處超然樂莫言吾土非

又

庭梧忽涼意山郭又殘暉妓席憐華髮轅門愧白衣
異鄉逢友少積雨上樓稀松菊今何似故園應日非

又得秋字

林木涼生已報秋碧城風物更添幽老荷方沼香侵
席過雨前山爽滿樓新詩欲就蟬聲急寶瑟初回酒
氣流倒卻接䍦仍枕籍月明今夜可淹留

七夕芙蓉堂拈韻共賦

海門殘暑尚餘蒸池上高樓日日憑河朔豪情傾斗
酒杜陵狂態憶層氷涼颸七夕生秋早斜漢三更過
雨澄便欲乘槎泝源去張騫遐躅愧難能

次信川使君韻

閒愁中夜卻來纏點檢平生坐悄然少日讀書空壯
志殊方餬口又今年飛騰裘馬歸同學漫浪詩篇作
晚緣西風白露彷徨久星月迢迢玉宇圓

荷堂拈韻共賦

西風一夜撼青梧病起清遊數子俱秋氣池邊琴響
淨容懷天外鶴飛孤歸雲籠樹渾疑夢落景含山可
入圖歌席忽聽將進酒不禁如意打長壺

曉吟

公似雲間鶴昂藏立素秋海山新按察江漢舊風流
留客花前酌題詩月下樓尚有中宵淚明時耿耿憂

雨中登濯熱亭

溪路溟溟傍草萊馬前微雨水聲迴青山獻面渾相
慣卻問清遊幾度來

芙蓉堂呼韻共賦

新涼睡起旅窓朝佳會寧孤太守邀身外可憐書劍
老秋來偏覺室家遙槐陰寂歷雲滋沼雨意徘徊海
接霄斗酒狂歌猶壯志莫悲華髮數莖饒

許亭共賦

老木荒階但鳥聲壁詩猶記古人名天空海濶孤雲去野曠沙平遠岫行官酒入秋方有味客琴臨水不勝清風物習池應未過高樓醉下暮烟生

再疊

頹軒古礎帶蟬聲野老猶傳舊日名先輩風流秋鴈度高臺興廢暮雲行松陰落落臨潭碧客意亭亭坐石清眼底盈虛渾一理海門潮退遠洲生

随巡相登濯熱亭通判自潔城點兵所延坐拈韻共賦

簿書寧有暇心静故身閒率爾尋佳境悠然對遠山孤雲来笏外斜日在吟間邂逅成奇會使君觀海還

其二

經地公事去有足水雲閒暝意生橋樹秋光倚海山君應遺世内吾欲老巖間空外雙鳴鶴遥侵夕露還

夕後雨晴雲月曚曨通判來會拈前韻

庭院虛明白滿池欄干十二起披帷亭亭雲海初昇迥落落松杉半露遲天柱奇遊終是幻廣寒高讌却無詩争如文酒殊方夜一席笙歌有好期

其二

移席欄頭俯曲池三更素月透屏帷洗来急雨光逾淨度盡微雲出故遲顧影政看澄萬象停盃還欲贈新詩圓輪從古多今夕邂逅偏留老子期

下川浦謹次巡相公韻

西風不怕減巾袍立馬平原倚劍高　聖代關防諸鎮壯元戎號令一軍豪光翻旗纛山含日聲雜鐃笳海送濤頭白窮儒還激仰伏鷹霜後整輕毛

匹馬西来值幡帷出巡未還三日宿空舘懷緒耿耿占一律欲呈行軒

寥寥三宿苦旅棲住何州虛舘殘花落孤城暮角愁看雲空倚杖吟月獨登樓黃鳳繁華地公能憶我不

翌日又呈一律

東風新化海西隈裘帶從容利刃恢千里湖山人自得三春麰麥雨頻來棠花影轉聽謡遍布穀聲長按節迴向日朝廷文雅望經綸誰識理煩才

哭李裨将

詩禮韓山自故門胡為韎韐海西藩可怜斗米供親意蕭瑟天涯一旅魂

其二

千里奴来到柩前家書鄭重屬誰邊遥知故里妻兒

望應待平安二字傳
旅館孤卧忽聞女兒夭㦸追念亡人不勝悲愴
頼有一塊肉尚記平生顏却寄他人養来卧海西關
殊方忽聞死腸絶涙潸潸疾病緣何症瘥理定何山
耿耿前夜言爾母夢中還識余早歸家保爾襁褓間
九原如可作那免嗔余頑

宿松禾
崎嶇驅馬去峯轉有人家落日野橋影秋風山菊花
吏民依木石官廨傍雲霞夜雨鳴簷角鷄愁鬢欲華

金沙寺
無時唐船水中央故有諸天壓大洋團束僧軍同鎮
堡森雄法殿作關防敢言佛力三峯靜須看　王靈
萬里長㧾攝山門迎使相雷鳴鼓角晝旗揚

助泥浦
笑爾助泥浦蕭條寄海灣水軍纔十户衛舍只三間
寇至將何禦時平故自閒猶能佩弓矢迎送上官還

長山串
山中松蔽日山外海連天海不揚風浪松亦保其年

又
宫室與棺槨求木於此間猶不成濯濯小哉彼牛山

又
長山多松栝還山多楩楠俱是棟樑用不必限西南

又
如無百年養難得十圍材　聖化覃一域寧徒大木
哉

又
巖鑄青黄美何似老硼陰苟利家國用何必在山深

水營
營壓滄溟萬里流西風駐馬倚城頭畫旗影倒黿鼉
窟鼓角聲搖鷗鷺洲商舶忽從天外落戍樓渾入霧
中浮水操歸後閑無事將士分曹但射帿

又
白露澄清映節旄錦筵紅燭醉醇醪風濤八月邊聲
壯河漢三更灝氣高　聖世關防閒戰艦中原消息
撫戎刀從来控禦須韜畧制勝堂巍閱幾豪

贈姜令
重逢二十年前人短髮居然過六旬無頼相公門下
士可憐觀察幕中賔朝窓老筆看猶健夜燭才譚聽
益新浦項多錢君莫戀百愁都付酒盃頻

北門樓夜集次閔子元之韻

病懷無地得清幽白石城頭迥倚樓火宅人間方盛
熱雲林野外忽生秋長歌遥喚千峯月薄酒能禁一
夜愁衰鬢不宜羅綺席老夫猶有舊風流

漆谷松林寺次閔洗馬還京

去歲萊山送之子今年漆谷又離情人間送別何時
盡白髮多於是處生

謹次巡相韻送閔子還京

四載西南客巡營佳山佳水間郎行塵緣可笑猶未
斷每送人歸輒鄉情

夜起坐池閣次姜令韻

疎星落落雨新收旅枕微寒引百愁病不離身常作
客事多違意又逢秋西風鶴立庭中月半夜人登池
上樓莫遣悲笳來入耳明朝應見白盈頭

隨巡相公東京尹登柳汀閔家亭東京尹有詩求和

欲盡大邱勝須登閔氏樓溪山繞席外城郭隱林頭
琴逸蟬聲暮盃清野色秋東京賢太守詩興誰優

夜酌拈韻

今年餘十日懷抱向誰開新契南州守清香東閣樓
亂山深積雪華燭共傳盃劇飲休愁渴萊柑昨夜來

庚午澄清閣贈金仲容

白髮吾垂老君方朝銳時文章應不讓襟抱故相宜
把麈燈花落鳴琴夜雨遲渾忘為客久新歲樂新知

八月夜

旅館寒衾夢未迴蟲聲引我起徘徊故園消息書何
斷南國光陰鴈欲來一事無成嗟短髮百憂相逼但
深盃臨風誦罷靈均賦落月蒼茫曉角催

廣門奴還寄閔大雅

歲暮懷人獨自歌廣門消息近如何童奴今作天南
步始覺吾曹別日多　右見童奴已壯

其二

聞道賢兒已髫垂大家厖禘未艾時南方佳味卿遠
寄為是高堂助含飴　右呈五花糖

其三

破冠寒褐自在身呼馬呼牛聽乎人一命假御君休
笑世間何事果是真　右答爵名之嘲

獄署直廬奉寄山南公案下

宣流洽滿歲三周均役仍看八路優　聖主紆思方
仄席南民惜去更攀輈風和細柳清明節陰遍甘棠
七十州何以致茲應有受一編家乘案頭留

其二

謂我粗能簡冊窺開心何事不周謀軍民州縣經綸策廊廟江湖出處時恢豁豈多今世見空跡未敢一謀裨紗燈夜帳聯牀地如水交情兩自知

山南公書來誇以巡行歷見落淵骨窟此並余在逹城時屢約隨公後往遊而未諧者也不勝神迻吟呈一律

淵窟曾聞冠嶺南差池一約每多慚塵寰我獨羈蹤縶巡路公能勝地探玉節留連應累日藍輿穿去幾重嵐遙知醉向山靈詔恨不携來李德楠

哭邊雲山敬叟翼老

籍甚銀臺進退詩其人如玉妙年時龍頭寵擢知多少御批煌煌更有誰

其二

氣侯分明敏捷才施之何地不為材可憐酬答無門恨只典西南數縣廻敬叟進退詩有賤臣酬答奈無門之語故及之

其三

君是尊翁晚得兒專城能及綵衣時始終無憾方為孝何限人間不泪悲

其四

墨緵棲遑二十年北山移居寄晚緣病閒詩社邀朋數貧買經書課子專

其五

非唐非宋又非今遇境縱橫寫意深使假數年應更健肯留餘恨在詞林

其六

林第從容啓手時淋漓題到八章詩薄田分半歸宗祀一語終無早夭悲

其七

騎竹交情到白紛中間南北散如雲浮生離合尋常事恨失晴窓細討文

湛齋李公明翼号和主人韻

歲暮懷君不自禁板扉來叩北山深長歌忽下窮途淚短髮猶存烈士心入夜老杉疑鬼立有時癯鶴作人吟却將細說今吾讀耿耿孤燈照兩襟

奉呈洪尚書象漢關西按察之行

藥院憂勤日篆壽司協贊時正卿還按使維翰家西陲秋滿澄清轡謠騰敝芾詩蒼荒人待哺旋節莫遲遲

其二

睡老當時澤遺民想典刑褞帷今繼武綵服昔趍庭

自在南樓月依然峴首亭風流宣化地往事淚應零
晉菴公自農村移住鶴灘寓舍余往拜仍留爲
公拈杜韻示之謹次 乙亥
農亭餘趣鶴洲寬何地非公蕩蕩歡携到村翁爭野
席借來簑笠換朝冠一園花事方催發三月春風肯
作寒藜杖江皐時矯首北辰還似夢中看
洪川使君來拜相公共次牧齋韻
漢春牢卧鶴湖臺日日惟看長綠苔白髮可堪佳節
過孤懷忽得故人開午庭繫馬鶯啼柳風院傳盃燕
蹴梅好是泛波須早去清平山色待君來
相公聽余歌聲贈一詩謹次
歌曲公休問濁清花間偶學百禽鳴嗚嗚只自天機
出我亦不知是底聲
謹次閒字
出城幾里遠隱几此身閒談笑江聲外興居野色間
麥連三島塢花重二陵山病婦應嗔我經春坐不還
春盡日戲題拈情字
九旬無日不逢迎初似多情竟薄情萬紫千紅都捲
去只留華髮我頭明
漫題呈相公案下
移家便欲圓農歸士也生涯本自微數畝田堪三口
食十株桑可一年衣功名敢道初心誤卯壑偏憐晚
計違大笑仰天吾豈怨只將殘秩永相依
金君 躍九 告歸贈二律
不緣相國好風流遠客寧忘道路脩故與鶯花及春
到更將琴酒決旬留碧城往迹孤懸月滄海歸心杳
逝舟自説來時新買犢早還耕盡浦邊疇
其二
若不勝衣六尺身睟然眸子即精神推移相法能觀
理勤苦農功肯道貧短棹天長海西路虛舟春晚漢
南津輕裝飄忽來還去一事初無累及人
得眠字共賦
竹冠皮几坐怡然園日遲遲敵少年花塢犢穿晴霧
去柳籬雛抱午陰眠苟爲形役終歸俗但使心閒便
作仙索句苦吟猶是累從今吾欲廢詩篇
燈夕
火樹連星爛碧霄京都士女作佳宵江湖久斷繁華
夢只伴漁燈卧寂寥
久客盤餐甚艱安巖李令獵雉而至喜賦一律
三春寄食野人貧對案朝晡客自顰縱得江豚常厭

毒賞無山萊柰多辛呼鷹賴有鄰翁健炙雉能令夕
饌新滿酌紅霞酬別味高歌一曲倒烏巾

觀放鷹拈鋼字

傑氣無多見初來自鋼草頭繞側目空裏忽鳴鈴
風迅朝暉肅雲平野色青不須爭雉兔飛去且滄溟

惡風連日不止閉戶漢居拈風字

誰將乖候訴蒼穹耿耿孤懷柒室中江日黯紅終靳
雨野雲凝黑故多風飛塵久悶川渠涸投木深憐鶩
雀窮進退憂關吾相在陶勻早晚贊神功

乘月步江皋拈明字

夜闌風暫息天迥月孤明客子披衣起亭皐負手行
江空人語落松古鶴眠清印事已奇絶何來款乃聲

園亭拈園字

豬犬野村陋魚鹽江岸喧故開一茅屋深着百花園
左右惟山面朝晡但鳥言扁題如問我宜命燕超軒

聽琴

花覆漁村月隱林黎園老叟夜鳴琴江湖且奏與民
樂不是師襄入海深

琴師阻雨不歸命彈一曲拈樓字

慰滿三農霈澤周終朝且喜挽君留短琴須奏昇平
調今歲應看大有秋響遏鶺鴒流遠樹絃將雲霧潤
虛樓簑衣更欲相携去水濶前江繫釣舟

三色桃

一樹交開三色繁春花落後殿名園漢宮姉妹徒雙
影謝室芝蘭是別根綽約相看寧妬意淡濃無染各
芳魂莫誇移接由人巧實荷東皇雨露恩

雨晴

沛爾知時雨經宵更報晴皇穹豈私惠萬品自歡情
細靄青山麓斜陽白水明豐登真有象岸岸叱牛聲

觀釣魚得磯字

絲潭垂釣子簑笠柳風微注目渾移晷凝神若忘機
竿搖繞拂水鱗擲乙飛磯古有承蜩者應知爾與歸

晝眠

頭上接羅一任顛綠槐陰下據梧眠曚矓漸着昏花
纈倏忽仍隨戲蝶翩穀在空空元外物神遊蕩蕩是
何天冷風吹送蘧然返拍手羣仙笑世緣

呈相公案下

郊舍優遊浹二旬湖樓嘯咏了三春孤懷北極頻歸
夢牢計東岡欲退身癯鶴雲晴迷立岸虛舟水濶久
横津公能可免君民責鄭重微書 聖渥新

拈閑字

依依村日斂稍稍野人還牛背山蔥綠兒頭澗薴斑鄰舂鳥栖側井汲柳陰間即地尋常事都城滿目閑

拈庥字

四鄰荷鋤去鷄犬守荆扉畝畝淳風象江湖麗日暉庭香開芍藥山釀熟當歸自道忘言久詩情又觸機

讀書

初夏山齋竹簟涼終朝兀兀讀書床向來魯莽工何淺老去沉潛味始長枯木雨滋乍春意廢塘風定或天光下帷已識收功晩苦癖平生自不忘

謹和深字

夢覺翛然梁甫吟簾前夏木綠陰陰耕迴百畝牛餘力啼閙千花鳥惜音麗日可憐飄雪鬢暖風潛動死灰心猖狂阮籍猶非遠底事窮途淚不禁

聞聽流堂主人讀書喜呈一律

玉蘊深藏北郭隈白蓮峯色讀書臺科名豈了男兒事經術方成宰相材洞水源長流曲折庭槐根錯立崔嵬明廷早晩山龍補華繪須將五采來

呈壺洞李尚書鼎輔公案下催命駕

湖山有是好林庄夫子可能一日忘臺榭登臨歸我

葦園花開落度春光晨靴待漏身應倦午枕看雲夢幾長胡不便輿乘興至披襟軒畔共濺觴

病起出農村拜相公仍留

緇塵可耐撲踈襟騎馬悠然出郭吟多病宜無宦家戀老年猶有鹿麋心卷舒雲霧山奇色隱現亭臺樹密陰分付童奴留我去三更過後始來尋

拈山字

今年強半占優閒杖屨林園更得攀絶口肯言天下事支頤長對郭東山青郊勢抱高樓外白水光縈衆木間却喜時平無盜賊柴扉日暮不曾關

拈時字

酒醒客去罷殘碁岸幘虛樓獨倚時斷續農歌田漢漠叅差槐影日遲遲積功標燕新成壘妙理林蚕欲吐絲閒中物態供孤笑詩到聯篇語益奇

湛齋挽

滄海三年半死瑰杜鄭千古泱餘痕故園應似歸華鶴冷落槐陰傑戟門

又

顛木春心雨露中賢兒桂籍荷恩隆紅牌榮覲還扶櫬倚伏誰能問化翁

趙尚書 明履 挽

瓊琚玉佩際昌辰名閥嘉林出藎臣好箇歐陽何處
得廟堂須用讀書人

又

雲漢昭章倬彼回公將五彩補天來提衡藝苑猶餘
事 聖代爭推編次才

又

昭鑑纂修與有勞苦心沐浴筆波濤九原歸去應無
憾 三聖光輝日月高

荷蒙兩相公示以往復梅花詩十一首俯索次
韻仗覩諸篇模寫色香備矣不敢贅爲别爲贈
梅及梅答語求又合之以發其意趣云

其一贈

棲息孤山閱幾年月晴雲淡養嬋娟餘風林下宜藏
密健步人間誤結緣遐想園霞流曉色歸䰟龍烏警
宵眠魯連蹈海終輕世何不攀依玉貌賢

其二答

寸土寄栽易卷舒市朝山澗孰非居不關烟火孤標
外已復陽和七日餘桃豈有言自成徑鶴應無意或
乘車從來避世墻東在小草休將一視余

其三贈

名園今古足風塵姑爾華堂去作賓桃李門庭非本
色鶯花富貴少閑人菊逢元亮依籬淨蓮得濂翁出
水新早晚歸歟安所放千秋姑射雪膚神

其四答

不見朱門與畫欄孤植祇占小龜安濁清無失方爲
達甘淡何知本自寬一任裸裎貞操驗飽經緇涅素
顔寒最嫌詩社多輕薄百度披帷押坐看

其五贈

雪虐風饕屬厚陰忽驚花發近寒衾敢緣人力爭玄
化太洩春光滿素襟馨德終慚無臭妙繁英何似晦
根深微陽欲動須加護試看堯夫大易吟

其六答

故里羅浮一夢長遶根從彼衆癡狂多生爲累嬋娟
面抵死難禁漏泄香何日快看雷雨露芳心不顧關
風霜閉關早識潛藏意閣裡深深肯下堂

其七贈

昔我尋君碧磵灣手提雙榼度雲關滿斟竹葉琅玕
色聊酹花神水月間相對卽今無此酒可憐依舊自
青山小爐茶熟徒爲爾不復春天意氣還

其八答

冲襟婉貌映相澄虛室氤氳氣味凝人嗅花香澆磊隗我薰君德壓霜氷醺醺恰勝傾三斗寂寂何妨伴一燈不必風流須外物維摩當日即孤僧

其九贈

蓓蕾纔折欲回頭惆悵巡簷半夜樓縱使隨風寧涸土故能留馥尚人求早開己覺先衰理乍見那堪即別愁松竹非無交耐久天香不合與渠謀

其十答

標英休惜半盈苞不是無心任落開冒雪故先凡卉出教人親見伏羲來寧容奇跡塵中久可笑爭言篋裏催萬紫千紅春後信精神將付少年回

其十一合

縞袂林頭襯葛巾先生一笑共梅新唱酬不盡心中玅交契難傳世上人彈出峩洋琴助韻照來空色月留神嗒然從此忘言可杜德何須會面頻

忘言而又不能無言恐梅兄笑人

先天一氣暈生霞燈下亭亭影半斜非是檀心誇早發須看晚節殿黃花

其二

碎銷輕玉漸看新色態終非濁界身始認臘頭孤笑意凍天跡雪壓層塵

曉起謹次晉菴相公城字韻

蒼茫曉月掛西城嘿嘿燈前撫此生斗米可憐腰久折帽紗應笑鬢全明五更趍走司饔院六品支離圭簿名妻子累深知誤我百年書劍兩無成

夜坐又次城字

近臈窮陰雪滿城布衾如鐵卧先生塵中孤笑南梅動夜半悲歌北斗明功業一時都幻迹文章萬歲亦浮名不如歸去從吾好何日臨溪小屋成

晉菴相公又示詠梅二律又敢和之未知詩之出而愈奇可酬花之續而益新否乎

孤芳終靳綻紛紛人自狂吟曉到曛太皎猶嫌閑玉面穠華那肯着榴裙香能持煖風飄雪影或生奇月漏雲始覺向來交尚淺十篇詩未寫三分

其二

尋常鄙吝着吾腸那可無君共一床不語知應嫌世鬧遲開故自戒人忙抱來高潔心方淡飲得溫和味更長時月周旋如有立勝於公擇守山房

見鄰家叟梅有懷

兩本誰將一閤移宛如昆弟共肩隨輝光交映初分萼氣脉潛通忽並枝伯叔採薇無乃近機雲聯璧未云奇吾兄二載湖中客見此令人那不思

梅下憶可洲子 安公重觀歸

忽憶東江夫子奇偏多逸興賸梅時月中邀我成三影花下傳神用小詩老屋今朝空對汝孤墳何處已生芝皎如玉樹賢郎在帞帳臨風寄一枝

謹和六和齋韻送宋羡貧 必直 還長水郵館

羡貧應苦役簽訪豈功名吟淡傳厨餉蕭條勸馬聲殞雲湖外樹層雪嶺南程猶起窮廬羡堪憐老子情

謹次六和齋韻

親朋老境漸相疎藥餌扶吾白雪廬簷日三竿憑曲几街塵十丈任高車囊中寧有奇男子腹裏堪藏太極書物累年來都遣盡梅花開落意如如

其二

志氣凌雲尚遠圖其如老骨已全癯梅䰟寂寞燈相守月影徘徊鶴不孤方朔金門應大隱顏回陋巷豈真愚昨朝送客南州去一約春風在兩湖

其三

鼕〻街鼓警孤眠徙倚寒窓澹夕烟劍氣不禁酆獄射琴心如獲廣陵傳身邊花綠非初服夢裏山青是夙緣虛室忽然觀妙理梅帷燈影暈成圓

簡帶方使君

使公早致青雲上憂大今應白盡毛不害鸞棲南邑遠猶能牲養北堂高樓臺月出鳴琴靜堞壘雲橫倚劍豪何似金門聽漏地五更霜雪灑朝袍

其二

婦謫兒號何與人貧庫官冷不關身寧於白屋埋深雪肯向朱輪躡後塵梅發如逢會心友詩成或瀉滿腔春自家康濟優〻在不復從君乞一緡

呈翼齋相公

三年薄宦劇酸辛斗祿其如十口貧烏帽蹤〻輕雪逼牛衣寂〻一燈親達官易忘窮時友傲骨難為媚態人同學相公柴米送朝來厨下忽生春

殘冬

殘冬物色揔含真倚杖虛簷岸角巾老栢千尋方氣力遠山一帶自精神窮途亦有男兒樂積雪猶看天地仁向夕身心增皎潔故將孤影仰星辰

自慰

莫愁短景駸〻暮敢恨窮廬寂〻居 聖代昇平生

長老晴窓玩味易詩書兒能會意審溫淸妻不嚬眉
供飯蔬鼓缶嗚嗚聊卒歲榮期三樂較何如

送歲

堂堂己卯歲一別杳前期爾去那無返吾生奈有涯
虛抛逢閏喜剛過送人悲那禁難謀酒寥寥只贈詩

代歲留別

閱我十三朔優遊半百身非歌即長句無日不佳辰
持此須從老澄心益養神復經一周甲相對舊時春

供上

長腰如玉更精舂 兩殿三宮間日供紅秫戚之架
子上頻看星斗候晨鍾

其二

忙着青衫鞴馬鞍五更三點漏聲殘微臣一飽 君
恩暨釀粥如酥餉自官

其三

西淸落月映罘罳敦化門前曙色催遠炬如星明點
點六司官吏整齊來

其四

吏房承旨長銀臺待漏廳中最後來僮隷齊聲呼院
卒金門鎖鑰一時開

其五

環珮鏘鏘聯步武錦川橋接鳳池頭就中臺諫生風
彩喝道聲長徹 玉樓

其六

六仙樓上鞠躬遲日記編中署押時院隷相看顏面
熟一官三載覺支離

其七

酥米又供藥院來醫官退自診筵回 聖躬諸節安
寧未昨夜憂民坐露臺

謹次六和齋新春試筆韻

衰病強扶倚檻欄層城曙色映窓東紛紛世態新年
異處處靈符舊樣同日月豈饒當路士春風不背杜
門翁踏橋准擬元宵出可耐兒童笑乃公

其二

元日無人扣我扉經年我亦訪人稀何妨草屋低頭
伏不願雲霄奮翼飛春帖只祈加糲飯酒爐空憶典
朝衣簷禽且莫啼驚夢夢裡方尋漢上磯

上元夜步出鍾樓街上

老脚隨人步後先九街橫亘十橋連重城響徹鍾還
静大界光分月自圓一夜和風消凍雪上元佳氣驗

豈年曙星欲出歸來綏藥飯妻供小燭前

又次六和齋元宵韻

老少紛紛出吾何守寂寥新春初滿月一歲寂良宵人影三了陌歌聲十字橋未晨珂馬競已赴紫宸朝

呈舍伯官次

旅館枕衾誰與共伯康寒燰問無人弟兄容貌三年隔節制功名十口貧天際孤鴻滄海月雨中芳草故園春依俙昨夢聯床地脉脉先驚白髮新

寄舍侄

姿化停鸞峙年過舞象時須專經史讀勿負父兄期風力滄溟濶雲容遠島奇知應恢眼目能做幾篇詩

少華南公有容出宰安邊謹以一律呈行軒

柴門跡木斷蹄輪公是清朝一旅臣凫舃還榮太學士鶴樓便養大夫人山開北塞初頭邑雪盡東風有脚春已覺蒲鞭尚多事梨花滿地灑琴身

送盧上舍命欽謹次翼齋相公韻

盍簪能幾日驪唱不堪聞短髮仍秋半殘燈又夜分行先滄海鴈歸共碧山雲農圃應餘力窮愁且著文

直中夜吟

攬衣中夜起徘徊底事愁懷不自裁白髮盈頭寧合帽黃花滿地奈停盃太倉陳乏三年穀北極聲驚九月雷盡往從之吾舍伯責柴生活豆湖隈

兒往安山過二旬送奴馬催歸適雨憂念不已

地纔百里非遐適日未三旬豈久離雨裏却催奴馬去懷中難抑暮朝思炎程泥滑應經險江浦風高恐涉危耿耿憂多仍感昔先人於我亦如斯

石院

行旅相連地鐵湖兩界分魚鹽沿海賈弓劍上番軍店媪招邀境盤飧供饋紛何來樊花士蹁蹁獨無羣

踰烏嶺宿草谷

年前餬口滯炎方一宦今仍瘴癘鄉來往幾回烏嶺險光陰虛度馬蹄忙深湫萬古無時雨老木千重忽夕陽草谷行投曾宿處板門依舊石橋傍

宿牛頭院有感

微蹤敢望遷喬木薄宦偏憐逐轉蓬破屋蹤窓留病婦弱兒孱僕伴衰翁一旬路趲山兼水十月天飄雪又風村店臥聽主人語春耕秋穫老家中

過安東府吟呈府伯案下

花山去路暫停鞭意氣曾知太守賢千里嶠南大都護六仙樓上舊承宣閒無一事神明治笑出新詩邂

追蹉洛下他時聯椢地萍逢應說此奇緣

洛坪

日日驅馳十日餘爲嶠 君命敢虛徐峽程百尺竿頭甚人力千勻弩末如蹄蹇鄒騶仍踏雪橐空官僕半茹蔬始識家貧猶食好晴窓坐擁一牀書（頷聯一作千勻弩末吾裏甚百尺竿頭嶺險如）

曉發南驛沿海行二十里始明

寅卯何時鷄旣鳴東方三五曉星橫亂山不辨雲霞色驚浪惟聞霹靂聲馬首熹微漁火迥身邊怳惚海神迎須臾萬丈紅光射飛轡羣龍捧日生

蔓城路中

今朝鄒隷忽歡情爲是蔓城入眼明初日賑圓張蓋影長風吹拂勸驂聲齊肩羅卒雙雙至低首記官濟濟迎大纛高牙曾眇視書生志不在浮榮

到蔓城館

只有滄溟地卽窮吾行忽已到天東馬嘶迴落龍吟處樓影平臨蜃氣中直欲身乘風引去自然心與水爭空眼前公事休相惱擧手方呼鶴上翁

臨瀛閣雜詠

廨宇年深半側欹斫来山木後前支能於目下扶持得其奈剛風劇雨時

其二

月供米可餬三口秋俸錢纔支半年舊稅魚鹽今亦失官廳計活淡於禪

其三

面孔獉獉言僞舌時来小吏拜衙前蚩蚩此亦人之子初似可憎終可憐

其四

太半成川馬位田有名無實百餘年殘民白地猶輸稅況復新徵結役錢

其五

拍岸濤聲初奪魄聞来日日便尋常人心忿怒須懲戒忿怒多時威反傷

其六

爲觀日出朝朝候輒有頑雲萬疊橫天意從来多戲劇人間不恠少清明

其七

伺候三旬皆敗意今朝偶起宿雲開有心不得無心得快覩紅輪湧海来

其八

茫〻有是天池寬皓〻逾生夜魄寒始識色空相待
理休將海月兩分看

其九

蒼狗白衣已太巧飛来海上却魚鱗無心雲亦隨時
變休說人寰色態新

其十

北飛何事更南翔遵渚賓鴻帶夕陽不見滄波鷗自
在無心那復有炎凉

夜起

樓高萬里勢睡起五更風浩氣乾坤豁清光水月空
忽然無世界恍若接鴻濛何處飛来鶴聲寒白露中

至日行望 闕禮口占

去年冬至趁 金闕曉漏聲催雪色殘鵠〻香烟
宣政殿瑲〻玉佩滿庭班天涯此日孤臣感地底微
陽一氣還客舍呼嵩行賀禮遥瞻 宸極五雲間

排悶

冬至纔過臘又廻天時袞〻一何催臥聞急浪風翻
海起見寒山雪滿臺旅鴈徘徊同我住新梅寂歷向
誰開萬端懷思兼家國可耐音書隔月來

懷小兒

不知髫髮今何似數幅家書道汝詳千字誦成三月
了新衣裁較舊時長偏從廚婢花糕索更逐隣兒紙
鳥揚可想明春迎我日挽鬚應拄白於霜

清河東閣吟呈使君要和

但令心兩照何必面曾知萍水他鄉會山川凍雪時
碁仍敵手喜詩卽讓頭冝座側陽春動梅開三兩枝

漫吟

駸〻歲色誰能挽黯〻覊愁不自堪馬耒空犂冀野
北俗同淫祀楚江南飆風路阻乘槎海積雪山深擊
磬菴縱欲登高聊撥悶西林又是夕陽含

其二

尋常海氣襲衣裾公館蕭條類屋如南國逢迎無熟
面北方消息阻来書歸心星徙嘉平後客夢燈懸子
夜餘暗覺 九重新化布雪中春意七分舒

除夜

吾生於世亦支離眼視昏花白髮垂五十三回除歲
夜一千餘里憶鄉時依〻兒女環燈戲歷〻冠裳赴
闕儀欲借夢中魂暫返無心更賦送迎詩

除夜詩偏於思鄉元日賦一首以自解 辛巳

縱令高枕吾廬臥其奈光陰似急灘老境還知新歲

樂殊方且作故鄉看樓臺氣色暾將出魚鳥嘯吟風
乍寒不待花開須徑往晴雲淡淡內延爇

出海邊

鹽户漁家凡幾處晴沙荒竹路橫分青天在上難為
海白日當中不見雲欲起魚龍初罷睡將歸鴻鴈各
呼羣飄飄願借東風力送我西還漢水濆

上元夜遇金陵使君於郎舍吟呈一律

君落江湖我四方思而不見幾年強那知嶺外元宵
月共對筵前兩鬢霜京路棲遑嗟枳棘少時期待在
巖廊尚看意氣崢嶸甚笑出囊中詠絅章

還官未幾又作延 命之行

優遊能幾日長路又今朝鞚共征鞍擊心隨飛蓋搖
寂憎堠亭列多愧店人邀尚有吟哦興春風動柳條

清鏡村

遠近烟生樹高低村背岡海魚來夾市秋稻打春場
鷄啄籬暉暖牛鳴野色長人方歌樂歲吾即頌 明
王

簡帶方使君

吏役棲遑苦是愁莫論雄邑與殘郵山川杳杳難青
眼日月紛紛易白頭北麓新春空鎖宅東湖何處自
橫舟同歸舊約應相憶吾輩從來二可休

遣興

幽懷一倍惜年華拄杖前原送目賒白首難為滄海
客青春不見洛陽花長雲萬里孤飛鵠斜日千林亂
噪鴉羞喜歌呼兼笑語棲籬烟火幾人家

其二

魂歸倏忽即吾鄉夢覺居然絶海傍北斗七星中夜
影梨花一樹暮春光將看即報心先攘欲寫家書語
輒忘賴有兒能覓父意誦詩聲似玉鏘鏘

觀海

秪緣人自小到此輒茫然深豈窮無底瀾應終有邊
朝宗百川細包括一天圓莞尒仍高詠老龍驚破眠

其二

紅波忽而白朝暮變須臾且置蒼茫大先看變化奇
空虛不自有光景故相隨如使木華作吾當一語之

內延山

六鼇已戴蓬山去問爾胡然獨海濱屹立欲教人仰
止不辭巖澗洗緇塵

其二

誰言龍蹴蒼巖去龍若有知應復還萬丈峯頭潭萬

弍乾坤何處更茲山

其三

鶴巢臺上鶴徘徊落〻長松蔭碧苔欲訪孤菴何處是磬聲時出白雲來

其四

巖間閒有高僧住叢薄林深不可攀凝想忽如恭入定空山花發水流閒

其五

東風不盡吹高盖領略千峯秀色迴老禪一笑山門送雲散前溪月欲來

內延歸後作

隱几終朝廓潛想超然如坐鶴巢臺向時應接心還擾今日齋中山自來

野城（盈德別號）使君往隣邑不還待之竟夕甚悵

鳥化雙鳧何處去樓如黃鶴獨崔嵬重三節過花將老十二闌橫客自來山色入簾如有待鶯聲出谷故相催孤懷竟夕猶延佇五馬應同月影迴

花山東軒吟呈府伯令公

風流太守笑相迎畫閣高臨白石城百里山光簾外逈一村花氣雨中明華筵忽下憂時淚佳節偏深戀闕誠均是殊方吾更遠海天明日獨歸情

中秋夜無月

佳句宜緣漫興裁清光惟待此宵迴長風不肯吹雲去碧海難看送月來無奈世多違意事可憐天亦與人猜蓬時得〻還微物千點流螢砌上苔

陪巡行抵寶鏡寺宿

此地令三宿居僧倘記顏帽袍非舊我泉石自深山消髀王程役觀心佛榻閑中宵頻警夢清梵度雲關

九日

滄海經年滯未迴登臨強自小輿催秋聲風急千層浪野色雲空百尺臺殊俗亦知佳節會賓鴻恰似故人來非無地主分糕餌何處重尋泛菊盃

聞帶方使君瓜遆歸第寄案下

聞說賢侯挽不留銅章已解報瓜秋三年簿牒詩還富五馬歸來鶴與僑家食貧無民社責蔭官閑勝廟堂憂園林更卜新居好兩峀雲光滿一樓

其二

北歸胡復向緇塵白髮今應老大身對策公車嗟晩晩折腰郎署亦酸辛揄揚雲陛多新貴零落山丘半故人我已為君思爛熟不如高臥豆湖濱

午憩神光倉舍吟呈鷄林府伯案下
午烟生樹杪村落繞官倉簷納峯光淨窓收野勢長
暫忘鞍馬苦仍獲枕牀凉入境知仁政荒年民不忙

冬至日曉起
殊方自百感節序更忙〻人失三餘業天回一線陽
曆書至何日豆粥似吾鄉吏睽猶知賀庭趍三兩行

達城
昔我隨人滯達城春遊無日不深觥歌聲月隱青娥
席花氣風恬細柳營往事可憐流水駛孤懷寥落碧
雲橫依依物色渾如舊〻客胡然白髮生

又寄帶方使君
文詞可但隘青丘氣義須從往代求滿座賓應傾北
海闔風人願識荊州囊時贈我千金劒此夜思君百
尺樓直以片心能得士初非權力等公侯

神光途中
老夫何事又茲行默筭今年半在程九月北風鴻背
冷三竿西日馬頭明雲嵐擁樹峯孤立禾黍連阡野
始平曠望能令懷抱豁不言蹤跡似浮萍

永川路中
烏雅意得無人市鴈鶩聲愁畢穫田口腹方知爲累

大問誰於此獨超然

朝陽閣敬次圃隱先生韻
圃翁去後幾人過此日登臨眼始開大野平鋪流水
逝羣山簇立暮雲来乾坤自在樓千尺今古難同酒
一盃灑淚西風空悵望欄干獨與月徘徊（原韻有高攀明月共徘徊之句故云）

贈壽鄉丞
三清初面夢依然中歲相逢儘夙緣並武幾趍雙闕
下聯鑣今過八公前豈殘廩祿何須較老大形容各
自憐最是觧民風樹感羨君榮養綵衣年（八公山名）

義興東軒
勲業陵原相文章東后翁同堂有良吏百里獨淳風
印閑徵科際琴鳴簿牒中我来欣一笑山色滿簾櫳

大邱
木綿花下笑言多雨〻携篷營府城近日教坊長鎖
戶澄清閣裏罷笙歌

秋興
凄〻玉露下林皐晨起無言首自搔陽鳥伴人滄海
遠東嵎賓日驛樓高少時喜讀荊卿傳暮歲偏吟屈
子騷看鏡敢希勲業樹朝廷只許一青袍

其二

吾道非耶轍已窮悲歌歲暮海天東風塵誰買千金骨山水深藏三尺桐未見平生會心事徒成一日禿頭翁元龍豪氣知何益悔不躬耕壠畝中

其三

蕭條孤廨大瀛邊一官胡然滯二年似是馬曹渾不省殆同鷄肋自堪憐月中採菊懷三逕霜後尋楓負老禪數襲寒衣書帶至病妻愁緒客燈前與內延僧有看楓之約而未果故第六云

其四

小燭林頭半鬢明風侵虛幌旅魂驚星辰入夜光無定海嶽當秋氣不平衰鬢已先黃葉隕孤懷難敵百虫鳴忽看壁劒寒芒射何所用之愧此生

奉呈披襟亭李尚書禹輔閤下

東山雅望係蒼生喜甚同朝聽履聲斗柄酌元天北極旋旗揚彩漢南城暮年勞瘁神猶旺 聖世昇平涕自橫不恤門庭淡如水公心本在玉壺清

其二

吁名孰薄宦銓衡家宰終須任老成朝象卽今猶未協物情從古自難平早知季下無蹊徑請借舟中喩重輕薰炙向來興感處一看恩怨不分明

其三

喬木東岡幾百年滿庭猶看翠陰圓文章事業公兄弟台閣卿班步後先大澤龍亡嗟已矣靈光殿在獨巍然明時勵翼誰相與非爲同堂涕泗漣

其四

麻浦亭前江可憐問公胡不賦歸田非如鳳老蹲池上其柰葵傾向日邊南極祥輝臨八座西樓勝事在明年懸車早晚鳩笻返分付沙鷗守釣船明年公入耆社故云

其五

萬事居然白首翁千林蕭瑟又秋風浮天海色難爲容滿院虫聲倍憶公桃李知應在門下參苓且合備籠中三書光範緣憂世非是昌黎不困窮

吟呈鷄林府伯案下

欲看王覇興亡迹須向新羅故國來統一勳高金庾信曠千年在鳳凰臺孤雲路日無尋處黃葉西風不盡哀早識使君多慷慨蕪城應有大篇裁

其二

承政院中近密臣銅章底事久因循秋深枳棘停孤鳳露冷蒹葭憶美人溟嶽登臨何等快朝廷拜免幾

番新平生大易牀頭在鈴閣清宵燭影親

其三

優〻但慕絃歌牢嫩〻安知鉤鉅能觀稼小輿屏高蓋錄囚丹筆伴青燈方秋吏自徵科省荒城民逾户口增老拙聞風堪愧死斗筲難稱一鄒丞

其四

夫公吾所願從遊況復相隣地盡頭萊海即今無警急東京自古盛風流黃昌遺彝青娥席玉笛餘音素月樓驛馬何時延五馬南州七十嵌雄州

其五

尋真佳約佛宮幽紅樹青山可一遊地主琴軒終晝望使君凫舄為誰留徘徊此夜聞孤鴈惆悵明朝送九秋應待雪天乘興至剡溪且莫遽迴舟（使君有內延之約而不至）

奉呈永嘉伯歸軒

坐想秋瓜催北上鼓笳應帶別離聲三年臥閤花山重此日歸裝木浦清增秩賜金聞漢代攀轅截鐙見民情餘懷知在觀書處松桂林中畫閣明

其二

忘却形骸仍忘年同來嶺外又奇緣士逢膠漆稀千古我荷惸幪獨二天聚散忽如雲不定光輝秪仰月孤懸計君行到長安日為折寒梅驛使傳

東京府伯携玉笛作內延之遊歷宿海月樓邀余共吟

使君年少氣崢嶸命駕寒天百里程未害雪餘風捲海須看雲散月臨城金波蕩漾中宵色玉笛依俙故國聲明日氷巖尋瀑去深湫應有老龍驚

隨鷄林府伯遊寶鏡寺

轎馬已過岸藍輿始度川何論行久速終看會團圓儉歲僧風厚寒天佛日懸鍾鳴午烟散白飯翠微前

其二

度盡丹楓節深冬訪祇園山寒呈本面水落露真源雪屋看僧定氷崖斷客煩亭〻塔前栢甭亦晦於根

其三

招提何代創前輩幾人尋白石留名姓青山閱古今川奔難住響樹老自無心多少浮生感看雲一朗吟

余力疲頹臥禪房而府伯獨上絕頂

我倦中途脚君期最上頭仙凡分即地巖壑任冥搜大雪龍門賞長風紫蓋遊宦徒羨濟勝深仰躡前脩

其二

朝送尋真客寒寒閉戶時老僧憐我獨小榻話山遲
雪月雲霞際林叢水石奇待君領略返叅互細題詩

地主使君與寧盈兩明府會話於淨水寺乃殊
方不易得者而余以病未能與為永夜孤館不
勝耿耿謹賦二律呈行軒冬至翌日也

三邑中間小寺幽聯翩皂蓋集山樓憂民欲講荒年
政卜夜非眈勝地遊雪重不禁雷響復雲深猶放月
光流多時閉戶吾衰甚獨伴寒梅病鶴留

其二

鄰齋居近祇園幽魂夢尋常擊磬樓病客何時成獨
往羣公暇日辦奇遊影叅佛座孤燈照語落滄溟萬
里流月桂天香應有詠須分物色為吾留

大雪

漠漠同雲合濂濂大雪翩虛明無夜晝頃刻失山川
不料人間世猶看混沌天南華太多事齊物著陳編

吟呈七政堂

四顧無親地長時吟病身月中孤鶴夢燈下早梅神
難掃盈頭雪空懷有脚春詩筒来又往何幸接芳隣

其二

嶺海極邊土風流賢主人有餐輒分我無日不邀賓
把麈簷移碁鳴琴座滿春白頭何見晩一笑醉如醇

見家書

人傳洛下雪一日丈深餘病婦依單婢寒天寄獘廬
衾應鐵相似薪比桂何如書到無他語廉清只勉余

壬午元日赴七政堂吟呈使君

蒲傳兼筳管新年第一筵餅羹人既飽賀拜俗猶傳
家國昇平樂山河氣色鮮休言非我土隨處艷陽天

其二

我叅八郡督君專百里城窮民須惠政前歲失西成
幸賴相隣誼彌深共濟誠天時可無對野意藹千萌

送鴈

同我南為先北返春天萬里浩歸程多時絶域相隨
影此日空洲獨立情送目人方如有失無心爾亦不
平鳴秋来後會知何處漢水蘆花曉月明

夜

送盡歸鴻不来鶯春寒雨氣却蕭蕭更無人問支離
病獨與燈依寐寞宵蛟鰐風濤簾外近鶯花富貴日
邊遙黃罏酒伴今餘幾水國三年魂半消

次龍田子 崔上舍天翼

官齋永日短長吟寂寂無人會我心從古雲山惟傑

氣有時沙鳥或希音早知元亮歸田好却憶師襄入
海深千載怱如朝暮隔神交往〻夢中尋

遣悶

無物初何齊物有忘情那復遣情來榮期笑爾歌三
樂子美憐君賦八哀駕鶴飛昇皆妄耳攀龍勳業亦
勞哉傍人欲識吾人願左手持螯右把盃

其二

誇札數行細君寄丁寧無異面談時儲餼粟可初秋
及覆屋茅猶劚雨支新婦已諳姑食性小兒能讀父
書辭人生有此須知足公事之餘一屛私

贈龍田子

偶然爲吏久因循忽〻覊愁鬢髮新彭澤八旬吾二
載陽山窮處孰嘉賓鯨臺月白孤吟夜鶴渚花紅獨
立春此際逢君何等喜逃空如見故鄉人

贈徐老

當時我醉芙蓉館月下同君倒葛巾往事風流渾若
夢中年離別劇傷神飄零水國萍蓬跡寂寞雲安麯
米春愧磊胷襟何以沃重逢況復白頭新

其二

我欲聯綃三萬疋長松盡出百千尋掛來雲霧空中
閟壓得山川雪後林有願至今終莫遂逢君握手只
孤吟春風吐氣紛紅紫應笑幽人漫浪心 徐善丹青故云

感懷

欲却飛騰意閉門滄海湄有官常屈首無酒可伸眉
月下居然睡花前不復詩丈夫一何儘尺蠖爾應知

漫吟

男兒固有桑蓬志久客還添鬢雪明長對碧波千萬
里不聞黃鳥兩三聲炎花瘴草愁邊色漢水終南夢
裏程歸去亦知無好事老年家室自嬰情

其二

使有朝晡飯一器一裘一葛且能完抱關擊柝猶非
志絶炎窮溟豈赴官妻子別離經歲可詩書拋棄暫
時難微之既識西山趣何不當年擲笏看

遣興

此是朝鮮地盡頭山川滿目仲宣樓土風謟鬼歌兼
舞海氣凌人夏忽秋君子居之何有陋吾生寄也不
須愁無時獨出便輿屛麥壠松崖行且休

次崔上舍韻

崎南邂逅識君初一笑聯牀淡水如戊子不須分大
小交情且莫問親疏妙年太學曾司馬何日滄溟快

縱魚詩帶清風來千桃應憐中喝臥句餘（余與上舍同甲）
貶題以跡率置中考
苟非崇閣風流盛老我猖狂安所施看竹叅軍不記
馮對松公事只哦詩包容已荷三年久貶目寧辭二
字宜遐適故山頻入夢鶴猿應亦主人思

進碁局作紙室覆之題其上

誰能對此安閒者千古輸贏一局中不着固知是高
手決機乘勢亦英雄

夜坐有感

愛民如愛子憂國若憂身己矣無今世徒然想古人
亂山風落木滄海月橫津乘駟南來意初非只為貧

贈龍田子

崛起雄鳴申製述當時意氣壓山邱碧蘿詞賦靈均
派來鳥聲名異國流誰復繼之君巨擘何相晚也我
青眸劇談一夜來千古高閣張燈大海秋（申有碧蘿洞賦）

其二

相視而歌忽而泣燈前仍出六金英魚龍奪氣秋波
冷星斗翻芒夜色明揄次當時嗟不講伊吾今日遣
誰鳴丈夫可惜公然老虛負雄心剪海鯨

其三

我有幽懷不自開抱琴登彼百尺臺清秋海岳孤雲
逗落日東南獨鳥來一曲未賡薰殿奏九原難喚子
期廻賞音晚得龍田叟和以郢中白雪哀

清鏡途中

九月北風三日雨玄雲漠漠暮天低細沾衣透人愁
冷滑稻蹄深馬憁泥山木落來餘果碩野畦披靡晚
禾棲行行欲向孤村去亂水縱橫路徑迷

夜踰烏嶺

滿天星斗白森森客子三更越疊岑忽若鬼迎多怪
石還疑虎伏每深林馬嘶迴谷鳴霜鴈人影時衝宿
月禽歷險方能賞奇絶暫停行役作登臨

留龍田子夜話次元韻

浮海誰從聖千秋憶仲由看君能邁往處世不曾愁
說細孤燈烱鳴琴斜漢流可憐五斗吏頭白欲何求

別蔓城館

三宿猶餘戀戀暮別久留非無返家樂還似去鄉愁
更顧臨瀛閣難忘得月樓歸人懷自惡民吏涕何流

其二

向時居爵爵今日去遲遲人事元如許吾心不自知
觀瀑龍湫壯尋花鶴渚奇此生倘復到陳迹却成悲

賦詩

鳳岳集言一

鳳岳集言卷之一　内集

賦

九韻賦 并序

近有殘學究領卒六七童子荒墟之地燒餘之屋是處既而蒲乎其病也方白日自力座與客語而忽有妖鬼數輩入而相離坐焉攘臂攢嘴詰學究𣊬其為妖也喋不應恐駭人妖亦罷去日既夕側處忽有大叫于門者出而眡之乃其親戚而化者也則讓之曰吾異時厚子〻知聊我以自穀矣今雖不能還我何反相廹為耶

罷去是夜群妖駢集迭出迭入揶揄萬端達曉不能交睫越明日反復不息乃遷厥館而又甚焉及夜長噫〻者矮蹣跚者赤條〻者𥈅視〻者咄哰詬者哈〻者空中立者伏匍匐者大拳打者攜長竿者鉄面者髮者躃者角者禿鶖者舞者使君容者輒乘大馬尋几坐列立齊唱以衆銜焉與共攻學究學究度不能支欲興而遁焉脚攣不能信遂伏曳脚而出踞而仰天禱曰皇天在上某實何辜為諸鬼所攻若是某實不敢自惜某有老母七十某死亦死皇天見憐遣明請歸厥居既數日卒無事〻傳而皆冷笑不信咎其人余以為其人誠不足咎其理信有可徵夫天地之氣以類應者也故陽明之地佳氣所萃黯黯之地沴氣所萃魍魎夜出蟋蟀秋吟豈不關夫人道之一端乎玆撥管略叙厥旨用譬昧者曰九韻賦

余惟理之貫微兮況神姦為冈準羌欲攬其竟沒兮將斷〻而孰信爰就氣而發論兮諒類應之盍認水流濕而火燥兮星浮天而石地林藪密其𤢪莊兮窪坎紛其魚萃舉一隅而申觀兮𣊬魍類之莫異明𥉈

鬼其鸞凰兮幽黷〻其鬼魅宅居滅而屏邪兮人道
修而降瑞誠及之而莫恤兮竟不亡亦何俟

詩

有所思 辛丑

雨憶夫君晴且憶非晴非雨復難忘不知何處忘君
處直是相逢一笑場

南方即事

南方二月青草長乃知南方春氣先北方叢花未及
笑南方柳條已如眠

晩菊

交柯點〻帖黃金傑立風霜別有心只許靈均來取
佩不辭徵士遠從尋

篤思

休〻淑〻兼貞德安得令人不篤思畫幀山擁送眸
處夜怕鷄鳴乾夢時

山裏同諸子唱韵得雲字

蒼〻山靄轉成雲山木千章隔世紛借問何人逐仙
隱我於陶謝亦無分

步虛詞

雙成吹笛法興琴青鳥啣巾舞弄音歸自漢家天子
殿雲間花落碧桃林

其二

丹霞繞帳月屏幽云是秦家公主樓數曲紫簫纖引
鳳簫郎正自玉山頭

挽歌辭

雲盡還生不可期水流東去歸何時夫君乘水伴雲
逝獨立蒼茫西日暉

奉酬清風閣見寄行春之作 壬寅

麗日晴風小溪傍石為清簟水為觴紅者淑景山頭
轉青怕飛湍巖底狂

其二

手彈口吹聲人坐衣綠裳排妝作群白日婉歌〻羽
調途傍過者住驂聞

其三

酒紅肉大醉兼飽日暮扶歸野逕間可惜高人天趣
動黃昏城裡誰復看

聞清風閣李公旣歸從漢陽復到戲簡乞和

聞道西行路一千丹楓九月正回鞭溺雲臺畔新秋
色蹋盡歸來不辭傳

其二

文窓来弄董嬌娆醉唱纖歌度幾宵紅粉樓中晚花
鳥漢陽城裡正蕭條

其三

一壺清酒數童子莫惜登臨玩景遊借問蘓仙重九
興南来十月尚堪秋

清風閣飲既占韻得寒字各賦

耐醉相乘月清狂不須冠絲燈侵夜短霜竹拍窓寒
詩興邪禁動羈懷且為寬有妵能巧笑何必夢長安

青松逆旅有懷 癸卯 左科時 ○赴

芳草青々欲䨓地忽驚春色攬鄉情遥憐別後相思

處野柳窓梅已闘㮾

杏花

旅中光景似飛鳥花到開時草亦菲却想窓前朱李
樹紅揺朱萏待人歸

其二

故山芳節別人管携酒汀春每趁花望德山前金縷
柳歸時只合聽鶯歌

聞韶道中

蒼々瞋樹攢雲端小僕単装萬嶺間叱馬只教山共
答為愁前路幾重峦

重九四絕簡清風閣乞和 并小序

九月二十有二日李侯從使君携諸妓女搜景
山齋遂小集酒行歌作既暮而罷嗚呼重陽已
破籬菊方華此非所謂嶺南重九會者耶遂為
重九四絕簡呈乞和

丹崖秋景趁黃葉翠蓋摩雲擁使君九月重陽無定
節菊花々發便芳辰

其二

紅醪呼作紫霞酒為是巖庄近玉清少妓娥林仙跡
亦前身無乃董雙成

其三

山室無端作絳房縹裙相並坐羅裳就中山玉真如
玉善唱清歌繞屋梁

其四

狂歡遂到日西落相送山門見夕烟白酒三盃應未
醉官樓歸到素銅錢

秋雨

野霧山雲䨓地陰蕭々白雨到中林鳴溪善奏清商
曲過葉能成恶瑟音

山居即事

奉和荒村慎公楸洞新居

鹿門携室徃要終滄海乘桴道欲東古日誰非多梗
世此生須問駕風逢都無一事閒身外攘却閑愁遣
意中玉帛崢嶸在空谷晩年只合不趍同

其二

康濟由來静為幹百年新傍綠巖居青山近住窓窺
翠白鹿相招分不踈群謗雖來林奈拒幽懷欲說筆
能書何時一鶴相随徃諷詠詩家接緒餘

與諸子汀春澄上

三春欲盡肯虛度白濁烏樽傍水汀雨過山村紅杏
笑日殷春磵綠漪生汀歌玉製魚須聽試著簑衣鷗
莫驚手裡數盃能醉否霧中華景半昏明

其二

滄浪見底白沙清醉後臨流一濯纓楊柳欲芳青節
近石巖將沒黝頭傾逾野眼歸逢翠夢近山兜陟掇
紅英青春此日真難再且佩芳樽逐景汀

春寒

野外青山花落後春三閏月豈寒時著綿不薄身猶
慄寤擗窓前合靜思

其二

鳥迎殘照到山南葉盡林踈漏草菴入室清風與明
月人同夜〻遂成三

遣笑

鵲與烏群便見親鶴随鷄伴豈相嗔為君暫屈昂藏
氣近我毋傷潔白身

其二

希有從天遊下界許令藩鶡混為群若教鷙翮求同
操便可藏毛不出門

立春 甲辰

節三陽芳蟄宜起立春至芳春從此始洪在一二之
日不須褐與裘乃今三之日著屬猶輕浮奈何將此
問于疇

莫破石

柔有石居彼南山脊石大若牛若有斎析来以破之
謂當腆獲莫破石獲時赤必非尾礫

其二

水清不隱底松高不隱直聲音笑貞難為道何必泰
伯能讓國

其三

蘿生玉臺側猗儺即誰昔無端譽蘿美便欲儕松栢

陵陂未見鋪蒼翠大麥葡條碩草稀忽聽西隣農父
話何謀又送此年歸

其三

稚子相招入菜園新生箢笋手摩掀寒春淂此何容
易話尒休爭毒軟根

遣懷

銀河倒落盡風瀾有力終湏挽可翻滄海雲槎覺踈
分奈教天上隔人間

其二

此身何用絆浮名到絆名時若便生世上許多紛絆
事不如提却洗東濵

山雪白 并小序

山雪白者始名無題操謂倣古操而却無古題
相當旣而幻倣山雪白从今實然厥韵用轆轤
厥音始於樂中於憂卒自解盖所謂發情止義
者之異例同情良足自叙敢言得體

青山兮雪白洞府兮清而邃林扉無迎忽絶車騎怡
適厥素不亦樂乎倚余梧兮操余琴繹新翻吾以敷
君其聽之請且言志

其二

人生兮百年逝水兮若駛大責兮在身若何爲兮厥
謨艱夫人之自放兮終竟爲鴟兮爲狐庶有免夫斯
歸兮涸遠大兮厥思望雲山兮何極語此事之信不
嚚

其三

典墳丘索下窺則汪洋海之滙開帆正檣舟子兮何
爲戒初程兮我舍天其鑑兮孔昭獨何爲兮我怕若
有意兮善庥使我心憂兮若狂

其四

嗚呼吾不敢以是詬天兮天將錫余以厥常適萬里
之京國兮始初願兮苟不爾莫住兮厥征望雲衢兮
策駕百年兮未半窮四海與八荒歸來兮聽帝尒汀
兮尒蔵

烏棲曲

暝樹門前烏正棲出門江静月沉低紅絲繫舫蓮花
樹笑說娘家此水西

折楊柳枝詞

君去江南泛白舫楚天雲水思蒼茫一枚竒與春心
去莫使東風浪度芳

浪淘沙詞

太汀邊路礙汀車亂石瞿塘橫復斜只是風濤相擊
蕩舊沙淘盡更新沙
竹枝詞
吳帆楚舶日邊過晩浦相逢唱棹歌共說汾陰秋月
夜水流無限月明多
其二
桂醑蘭槳共赴節汨羅秋水入瀟湘南人浪吊三閭
鬼也道當時陟彼皇
其三
荒臺暝雨也收光萬古峰傳玉女名十二花欄空月
白汀人猶說楚襄王
白紵辭
瑶天下涼露明月上高堂楚妃撥金鴈齊娥舞雲裳
那無白紵辭為君翻清商白紵集蟬翼皎勝秋霞光
黃金為君買充君縹綺箱試看瑶臺上蹌〻白玉郎
高吟郢雪唱按譜聲清揚製君合歡被相邀入綺房
所貴在相和蜀桐方始張
水邊口號 乙巳
可惜春風三月晦一場繽紛晩來晴看花已暮爭堪
拾見柳經傷為撫蒴且進樽壺環石面各須酩酊盡
風情沙邊白鷗今憑你眾外江湖幾許清
嗅姮娥 并小序
當夜在德山被月散汀口號成嗅姮娥三絶東
坡咏琴娥云坐中有狂客莫近繡簾彈古人亦
嘗道此〻為東坡之反案而未有江漢之風不
亦尚乎
瓊屋銀臺夜寂寞桂花時落伴誰眠孤菴許為開簾
待爭似雲梯躡下天
其二
丹砂有力十年營不讓瑶臺早晩名少女難成應引
路白雲中有讀書聲
其三
澗訏(?)且美指山原我有瓊瑶欲贈君田首銀河一道
隔廣寒零露更誰聞
下山
步屧汀隨五里溪風前不慣野狵啼平郊嶽稻渾叹(?)
後野邑蒼〻一望齊
逍遥臺春興 丙午
嗚呼秋從何去春從何來野鷄何鳴天鴈何哀鴦飛
何泚〻水去何蒼〻遼彼西南山白雪猶未亡

其二
瞎彼水際白石齒〻芰荷中流隣蒲與芷人間少年
子喧〻人間裡高棟畵蛟螭燦幰籠珠翠如花間酒
肉富貴真堪甭野裡塵埃化羽翩何翩〻烏飛過吾
前毀啼由其天頭上戴盌子獨立山之巔

其三
莊子南溟鳥變化何巍〻振翼凌九天飛来不解飛
莊謂道在太極之先 休咽藩籬鷃翱翔爲君悲李白能詩語倒
說南華仙悠〻何復道周衰忽千年歛衽空壯望故
人何茫然

其四
閑来賦春興莫擬楚人騷不堪楚王嗔其詞何過高
韓公辭文法南山昔賦詩令我不忍爲崎崛誠有之
白日忽在西歸来興盡時

夏雪
平明睡警起窓隙風颼〻頃同玄坤令殊非青柳節
兒曹邑蒼赤索裘呼聲發以玆不敢出嘿思脫難决
擁衾還卧倒門前亂喧說爭道四月分山上有新雪

其二
朱雀競不昇妖陰乃乘發彼雪化飛揚札瘥誠戰慄
吾聞京華裡沴氣大充溢十室九號呼蒼〻仰晴詰
遥憐小兒命殘盡淫鬼疾豈應造化爐一朝鑠歆畢
中和自有柄仁義乃其質早將發揮出邑鳳来應悉
物豈有夭化奈昧致此術拓窓驅蒼蠅投畀彼寒慄

大雨 幷小序
是年雨自六月之初涉月不止遂成蒸霖乃者
雲氣退伏天日光朗方快喜之間忽雷忽電陰
雲密布大雨暴注嗚呼雨澤之於民大矣而過
則成淫聊題一篇以解其悶
團雲起東北須臾垂天黑大震関人間飛閃劃南極
奔雞跳毀尋小兒震惧邑大雨零紛紜散足焉有力 忽翻盆
平地忽成尺山蚜澮喧洫余時在空山兀然棲躬側
俯怕鬆然有理令我渺莫即彼蒼不我悪况復倚松植
但恐群赤子迸〻頻水國倉卒密有失此心放不得
兩者濡物具生靈所顧亟浸淫反成悪上帝何幽默
仰首望閶闔傳說無消息

叙見臨江仙
風灑衣裙雪眯眼探山覔海茫〻此行誰使棄家忙
臨岐兒頓足辭伴女沾裳哭道官家租勒配一金當
石相償破鍋空鉢勢爭當幽厈雖可怕寘不俾余亡

聽滄畫潭清郎反期

蜀葵花歌

蜀葵花天顔灼爍丹砂烘露頰鮮濃紫羅華弱植梟梟長於人攢珠簇〻先者向凋晩者方噴芽青莖無髓苦顛倒兩師来打風伯弩下有土花沮其根世上無人救傾斜金塘玉漱芳開土尒獨胡為乎野屋糞坑之側涯不是容姿遠富貴帝閽蒼〻雲霧遮蒼〻帝閽雲霧遮紫皇眼大焉能加安得壯士連根和土摧手捧貢之雲端貴珠家

麥糠汁

日〻土椀来麥糠昔年雛眉今笑強糠雖粗矣亦天氣饗孰足以充肚膓丈夫事業全未了此事焉能俾余傷况我生年二十四布衣躬服田疇乃其常從来孔孟以地學不然樊遅學稼仲尼胡為乎誅我今我以非地謬道無端望崔嵬萬事從古不自由橫走多歧非用媒況有一力恭事奴使我能忘出門来此心常懷適分惧食糠況復當屢空何曾雖萬錢肚腹天定只堪充青州蟻飯亦何有青州之山多草木亦葷何能知大體我將此糠壓以充父母在堂妻在屋堂無三牲屋無歌屋之無歌摠不管堂無三牲將奈何

其二

身上無絲完裹體天寒路遠誰家飛鳥尋宿日山斜汀〻親舊絶了〻毋兒貸鬻女賣妻吾不惜賣為難繼如何頂天立地此其那山中草與木方我甯為芳

設言西江月

朝吃醝鹽和水晩携籃子登郊脚如山重淚相交誰道春華可貴採處鋤軽難舉夏時瓜熟如焦蔬雖落肚毒余胞百計中亡為上

其二

殺女要除一口㧞兒許保單身夫嗔婦子婦還嗔死

至遑倫遑禮世上人還方我厥中鼠獨強人鑽厥終日食其陳此胡長芳誰濟

池塘

兩漲池塘水溶〻度堰流山泥無月照夜晩靜蛙啾倚桃寒通被褰簾溜浸鈎無端吁倦寐難為二更休

其二

未聽雲和瑟清商忽自誰襟生紫霞想意到混濛時林樹虛搖動山泉佐滴洒不須巢許匹桓衮我寧思

出山

淼兩淋〻苦不已芘丘側攏俾余歸青山更與丁寧

揚眉吐氣就少年可惜吾真餘不多鯨鵬螻蟻理雖
同江漢汀瀠類則殊今余欲徃馬不前枉尚方丈終
是愚且聞吾東風俗異貴賤分定吾何能男兒處身
貴達尙我欲畜之千載憑盥頭棘匕不定巡穄哉穄
哉終相親嗚呼穄哉終相親

詠蚊二十韻

千群齊嚶嚶殷雷滿房興布被薄如紙嘴鋒鑽却能
大扇居飄颻手掌何由懲厥毒强於虮遇螯肌血𠲎
遍軆結珠子疙瘩癢不勝交魂溴風颼闔睫破緘縢
咄咄坐中夜憐雞五更仍吾與爾無冤此事誰能徵
豈無殺汝術鑽燧投薪蒸尚以青草木俾若雲霞昇
謂汝可掃除側聽聲愈騰終覺吾勢弱奈何如雲朋
屬精吽白帝按節從西登擧手麾天戈商飈裂大陵
過我小洞房立見戰兢兢揮如蠶頭塵勦絶盡薨薨
主人乃安寢洒落氣清澄以蚊况也歎邪惡待法繩
莫如及早爲然後國不崩提斯䂓執政未必不足憑

北風八十有一韻 爲本生王考作

北風平太華江漢盡顚流乾道壇壇盪盪人生非非浮
竆歧啼阮籍殘夢化莊周玉樹秋先隕氷臺歲須稠
理違傾厥㐫天怨禍滛不早被舍飴弄仍瞻佩服修
秉心齊日月崇德溢山丘義俠雲仝薄仁汀雨不留
釣懸朋友癒困指餓竆賙和愼由中積風塵絶外求
懿恭姬伯服安儉范淹羞肯疾無驕賜長爲不戚憂
大瓢甘陋巷麾障噓青州遺子常經集供親孟笋柔
江河聞善決楨幹立貞脩蘿芬仝株燁琳琅澈底休
畫虽應未逼称述況能道翠簡波誰濶彤毫力不遊
吁嗟言嗒嗒脫畧恤湫湫閭閻崇依斗芝荷下儔幽
九皐遠響徹三秀遺誰收歲月南藩落江山左海愁
封墐恩竟褪鄉黨禮空優獨荷天私眷隆慈世罕侔
吮毛踰乳犢蔵犢類天球病枕啼身恫飢時恀自尤
寄生柰附樹無質火親油百髓淪滋澤千間就庇庥
錦嬰驕鳥趾金絡汗駒頭碧海窺無底青山陟莫由
居然成項領何乃盍綢繆有肺終銘佩將毛欲盡抽
嵘期應者面顏折豈皇謀睠海斷三浅齊山祝萬壽
太蒼何刻𨯫大地卒泡漚驟雨花零樹狰風燭謝篝
魚驚潛水裡虎哭濾山陬曾子歸仝軆堯夫與化儔
岡塲離瞻部珠闕向滄洲七魄遺渣澱三魂去鞠囚
溘乘風轟鉞悪見俗戈矛去食三千實飛冲十二樓
九州何太窄八極恣冥搜福地歸雖樂人間疚淂瘳
謦噫常側耳容像竟留眸鳳穴群雛血梅園獨樹秋

側床宵睒燭虛寢夕張裯鴈到何心聽霜飛有足踩
商風尋舊節稻穗異新疇衆眼都遺物將心但觸憂
野蘭三皓閣石老兩橋溝敗木来巢鵲荒槽餓娩牛
壁魚吞筆迹簷雀下簾鉤井甃風霜潤畦桐龍㝎樛
景光堪復道殘命況馬投棄路聯城壁饒風斷港舟
暮途孺子哭浮俗物情媮倦餓今誰粒啼寒昔我裘
女嬃重不見男劇更堪酬越眼看肥瘠虞丘蹟褁騮
黑頭甘敗績青腫況成讎道術何須健丘墳不復蒐
荒凉師孔孟濩落軼徐劉孰為蘭聞臭生堪櫟抱疣
四郊風淅〻群鬼夜啾〻白水拾蒲稗黄崖瞻檟楸

綵雲非我𡡉睎露爲誰謳壞下詢歸路花頭顧㑳軿
獨躋崇矢麓留得至于芃古𡍲汀麏猰空巖吽兕猍
茂林棲𢈁蝮宿莽足蟺蜉吼怒䶂隨栗獅呼鸋集枸
屮汀非眷意虛佇向颸飀日下倀騶御雲端望節旒
黃河一辭帝滄海遂滔虬草木終蒼莽乾坤獨逞遛
尚胼忘後嗣願聽錫徽猷去問之何處前期肯遂偷
翔雲霏漠〻西日冉悠〻遄死呼天地方生類螘蟻
只留雙眼血行復見頭甃

登高丘而望遠海

登高丘而望遠海〻濤崩奔何時折憂從中来不可

絶

懷佳人

尾礫雖賤用手而捲乃上手白水東流去不汝爲挹
馬乘内嘻吁嘻我佳人棄我何處去天悠〻而地久

天風 丁未

天風吹雪急鴻鴈叫群高明窓讀孔子寂寞何無曹

詠懷

野馬塵埃摠是褁故應生我自皇天由来性命無豈
薄敢道虛靈隔聖賢日月善奔吾不與鬼神能閟此
相纏草花病枕看頻易萬事今生一劃然

其二

轢地正天王府君日寵汀遠耐相分此身遂欲無歸
處尒輩曾知不與群四肖離零棘誰塞幾時鍋冷楚
淹焚物情轉覺何須說只憶當時淚屢捫

其三

千古文章供自哂世間回首與誰論中原久失衣冠
俗左海時招班馬魂遮莫鳳凰吾未粹等閑鴉鵲尒
爭言如金典禮深〻擯定價風塵未見門

靜夜

靜夜窓間燭三更落玉啼有盟深學道沈恫不安棲

世上風霜迫頭邉歲月低皇天也老大丘典品誰顒

萬感集行 戊申

金剛之屛玉梅幃燈啼落玉坐深房文老禿髼老農
圃與汝無言空在傍肖中鬢積何時撥摠爲流紅萬
丈光希有鳥心蟻㙇扄幽愁扃促言亦長

其二

人生抱恨邦時平萬重高雲結不散請得子龍點鋼
叉磨時倒將滄海灌天丁壯士揮如電撥我幽愁到
盡畔

少年

東隣少年〻三七廣顙皙牙眉鬢好父母在屋妻在
閨衣錦緥玉無不到三冬汗漫以遨遊一字不讀墳
與索汀路衣裳被野霜長夜漫〻隨愽夾唏我少年
爾何者曷〻光陰流若馬及此年芳不自謀白首哀
慟知奈何今我不樂爲君歌

伐柰

㡛風緣膺曜蓬蒿上首纏非我伐柰悲時節欲蚕眠

新燕

好與春風獨傷抱更無新燕懰覊魂如何盡日梁頭
語偏是從前故屋闌

其二

輕〻風掠善於飛一日能行萬里歸山水濟昌知不
遠好須將我送庭闌

雨中

倦依春枕穩眠驚爲有簷端溜〻注褰簾獨坐晤言
誰嘿對南山雨中樹

鄉老

辭家欲半載對物轉新思與老来何自相看注欲悉
想猶洛巷曲縻及詭落離亡是驅煩𧶽强𨙻九晉滋

其二

井上梧桐樹来時恰得霜好柯春亡屬華盖日應張
注想黽峰下沈吟洛水傷莫言歸便樂運病得無傷

赤子

隣家赤子委路隅念之不如君馬飢馬飢而死亦何
有赤子踊〻良足悲况馬如今不至羸仲尼問人不
問馬與意在人誰能知今我歎息無已時

雨夜

秋雨滿天至秋風漠〻涎閑軒深夜後燃火一爐中

謂天盖高

謂天盖高不能伸身而汀謂地盖厚不能放頭而卧

壽

此生百年如掣電況復希得百年破文章道義日瑣
瑣萬事從來天所坐

中秋十五日夜月下

莫把文章浪發揮尚辞終竟濫招譏千年有作須從
簡一枕夂離自抱悲地上嘤嘤西和語葉心點點露
騰輝靜思物理渾深識不必揭言總見機

雨中憶舍弟南行 赴宜寧試所

吾弟南汀百餘里未云中路雨淋淋捲簾忽我忘沉
病驅馬憐渠遠別心巖邐奈經顛里滑水泉元到碧
樓深雲端孰解將消息有夢從須一进尋

漢城趙恭禎中樞輓歌

三洞烟花一乘屐當年顧眄遂云脩雲籠隊阪千餘
里夢去盤桓十度秋廣顙長鬚仍不見繁霜隕草若
為謀漢江水落今愁病度嶺酸鴻眼涕流

其二

好釣曾攀吾祖論嵯光衝斗許相群見竆即擲無和
璧有禮當交况綺飡去歲風霜猶刺骨今秋嶺嶠更
招魂此生未半知何處滿袖淋浪獨掩門

其三

他時約我京華入兩世逢迎琥珀盃後日縱能江漢
渡與誰琴酒弼雲臺湖南向往空相望坪上新居竟
不來想象旧遊澆白酒滮山秋氣秪崔嵬

夜炬

今夜無緣星滿地炬光翻處盡秋收若為便要來田
畯認取農人夜不休

山裡月夜唱韵與諸子共賦

纖纖樹影接籬陰忽漫開簾夜向深明月偏何非世
態也無相管獨相尋

其二

虛明萬竅歛群動寂歷踈林逗細風何處飛田一陣
鴈滿山明月數聲中

有所思 夢山曰在唐元長慶在東鄭東溟

綺閣瓊臺插天起水晶珠簾直掛月紅紗裹腰雲頭
履眄睞亭亭踏雲立回笑人間家玄駒螺蠃雜生無
閑日丹砂欲就兒相妬悵望雲端淚迸出

其二

金雞帳深冝蟲啼閑枕佳人聽錦瑟馳蹄之美鯽魚
鱠有酒金花夜如日世上紛紛若浮雲手起銀河盡
倒落朝入蓬萊草黃麻鳳翥鸞翔何避易
驅車上太行

驅車上太行大行高處刺天關河漢流中峰日月側
磨戛我行顧陟涉彼頂洗眼周旋覽六合馬怨玄黃
車䡴轅哀此中路空徘徊哀此中路空徘徊何時策
馬驅車陟崔嵬然後得心開

日夕飯訖無事占韻與善之并賦得低字

青山轉眼日西低暮去令人惱獨棲凡例中庭飯後
步蒼烟數抹一烏啼

雲林館 并序

此詩谿漢宣深矣雖然責在元首屬後之作故
不得不爾見者盡將勿以辭害意

冬如春氣雪初闌落照何天鷹度山、裡狂夫偏醉
聽放書遮莫捲簾看

夜起

轉側深更夢不成起來窓隙月斜明拓𢚖洞府俱虛
靜但見林端夜斗橫

歲寤

此生不讀鍊丹經但將血肉托地行冉、流光別我
逝歲寤獨語中宵驚赤木探珠不盈幃枕上更盡今
年否繞頷抹却悍頭痕滿几長親搗藥的弩雲挈景
此宛轉置身東瀛天似斗棘津寂寞坐蔡刀世上看

我誰家子如何身被萬丈綸兩手排風入雲裡羈縛
烏三足飛田轡我屋梁間容我之健出門去寘搜八
極杳無端織女奉旌飛瓊御上排閶闔見紫皇然後
放君走天衢如此計何傷中腸

山有大風行

黃帝鑄鼎於荊山之畔劈將大塊爲烘爐剪却青天
供掠板揚雷撒電鼓萬竅六十天丁盡揮汗氣行東
来萬里當尋尺空山百精亂啼號啾石簌林事何極
病夫何者紙窓壞擁坊龜縮無狐貉漫浪不管身受
凍夜裡何心念葺屋冬來剝肉應倉廒身上無裙蓬

我不顧身上之羅襦耳後之泰珠足下之淩波頂頭
之步搖豈如布裙束腰提甕汲與君白頭遊以遨嬉
螬簾內䟫瑁箄一枕相和云莫逆倒水翻山即楚趙
蒼鷹與肉飽揚去翠駁縱轡應恣橫老爺奉身凡執
戟萬歲千秋樂無央歆詐閶闔安可得長樂宮中高
枕否將軍不在風霜切

山裡得闖人送酒

風滿空林雪滿臺小奴衝凍若爲来闖中不道山蹊
惡白酒良勤與百盃

聞鷹

華薄壁間枕藉夢不得三更婦子相向哭黃粱飽喫
誰家子綺綾帳裡身錦袍羊羔之酒琥珀罐燒向金
鑪獸炭高燭娥臉汗暈紅粉與酣笙歌動吽嘈豈復
念我蔀屋裡性命天生元一般大風之汀良辛酸

上元杏晦寒甚己酉

積雪氣噴如釼鍔浮雲慘淡野常陰羊裘束體輕如
絡羽帳非春畫擁衾錯擬燕生來入室翻教馬縮震
驚心汀商屢報僵尸凍時令潛推淚不禁

其二

簞上通宵殼冷鐵壁間侵曉結清霜凍民何意天無
憾應節田春事不妨入夜風飈從北極背時鴻鴈盡
南翔觸情漫發詩嗟歎未有奇謀復太陽

鷹擊行

鷹善擊爪如鐵鉅銛觜似金鉤曲鐵鉅已洞猛虎顱
金鉤肯容狡兎目器械誠利況羽毛傾風而呼勢相
激下視八極攫難甫哀我空山牝牡雉將子八九棲
深谷藏林伏藪絕朋隊避羅驚弓怨單弱啄粟哺子
禁不得性拙志介無大謫不坊雲端側腦見金眼釼
翮恣崩剝滿山哀號誰赴急老雉雌雄空飽毒文章
坼裂項頷碎石觜土花血班駁嗟爾之死不須說八
九之子吽拍〻蒼鷹蒼鷹揀易擊饒却強鷙與悍鵰
鷙強鵰悍性害物罪與弱雉何相遠強弱勢殊好惡
倒蒼天蔽雲何能向空令百鳥心不服

牧丹樹

牧丹樹色聯新陽迷人紅芳開四月挽春住絕勝西
施倚醉粧強似麗華堆笑臉蘭香竹貞縱不方富貴
容華如許豔洒落獨帶西河韻沉淪不傍東洛浦貧
寓園中但土花可憐牧丹與之伍紅墻碧砌誰爲築
綺幙羅帷誰爲設辭惜芳菲苦難得空使締容彫爍
日早使天上紫皇見會須移栽玉樓側花不能言天
漠〻天漠〻狂夫爲汝含凄惻

五〻端陽日澧上栗苑同諸子遊吟
難得端陽好天氣涉溪携手躡芳菲相隨採藥林中
八未到盈罇不肯歸

張娘歌 丹穴張娘本縣庶人妻早寡養舅之病致孝感

縣有張氏女賤庶人也家極貧早寡無嗣止有
鰥舅與家焉張不忍也力養十餘年以孝見稱
是年夏舅病痢甚人或言其利用兎肉張丞憂
之𠃔由得諸尋有一兎子無故来就近衙捕而
戠之輒愈咸以爲孝格而致也嗚呼若人之所

處也而有若人之節固已難矣若人之窮也而有若人之養卒能致感物之異者是誠何若哉所謂無所爲而爲善也者固如此余憂其有出世之媸美竟被地勢之所驅而泯泯也遂歌以命之曰張娘歌不須數爲贅辭要在叙其實而得其心識者當自得是時已之流頭月下滸

望德山欲平潛川水不流十九上君門君門刺骨如九秋親身力作充供給五更須將一更休披荊剪棘胝五指跋水躓山趼雙趾爲善得殃淫得祐郎君上天無剩子指蒼正地眼流血誓不尾全以玉死 玉死亦須當奈何君有老爺居屋裡抱恤含冤不自得笑語琅琅悅舅氏巷南得米傭千示巷北索錢雇織莫管妾身裙破綻只願堂上壽如石百骸不剝一縷息劈海斬山進服食玉房顛倒夜夢惡朝來潸泣阿舅疾但得神方賣能已鳳膏丹砂典身詑南山狡兔當藥餌遣死門前不容術不須弋射倩人力健教爺爺勝平日

奉嚴命體答漢城客子用來韵

一笑懷疇昔相逢柳在阜嶺南朱鳥烘漢北碧天高渤律方此玉玄都始見桃梢、秋水隔何日得重遭

卷

古詞曲十有五篇并序

詩者所以達性情諷世道徵治亂要皆非虛語也故哀樂好惡之事從外觸中哀樂好惡之情從中發外感動興起自有所不能已者然後作强而索奇者竟不能奇焉余於爲詩也蓋亦有此故凡雜詞俚體尊詞而屈志者并踈之後見紫陽夫子大全有回文滿江紅水調等諸作輒歎息以爲大君子亦嘗爲此蓋所以窮萬理達萬事體常盡變要亦不可闕焉耳於是病居忽忽無所聊作古詞曲既千有二百有十言實要撥鬱滯格而已不須經意識者尚有以知之

金縷衣詞

夜起星河落念人間此生若夢他生難卜怊悵文章與道義總得成時誰樂況病鬼揶揄相謔懶性慵心疇喚起望春臺寂寞無消息歌一曲淚橫臆 韓窮揖送楊貧逐恐從來志懷落落時睽命薄跖蹻延年顏子短善禍如何淫福即到底休論榮辱惟有十年芳臭判顧無歸石礫歸明玉知此詐竟何若

望海潮詞

濃濃之露蔞蔞之草秋風一夜離顏軒晃玉珂功名

富貴康莊沚復循環平地起波瀾以茲況歎息何感
何歡釣水耕岩弄風吟月百年間　山居夏寂無隣
聽蒼松落子碧澗揚湍香菊取餐幽蘭採佩閒人孰
問平安高意悵空闌南山擊牛角以要齊桓一樾光
陰不及須去早成金丹

木蘭花慢

值秋風颯〻何此意覺蕭然歎隙駟光陰紛〻轉眼
時屢推遷幽人古来悲嘯嘆百年脩萃苦無緣如海
如山翠筍半明半暗丹田　密雲秋夜雨漣〻新月
照邦邊喜小屋虛堂緣車響壁炉火騰烟何時雲端

天上見排風羽翰去翩翩車馬邊鱗陌上斗牛空望
天邊

齊天樂

北園爛熳青床子稠茄兒兼垂紫淡泊家中繁華圃
裡貪去可能歡此噫短〻長〻麁〻美〻彙別群分
群中彙內更深視　誠能善觀不已滿眾中上下誰
非切已（不字切字低更詳）所怕心麁難禁志懶（所字低）遺大馬
能細撥淊〻則是更百歲浮生恭難多否百道侵攻
古来歎息起

沁園春

谷底蘭生海裡珠埋誰能去掃認界原杞梓艱難滿
尺高㟝樸樕容易千尋（撲字低）望北長安惟南有嶽闔
闔長閑淚染襟元来是有明河可望碧海空深嘵〻
自古同禁（同字低）奈尾礎譏珠礦誚金比斜窺管隙頑
天以小軺蔵盆底喝日之陰紛〻翻居堪我捧腹安
上空吞一寸心歌辞苦乃今知杜老未見知音

滿庭芳

五馬雙旛紅顏黑鬢出時雀角前行絮雲倒景意氣
載縱橫云說九重頒印来野了萬户全城恩如海指
天畫報端合注恍誠　舂陵消息絶飽君腰腹哀我

狐悍使魚鰕竄匿鸛鶴飛鷲還怕銅山錢樹畫不得
盡意營〻人千百誰其蟢鄙愁唱短歌行

水調歌頭

周孔做斯渴堯舜學而為須知仁義均賦先哲乃云
斯但念顏〻孟〻更看濂〻閩〻此外信千岐即此
難為泥願更靖潛推　知天理誠若一不忝差元来
氣化千萬强弱下高之端的有關難透真箇異塗何
及非可力為施此語如將否今我不須悲

滿江紅

米海樵山念古来衆情攸屬爭獻笑趨顧指使仰屁

匍匐滿地玄駒君自帝高達玉唾空中落彼蓬門危
牖盡斯年無春色　雖伯賤純玉潔天理貴人情濁
定斯言不是波趁端的顏孟棲遑難見餘金張烜赫
紛帰泊惟一凉一煖世人間難為測

田文

野着秋稻黃雲藉〻雲黃稻秋着野群鳥集何紛〻
何集鳥群啄来其實碩〻實其来啄呼吽大竿扶〻
竿大吽呼

梅詞

梅花定是冠千花何必繁華斯擇濯潔為容斯不受
城市塵埃窣幕屈子騷經淵明短賦獨漏傾城色介
明存数不知何慍何喝　孤秀寂寞空山亭〻還耐
得風虐霜擊爭要名嶋遊蕩子漫浪问芳来襲雲谷
真人西湖處士獨與情交密冷笑諫葉有君惟解怡悅

江檻詞

富辱人間俱悪緣此井端遣學神仙雲淵玄圃真佳
處月滿蓬萊最上巔　銀闕上玉樓前玉斋菴史共
周旋文炉武火何時乾溷骨凡胎獨悵然

酴醾體

秋雨初晴白日高山光四面瘦岩嵬有懷蕭索只吻
切　千古脩名猶未立十年虛見苦相交如何遊景
若奔濤

好事近

園林已先秋凉露滿天宵落定有志士懷國把青銅
太息蕭〻雙鬢謾紫霜天章未成織瞻望彤雲華衮
認誰能織得

南歌子

何足判愚賢一邑丘陵碧草肸一死一生如掣電留
形在地真能度幾年　死後已泯然佛髴生前亦可
憐莫說流芳及遺臭須甘罷却人間萬事眠

十二辰

肚腹無争飲河鼠市井耕田奈艱食羨質空嘶虎皮
蒙工書屢把兔毛挪大人難逢見龍卦奇才未學長
蛇陣出無車馬力可仗凍無羔羊身着緊李廣猿
臂亦何有尸鄉養鷄今可迹出世莫管狗吠盧閉門
惟課猪滿柵

悲嘆裂蒼天十二韻 程西湖先生

「湖之沃川有奇士曰西湖散人金氏名琦其為
人之以吾宿昔聞者大畧見于歸江歌中余近
時竊悲無誰語作歸江歌一篇并短書一道要

畀散人乞和以删其好惡誠何如出稿上簡封
皮書置諸几上會以嚴命作德山八詠及足成
三十首七絶三十八首八景五律八篇既成嚴
君有幹入漢城還過散人出所謂八詠等作俾
觀焉曰此殆非也見若屑屑乎老大石子鋪攤
倔強目刺口箝不下不中品題志又浩大欲凌
倒古先不應背聽人夫如是則駭駭之僻違於
時用非也嚴君還以其語命小子又有詩人與
余同貫曰可黙伯容少志不苟雖與余生先後
數十年然頗相獎飾不置吾嘗以為古人不得

斯可與言詩已矣故以所謂八詠等作請覘望北臺
曰望北臺高通四眺登臨北斗最着先山居若便同廬
鹿枕石那緣夢日邊評曰反道不可何也曰山居若
便同廬鹿枕石那緣夢日邊若曰誠能以山居同廬
鹿為便何事乎枕石夢日邊乎却是反於望北之意
舒嘯臺曰逍遙近北上舒嘯俯水看山欲說非陶子如窺
無語境不應排字賦歸辭評曰非字落庭草曰庭草
花花翠影幔溢溪古意鮮知能可憐不得長春
色白露西風着戰兢評曰庭草合主生生意可
憐不得長春色白露西風着戰兢便有肅殺意

不襯孔子曰鳥獸不可與同群古人以沮溺晨
門荷蕢之徒為潔身亂倫非道之中者也所謂
望北臺之作庭取此意故曰山居若便同廬鹿
枕石那緣夢日邊非秋風灑靜便之便所謂便
言多令才之便若曰雖山居若遽同於廬鹿也
當枕石時何由能夢日邊也然則枕石而能夢日
邊者却是雖山居不遽同於廬鹿故也夫廬鹿
曷能辭夢日邊也樓上登臨北斗最着先一句
說來慈有瞻天望日之意誠如評說上却道登
臨北斗最着先是恐君下却說誠能以山居同

廬鹿為便何事乎枕石夢日邊是不可戀君尾
頭反說可乎哉所謂俯水看山一句固不可易
與道夫靜山動水合觀太極之妙不容下箇言
語故曰俯水看山妙旨自悟欲說則非也故曰
陶子如窺無語境不應排字賦歸辭不見其為
落也所謂庭草花花翠影幔溢溪古意鮮知能
可憐不得長春色白露西風着戰兢者定是自
托說仁夫濂溪之庭草不除是曰觀仁故曰可
憐不得長春色白露西風着戰兢便是演出濂
溪未道之意若曰此心本然之仁難以長自保

守到彼物累剝鍊合當戰〻兢〻圖所以勿失之也不見其為不襯也雖以作詩法度言之庭草之賦只說生〻便是襲取陳言識者厭看何以是為學若散人之評又自托於槩舉總說而未曷即其語以求其所志緣其志以跡其所造終只曰遠於時用非也嗚呼吾於時用乎何有使孔孟而趨時用當為申韓蘇張之說而不為六經之文也使劉向楊雄而趨時用洪範之傳太玄之文何以作為舉此數者凡志於道者之所為可知已彼數公者皆吾之所謂拔乎流俗

可與言志者而畢竟疥語止如此吾復索然不樂益固三緘之戒而所謂錦江歌與短書之出稿上簡封皮書置諸几上者畀童子俾丙之感疥乎心而溢乎辭者不可遂已輒書諸策命曰悲嘯裂蒼天

悲嘯裂蒼天抱書將安歸日下望長安王風連遠而中年紛鳴蟬啾〻衆從之有如龍門破江漢欝倒垂可憐兢勢走挽之諒遣誰學余生丁令欝邑增噓欷兢揀容佼〻願言將心知荃蕙化為茅為態非昔時下俚奈入心白雪遂騰譏吾不咎西湖喟然屢歷茲

孔孟已去祖楊馬復曷期春言晒深谷好去遁是非者

奉嚴命軆荅漢城客子用來韻 夢山曰上篇頸聯非食朝鮮米

有簡風吹到獘廬見勞相想注分居詞華便足當今稱趣向何須問古書雲裡白鴻愁客夜水邉黃柳隕霜初秋來正欲相追健恐被紅裙罵曲裾

其二

王通汾水管鮑廬孟子南山況兢居野卜儕憑前古跡聊生從晒冷殘書于名少日成虛老覺夢今辰願復初山裡祗應黃菊待來時怕遺墜盈裾

挽歌辭 代李父令俗謂人所寢處之室曰寢所挽人居固城

擊地人間真夢境南山故寢見蟾蛸傳神柱道無窮火寘海相驚有信潮來俗可昵田大朴清貞無耐厭渝涜爟春已斷鄒陽律吹淚高秋浙〻飈厚也棄〻猶未復茲來善養復何為丁年與我宛歸結未月當君玄爻期寥潤金天低碧海徘徊暈日落咸池此生重列維南國淚臉爭當入繐帷 厚也之厚舉李父稷辭單字代言故也所挽人之子曰善養與李父契察歲丁未之六月李父丁外艱寶三十九歲是年六月善又丁憂亦三十九歲李父每歎息言此所謂八字同者也

族父善山公挽歌辭 代摧族父有弟先沒

潛川東畔曳銘旌唱挽空山百鳥驚憶昨忍辭青髮

毕况今隨奘黑頭兄柩前萬木須彷落天上群鴻作
底鳴卝角追隨今十載半教零落以浮生
岳父畀余匽頭頂之既賦感懷古歌十三韻
唐匽頭從遼東武圍如青天上尖冢陡峰纖々之毛
湲將成況取难明洞厥中難延禮経緇布列敢配深
衣幅巾同只應草創中年出會彷天昊蓋上老怕風
蒼頭少年不干汝今年狂夫頂上胡為乎戴穹窿髭
髭覆額如昨日忽然匽頭把来龍以此永歎春光奔
疇纏去日凌蒼穹荃箳桄上送强半鬱氣亘恼如長
虹仲華汝能四縣得潘岳吾知二毛公青簡照我經

國心黑頭未了蟠天功匽頭俾心憂願言強健力能
從心不卽空
采菅六章奉寄金西湖六章并十三韻（又呈）讀之
（西湖曰不覺牙頰生風不謂今日復見比興遺韻又曰如稷王車下三十二蹄皆追風搏雲如僕望塵足矣何暇辨其孰為奔霄孰為騰雲也）
采菅采萑于山與沚我于何懷有道君子君子不来
我心其他亦既来止俾我樂只 興
其二
君子来止有革厥轡有鋈厥厄有皇厥駟厥僕伍亡
式恭式以既見君子中心有懿 賦

其三
發言有則式如金式如玉何以牖我俾于時服時之
孔否曷去能穀願言虞夏商周遺則是式將之振之
俾我能淑余懷君子曷不以告 賦
其四
麟之角振々兮曷不為時所需鳳之毛央々兮曷不
為人所殊余懷君子聖人不来兮其可吁 比
其五
君子于行于西北之逵陟彼高峒亦既遠而何日能
来俾我心底 賦

（題低一格）
其六
錦水泱々君子是宮我僕馘矣我馬䮷矣願言則從 賦
蓬々者樌三章（述所見）小序
有麻其當命而抑其蒼頭之頒者蒼頭被遂而
恐不敢介鳴呼其可以無動乎哉惟動則能言
有蓬々者樌三章（此其道也）
蓬々者樌非陸伊水鳳凰于飛譽于鷸矣食于郊矣
興而比
其二
昔去鑫哩曷去鷄哩化于中道不好我哩 比

其三

中閨之婦有鶯厥眼有瓊厥王君子不與我心惻 亡賦

奉酬若木申光翼處士見索乞和二首

桐華槐景歇秋後漟落虛簷獨抱書學道未能坊鬼
妬揀交深怕着人踈蒼茫若木村何處可耐坪城地
遠居脩路在心懷不見爲憐高騁定疇如

其二

七十斤〻猶詵禮甘心劉向老窮經纖兒觧戀千金
子壯士貪成百世名豪富無家傳錦幛文章有迹序
蘭亭側聞自古倦身節攷壽當前唯命聽

其三

風雅激揚歐永叔憂虞嘖薄賈長沙東方末俗今何似
中國前脩孰念他壯極喫愁時迸淚西山就卜顧滄
霞脩名寂寞身難健荏苒浮生感歲華

奉嚴命體答漢城客子用来韵

京華昔不見悄悵過江皐南國青鞋反西風白鴈高
見懷耆瘤櫟蒙仕賞投桃努力 須青髮作平耐式遭

其二

草莽来 恳雨青天動九皐末孫非溢羨君子亦稱
高雪壠諳貞栢春容背嫰桃只宜徇節操何岳不去

遭羨来詩次篇 彰忠祠

病瓴破眠詵懷

漠〻十年蘇復倒眠時還好醒時悲人生一岳元如
夢便願長眠沒惺時

望海潮詞簡雲谷

蠨蛸于户蝦蟆于竅爭諳地大天寬賢聖知能千秋
百岳多於簇〻叢山可憐藐〻子生岳人間栗觧絲
知寸才鉄技便歡顏 嗚呼飛上能來定雖然瑣話
可以深觀滄海不弘秋毫匪細疇能見透玆閑中夜
使人嘆南方波妹羨願聽斯言叔季王風昔逝回首

不堪悲酸

江檻詞 上同

真石樓傍文太白自將名字托青蓮文華善作俳偕
體壯氣真全放曠天 遊海國定無前年来又詵號
熊川氈苴之面銅鈴眼落〻參商悵幾年謂熊川用所接
長之詵蓋俗諺也嘗以是
呌雲谷故云氈苴謂痘縛

臨江仙 上同

丙歲祈寒坤軸凍時君跋踄能來不辭風雪曷忘哉
和眠長夜話臨別幾時回 他日聞君西赴洛經過
學士之臺難教一轉接御盃始知飢飽變飇附事堪

哀

鳳岳集言卷之一

鳳岳集言卷之二

詩

若木申公挽歌辭 庚戌〇歲之孟春賫以詩及書呈公盖不知公之已沒也 徙年將脟爲文兩篇公誨公沒後始得見其批

芳草何生意春燈夢想虛䄍前公即無祠後我猶書
時月晴將信山河各異居晚生仍不見悲淚恨何如

其二

枉落詩將簡総乾墨批文此邦空玉立何處挹芝芬
逝景潛邊柳浮生洛浦雲無间趂日變誰復老云ヽ

奉嚴命體挽若木申公 嚴君與公子庇誠契密先公亡初夏嚴君有瀆

玉樹風吹恙當年亂子悲壁星精忽斂今日況公歸
兩世交能久三生逝莫追人间未訣淚一半為誰垂

其二

禮論伊來作希年尚抱經吁嗟知秉志徙復有遺馨
兩鬓中間白雙眸幾日青一封春後寄與我奏精靈

小桂生 甲二月二十日子時

二月春風何惱人三更酕醄交魂ヽ飛上雲未能
又忽有大叫哭醒如電翻聽是弱妻婉轉如雷號踯
起蒼茫四壁昏摹出牖户八九倒連聲捭子倚東垣
星河夜久爛光鸜鵒春醺夢寐闌萬吁一應隨起
來硫黃鑽燧流星噴㤀间懸燈大炷燃轉見用力不
堪聲復吞江漢可倒山可轉違生便令懷姜嫄可笑
人情不知彼蒼之無心造化發育私願存徐卿不悪
公侯得錦繡應須男子看須臾俛說一聲啼小桂出
來令人嘆棋獜昨夜枉做夢𠃔今來却鮮歡靜惟
物理良不然更覺男女何須論枉似未必非禎祥既
蹈未必非辛酸況乃萬事由天定豈復欣戚存其中
回頭一笑弄嬋娟東方漸白鷄唱欄

蜣蜋化蟬

蜣蜋化蟬何飛揚上薄雲霄下林木陋質昔被黃鷄
啄薄翼今是蒼鷹敵綠樹繁陰與庇護自天下露奉
養足化翁俾汝得至此何以報之應努力耐汝本來
黃壤虫物心未去空脫殼披肚露腹曷所有但解清
音千萬曲慣風噪〻真好聽喚類呼群四方集連聲
綴響若相嗾上訴蒼天如不及閶闔不遠勢終激徃
徃雷霆擊下邑遂令萬国衆蚍蜉屏息不安紛懷慄
安得金炅按節至白露化蝟颷颯〻一掃衆蟬無種
落長使宇内歸寧輯

三峰謠

三峯蟠近此下有居人居結構在藤梢籬落通鷄狙
女長不爲容男大不讀書惟有力耕織不與㞐理跦
煍松夜紡織燔林歲留畬只願天地寬得以謀自如
椸身有短褐粟斛夂年儲所喜無焚溺敢怨勞拮据

其二

去年了秋穫厚雪及冬時縣吏檢䍿至鷄犬喧于塗
騶從攜朱隸建聲言赴期行傍蓬戶立啄扃中有誰
吽呼遂不應敢寞曰掩扉吏怒官家重踵門焉㕥爲
猲狂棄禮則突入昇中墀攘臂排繩樞顔色慘亦悲
乃見夫婦子赤身皆無衣喘息貫腮魚擁抱縮頸龜
仰視不敢言泣〻淚如縷

其三

客行三峯下借問赤身人答云縣廒裡䍿穀如魚鱗
始時固低微滋息乃溢囷民户既零星鍾斛抑分均
受用配統夫出入等跦親〻者出新賣跦者乃腐陳
親者入糠麁跦者以精真精真復何所糠麁還跦民
糠麁與腐陳石直四五文精真十餘斗直當貫百緡
盡出以賣入金㐫也須貪況復資牧伯精麁恣所掄
設廒始何心昔人滋不仁年〻攉筋骨應當無餘分
騷〻遂至此細瑣不俱申聽此剜心痛非緣無聖
君豈惟三峰尒八域願遍詢

縣前道

朝行縣前道見人縣前奔平凉及襤褸塵埃上面昏
後有皂衣使嗔喝屢驚魂經過問傍人居住此坊村
無〻充木軍出布輸南藩有家仍戮力足以供自存
中年嶠校欺括名上公门下帖命同班索租當除番
一身負兩役無乃太云煩名號既發落介道復相吞
應當四奔走力竭向誰言後來遂自償縣官援罪論
諳竟立路左拏捉踵相跟

城中人誰子

城中人誰子滿路絜朋儔朋儔百與十一〻傾而淆
上面粱肉澤耀身狐羊裘拽步頻鄭重飛嗌撤空浮
問君何所事所事逸娛遊朝汴擊球場暝入倡家樓
有力諦作用有眼隊墳丘在戶孰敢役居丁孰敢
搜父兄佐縣吏親戚典詢謀一家能嚇人萬夫憑自
由顧惟品物生天意在咸休如何彼坊吝嗷〻獨死
愁

兩目瞖 夢山曰可惜陳湯老弃燉煌

有女兩目瞖了〻落道傍天地豈不寬日月豈不明
有路自如砥而我獨倀〻咽〻向空訴哀切說何長
昔在縣中日熒〻雙瞳方盻然如畫圖亦有夫相將
爲君領百事坦然如周行供奉隨節序顧盻承寵光
及乎年浸衰事君猶自強向前要適性誰識熱我腸
焉知不由君竟衰吾太陽頼有一女子婉娈奉爺娘
與我給使令與君充甘芳上天有何究報復亦太橫
雙眼轉盍蓬女子今且亡右行不相別遣我此仆僮
古來有四窮不道眼無睛眼睛隨飲啄猶得篠厥生
忍我飢不殊速化甘赴湯澌彼行路間也亦爲吾傷

黃髮老歎

黃髮老詞伯綠髮耽斯文亢〻送年光豈惟竆典墳
能爲李杜詞絕響復面聞可以廊廟施諷詠匡吾君
颯〻動八極遂得化吾人豈復見媮薄爛乎挽古淳
如何抱利器黃髮此壞淪負累自先祖淹府及子孫
吾聞元聖作八議著周官誠令懷適用在身猶得寬
即逢 聖明主孰排閶闔言一施曠蕩典舉才無辛
酸憖浚召和氣永言天地效矛戟乃相尋烈士潛悲
歎

善之赴南藩尋得來信有足愕然傷懷遂賦之作
十五韻

吾弟遠役南濵上擧袂昨別憐汝往玉骨氷髓照人
閒蒼髮素臉方眸朗鶩停鵠立四五尺弱體不勝衣
裳重汝佩玉汝情何極顧比淑媛蔵閨中燦爛詩禮
爲汝服淨潔文章爲汝飾如何送汝風塵裡枉擲明
珠落污濁中心耿〻吾猶尔朝來歷夢憑消息龍駒
就羈已足傷鸑鷟揚風況相持佼花裊〻春無力兩
弩風驅奈汝何念此似將龍泉劔把我心頭肉切摩
捧心婉轉向天泣員惆無乃成沈痼人生會逆圭竇
老顧汝歸來罷求食汝不見曾連子冷笑勸仕人不
用千金良局束兩臂行翔大踏步無人嗔我樂如何
願汝歸來覃歸來野卜足容吾尔居

觸物

黃猸夜捉母雞食雞雛呀呀雛亂啼大叫孥猸已不及俄頃雛絶天寒寒鑽火出照當中宵群雛俱道声好絶骿首仍蔵死母懐如何不令中心哀天明群動毋不吡散亂驚群啼且啄日晩自随父鷄行日暮聚訪巢窠哭父鷄非不解憐汝曲折庇護何如母雄雌之道由天別莫道父也情匪厚訓狐中天猫可防鳥犹注目那不守但有温凉與飢飽汝不自言爭得知瑣瑣百道難俱論汝生不悲無幾時

奉嚴命體挽潛厥名（正壯坊名 夢山曰首聯何等淘汰成金頷聯宛宮村）

（夫子頸聯渾渾老杜本色）

昔人枉觧村夫子夫子村中吾亦難童子讀書桑樹下紫陽小學竹窓間彰忠来祼中春健正壯新封隣月看清尚不欺人所厭送君吾獨淚橫頹

挽歌（代撰所挽與挽者并經彰忠祠院職）

飄飄旌翣上虛麓春日暑風景不佳敢忘當年侍几杖况攀新阮逐行排妄衾摺褁貝黃髮杞娟殘吟依白梅生別會回重見日臨當長往足啣哀

老婦哭（晦餘窩曰漢魏遺意）

白髮老新婦出門哭且云今年新麥熟去年耕者君

其二

白髮老新婦抱孫哭且言今年穉新麥去年汝祖飡

遣懷（夢山曰宛然漢魏家法）

蘼蕪騁黃英芋蒐擢白莖西垣有朱李青桌合天晶白日逝若箭物華爛熒熒榮者却時悴永言傷中情徘徊年光晩滞此抱幽貞有美隔山海千古希逢迎

其二

高鳥棲巖岩飢啄琅玕桌獨立千仞表傲睨匾中物卷懐振天鳴欲發悉非節頡鵝啼東風列舞青陽前惆彼丘中士曠懐何由宣

曠望

曠士含光伏圭竇愁来捲簾看孤雲雲飛散漫翳青天黒雨暝漆沈九垠萬丈滐虹擠東岱撤光綴影何發越晃晃誰家玉貝劉撥雲斲虹跳白日

其二

天馬長鳴下閶闔飛入甘泉紫雲闕銀漢燦爛香羅籠朱影煌爚金羈絡可憐光華動八極韓子河陰感白鳥何用清詞放珮玉命之不齊有若此萬古千秋泪橫臆

其三

紫府崢嶸玉樹穠朱華婀娜楊緑霞鸞鶴翟鵝況百
鳥振翮鏘〻集脩柯鶴額龍頷南嶽來流睞轉睨翱
翔光風淑日何須惑白箭金丸爭可嘗

其四

有長鯨劈海噴浪摩青天〻柱軋〻振坤軸日烏浸
光阿那邊紅旗大蛸浴屛息青鮐白鯉相騈填揺為
長鯨動雲落雲蟠木搶何嗟及獨向青春惜芳潔

端陽之月小童檢種禾南田

兩益平益禾擢笠種禾南畔逐蹊行已經亦脚笠來
盡更遣黃牛劈水耕健婦如雲能唱曲響天翔鳥逐

同聲曠田未了甯斜景便向西隣乞債丁

灌圃

行㒺朱陽曬稻田引將流水送涓〻開來灌圃從須
力强似東窓懶傚眠

夜間被蚊惱得離字

懶去真成不賦詩破除閑興病仍隨蚊來擾我魂交
夜眼惺窺簾月落時靜響草虫多菜圃漏光隣火度
松蘿楢田還是甯門灌涌水琮濃又凭誰

卄嶺 嶺中有我處陶壁

鑣〻秋路四人齊蜿轉崗巒越碧溪斜日影山泥不
盡青烟幾道欲成迷

知川東道上

大道沿溪似白練左行乖柳簇鳴蟬茲來剩欲穫泥
欝早令颷颸八月天

金山湧金門觀荷

滿塘秋色惱何晚萬簇蓮花已向殘山雨欲來飛鳥
落合情獨倚碧闌干

其二

水浮蓮葉張華蓋風打蓮莖舞細腰城市中人誰解
惜玉清雨露想迢〻

嚴命挽老溪愼公義明處士 黃阜二子

慟哭山崩數十年有公遮莫更重泉只今懶入黃阜
宅碧樹空墓在水邊

山裡唱韵得㒺字諸子與焉

長夜初昏月上崗向南軒檻正迎光瘦槐傍砌鋪陰
薄稚栢當風搖影忙

十月向終得雷賦遣懷

雷擊南窓醒懶魂碎瑣飛屑萬山昏忽然歲色玄冬
入不禁容華白日奔班馬善鳴緣病慢夏商遺蹟更
誰論愁來每被詩傾倒及到成言欲自燔

玉井
欄却槐陰一坎清滄如秋露綺盎盈雲遏輝暎銅華
浮雨落琮璫玉佩鳴
去須詞命諸子遂賦
違我年年獨掩閨綺樓何處去違棲此心只有蘭燈
識竟夜隨人落玉階
冬至日渴小豆粥
碧鈌光凋動朱露隹外中心萬顆圓餅適閨中憐淡
泊奚奴送上白雲天
王夫人生日宴集奉巖命獻短歌

緑管揚灰白日暖淑人違日綺歌動飛上雲中春青
唱細拾風前董大弄淑人天庭起黄色朱花筆上卅
鬟舞簪前逝景若為住
其二
有饌白玉飧旨羞穰穰上盤高有醽東林釀有藍碧
海螯釀從淑人損螯從淑人孝淑人之家萬事佳願
終今日恣娛嬉
其三
大須婉孌上絳襦小須婉孌上緗裯諸須奉觴容貌
脩絳襦緗裯抽得錄一一與娘以為壽山有平時水

有渴年年此日常團圓淑人秋波左右睞夫子逝矣
紛合泫余亦悄悄不敢階中腸有結何時剪無窮之
門萬古超府君上遊如天何四座聽之咲珊瑚碧樹
題短詞
奉巖命體挽元公重擧木川十六韵（本川左近有故相南）（智基李績邦妣平）
錦過南公塚春還李績邦龍鍾歸護落鵬搠逹咽咤
上國當年見中心巻旆降曉梅家玉露秋月上金杠
錬骨倖楓撥凡胎濯漢江品題論白雪延人納鳳丹腔
大類終成别豊鍾遂斷挽飛書連业極道意答東窓

感激瞻秋雁孤思剪夜缸天弘客螻蟻霜茄折蘅茫
洪落空私憫人亡為愓懶由他超躁競無凭見淳龐
烏欲奔龜鳳能鳴座榻控得年旬過七傳荼享希雙
大地元泡沫何天上節幢投詩供執紼悲此滯岩矼
短歌行
青鶴之鳴未必能徹天紫燕之鶱未必能成名神農
虞夏忽焉沒大道破碎誰能貞丈夫屈首不得已上
有尊親出應擧為報玉堂司文衡經國不用躁躁語
其二
青天白日光如許揣籥疑形渠自盲可憐爝火空自

入于下卷 夢山之

廷無周公吾獨傷人生爲志已前庭落魄轉見心
揚〻

寄夢山兄宗

玉貝騁光誰注眼丹砂鍊骨不分仙放身局束朱華
穴托志飛沖白日天兩去中間橫鳥頻幾回贍想傍
澄川人間得失元難管落魄歸来莫愴然

其二

平側文衡遲不定漢城秋榜問如何文章得處憑千
古收放由他管一家桃上宵魂淸漢渡頻頭秋思早
鴻過若人不見情何極寂寞無簾獨放歌

答雲谷 九月自漢陽轉訪有贈有商嶽山前分路後澄川江上叩門初之語商嶽指尚州八月見于尚牧云近時任晉陽之青岩

九秋相見暢閑居韵語攄情況有餘商嶽創言成失
笑川江綴用自君初天寒赤壁何時過路向青岩悵
獨如莫把寒凍忘宿昔雲端時寄數行書

簡雲谷

短馬携鞭渡石梁向来相送事蒼茫揚鞭上路成翹
顒望子依墻及注眶日望孤雲莴嶺表夜来飛夢眞
樓傍德菴淨掃當来否願趁明春辦一塢
若寒

大野凝光獨青山瘦骨稜顏如凍柹赤菴上耐難能
羽薄深憐鳥翎殘好逐蠅太陽猶鄉蜀南陸斂光昇

卷幔見覆地雪方下

坐聽颼颾響洒地卷幔千山已的皪山外平蕪眺不
見揚旆猗旎盡瞋色丈夫使如洞中蚘何時变化揚
霹靂

歲暮忽〻漫賦得空字

幾度青山賦歲窮今年栖此更云終雲逵展翰瞻翔
鳳筧牖潛冬類蟄虫未到三千餘卷破中間二十七
年空窓梅厭見春光近婉晩商歌病在躬

諸子日退只有三鶴伴居賦即事 三弟名鶴能故曰三鶴

獨留自爲山居樂盡去人緣無絆心剩得頑〻阿鶴
在雙棲冊〻夕烏沈寒潭破凍通宵雨暖霧如春滿
洞陰此事分明從節序潛思輟讀俾憂深

金萬叔曠阻奉懷却簡

萬叔堪憑話尼心托交今過十年深羸騑款曲開席
到近信蒼茫不可尋好是曾同耽添筒不應中变赴
黃金緘辭欲贈愁邦得悵望雲端一鴈沈

元公木川挽歌辭 代撰 辛亥

抱起東風一慟哭新春報送木川公雲端迹鎖違承

聙頫上書来屢發豢业望青山天納〻西沲白日草
芘〻彰忠祠裡悲難盡有揭煌〻萬古通

夕向上庭行食賦郎事 在山

上庭行食撥冲襟正趁東風夕景沲新月向淪斜搭
嶺數星流道俯窺林浮斷緑木三冬迹解雪青山二
月心不耐燕鶯衎耳到怕将奇志負光陰

哭内子帰全孺人

箭發千悲復萬感淑人郁淂丗云亡心强燕慧言常
節體抱蘭貞動自芳平良朝薦飛鏡面襯身春簟靜
炉香人間自検従須解天道従来吝福祥

其二

丁年抱疾托仙箻錯莫經冬又度春衾挑俾和吾啓
處衣裳盡出手經綸緶来綻襪當朋貝制送圓囊直
百緡萬事抽心何所戀至今常語屋中人

其三

當年只是見䕶卝側聽年来已就纓短袂應須将禮
皃新容曠阻怨浮生青春問日還多少白馬揚鞭會
復征萬感随来心骨刺遠人何必報飛聲

其四

天意便當羊圻子鬼神争妬鲜分胎雲飛水落元同
此玉折珠泥竟不回托地浮生須泠骨等風吹散奈
纖埃燔詞歎向東風去爲問精靈聽肯来

下山見岩上杜鵑花方發

獨下青山只伴影杜鵑時得傍岩開㫁芳在谷誰相
見只有狂蝶逐氣来

奉嚴命體挽嚌厥名

劈地公将入瞻雲我思忡㧞家老漂泊随處訓童蒙
負劒他年詔狐心厚䁕空短歌聊寫感垂淚寄東風

山裡櫻桃花落寫感二首

櫻花漸落在枝少滿地空成履底泥借問東風能觧
意願将吹去上雲梯

其二

春到開時憐玉爍春闌落處惜珠沲東風好是多翻
覆開淂何心落底心

杜促盗行

将軍夜續𢇁星闥横叅寂寞猧子宿蘭膏歛紅慵夢
闌踏行上藏恣収拾綾箱玉籥悉太滿鬼神分将㒷
跖蹻跖飛遠遁天涯〻公宫吼怒依槙楚官曹騈首
如涔魚揺鈎四迸從無所係鴻空来宜兎郊迹𠥽事
疑遂羅汝赤捧飛空如雨集清風変化爲耽鼠莫道十

金重於山頂隣一穗輕似慊庭上緑紗終落漠令人却憶丟羨

夜出被山風觸寒寫感

悉幛空知山屋暖出門方道洞風寒金炉補被誰家
夜肯信荢茨受凍難

送同居出山

我有一言君去時出山容易入山遲登樓肯忘同看
月對鏡難忘為畫眉

奉嚴命體挽鰲山鄭氏子 壬子○鄭子嚴君之友壻也有一弟徃年嚴君喪季父鄭氏有二女

春景何寘漠鰲山鄭子亡悪風驅泛梗高浪送飛航
韓馬交傳世歐王友作行金陵遊處在今日草空芳

其二

子能先吾隕吾乃以凡存兩地淹殘命千年足訴寃
竄身元積歲觀化竟招魂也識前冬淚應緣永訣吞

其三

碎鏡無圓日中年共悼亡三男誰𡻕上雙女暮途傍
土雨連山暗天風振樹凉此生如急箭憂慮不須長

上山翼日賦即事

獨上孤庵盡一夜午飡方進雷陰傾蜩生土底蜓〻
上雉伏松間嘶〻鳴躑躅盡經隨節落海棠自欲[illegible]

英成獨有庭前紅芍藥靚粧寒落寵難輕

三日

淡景無風碧樹齊萬重峰壑翠高低不知山上何名
鳥盡日深林隱約啼

芍藥花落賦歎 睦餘窩曰蕩逸可誦

不堪凋落似飄蓬謾拾零紅嗅向空開得何緣能住
得結英無力怨東風

松林承夜大雪强賦為無一言負良夜

擯瓊簇壁盡山木淑景方昇暖蹈開只為世人饒見
得不言天送上祥来

雪後得

盡夜空山積雪晴萬峯寒廓景昇明狂夫鋪簡漫〻
讀冷女衝機喇〻鳴飢鳳問飡何處得凍蛟藏用幾
年成時嘶萬事無拧益獨得熒〻見俗情

其二

霽後鴻翔萬里去緑綫天色覆窮荒挈經畏負成丹
節惡景難坊度隙光㵎上彷徉聊自得世間聲聞轉
堪傷如何得睹霖流澤盡遣群黎舞上祥

其三

将家定欲撥相累断絶人間最不聞吏部亦曽隨董

晉泰山高聘倚希文東方局促昧前昔北極猶將恐
後君盡見同來衝雪去營錢未就枉紛紛
聞朴雪溪丈遺文漢中有顯家官開東報討去者有自
疑梓是役也雪川後人乞嚴君臨管
鳳上皇虛淚迸流此生終負一承休他時强疾編皇
極去後無將恐隔丘光積斗間回不掩人從漢北爲
詢謀修名會有能成節壯士非關落漠愁修與脩異

其四
金剛玉立動追想瑟璸連章就此傍六禮輝騰元聖
迹八㕵數闡孔明光啾鳴晥復趁開洛迴逸初能薄
漢唐愧我浮生成阻絶未能全幅玩天章薄與迫同

其三
伯淳曾及問無極永叔遺編托翰林念我大人那放
意上天夫子必通心從敎琢刻成消歇獨擅芬芳競
逐尋春到幾時能事了鴈飛近望得新音

凍鷄子
半蹲如搠翼睥睨猶求食爲態良爲憐誰能任汝牧

靜夜感王府君棄我吞泣而作歌
府君棄我乘雲上閶闔天裂地墮何時還他日蔡中
朋龜貝今當礦珉無復看念之剜心那得平怨有嚇
皇命不泯須如草木斯能寧空王塞悲於道醒

其二
蒼天蒼天曠冥漠吾雖有言何能及手中瑩々大岳
棘舍而不顧行箭急此事問天々不答但見玉貝干
將鋒如九拖齒擊我九曲無時止

其三
大風刁瑟振萬木燭光散亂孤倚枕抱得春秋批青
朱府君遺我當貝錦天高已莫還盛德道建終須錫
景光大雪霏々歲復窮挐鏡恐怕凋芬芳況奈何乎
老爺缺飧妻挐號室無人將

訓狐(在此時不見退之集中先有射訓狐篇及梅聖俞擬作尚見不當復引訓狐爲名然名一也而意判辭別總不相犯所謂作家法度亦在此)
訓狐騰飋鳴風激勢尊力大難爲敵況復天與鹹䵷
爪攫物充藏利用足嫩鷄弱鬼何負犯往々搏擊恣
從欲火眼金翮難禁當白鏃彤弓不敢射鷲鵰端奔
盡力贊雕鶚事并相諱惜北斗帝子顧爲坊隃臨殚
糾遣朱雀蒼龍白虎相羅列節旄幢幡下辰極王京
佳贈何以還枉將飛詞奏獄鳥贊鶩斗傍大笑罷賚蕃鳳
凰之奔固其職

其二

嗚呼安得六頭九臂之壯士 三尖兩刃之金刀呼風
喚雨之神仙轉日回天之鋼矛請仙使矛士使刀變
化氣力俱騰趨分排天地當羅岡迸空挺姦無所逃
遂決天漢倒將来淨洗人間萬古清瓊林玉樹燦騰
光赤鳳朱鳳来和鳴盡使喁啾享康寧

淫雨歎 祥災也 是年夏大淫雨成災

大冬不雪應莫祥雪也花須殺蝗止誰道自逆方蒸
月臨當蜡日紛不已竊陰上干翳赤日馳騁八極常
禮氣況有飛廉揮鈇鉞長驅百靈噴洼鼻旂旛節幡
迸飄颻殆時希景終厭覩崒屼岨頗何須論原隰不
分如丘山穹蒼斷絶鴻鵠界竅空局束鮫龍蟠時我
獨棲依崑岩洞府陰杳日掩開連衾厚障猶難聊歆
揀側捅分情悪向来淫霖事復任令心悄悄望北極

癸丑上元即事 癸丑秋公年○痾出春傳疾痾

立春冬至紛紛過殘雪窮年此覘然糝白清晨上元
作豆紅相間大磁圓風飄鳶尾娱傳俗月上龍墟說
卜年最是太和調不得比年凋痾與誰隣

輓歌 代撰

鴻尾散敗君獨存與我同年特相敦飛鳥相望金貴
嶺驅驂屢入基洞村文高場屋踉蹌老歲暮村庄服
食尊臨餞何須涙相送上蒼嘉貺盡蘭蓀

丞

春日栫居 時檢鄭朴雪川丈詩集既又用同例於嚴君詩集并承嚴命是年春雨太

品定詩家靖獨處景闌籬外晩花時松膚潤上兒童
剝葱笋妍抽季女吹野鵾界雲聊復聽院倡喧巷厭
相窺出門又見雲飛黒細麥何須雨屢垂

長夏 時檢嚴君書集

長夏垂簾撿細字出門揮日淨無塵能鳴蟲蹟跳如
鹿欲嚼新鷄大抵鶵個個攢針秧出水垂垂側髻麥
連畇孰能自得强於物黄面寧堪飽食人

觸物

圃栗庭槐非適去平安長似上清仙飛騰縣肆無相
管由汝從来不識錢

其二

飛鳥羣羣集屋角口中含蔨自為家乘陽伏外何相
負吞食無端遇蝮蛇

其三

入夜青槐葉毯毯凱風吹送亂蛙鳴聒人定似寒家
訴訴到唇乾耳孰傾

夏夜田家即事

靜夜星河影的歷雨晴新露結柰枝烟蟠雷角炒青
麥火簇炉心理白絲煙薄蛹残皃女食葺簾風納遠
林吹為君只願張堪到飽喫荒年唱兩歧
中秋節演水洞先塋展謁降坐水傍白石
祗謁青山頂頭墓下来攤飯小溪傍也憐山菊垂垂
縱無酒那緣得泛觴
其二
白石曾經漲水盪如今水落淨如磨人間是處難常
得桃臂欹冠到日斜
奉嚴命體挽外兄金氏者子
吾生剩一娣令德報何藏掌有三珠弄今成兩個亡
送嘲違抗落將淚只憑潛緘此揚秋鴈何能盡我情
其二
冠谷親應萬韓張義亦存有芬驚夙歇承問隕成呑
變化紛星運悲歡劇翕奔從今江外使休說釜名村
金外兄挽歌辭 吾為兄從妹壻忌勝借用
忌勝由來好朱程况是親德山摩徃迹潛水悵新濟
負疚他年恐浮生此竟淪不知何處住猶作夢中人
其二
前年渡江適小集為余供肉煎金氊笠醪騰玉酒鍾

三生那復此萬劫忽承㕮獨有甡甡子成行足慰儂
奉嚴命體挽金山潛厥考
公隨好婦騰騰去天上相逢也豁中潘岳板輿其獨
奈杜陵驥子亦相同上堂綺食他年見過嶺山音是
月終從此金陵難復入鳳臺依旧芰荷紅
挽歌辭 代撰
附方竟莫愈君疾㕮上本来無鳳膏孀婦中堂抱姑
哭棘人外次將雛號命皃空赴鳳臺餞老我曷能牛
峙高萬刼千秋從此逝九原有約只銘窀
挽歌辭 甲寅代撰
青春行武弁黃髮卧山樊八尺風神壯三生歲月奔
柩傍遺落牙庄上踽凉孫老泪遥相餞逢迎約九原
奉嚴命體挽權公得中處士
處士與南角龍生不渥洼窮畦宗小學斗峽集流儕
麗澤蒙相諾流泉托永懷自君辭佛攏勞我夢濡涯
萬事縈繰蛹三生弄角蝸西華抱恫枉庭式悼亡乖
輾轉奔如浪號呼送上匯有睛經淚注當復為誰揩
奉嚴命體挽潛厥名
自從渾沌死撩亂日端風人僞紛雕木天全獨見公
感時皇錫庚努力我彰忠漢北三冬喫何緣復得同

西湖金先生挽歌辭

大人乘運去安得問韶咸御瑟収清適調羹喪斥鹹
黑貂窮抵洛青犢竟辭函向渇承英眄心傾荷至誠
諷詩明典則論道析機緘話裡三隅反巡閒一丈椷
抱芳欺旌芳吐美配瑛珷運用心能活經綸手定攙
壯頃追碧玉脩幹老蒼杉德祉依鶴木仁亭傍鮑邑
靖居忘事蹇聃念及民嵒大展違鵬擊低飛遂蘚諵
顛連無處憩漢落類傷謎被冷寧愁薄饕飢不肯饜
騏顛甘伏隰盧敗奈孥象有分明時出無緣寵命御
物情元錯莫世路古嶔巇老去完農圃年来憩㦸巖
南爲相地軸北望泣天攙德常魂夢承山怨泪衫
此生韜影響何處飈幡纔宿露花輕歇商風草盡芟
由来生晩末避追劃深藍馭鈍懷鞭策磨鋒倚砮礛
人脩愚得智天界聖同凡暝坐楸亡燭濤横怨落帆
皇州今狄僰東壤小滕池不復追桐梓空悲綱槺机
淺涔無浸漑乾轍阻霏雰就此憐公隕與哀俾我嗛
不因心戚戚那得語詁詁悵望沈雷動長歌倣杜饞
誰能領此意撰乞玉坊劉

奉嚴命體挽金西湖公 公嘗憂天主學誑人匪細故三篇及之

商風吹隕赤楓樹上路蒼茫憶故人北望中原常慟
哭東漂左乘遂沈淪韓山債屋當千㘞潛水窺魚定
幾春想望討論更復得此生随處盡沾巾

其二

皇伯經綸莫浪學眼看夫子此去終王祥拊劒心難
盡同甫論兵道轉窮天崩暈傾西日樹錦江吹轉北
風蓬來時激激横眄淚濺向空山萬疊中

其三

甬洞只今青瓦屋基嚴剩得白松林風從馬鬛能瞞
俗事切鳩墟獨刺心山裏竟開扉寂寂日邉多上祲
陰陰悲來不獨銜相恤也爲　明時淚染襟

洞姥

洞姥今貧異昔富屋茅來結翠藤前畫衫綻火供廚
役曉髮縈霜汲井漣燀手煖炉成甕緰佃躬寒薦做
餟眠尚依傾子相追納漢落途傍更可憐

蘇去

蘇去辭花匹侶少萬山飛雪獨單家朝飡煮畫圃圃
冷疚燭煤昇陣陣斜猛風嚼肌墳結玉屑魚食鮹暈
生花諸君願與無拋擲塞落年充不及嗟

晩看霞氣

晩看霞氣綴如練一色平蕪冉冉籠下有千村與萬

落也應都似水晶宮

雨時不來

雨時不來〻不時淋〻五日此窮冬前塘渌水如春月陽氣發洩懐忡〻當夜不眠苦輾側為有簷溜隕琮〻五月苦旱燒黃茂萬口嗷〻乞不得尺今萬口乞出日但見翳雲障天黑雨澤於人豈不大降之不時而為痛彼天何獨今不道或恐奉事違規撫致令風雨乖不時整襟起坐當語誰

過碑殿 乙卯赴京時。

扁〻臨溪石斑〻尚着痕相傳 龍起日戰血此雲根

女城頫

女城頫頭望斜暉紫暈騰遠山呑欲盡無術挽還昇

萬馬洞

一條官道兩邊山半日嵐光馬背看行到幾田山盡處完城飛閣出林端

錦江寄草洞

寒雪飄〻拍短袍此行重踏錦江臯定知白首同歸約教我单驂不讓勞

閏二月九日 御駕奉 惠慶宮幸華城府

鑾輿出幸趁春暖晩向華城動靄雲 玉趾未辭青尾闕前軍已到漢江濱

其二

雲母雙牕紅大轎黃衫擁得隃青霄 聖朝四百年多少此事從前道寂寥

其三

行皷隆〻動綺陌兩邊人似簇雲多烏鞋白馬群〻蕩漾幹羅旗箇〻華

其四

騰〻釗佩雜珊珮壯士宮娥相間行緞冐時交氈笠打枉勞遮面過途傍

寄夢山

雙牕開却悄然坐旅泊愁因晩景催忽聽奚奴拍門報驟鳴知是夢山來

答夢山 夢山詩云南音滾〻石球響北曲離〻鐵板催正如清濁淳漓別南士何須北學來

好人何易兩離別不耐春光靜裏催強把掤珉授擲去漫教青王報將來

其二

南山春雨小棠槊理屐將登苦被催不惜劉郎間花

去只須王粲送騾來
其三
擊毬鳴球兩揉響相分不合便相催不緣北學來京
國爲憑俟家伯仲來
騾來不來寄夢山兄弟 夢山有送騾之約而騾不來夢山字曰泰登弟曰泰詹二篇故曰陟泰
騾來不來愁中膓來日漢水揚掉急住時南山雪眼
望南山接食何巃嵸一雙玉梅依山䀹佼如閬風揚
蘇列爕如東廂騰琮璜我願日往對此醉瓊觴還有
粉蝶心難化粉蝶翔騾來不見紫騮韁
其二
騾來不來當駃騠出看此山陡峻嶒可憐欝氣與之
齊家任脩孄之山陽身遊漢濱常孤棲萬事顛倒遂
至今世間棘澁多斜蹊夜來夢飛渡清漢到家手撫
女金鷄此事不向雙泰報當復向誰開肚臍騾來不
來何山芳草歇騾蹄
其三
我從近來不賦詩賦成只合當燔之朝來被愁遣我
成此辭不報夫子還報誰願得軾轍復和當瓊琦挔
我幽愁以慰思歌騾來止於期

三月初從人登洗心臺 清風溪金仙源所居前數日御駕幸此臺射宴後一日賜羣臣宴于此
雪色簞瀹具菜果玉光瓶酒乞錢賒攬衣石磴千餘
武騁目春城萬許家省樹偏多松白甲坊花盡是杏
形霞悠然下濯清風澗傑士風流諷日斜
其二
石等層臺傢御搨 宸遊日昨報相喧弓開白簇山
應振肉煎金爐草尚痕西澗層層聽歌女北山碑碑
坐松根更看羣吏來營作 賜宴明朝是處屯
紅綬頌
紅綬頌白臂韝手挐金策嘖星光去是城中馬家子
甲賤本來如慌悢身充別監隨 大殿狠氣稜稜翻
倔强洗心臺頂 賜春宴三相六判五將軍況復閣
臣并群工烏帽赤帶羅如雲馬也突鬃至踉蹌長揖
上相餘不管揚言大唱群小人一日萬錢何所幹黃
面凶年委路傍一言不陳今乃爾遂揮金策掣如電
擊盤撞壺盡嫐扡四座默默以相顧嬾呼蒼頭縛束
之蒼頭受踢而多僵出力迸進纔能為驅向鍾樓大
道來口中噀血猶强辭群貴擁衆躡其後謀欲上達
誅懲惡紅衣使者來何自棄田入闕當夜直
兩夜答閨人書漫賦

二更殘燭漢陽城寘雨琮〻落霤鳴對燭悄題閨裡苔何由說盡此時情

四八夜立壓七星燈（七星燈立長竿懸大籠燈無燃炷爲七小燈却名有燃炷爲纓索并貫〻之巨籠兩頭垂下執之互引七者出入巨籠中上下㸃幻爲玩戲之具名北斗七星燈）

錦市揚燈象北斗絲籠含吐七分光高竿陡欲衝霄漢舞椀盤旋降大荒漢巧須知百緡使買者那得二更長口中太杜稱要妙句引閒人簇道傍

紫閣峯與夢山諸子觀放燈

夕度蒼杉影宵攀紫閣巔如来身萬億現相境三千遍地金星絡通城玉斗亘須將此觀壯歸與故人傳

自紫閣同到水表橋

逶迤碧樹林中出亂聒相携上石梯臨水通丹天上下句人簇向巷東西令辰便覺京華熟醉興能忘遠國凄深樹梧桐此夜月第兄應想我悽〻

北漢散韵 并序 附沈夢山批

北漢在漢陽東北三十里余以乙卯春遊漢陽越四月爲課程賦與諸子入北漢之鎮國寺住數日還轉向東郊之花溪往来卒〻不得盡意暢觀甚矣惡業之擱人也即所目擊賦成若干詩篇旣及而乞正于沈夢山曾崇泰登輒加品題要之覗勝之須未之及詳勝抑所謂知見之高者亦罕其倫令書爲北漢散韵并收其品語庸寓深想凡北漢中所有合見聞所及寺凡十四曰太古重興鎮國普光圓覺國寧竜岩扶旺祥雲輔國西岩奉聖元曉文殊於内爲菴者三曰奉聖元曉文殊亭一樓一曰鍊武山映倉六曰訓倉（積石峴下）禁倉（文殊門内）御倉（暗門内）上倉中倉下倉凡逐寺之僧倉不在此數鎮国之覗有所謂露積義相龍鷹等諸峯（南將臺在龍鷹間）太古之覗有所謂圓證国師碑閣碑撰於牧隱李穡重興之覗有所謂大雄殿眞府殿鍾閣摠攝館祥雲有積石峴（西將臺）三角山元曉峯〻下瀑布西岩有水口瀑布北漢八景古出於韵客者曰露積落霞奉聖暝鍾映淸月色羅月啟雲祥雲川瀑龍峯落照青霞啟僧山映嚮逐寺有僧將總之庫内領於摠戎使其大綱如此

四月十有七日向北漢出惠化門（乙卯）

單騎東出小城門暖景无風鳥雀喧故國別来黃麥

孰(門等 敀敎)[illegible]遠方任久縁揚(鱉不免鈍 貢對故思)寂岩遠見羅青
鉞蔭木時鉅庇白垣何事閒人約不到箐風教我狮
難論

大東門

揚鞭指北漢蹻首望東門去地难千丈懸空抵一九
(劫解 之排)直須尋逕入安得半塗蹲舍馬中峰裡褰裳散
礫間練長迃百轉脛弱飽千艱喘劇身如慄腊流汗
若噴怕顛緣石角覓庇坐松根(語太奇 法太嚴)漸進終須陟
狷高冒莫攀忽然頂頭上長嘯領川原

山映樓

狮上丹樓坐凭檻水清山碓靖無言陰裒分合神仙
窟淺薄稱富士馬屯(簡备集中 所未見者)喧雀能從庇樹止濺
湍曲覓實嵌奔(自評崔止能庇其身湍奔解覓其逩 彼輕身險逩而建不知復者謂如何)
(扑)更看葱蒨僧来徃道有諸天隱樹樊

下樓向鎮國寺

山映樓中獨坐久興来起似醉跟蹌清溪一溜淋山
骨秀木千章漏日光洞府合當藏萬馬(吾當序恐未 免疊夢山此)
(評落 浴淺 来余 所吾 詰 之夢山悟日吾謬矣 迭)石岩撩乱挿千創綫尋金刹
僧来問遣到山門見夕陽

露積峯

吾聞大雄氏修煉雪山屋飽喫訣三千変化身萬億
散之飢衆多合之㝵廣崇趺坐上光頂嗚呼露積峰
(結两句始白本夢山後来點檢回好結 渭吾何以不圈此两句今依其言圈之)

其二

昔有黃項姑苦蓋此峯身撒灰峯前水去而當遅蹲
正逢胡騎来揚策向諮詢峯以當積粟木以當米淘
馬飲水仆僵人聽粟驚跳攉辭拜玉室姑用捐其軀
僧言蓋如此時代不可圖云有剡迹碑向已顛龜趺
願言志娉節聊以質吾徒(备諧之詠〻得 化俚為純 合備 备卷 逸史)
二十有五還日訪祥雲寺上積石峴

乘晴上積石峩岩仰味惕童兒傈如猱跳行息喘息
佃身拾遺礫望松投當的及手憩上頭眄南山簇列
鷹峯工飛騰氃峰碎而矛憐哉彼三角盡㧊餘霞幕
徃〻皴漏出儼若蹲金粟

自積石後轉

蹋石傾犀㝵鬱蒼蔭萬木送眼偷林鑄元曉滲萃岩
乍豁睹張佚髡徒工射鵲忽復入葱蒨鳴湍㸃岩曲
怪鳥號樹端幽意向誰告

寺前

寺前倚蒼槐東望群阡壁句僧伻供名舉手報端的

大國挾附庸盖云娃靈積右之萬景全白雲名峰與相
絡獨有藍硝峯北羅如俯賜而我何駿奔含去中情
思

寺下瀑布

上頭從白雲到此掋新噴觸石鳴雖聒浣肖淨可吞
落来成湊坎宛轉象豬紋逝濯臨當去田頭悵路分

自瀑布向西岩寺路中

危磴側角尖柰子童子似鼯攀緣滑向日吾家有畫客崔七七能為此法其人死矣未嘗不思之悵然不意積雨園亭更有此觀下倉之背石梁側白
沙流水當廣陸藤離石當三家村松下耕菑大麥熟
白練逕轉息脚望元曉斗菴懸队壓岩平何以身具
翼忽漫眼前滑粉堞大西門樓青亮擒

西岩寺水口

水傍伏岩黑雲母上有千章白甲松下有一泒清澗
走中空可以容僂㴵粉城斲頭水口䇿磐石巻㪺高
百層飛湍散落尖白鋄澆出胎中萬斛塵坐久不起
欲相忘去上本来來是処稍曠蕩

重興寺真府殿

晻々真府殿而幡大雄側呼僧輟其鎖我當寧門瞩
金象揚熒光錦薦厚如積況復絺紗灯云自城闕出
所有頌瞻當羅列故發越眷廣及初江握木以當笏
閻羅頂金剛皜髙然垂須髮点級滑如剪镜大凡十地務汝皆
管分撿手管若將批成也何所統帝官及恭平都轉
咸典重衣袍各異緣足以眩眼孔群判忝群童事傚
吾侍徒悍々逮夜义怒氣屏人恐所事在勿細々亦
不中用何能學蘇子曲拱羅漢頌吾聞象教領反壯
故無寂寞之遺髮膚况乃物凡百何獨紛此為及若
我其術四部莽蕩々群蠢局尋尺皆䏶具情慾只愛
掏幽吉炎以此恐之勢合交慣慄遂開起度門普請
勾其心彈力顧擅越事乃成浸淫不惜燔頂指豈復
重黃金琳宮轉崇廣黃面享其利以茲知大雄為賊
特機智若復論其源所以篭慱士三乘互馳鶩众抄
單於此揚言破空相秉彛良逝是自從漢唐来一半
趍其郛程張始亦謬餘者何足吁吾生紫陽後抱經
獨瞿々

洞狼

斜日層林影子多洞狼輕步度穹阿此間不與城中
似何用青綾覆面過

洞僧

白衲採形孤經綸自聖出小儒胡屏禪善用即吾物

有懷題白板無路振蒼衣咫尺當涯角何時更剃扉

其二

青春疾於鳥百感冒中腸薄祿隨波梗長途上陸航孤棲鍾屢警旅食草重芳茎筭初心化沈思病欲狂

其三

嗚呼山與嬰聽我苦心辭玉貝從他淬金鍾背佁鳴文離庭舞鳳蹭蹬水斬鯨牣荷中心識平生願共貞

春寒

駁雲陰天衢團風掠坤立赤日生稜角恭守横脩予奈何春三月為態似窮秋桃李靖無華紅杜敢言抽

西垣青射千凋傷類被蝨時我滯漢濆消息西來憂寒雨重番番觸境痛來牟山南諺中劇百姓鬱湫湫此言苟不虛肉食誰當謀

磁石

富貴如磁石人情如鉄針磁愈大鉄愈附富貴漸張人漸黏

渡漢江 三月二十有七日自漢陽載故

東風尼艇漢江間萬頃蜿蜒黝色瀾却是情根消不渴南山白堞屢回看

文義故路望東將臺

霎然東將臺突兀去天尺五事能登人胡寧放使陟

出洞

吾覩此洞中有似牛千葉 古人亦或使俚語而每患後人不知為何語此亦恐此類耳 太俚

藏馬誠非難畏壘渴無慣

大東嶺半望三峯

三峯蒼角凶崔嵬歎别令人首屢回我與群仙無宿分茲來未上白雲臺 夢山日余西登妙香東覩丹丘南窺漢拏城中奇觀殆遍遠至千里近亦過四五百里獅北漢山出國門無一息且路出郊户徙來指点至今未見今年春亦約伴期日為事所奪此皆慎君所知也君獅入山得詩數十長篇短篇蔚如可觀時適兩中余病臥園亭讀之意適然忽與境會一山一水丧在眼前使余未毋勞筋骸而能得之於蒼辛砂苦起居吟咏之間非作者苦心大手何由得此君毋見吾香丹軸矣能如是否即此而亦有可以知者矣雖然比如傳神無一毫不知雖此余不能保之此則可待乃吾輩悉業滌將秋往一輩一簾相與到山映樓中出此軸一一較看然後可以一證之

寄夢山 時夢山從余求梱錢余轉梱以應之既而梱之者要還不已遂寄此矣

短衣工部屢啼窮栗飯難充況一峯自是銅錢不賦眼無因着取好人淀

二月中旬訪山嬰不遇退呈 丙辰の夢山之弟曰魯岩恭居獅老

所思淹紫閣簡見愴流暉雨後衝泥去窓前數樹故

粉堞清州忽如夢卽來丈義雨新晴來牟鋪地參差
進布穀中天急切鳴斷麓官家同府院虛垌聚落不
依城近南故意難禁住强策春風馬懶征

叅議徐公挽歌 公名配修是年夏以金海倅卒奉嚴命代撰

夫子尹盆城去我三百里跋陟趍上謁退來一旬止
三百且云脩一旬猶怨離乃今辭倉別萬刼無還時
萬程無尋処此懷當語誰

其二

僵轍韓陽山字心元道州到底服清貞律躬象前脩
以玆孚中心況已厚於吾已矣勿復道不復見夫〻

荒村愼公挽歌 公名可黙字伯容甞爲之賦黃髮歎者是 可黙

夫子平生挐雲志忽如風薄散黃埃中年濩落䟽錢
癖盡日捿遑飽木災滿腹詩書元浪着清時冨貴不
須才爲犧積訕故泱漭庀使招〻不冒來

其二

晩生王風此顚倒千年大雅欲追縄合教侯喜登司
貢不見周公着識能轉〻猿岩慈母擲啾〻鳳穴獨
雛聆琴書況復誰相托總慔荒凉絶舊朋

山裏得聖吾書

三月坐空山雨晴花氣闌有書來漢浦無已自雲端
忘却千餘里强如雨吐肝非關私骨肉莫逆到頭看

其二

而今少欵曲夫子獨怜吾手面江濱阻精心嶺外孚
連宵憑夢覿清晝得書盱況接平安問慇懃老我姑

山杏

寂〻碧山重孤菴春似空捲簾山杏樹花發不言紅

其二

苑〻兩三樹燦然齊結英開簾坐相對幽洞夜生明

其三

濕雲蓋四嶺零雨迷空山風來難禁着隨意打花殘

其四

花弱正搖〻風淩不可禦如將壯士椎打着軟膚女

其五

玉肌委塵土古來情所悽那堪花乱落滿地欲成泥

其六

落少在枝多及玆猶足賞安得紫羅帷篭汝以無恙

其七

隨風一落地不復上高枝有似昭陽寵終爲長信非

雨時夢 余有姑在京眷我異常其長婦同五月雨晝夢見醒而記之

夏雨霏山萬樹濕晝景晻曖飛霞集下簾横枕白樫

笈夢往如飛到京邑京邑之家異昔入〻門逡〻昇砌叙黃姑朱須南紫立見我嬉笑相迎納盡鍾醇醪須手執與姑迎却令我嘆一言不交吐欝悒轉身遂覺兩轉息悵然起望愁何及萬水千山鋪原隰

酬夢山 時有將執子弟要與余同赴進士試余以世所謂巨擘之纏拒而不見夢山聞而有寄韵

詩會前年過夢山將心便許一樽間後來公子邀何意綺食瓊盤也謝還

進士黜試後寄夢山 二首 戊午

鳳嶽先生此寂寞夢山夫子秖應知入門肖却勞〻恩清福還堪乞賀詩 前試日夢山来見云吾當作賀進士詩矣

其二

夫子綵令做忝奉先生猶未上成均借問成均與忝奉得來能直幾錢緡

其三

未有工夫得耐飢無端岐路往于時出門幾許妨初志半日徘徊負所思

其四

夫子分明老餅手解教粧点誑兒曹秖令慚愧名言負白粲應難出色高 夢山評余行詩云今之所謂料體者如陶甓金範自有定質移易而不得者此非文氣文法可以驅駕得來合成准在乎得其程巧諸篇一皆以沈雄頓拙為本使字使句皆如壯丁打白粲餅麤得如削玉不待食而見之猶可飽孰如俗所謂五色散餅繪綵塗抹本非飲食之正而將之而悅小兒彼不及此足下須小〻摶得白粲作為所謂散餅則用料與用力當半省而欲小兒輩見之必不惜十金買矣

其五

隨馬佳人漢時髻饗禽鍾鼓曾年音懶從京國求人賞夫子来時秖不禁

其六

京國春風好如許欲裝的馬便相辭去人多少流年感左海陽秋謾期後 夢山與余約修海東史傳遂數日何時得了此恶業與子成此約也

夢山答韵後(時直一南殿)又以無上消遣詩促傳筒遂(余以)賦近體却寄 三首

水涉津頭趂秋後草生舘裡忽春時漢陽久住諳風俗居戊辭田逗夢思畫靜當陰遅日色夜生窓隙獨燈枝所懷清士希相見忽〻長如悵別離

其二

春日長如百丈線田〻展過苦難休落科可耐奔歸蹶直殿能無鎖鳥愁深坐但憑詩遣悶相分安得話當謳臨門且語傳筒使須急將来莫少酉

其三

銅雀有心催喚舟漢陽無酒可登樓惆来更為関生我(生我者父母)遠別何須戀好逑寬我詩從風外落荷公吉必意中道自今变化須相信出語無爭最上頭(夢山寄余詩曰日可甲之無甚高)

其四

農老渾知洪子韵栗翁曾結宋侯朋但教一尺心相照便是千年事可能當世希聞吟紫燕晩交多說愛青蠅喜將情意傾無底壯上相逢好恭登

其五

一聲高唱夢山聽不是閑音過耳根錢癖皆言高傳癖屈身爭道是便身二周典禮難通籍両漢文章未逐貧跌蕩吾曹無復道祇須持酒共尋春

夢山以正月既望之夜從雲從街飲故得長句近因唱和并簡示令依韵和来遂為步歌却簡

沈夫子賦長歌長唱盱然憤欲死得無胎膽氣如虹睨視八極如弾子上下萬古治文章往々感激揮笔起以此肚腹不中椽學時應舉非得已進士初黜奈韓陸詞伯終鳴鍾陳李嶺南閑漢吾何人向来群華屢側耳一書便贈青硃評朗讀風流爽牙齒紫閣峯前後来見祇今日月其逝矣忽漫錢被直南阮亦出天恩不須恥直廬多暇足諷詠吟我落漠飛殘紙皆如董氏江南弄不辭鍾生耳貼視小序詣謔更覺趣(長白小序曰凡人之死發訃告賓友必曰某以宿患別世吾輩病且死當遺戒改患為憤此燕岩朴義仲語云)編成演雅春画裡此作憑見元宵會暖閣畫鶴靜筆几座中翩々數公子不遺餘物通脂雉爛熳酒熟青甕擁炉群飲當炰餅當夜何意不相招會作迹禪故乃亦聽之不憤聊敢言願卜来辰續此喜

步歌後漫得簡夢山督和

朗吟桃觀足詩案高調香亭走夜郎寄語通橋酒後作也須藏在白藤箱

其二

靜中多意喚瓶梅々落隨風去不来消息蒼茫無處問祇應難耐沛傾罍(夢山從余求瓶梅)

其三

五更消得夢中過萬事紛綸醉後忘一尺吾曹放身處睡鄉端是併酣鄉

其四

青衫白袷定傾聊　御酒分將下絳霄我有詩篇君可唱風流抵渇過通橋(是日進士唱榜)

與諸子登彌雲台還被夢山督詩書呈二首
鬱然羈旅意牢落上峥嵘萬室叢蜂穴千峯繞鳳城
禁松猶古色坊柳已春情悵望南廬直難来是宦名
其二
寂寥樓閣洞荒屋動春砧石磊落雲臺石高杉半亞陰
夏盟推北嶽薛長與南岑轉起烟霞想稍忘故國心
其三
山前萬里屋中下有學舍以萬里城家名盖為周垣浩廣也名美自當年老
少丘園木清涼石竇泉好来清酒後澹倒小堂前行
賞聊如此誰言枕笈眠夢山寄余詩曰堪笑𡸣南老擧子年来殘睡枕行箱

夢山連促傳筒為作古詞曲三篇却寄
㧞上雲臺望坐松陰短哦長歎洵心瀟想爲訪岩棲
眞逸士道骨仙顏顧相至日暮徘徊惆悵銀闕瓊臺
何處是竟雲端渺〻違心賞尋舊路視決淬　蒼山
淨屋都虛傢問内經丹法誰能鬅髩啼鳥幽花休苦
挽去矣來時太杖更出去無從浩蕩惟有南戸㩦骨
格解清歌擊節凌千丈揮玉塵向君往右金縷衣
其二
此生自負毛施艶修姱若圭磨玷淡粉濃鉛纖眉嫩
臉覷去玉翻瑶潋名園㧞占况竊窕貞心清高腆念

正值芳辰珠扉綺闥選無忝　誰知市樓娼店逞浮
華丹塗翠染令色工言能啼巧笑生媚變郎顧覦求
無不壓歎好箇眞人歲過年漸寡好鮮倫幸家子善
鑑右齊天樂
其三
善鑑熒〻秋水清芳心潔操照相傾劉郎久識天台
路蕭史應深鳳闕情丹玉府紫霞城雲旌金節會逢
迎長絲結就同心約半道生離不是貞右江檻詞
夢山謂詞曲非其所學輒以近體一律来贖發
劇督和奉酬用来韵

傷心典籍欲生塵忽見年光又此新南菜猶懷德山
蕨北珍多愧海州鱗散漫澹草能忘客徃復輕掞不
負人莫管清明與上巳待来酬唱便良辰澹草輕掞皆夢山書中語
用夢山詩畫閣敲高韻語分韵賦成却寄乞和
錢〻雷鈴重春雨下冥畫鈴聲轉醒听怡若清商奏
且飲漢陽春世所謂葉酒自我名之曰漢陽春　萬感澌心随所思如
可覩往我須行溜
其二
所思特要妙宜尔貯金閣鴦鏡理新粧可憐容的皪

度我陽阿舞羑謳動冥漠胡為此才貌下沈猶栖泊

其三

高殿鰆南端庭宇𥧌弘敞中有　五聖真肅然儼時享異哉金尺符靈兼肇晃朗累熙至於斯理諸景追往

其四

揚葉如貓睛幽鳥揚始高萬物競油〻歌詹藹以遨遊子狮猜潛夜夢廻忉〻行路古来難念此生劬勞

其五

微雨瀼如露終日灑簾箔坐見槐柳舞荷此恩施博

吾聞一傖士亦笑衆哀樂寄語夢山子出門須炷脚

欲飲

欲飲不得附雲端留滯歌行路難京邑青春閱何事人家白飯多醜顏耐難寂寞尋明雪（樓名在南別宮）散悶逍遙上覓山驪意隨人無不往終然到處戀鄉關

江南痘用諧語破悶（是年夏痘疫盛行所居無不經歷）

旗脚村〻剪紙翻江南司命抵尊官烏盤清水禎祥祝𥻗氈蒸餻饋享溫忌諱蓬門插赤土虔誠雲髮濯朱潘太魚男婦偏知敬客主神明儼若存

其二

玉竇遍肌三日後金痂𨒪個一旬間櫻桃爛熟紅初漲雨露收藏白漸乾閨婦最癡纖似米武班圓點大如九（凡痘瘢之纖密者曰閨氏痘點者曰虎班痘皆俗語）　相傳李女羞看鏡頓失從前白皙顏

奉嚴命挽潛厥名

節婦村前松樹林春時酒會好同斟更來倏忽人何去惟有松林不改陰

挽歌（代撰）

義重絲蘿托情深束腋同山陽揮淚送何日得重逢

其二

白首今年別蒼茫問後期夜台南面地幾許不同欣

其三

酒後呈真性眉間見古人山陽相送淚非獨為宗親

秋日奉懷夢山用申青泉懷士集韵

北斗龍蟠闕南維鳥道關趁班星健步隨分獨潛蹤脩路雲千里孤懷𩔗四圍自蒙投分久偏得龍辭嫺遂欲探驪窟工思破鵠弯心追慚価雉射責劇收鍭嗔肆仍擒鮑搜林獨採蘭他年揚策驚何日斂驅還以彼才無敵終無志破慳討論道洙泗調笑欲撤山蕩〻針拘俗休〻訓庶頑道知平似砥情怕曲如環

紫閣當年會青眸輒笑顔洪忘挾鯨海弱不悔蝸蛮
几案清踈閣楓杉蔭曲灣諷懷依簡策饕話屛潺湲
製作登時出衽袪遂許拏少人難眼底賞我八眉間
擊節繁酬唱喞盃趂佚閑酒多醺白面詞批爛朱殷
荷顧增修曲承矯轉餙鬃百花坊爛熚群雀野喟喧
正尓當佳節相辭策病辰手分鸞栁殿驂出鳳城闉
屢顧心千緒遄旼事萬般騰𧾷盤跼〻攎翩歛瀾〻
覽俗腰常折隨入鬢欲斑淪淪恭揩畧寥落盛山班
鮒轍収恩沫龜頭閔寵須如何災旱暵又欲病區寰
宿耨無遺秉聊生羨織萑飽憎吞荇鷙飢問鎩毛鵰

肉食謀誰達群黎恵顧覼苟能施愽大寧莫感瀾潸
但願金閨戰先登鐵鎧擐進身元藉此當路始銷姦
展可回風壞行能濟運艱輝登来嶽鳳孚及曠図豻
此意公能就茲止 退亦嫻文難歌竟曲緘寄愧當刪

冬日

浮〻白皛晩菴山出坐中軒少展顔冬日强如春日
暖雨來排却雪来寒裡楊葉綻重霜後躑躅花開至
月間忍說年〻交劇旱慾陽奈此又来干

鳳岳集言卷之三

詩

奉嚴命挽李氏學究十八韵 己未

公也士之介純厭服緗絺守淨依白茅畏喧適赤棒
宅心貞而諒覯止則心降中歲從余遊詩禮頗涉講
竟樂陰陽流理解劇治浄加明紫白法稽用輙相控
粤自劉郊廬與余住同巷理窩黏農隱師挽人嘗述窩從余乞名
寓書農隱窩贈喜曰適着以意欲老疇耕忽罹波蕩運力仆傾簍
鉐晩食學究錢餓居應鐘撞年來經閱棻揠成蹶濳
港如何事未卒奄去乘隮虹啼穿襖綻肘狒稚髦無
項况復屋有孀遺珠圻母蜯萬事足惋傷将之訛僭
倂故交久珍重悼如折瑛玗從此益寡徒終日坐如
戇徒歌以相紼送送風力閑

河老挽歌辭

公逝淹時月脩容想宛然兩眸黃曈瞭雙鬢白鬅鬙
峽擻新遷屋郊来舊倉田須吟清約操卷去韮荒阡

挽歌 代撰

生辭會復見送宕且愁沮死別歸何日招魂已太虛
來年疇後大錢鏄理来餘一物無將去荒庄惆舊爷

其二

由來世間別去亦道相恩爲赴千年訣胡乘一片辭
風塵辭舊族鬼國訪前知相送揚新綠無因折贈柀

鄭學究輓歌辭

室有朱顔娟堂上母黄齯誒眿相抱啼謂謂復相告
屋中甕器與破鷰何不將去以自轂從此童蒙辭講
錢遺之不復能饘粥朱娟哭魂安之歸来托我手中
帛巵無殯宮行乘車魂托在帛吾抱持唯生與死乖
雖時禿角公穿汝知否皇天老大何板板桐老之苗
至於斯逝見桐老相問難

輓歌辭 代撰

綠槐脩柳也蒼蒼滿路春光足斷腸不遣兒郎將父
母翻教父母望兒郎
其二
空山到處樹中鸝百囀能令友爲来愢我祇今不如
汝送君冥漠唤難回
口號酬灣外居人乞挽六韵
戚戚送之子一何多足吁嗟親堂上在隻子眼前無
翠佹蓬頭重朱嬌累面癯有錢難貰命無樂得瘉瘖
爾座來新面樓猼喪舊徒十年情盡此寄向緋前歛
過縣門
䅯過縣門前廣袖何爲者手容盼眸子高武肅飄灑
弸腸畜萬卷噴發皆墳雅以此媿朕義仗禮投縣刺
剌入聞聲問洞洞朱扉邃僧問縣中官請獨何所事
側有蕩徵郎羈爲馬牛使飽喫衙中飡晚與闔楸局
㳅𢙍金爲注忽忘景西昃豈聞蔡中郎倒屣延高客
有倡
有倡名蟾蜍矮腳行蹣跚強飾賦鬒髮所有工咲言
婿嫵當人意往往奸回軌奸回時所要官家寵錫祉
簏簏行胎燭束束分厚暇抱疝戛吟吟爲君邀和緩
不言糜㕧子但見青黏徵困贈米白雪飴將錢綠蘚
豈復念蔀屋抱經叫原憲
五月既望自玄風縣發向新𪋫路上
鮮食驅人驚孤𤤿復汩泥雨嬉犁燕子漉濺去騾蹄
歧路臨誰問雲峦望轉迷十年勞洗眼不見可棲栖
日既暝渡鬱游津
江濤漲黄白昏雨只聞鳴店那津頭暝舟燈背後生
浮生依刺桅跳浪逼無情競仆乘泥坂翻醒畏道驚
道岬谷
歸心箭疾應行役晡食新翻鼻策騾一水紆迴十餘
渡兩山道塞百来過見叔麥穗埜多㕑聽唱秧歌山
有花往往峰呀陰蒼翠蓋頭茅屋盡田家
頭里峴
出門何事赴形役旺雨今看不汚稀黝潦透乾青鞵
履黄泥濺着白絺衣娟娟山杻望衫擢嗤嗤林鵑語
尚微但得將心棲曠域景光無處不爲機
其二
山田牧豎樂時謳松檜陰陰響轉風非我無端聽住
馬恰君得趣似鳴貴嶺顛更看鄒亭近路還須知故
里通東北飛雲含雨氣仗鞭斜磴下忽忽
六月前郊觀水耘

瞳曈夏日爏金莎茀草難坊履湯涸役隊偶成真鴈陣勞歌傳唱謬漁河鉏頭有眼芠驕稂壊撥多心輔弱禾爭道抽筋敢望飽養官祇得保無他

其二

春來積餕减腰圍夏至辛勤力不微炎曝應須銅鎧背取便還去荻蓑衣手行拖撥連畇水脚走蹣跚盡落暉野氣不曾通殿閣送君安得庈陰依

清風閣新秋即事

滴滴前塘雨颸颸落葉聲虛欄悄獨立高柳晚蟬鳴

中虁節同李公子向海印路上口號示劇

遠遠徂塵望欲斷幅巾公子躡蹤難憎騰只爲誇驄馬不是委委玄玩山

從馬嶺後轉半路望伽倻山遂至山下近洞

伽倻山色動秋與峰面天賍欲点頭石逕回回乘馬入洞陰深處聽谿流

漢陽病中聞紫霞見過拈簡易集中韻要同賦遂賦呈紫霞

往刼因緣信有定漢陽城裡竟相知丰容的皪當潘頞聰藻清揚儷項詩况有百家叔廣閣絶將三到掩重帷悒余没却泥中趸祇似虫竈伏小池

紫霞荅至後却寄用前韻

南國名流與徃别以詩云我不如知在䄸公穀喫何力鑽學晉唐成萘詩故宅相抛絺菊砌旅坊擺守烏煤帷倘裳文字與將醉安用故辭臨濯池 荅韻曰近來南服推名勝才具如君不枉知牖目專精公穀傳倩年遠與晉唐詩簧花借對悠然境清幽眠消解若帷文字從台能飲否登臨京洛足亭池

寄紫霞

已聞申子名不見申子面擦擦忽庚止坐承館中眄感激衂頭王不舍井下射况道廣文絶鳳管振才具顧言終相榮皷辭濾心素

其二

丈夫生去間類爲名韁束有似梏頭牛被驅無衍谷始爲求焉勿旣得轉見縛廣元卷経營且啼綸巾懫餘者可復道曠士諒不局

紫霞和至後却簡

三遊漢陽郭轉見埨劇雪軒轎横廣衕軍馬颭幢節夫子眂若忘介棲廣三絶以詩顧筝策相追磨歲月 用簡易集中韻

其二

文流碎百端鐵巨各弐廊不有矚大源何以破貞明

北遊見之子慰余中饗促厚贈當瑹璠栗然冷韻足
時我坐深燈讀喜眼淥深定欲藝玉蕤爲緣儌澆俗

紫霞草堂與宋樂素夜會賦卽事

深夜草堂靜白樽清酥醍一燈相向坐話到五更雞

廣閒架歌簡紫霞（申緯漢叟）幷示宋玉山聖起（喜鼎）

夜泊玉山（卽樂素宋喜具聖起）與紫霞（申緯漢叟）會于紫霞艸
堂月光在廡按燭瑩瑩日夲白瓷畫瓶湯瀹漢
陽春廣州有錠白瓷小棟盛貯簹州細蝦醢酪
軟裕滋棟上橫寘篛筤竹筩兩隻桉頭唐板稗
篇華書高人坐頂於是一觴一詠清話交發時
紫霞新登謁聖丙科用故事歷謁諸大人以
來輒署勞倒睡齁然作響吾顧眄而曰出門第
一步已覺煩惱如此玉山曰笑乎其自取也已
相與拊掌大咲旣而余賦五言一絶向玉山一
唱紫霞從枕上覘然而起兩手攢積褱中箋出
燕京小牋紙一軸幷從几足間出端州紫石大
硯海西松煤墨及抹黃筆筒羅於座間撥捿上
燭炷呼余亟書毋淹旣又取次輪和迭唱而罷
嗚呼其亦樂乎哉是夜方義話爛熳之頃玉山
忽然問余見世上間架廣大處絶何曰否輒用
手指地曰此屋一間半間間架何如吾犂然而
笑玉山此言曠然高見忼慨而婉旣退而炯思
觸感不容遂寘筧賦古歌七言一篇命曰廣閒
架謌以簡二子盍且領會幷賜寶音報來是時
二十四年十月七日詩成于三日

宋玉山廣閒架放之八極無窮已縟楹壁榭不相亘
搏爐上薄雲漢紀自持七尺棲其中大荒周流窮俯
視呂琚琥羅蜈蠑玉琊犀軒黴贏蚁肉腥銅臭日
相熬大笑犛犛就乾死冨貴忻戚奈吾何新故来往
毫芒端問君何爲得如此向者經力遂遠觀有似禪
王破上弃四部六塵空覘間與之偶棲者誰子紫霞
曠遊相軒輕曠遊翩翩二十年不知飛景適逝驥昨
者忽乘龍頭犒顧鶩不減穹谷墜威鳳無端鍛長毛
故心衝雲常一致何物鳳岳來相孳枉荷懇懃不見
薄絺燈搏酒清夜集難坐一間白茆屋

曉發華城

夙夜發華城坊鷄齡初拊皎月橫大道星斗碎無數
地上影相趂月下僕爲伍絮落四郊靜角角馬蹄嗚
的歷過聚落冥眛歛人聲衆生渾大寐何苦獨醒醒

其二

星月忽晦彩慕宇雲漸盖遂令行子心憮然念雨霈
北路氷霜愿已與玄律會何故舍寧靜靡靡此行邁
丈夫經世志不欲老草莽艱難驚時俗會合期明主
荏苒遂道長蹤横屢顛仆處心宜自靖命與時會遇

蘇亭客舍即事

客館餘亭曾度處館人迎拜道平安葦商話利畨畨
着衆馬運槽嗒嗒餐豆飯寥瀟青土梳箐羹骰洛赤
檀盤喜逢聖代年豊實免使行入買食艱

答寄李公子用來韻

野甕青蘢漾漾醅㴸斟猶有月尋來瓊英只道相求
懶不是無心向子開

江南美寄李公子

檀閣珠簾百重鎖杭州佳處玉郎家湖頭綵舫來何
所菱唱無端贈若牟

其二

憐君中夜寒緗裳盡意相將宿綸房咲道横塘春正
好萬条金縷結垂揚

其三

金花蓮葉放生魚盡醉樓臺竟夜娛琵琶調將終星斗
轉白門春樹乙藏烏

其四

鹽商茶客下蘇州金碧余皇艤晩洲浪蕩楊花拄不
定到頭生面肯含羞

其五

珠肆踉蹌緑幘兒毾㲪春睡兩相麗翻嬿羅襖從前
着換却新綵替故綵

其六

杭郎良悄短因緣猶把春羅寫信傳冷面何言來太
晩結盟元在萬夫前

其七

郎家大娘八十四索酒胡壚不得錢縱使姸腸乾欲
死春樓得意肯相怜

其八

蒼江楊子滲淫瑶到底秋清認許深紅袖翻翻復轉
轉莫將他意報無心

清風閣春詞 庚申 代擬

閣前下集霰春來浪見晛萬蝦如爾集衆殃如爾浪

其二

塘槐欲舒條擎取纚白日遮莫騰亭嘶候我剸鯨訖

拱七軒春詞

堂上武城玄琴庭畔楊州綈梅語爲一春佳信短管
三日飛灰
其二
雷雪春猶溜鑪頭煎鳳團何能鏟如乘濾適潤窮寞
清風閣襍咏五首
學士誰吹遂上與蕭史聲獨有衆峰在斤斤生白雲 伽倻雲
其二
穠柳陰前塘衆魚涔涔在安得灘江河養成紡鯉隊 池魚
其三
深院坐如佛駛音中夜多捲簾問童子川聲楊素波 桃源亭鳴灘
其四
横樓倚寒角有箭名太平然燭起惺惺遽莫曉來聲 望美樓角聲
其五
憑欄聊夕眺有爛星在峰南國將消息遙通木覓烽 金鰲山烽火
其六
卷幔清已然列條當庭户不雨已冷冷況乃鳴以雨 竹林雨
其七
閃映成霞綺朝岑翳半邊晩來猶賸景樹樹着残煙 東阜村烟
其八
若個不夜珠采之驪龍窟上升懸天端流爲閣中月 閣月
閣中設小集即事
晩衙栖小閣春意澹如齋隱几雙眸瞌逃禪兩掌叉
静觀魚在藻飮聽鶴喧槐是月聲蟆動玆辰逝翩翩
何須堪寐寞聊樂宴朋僚肉轟鶩刀運鑪然斂炭排
飽調時已偪逼側脚相挨舉箄盈雞勝攤滄浄若揩
興來謡郢雪言劇雜齊諧茶熟仍傾鏟堪酬景物佳
挽歌辭 代撰
丈人今也逝商氣正蕭蕭比術陰陽栝通籬老綸播
此生元泛梗相送信歸潮獨喜傳家緒瓊華有茁條
正宗王上昇後雲谷有悼諸寄來督令和來相晤輒爲
感激成言用來韵却寄
聖主天終悯康民遠方傳笑不淹辰斗斟竟負虔

三祝瓚實無聊享百神日薄青山厥衛埜氣清丹極
昊天仁若爲慗頓因平樂靖念人間濕澈巾

挽歌辭 代撰

有祖欽同烈通家篤世交浮生實螘蟻屋寢忽蠨蛸
巖广間將紼翏羞負籍茅惕言好歸去人世苦難聊

其二

反側三年疾凄涼一瞬間逝終悲駟隙愛莫進蜣丸
故舊年來化吾生日就殘憑君詢去路幾許不團欒

其三

巓頊窮司律爲懷足感傷況夫當死别何以慰中腸
禿髮堂中老枯形屋裡孀如何肯相舍傾我拳[illegible]章

養正齋夜坐之間急雨即事

一天雨驟至出月影東邊垂簷緬玉脚拍地韵金錢
蚊市得風徹燕兒依火眠西垣老農話半是穀登年

玉井有蚪歌

玉井有蚪變化金光之蝦蟆口哆脅息鳴嗷嗷崒嵂
中腸亢不得大怒一跳跐上天據跗閶闔揚眯視紫
皇祿食嬉列僊爭醉流霞寢地瞞金蝦蟆笑啞啞下
就揭眶食遍其瞳子食遍其瞳子彼羣仙者視睢睢
不復能朱紫可憐紫皇不得知乃令管下土區別妍
與媸子瑕爲閭䰫嫫姆爲西施玉石珠礫盡顛倒鴟
鳳騄駘紛何爲蒙倛躑躅日出舞清晝曠埜騰魑魅
嗚呼安得萬枚靈犀與君分將充眼睛是非好惡能
區別兑使下土長愁絶

九月之吉前埜監秋作

向來金息遂宰相掄秋穫緣畦行拾穗恐遺天物掾
粤余鮮生徒況乃遑般樂金氣騰窮秋南莊卷東東
遐俗務擊壤籍爾丁壯力終日犯風埃冒辭勞程督
慇懃摭遺粒循壕走鋪伏問君何乃爾敢言良自穀
上有親闕食下有帑菜芭邦國足稟田古來阻寧谷
董氏理春秋不當一文直況此終歲作澇瘠無鍾斛
府庫行不日胥將官厥稿戢戢厥中鼠唧唧恣取喫
以旅顧百姓焉能不爲戚

其二

丈夫志邁往少時不憐錢自謂攻經業可以當力田
上可贊明辟下可庇顛連揚聲振往哲翺翔日月邊
命與時相睽乃爾當中年兀兀守蓬廬感歎時物遷
懍抱常磊落鬱塞無與宣時從野農處叙話桑麻阡
伯陽讒和光仲尼滯人間莫遺崇介潔虫倩微我羣
但默俗情殊襮和中不然王風日以逝高道乃負穮

衆眹奔勢淦紛紛叡附羶齟齬营自食粮哉臂脚顛
埜行西景昃穗秕颺在前

奉嚴命挩洛厥名

隧葉酸鴻動百愁淨窓窠落坐窮秋祀晨紼道無端
唱少日親朋取次休灣上故庄空秃柳郭東遊壄便
荒邱有情須學長生術兑遺孤孀眼血流

九月上旬之三適龍城至巨里谷店宿焉夜興
感懷作

逆旅憀中夜房户坐堂心緜穹星闌干明月映松林
衆籟㕣鸞罵幽意動微吟渺然黄昊去至理冲而深
耿
耿簇晨鷄龎端楊鳴音徂夫與抹駒敝裝路西參

曉過八良嶺明至碑殿

依微山上嶺行馬觸硗确落月奄西遁鳴澗微深谷
穹巖衆人蹲徃徃當踣曲禾秉卧山畦嚴霜靡蓄麥
發家依燧蚩煙火已晨作有頃東方高頽眡暈騰赤
初日不見相西峯先斥昱烏鸖攫穹林衆村丁夫析
反懷夜中景忽若太初邈以遊忝乾運元會斡瞬息

到龍城之翼日同舘人出觀東林遂至禪院寺

人生負壯心凌厲摩九天乃遣身隨塵萬累相繆綿
搀袂赴東林相羊當蓼川陽林齊德隂皆名峰南矚連
穹巓商風振木端落葉下佻傑暝景良淅瀝薄言跕
履旋爲瞻東北垌越陌桑祗園高殿通市陸入門乃
愔然衆緇合掌膜坐靡聆瀉泉楊鞏縟佛側聊爾𧽿
酡顏轉入香爐殿竊然坐忘言近來禪家流韵轢亦
罕傳繼云胷苑積眇論靡攸宣明月上東嶺倦起出
禪門衣先躡前淦騁睞埜無端做余半日遨劃遺區
中喧苟得平生甫造化為德寬

南家妖子挩歌辭

蒼松陰南山缺鬱晥秋涼蕭鈴唱紼道喪車蹋曉霜
後有苴履婦血淚彌眼眶仰面訢蒼穹俯吐辭悠切
大舅且莫啼小舅且莫㤄子殖得後孳孫零生不絕
念此青髩孀獨罹終天別逝湍何時反絶絃何時綴
況無腹中育可以聊後生哀鳴動卬壑行者滂爲零

爲酬妖子師乞詩挩妖子

萬壑啟秋氣晨天送紼帊楊理烏子去錢笑桂孫殤
負劍曾相詔手容永可忘簀頭吊綠髮此理問穹蒼

昇平府仙巖寺僧局天至見請學淹旬餘於其歸
也乞詩不已書贈二首

海上多梵宮有僧棄䯻至臨分乞我詩台愴難明意

其二

汝家八萬州朝鮮一毛孔個中交去留可怳浮生夢

其三

汝来舍金剛拱手請大學從来望彼岈孟晉無儒釋

其四

海山靈淑氣得無廖道師明春能復至願與俱来斯

其五

来斯欲何爲子雲能進之儂家寂莫久定要求朋儕

天嫺林氏挽歌辭 代撰

吾昔女公家得知公鮮暇從兄君宗似與友少鄉過

方丈舍秋景淄川急暵波良辭弔舊好一唱淚如何

其二

春駕左江至爲余觴紫醽聊爲陶亮醉深荷鄭公情

此别仍窮宙浮生蓋許輕猶憑重到約數閒去時程

其三

嶺頭孤鴈疾霜後衆芳零自在能蕭瑟存亾況此生

親朋尋故里發娟守幽宿凋落終如此浮泡信釋經

田家雜題

十月夜生朏天風動枯桒大娟下堂陛靚箕颺笡穅

其二

編茅飾覆短屋屋底寢柔犢莫教滲風八寒切犢窸泣

其三

九月剪胡麻十月振其穼振来不作飯搽濇夜中炳

其四

夜炳作辛苦緜緜積成匹不愉身中寒去衣厥下卒

其五

金作两股义利用勾圈糞句去長田禾上官簇車軫

其六

屋欹狸何日穿竇狡鼠傲鼠手不敌刀何乃善作暴

其七

謂言老大鼠勿教稚鼠能能成便棄去飢哄不相麐

其八

老娟行井臼少婦持針線可但持針線尊姥已難遣

其九

大娟持箕歎今年雨多爛揄禾穼半之官家大飯辦

簡趙公子鍾淳進士

昂甲高家侖塗好少年文彩附名流不領絲褎磨工

力便及青春取幞頭别後首須長幾許肉來毛骨信

手柔嫺南住近還相緬側望孤雲愔阻脩

其二

冝春側裡濯秋水海甸松煤直累錢兹睨百重情乃

甭却将三復意忻然鴉青滴瀝端州石鵲白晶熒蜀
國戚祗少吮毫長尺寸陰鏗有作焉難傳

述懷

汙鴟饞腐鼠鵷雛見厚嚇攫食冒而狡皆言訓孤嫠
請看倚市閭大吒詈婪女訛謂銅鑪臭篭去以鬱柜
假令窮奇作黃昊緬巳矣列士獨不樂栖泊與誰齒

其二

婪蘢宅高廪窃食傻自侈素何衍隰閒饑人困瘃指
衆鵲高相噪下啄罔訾毀仰視紫微垣帝居窃而深
惻惻幽棲子終日柹拊心

晩出

晩出門前道負行誰家子天寒袖露肘跣凍履綻趾
下負坐路側簌簌淚如水借問子何故收淚强自理
往年秋糴時持牒夜乂使徵租若金精徵米若雪拳
法量十四五復責贏三兮軋軋刮甕底應當事乃圓
今當發春糶往欲捆載還捆載且勿道所得何零微
租斗斗砂礫米斗斗穅皮穅從何處化砂從何處滋
縣官愛倉鼠縱令無不爲况以四五斗兮當斗斛徵
闔閭邈如彼欲訴何由能瘠民翻自肥羽翮仍轉騰
生日苦不短年年安得聊來者復繼屬皆言中腸熱

聽此爲啜泣嗚呼北斗髙

病時吟 註十二

幽廬病㕜綿獨卧注淵覽清商推朔氣朱陽結玄坎
蜡月邁夏正聲蟄動深窅貞元互摩盪块運眼前嗷
至人有相道能以庶物了簧昊世云緬拊軏誰能紹

其二

蜀客冒黃金宕車謁子雲頗與傳榮名攜之竟泯棼
原季龘蓬虆弟子志不卷英華良在玆曠代翹相眄

其三

渺觀青陽季九孽痛神州地天亙相干徒衆胥爲譸
聖人昇重黎司理載清寧姚姒格蠢苗文舜克甫刑
建極斯爲貴彤瞰晃四溟妖燀自沈銷皇王𥘉大經

其四

覽此震瀛隅環海一毛竅蠛蠓聚吮血强蒻紛相剽
希有翔八極孤栖太華陗蛸蛸彼何物焉能不俯咲

其五

三元辯無極紫冥且須臾下燾䌹萬有自視虚而無
彼哉蠅營徒盱然競刀錐蒙蒙漬貨利積穡終安歸

其六

幽鴻厲崇翮去飫脩天陽空懷焊介性焉工啄秋粱

秋隼徒爲侪傲睨矜飽揚乃以攫食姿欺彼嗛內飢
負羸無璧喩勃鞮揚文蝉趨含古如此令我淚漣洏

其七

景公爲瑯琊晏氏納規言楚子遨章華伍生彈日觀
苟徹兩臣者齊荆疋卒酸珠宮列回中曷令寶袘綿
斯道久已顛中夜起長歎

其八

州鳩諷窈窕周景聽不端貞觀猷政要文皇動龍顏
隋煬傲羣工野雀為文鴦宣后聽眞相客易轉乾坤
治忽從此判萬古監斯存

其九

大龍棄化寅族介淚淋淌漨靈翊乃子天賦有殊姿
菊魴誠耋大素鰻且苓夷宿昝遠珠闔洩洩承寵慈
黠鮫相欺侮纖鱗咸負疵何以能禁當念此遑爲私

其十

玄木何崒屼蔚然蟠彼岡條葉政猗旎蠡蠹終內傷
柔幹秀而貞髮娜未風霜岡上者誰子瑤瑯嬉側僖
為言手扶持努力斬螟蝗終然善茁姿昌大蔭萬方
窈丏青陽年彭耕乃爲殤

其十一

駕言遊赤水採採玄英珠綰之文錦綬貯之冰玉壺
持此誰焉適相顧駭而盱鵷翎見同尚鳳毛固所訛
行矣聊自畜悠悠千歲期

其十二

登邱望雲漠駭浪轉崩奔纖人互馳騖爲態捴反反
當面交嬉咲心與胡越綿隨先窮斯汙嫪毒富斯贒
逝矣何足道芝歌商岡巔

其十三

念我初陽年意駕摩雲鵠摩雲凌倒景歷覽窮玄陸
橫漢見黃姑詒之廣庭樂東賦六同韻道是雲門曲
翩翩下欲娑巴唱喧相逐披譜歸去來聊尒暢幽獨

其十四

索居已負痾鬱鬱語無誰胄間生朱火口中哇赤䏲
恐是虹蜺氣化爲熱血噴鐫首望閶闔美人鎖銅鍰
何當啓相見披謏劑金丹毋成一快活永言洗肺肝

其十五

上山山彌高測溟溟轉深朱年躡永逵孟晉須力任
鬚先可能駐雷角紛逝陰蘐蓂時不逮秋至當如何
今我靖潛歎初志汔蹉跎

其十六

佼人剉黃蘗中芭以爲緌經之且綍之匹成雲文罏
右端鴛鳥彩左端鸞鷰翎不以飾踿躬待儂歡爲衣
歡別蓬來要佇立涕纍纍

其十七

昔我遊京縣儂爲雛灑鳴離灑多古韵畏遺駭衆聽
彼美誰家子摺作郢音鐘相逢廣衆內開咲兩瑳然
見邀蘭淮房夜竟情適懽願你爲圭泉儂作影子端
何故心爲你同調古來難戚戚已睽離罣思無日已
常恐登青雲不見霸孺子

其十八

杳杳群玉山窈窕山中子能爲內經辭曠然遺埼滓
遨遊紫霞洞舁余見皎皎謂我非濁骨結我以信要
今日已判別脩水限崇嶠年華逝不處悵望紆延眺
終然不遺音邈意誰能料

其十九

揚舲漢之水流眄漢南山南山何蔚蔚北山況虯蟠
山河壯控帶茲邑古馬韓　列祖遂定鼎靈業萬年
綿但恐郜陵役可言方城垣薑臣維昆趾念之當加
餐

其二十

蠻居蝸左角蜀居蝸右角借問兩角間相去幾何邈
爲心各自遠横矛動相攫苟能破町畛甌越同包殼
寄語世上人笑談毋慷稍

其二十一

吾聞黃侍郎外愚而內明受言爲牛叟平生晦稜芒
端凝鎭庶物佐理終和平安得起玆老置之貢玉堂

其二十二

昨日鴻尾死今日渾敦死二殊磨浩刼虀盡但稂秕
稂秕播群有礫礫不可言遊子發故邑留滯逗中原
中原不可度黃兒與青䮾攬涕登卬望上京道路蕩
相公御朱輪将軍騁赤顏朱輪良羨羨的顏馬如象

其二十三

孫寓負瘯瘡蹇蹇郊藪間流睞左右眄但是黃雀群
日落不得食噭噭鳴悲酸儁翮冒粟粱不肖分一餐
兮亦不肯餐慘慘獨苦顏逝求瘯瘡流華岳有靈湫
湫人叟索直一瘯百餘錙坐玆永相望朱鳳能來將

其二十四

鸑彼東南飛震風動庭柯陽和是日舒群物坼萌芽
溜溜一夜雨冉冉蔚芳華桃花麗光重獨得艷陽多
振耀明得時相向矜婀娜溺蝶領徒至細泥朋來生

日月上流轉汝識天運左雨霜凌忽集焜黄終飄隨

其二十五

馭風吹仲尼擁至郭東飛忽然西飛裡復道來毛施
駿奔郭中人寫析赴希覩東寫者萬一西集如箭攢
俗情自如此彼哉冥棲子

其二十六

銅山傾四海鄧氏竟餓斃金谷廣步幛不得蓋身骨
剌感事爭食汝曹一何蒙不如將朽繼曾飯餧英雄
岳圖把贈君曠劫子敬風

其二十七

靈輀無百年纍纍空栗鐵青春九十日眺淂少多妥
除去風雨寒好日苦不靈日月以憂痗此生能幾何
不如山茹芝眺眺白雲歌

其二十八

乾坤似碾磑摩戛産群品群品相千億飄散穹而膺
鷹鶻上飛揚蟲蟻下踔踸崗頭感砂礫海裡多貝錦
衆人睛光短區別枉獨甚勢尊石為星勢淪溟是杯
焉知上蒼心大地一胞胎

其二十九

平原爲斬嬖躄者竟何人況乃東山子握沭御嘉賓

吾聞楚王馬華屋食棗脯尊禮已莫當何以享龍虎
公孫足生貴內裡畜嫡嫵嬌踏綺食行遊子餐辛苦
去去崑崙鳳孤飛遁巖樹

其三十

粤余懷孟勞摩厲衆所愳持入紫閣陰刮眼驚風胡
遂結青雲交如絲千萬紆離別自古難今日定何如
漢水中斷之雲嶺萬屈仄渺渺不知所兩音空飛騟
安得棄雲翮四騫以求眄求眄道宿昔庶慰情思緬

其三十一

先劫老化媼千歲織緝綾綴之上爲蓋岳鄮北端承

廣桑拄其東崑崙拄其西崩岁拮据峰為刀持南倪
衆生遊其中特一施弃內弃觳無多時弃陰半昼在
陰去衆且徵錯跡近虛無黃屋尊如何鐘璟隨荒塗
無若太一壽乃爾施蝦頃與亡與衰盛亂忽電擲景
桓公一何蚩蔡丘動瞻色名留此天地後元終銷鑠
達人其知之了生母數數

其三十二

金屑黏磁石人情重貴富曲旃樹堂前鍾鼓羅堂後
賓客附景至紛若蟻羶臭韶華不長在徂落忽秋露
借問三千內誰是灌仲孺君看仲尼徒畢生猶相慕

其三十三
清風絶卿圩久飢竊稻粱饑狙有稟庚能得持廉莊
持廉衆所多窺粱菽所少誰識茅栗畀終非梧桐烏
兩傻從其所千載希聲敖
其三十四
春夜巻藥臼悄悄淨燈室静是透空虚誰聞足音擦
晤言依舊侶捲簾山際出惟有雷端月流光照余顏
來至非忽邈久要結與君
其三十五
西登太白巓顧眄浿江水泱泱四流離湫余覘元始
粤惟檀木君靈聖纘神市肇爲九庚牧御民宅西鄙
永言塗山風沍翰嵬鮮妻鷄居不争食化醇屏機心
文物不虚具内理息饕滛熾貊且同室詐軼安從生
其人骨凸土悵望泪如傾
其三十六
春夜忽大雪朝望合心惱上一穹蒼碧下一廣地縞
白日來照之眼花紛顛倒村皆水晶屋塹多鏡面步
皎䑛瑶臺女與我本有素聊來慰病思庶可幽欝吐
顧披王恭氅擺脫遂邈舉去訪識字仙結爲寓上侶
蒼烏過我前流眄以追伃烏啼悽愴悲天寒飢不糈

八門各自媚汝往投何處
其三十七
夫子諱窮久繋帶麗累鉅共工方楊歴才子淪何所
向無媿華舉十六骨横土睽合固無常天意浩蕩蕩
至人安其素去去遊泱漭奈何楊大夫美新終自喪
其三十八
軒轅著難經天下多殤死仲尼修春秋僭亂曷日已
古運如山阪下下上復難日復日以殺況乃距彼千
聖人憂如何聊尒贈空言但恨生穨流不與朱襄遊
其三十九
幽卧覧千古殀壽無定端袓咸一何短汪顏一何綿
了却受中分一日抵萬年横騖遁天情千歲乃夢生
夢生度長苦何如崇朝醒世人药欲仙賢聖以爲程
亹亹眼内丹遐考天與傾
其四十
王生不識字臨川一迂夫迂夫食丘園彼曲安所痛
水利剩周禮四海皦狒哭乃知心地譎啗文適㑹虐
粤自顛世來豈端一安石安得起淳厖崇質以溯俗
其四十一
春雲四五冥瞀雨逶遷下鵲鶻雨中升和鳴不住暇

請問鵲鶵鳥得無雨溼灑豈無雨濕灑自甬感春欲
春如大江水儂是吸流魚何以答所懷口乾聲儂思
冐爲輕薄鳥陽騰雨時殊
其四十二
薮來六翼鵝掠食藪中鷇却愛食鷇軟不愛食狡㺂
悽悽母雀啾日夕望鵝走鵝走復來誰訓孤張劍蠋
或望仁鳥至何復此毒遘此來從桃䊤桃䊤何質質
所有足茲類來耒昌云宨
新樂府 并序
余曰瑳毒以後益憂病藥餌沉莫輟息泥當春

皆無所聊懷輒追感向於漢陽時　正宗盛德
時事從及所聞見任所作成不須詮次先後者
曰新樂府上可以蹟武西京下亦顧觀晉唐肽
太史公稱春秋至定哀之間其辭微然仰足以
徵事驗治詩辭亦云豈不足以叶之音律列之
鄉黨哉而誰可與道語斯者旣以自哂脣質之
同志者人焉
幸華春謠
上江魚于于下江魚與與樂動萬衆中聲聞不知所
凝坐高驤上金策手自御日照綿巻冠冠凸翠雀尾

雀尾間衆花花逞色媢䊤人集成城齊道驤上異
其二
日本硃紅赤抹硃高屋轎雲母石左光四角流鮮矯
前轎雙鼻馱後轎雙龍驕中轎侍衛盛一一藥簧衣
是生　君王子壺中今　母妃轎皆萬有哉
其三
緞禫鵝青色雙雙桑內馬風吹卷起禫見髻烏雲隨
心怒風相傲不敢揚聲罵內知不出突安見此相傲
其四
下高頭萬億頭頭金㡩花攢立成花陣籠路以綿霞

昱日下來照凌亂以紛箏透邐度阡陌漢水如平坡
聖朝四百年但聞馬上舞不見如此娉
其五
赤鴻天上騫衆雀班以遨遲日映江橋罘旗夾橋亂
飛箭上天去差池江中隨㓕沒紅旗䌷幅伏水兒左
聖主扶下轎鯉魚聽天語崇禎三乙卯西人貢紺
露紺露滑且皓前軍始興達
其六
始興達中飯前上猗勒阪猗勒阪已緬周邪雉宮閒雉
宮苑纍纍　君從上陵還霧轂裳亂楊雉雉下雲端

蕉樂

蕉葉翳日先步車從者紆僭閒彼從者車上上大夫
鬱鬱小公官立中上大夫象犀重綺帛足以先身軀

李家雛

磬尾生玉貝（魚有文鮍一名鳥頭尾鳴如磬則生玉）何謂龍與虯瓚珸
（小鱗似蚌一名鱗奴）爲靈鼉聲光乃爾尤宮中動親樂旨酒羅
膳羞饋酒復膳羞眼中山爲邱可憐李家雛今日𠕇
幢去昨日殿中趍

善哉歌

南山張高羅北山雀北首妾簪能言旹大兄結明后
一言當君意腰中複大綬命家郭東內鬱鬱納北斗
北斗納爲高宿昔殿中教飽君玉食飯饕君御醲醪
被君尚衣衣佩君倭大刀頭上側貂帽出八內裡
福缺遂滲嗟萬事若蓮毛十三妾入宮瀆洽事事蒙
隨髻不穩頭飾珱不穩豺夜中聽履綦君至強起容
侍婢勸妾咲笑樂情自步明月或我床攬光懷繳繞
進妾大戲膳餉妾鳳髓膏速妾孳生子使妾胃中熱
妾爲宮中殤大兄竟安聊

樂生謠

鳳鳥二子生寘之玄木端玄木何蔚蔚鳳子巽哉翩
衣羽狀寫步躡庭舞僊仙庭廡東西永對峙蓬萊山
山中畜靈怙芙蓉作蒂園吞葬不及吐寫啄吐錢錢

幸峯秋謠 一首

将軍出國門兩兩元央陣鷹疾已壯勇帽行從訓鍊
鞬佩挿標旗禿袖韝坐偃簧鵠御風颼飛飛已信宿
謂言守國門斟酌下㵟鑰碁鑰無日時將軍曉夜歸

其二

君看簇頭騏去日楊眉黛來日面光驄黃柳夾馳道
旌旆縿颸楊千啄萬歲閒爲樂日當強可怜高幢土
盻睞馬與牢

日月雷端生

日月雷端生不反雷下照輝光上蔽之山鬼晝號窾
君心固聖善狐妾守銅闌銅闌饡朝噗聽聒聲匹悲

其二

菖蒲萎白露明歲復歲䊵理我白玉堂邀我上文墀
盻我蘭芝房浮典君衣綦感君後來意敢言當年非

貢柑子篇

海上貢柑子　君王出禁苑春卿拾大珠云是直百
萬覓乃砂中礦文飾足上謾大珠泣海底何以值錢
貫

一上高雲倪一隨巃坂閒巃坂不可居問君何故隨
黃鵠善黠言無故見罪過謊謊合捏之使生此睽離
睽離思再合高雲下逑之下求以相見摻手悽愴悲
悽愴不相舍奈此鵠徒嚇物性重同生訣絕終相警

烏鴉曲

芊蔚禁中樹烏鴉暝夜宿下有千女隊娉婷競修飾
食君高廩便棲君綺閣詒之灑金戕學書楊度曲
江水滾滾流水深鱸鮪浮丈人彈瑟調高古動八州
請警彼妹子幸勿爲已謳

關方射鵠歌

白日照高雷浮絲艙若烟閃方朕鵠當殿立射之正
中千萬年高樹烏端坐園中鹿和鳴相忘以遨遊千
秋萬歲樂且康

還家去

昔爲井中土今爲箱中綺萬事妾自知賤時莫妾似
譬如毳底泥人皆蹂躒之何言桃李花隨地復上枝
一朝侍君側邂逅承顧眄傳山𦶜龍涎頭上𤗹金鈿
願君身爲縷願妾身爲茵遺茵染縷着終世不區別
人生會意少況乃相讒切剌鈿剪恩情明發還家去
昔爲箱中綺今爲井中土

秋日飯牛前郊

細風如縷覺清秋斥斥斜暉下頰頭一色平蕪圓淨
綠小溪芳草獨滄牛

其二

白衫烏扇淡無塵放牧隨他立澗濱遠遠芳蹊生影
子剪芻人倚灌禾人

錦州吉冶隱影堂韵

學從陽圃已泝源翰注衿鬟肯卜村高尚中年遺級
晃遁心終竟托邵園頹南砥柱風如昨錦上祠堂影
復存聞道衆孫追愴永眾賢能復踵清門

漢陽酬申紫霞扇面書贈之作

紫霞余心子識之初見便若他日知鈿光衝斗動雷
煥豪絙出音傾子期水閣蒼屛重到日草堂黃菊定
開時不因自家結深想安得扇面題贈詩（向在己未秋余與紫霞約以明春再會而別後紫霞之詩作矣不果在余而余已丁憂是年之十月赴北謫紫霞乃出前作題扇面而道之如彼自識居昌愼勉之古人所學頗能知相題棋局指黃髮一見璃章如素期來身流覽差早日別曾紅葉稍飛時山家節物悉全嫩處盡欲鴻不寄詩）

病裡書懷呈漢叟注書

臥病漢陽城寂莫親藥桃初雪也爲情卻來適聲聞

其二

玉山婠嫿姿紫霞妍靚皃西至猶相睽意緖無時好

其三

俠少北家飮繁華會使錢紅娥唱界面簫管泛寘天

其四

殘燈照寒衾獨卧轟思鬟調音却愛人中夜透重壁

與紫霞漢叟注書相期會赴期紫霞輒赴他家

壽會不遇悵惘留題寘之梅間

雨過烏泥濕履綦此來端爲赴前期紫霞洞主之何

處試問梅花不報知 紫霞曰淸勁可誦

其二

大家良會酒如澠碗碧醍紅暖髭氍不到醉時歸不

肯梅陰空負坐來眀

揭言二十三韵 幷序

昌寧人成揆憲仲一生以崇禎甲申之後三年

丁亥牌學多能帝家淪亡志乎復雪背後涅成

十有二文曰敬直内義方外國恥雪君恩報老

則就居春川之大明灘輒復志録尊周大義大

明日月揭之壁上朝必爇香而參遂入谷雲結

春睡亭刻之石曰卧龍岡一所取武侯興復漢室

之意也歟後肅宗已巳 仁顯王后將遜于私第

諸公以諫坐者幾何人矣有復諫言者命以不道

論而揆憲輒倡其徒數千餘人上疏陳諫守闕

號哭不退然特不之聞甲戌 王后旣復而揆

憲得職居下僚 英宗丙午命百僚各陳所欲

言者揆憲爲陳時務諤諤也大官請以末僚匪

所宜言徵責焉揆憲進曰夫言以居賤而請罪

之此壅蔽之習也昔朱雲請賜劒亶是之爲哉

聽者皆動色而 上輒笑而奬之嘆嗟後戊申

鄭希亮等反於南方揆憲時年八十餘倡率義

旅以赴難難已亦已功[illegible]年九十有五因順天

有金百錬者卓犖秀杰亦常志於尊攘而與揆

憲從世日以閒世豪傑及揆憲场而百錬吊之曰吾

東方忠義索耳揆憲大節大抵如此今其後

孫以請於紫霞申緯漢叟内翰詠謌其事以畀

後焉内翰謂余曰子爲亡不得辭焉

自夫朱襄逝淑氣漸皴剝豈如礪摩盪生生秋少欒

義地日碌碌況乃玄逾邈吳哉成仲一後徠受貞獨

蔚然婠嫿相肚高學所稽履敬抱忠烈發越内而襮

索運訖崇禎其生許綠卓煇物時云已萬家淪玄陸

淸公隠公室桐老隨猿鶴而獨視攙搶日月以天㓸

浩蕩識明灘揭嶂劓亭启及手　肅英閣老健益稜
角拊環伉孔介請綯繩朱職糾旅當戊難憤切詬南
服秉茲以終始不負洞心覺　王道園蕩善龍光屢
歸福上蒼錫徵皺期顒享肯穀永想被服陰熠爚照
城郭履纏結牙璜桂裳纓莅笏衆琊揮霍鳴聲擧棰
囂篘睥睨傲紱冕高厲欝上薄遺韵播末流足以狂
瀸濳如此可得已揭詩傳度曲

古倒梅歌用紫霞韻却寄并序

紫霞家盆梅倒開不易紫霞曰此故錢塘名花
為日本商人所得西山唯正還自日本時其人
之所以贈行者西山還植之所居奉恩寺側今
有梅花堂遺址後見徙於諸陵矣而　英宗時
以爲此西山舊物也　命寵致數枝花者八
大内　御覩爲去年南至吾以行香官到　諸
陵見雪中古梅樹査牙甚異問之　陵官得其
來歷盖如此　陵官剪取作數盆賞梅也吾輒
一要之謂余請作幾重屛風草書當直爲忻然
咲而領之斯其物云自吾聽此我欲爲梅兄一
言揚之不果而紫霞之詩作矣遂用厥韵反寄
之當緊焉

向見潭畔屈平形容顇枯槁後見漢皐仙子綴珮岳
珠一一倒老幹樛枝為態殊蕩却中𪆟鬱懊惱況你
始從錢塘至大坂衆敬有力東復早漢叟得之　諸
陵側龕置靜閣相與好祇今花發似漢叟宿生筆血
一從掃漢叟頭上已船帽守棲却視杭州老往往興
至盤礴坐花側拾雪墨竹張顛草以此乘興往信宿
清曠衿懷夢黃昊

簡漢叟注書古意

雲裳霧袿秋天立膚光䔿爛手秋霞守宮楼紅不肯
擣百重故鎖檀郎家鳳儷鸞儔拈不得玉啼夜傾蘭
釭花感君青春白氎巾手贈黃絲綰瑶華共登朱樓
拂箒眠安用富貴輕梟麻

其二

峙山硪硪金刻仙鳳吹隨君上玉峰壁房蘭堂棲息
地銅鋪屈鄰蜿盤然欲窺娘家一寸心請看秋月籠
金缸滴紅茁袍如鵝隊大家清談集瑣窓去君靈怡
一重橘須着昆吾快剪鋒遮莫入閨判别時可憐赤
西青雙眼

其三

簡簡穌家玉凰骨蘭皐筛立行拾春夜堂瞻幁棲箔

宿揚絲濾曲遺䅘塵公子從門斜立眄街頭辟易鸁
喬輪泪八烏頭玉生地却直千家璷蹀津請問杺都
識字仙㑲誰赤陌騎騏驎

大梅歌奉酬紫霞注書用前韵 紫霞又有一盆大梅以爲西山梅姊見詠歌稱賞而不之及焉故大梅兄見責不平也故有此作奉塞也

大梅杵老樛崛稿躅景骨骼含歆倒側塋青意動膚
閒蒂蒂任唉驅煩惱不是洛陽董嬌嬈飛璚匆化年
叟早紫霞居士韵甚高玉佩銅鏹任他好擢腎搯脾
獨風力強於鐵篙邱垤掃他夜鶴𩐁澆正公寃招不
得花已老 西山梅已向衰矣 窮恐大兄年壽亦許短經營餉
之金乜草不如攜往遨遊䓶珠宫右御匂蒴左步昊

其二

花肺貞元之氣綿綴衝冬不肯稿不管簾角飛霜圪
丘倒定使含章畜不發汝亦何由淺中惱衆芳萎落
兆陸衆的皪韶類出相早不須寓林殼七七覽此什
佰赤杜好玉京襠裙當媒御董成雲鬟執汎掃安得
長絲縛春任與人度世長不老花臉年年殢粉白人
頭絲縛常青草與之遨遊遺生是中夜長跽匂酒祈
蒼昊

從紫霞乞山海經許以將之而久亦不至遂用梅花詩韻賦短歌却簡

淨蕩縹箱屑魚槁肯教蝕字字錯倒云是禹穴中所
得管守千年鬼神惱行遍人間有若火傳薪紫霞道
人得之早鳳岳鄙夫但眈字況與此經留宿好溟雝
欲似元亮讀單腸土胃一頓掃青絲柏子奚騎走一
往不反鬚欲老可惜日月頭上轉遙序已過火雞草
此去若復推掌七便將曲直握帝昊 圭始佯要世紫霞書曰適煩在溟瘽掌七者出始徐之

十二月晦日簡紫霞病時歌行

叏叏溟叟漢叟叏叏聽復聽我言擢腸上蒼賦余以
聰明才良此意合掌膜上瑩琢切詩禮掇晶光組纂
道德爲文章病至敢徒何䵍彭麼戰不得磔魔王胃
中朱火武獷獷很咳惡嗽衝難當口哇血赤燛背肪
芭似茁紅坼樹房磲磲肖臆石磔强饕食欲下擲顛
僵歐氣下上抑復揚喉噎咆哮鳴臧年欲行脛弱顫
顫韵轉䮾坐久百兩金鐢縣眶肮騰言況復滯溟陽
與影爲伍棲虛堂火烏何由緤之纏悶倏南陸騰景
長忽驚重明帖屋廂 堯在位七十年有祇支之國獻重明之鳥一名雙睛在目狀如鷄鳴似鳳能搏逐辟惡不能爲害國人歲歲莫不灑掃以待其至今人元日畫鷄於牖上蓋重明之遺徵出拾遺記今溟陽亦有此俗 白粲餅湯侑大觴病夫懷思不得嘗

萬歲帽集重見傷而子贈余一和湯諸言飲之蕩府
藏(余從紫霞乞藥醫紫霞曰醫吾不知其術之若何古人有居一導和而壽至千二百歲者今贈以一和湯一劑請杜門靜攝道是而行固無不效也)此意珍重敢言忘亦莫令候
登時良安得玉英塞西姻秤分火煎令岐黄灌却五
內逐清康爰推緒末施萬方此事有令福虐張却底
銅傳倦在床聖迟不來絕鸞鶴群玉策府饗翺翔聖宋
(迟訪居玉洞故云)戴勝(音麗)佼人取瑯璫相守和樂况余傍欲
往覲子王貌高覯粧盤辭莫假乘渺茫望想紆思劇
三常腸內亘若吞舟梁何以得似炬虛與驪止止行
行上下四方托相將

李公子從余求春帖懇甚爲作古詞曲奉酬(癸亥)
吉辰敖的百伶奴傅酒賒肴江溪都宵中遝逭斂金
吾時古太平端月好魚從冰上爲將雖千年萬歲延
懽娛(右浣溪沙)

其二
出雲水積旁宿玉繩横(立春少陽雲出旁如積水出而通卦)喜的人心
從腔子裡想怎仁妙禮內丹成餌之儘教多生須世
百劫千齡(右琥珀猫兒墜)

其三
陽兒復得物適倖鵠鵠地看他心另年第一的良辰
腿紅白粲餅(右屬妻)

其四
惺惺子(曹南冥贈鈴爲惺惺子鈴)搖來多聲光好事拚閒處處忙
俺却要他納閒却云奇絕今年事事通(右一叟歌)

其五
人生適禍從菝踏不必胡行逐風粲玉里上行跟脚
據稍來蝦集峯三範五嬰得多多許有摩尼將珠來
送瑇兒滾滾光華昣金谷繁華彌壽考玉堂金省鳳
翔鸞翥莫不從心哂(右青玉案)

李公子復索春詞 二首
欲將上庚日沼放金鯉魚頤魚孳不已養及我愕抓
(以立春後上庚日放鯉魚生子不食出陶朱公養魚經)

其二
條風閶闔至鍾管動咸韺自然衆厲去徒尔揭重精

苦寒
禺彊(北方水神出山海經)肆毒痛貪隗(西方神名)贊桀虐傲莫奉天
軌歲竟尼春脚帝韓縮不動三微恐見剝日爲欲頓
僵凍眺迟南陸雪霰下森颸斥斥刺生角浮非犴林
寒風送切細落絕似氣縱徒邊發厲齦齶百姓隕戰
慄朱陽疾舒澤

其二

爇香屋暎宍滲氣竟慘切霜脚倒屋壁裏上滑瀋出
握比指粘柄貼筵緋生雪裘服褋厚綾脊梁如負鐵
孥鏡照顔光蓬赤涑梨窠掩閨得健飯静惟醫熏疾
誰能發深思俾君餐屋皇

閏二月三日夜坐 明日漢城試榜出

琮琮夜雨轉鳴雷遠遠砧聲自北家孤燭相看如鮮
意剪來還結層花

雨後訪紫霞不遇悵然留題

水濱孤館雨闌入不見霞公定幾辰忽到梅邊一歎
息祇留屛几管清塵

其二

坐來斜日到庭梢角角騾蹄竟寂寞出門耐渴春風
好行遍香街十四橋

酬金木屛可淳贈之作用紫霞韵 鑒可淳西善進士歸木屛病夫

岳上出門安所之郭中棲盤少相知菫螺背上豊手 有玄潛賦自註
面白石橋偶閙悠期清韵玕琪映人表咲言薰襲款
顔時向来一見紆魂夢為撥泥癩荅贈詩

其二

玄潛佳作孰能之箋註纖洪況洽知李善希聞桀奴
畜子雲奇字下風期盜驪逐電三條表渺島横雲八
極時夏閒南山一百韵何如河漢淡雲詩

其三

病吾文實兩世之夫子相推太錯知立說參差泛左
國安天恰可慕鄒期身遊濂北閑何事夢遅山南邑
幾時祇是手容恭不得頂吟此意好将詩

鳳岳集言卷之三

鳳岳集 卷之四

疏

應 旨農政事宜疏 己未代述 代咸陽守作 己未

伏以臣謹詳逆年十一月前十日己丑未正 頒降
綸旨上下累十百言無非出乎勤民務農之 至意
盖 聰明睿知足以洞究田墊之功叙 至仁厚恒
足以曲體畦巷之艱難 邃學通理足以深察天地
之節序 深計遠慮足以王啓邦國之利原以此出
之宜無以加焉乃若 聖意所存則又欲廣收博採
盡心谘訪自道臣守令以及京外臣庶俾無不言焉

優優大哉 大聖人所以弘德求善之至斯極也夫
有 君如此凡吾東土之內頂圓趾方外具人形運
動知覺內含人性者其孰不感激興起傾心倒情以
啚所以裨益萬一者哉至若臣者既無學術才諝之
可言又沒農家習熟之經歷蒙然不知所言何足以
仰賛 日月之末光抑臣無狀猥居司牧之列尸祿
曠職無少效於民國之間厥罪已重今當 聖旨求
言之會又將日蒙不知所言而不言者益所以辜
聖恩負 聖德臣罪益重不容於誅矣夫如是則
恐敢不策勵駑鈍罄竭愚慮以效一言冀蒙 聖上

之睿察乎臣竊惟經曰事有本末物有終始知所先
後則近道矣朱子之言曰天下事探其本者雖若迂
緩而實易為功治其末者雖若切至而實難為力蓋
此兩言者經生學子粗判亥豕從事功令之徒咸能
知誦習聞熟講遂成天下之恒言故聽之者輒皆以
為此特已陳之芻狗而邈焉不加意者然顧言之者
聖賢也程子不云乎聖人之言言近而旨遠嘗訂魯
論節用愛人之說曰推其極也雖堯舜之治不過如
此然則所謂本末採治之說不可以恒言而少忽也
其亦明矣臣今請舉兵喻農以明本末之所在當務

之先後夫治兵之術其所須之要者曰行陣也擊刺
也非行陣無以整頓羅列運用機變故其聯絡也衝
軸也方圓也奇耦也拱衛也編伍也者皆所以制行
陣而應時而用者也行陣誠治無所欠闕顧於其內
褎然植立不進不退敵至而不能擊寇搏而不能刺
者真所謂紙牛木馬之但具其形者雖有萬億其衆
將焉用之故又必教之以應釗鋒逐鐲鼓坐作疾徐
飛擊搶刺之法兩者誠備可以言強故夏啓以平徐
扈猃王以克犬戎方叔吕虎以禦淫陽之棘寇泄庸
范蠡以殲夫椒之劇敵可謂恢恢有裕矣雖然使兵

焉而無所放頓畜力所謂行陣安所附矣使器用焉
而不精利所謂擊刺安所聊矣其必也頓兵衆利器
用無不盡者然後所謂行陣擊刺之法方有所倚兼
而行者故周公之建置司馬也不言振旅茇舍而先
等地賦筦子之創立三軍也不言高國三鼓而先制
都屬誠以所謂上地中地下地之賦五屬三都之制
皆所以頓戎兵衆養成其力者而後乃能取次講定
振茇三鼓行陣之法也成周之制諸侯將用兵先期
授兵於廟俾皆淬濯摩厲以備擊刺之用然則授兵
者擊刺之本也務之當先者也地賦都屬者行陣之

本也亦務之當先者也已矣臣竊以為相土浸水利器等事務農家之行陣也播耨耔耘周遍曲施之方農家之擊刺也蓋必有本務之當先焉若地賦都屬授兵者矣臣妄推其本為綱者有三曰行限田也毋病農也申明牛政也而已矣所謂行限田之要其目有三曰抑公勢杜私占別民數毋病農之要其目有二曰簡賦役塞侵姦申明牛政之要其目亦有二在乎申屠禁防逐利而已矣臣僭用數論列之左方以取聖裁

行限田。所謂行限田者自夫井地之法廢不可復而後世之志於治体者輒求其次蓋無適乎限田者矣在漢武帝時董仲舒進言恭用商鞅之法除井田人得賣買富者田連阡陌貧者無立錐之地小民安得不困古制雖難猝行宜少近古限民名田以贍不足其後師丹又言豪富貲數鉅萬而貧弱愈困宜略為限於是議自列侯公主名田各有限關內侯吏民名田皆毋過三十頃既而事寢不行然迨乎李唐均田之制蓋倣此意而我太祖用之以汔康旁然則限田之說與行之者其來已遠其言之者皆三代以後能識治體之臣人而其行之者抑皆三代以後可與言理之令主則臣所謂其次無適乎限田者矣當今之世此法不行鄉曲之間董子所謂無立錐之地者殆十八九矣雖欲自力以給安所着手則無所事矣無所事則惰慢至矣惰慢至則萬務不理百患交萃其流弊不可勝言夫是故為今之計莫若總括國內民田審定經界等其肥磽沃隰建立多少之限若所謂吏民名田皆毋過三十頃者而酌行之使國無無土之民無不自力者而後庶事可貞

抑公勢者限田之不行恒職乎公家挾勢者之沮之也漢時師丹之說既行矣而為貴戚近習之臣之不便也竟寢不行蓋天下之良田美土率為貴近之所廣占忽為限法所裁劉削就分利害攻中曲生疑撓為時王而苟非至公無私宣明不惑者鮮不被棄臣竊觀今畿內兩西嶺湖之間凡瀕水通漕之沃壤樂土大要不為諸宮家屯稅之地則輒為卿相大家分外叔撓之所矣自京師相距遠者六七百里計除船直及幹人往來宿留及間被被竊食等雜費率租一石致五六斗以米者常半於租矣而京師富厚之家槩其中者華米過千餘石者比比矣夫所致之零星如彼而所萃之裒多如此則所占之地之廣大槩可想矣而其鄉遂州

閭之居者得倚麗公勢規取併耕者外大抵皆所謂無立錐之地者矣而所萃之家喫着不盡之贏數咸歸於濫觴屑越之費今行限田當上自諸貴人計其應用定立田限略倣成周采地圭田之制限外毋得分毫侵牟加取犯者用重典限制既立堅然不毀守定不撓持以久遠準有還至之效

杜私占者京師之公勢既抑矣而凡域中民私相占取者將自若所謂併兼者是也蓋漢以來之所嘗憂患欲痛革者故主父偃曰天下豪傑併兼亂衆班固曰馳騖於閭閻權行州域力折公侯者皆所謂積厚併兼之豪民也東國窄小不與中國相類當不知許甚然臣竊觀今諸路鄉民之豪富者類有三等曰國富也道富也一州一鄉之富也據其中高者所謂道富者大率積粟七八千石緡錢之數如之其粟者與耕者中分取米與或取三之一而歸賦於耕者以此率之七八千石之入也當是種斗食兩石地斗計之如石數而或加二三焉大凡種斗食兩石二十斗地可以為力耕五六口一家之産矣今以七八千斗之地計分二十斗為一産當為幾何家産矣外有緡錢子息者日月加長而占取無防臣不知其限量矣臣嘗聞湖西沃川之陽山土著之民始皆自力無不給者自道富姓金者自連山挈居就此之後所謂自力者之貲業土田日朘月耗以漸入於姓金之家而敗散者衆據此一端凡大富之民未必皆顯行凌蹸攘奪之惡而其日夜據勢殖利封己之間隱害之及人者大抵皆然今當策定立限毋得濫取視京為準而等差之無毀

剔民數者公勢既抑私占既杜則其贏田者當策授平民在乎周識民數然民數之難識也蓋遠矣在漢唐以來之衰綠役浸滋覬免日衆虛僞日盛民之實首既無望焉而為長吏者又不加意剔實往往徒虛增以為己力以覬進者則有矣謹按大明律凡一戶全不附籍者有賦役者家長杖一百附籍若將人隱蔽在戶不報及相冒合戶附籍者有賦役者杖同據此律意凡民戶實數之難知也近然臣竊觀當今鄉俗率多以漏脫計帳者為得計僥倖免編戶雜役及免受還餉雜穀躲搪落漏公言而顯行之無所顧憚其來已久長吏當職非不知然也難於忽然窮詰以興紛爭遂置不問間欲

悉民行事另遣吏校逐坊搜括夫戶另成一籍以爲家次此何據政體之絜綍者也而所謂家次者採縱與奪抑在吏校之手何可準信今也將喩以撥田之意而使民自首則固合樂赴不掩藏然掩藏既已成俗有難遽然革去況夫檢括成籍常藉吏手不得保無他弊當與所謂家次者無別矣然則當自 朝家另行一番蕩洗嚴立禁科郡邑守令另選公平有幹識者使皆躬幹其事別民之寔與不實而賞罰從之然後庶有漸次得寔之望矣民數既得別實叚次計田授夫計夫受田一依定限無得踰越俾皆俛焉自力無不如意

毋病農 所謂毋病農者曠土良田經之以善法雖誠備矣使農焉而病抑何所聊以就功載者武先王爲是之懼所以保恤農民曲施德惠者蓋無不備焉禹貢九等之賦非故爲此纖瑣以見知能凡以雍徐兗青騂白剛壤之地衍隰瘠肥之等萬不同焉不如是誠恐不免濫徵錯賦毫忽之害及農民也迨有周什一而稅已薄矣而所謂林麓川澤苑囿無禁及凶札不力征之類皆是意而已矣漢景皇帝謂農傷則飢之本也文昭之間減田租除口賦錢不及於工商而必及於農農之不可使病也蓋如此當今限田誠行民悉有土所以保護而全安之者有不究焉亦不遑力於攻土將焉用之然則不如自廟堂且就三民之內必舉農民爲重明示旨意使爲親民之官者雖有悍者不容不聳動體行凡政令施爲動靜之間有足害及農夫者一切屛去勿爲攀論爲宜

簡賦役 者病農之原恒生於賦役之繁故其毋病也莫若反之簡三代毋論唐世丁壯一夫受百畝一頃以折口分永業而一丁歲入租粟二石調或絹或絁二丈綿三兩歲役二旬不役者一日當傭三尺水旱蟲霜之災則輒量其所損而折免爲十損其四則免租損六七則租調俱免當時畝制用二百四十步矣今計其一頃容種一百四斗舊歲合收二百八石而其縣官之入止於如彼不亦簡矣乎臣竊觀當今賦役之法治非不善矣而弊生亦久矣舊制凡田四百四十一尺爲負百負爲結識者謂上田之結準古二十五畝四分有奇上熟二十取一準田收租五升二合四勺有零外無所取則可謂甚輕然近世不然舊制既變而之重矣而以言順外山邑所謂木稅布同錢參等名目

浸煩此猶貞矣乃若進貢雜色及官家日用服食
供億零瑣雜費及延送應用物件及其他不可勝
擧大抵皆附於結負而出於賦役之外名目如此
蝟緣生獘不可究悉而緣而受切禍者一切皆緣
畝沒勢力之農民矣今也限田誠行定經界均賦
役固當然而至剪煩爲簡則另須一番釐滌更定
臣以爲限田行矣用郡譽遠以頃叔梳之法以刊
百弊者誠善之善矣而以爲難行必依今法結負
而行則所謂木布錢參不得改矣顧於其內量除
折米或折錢從厚斟定長吏祿食凡百應用者使

皆從官貿支國家應行經費之閱於長吏者并於
貞賦內量除策應慮有不周毋寧量增貞賦本數
毋得於貞賦外妄加徵責諸非木布錢參色者皆
可以例推一定把者用重典
塞侵姦者賦役成簡所謂侵姦之獘亦當隨減然
謹按周禮六官之屬既纖且備近守繁矣而無因
緣生弊若及丘民之端者自鄉寧三士以下至府
史胥徒之屬無不有以善處之使皆足以養其身
廩其孥重各中其願姦心淫欲無自生焉而已矣
臣竊觀當今州邑其屬亦甚多品鄉軍裨胥吏及

官奴皂役坊主里正之屬不一而足而國家之法
一切未有以處之故遂皆因緣漁奪以自養贍勢
不得不然矣外有校學祠院典事之徒名稱士人
或反依靠本校本院之勢力作爲名目侵及脩農
自食之民以規其利其亦甚矣今宜將在官雜色
人等量定貞額使足給事外毋得冗置一二自
朝家另行酌定廩食使足自給校院等事目并行
一番淘汰使無分外侵剋及不合在祀典而祀者
並行搜剔撤去是去耗財財利之蠹齧矣其餘者
并加除商剗去

申明牛政　所謂申明牛政者牛居一於六畜之內
餘或可無牛不可無矣蓋農爲邦民之司命而卽田任
耕非牛莫可故象卦服牛之利孔子言其自黃帝堯
舜時已然其後可槩矣而至元魏北齊之間折授民
田平民視丁奴婢視牛是以牛視丁無甚輕重者矣
我國牛産蓋廣而中葉以來逐漸耗少至于今極臣
來嶺間數十年前任中農之耕者直止十許緡錢上
農之健者無過十四五今也前之十許緡者卒二十
許緡十四五者卒至三十其踊貴如此故縣邑之閒
大要一坊三四十戶得畜牛者無過數戶爲戶者未

歲一消屠之小民而常紬於顯行日殺之上馬者
矣且如今凡爲藩臬縣邑之官而其數者[illegible]曰一
殺蹝者間四五日一殺者詎不然乎白取給恣
意狼戾習熟見聞以爲當然間有欲凖禁不殺者
殆若行冠於越俗羣猜衆笑從而遂巳臣亦待罪
是郡思得免此厥罪當誅矣臣竊計傾邑七十一
閒有殘官劣邑未必皆然而雄州巨都兼取數官
皆得專殺有足相當大要以蹝者月且當殺六七
牛從而策之亦七十一邑月當殺四百二十六以
槩諸路當至幾何而京師館人日殺者不在此數

牛安得不耗農夫安得不困頃年　聖上爲此特
申禁令一時聳動舉行已有顯效而厥後數年之
間京師歲時遂不許屠然而遠方縣邑則已解矣
行殺如前臣竊悲憫之臣以爲今當據大夫無故不
殺牛羊之意明立節目申禁毋得輒殺犯者用重
典量其祭祀賓客之重者特許行屠歲毋過數次
須羸病不可使者如此爲令特以久遠隨犯隨勘
俾皆知畏重犯庶無不效
坊逐利者屠禁誠申以牛逐利者不去則屠終不
得逐禁而牛終不得蕃賤矣孔子謂乾爲馬坤爲牛

必皆赤立無田間亦有耕數十畝者而牛則不得旣
無以資於糞田而貸耕落後動輒失時其害百弊迄
無止息今誠使均爲有土之民而剗去其衆病牛不
可得者猶病也然則當自廟堂申明養政嚴立禁坊
諸足以害於養者一切爬去毋近文具必凖養遂滋
蕃反貴爲賤如故
申屠禁者牛政之耗縮踴貴亶坐守恣行屠戕從
無仁愛發育之意而已矣先王之制取禽獸有節
有眚故春有蒐時夏有苗時爰及秋冬獮狩咸有
厥時不得輒奸其所取亦必量用取足而止推以
坊民者亦必曰毋取麛毋覆卵射祭獸獺祭魚然
後入山澤焉夫所謂狼鹿縱𪊲麋獐狐狸山澤之
禽病民者有矣無毫末聊力於民者而肉可以充
俎豆羽毛齒革可以爲章服器用雖日行搜取無
不可者顧如彼者所以體天行道無物不育者也
即如牛之無病於民矣聊力於民則爲甚切甚重
而肉未必充於彼而毛革之用不及彼者可知也
臣竊觀　聖朝亦嘗撰立屠禁著之令甲行之國
中誠得先王之遺意足見仁民愛物之盛德然爲
諸臣者奉行不恪行廢無常所謂禁令者或伸於

乾主健而行坤主靜而成牛者靜物也主守服田
成力任耒耟駕巾車行不出一舍之外惟相貿易
不任載而行者不準此任重致遠行地無疆者職
守馬而已矣臣竊觀近南路一行商之販物於畿
輔者及稅賦進貢雜邑之當輸京者運之也鮮不
以牛遠者八九百里使之不以其天舉知非焉而
頗必爾者何也苟圖目前之利而已矣蓋以牛則
食不及馬耗錢者少馬又不得輒賣如牛則往者
必還而所食耗錢當加多矣運稅多僱夫未必皆
有馬有亦不能具故須僦馬所耗又加多焉而行

商運貨物者計較舍馬意亦如此牛用稅錢及貨
錢折買取具運至所運當至處輒行充賣或及得
騰而無所謂還債加耗者以此為利任牛日盛大
要嶺邑豪商一運多者用數十牛月二三運稅運
隨年須定增減不一而減且中邑當用五六十牛
其餘雜運略勻相屬者蓋夥而一至京輔皆不得
歸以月以季所耗幾何而其不得歸者不見折於
所至公私屠及京師館人之日殺者大抵幾希臣
又聞凡南牛上行者多被規利者將至西北壇易
胡馬此亦有不然者矣日耗而彼不加盛者何也

須年　聖上申禁時令凡牛之任載南自至者皆執
還送可謂、大聖人明見而為下者奉行不力今
亦遂寢臣竊恨焉臣以為或者謂如禁則商賈鮮
利當不得行雖誠然亦與其商利農瘠毋寧抑商而農
況其所虧零瑣固無緣而不行之理也守僱夫雜
邑人合在限田策授內不當論所虧然且逐利之
牛恣行不息則所至公私屠終有犯科而行者及
館人日殺況在朝令所許者乎自今以後凡運
毋得用牛用馬如故所謂館人者欲其自養贍另
許從他籍其惟其貿易不任載而行者不在禁中

其北八者另申壇場之禁令不得行為宜
右臣三綱七目之論令曰　聖旨使進言農務良方
不敢緘默僭論及此以臣膚識陋見強加敷揀命意
迂闊立論粗疎不循近規妄附前人有足駭俗庸是
惶隕僭越恭俟何責顧　聖旨既令各陳其見矣臣
見如此抑安得內而不出外附常規以自陷欺枉不
誠之誅哉臣固以為凡事有本有末所謂三綱之說
者務農之本以有健夫善器足以自攻者矣須待田
而後施故行限田先之田既得矣須說於浸漁蠹蝕
交害之病然後得遑田故毋病農次之農既旺矣且

聖上法祖宗之盛意其亦覽茲成法以為當寧無疑者然猶舍而他求者蓋自 世宗至今殆過數百年所 聖上之意古今異宜不當無另撰宜今之說出此成法之外者然臣愚死罪竊以爲東方土地人民當今與 世廟皆益無別焉則農務之宜不當惟別特置本務之不脩而農無以克遵成法也此臣所以言之在彼而不在此者矣抑臣嘗內所聞識農方雜務不敢不言郡内大坪及凡離山地旱田宜木綿。胡麻油麻大小麥大小豆穄荳等其當商者穄荳小荳兩麻木綿等種輒同田土力不敷不得并茂則茂

者菀然餘輒被壓損壞 宜令分頃下種及雖不分頃宜重在木綿毋令多雜各種水田宜倣早稻晩稻各種早少晩多其當商者水田揀近燥者并行種麥種麻容其成熟芟去始行秧移動至晩後失時律以周禮三地更休之法當行禁斷特郡内水田居什之七八而旱田二三則麻麥之利亦難輒舍且合脩規務在加糞南界頭流峽中高冷地旱宜蕎麥山稻黍稷粟等水宜早熟雜稻務在因行撿課宜早堰坊水利之西北出白雲山者曰濡溪而被甚廣始無不洽自辛壬兩年雨妖之後衆谷崩沙流壓川流耗縮小旱即

不得獨理須資於任耕惟力者然後可以即田能功故終之以申明牛政所以行之者縣具於逐目之内誠疎且莽矣而臣妄謂即加審詳三經誠舉其本既立末無不治者矣凡農田切務 聖上既已周論備悉使臣言之特不免節下生節註上添註猥陋庸瑣無益事實而徒奸僭越之誅矣夫臣所以謂僭越而不敢復言者豈端 聖上言之如彼哉自夫先農創耕九扈典農而必有所言者今雖莫徵然中星授時平秩之法堯舜已言之辨種辨地壤理溝遂耜鎛茀相嫁穫之法文武周公已言之穿渠浸漑益民之法

鄭當時白公等已言之晦甽代田附苗能風旱之法趙過已言之自是厥後逐便逐利蓋亦無去不言矣而所謂犂翻把治劉曝糞土撒種芟悍之類至於朱文公之言而无切脩其法大要皆中於東土之穡務而猶所謂遠而殊者矣㽔哉 世宗大王聖體成周務穡之意以爲國内風土域殊所宜者迭必博採詳訂命文臣鄭招等詮次成書命曰農事直說候時下田別穀耕斸鋤耨輔相之法無不曲備而浸水理器宜土之法皆可據而徵焉以行之域中嘗底富庶之明效者矣 臣以爲東方農務之大全無尚於此者

不洽當便宜秉求踏逕畫所以瀹沙弘流者外此何
策可施東北灌溪所被大略相等而無災害務在曰
撿增脩近北新堤往年擄營飭疏導者所被少亦不
洽當加力增脩令洽謹陳

書

與雲谷書 乙巳

習從鰲山聞高明之失近乎非常私心甚不能無疑
也將謂是不然頃鰲山不應欺余夫鰲山之言之者
非彰之也保千能不應一高明之失向人喋喋然則
千能獨聞之餘乱聞者夫兄弟者與吾同始且同胞
而生者也雖軀骸百體截成兩物其精神筋脉則相
流通而不相隔焉同根之木抽而爲數条後必附先
而大者而後相糾絡鞏固有以待夫風雨之外來者
不然將呂然自顛倒之不暇其何以能保於久乎非

物理之甚明且近者乎師則所以誘戒律戒而俾入
乎規矱者故其恩則次父而事之也父一般焉夫古
之師道尚矣雖然童蒙一字之恩猶絶不與人等也
況師而父之執乎咈其師而父之執而莫之恤者將
咈父而莫之恤也其又忍諸次則有所謂鄕黨親戚
焉有朋友焉皆所以相親輔於我立吾之身於安平
之地者也凡人之所以生也豈有出乎是數者之外
者乎嗚呼路人亦須接以善意不可據以咈言加之
也況朋友乎鄕黨親戚乎而況師若兄弟若向所云
者乎師若兄弟若向所云者乎夫朕於親而能保於

遠者未之有也故兄弟睽則隨之矣雖未之及離其
施之已倒何能久乎豈敢誣高明乎使有人焉賊其
兄咈乎其師斥於其鄕黨親戚煢煢乎踽踽乎無所
於歸使吾高明見之將以爲如何哉將不暇非之急
欲救歛之使得以復夫厥初若終迷不復則吾亦當
去之而已吾何必強而求保於毀天絶物如彼之甚
者乎此天下之同情而高明之所自有者也足以反
之於人矣夫千能之輒云角者非謂高明之失之大
至然角誠欲曰此以反之早得以絶去夫其崩芽翻
轉夫其路頭早就平和順理之域焉耳嘗謂高明善

交人開心見誠不爲表襮間隔之態也將善反其類終以卽夫平和順理之域否耳念常好以剛激自厲夫剛不亦善德哉然而剛而激則咈咈而不反則遂無所不至古人有佩韋而矯性者於高明得不爲先獲之符乎哉

與介坪書 丙午

相距不百里越今未能一望顏色不以負乎好德之天乎哉古人友吉士始友夫一鄕之吉士次及一國之吉士延以至乎天下尚曰不足又必尚友夫千古之吉士蓋不如是雖自有見處難保其不自放倒之也若延平之賢者亦嘗憂之後以得朱子爲大幸然則凡下聖人一二等者不有善士以輔之亦殆而已矣若某者才又薄志又昏于今二十有三年尚茫然不見夫路頭入處何有憂其放倒之乎東方自天下觀之所謂黑子一隅所見且聞不能遍乎其十之一焉況天下與古之人乎夫才旣薄志旣昏兼無善士以導之指示其趨向將薄轉薄昏轉昏而畢竟無所就不亦可哀者哉此所由思得善士之輔以賴其竪拔抖擻之而不自顚也迄且不能得焉蓋有之見不能照之也抑無其人焉伏聞盛名久矣傳之者寧不以其能称必言其天資甚高齊次廓淨其於道若不勉而中誠善人也誠善人也嗚呼若之何其能以此聞乎人也夫世固有以能聞者若以善人聞者誠未多聞焉況吾聞之也必於可信者乎某雖無似使傳之者有不信亦不敢輕發此言況傳之者非一而誰保其若出一口乎若出一口孰契勘過而不以少差焉執事之爲善人明矣某之私幸亦大矣何也薄才將有所培埴昏志將有所啓發一國至天下之善士將從此得見又若千古之賢亦將有藉手處不亦大幸哉顧念賤且微難保大賢者不揮以斥之也夫以賤且微遂不察其志亦豈所望於賢者者乎然則將叔戒恤戒而覼縷之俾不至孤危狼貝乎哉恐以爲如何後時當一進惟管至

常考姓名而記入

與介坪書 丁未

去五月二十一日辱覆書至八月晦始得承覽便人之沈滯此久可歎也已尚幸其不遂失於中道而遽諱之也且旣辱賜金玉之音曷不跽受拜読顚倒修廠復以答摯意之萬之一耶顧毒痰斜躬轉成洮綿于今迨十年之久而乍止乍作旣去且反有頼愚昊入者書到之日又其反以作之會也擁衾伏枕胡叫

亂㫪奄至今日雖視初若减終有不可以時月痊愈者嗚呼天其戲余哉誰得以怨且咎焉此心之迄不得遂盖有由焉執事者烏得以知之夫然者得不以爲惑乎爲尤乎盛喻云古之尚友務要取其善處以自益以進德非苟事說話而已嗚呼此言之不傳也久矣後來之所謂士者其高者卒不過能道程式論詞科務自高以衒人況所謂其次者乎乃高明則不然輒以師德即實不爲人爲己之說擧而示人而其自處也則曰淺劣曰自欺欺人曰儱侗不識字曰蔽痼甚氣質難化曰不能從善服義古人不云乎辭者德之符識欲晦名遁迹韜光雖彰然后可乎心何不且不爲其辭以瞞過人視聽耶今其所以示人者如彼而其所以自處者反如此歟所謂聾且盲者其能信否夫高明之所以示人者如彼而其所以自處者反如此何哉德日崇業日充而吾且以爲不足耶抑彼不以是心至故將退之而且教之耶孔子曰戒於辭命則不能又曰軍旅之事未之學也夫辭命與軍旅豈孔子之所不能乃云爾者誠以雖聖人常不能自滿足乎心不然與詰詰者彙何異哉然則其自以爲不足也固矣抑其所謂退且教者古人辭有能獲行者退而退之而已教而亦教之而已高明不應以辭有能者爲獨能之然則不出乎自處謙而示人不隱者矣所以處己與人者不亦兩得其當哉雖然謙豈非善乎哉苟以爲善而牢執之不舍曰莫此尚而已也則恐遂流以爲隱矣自枉者比歟謙固有當不行處使孔子謙於曾參子貢之徒可乎哉使孟子亦謙於萬章公孫之徒可乎哉孔子告曾子曰吾道一貫之孟子告公孫曰吾不爲管仲與曾西又曰吾善養吾浩然之氣皆所謂吐出肯膈以教之以毋隱乎爾而已抑何嘗謙而止哉夫執事者於鄒人既已不隱之矣亦既已謙之矣自是以往又將遂謙不已則將以何用且吐出肯臆盍不隱其所不隱以盡夫所以教之之道君子哉幸毋遂謙焉而卒教之幸甚方今時令推遷寒既暖至策嘶驢侶春風遂登君子之門以請教感歎之誨斯其時矣而此病之爲祟也進令人動轉不得雖然凡生人豈病皆死哉此身有不死則此病終必可去病既可以去則此心亦豈止於終不得遂哉不須汲汲爲也謹扶病奉狀伏惟亮察

與介坪書 戊申

頃年
竊計上□扶當在丁未春初于今幾道守哉抑彼甲〔想獲趨聽〕
道所沈没卒不能以達守已詰夫所傳者而知否也
故日改僕屢誨以符此渴懷之萬□一尚邀守其無
形響何哉豈斯所謂改中道而沉没遂不能以及者乎
抑便與踏潤雖欲□覆之有不能亦者歟將千能之所
以交之非其禮也所以請之非其道也夫其心也躁
厲故其辭也支以淫其氣也粗率故其出也矯以簡
夫苟其出也矯簡可以浔其氣之粗以率苟其辭也
支淫可以浔其心之躁以厲苟賍也其所以交之固
非其禮其所以請之固非其道若之何能見荅於大
入君子也雖然其所以為此者何哉〔亦〕將所謂以是心
至焉者矣孟子曰讀其書誦其詩不知其人可乎由〔此〕
數千百歲之下而言之也執事之與千能亦既弃世
矣而其於千能之書亦既已數遍矣其於千能之為
人也不已了了乎哉亦將曰其所以交之不知其禮
其所以請之不知其道其心也躁厲故其辭也支而〔以〕
淫其氣也粗率故其出也矯以簡耳若〔而已哉〕所謂以是心
至焉者獨何哉今請略其三姑取其一陸子靜没子
朱子曰大其拍頭胡其叫喚而遠至此總子靜之生
世百為而道之也於其論入心之危則斯言也是然
則其所取者固居一而其所畧者又奚止三而已哉
語曰觀過知仁而執事於千能則有類爲能也其心
躁厲其氣粗率卒又病鬼侵軼涔涔越越遂至今日
其與吾人事已自分捐矣惟離托麗附之願心有不
得以泯者是啇是積彌日不已故常得寶方居住入
輒奉詢吾執事起居飲食讀何書作何事凡百巨瑣
惟恐其不至也吾執事倘有以諒庸陋此心否其於
不吾荅也恐不能無癥焉故輒暴其所短如上乞以
子朱子之於陸子靜者銜章以施之卒亦以語所云
云者黍献爲悻有以恕其狂僭憫其愚而收之也

上外舅書

伏聞方以少妾未免過情之惑云不謂此事乃出於
平日自守之餘也夫妾者乃士大夫高地位家事務
浩衆不得已俾分匹室之勞者耳今既不然而有是
則是豈出於情慾而遂縱之也古今安有縱慾而不
敗者乎戒外舅氏足跡亦廣矣而恰過強仕之年能
獨自免於是甥獨慶賀之以為是將興之兆今者以
頭將童齒將豁之時居然落此坑陷中嗚呼其亦凜
凜乎危哉色界固不可易言然苟念夫門戶與子孫
之重又以思夫先人之所以教者亦當有自省悟處

矣須汲汲試快刀斷之之術以終免於禍千萬幸甚幸甚世之人類以金帛貨貝爲相贈之厚然而甥既不能效爲之輒不免奉贈以言語夫贈言之道又曷可易與道哉雖然見人之將敗而恬不爲動者是在他人尚不可況甥之於外舅氏乎故不敢辭煩而至此苟有以反之未必不加益於金帛貨貝之贈也恐以爲如何

上金西湖叢生

小子抱簡亢之病也久矣故於人罕有以介乎其思自吾見門下而　遽奉別焉則輒憧憧乎往來于心者何哉斯必有以使雖欲不介焉有不能不介焉已竊伏俟其復也必由此卒舍而他焉則悵惘乎若有闕失焆不能去于懷門下其能諒此心否乎嗚呼自惟誠荒獘無所知能獨嘐嘐必以百世爲足尚者志不遂泯故嘗妄犇躐等剛不足以篤乎其行覇不能勝其所服亹亹不克自聊況夫病來相攻涸羸顚倒壓不能興越今十有餘年之久乎哉中歲來輒見文道交喪日趨汙下卒爲其所沈溺癥痼見不能辨爲朱與紫當是時雖有贒且能者其孰能發之茲又忽忽步自彊意孔子曰人不知而不慍不亦君子乎樂則行之憂則違之確乎其不可拔以此要吾之所爲其亦過矣抑又不能幾彼焉向伏聽夫緒論誠潑潑然所由來者遠矣厥源滐者厥流浩其得乎中者衷如也而後其發乎辭者足以動乎人吾於吾門下見之矣顧於小子也則甚抑之不以爲可焉乃自謂其卒非乎哉世所謂大人君子高於人一等者亦云爾既又念夫所以抑之誠知其太亢而云尒夫吾之所趍今也則云是所謂知而發之也哉豈寔是抑之而已也誠亢而不下焉是妄也雖然未始有能言之者也哉生此世凡二十有六年得此於人止乎一不能二三局然則誠其不贒且不能也誠贒且能去固有知而發之者矣孔子曰人不知而不慍不亦君子乎樂則行之憂則違之確乎其不可拔若是者非吾之所能幾也世固有發之者矣而且諉之云不能歟故病既已粗復矣故將自強局將振發其所謂嘐嘐之志以蘄至於古人者乎惟所謂剛不足以篤乎其行覇不能勝其所服者是天限之與無能若之何與抑其有術以變化之也茲所蘄聞於門下者已且夫於小子其爲人面目言語文字亦既覯止其必有了了乎胷中而未畢其說者悉以及之以發其蒙以道其歸

俾卒免於顛倒狼狽伏惟賜復焉門下謂學詩之家風可學雅不能亦蒙不能洞喻厥故竊以謂夫負周召之才聖得周召之位行其道於天下後世者斯能雅已雖不能方於周召之才聖抑能得周召之位行其道於天下後世者斯能雅已夫雖既不能方於周召之才聖其道也亦不足以行乎天下與後世抑能得周召之位而宅焉者斯亦托雅而自鳴焉三者俱闕焉則否也斯其所謂不可學歟若所謂風者閭巷匹庶畦夫巷女凡有槩于心而發之辭有足徵夫性情邪正謠俗風敎之汙隆而驗夫一王之治者皆得列乎孔子之所錄皆所謂風者也然則吾爲之有不能律焉非所謂僭焉者也故敢略倣六義古例賦亢六章以道其懷于門下者非謏也玆幷上呈冀辱賜覽觀恵以品題弁䒷錦繡之報幸甚

不必記八

附答書

歲前自南還中逕疾作馱歸永峽奬廬昏不知省事至於三朔之久重得少可眎來沃峽宗家則咸札留案已經歲皆兒輩以此病劇不卽聞知故也始乃開緘以讀文法簡古吾殆不能句折良久細紬畧曉咸意之所在有若以僕爲先覺而請教者然僕實非其人不敢當不敢當而此無他賢不能悉僕之顚末而過有所聞故也僕自幼有奇疾不能讀一部書徒以見聞所及菫雜鹵魯然至於古文簡奧處則不敢強解雖於賢之文猶不能道曉以如此見識何敢論古今文字間是非乎雖然賢旣開心見素以求於人其意甚美僕若無所言則是負賢也請以平日所聞於先進者仰復可乎來喩中簡亢二字恐非好題目也聖門諸子詠非大賢而子夏之學稍近於簡故一轉而爲田子方再轉而爲莊周其流至於竹林而極矣易乾卦六爻皆聖人事而至於上九則曰亢龍有悔雖以聖人處亢不能無悔況衆人乎衆人之亢也必至於敎亡之極至於無禮無禮則去禽獸無幾矣可不懼哉試以物理推之天下安有亢而能久者乎高臺易遽危城覆隍日中則昃月滿則虧是以君子惡盈而好謙和雄而守雌易曰以貴下賤大得民也道經亦曰江漢爲百谷王者以其處下也此可以爲法也雖以詩文之體言之李杜韓柳承六朝之委靡救之以雅正六一三蘇承五季之卑弱矯之以氣力其有功於當世貽惠於後學者自有先輩定論而至於皇明十家則藐視唐宋直欲上薄秦漢其體法誠高且

充矣然終不免拖𢸍之譏則反不如宋儒菽粟之適用也盖其弊不能深厚其元氣而專以字句聲音摸象而畫葫之致也第觀賢文體主意甚厭俗陋欲高蹈作家以成無目何敢議人丹青而其在相愛加勉之義不可無言竊以明人過亢之弊爲賢奉箴爲賢能有取於芻蕘否乎來喩中不知不悶樂行憂違確乎不拔等云者竊恐賢發得太早在也人必有潛龍之德然後庶可當此地位也所謂潛龍之德者何也和而不流中立而不倚之謂也雖以夫子之聖猶曰三十而立云爾則未三十前猶不可以此自任也此乃成德者之事而有非初學不可擬議者也賢年未及立便以樂行憂違自居者無乃過乎既無龍德之正中而遽以確不可拔爲持身之符則吾恐其所持者未必皆出於正而其流之弊執拗不通見憎於人進退無所據也子曰愚而好自用賤而好自專居今之世行古之道菑必逮夫身此不可不戒也然則如之何其可也曰姑且抑氣遜志謙恭自虛以能問於不能以多問於寡是乃顔氏法門也從事於斯雖未大成下不失爲謹勅之士豈不勝於簡確之末弊乎來諭所謂嘐嘐之志乃聖人所取也僕何敢容喙於其間而窃觀聖門所謂狂簡如曾點琴張之徒終不能取裁於聖敎其狂至於臨喪而歌則反不若諸子之矜持也況後世所謂嘐嘐者非但考其行而不掩或至於傲慢不恭流蕩忘反古人有言曰讀數十卷書便自高大凌忽長者侮慢同列讀書求益反自害之以賢高識何憂至此而窃自附於朋友切偲之義賢其諒之昔者吾友朴近甫禀絶人之聰明有入微之見識而常自視歉然有若愚人不能數一二者然此非矯情外飾也深覺義理之無窮而人見之易偏不敢自信自足益求其未至也此人即尊府切友不幸早世恨不使賢及見之也來諭又曰其爲人面目言語文字亦既覩止未必其說者悳以及之此亦喜聞過之意也敢不罄其愚見以副之乎窃覸賢姿禀甚高從上達處入眼掛雲霄俯瞰一世人言之嘵嘵皆從耳外過而無一槩乎心者其識與見不可不謂之高且大而許多病痛亦恐自此而起也前所謂簡亢樂行憂違者畢竟轉入於驕吝坑坎賢必惕然反省區區之望也六詩讀之不覺牙頰生風不意今日復見比興餘韻而若使之品題則譬如握王車下三十二歸皆追風埒雲者如僕望塵足矣何暇下

其氣爲奔雷孰爲騰雲也哉第以臆見推之詩亡亦
久矣自騷以下至於大曆其變已甚矣賢能氣靡屈
賈曰蘇曹劉歷頭李杜而翺翔於風雅之間乎杜哉
志也吾將拭目而俟之矣且念古詩之法必協於音
律登諸管絃而薦於郊廟鄕黨也我東詩人粗解音
律者尹春年一人之外無聞焉賢能曉之否若不恤
音律而強效六體則恐見笑於具眼者亦不可不念
也病中呼倩胡亂不成字恕察爲望

答上西湖先生

向上韵語及書後甲閏越三數翔沒有來信私心定
不能無疑既伏聞以體上欠健轉次永中忽恐懼自
語不瑕其大有傷乎聞諸曰過去便得拜奉下復書
書已復常疑釋而恐懼亡也伏惟令候氣體春後益
健下諭首尾殆累百有餘言其間事目固非一二要
皆不出乎敷衍簡亢之弊極言竭論不置盖所以抑
其過補其不及去其非使即乎是卒能不反於古聖
賢人規矱之內誠皆可則而不可遺也嗚呼何其愛
我之篤而所以教之如是之勤且當乎哉宜不敢負
也則固在竭心力殫志慮以爲服行其萬之一不恤
其他爲抑所深懼者若向所謂剛不足以下之云而
加之病而侵攻之也其何以能不顚倒乎哉自今以
往惟門下之警策振拔焉是恃幸卒有以繼之也向
也樂行憂違等數語亟所以自警誡非所以自居也
不如是何以曰非吾之所能幾乎向不云乎已若是
者非吾之所能幾也又曰不能幾彼焉誠如下諭之
云使小子誠狂何遽至無所忌憚如彼之甚也有不
能信誠取向上書更賜復否所謂文體蒙斷以明人
之過亢此不惟門下憂之亦小子所嘗深恐而自反
焉然所以自勉則固有在若以明人之故而欲廢其
自勉之志者恐不免所謂因噎而廢食孔子曰觀過
知仁抑彼明人之所以學也有未喻其方焉其志也
則固不可謂不好也故今且祿其志矯其學則不亦
幾乎雖然非自謂能爾也聊以明其理之恐嘗然誠
然乎否乎六體之學欲恊音律恐亦未必不然賦而
騷而言老杜作八哀詩論者以爲表裡雅頌劉夢得
烏衣巷詩以爲有風人之巧夫言人之五七言與所
謂風雅之聲律近哉而云爾則亦足以明之矣且如
吾東方界獨尹春年粗解音律者下諭誠然耳然則
近所謂文苑黼黻中載太廟樂章處非一二其皆出
於尹手乎而可謂太廟之樂不學古而爲者乎然則

凡詩者要在窮其大原其所從來然後有以充拓發
用夫然後有以別其邪正而去取之守而勿失焉而
已矣苟如是而作乎千載之後使成周復興庸知不
杖而被之管絃用之房中郊廟鄉黨也哉使孔子復
興庸知不採而俾列乎風人之末哉抑何以徒規規
乎未事焉乎其所難則大槩如此不敢不吐而猥之
於前以請其是非得失之歸果何如也若謂是其所
自居也如前之云則小子無言之路矣幸有以俯恕
而卒教之幸甚痾中氣渴辭縮不能究下懷之萬之
一惟在默會伏惟下察

與沈夢山書

側承執事兄弟并皆志尚不苟趨向宏大若不屑屑
乎當世之為者不已難乎哉則有以感歎乎心而願
趨下風接緒論而不可得已古之道尚師友不惟夫
所謂學聖賢之道以希至於聖賢之大成者然後方
爾也擇其可師而師焉擇其可友而友焉雖所謂一
技技一能異端百氏之家無不皆然焉故逢蒙學乎
羿孟子謂使奕秋教二人奕人固不能無學奕於秋
者梓匠輪輿之屬不能無所受於公輸子公輸子不
能無所受於梓匠輪輿之屬師曠之於律呂亦然爾

庖丁之於道也和扁之於技也獨不然乎哉莊周學
子方庚桑楚尹喜學老聃蘇秦張儀公孫衍之匹學
王詡京房學焦延壽可槩而推焉而於其所師也知
必有所友焉而所謂學聖人之道以希至於聖人之
大成者獨不然乎哉曾子曰以多問於寡以能問不
能吾友嘗從事於斯曾子之於顔淵友也孟子尚友
程氏兩夫子之於周所謂范邵氏張子司馬氏諸賢皆
所與相尚以道相敬以義以至於子朱子乃克廣咨
而博取之必於其端人焉於其所友也知必有所師
焉荀卿學馯臂子弓子弓學商瞿李斯之於韓非也

則同師而友焉槩而言莊助枚皐應陽徐幹劉楨以
及李杜沈宋韓柳及蘇黃諸子皆得以友稱降而至
于今可知已而能也則獨何人哉亦嘗學焉而不求
其所謂師與所當益暨獨不羣子子傳傳無所適從
而不自知悔夫然則將見其猖獗跋疐以敗之無日
焉夫樂所謂猖獗跋疐以敗之無日焉而不悔者可
謂人情乎哉能也雖愚乃非無人之情者宜乎求所
以免之道也抑無其人焉聞者蒙執事進所為草草
文字輒賜評騭批誨而不鄙不以其言為無足取嗚
呼比年來見吾之所為以為萬一似者乃百無一人

爲萬無一言爲泆以斥之曉曉也雖於吾無所增損
抑不能不欝乎中而溢乎外惟執事幸不云介則將
所謂知吾之所爲者歟所貴乎師者知爲而已所貴
乎友者知焉而已執事之所以處鄙陋將俾師之歟
抑益之歟則能也今而後始覺夫所謂揭撅踐稟以
敗之無日焉始覺夫所謂睽獨不羣孑孑傳傳而無
所適從者矣其亦幸乎哉夫所謂益之道者何哉自
在吾與在彼可勉者曰立德與立言立言而至於
自蘇黃以上至於荀子斯可矣而於內不能無擇焉
立德而至於自朱子以上至於顏淵曾子斯尚矣而

於內不能無別焉所當相與裨益長成之道將在是
其餘愚不知已抑以爲如何哉雖然自惟賤微旣極
與世不齒執事終亦不擯而進之乎否則有不得喻
焉文字雖有錄去者當亦賜誨斧正作亦可不吝俯畀
俾盲者得參丹青之觀否辭氣僭妄死罪死罪

與趙汪書 鍾永書 擬代

向狀因便發亟遽草艸止循凡例馳喜不能窮所欲
言者頤已粗發其端耳子程子謂人有三不幸少年
能文章登高科處其一焉當今之世文與道弘風流
轉盛所謂執輪搦管之士率皆握筋臂工組繡含占

其能嘩然可喜以尚諸人而人亦尚之藉是而進爲
則不待三塲壯元而所謂喫着不盡之路又綽綽然
矣得之方壯之年尤足以聳動人聽艷羨稱道而曰
能事畢矣豈非今所謂士之大幸也歟乃程子之言
不幸也者誠以古所謂士之職固有進於此者得此
之徑先而易於滿足不能励進於此者所謂所得不
能補所失者抑豈非大不幸爾王仲淹匪至者也且
侻爲日有所事人亦勸之士而拒不肖就斯是以槩
推也哉今也執事之所成就抑非今所謂大幸者乎
程子之謂不幸者歟吾固不得今從之幸称乃以子

程子之所謂不免爲執事盛然然而執事誠毋以所
已成就者爲是尚益矍然自反求所以進於古者彼
館閣堂署翰苑文藪未必不爲資吾之闡益廣吾之
羣趣之所而大有適乎古藝之館獨挑笈而偃息者
矣夫如是所謂不幸者顧不可轉而爲大幸者哉竊
所蘄於執事者已猥以菲劣處在身知之末不敢自
外於君子輒求前書之所不能究者如此言不知擇
罙增惶縮

與金萬叔書

屬者飛雪大至光彩眩目倏然若世界初出萬物俱

化但念何處不然我屋獨自以為右何也地較廣山
較衆據大鏡面恰滿數十里無空缺處嗚呼其亦壯
矣況有矗矗群巒爭秀互踊就中有右者若望德金
貴紺巖朴亞儒與智異色依然是瓊樓玉宇排出雲端玉
簫爭鳴素女來止嗚呼若吾輩之浮生幾何而自取
汩身泥滓處地廹隘有謀難成學道何勞抑將如此
而止乎詎使欲低顏斂目以圖一進恐亦視翩翩者
無甚相遠雖然如其必得吾亦為之而已矣其若不
然何哉其若不然何哉率然感物之心不能不為高
明道之抑高明能知道否乎恭惟啓處康衛賤疾隮

有向減之喜續為時物所侵惱何時當面悉此話嵗
後之約想不欺余伏俟節音餘惟默會

與沈夢山兄弟書

曩遊上國路山蹊水往復凡六百有餘里空無所得
可謂不幸之甚者獨以得奉吾執事兄弟為大幸自
惟誠陋人何其一番便款若宿好傾倒不置反而藏
諸心實有不敢忘者伏惟省餘體內履茲并萬安其千態
歸後勇無病仰循如昨頑被百憂交攻區區此心
誠恐不自保得以是自悼何嘗奉面周旋雖久而不
厭以成此顛頓噂喈覺虛費夢想方擾擾不能寬下

懷之萬己一都在嘿會不備

與夢山書

曩時緇黃中有所謂無用師者頗高才傑傲寄書京
國交如以為如高眼郎君方在好頭叢中安肖復念
及於老醜故頻郎老醜者蓋其所自道也今也賤懷
之向座下雖萬分深切座下得無以老醜而遂不復
念及耶亂心中漫發此語以博一粲

與夢山書

向日經營一進竟致交違洞中仙遇不遇亦有數存
焉半日虛窓看樹畢竟悵然而歸一掬懷抱寫在白
粉板上倘即覽至否耶自伊日歸後懷思茁欝抑不
免強吐成三律第欲螯時奉呈取裁而借便難甲
以懶病作崇不克如願今纔轉上以博一粲幸加細
評回教并得瓊韵報來則庶可以破此欝懷之萬之
一一往一來抑豈不為許長日消遣法耶切有望焉
而從來嗜之以此深惑焉宿慇文字歸計斯迫當如
何出場耶歸意方亘中而覓乘凡節有難容易剃就
要當於晦初間戒發住在咫尺尚不見有涯角之歎
日後落落參商當令人懷緒復如何也耶語至于此為
之悵然一晞餘當未發前另圖一晉惟嘿會

與夢山書

元夜之約空令人踏着滿逕雪冒了劃面風衝到山門只睹得一個空守帳怪交至難以言了是無亦當初留約有如伯淳先生推卲堯夫加倍數而覽時能言背面都忘耶誠如是吾座下靜坐之工恰到無意想境界眞令人益加歛膝而服矣願座下試及觀而有以敎之感戚兩絶尾録乞垂覆和以慰孤思

擬上典洞書

某（千能）白伏聞閣下有德發峯爲世所宗仰之日久矣則未嘗不擧首北瞻頓有以執鞭鐙逐驂御將日有所聞蓋爲而莫之得已士生而禀秉執攻文章固有所希於世抑不得當世之大人君子負嚇嚇之望者以就於敎誨以振拔其能焉亦卒無所成而已矣鳴乎是將進幸其成若天淵蛙鵠之相懸邈乎其無相及已誠以處別而勢閼也於是而所謂士有以請而不遂揮抑若將来而敎之成爲向非淵識而辨才好善而敦仁者鮮克能之當今之世非閣下抑誰其人也何不徼明而輒云爾哉向時入京國因將有所依而謁見而請誨者曰所爲詩文數篇就亂軸中拂拭而書甫託忽被事驅還旣還而得相識書爲道婉轉將一所書詩文已經閣下之品裁若以爲可爲嗚呼事固有曠百世而相感者况並一世而閣下之爲此擧思得無感激發越之心哉雖然閣下之門以是進者固不爲少矣今某之爲此言也閣下得無曰是何物歟吾於何見何等文字作何等說話遂茫然不復記憶也耶某敢不外而自道之向經品裁詩內有所謂憂息曲者曰人言王者樂不樂復爲愁文內有所謂反覩篇者曰負曖與佶孚辟而拔乎世者可以敎入乎哉其餘都忘失苟於是有足以記念某之所希於閣下者固有在皇甫湜得裴晉公孫復得范文正蘇軾得張樂全咸待其厚恤勤誨而管攝之然後得以成就自拔於流俗然其賤賤物也不敢蓄於當世之士大夫用不敢知閣下之意其卒以爲如何也方被窮厄攔身無由進服訓誨敢以此先若其所欲言則固不止是容俟日後俯伏不勝兢慄戰汗之至

與李監役書

曩時濔望稱崔守愚先生有一君子就而見之旣及而喜曰見此人歸不覺清風滿袖乃者賴先宿世緣分遂得造謁軒下容接極款賜誨諄複先不覺和氣之薰人退而不能忘遣夫如是則與所謂滿袖之清

風其所得優劣未知固何如也竊幸竊幸

與申注書緯書

曩昔容齋李相國稱挹翠軒朴公才格絶倫妙年取科第若拾芥昨者叢坐春塘塘側忽聽得大唱令名字已足驚倒萬億人衆況夫去時一布衣來時滿頂花綠掛體綠袍乘 御馬擁舞童聳動滿城人喧呼嗚呼壯哉何其霎時頃措手取得若彼之容易真所謂如拾芥者然已今世有如容齋識望者庸不以其所以稱挹翠軒者賀座下也耶如微末者輒為我聖上攢賀得一箇當世朴仲說也但自念得與御者定交盖未久也未及穩討千古傾倒肝膈結得如萬縷交絡而遽有此事座下當不日歷數華要驟步雲端當是時能復碩念泥裏沒蹤物耶能於是而輒自降屈謙虛不忘當年意中之交雖書帛閒游之間不自許較而先為斯所謂大人君子也吾安得不以大人君子所為仰企於座下也耶若夫處在泥裏者誠不合上干於雲霄上人以處已則自取賤惡以指目則謂之干謁也雖劣識不敢為是也然則日後所以處我者全在座下從此相舍不遠座下不先為則已矣毋輒謂頗外入鮮情忘好也竊有與座下一定交而遂終此生不渝之願故悃悃如此此言豈所發於人人者哉抑當有以諒至也向日彼韵眞正不勝盥手歎償盖緣當去不見此作久矣當夜為讀此詩感發些麽意思成得三章韻語要即就正而不暇今玆并浼乞賜復韵惟嘿會

與清閨書

府裏故有一個嬌娥倫然玉立才貌抜倫并有一個丈夫方心古皃坦然自守不中時様乃者這箇丈夫忽為那箇嬌娥所慕獨禮勤意摯斷斷不寘這箇謂那箇可以義就者歟遂倪然就之既就之矣那箇便不肯一霎相舍抽心倒肝綢繆膠固若將至者死毋少渝矣既而那箇約這箇相攜出門合力登場博人金錢不想這箇半路裏失脚喫跌趕不得那箇先走竟失了合力博錢之利自這番失利後那個向這個便只做粧情假面相待不復照前抽心倒肝這個輒反躬自省合下沒些叛意中間失脚乃屬無妄何足以相尤也耶頗不能相讓凡坐臥興居之頃未嘗無那個嬌娥着在肚中排遣不得然為那個之如彼也又不肯屑然相就徒落在孤貼不打緊臼中以此兩個不免日遠日疏始所謂可以義就至老死毋少渝

者終被利心隔斷了不能保半年之久此前事之已
然者也後來君子論此事以為惜也那箇嬌嬈不深
照管向使守了舊好勿少渝目下雖鮮利愿知無後
利之來隨者哉藉令無來利固合當以義勿渝況未
必無利者哉世傳以為名言當法嗚呼今也坪廬四
五日不得闔中信何哉漫拾已事獻㨾可以一笑也

與趙進士 鍾淳 書

向來復存踞領纖巨娟辭緻貝工字切玉睢陽百鎰
無望相易詫此一端足想淂肯中長處當不減善題
鸚鵡賦殊有鳳凰毛其人也喻吟痛伏之閒淂此另
㨾奇貨輒不覺爸角射眸心境夬活便服一貼清涼
散相似是以盪倒了苓辛桂烈之腸子以此感激左
深有難容說献歲發春伏惟奉晨節宣益膺景瑕增
年之歎益見奇志有不啟賞但念男子事業自有做
處誠肯下手做得日長一日何今乎彼逝之若邁肯
不肯下手做了只等待明日後日如此慢慢過去雖
住得東華等人八百年童顏畢竟是這㨾人何益之
有今座下誠有厥志亦當及今下手便可牢勝孟晉
毋但以此年粘身之累為無益之憂恐何如當從自
已上驗得如此憂歎都沒實用覺自十四五時迄今
猶夫人而已故輒吐露將之覬或振心誠敬愛之深
故矣雖然感志所存抑只高鄧仲華妙年封侯耶有
足以自負而自重者豈台愚之謂也歟乞於此着眼
明白恐當有實效矣老亟叢脇恐徒致頓聒又是自
咽軸簡東杜伴得丁玄不謂特地嘉貺及此寂寞之
濱敢不恭謝但居積畜之所零些許甚的是將南靈
草核子購得葫蘆匏手段安淂謂用當用處歟耶此
一處文字之索誠不欲通貢第惟手段之纖嗇如彼
何以當所謂一字三縑之直也耶恐不若已之之為
安矣左覺捧腹大噱來夏之約豈不誠好頑念事故
如鑄惡知無魔王羞妬臨時皺眉耶

與舍弟善之書

凡人子之道養生追遠二者為先而在君則抑有別
焉而後之義在所當重所生之恩亦豈敢忽今雖不
能縣責以古人之道至於平平可行之事亦且不能
則他何望焉嗚呼吾之無狀小不學農桑之業長不
見立揚之效其於二者之道蓋亦懵然若忘而其一
段所明之天則不可泯焉故常仰瞻吾親乂手鬢白則
輒不覺憮然潸然以為親老矣吾不能供一日之子
職其何以立於世乎見吾親乂手飯無肉亦未嘗不悲然

若無所指當 先妣之諱日見祭品零星赧然冷淡
則輒歔欷自訟以爲若子而能子不應如此凡此數
者皆吾滿心之至痛也雖未嘗發於辭而實無一日
而能忘焉君能體此而思所以盧厥職則君可以爲
能子而亦可以少續我罪矣君其諒之君其諒之

鳳岳集言卷之四

六西集

六西集遺稿序

嗚呼六西集卽 先君子遺稿也殘篇短軸得於舊篋中謹以編之詩凡四十七首

也語云人之情物之感近則思遠則忘小子今又裒類 先君之典則已失十之三四矣况後之子若孫世且益遠者哉昔張數得扇而感皐魚抱樹而泣皆寓於物而慕其情也今夫斯稿之藏弆亦豈徒爾哉

若復常目而莊誦焉不但不肯磨寄浸齒之感倘使吾子孫勿替引之寓感追慕如皐魚張數也則可不

慹慨然霜露之念歎
亾不無助於近思之
一端云爾旹壬午秋
七月阮堂不肖尚琦
謹識

六西集遺稿

陪 元尚書登松嶽懷古

昔日繁華何處在王孫餘業秪
空岑悠悠逝水荒橋咽脉脉愁
雲敗堞陰運去金豚終幻跡春
来青木不成林滄桑往事憑誰
吊灑血花間杜宇音

菘營次姻兄柳光伯寄示韵

喬木蟬鳴倚晚晴漢江秋水意
中清詩篇結社留前約萍梗流

翠靄霏微繞堞頭滿天凉氣雨
初収身隨樑燕將歸社目送雲
鴻更感秋寂歷殘燈虫語辟蕭
踈古木月生樓西風漢水家書
隔一夜思親一夜愁（八于風謠續選）

中秋夜登墩臺次前韵

八月秋高積雨晴西臺獨上四
山清凉風一鴈蕭蕭起白露羣
虫續續鳴黯淡歸雲分曠野蒼
茫曉月度殘城悠揚歲色如歸
波愧此生明月隨人来舊國凉
風吹夢到重城銀河七夕於今
過吽侶雲鴻動客情

再和寄示韵

一夜輕商宿雨晴落梧庭院有
餘清時承問訊恒心住欲寄篇
章奈手生白鴈天寒頻送目黄
花月出幾登城令人此地多蕭
瑟可但悲秋宋玉情

述懷

夢強把琴書慰旅情

再次牧齋

郊光天氣揔蕭辰旹暮他鄉易
損神客上高樓雲未散鴈來遥
夜月方新風吹亂葉常疑雨酒
帶紅顔剩得春星斗闌干雜唱
曉一燈留伴憶歸人入于風謡續選

秋夜思柳而顯

思爾恒於旅泊時離懷叵耐又
回期丹楓日落鴉翻亂香稻天
寒鴈影遲明月惱人頻命酒黄
花作伴對吟詩江上舊國繞光
景一一憑書報甫知

重陽入天磨

百曲羊腸上斷橋西風旋沛入
雲逢虹垂素瀑心仍壯日烘丹
楓眼易搖諸子詩樽酬勝節元
戎笙鼓動清宵翩翩裘帶風流
地太史他時採巷謡

滿月臺

青木同歸黃葉寒興亡忽忽夢
俱殘啼鴉敗堞秋風晩遊鹿荒
臺夜月團麗祖洪功歸逝水道
僧神識寄餘巒登高莽蕩千年
意孤鳥長空不見端

留臺小集

衙退庭空靜夕烟歸鴻落木欲
霜天閉門笳鼓高麗國迎客詩
罇太守遨九月寒城砧杵動三
更畫閣燭花圓一杯婪尾君休
笑末席周旋獨妙年

三節軒小集

每隨凫鳥作清遊過去光陰尚
黑頭對酒床琴三疊和護霜階
菊數叢留風吹老木飄飄葉月
出寒城寂寞樓香社那能容此
客倚欄孤嘯自生愁

陪 元使君留瑞城

風流蹤跡逐遨頭大地關西作
遍遊彈鋏馮生無好意登樓王

既晴樓笷日遲遲面坐嬌娥畫
十眉燕子差池猶弱羽杏花狼
籍少空枝僻留淡墨洪厓筆架
挿紅箋李子詩令作逍遥忘作
客尋常如在洛陽時

歸真寺

峒中雙樹不成扉曲折溪聲路
轉微掃榻山僧迎客坐尋花谷
鳥繞枝飛三層佛宇叅差出十
里雲巒次第園半日登臨情界
綮抱深愁但聞鴻鴈蒼蒼過獨
伴琴書故故留一醉春醪成一
笑人間榮悴摠悠悠

悠然樓

畫樓縹緲鎮村閭此日登臨嘯
一舒旅况蕭條難止酒歸心迅
急厭看書空階兩過花初發遠
郭春深鴈已踈畧約風懷能耐
去澹然静味似僧居

其二

爽浮生於此便忘機

其二

路入藤蘿上屹然周遭峯勢護諸天繫驢花木啼黃鳥移席皆巖繞淨泉僧掃竈雲成午餅客傾山酒寄春眠卧聞鈴塔如相語一任前溪曉雨連

三月二十七日悠然樓小集

花掩紅欄繞篆烟閒將筆硯坐如禪春光晚矣餘三日客况居然過二年忙作京書難了語遠聞兒病不成眠老來形役從今悔誓水歸心在石田 入于風謠續選

其二

崢嶸雲木小樓迴野馬升沉向旭開京札差池時聞鴈客懷愁絕幾登臺園花催落韶光晩堦草抽萌暖氣推到處踈狂還有感更吟詩句占深盃

其三

兀然官舍倚山居宛宛黃鸝雨
霽初看去隴西天氣暖思來洛
北杏花踈病餘厭酒尋茶政客
褁無朋對案書世逐桔槔多俯
仰於茲田野寄吾廬

其四

邑設山前翠靄橫畫樓東畔日
陰晴殘花半出春窓靜黃鳥時
鳴午枕清老我文章還任拙青
娥歌曲亦關情西遊二載歸難
得一夢依然到洛城

其五

曾慚蹤跡似浮萍何事風流作
老形詩或鎖愁難久廢酒能牽
興恨頻醒岂花飄落猶堪賞郡
角凄凉詎可聽炎冷世情元不
涉計將書劒臥林亭

陪 元尚書上觀風樓公州

旅況無聊日易曛林虫汀鴈不
堪聞晚風樓隱參差樹秋雨山

三徑朋稀獨掩扉軟紅咫尺事
多違志能有定詩無害酒亦知
量語不非世好釣名風氣薄人
忘為德道心微老来細看坡翁
集始覺求田誓水歸

病吟

歲闌春氣上山稜經臘梅香暗
淡凝焦悴病容悲攬鏡朦朧睡
眼厭看燈瓶盈好酒難深醉詩
乏佳言愧不能老去經營何事

深狼籍雲君酌叵羅能耐客妓
拈雙六却成羣浮生到處風流
好準擬江頭理釣綸

拱北樓

錦江秋色雨新肥城上高樓接
翠微一野黃雲山欲瘦空汀白
露鴈初飛川原在目無多遠家
室關心未易歸悵望皐蘭何處
是西風一棹訃全違

懷人自感

業還耋干祿止於丞

岳翁晬日

弧席風流狼籍閑和風偏入此
樓臺雙孫頭角非凡類三子詞
華亦異材諸座衣冠無外客爾
家兄弟獻春盃鰥生亦是忝同
樂歡賀令辰愧不才

武溪洞

世間牛馬去來多恐以無涯撥
有涯閒説白雲謀隱跡厭看紅
尘歆移家深山誰識無名鳥雜
卉難分不節花吾道已窮何處
去餘生此地謝紛華

雲谷小集

柳棵相亞繞樓前中有泠泠一
濫泉午睡朦朧憑石枕春衫斑
駁染苔錢文章習氣從今日鏟
酒風流記昔年無奈形骸成老
大仍抛世事坐如禪

樓谷小集

身如幽鳥選林行故設柴扉住北城燕子遲回檐角静榴花新吐崑容明詩唯遣興言多拙酒亦銷愁氣歎清此地優遊真快事無奈今世敢求名

祈雨

謹將牲幣祝冥玄嶽瀆神明感至虔忽有雩霖均四野應知禾黍富千囷百僚慶賀欣稽首萬姓歌謡樂聳肩品物陶甄皆聖德豊徵八域定無偏

盤松

獨也青青冬夏看主翁愛此種階端婆娑歌舞瞻如盖卷曲成團巧是盤年老全身不盈尺氣清三面好當欄滿園豈色凡花木有是交情托歲寒

與李叅奉次明律

桔槔於世成何事強把深愁了酒盃風外蕭蕭楓葉下燈前側

側菊花開秋高鴻鴈霜華滿夜
入樓臺月影來娓娓五更聯枕
話厭聽鍾漏近晨催

其二

搖落秋懷夜失眠秖憐明月照
床邊馬牛京洛才難涉鵷鷺江
湖夢歎還酒到千鍾愁自遣詩
成百首興仍顛看君拄笏擬何
念思入鄉山聞杜鵑

其三

登樓秋日看人海去去來來勢
若潮睡後閒情仍戲墨醉餘狂
態或長謠莫言今日功名晩秖
信他時歲月遙靜聽雲鴻何處
過西風吹盡向南霄

其四

吾生天地未遐遊不識江山有
好樓楓已飽霜飄北苑鴻能知
節向南州自憐范叔衣冠弊謾
惜王孫日月流世事關心堪一

笑寒總寥落坐搔頭

蒼麓翁挽

城市平生隱高朋暇日遊詩篇
清格調罇酒篤風流閉户心無
累逢塲興未休與人元不涉於
世更何求棣蕚交輝日蘭芽並
茁秋八旬真上壽二品亦中樞
世事欣稱意人生幻轉頭凄凉
瞻丈席寂寞掩書樓山仰嗟無
所冥行却自憂青門遥執紼寒

月滿荒丘

野行

野色西風晩寒花易夕陽人稀
秋店逺木落暮山長自愧巢鳩
拙聊憐征鴈忙書生無奈老還
感客他鄕

和金主簿章甫寄示韵

昂昂塵外意高鶴在雞羣毋訣
尋句徧墨池學右軍歸裝期臘
月離抱對寒雲情盡留佳作長

吟坐夕曛

贈別貢生金鶴壽

佳無如爾友秖恨晩来親邂逅
梅花節逍遥燕子春旣將冠玉
美何患室家貧叵耐仍成別凄
然拭淚頻

和章甫寄示韵

秋風一分手之子逈誰群有技
堪醫國能書可張軍山形公作
字江面錦生紋倍覺歸心切新

鴻靜夜聞

贈別張生

北南分客夢酒盡下高樓勝地
言言戀晴天色色秋歸鴻遥送
目上馬却回頭錦水聲如咽離
情十倍愁

曉過坡州

數點殘星獨倚樓遠雞聲裡曉
歸愁五雲三角頻回首匹馬臨
江嗖小舟

瞻拜　圃隱先生遺像

古宅千年闢廟庭七分顔面儼

精靈江南何處野花發鵑嶺春

来山巖青

代湖南張生和同鄉寄示韵

風流紫陌少親人每憶江南懷

抱新斅月留連歸不得燕鸎作

伴送三春

泥谷與　李叅奉拈韵同吟

文章得失細相論唐宋餘風是

許君雖欲從師才不可羞心如

醉上顔薰

二疊

玉露金風木葉黃一庭寥落菊

猶香愀然獨唱秋聲賦宋玉悲

懷此夜長

與　李叅奉和武侯陰平碑韵

愁雲慘慘嶺頭齊炎運將終一

鳳飛得失由天非在險秖傷碑

面著神機

寬我堂遺稿

書序記論議辨頌
文銘贊歌雜詩
著

寒食雜咏三十首

殘月欺清曉朝暾忽放明用馹頻用策猶勝納鞋行
斷橋紛競濟高嶺還催過相顧而言曰今年人最多
山氣雖餘冷泉聲已繞畲却看原上柳數日後應花
村空翁語亂店貼酒烟飛山上雲仍合翻愁釀小澌
處〻山原裡青烟匝樹紆古墦無祭者欹石歇攄夫
山〻壘〻塜曾是此行人吊古傷今意當年亦一般
賢愚同一塊榮悴又烏寻千古雍門淚流霑志士襟
野看負擔者恰似海鰲趍谷過騎牛叟怳疑紫氣凾
鬱〻昌陵樹洋〻德水川遥望先壟下厨篠已浮烟
眞罷惱肽退徘徊徧壟垠山奴提耳囑春早護松勤
小軒暫言懃昆弟話談同步出山隈望歸人滿野中
斜日呈新霽雲陰落野斑渡頭逢社客樹東坐論山
南原人已醉北谷烟猶迷今日墦間客施肽堪詡妻
肪頳朱笠客横駿細鳴騶應是雲衢側多錢素封侠
行有阡上碣箇〻紀賢明今世留居者如何少善聲
小橋東角店入馬最喧闐不是醪香美當罏女甚妍
落日泚溪水聆朧両庑煌從中揭厲者渾體絛金光
妓〻青娥輩嫣〻笑與携乞錢雁衲于合掌眼偷迷
醉客過曠野蹭蹬步高低俄到山蹊上還無一失蹄
烏鵲爭遺粒繞阡上下喧草間栩〻蝶疑是古人魂
人何肬小捷穿陟棘堤還笱且閒闊步不如大道便
輿家風水說亦可理推求田鼠形雖美犁牛踏政憂
野意將舒豢山光晩欲嵐酣歌松下客悠肽忘回驂
醉嫗依巖坐悲啼且笑謡少孃相挽起誑說月輪高
日斜風更細車馬響殷〻聞說東郊外今年一倍紛

右先考　贈判書公親筆凡我子孫敬重愛惜
無敢毁傷

夏吟 引

歲癸巳杪夏余有暑疾涔涔委枕睡仍昏而疾益侵之思所寓心游樂之事雅不知琴又不喜博奕於是試賦三韵詩或一日得二三首或二三日得一首如遇良友而脫形儀語衷曲之暢也如入名區而挹雲霞品花鳥之勝也洋洋然樂足以却睡忘疾矣疾入秋而瘳詩亦入秋而止凡得若干首輯爲一軸夫詩貴思思則恐害于調疾乍有感即信口而發之貴嚴嚴則恐損于真樂辭纔達即不法之拘貴精精則敲推之際睡反易棄語纔成而韻纔協即止之意盡則不事之情宲則不賤之優游吟咏惟求其寓心

而蓋如李廣不置部曲而混擊匈奴便宜取勝
不可以程不識之制節論其優劣也然志必有
感乃以言之志無感雖有佳景美事亦不言言
必合境乃以咏之言不合境雖得奇語好句亦
不咏是以志無假飾言無浮飃雖不能為肖唐
摹宋庶不失為吾一時史也八月下浣識

一病浹旬卧小軒剩得午睡到黄昏殘書未晒任鳴
鑫只囑兒童灌菊盆

庚炎漸甚汗沾巾又是雲熏欲雨辰弄筆晝永總面
掛誰知涼意此中真

雞欲棲時早掩扃粗飧飽後步中庭清風微起炎蒸
息又得今宵打睡寧

睡餘清晝且猶長卧看浮雲捲復揚欲識此人何所
樂須看經傳滿儲床

浮雲忽結萬重陰雨脚縱横勢欲駸飛沫入窓吹面
冷汗津清霽洗熏心

日午巷前市語殘懶搖輕扇獨依欄蹣墻粉蝶着忙
去應是東家花正爛

日月無停流水過吾年已長老幾何齒牙搖後那知
味耳不聾時可聽歌

隣兒喧噪自前溪絲繫蜻蜓戲與攜一介蜻蜓何所
貴大兒欲奪小兒啼

疎影散庭宿霧開清聲出樹早蟬來擲書黄妳眞奇
語携到枕邊睡自回

日暮墻頭如栗蜘飛絲簷角結圓維縱横名利儀秦
華萬緒構心定若斯

夜聽風雨撼書幃朝起虛簷雛學飛進想三清溪澗
水玉波澄澈勝乎沂

數首詩成興有餘更歌東吟擊欄隅心雖耽酒靡能
飲恨失人間一勝娛

風清雲散雨初收天氣迴然忽已秋病客依床驚歲
晚遠籍經傳總為愁

俗道鵲能報喜緣何來庭樹吠査然倘傳西社詩朋
集病骨輕輕曳履前

滄涼朝日映南疏氣漸清稿起讀書更念疎容多少
瘦移依小几照方諸

秋夜感雷雹 是日 辛行

豐隆怒無端殷殷撼天地電光耀如炬雨脚擊猶驚
已而織窓裂落落穀愈起知是雹下雹其大如何矣
僕僕亦驚起就爐點燈侍試問夜何其斟酌似遲騎

仍燒清遠香擁衾起長跪驚覺眼猶酸恍惚不敢視
丹鳳青瑣外傳警與耒翁野樹風應猛溪棧水應駛
未得從駕行徒爾懷憂思且念田家夫擣稏未了事
幾處因此雨香穗應多墜粒粒含辛苦只足鳥鼠飼
鳥鼠雖云喜奈何困窮子壯陽既云閉造物太多戲
東社讀書苦孰謂稼穡比燈下百感集低首苦未睡
移時風雨霽隣雞初撲翅

皇帝冢

借問牧童與樵叟半夜環佩聽耶不山頭若生梯與
檜大斧芟[illegible]不暫留

公之北關詩一冊全數見失而余之全篇所誦
者唯皇帝冢一首故錄于上其外又有句〻記
誦者故錄于下

春自燕京萬里歸寒天又作北關馳
世事草如除更綠人情水似住還流
木落山容瘦禾登野色肥
俗痴巫鼓亂野曠鬼燐馳

答朴稚欣書

曩者辱賜書辭意勤切若將與僕共適于斯文僕豈能之只可謂足下不惟修其己能修人而人之修若已有之感愧交深欣僕之志足下或有所未盡察志其疎迂之不足聞人而鑿數于足下惟足下察之僕之抄選東坡文非為是之利於作試文也將欲聚名家數十集選之而適得東坡善本先為之選盖欲周涉古今求我知博而已於戲知者文之實也萬殊之理森羅于上下而顯幽變遷莫不有自然之妙矣於是至人哲士仰觀俯察取以為知約之為修身齊家治國平天下之道散之為醫藥卜數諸家百技之術得其行則施之於天下而天下文焉周公之治天下是也周公施其知而行其文者也不得其行則詔之於萬世而萬世文焉孔子之作春秋是也孔子傳其知而文其文者也而其餘百家之流亦各鳴其知而文之者也故源深而流長知博而文工焉苟求其知博雖野謳市諺猶可察之況夫古人之文莫非研精覃思言其所知者也知雖有淺深亦各有所長我能選其長皆可以博我知也知博則理無不明妙無不格施諸事〻諧而文發諸言〻達而文〻不期工而

自工豈止其試之利而已若不求其知博唯姚其句
讀之佳而剽竊之悅其篇章之美而模擬之雖舉世
皆稱其能文我不謂之文也然則東坡之文雖不如
左國馬班苟如是觀之且無博我之益乎左國馬班
之文雖勝於東坡不如是觀之有何益乎舜之世嘉
謨昌言洋洋盈耳猶好察邇言周公之時禮樂法度
郁郁已備猶撰輯爾雅夫理無巨細求其知博聖人
猶如是矣況如僕之迷劣寡聞者乎（已上贈判書公親筆）雖
然志如是者于茲多年而冗擾間曠頹毛已新知淺
如舊又安知終無所成將與草木之無知同歸泯滅
耶每念及此不覺懍然而懼浩然而歎也且夫以文
會友豈不樂之支不足以合於時才不足以信於世
誰從以會之不欲會之而強求其會只資游譽僕甚
恥之是以寧自索居不求人會耻原雖遠固陋益甚
是亦可歎也然足下念僕之舊矜僕之愚警以言喻
以書若是之勤其受益亦不少矣昔楊子雲不得當
世之一士尚友千載比之僕僕無多乎僕才踈知淺
而其志則如是耳足下以為如何更賜教之不宣

諫馳峻坂書

伏見陛下欲馳峻坂侍衛之臣皆曰非所以自重之
道也又曰縱不自重其於宗社何也莫不懷憂也臣
獨以為陛下此心誠宗社之福也天下之幸也伏念
陛下之欲馳峻坂非取其快歟既取其快則有大快
於此者臣請為陛下奏之仁壽之域有坂曰雍熙高
幾仞橫線幾千步泉皆玉之液金之漿石惟錯砆碶
碶砆車渠昆吾其植木梓楠蟠桃春王版芝蕙杜蘅
辟江離其禽鳳鸞鶴孔雀鵬其獸麒麟白澤騶虞又
有郁郁乎似霓非霓而時自卷舒之慶雲也煌煌乎
如月半規而晨夕照耀之慶星也又有鳴條之甘澍
自南之薰風而居民擊壤歌嘐嘐此天下之靈境而
堯舜禹湯文武成康之所馳騁遺址也陛下誠能駕
六飛範驅馳周觀徧踏於此靈境而使詞翰之臣品
章景物吟哦襟期列之於靈臺之篇則豈不快於斯
一小坂之馳也哉且馳峻坂馬有蹶而車有覆則危
莫甚焉雍熙之馳路甚泰平而無斯危焉語曰千金
之子坐不垂堂君子不立於巖墻之下顧夫宗社之
重生靈之命係於陛下之身豈可自輕也然陛下猶
欲乘此危也則臣知陛下取快之心油然矣陛下苟
欲取快則何用舍大而取小舍安而取危也故臣敢
昧死進瀆焉以陛下之神聖英武比迹於堯舜優游

於雍熙之坂則天下之人皆歌雍熙而誦其快也豈非宗社之祉而天下之幸也伏乞陛下亟寢馳下峻坂之命將畱雍熙之馳臣雖識劣請　先路也

送巾幗婦人服書

漢丞相諸葛亮頓首再拜謹備巾幗之服獻之于司馬將軍麾下將軍知夫男女衣服之制乎冕冢冑甲所以貴體貟而歸威容故男子衣之巾幗裙襦所以資英德而便婉行故婦人衣之若男子而衣巾幗裙襦婦人而衣冕冢冑甲其不爲不祥之甚者乎僕嘗自謂將軍天下之奇男子宜其冕冢冑甲之服而今觀之信可謂一婦人何者漢室既傾跋扈之徒各據一方而爭係以矢石相待生民之塗炭則極矣亦可謂英雄有爲之時也天下有志之士莫不淬礪以干於諸侯者以千百數而將軍見信於魏入則珠冕黼黻翱翔於百揆之上出則峩冠輕裘制節於萬旅之中睟盤懸弧之願於斯遂矣故常自謂將軍天下之奇男子也今僕幸與將軍有事於桴鼓之間東伍對壘于玆幾許月矣燕齊之士青冀之馬簇立森羅將軍之兵不爲不多矣兩河之粟山東之芻日輸月致將軍之粮不爲不贍矣以此用之何用不可以此施之何施不宜而將軍則深掩轅門縮首雌伏師幾老而未試一戰軍數臨而不敢一接問其事則雖可諉於持重堅拒究其情則孰不知其畏㤼自保然而將軍猶以爲保身軀固恩寵之奇計深謀莫過於此抗靦顔而逗遛不思決其進退婢妸之態令人可羞非所謂貟丈夫而婦人之行者乎於戲乾道健故剛毅果敢者吾謂之男也坤道靜故柔順懦拙者吾謂之婦也名者行之著將軍旣有婦人之行敢辭其婦人之名乎旣不能辭其婦人之名則服者名之表敢辭其婦人之服乎是以暫任今日奉行天討之威不速將軍合壁之見乃因古人臨陣相贐之義謹具婦人巾幗之服付玆一介之使獻于帷幄之下傳曰服之不衷身之災也幸望將軍亟爲脫冠卸甲服此巾幗㢘其行與服宜而歸之乎魏國亦可以揚袂取媚於銅雀之春風矣不宣

代諸葛均送臥龍先生出山書

謹白于家兄案下伏以兄弟同居塤篪和樂天道之常出身輔國濟世保民人臣之節也方今漢室傾頹繞経李郭董卓之亂繼以奸賊曹操竊命專權芭心已見於射鹿之時生殺任意於朝庭之上此正四百

年食祿之臣討賊文節忘身報國之秋也衣帶血詔一下於董相之府天下忠志之士孰不慷慨飮泣扼腕攘拳欲食其曺賊之肉者哉而況劉公乃帝室之冑英雄之姿仁德徧滿於四海士卒咸俯而用命亦可以掃除奸凶興復漢室之主者耶兄本以布衣躬畊南陽不求聞達高臥草堂之上琴鶴為娛窓外日遲春睡方濃此隱逸之士之所以自樂者也而幸感風雪三顧之恩遂許劉公驅馳之中此正魚水相得君臣遇合可與有為之時而兄以經綸之才明審天下之事一舉必曺賊可擒漢室可復功成名立垂名竹帛豈不偉哉豈不偉哉然功高不賞古人所戒張良之辟穀二疏之廉退後世所稱兄亦宜早退南陽棣蕚相連優游餘年豈不兩全其美也哉噫同堂之情一朝南北悵然之懷曷有其極願兄勉旃焉

蘇秦張儀孰賢論

凡天下之物合之難散之易況六國之嘗干戈相侵以搆怨者乎然蘇秦抵掌一談六國靡然合矣於是秦為從約長結六綬御四牡大周為之治塗儆嫂為之下機何其合六國之若是易也張儀一試山東辱於楚相晩扡蘇秦又為所賺始西入秦矣然不敢術曰蘇君之時儀何敢言及蘇秦死從敗始言橫夫秦死從敗雖非儀其勢自為橫矣橫豈儀之能也以此觀之秦賢於儀也然大盜不如小盜何也自盜觀之大盜為能小盜為拙自治盜者觀之大盜惡大小盜惡小惡小者猶為賢故刑有輕重焉秦之言從有魯仲連蹈海之節者歟儀之言橫有百里奚愕愕之忠者歟不然而皆出於鬼谷捭闔之術欺人而濟私者則能於其術者害彌深拙於其術者害猶淺害淺者不猶賢於害深者乎然則儀賢於秦也爾噫儀秦以匹夫說千乘之君如負釣小兒而辟咩詔之運天下於掌上才智則過人矣倘以尊周除殘之道唱應之功豈管晏之下哉惜乎學術之不正焉則行益能而惡益積齊市之磔魏國之逐竟未免焉其喋喋之能比諸呑炭者之啞不如者遠甚此則儀秦之所同耻也

郭巨埋子論

於戲郭巨古之以孝聞之者也然以余觀之有孝之心而不能行孝之道也何者巨貧不能養其親其恩惻之誠焦悶之情固不可言也然慈孝一理也巨之愛親之心既出於天理自然之誠則安知其親愛子

愛孫之心又不如是也苟如是則愛其孫而哺之飼之其親之志也從以順之亦非爲孝之道歟夫愛親之謂孝而孝莫大於養親之志已故昔者曾子之養其親也有酒食之餘必請其所與傳稱大孝焉若使巨也苟不能養其志則雖日費萬錢不足謂孝也苟養其志雖食菽而啜水足以謂孝也而況其子其親之所愛也其宗之所依也而巨以分甘之故遂欲埋之是豈爲孝之道哉若使其親問其孫之所在將何以對之乎知而悲之不已則又將何以慰之乎抑其宗社之傳將焉托之乎以此觀之巨之所爲埋子不過爲親口體之養而適足以違親之志矣烏足謂孝也雖然爲親而忘其子其志則可尚也

不尊周論

竊嘗天下之所以尊周者尊其道焉耳道之原出於天而神堯得之以君於天下旣老傳之舜〻傳之禹〻傳之湯〻傳之文武周公文武周公之得其道而治其天下也動而爲乾靜而爲坤光顯而爲日月星辰澤施而爲風雨霜露春生而秋殺之夏長而冬固之是以天之所覆地之所載莫不親戴而尊之及其幽厲之衰其道廢而不張由是人物之渙散如脫羈之馬各自蹄嚙而爲計雖有天球赤刀與鍾呂之屬是豈爲周乎然其故法遺澤猶有存者故孔子作春秋抑諸侯尊周室以垂戒於世至於戰國王跡如掃泯〻無餘其道之傳於斯絶矣人物之亂於斯極矣當此之時天下之人誰復知其有周也哉孟子醇於道者也抱文武周公之德履文武周公之道而憫其文武周公之民之塗炭將欲施其德行其道躋其民於文武周公之世也文武周公之道盡墜無遺而孱孫迷癡不知耻焉不可復有爲也則與其道之俱亡而無傳孰若得以行之使天地人物復爲文武周公之世也故之齊之梁陳其文武周公之道是豈爲不尊周哉然世無有爲之君終不得行其道則其道之傳幾乎熄矣故退修其言辟邪說拒楊墨終使其道炳然於萬世此與孔夫子之作春秋異跡而同揆也尊周孰大於是也雖然若有勳親世祿之義則亦當爲千逢矣

遣稿將論

嘗觀古者御將用兵之術皆不出於信與智而已也故燕昭王不信盈筐之謗而樂毅得以成功韓信藏秦殲楚而有天下夫信之如干城敬之如股肱假之

以威權以養其勇鏥之以爵祿以固其恩使之尊嚴而舒卷者御將之道也號令嚴而賞罰信處舍周而處事熟必行吾所明無行吾所疑機應變動不可端倪者用兵之術也未有外此而能成功者也李勣唐之智將也而當臨敵遣將乃曰智將不如福將擇福將而遣之多有取勝何也福將果有之耶有之雖不智亦無敗乎抑其以權譎誘之使樂入於死亡之地耶於戲勣豈為是哉勣之心吾固知之矣夫天下之事所以成者氣之舒也所以敗者氣之挫也故氣舒則事成氣挫則事敗況入於死亡之地冒矢石而馳騖者哉氣之舒挫有道人有自恃則氣舒怯則挫勣之所謂遣福將者毋乃托以陰陽術數之言使有自恃而欲氣舒者耶若使為將者寓其智巧於心而不挫於氣則雖蹈火入水而不惴此勣所以為智而稱稗所以功成者歟不然勣豈不知御將用兵之要在於信與智而乃以陰陽小數取人也哉

光武不任三公論

夫天下之所以治亂者未嘗不由於其君之敬與怠也已何者凡為天下者雖微小之事莫不敬慎則天下之人雖匹夫之愚亦莫不畏敬而親戴怠忽則天下渙離而狎玩天下之人皆畏敬親戴而天下之不治者未有也天下渙離而不亂者未有也故治其治者敬其治之所以而勉之治可久也治其治者懲其亂之所由而慎之亂可弭矣書曰為人上者奈何不敬其此之謂也光武中興懲王莽之禍政不任三公而歸之臺閣蓋以三公之勢重姦者易以為亂也然此豈禦乱致治之道也夫三公者宅於百揆之上理陰陽育人物固其治乱之所階也然人君苟以其道御之可藉之以為治也苟非其道雖田夫戍卒猶能荷鋤負戟而奮呼豈由三公也哉蓋夫漢室之乱不由於王莽王莽之禍不由於三公之政專而勢重也惟哀平怠而不敬故如王莽徼幸而肆其毒耳若使哀平知所以敬其天下之事則必重其三公之任重其三公之任則必卜于龜詢于衆而後宅之也則如王莽者奚由而進之也雖或進之亦何由而逞其姦也由是觀之漢室之乱固由於哀平之不敬三公之任故也光武苟欲禦乱之源而求治之道當不懲於王莽而懲其哀平之所失尤重其任而擇其人委以天下之事諮以天下之謨而董休之則於是乎天下制節之紀綱立而上下和穆天下之匹夫匹婦猶知

尊君親上之為義姦猾之為恥矣惜乎許不出此而又從而忽焉至於廢而不任是何異於悪濁而湮井哉且夫三公所以勢重以其政之任也政歸於臺閣則臺閣之勢亦如也豈謂姦猾之徒常出於三公而不出於臺閣乎噫欲為致治而不由其道禦亂而不知其源其中興之美不至固其宜也竇氏之禍不出於近世子孫者亦光武之幸也

除肉刑論

夫政所以治人也而刑者所以具治者也是以先王之為國也以不忍人之心行不忍人之政又象刑而屬其強梗使民日遷善而勸勉之其政禮樂与五教也其刑曰墨曰劓曰剕曰宮曰大辟也昔虞舜之命九官也命契曰敬敷五教在寬又命皐陶曰五刑有服五服三就五流有宅五宅三居惟明克允以此觀之德如虞舜而政無不擧猶用五刑也明矣漢文乃以緹縈之顲遂除其肉刑豈其不忍使吾民斷體刻膚而然耶抑其刑者以不足為治而然耶夫隨時應變因俗制宜損其有餘而益其不足固明王所以治天下之本也夏尙忠殷尙質周尙文其所尙者有不同而其所以為治均也夫秦置天下於刀鋸鼎鑊之上而二世亡焉漢承其敝當以寬裕為道耳是以高帝約法三章而天下之民至焉然張蒼之制呂后之用猶有繁濫矣則其刑之絆紲斯民而斷支體刻肌膚者慘残極矣於斯乎誠能以寬裕御之刪其繁而除其苛焉則天下之於變歸德殆與先王之治異軌而同功也顧其文帝嘗有察於此而因其孝子懇〻之心遂除之而務用文德耶然則足以激起天下孝子慈孫之心而其於隨時制宜之道又至矣其民庶富實幾於刑錯者豈其不由於斯歟文帝可謂知致治之道也不然文帝豈不知肉刑乃是先王所以屬民之典而乃以一時之感而除之也已後漢孔明之治蜀也以其民因劉璋闇弱懈弛無綱故專用刑法而御之此亦隨時損益制宜之道也亦可謂與文帝之除肉刑異軌而同歸者也噫凡治天下者苟能隨時制宜其於為政何有

邯鄲之禍祟於完璧論

楊龜山論相如曰趙之邯鄲之禍祟於完璧其然耶則楚魏韓燕齊之嘗受禍又祟於何也或有割地以購和者不得免焉或有委質而會盟者不得免焉然則使趙雖卻車載璧閉函谷而獻之其能獨免乎夫

遠交近攻狼貪而蠶食秦之素志故唯國近而地界者先受其毒焉韓魏趙則秦之最近者由是侵掠之禍常尤酷且皆惴其強而畏禍數欺侮之而不較故其驕桀之心常日長若使六國之士皆效相如之豪習各欲以頸血濺之又約從相助叩函關以爭鋒則地雖近矣烏得以侵掠也又烏得以肆其驕桀之心於天下也六國之所以連年被禍終歸於顛覆者無他凡畏其強而欲為苟悅之事皆足以為祟爾奚獨完璧釀禍哉自古論人者多以事後成敗傅會其說嗟夫

楊椒山喜烏惡鵲論

嗚呼世之惑也聞鵲則喜聞烏則惡彎弓挾彈以逐之謂其鵲常報吉而烏能傳其凶耳故樂聞言吉而諱其凶若使烏也不傳其凶鵲也不報其喜則其已兆之吉凶亦能消止耶夫人有告過則惡之如指之攖瘫有諂譽則悅之如甘味之適口常擯斥讜言之士而稱其阿佞之徒以為希世相遇此古今之通患也豈惟烏鵲也湯之誥曰福善禍淫此極論禍福之源最詳而明者也夫人之動靜善惡之間禍福實由焉豈可外致哉然而世人不然皆以私欲必其禍福於虛無之中而在人惡其讜言之士在禽惡其報凶之烏甚矣其惑也余于是重悲焉烏乎烏乎何不啞啞於君子之室而多嘴于世以增世人之惑也楊椒山嘗賦詩曰惡事先傳宜早避喜來不報亦何傷云此非知道者之言耶其憫世病俗之意亦可見矣

完璧論

夫璧一貨也秦以十五城購之價莫重焉然如有以天下購之者將賣於秦乎將賣於以天下購之者乎嗚呼不售於以天下購之者而賒於秦終亦見欺而苟完之為智何其昧利之甚也余試論其賣璧之利趙在秦燕韓魏之間趙為崇期之市而且有奇貨焉遠近之貴金而求寶者之焉貪奇而玩好者之焉穿窬而狗盜者亦之焉日睽睢睨也又有舉城而購之者可謂鬧熱矣然惟逡巡而不過者如子罕之徒不以寶為寶而以不貪為寶者也若斯人者負天下之器操天下之才邁世特立信道而行擇地而處是所謂席上之珍耳使相如有察於此而笑數之因秦之求而輒與之璧且辭之曰以城易璧趙之所不敢云爾豈不謂知其輕重者哉貨移於秦則其日睽睢睨之徒咸隨之秦而昔之逡巡不過者于是焉彈冠促襟而起曰盍歸乎來吾聞賤貨者必有所重矣接踵

而駢進盡其待賈之韞而沽之其寶豈止於和氏之璧乎傳曰天下之父歸其子焉歸若是而有不王者歟苟如是則擲璧於秦而取直於天下也其利孰大焉惜乎計不出此而畏秦之強利秦之城忙忙然懷而往睞之及其欺則磬其頭與璧之俱碎殆與剖身而藏珠者無幾矣故余嘗謂相如昧利之甚者也

貢恠石論

天下之物本無怪常眹其曰怪曰常恆逐人之目而物乃冒之故衆者爲常寡者爲怪夫土之块圠精凝頑然堅固而無文者吾知其石也溫潤而澤文華而貞叩之清越鏗鏘者吾知其玉也玉也石也是世之所常見者也今有似玉而無玉之文類石而異石之質而世之所寡見者則將不謂之怪乎然其剛柔之資可與玉石俱用而無損則用物者不棄矣夫所謂青之怪石豈其與玉石之異形同用而寡種者耶爲之治貢也貢其土之所有而不求其無取其所當用而不擇姸媸故九州之貢莫非生人之所須爲用而民無怨讟是石也固青之所有則其宜貢之矣足以爲器爲砭則又宜取之矣而與世之所常見者有異則謂之怪亦宜也已然則貢之貢其土之有也取之取其有用也謂之怪辨其異也何必巧詭之狀足以爲玩好之具而後謂之怪也故曰衆者爲常寡者爲怪若夫後世之所謂怪石則憂脆剝蝕無所可用故唯好奇者從以鏤鍐之以爲耳目之玩好唐虞之世璧猶投淵豈有是哉讀書者毋以此疑彼可也

可畏非民論

論曰高高在上自有雷霆之威則天下之所可畏者非其君也耶林林在下皆吾同胞之屬則天下之所可愛者非民也耶然則畏莫大乎君人愛莫若乎民庶而若之何帝舜之言曰可愛非君可畏非民耶蓋嘗論之君於天下者恐匹夫匹婦之不被其澤而呴濡之涵育之咸囿於太和之中則𥽅我腹者君絲我身者君無疾苦呻吟者亦皆君也如是則所可愛者非君而何爲天下民者雖肖翹蝡動之至爲微賤而或向焉或背焉實係於邦國之命則磐石其國者民綴旒其國者民隍覆板蕩者亦皆民也如是則所可畏者非民而何然而君而徒知畏民而不知畏之之宗則譬如操舟之人遇風波而顚倒其不免於胥溺者鮮矣民而徒知愛君而不知愛之之本則譬若在襁之兒恃恩愛而游嬉其不爲嚚傲者希矣是以周

之君願民嵓而自畏故民亦愛其君如父終底上下
之乂安殃之民怨時日之曷喪故君亦視其民如仇
馴致宗社之丘墟執此而論則大舜之言豈偶然哉
噫今日東方大聖作矣環顧八域黎民殖矣億萬年
無疆之休其自此始矣竊以上欵可愛二字為吾民
勉之以下欵可畏二字為吾君祝之重為我　東宮
而敬獻之愚謹論

皇華集序

於戲昔者皇明之治萬國和豫咸囿於春煦之中而
我國尤以禮樂文物之華見重焉故中華之士銜命
而東棘者每於飲冰之餘騁眺山川之勝歷覽人物
之盛諧諏風俗之美而感于中發于言或咏嘆之或
志記之而我東文學之士亦以緇衣好賢白駒之遺
逞酬荅唱咏金玉相鳴繹紬成帙於是名之曰皇華
集蓋取詩之皇皇者華之義以志其為使价之什也
而攤卷玩閱巨篇短章奇詞妙句郁郁菲菲侈美之
色溢于目馨香之氣撲于鼻亦可謂千朶煌煌華也
固可謂我東文苑之奇寶也然乎今攬茲集而泝懷
已作異世之事則禾黍之歎且為無涯而唯其當時
字恤之厚恪侇之忱與夫勞四牡歌鹿鳴之盛儀皆
有可徵於此則我東千萬歲洌泉之思亦有寄焉又
豈為文苑之奇寶也而已

送七十老訓長赴燕序

禮曰七十杖於國今先生踰七十矣雖行於國中猶
杖以扶之今乃為燕薊萬里之行而無少難色於是
乎知先生之氣力雖少衰於前日而靡及王事之忱
老益壯而無少衰也然則燕薊之程不足為先生遠
也遼海之風不足為先生寒也其將原隰之無廣王
事之克竣不卜而可知矣復何有區區頌祝之獻也
弟唯先生以宿德碩藝師範於一院幾年于玆矣院
弟子昕夕趍侍講習華語而華語字音之新舊不同
固可疑也蓋自洪武之正音至於今數百年音或二
三變至有唇齒清濁之相易者豈其中夏風氣漸異
音自隨而變者耶或其混於清音而淄訛者耶我國
南北徼村氓之語亦有異於京華者抑其所謂新音
者毋乃類此者耶然則新音之見咲於中夏之人亦
類我國京華之人聞南北村氓之語而咲之矣其為
着不亦多乎先生一院之師矣辨其字音新舊之訛
亦非先生之責乎先生須留意於此飲氷之餘靡盬
之暇求其嫻習於字音者質之以惠院之後學則非

唯後學之幸而已亦足為周爰諮諏之一事也故于
先生之行不慰其原隰之勞而敢以是請焉

指南車序

凡器之制莫不取象存義而車之制最工焉車之制
最工而指南之制又工而神也車之方軫圓輪則天
象地直輈橫式取比人道天下之器孰倫於此也然
其用挽重致遠而已而指南車則左震右兌面离背
坎雖雲水渺茫之野霧霾迷天之中百轉千回而不
易所向常自指南而三隅舉焉何其工而神也記曰
軒轅之世蚩尤倡獗能作大霧故軒轅作是車以擒
之又曰周之時越裳氏三譯來王而迷其歸故周公
錫軿車五乘皆為指南之制豈其然耶於戲聖人默
運神用之工於斯縣見矣方蚩尤之作霧四字漠漠
然如混沌中雖有風后之智力牧之勇何所施武唯
是車所向天地已闢之位分焉則蚩尤之霧不過游
空野馬而已于以戡其亂而天地廓清焉周公錫之
越裳氏而數萬里南國不勞關津而遠人得歸王化
隨風若使周公無是車之錫非徒遠人無所歸依王
化必有所遏也使軒轅無是車蚩尤之亂何以戡哉
自古有非常之功者必有非常之制覽斯車當思其
人

代蜀父老送蘇允明章二子入京序

藍田之玉不為沙石之所混而終為冠冕之飾鄧林
之木不為蒭蕘之斲斧而終為明堂之棟者何也自
不能掩其輝而不能廢其材故也夫峨眉天下之名
山也巴水天下之大川也英秀之氣不鍾於物而常
鍾於人故古多文達之士而今蘇氏三父子輩出其
文章器業浩浩蕩蕩如水走千里而不渴巍巍亹亹
如山立百尺而不動真所謂藍田之玉鄧林之木也
今挈筐聯翩而東游京師明天子在上賢公卿在下
必將引而進之股肱於樞要如以鄧林之木為明堂
之棟必將延而倡之標式於詞苑如以藍田之玉為
冠冕之飾矣他日頹靡之文浮澆之俗煥然一變則
我知三子者之為也其行矣哉太史氏必奏曰德星
自西而東

送蘇武使匈奴序

匈奴見中國金玉珠貝之屬貪而聞忠信禮樂之說
蹙頞而厭之夫忠信禮樂之於生人者豈不如金玉
珠貝之屬哉彼唯不知焉斂公之往也因其好金玉
珠貝之心告以忠信禮樂之說曰中國有至寶先天

之成後天之造人得以服膺則面粹背盎儀端聲和與天地合其德與日月同其文福祿荐臻而災告不侵英聞休暢而姦宄不作以之爲家則家乃齊以之爲國則國乃治以之事神則神乃佑天下之寶孰優於此故中國之人不貴金玉珠貝之屬而唯求是寶得之則利生而貽後第子盍求斯寶於中國也夫金玉珠貝不過玩好之物而猶爲悅之况知忠信禮樂之利如此焉則又將不爲之悅乎悅其忠信禮樂則其桀猾之習庶乎有革而永修終王之職矣然則誰曰公以一乘之車服匈奴千帳未爲不可也比諸昔之勞天下師費天下財竭力盡謀而封狼居係單于者其爲功豈不卓然哉傳曰君子過化之妙捷於影響

結義錄序

生而無教不成人故師如父母尊教而無輔不成德故友如兄弟親還生鎬受學于鷄林金氏其學規甚倫誘掖且勤遂與同門之友情義最深相合者六人序齒而兄弟之是其友而如兄弟之親者也然過相靜善相資疑相稽切切告之偲偲納之而後友之道始備未知果有是歟平居既翕及夫有難不唯永嘆能相恤戒而後兄弟之情始洽未知果有是歟學規既備必有所受者矣噫楊子尚友千載程公題門揮客豈非求友之難而交態之薄歟每讀是說嘆古今之無異乃今聞數子之能以義相合豈不佳哉學既同而義既合因是以求分艾之情自在於其中而聯床說笑莫非密子之所以爲君子者也雖然交久則易怠不寬何以無睽不淡何以無壞勉之哉將修其結義錄請言于余甚勤故佳其志而序之甲午七月

鍾南痴人題

送韓愈赴潮州序

公以諫諍佛骨事貶於潮州夫潮州去京師萬里之地也民俗狡險又有瘴鰐蛇蝎之患人莫不爲公憂之然公之諫諍佛骨之舁入於禁中者非人臣之所當爲者歟爲其所當爲之謂忠不爲其所當爲之謂不忠凡爲臣者常憂其不忠而已苟爲忠又何憂焉昔楊墨之說横行天下孟子拒而辟之聖人之道復明而傳之矣公之嘗稱孟子曰功不在禹下者亦非謂是歟今佛氏寂滅之教福田之說其惑世誣民悖倫傷道者不啻百倍於楊墨而公乃以深排而嚴斥之抗表天陛正言不諱天下後世之學者亦將謂公

之功不在於孟子之下也爾於戲士之束帶而立於朝拾遺補闕獲忠於其君辟邪闡道無負於所學是亦足矣以公之斯忠斯道臨之潮州民俗之狡險不能以欺公癉鱷蛇蝎之患不能以侵公也余將何憂於公乎公亦不以憂而有自樂於其中者矣雖然日月之過庶幾有改則公之復還於朝辟邪詭攻異端而終闡大道於天下萬世者亦不久也

送張騫使西域序

先王之制天下也分五服而治蠻夷屬焉甸服祭侯服祀賓服享要服貢荒服終王序成而不至則務德而文告之率職則寵以存恤之故於是乎有原隰之役而中夏之人多使於蠻夷之域此先王所以制天下之典也勞而不慰德而不急篤敬而存信數文命而施惠渥蓋使者之職也苟能循其先王之典而盡其職何使而不可也且夫天地之間物各有類而達以觀之則蠻夷亦人之類也生長荒漠雖不知先王禮樂之法度求其本性則何異也哉亦足以通化而存神之也夫西域蠻夷之最遠者以先王之德猶不能來賓矣今四海既洽萬邦咸來而王於是乎君有西域之使誠能以我文物之華禮樂之美仁育之溥規以示之容以奬之必有風動之化而慕以悅焉椎以革焉不啻若披霧而覩日者也然則一區腥穢之國變爲齊魯而天子化育之澤亦及於蠻夷之遠而不厭也夫慕禮樂則必有尊夏之心能德澤則必有親戴之敬而永屬于荒服不替其終王之職亦必矣君子之行孰大於此君勉乎哉雖然胡越之俗率多強梗行之必以寬裕謀之必以惠澤而後馴々乎誘騃々乎化克成厥功也君亦勉乎哉願此道路之遠原隰之勞則非王事者之所可憂也亦不可懟也贈君之行不以此以彼

送徐市入三神山序

君有滄溟之行余以混沌之說送之矣夫天地未有之時曰混沌歷萬八千歲溟涬鴻開於是乎兩儀始判而所謂盤古氏出焉盤古初吸天地新磨之精而一日九變神於天聖於地矣今見蒼々者天黯々者地而所謂盤古者何在乎又自九皇五龍之後神聖相繼而出皆參天地建人極矣今又邈然無跡抑其道至者化而神游於天衢而未返歟且夫日之晦明晝夜分焉歲時終始往來之候在焉以此推之天地且有闔闢之期而視今蒼々者亦有窮時耶不然則

已然則天地終不可恃久也傳曰生者氣之聚也聚久則散故物之生皆有涯而道養得理則不夭矣其然乎其不然乎今夫日月之邁行矣寒暑之屈伸矣而人物之幻化古今之變遷飄乎如轉蓬之遇風也莫嘗小息此吾與子之所共觀者也凡有形於其中者孰不欲長生而不死也然有其欲不死之心而不能求長生之術知其長生之不可得而亦不以為憂者何也毋乃泥於所聞而局於所見耶然則可悲也蒙莊氏有言曰有真人而後有真知君之謂也何以知之智冠於古今而窺前聖之未發非所謂真人乎真人之於人物生死之理必有真知矣余何容贅說焉天子神聖英武新宏大業萬事咸釐而旰不可為力者年之老已由是聞君之言如渴者之求飲乃齎童男女而遣之夫三神山其傳在渤海之中而其瓊田之芝玉井之醴可以令人長生焉然而自燕昭訖之未得爾君於此時誠能致之則豈非斯世之幸歟然後余苟為拭目而睹真人之佛跡也已雖然君之行也只為人也未及於天也方壺員嶠之上如逢羽衣之客以余混沌之說質之而為問亦有使天地不復有混沌之術不也誠如是亦有功於天地也君須行矣余將歡呼於丹墀之下恭時之前矣

送李相國請兵天朝序

皇〻者華于彼原隰駪〻征夫每懷靡及送使詩也夫周之盛時其使之職不過數命諮諏其所往又不過方服之內已然送之者猶以原隰為慰使者亦以靡及為懷相與歌吟于中逵而亹〻不已者如此其盛時之士涵泳於文明之治而從容相與之誼憂勤靡盬之忱足感千載況以艱迫之時倉皇之人觀之豈無羨仰之心也我時值蹇屯我文明之域盡為蛇虺之所嚙當此之時人臣勞悴之苦何足道也顧今使〻之事於古有難蓋其島夷之譎雖已見斥其黨與蠕喙之徒尚未除也天討之施雖無親疎而唯逆是征唯善是助然在夐遠已殘之國其勢未易得也而國之復振之策全係於斯也則殷憂之煎迫于中者不可自釋也然則其難也不翅與古之或談利於鋒鍔之下威脅於設鑊之庭者比也雖然所可恃者天也所可賴者人也天不絕善也而人也亦有時乎感天夫我文華之區天必愛惜之而公之邁是任也實以才優於回天德合於神明也則固有天而有人也何呼不應何求不得是則我君臣之屬望於相公之

行而自慰者也故公之行論使事之難歌之于馬之首矣後之誦周詩而覽斯言者亦將忼慨而觀世焉

契序

古有鄕黨州閭相保之法而大司徒主之今無其法則人之所以相籍力者莫如契也然今之契者比屋可數而皐咻哄堂而已未聞有出力相資者甚者計貨爭利朝聚而暮散人或不屑之曰契不可為也噫凡人之交也非識面內交之為難交而相孚之實為難也非平居相歡之為難歡而急難之實為難也此契之所以作也其所難者因契而有所籍焉則朋友之道於斯在矣豈可慢忽也豈可不屑而不為也吾嘗謂契而慢忽者不知朋友之道者也不屑而不為者不知契作之意者也凡我契者請誦之曰人不可無友而友之道在歡憂相助友不能歡憂相助則不可謂友也歡憂相助人之所難者而有籍乎契〻不為則無以勉其難而保其義也則交而孚而歡而急難之道實不外此而永好無斁也然後將謂之人曰凡爾契者受我規可矣云爾

送尹君赴沁都佐幙序

尹君文士也日自磨礱為業一朝投筆佩鞬而從事於沁都人莫不憫其貧也然文士之困於貧自古而然也故古之人有帶經而鋤晝傭而夜讀者使尹君無志於文則已苟有志何往而不得焉尹君之行也余搜其裝得古文數十編皆平日所自鈔者臨行者手裒之若之遠者之宿舂糧其志槩見矣然則其身之佩鞬櫜鞬特為貧耳何憫之有且沁都雖是保障之地平居則其政鎭撫而已主帥國之文衡也尹君誠以其志措之於公退之餘以硏其所學者又日侍其側親承謦咳以自琢磨之則其誰曰無得也然則是行也亦謂負笈游學之計爾顧不足賀也歟若謂佐裨之職只在弓刀間安足以佔俾為務或因循優游日官事無暇不惟於志之可惜誠有愧於帶經而鋤晝傭而夜讀者吾知尹君必不為是也而況古人有言曰讀一部經足以治天下其賓佐之道獨非黃卷中事耶則尤可勉也余與尹君總丱舊知而又自春初聯席而居一朝分袂豈無耿〻之心然不以此為懷者其常所期唯在攻文之勤而已故以此贈之尹君勉矣哉

古文鈔序

余自結髮學古文而探賾秦漢逮武唐宋雖事故纒

綿無嘗少廢其致力可謂勤爾然心稍〻有解而筆稍〻難下矣近察綜練世務者其通言詠辭莫非至理所存而爛漫口角斐然成文余未嘗不味之也然後發書讀之昔之高遠乎者卽綜練世務者口角語也於戱不違其理孰能有言不有其言孰能有文於是始知文不在遠又不可以文求文也苟如是雲飛風吁鷄鳴狗吠孰非吾文也野謳市喧車音馬跡孰非吾文也賓往客來譚諧游燕孰非吾文也與之則起叩之則應折衷而書之文豈勝用也仍思曩日所爲不覺拍手覵然撰古文若干首以爲證言之資文豈可求於斯哉篇五十雜秦漢唐宋

明文小品序

撰皇明諸家文短篇五十首爲一卷蓋古人得意之妙多在短篇也晴窓暇日殘篝睡餘隨手披閱〻而吟〻而讀〻而思皇明文章過於唐宋乎哉文章之士其才與學雖不如古人恒欲與比肩并驅不欲濡裳餘波此固文章家氣習也自六書之始以至皇明其間立言記事者幾千人也明之人乃於千載下必欲言其所不言抗秦漢而不綸掩唐宋而不數其氣習誠可愛也雖然其以爲新換乎者終不過換面目而已文章不其難乎況後於皇明者乎

葩雅序

詩不可以苟工也苟工於詩則無情而假有情無言而假有言雖工也焉足爲詩說詩者謂心感而情至情至而言發言發而不自已然後詩自成也詩自成而後聲自諧也聲自諧而後不期工而工焉有是哉譬如樹木之靜立無意而春感之花也風感之籟也花之色籟之聲豈智巧之所可假也故剪綵像花雖極智巧終難與春花爲侶撼樹作聲雖劇諠聒終難與風籟同韵則無情搆詩雖善彫飾其可爲詩乎余於詩如是已故常不欲苟工而觀古人詩亦以是求之有所合則錄而投笥已而笥旣盈胠以釐之自秦至明詩凡若干首題曰葩雅言其情至之言如葩之自雅爾

送孔明出山序

龍潛于淵與凡鱗匹介羣居無異已而獲尺木騰諸天御豊隆右蜚廉而神功莫倪洗滌塵氛澤洎下土其靈甚矣功于物亦大矣先生潛跡草澤與漁老樵叟共社游劉皇叔禮勤三顧先生已許其驅馳殲奸孽靖漢室使天下人浥澤安生固不遠也然則向之

龍吾何先後焉入謁先生曰卧龍言其潛也今出山余酹之曰飛龍易曰飛龍在天大人造也

鐘街記

晨鐘鳴已十二廛樓金鑰齊鳴又有販夫商女負戴鳴杖擾〻四集争壥列肆各攤其貨於是天下百工之貨山澤萬方之物莫不畢聚而招買聲爭駡聲論價聲數錢聲呼應笑詈啁〻嚷〻如風濤之響振已而夕鐘鳴街乃廓然街上之貨品有數焉中州之貨皆稱爲唐而唐之貨精而緻淺而華雅而無脆巧而有制故貴之爲上而倭貨之精細妙麗次之國之貨率多麁劣終未臻精且或倣唐而不真故品居下焉豈唯其山澤之需有不如中州而然也顧其人工亦有所未盡者蓋國俗晝地以局人矣地高者知亦以高地卑者知亦以卑勢固然也而地高者雖窮寒無賴濵塡卬壑猶自介然閑知不肯與於工商之事是以國之一切工作舉出於下之不學無識之人〻旣無識何能妙其用而精其工哉此貨之所以不美者也雖然貨之不美抑何傷也街上之貨與物日益騰踊價至倍蓰者此何由而然也

文章洞天記

嘗有山水之癖每遇泉石之勝輒怡然忘歸然牽於微業不能遂其阮孚之屐絡其子長之游則只自捲悽於書牖之下今見文章洞天之勝亦足以少慰其心也其蔚然而深秀者不下於衆中百二之勝其瀑漲而瀉出於兩峰之間者不下於劒閣鴈蕩之勝而亭之翼然野芳之香佳木之秀與夫游人之往来翕鳥之上下又有金陵佳麗是所謂畫而不能畫其妙者也於是徐入縱覩山回路轉歷一層纔見一層過一區纔見一區而千般景物呈巧獻勝溢於耳目心神翛然襟懷洒落如登方壺負嶠之上矣於戲長庚華山之遊子瞻赤壁之泛勝傳千古然猶有跋涉之難則孰若游玆洞之攬勝於跬步之間而日覽無倦也故樂其素癖之有寓而爲之記文章洞主人姓歐陽名翛名之者鹿門茅坤

孟宗泣竹圖記

有一麓逶迤而下突爲岡〻之上有鉅竹數十挺而大雪被焉竹之下有一人皂巾紫袍左盤右旋抱竹而泣如有憔悍懇惻之狀焉又有竹筍數莖生焉是何圖耶余嘗讀史有吳人孟宗者其母病而思啜筍冬時天寒又雪矣宗入竹叢間抱竹而泣已而竹筍

生焉之圖也豈其是耶夫春生秋殺天道之常不可易也而宗也泣竹々筍生焉母乃宗也之孝能感天而然耶感竹而然耶於是知孝之能感天而亦感草木之無知也噫事在千百年之前而千百年之後觀其圖者莫不油然而興起夫天之高而感之草木之無知而感之而況人乎哉然而非是圖之善形容又焉能使人々如覩其人也畫亦不能無助

請勿序使臣班於僧道之後呈文

伏以小的嘗見上國集禮朝覲之班次小邦使价之班序在上國僧道之前此固先皇帝之制典也而自近以來僧道之班反在小國使价之前此豈升序而因循未復者耶夫朝覲之時班進之序是國之々大者也當隨職而上下辨內外而先後焉然而集禮之使小國賤价必居僧道之前者則先皇帝制天下之德於斯可見矣何者夫蔑而五常尚其清淨寂滅之道斯固異類也而是僧道之學也小邦雖在海陬而禮樂文儒之治侔遵中夏之制而不替是所謂學而進於中國者也在春秋亦當進之也然則集禮之使小价必居僧道之前者豈非敦尚文教之義哉於戲先皇帝文治之德至矣盡矣邇來小國之使反錯序於僧道之後者未知有何據也顧小的雖是海邦賤价衣先王之法服冠先王之法冠而行先王之山呼磬折之禮於緇黃之後者又豈天朝文教之所不可軫念也哉由是小的忘其賤陋而冒瀆焉伏願執事不以人鄙而垂念於尊尚文教之道依其集禮之舊典請使小國之价勿序於僧道班之後則先皇帝右儒之德於斯盡矣而又於執事風動之政其誰曰無補云爾

賀正訓民正音呈文

伏以自河圖之出結繩之政廢而諸家麟鳳龜龍鳥跡之書紛然雜出皆比類取象而務為記事也曁其隷書之出而後始統于一而秩然有則字有七音之殊清濁之分協乎聲律而不紊焉此蓋中夏字韵之所以為準於天下者也然而方服之外風氣殊而言語別言語別而群音異其閒中夏之音曚然難解者如中夏人之聞外國語也故亦各因其方之音為書以記其語固勢之然也而其為書也亦有七音之殊清濁之分蓋其群著于言而依于律言可異也律不可違也違則不足以為書也是以雖聲音之異而準則々必侔於中夏而猶恐有違也伏以小邦濱海而

國其風氣之殊而言語之別固不可變遷也故寡君做于篆籀而因俗製二十八字母演作諸字〻有清濁平仄之準而足以記言也然其所謂清濁之準或有違於上國之準則雖是遠邦風氣之殊而未審於聲律之致其於爲書也固難矣是以不佞齎粮于千里而來質之于執事蓋清濁聲律之準於天下者固自中國而然也則以執事卓犖之資審之必明矣誠能分析以垂教焉使遠國之書倖於中夏之準則亦非使天下同文之意也哉伏望台亮焉以成遠人之美則幸甚

勅使禮單半減事有旨呈文

謹呈前奉貴咨勅使禮幣半減事非是不遵皇命仍循陋例也蓋大國於小邦已盡撫字之道每垂顧眷之典原初所定勅使禮單非過豐腆而今又減損則長路跋涉資糈不贍且風雨疾病難所預度若於中道淹頓褚橐揭罄皇使有窘滯之病小邦失恪奉之禮則是可不念哉設若來使饕婪貽害小邦則小邦自當呈中大國俾戢冗濫何煩皇朝之戒勅耶夫閭巷之人朋友遠別尚有贐以車馬齎以金繒者誠情有所不已而禮有所不禁也況皇使啣命遠臨遐域於其返也畧奉餞儀者不過尊敬王人之義所餽只是土物紙筆藥料則亦何害於皇華之美而氷壺之介哉古之使遠國者或橐貲千金或多受香藥者而人主不以爲咎者是諒人情於細微而體天道之洪寬也伏乞申奏天陛今後則勿復照檢往來勅使幣禮多少以尊王使之體慰遠人之心千萬幸甚

因北道罪人呈文

謹呈兩國之人不得犯越境土載在約典邊界一步不啻鐵限之截其奈邊俗獷悍不忌憲律間有私自踰越往來者守牧之邏迹鎭堡之哨偵無時少緩今年冬有人來接穩城地以商販爲業而行止殊異守臣設機擒獲則果係本道人犯境住寓上國邊土者其夥尙多漏網者小邦雖欲登時禽捕而緣此姦民輩居在上國境土城郝社鼠不敢擅自灌燻兹敢馳价仰咨幸命邊臣多方搜邏相其脚頭詗其物色必有露綻者全夥禽送俾伏常憲令頑戾騙狡之徒不敢再萌姦謀約條克修而邊事永靖千萬幸甚

請貿來唐角呈文

謹呈小邦所有牛角脆劣不堪用一切弓材本資倭産倭産近漸稀絶且海路遼濶難以時取武庫廢弛

實有深慮玆敢籲訴望乞許市唐角以惠小邦昔周世宗與江南敵國爭強亦有年矣江南旣服則詔命修治戎器者盖示王者一視無外之意也以是言之小邦之武庫卽大國之外府小邦之武備卽大國之外禦也古者天子於諸侯或錫之以彤弓或寵之以虎韔者誠褒功廣惠之意也小邦之於大國雖無勞績之可錄其區〻恪謹奉事之義則不敢自後於人縱不得希弓矢之賜貿角之請則宜蒙肯準伏望仰追古人之義俯許小邦之懇

請革北道開市呈文

謹呈市肆之設本為通達商旅懋遷有無者也在昔大國之處寧古也以其地罕產牛犢錢鑄人病耕耔故與小邦約開邊市交易利用今則四海臣貢遠通贄幣咸臻京師而貨物之輦輸寧古者亦頗饒洽成一都會無物不備而舊日邊市因循不罷為弊兩國者有之夫兩國之人赴市之時皆歷虛曠無人之域累數百里虎狼之所梗草樹之所翳且先期開店勞役邊氓愁怨凋瘵大拂民心譯舌往來蕩費不貲故貴譯之言亦每以革罷為便且小邦本無異貨奇寶可供帑府者今因開市以賤貿貴若以利言則是在小邦不在大國也而民弊可悶邊力難支玆敢申洛昔士燮罷交趾之貿珠王瑩禁西塞之販羊者誠輕貨重民之意也伏乞亟罷積痼以安邊障幸甚

卞誣事呈文

謹呈禮部卞誣一事特蒙皇朝垂鑑已盡昭雪誤鐖萬得謄本賫回天高地厚控戴無極第刊印頒宣尚此遲閣盖由史帙浩穰急難釐梓而此亦有不盡然者中國鋟綉書籍甚多便捷之道稗官譯說皆入剞劂型土鑄活少刻可辦而小邦卞誣冊卷迄未印布舉國上下焦䵝疚悶敢此控籲乞稟宸聽亟刊本國辨誣條所載史卷印付來使〻之齎宣厚誣旣滌闕典克舉非唯東土君臣稽首拜嘉山川草木亦將增添光色其章如何且變奉之心君親一也古人有剖氷而鯉躍泣林而筍迸者無他誠格天地而獲此異事也今史卷未刊則國君之疚心不啻疾病之在體而垂成之冊子未得印來則是鄙等誠志陋薄無所孚感之由將報而愿心仍以自立回到本國亦無辭復命況在昔明朝盛時小國亦以宗係卞誣近二百年控籲大邦卒得昭洗簡策重叙彝倫舉一邦君臣父子上下大小俾得以更立於天壤而亦以會典鉅

役未易究完先許刊印一冊順付回來陪臣以惠東土是豈非前事之已驗當今之型則也耶伏乞鑒諒懇迫之忱以卒洪博之惠焉

請禁犯越採蔘人呈文

謹呈為請禁犯越採蔘人以安邊庭事伏以率土之濱莫非王土而彊域各有所限一視之澤雖無內外而人物各有所屬蓋可使小民擅自來往以致其姦究之患哉是以上國樹柵而限之小邦沿江而守之保民於未晤姦宄之前圖安於祇嚴法禁之後數百年邊垂之靖謐無擾寔由於此矣挽近以來奸細之徒貪利採蔘違法挽越掘山挖野出没無時刼人掠物騷擾多端此豈細慮也於戲蔘不過山毛之陳根蔘非可惜所可惜者法此法一弛則目前之弊姑不可言意外之患亦無所不至而國邊彊將何以保無擾哉恭惟諸大人之遠猷碩畫必無所不至而遐外小氓之潛奸細事或有所未盡察者焉故敢陳其事實之一二以備四達之旬聽亟賜採納而夬施更加嚴飭邊便周詳防汛鈐束衆民杜絶奸習使累百年鎮邊之舊法炳炳然復作於今日已殘之餘則非但小邦之山川草木有賴乃安亦在上國之邊政關制無所不厭其為幸倘如何哉情懇辭猥不勝惶悚

請復授玉河館呈文

謹呈為請復授玉河館事伏以陪臣之夙夜靡盬者王事而已其餘飲食之節居處之所充饑渴蔽風雨如斯足矣何敢以是干瀆然或有關迫之事於其間而含忍靡籲則上之字恤之仁有所未屆下之覩戴之誠有所未徹又何敢若是其自疎也然則今此館事之籲寔出於悶迫之甚其可已乎幸垂俯察焉每歲諸國使來輒授館而居之館有數處而玉河館最寬也使各有從而宂使之從皆不過十數小价之從常不下五六百諸使之中小邦之使最衆矣故小邦之使每居於玉河館非館取美取其能容也數年以來俄羅斯使居于玉河館而小邦之使或留於安靜館或留於池華館館皆狹窄難以容衆五六百人馬之衆數千里跋涉之餘未免露居而風處六沴易祟且夫竈突相連卜物架疊朝炊暮爨爛顙甚惧由是人皆踽踽食不知味夜靡假睡此非悶迫之甚者乎其他起居動止之間蹲還難容之狀煩未枚舉雖曰一時暫寓實難半刻支聰茲敢聚首仰籲其蒙不鄙嘉納不然均之為使均之為使館何所不可居而必

兆玉河舘也伏願大人諒此事勢以寬処衆以宥処寡如舊例事有便宜入無愁嘆豈不幸甚也我情甚懇迫未能含默有此煩瀆不勝惶愧

祭外舅邊公文

維歲次戊子十月乙卯朔初九日某甲外甥雪城後人金 謹以菲薄之奠哭訣于外舅主某官邊公靈几之前曰嗚呼惟善必報實〻有天惟在我公天胡靳焉公之令德無偏無倚質直其操廉勤其志家庭既洽洎被鄉遂鄉遂之人咸曰有報倏爾云逝年未及耄嗚呼彼蒼此何事歟有善無報理不可據嗚呼噫噫小子不敏年才十二執贄公門東床之愛有異于人少病羸弱日冀其長既長有業日冀其成業未奏成公乃奄逝泉壤何逮茹恨一世況乃丈祖母今月初吉奄然繼逝一家兩喪何其酷兮子女泣血吊者哭擗吁〻哀〻胥壞殷徹冥〻有知宜亦歆泣嗚呼喪制有期朔日將迫賤〻高儀幽明殊隔一觴永訣千古一夕嗚呼言不盡情庶幾來格

祭岳母河東鄭氏文

嗚呼小子十二歲娉于尊門而十三歲失恃又甚瘦弱聘母愛而憐之曰〻朝夕慮所處之或有不適時時招邀握手腕以着肥瘠也既長治家則事無巨細規畫利方教以納之時乃臨察其齊不也當有伏暑之疾則每當夏先憂之亟勸預治涼生然後曰心少釋也有所業則卜于瞽筮于巫欲庶其利時也而凡諸動靜莫不盡心保佑未嘗一日忘小子於心肺之間小子之感心銘骨于玆十九年矣往在九月之初小子以女婚事來侍聘母談笑怡〻十九日始歸二十一日朝聞急報而趍至則聘母已合目欷手淹〻至劇鼾若深睡醫雖殫術藥未及奏效矣噫小子常自念人誰無聘母惟我聘母之愛我也有異於人我當以有異於人者報矣今無寸分之報數宵之間遽作終天之訣撫席一呼不覺失聲痛何深矣恨何極矣聘母中年累經慽戚戊子歲聘公捐舘哀毀成疾自數年來當冬春之際疾乃作苦歇無常入夏則止故小子亦以爲憂然是疾也而平日氣力不甚衰且其仁厚之德理宜遐壽奈何一朝奄然棄世也聘母嘗語小子曰子之聘公常言余歿君終三年事及初忌從之今不忍遽決賤矣願得數年間遠然歸從也小子言慰而心悲之今以此思之聘公之卒在戊子九月十九日今爲終三年之後三忌之年而月同日

隔一宵抑其志遂歟聘母平日尊宗之誠處事之義治家之勤與懿德淑行亦可為百世之閨範矣小子常多觀感佩誦力微言賤　後恨又何量也顧其享年六十有七可謂壽也職受二品之誥可謂貴也有賢子賢孫克紹家聲後事無虞也此實皇天福善之報而小子之所慰於娉母者也嗚呼禮制有度襄事將近宅穸一閟九泉邈矣茲敢薦觴徒誦昔日深愛以泣告千古之長訣心漠漠而淚漣漣而已嗚呼哀哉尚饗

官帽變通議

小的才識綿淺不能知事務之便宜而今當官帽變通之時秖承博采羣議之盛意則何敢不陳其管窺井觀以冀其芻蕘裁施之澤也哉夫官帽乃是公私之最利者也燕中可居之物甚衆而取利公用之道則莫若帽也私自興利之事甚多而久行無弊之道則莫若自官照檢也官不照檢而使之私自貿售則貿之不能專其貨售之不能即取其價而且不無或相私貸濟急而後難辦還之患則事果久行而無弊乎不為貿帽而貿他物則他物之貿可以充四萬兩之數者帽外唯有緞紬而已而緞紬之利不及帽也且有時貴時賤之不一不無癈停之患則詎若帽之易貿易售而利多者乎然則官帽之變通無他道矣而唯能復古例依舊行乃是當今善為變通之道也大抵甲午以前未罷官帽之時則國無一銖之費而每年使行之用不患不足私有包空之艱而道路水火之需猶或有賴此國已試之成法而其為公私之利實為不少矣今或有他歧變通之事豈保其無弊遵行有如已試之官帽者乎甲午之罷官帽蓋由其名有近於自官貿利者又其帽品麤劣故也取燕之利為燕之費而已無他國用之補用是不過為省費之一權籌也豈有其名之可嫌者乎自官嚴擇其市納之價銀明捧然後以其帽品之優劣各任者之責豈有品劣之弊乎不以鄙賤而如賜捧納官帽如舊例行之一年所贏一萬兩內六千公用四千別置度支以為別行之需實為公私之便宜謹議

酒解

余性拙不喜酒才拙不能詩真世間一拙人也然嘗以不能詩為憂而以不喜酒為幸夫狂癲顛倒喑啞之疾也人或有之諸醫巫禱神祇治藥石必求其療而親戚憂之故舊吊之嗜酒者猶以是為喜也五

官無疾謂之康寧也嗜酒者猶以眼花聽熒爲趣也每值游賞嗜酒者喧劇暈倒焉知其勝也然猶曰不知飲者不知天下之至樂焉是豈爲樂耶苟有其樂醒而思之不翅夢中事耳夢耶夢者不以爲樂是之爲樂而嗜之不已非惑歟又況浸久跡曠煩醒內作誅咎外集甚矣酒之害人也醉鄉飲仙之徒其意未必真在於酒也或爲世之所忌或值時之艱險常自畏禍也故唯托之于酒而韜光晦跡以之逃世其所謂醉未必真醉也其所謂樂未必真樂也後之嗜酒者唯饕餮之爲能也人或譏之必稱數子而自比焉乎其可也吾嘗讀史見其鄭伯之焚于子晳也樂高之敗于陳鮑氏也灌夫之賊于田蚡也皆酒之辜也又嘗試之于今也見其黃面皶鼻而癈疾者悖戾而桎梏者失業落魄者詰而問之嗜酒者十八九矣余未嘗不懍然悲之也於戲世之人孰不曰予智何其不思之甚也父母之愛其子也身欲其寧而猶恐有疾也行欲其正而猶恐有過也人之悅親也毋違此而已而其言行之悖也疾病之作也禍敗之興也莫如酒也豈可以口腹之旨樂之無悔也書曰祀茲酒惟天降命肇我民惟元祀又曰天降威我民用大亂喪德亦罔非酒惟行吾謂酒可薦之于神而已人不可酗也農而酗之農不成也工而酗之工不成也商而酗之商不成也而況爲士者乎而況爲人上者乎以此言之酒之爲疾于人也不啻狂癲而止耳余則拙以免之豈非幸歟若夫詩則道其湮鬱而宣之和無詩不可以暢吾情也是不可不知也

題周濂溪愛蓮說後

何所無花陶愛菊周愛蓮蓋有所適而然也故獨愛而好之耽則豈陶愛菊周愛蓮而已蓮之愛周菊之愛陶也亦無異也自古愛人愛物者多而未有若此之淡而無違也雖然陶則得於心而遇於菊周子性以契之是又有差也

書蓀凝館慧烏題後

曰邁蓀凝乃姚作師貴極呵誇余固疑之讀夫慧烏題令人感噓乃今知之匪求文馨匪益學半匪樂英才寔爲其資敍水苟爲其資敍水師之猶住事雖納鞋而賈庸之何累也嗟夫使是子不資是而能繼其敍水豈不欲爲在陰和鳴之鶴而顧有羨於循湍掠腐之烏哉不得爲鶴而惟烏之羨是所以憐是子也烏猶咏之詩賛之記況人而烏也可咏之賛之警惺

世之不祇如烏者也雖然是子之有是憂而羨諸烏亦非其幸乎若余者感深風樹又有羨於是子涕泗無涯過斯堂讀斯題者毋曰祿凝之悪在而矜其情勉以師幸其憂贅以烏詩曰孝子不匱是儒者大祿凝也

開籍田詔 漢文帝二年事

九穀為生民之所天三農實萬庶之本務熇然渤然雖係於雨暘之從順豊茂荒萎亦由於墾耔之怠勤方今太皡旆震東風解土朕當率三公九卿諸侯大夫籍田千畝為天下先有司亟擇元辰而奏之仍命田畯相天下丘陵原隰之宜審封疆溝洫之分籌其隤補其缺疏其汚開其壅焚其蕪灌其磽毋使土利有所未盡也民之棄業游手者勸而致之末事逐利者諭而反之雖技者禁而納之貧無田借官田無種貸官種毋使人力有所未盡也寬其繇止其役無聚衆無營繕毋使良時有所失也然後使鄉之父老勸其子弟使子弟飭其婦孥咸自專力於畎畝之間而勤者休之怠者董之一人之作可以食十人十人之作可以食百人而無遺業之人則家有餘積也三年之餘可以備一年九年之餘可以備三年則國有餘廩而天災之虞可以禦也民食足而後可以教禮讓禮讓興而後可以安國家有司克勤無替以副朕意將俟盲風自北羣烏養羞穫彼籍田以供粢盛而同與萬姓以介景福

偶語廳勸奬草記

本院四學勸奬只用本業書冊而即今中國行用說話則與本業有異而譯舌徒能讀書而不習行語故兩國辭令之間多有枳滯偶語肄習不可不別為勸奬而但恨無師耳今者漢人文可尚鄭先甲等既在本國此實難得之真師金慶源李檝等皆以被擄慣熟清蒙語與彼人無異此皆可師當此有善師之日政與作勸奬之秋四學出身無等第者有才者並抄選為偶語廳以右諸人分為漢蒙清訓長倭學亦以善語者擇差訓長官給廩料使師生分番逐日來會本院以本業酢酌而為方言者及懶慢者罰之提調都試能通語者陞補等第則人皆樂趍專心勸學則必大有功效矣別設偶語廳訓長之祿分付兵曹移付施行何如

銅雀硯銘 并序

余友某之家有古硯世傳人得銅雀舊瓦因以為硯

是硯也雖非琬琰特古器也余撫其硯而喟然嘆曰
是物也土而爲瓦〻而爲硯歷千百年而其質不泯
不失爲用斯可異也已而復喟然嘆曰𢡟也之橐栝
天下也用斯瓦作臺貯妓女藏歌舞而今安在哉唯
是瓦也零落流傳變而爲硯千百年之後又安知其
不復爲土爲瓦也余遂慨然有感於物化也銘曰
大壤之土陶而爲瓦銅雀之瓦剥而爲硯前之土今
之瓦前之瓦今之硯今之硯又安知非來之土耶瓦
兮硯兮硯兮土兮孰究其以

重譯獻雉頌

猗歟聖德日照月臨萬方之君西被東漸無遠不屬
普天之下八蠻通道四夷咸賓方物畢獻遝矣越裳
受命黄耇交趾南有介鱗與居衣裳是襲孰非爾極
薰風不烈劇雨罔淫年於是三是孰使然聖人其則
意者中國一介原隰上國斯聘三譯其重厥篚伊何
乃唯曰雉炎白其羽厥彩孔昭不恒於世王者唯瑞
于彼降暇于此獻御自遠方來匪德罔子匪聖罔召
厥禎乃效唯天佑我唯德其物何有帝力寔乎至矣
光被無涯不化而化若稽重華鳳凰其儀南風之治
睠彼土階蓂莢青挺協和之盛一揆其後德施斯普

方駕邃古民唯戴公〻曰天子薦廟禮擧於昭至德
亦及禽獸矧爾九有臣拜稽首奉揚休光于載帝鄉

親耕頌 并序

稽事導民紀著必躬之義田功修籍傳稱如借之規
是以生靈之命繫於九農疆場之勞載於八政惟我
主上殿下德協力啬道隆肯穫叏究三墳之制用象
一墢之模於是掌舍奏功司空效職筐幣纕綵以登
炎皇犧樽龍爵載眞農師玉舄沾芳畦之露𧝣袍挹
綺畹之塵閟休實係於宗祊嘉慶彌溢於寰區敢將
如坻之祝以報粒我之惠頌曰

惟我聖后運撫豐亨治懋稼穡孝薦粢盛黄鍾諧律
王衡齊政地財旣理土事方講太史筮日宗伯考制
句師董役封人戒駕膴原錯繡沃野平砥躬執耒耜
身先氓黎冢接𤼵穢𩌂拂珩珮日耀黄道雲繞綵仗
五推乃止農夫終畦青牛紅縻引者袿史儀耜紺轅
牽是帝婚淑氣氤氳祥飇飄揚流膏洽壤慹芑折崩
螟蝨永去烏鼠攸除雉𤖅敏麥蟹堁宜秔九穀載登
兩穗并莖百囷可取萬箱必溢惰者自策慵者自振
而相戒告而相勔勵君猶勞勤況我何民沮溺罷耕
願受一廛子高釋耜來畊于郊赤渠降祥黑黍呈瑞

天倉乃盈地庾載峙遺秉頌興擊壤歌作三韓之慶
一人之貞億載萬年厥聲彌昌敢托謹詩歌于路逵

文房四友贊

聖謨洋々勗我後人以文會友以友輔仁爰闢文房
友玆四友四友穆々資我多益胡不贊揚以彰其德
惟玆陶泓山鄉黔穎克己琢磨表方秉圓時用接物
麗澤津々惟玆楮生脫釋弃服濯之江漢秋陽以曝
純姿素質宜丈是托惟玆管子中山後胄世肖其德
端心敢口畫圓畫方咸宜無否惟玆陳玄凝神尚真
知白處黑何嘗求文玄光乍泊丈乃象見于以振之
翶翔大藝文藝之士孰不愛珍繫我傾益于玆多年
延之三餘學而共硏興今言志徵古述闕樂而忘返
敵而無傺偲切畫忠又何斯般中山高士牕前此君
方外漫交只用伴閒孰若四友文學相歡勝己之益
如蘭之熏優哉游哉久而欲稱

縱火牛贊

七十雄城望風盡隨惟莒卽墨殘社欲毋將軍雖瘁
親自版坊誰與之戰人痍馬瘏將軍出謀爰取大武
大武桓々其衆千數畫繒而衣束兵于角仡如勇士
嚴裝臨敵係葦于尾灌油而熵勢如猛士迫窮死戰
月照荒凉鑿城縱焉火熾尾熱望敵難奔壯士隨後
大呼驅進乍逕起龍挾雲而驤却見猛虎搏地而踉
而熊而羆觸前齒後而虓而貅攫左掠右龍與虎與
何其怳惚虓與熊與何其傑逸叱聲雷震俯仰競觸
海翻山塌神駭鬼愕毋曰爾智々未及辨毋曰爾勇
勇未及捍徒見觸處人倒馬顚棄甲曳兵只爭免竄
十萬敵壘一夜飛烏千里舊邦一朝復歸國賴再造
民以之安功蓋一國名震八埏於戲將軍謀何斯奇
眄彼牛矣犁耕惟宜將軍用戰破却萬騎兵不在衆
惟將者賢將不惟賢宜謀是先

建功歌

金液玉芝兮其說誕空豈可信也漢武悔秋風惟玆
建功之方兮自古傳來醫書中其料雖何蔘朮之叢
古之人亦有啜兮功效不甚鴻惟我后之進御兮聖
氣日和融原究其理兮雖愚可通顧瞻我東千里兮
中和之氣鬱蔥々濟々壽域熙々百工羣生莫不壽
康兮華封之祝傳街童草木莫不茂猗兮地精之凝
與凡類不同天衷我后之聖德若斯兮爰教此藥護
聖躬所以草芽之微兮能建異功寔聖德之所致兮
觀聖德之益隆蘭室日進兮建功之功無窮大德必

得大壽兮斯理昭昭不賸我后之聖壽兮與喬嶽齊
嵩

右 贈判書公私稿也小子早孤 公之學業文章不能深知而以兒時所見及鄉黨諸丈所言則 公自兒時正直聰明喜慍有常處事不苟十二三文理貫通所作彬彬親知傳誦而因余之不肖遺稿十亡八九今之所存卽不過 公少時肄習之詩若文若干篇而已雖悔曷追余今老且病懼其一朝湮然并與此而無傳謄置一本唯我子孫世世敬守毋或毀傷

不肖男相淳謹識

贈判書公年譜

大清乾隆九年 本朝英宗大王二十年甲子七月二十五日辰時 公生于漢城南部美洞本第(卽公本生考同知公第)

乙丑公二歲

丙寅公三歲

丁卯公四歲

戊辰公五歲

己巳公六歲四月二十三日丁參判公憂 參判公病劇謂同知公曰我今病且死矣願以長兒爲嗣同知公許之公因出系

庚午公七歲

辛未公八歲

壬申公九歲

癸酉公十歲

甲戌公十一歲

乙亥公十二歲聘夫人原州邊氏 贈參判諱熽之女

丙子公十三歲六月初七日丁本生妣貞夫人慶州崔氏憂

丁丑公十四歲
戊寅公十五歲
己卯公十六歲
庚辰公十七歲
辛巳公十八歲三月十一日長女李氏婦生
壬午公十九歲
癸未公二十歲
甲申公二十一歲秋中通文科初試
乙酉公二十二歲春中通文科覆試　秋初授通文
館叅奉
丙戌公二十三歲
丁亥公二十四歲
戊子公二十五歲哭外舅邊公
己丑公二十六歲
庚寅公二十七歲
辛卯公二十八歲
壬辰公二十九歲
癸巳公三十歲哭岳母河東鄭氏　行長女李氏婦
婚禮
甲午公三十一歲二月初十日丁本生考同知公憂

乙未公三十二歲正月初一日第二女崔氏婦生
丙申公三十三歲十月二十二日第三女金氏婦生
丁酉公三十四歲春再授通文館叅奉　陞通文館
教誨
戊戌公三十五歲春陞通文館僉正
己亥公三十六歲正月二十九日子相淳生
庚子公三十七歲
辛丑公三十八歲四月二十二日第四女高氏婦生
節使行以質問通事赴燕上使昌城尉黃仁點
副使叅判洪秀輔書狀執義林錫喆
壬寅公三十九歲
癸卯公四十歲瀋陽問安行赴焉上使右議政李福
源副使叅判吳載純書狀執義尹曦
甲辰公四十一歲
乙巳公四十二歲差咸興譯學
丙午公四十三歲除訓導
丁未公四十四歲節使行以公幹赴燕上使右議政
俞彥鎬副使叅判趙瑍書狀掌令鄭致淳
戊申公四十五歲二月初九日第五女李氏婦生
行第二女崔氏婦婚禮　節使行赴燕上使判府

事李在協副使叅判魚錫定書狀執義俞漢謨
己酉公四十六歲行第三女金氏婦婚禮
庚戌公四十七歲節使行赴燕上使光恩副尉金箕
性副使叅判閔台爀書狀掌令李祉永
辛亥公四十八歲夏行子相淳婚禮　八月初十日
丑時考終于漢城南部水下洞第正寢同月三十
日午時行葬禮于高陽先塋下右旋壬坎龍乾一
節坤申剝換未坐丑向酉得水乙破之原
嘉慶十四年己巳四月　日立望柱床石
二十年乙亥十二月二十二日午時　贈貞夫
人原州邊氏祔葬于右同墳

詩賦論序記文碑

傳贊銘箴頌議

靜軒集 全

靜軒草稿目錄

夏雲贊　陳玄贊

銘

靈臺銘　石鼓銘 敎誨取才時應制

箴

賢臣爲寶箴

頌

作舟車頌

議

包蔘加增便否議

仲春晦日與諸益拈韻

已見韶光增雨餘叟逢之子興何如高臺柳絲聽黃鳥永日身閒讀古書調與人違讒毁數性耽山靜利名疎知應風景不吾待明早此筵移弊居

翌日復會

踐約何嫌春日陰復成此會故人心新醪頻飮仍乘醉佳節難留已屬深塵慮消時遊勝地詩情濃處步花林滿園風景挽吾住叟聽幽禽晩送音

謾吟

兩三佳友佩壺來握手相言春色回已見谷風開柳眼叟知甘雨劈花腮莅官常自愧無德居世須要處不才悠悠萬事何須說却把新詩醉裏裁

又

青陽和色滿樓臺五六佳朋好會開浩氣常從醉後發道心偏自靜中來門前不見軒車至樹末時看倦鳥回所喜同遊皆俊逸願言今日莫辭盃

奉別朴老兄聖執氏

悽悽微祿豈謀身擾擾携家摠爲貧節過三庚虫語暮路長九月馬嘶晨歸鴻何忍愁中聽佳友應從夢裏親最是

難忘戀戀意詩筵酒席更無人九月山名

花

千林鋪錦露天眞亭屬淸明二月春歲歲相迎常似古時時獨對每如新欲開應妬吳姬頰含笑曾羞越女脣麗日初遲陌上靜遊蜂戲蝶去來頻

夜宿淸凉寺

淸秋淨界道心寬凉月高松翠影寒晝省香煙夢裏遠靑山白水眼前看百年幽興樽盈酒半夜玄談客倚欄虛室禪機誰復覺滿腔幽趣發毫端

遊二水亭

芳春花柳大江前隨處逍遙意豁然永日玄談潑碧水百年豪氣遠長天笙歌棹閒容與出没沙鷗忽後先不覺黃昏叓細酌半空纖月照淸川

燕行途中

早發征車聯後先北將邠幣始何年茸裘氊帽居人服積雪層冰八渡川路過遼燕曉月冷夢回家國客燈懸千秋俠窟悲歌歇獨對西風坐悄然

勅行時宣川途中

林畔山頭宿鳥飛曉星初轉放朝輝雲過遠樹疑蒼盖霜着輕裘似鐵衣驛路無聞夜喂馬孤村少事晚開扉此中來去有何益剩得數莖華髮歸

訪金先生不遇

仙鶴不須驚馬遲絲楊影裏問童兒雲深石逕跫音遠惆悵歸時落照垂

看花翌日復會

今日復團聚良朋不我違同期飮酒醉獨負詠詩歸柳掩嬌鶯拂花隨舞蝶飛斜陽幽興遠何惜典春衣

詠春

天上三陽泰世間和氣通農牛鬪畎土野馬伴山風舞蝶芳菲裏遊人熙皡中孰能爲此事造化渺難窮

夏

草木何蒼鬱山容遠近濃苔錢雨後碧雲峀早餘紅苦熱搖團扇憂年問老農羣生到此殖舜殿來薰風

秋

原野收功遍田家晝掩扉黃雲覆四陌靑銍傍斜輝衰柳身同老寒花性共菲靜觀否泰理落葉向根歸

冬

十月納禾盡田家歲事終時看案上籙日撫窓前松墐戶少寒氣把盃多醉容叓尋野老去或有雪中逢

七月旣望

初秋既望夜月色小樓邉人事殊今古風光同後前綺筵
剩有趣竹榻自無眠勸子三杯酒悠然望遠天

三月三日

杏花猶未發玄鳥已滚春携杖逍遥遍風光隨處新

又

人酡北海酒燕語畫樑春萬物自和樂滚知造化新

敬次古松流水館道人花甲韻

流水何時盡古松千歲貌水流松亦蒼其壽道人較

謾吟

數椽小屋向南開佳木奇花隨處栽課子抱孫恩愛重焚
香看籙道心來風雲變態殊朝夕寒暑光陰任去回夜久
書堂萬籟寂半空皓月照池臺

又

休官無一事盡日眠庭柯兒木富花葉古枝繁女蘿巷多
樵叟跡門設翟公羅白髮能何爲彈琴復嘯歌

又

利祿榮名世所漁終南山下獨歸余百年身計非無意萬
事如今一夢虛

又

青山依舊在綠水去無回此理誰先覺東窓皓月來

秋興篇

玉宇廓然暑氣收南溪老人興悠悠時共野叟說桑麻復
從詩客上高樓黃雲覆陌稻初熟遠峀入簾翠欲流醉後
眞情無俗態永日玄談淸且幽聞道神仙去不回駒隙光
陰難再留眼前駿馬黃金勒水中白鷗任沉浮萬事世間
適意足肯將林壑換公侯誰家綺筵凝絲竹何處部屋桂
玉愁憂樂年來揔相忘滿天風雨一虛舟

夜步高臺

夜步高臺上衆星何歷歷動靜皆有度灾祥始甘石韓柳
曾談天辭意失憤激聖人不我欺至理在羲易世俗俱爲
利紛紛爭榮辱得意登九霄失志在丘壑俱是同胞生是
何雲泥隔釋氏論三生孔門重道德涉世病夏畦誠敬是
眞學惟命不于常禍福多自得莫謂無近報造化杳無跡
昭布既如此焉可誣不識可懼而可畏君子愼其獨

盆松

可憐一株松誰將玉盆移玉盆非不佳所托失其宜卷其
根兮屈其枝其所以愛之適足以害之誰謂萬緣都是天
眼看世上人巧多縱有儼然凌雲像其奈束縛何受屈千
秋伸不得一身臃腫疽發背朝復朝兮夕又夕雨露風日
郤何在問爾何事徒如許天也人也揔不知最愛固守傲

寒節不改蒼翠貫四時

謾吟

老去無俗事時來駕小舟問爾江上水如何不暫留後浪催先浪滔滔不自由年華隨以轉遽然已白頭傍人莫笑滿頭霜何處乾坤無三秋自愧壯心猶未已斜陽復上望京樓

又

蓬蓬山上草鬱鬱澗邊松物理旣如此何須怨化翁

聞雀噪有感

何來一羣雀集我庭前樹盡日啼噪噪斷續不暫住時至而氣作不自知其然抑不得其平鳴其所懷焉初疑如憤爭旋聞似紛訴余非公冶長難辨爾喜怒萬般都無傷戒爾勿穿屋譖言巧如簧誰謂爾無角賢良多遭羅千古恨悠悠上林如許樹何事此處啚閙時猶堪聽閙來不勝愁願君棄捐勿復道小雀何知人自憂

離家

含淚辭家廟强言相別離穉孫不解意牽袖問何之

公州途中

吉凶禍福有由來但恨當年售小才細雨斜風湖上路蕭蕭白髮正堪哀

恩津途中

匆匆出門行曙色蒼茫中人事多變易時運有竆通行路已極艱如何雨兼風少壯猶不堪況予七十翁幸逢昇平時生無遁蹇日造化多猜忌世間無完物得失皆自取夷險莫滯腦委順任自然心神不憧憧

金堤謫居　甲辰三月　日作

聖上御宇十年春　恩譴南遷到金堤馬瘏僕痛力已竭風飄雨霏心正悽主倅趙公欣然待處我舘東碧堰西屋宇精敞無纖塵花草滿庭復有谿主人誠敬亦堪愛時時饋我酒與鷄無飢無寒且無束坐臥行止任高低萬事固空隨處安緣何惻惻復咄咄寂寂空齋無人跡鴈盡南天音信絶竟日兒孫長在目時時親朋如在側有酒掃愁不能飮無功禪學等欣慼可憐氷炭交于中有誰能捄焚且溺堦底牧丹初綻花岸上細柳舞春風風景不殊人事變摠入孤客憂愁中假使能壽七十歲餘存光陰問幾何山疊疊兮水重重北望雲天道路賖最是旅懷難堪處寂寞空山杜宇啼聲聲呌我不如歸其奈無人肯提携榮枯派來如轉輪但望家國慶運回

秦吉了

可憐秦吉了何事絆如斯暮切歸巢意朝懷求友思高飛

似遠害巧舌爲身累莫笑架中鳥相看應自知

詠懷

五六年間無所求壯行老逸死便休是非消盡峀雲過憂喜滅除江水流詩酒雅懷池畔柳咏歌幽興園西樓古來清福久難任任他升除不自由

蒙　恩宥還

籠鶴放開日車魚得水時恨無結草事只切含珠思

燕行回還時作

一心遙憶故園回眼界東南千里開北地不堪風土惡飛鴻何事向燕來

羽化賦

物之窮者反本兮氣之清者屬天厭斯世之混濁兮聊乘化而歸根駕白鶴而遨遊兮訪三山之羽人吸天地之精華兮抱日月而長存采紫芝於靈邱兮鍊太乙之還丹吹緱山之玉簫兮或琴棋而消遣玩四時之佳景兮神不疲而心安樂自由而自在兮脫塵網之羈絆彼愚氓之蚩蚩兮顧此生之千年烏兎忙而循環兮滄桑倏其變遷一朝奄其無常兮卽何異於朝菌幸此理之囘鑒兮庶後人之或信

郄醫論

漢高帝嘗疾病不欲見醫曰命在于天醫果不能治病而然歟徒見俗醫之不能治病反有其害而然歟史稱神農氏制醫藥濟民夭札書曰若藥不瞑眩厥疾不瘳醫藥之治病亦明矣漢高之郄醫抑又何故也高帝當羣雄角逐之時往來乎矢石之間出入于不測之地不爲不數矣其汲汲之勢何異於垂死之病哉然則鴻門之宴項伯爲醫而白壁爲藥矣彭城之敗風爲醫而飛沙走石爲藥矣滎陽之戰紀信爲醫而黃屋左纛爲藥矣白登之圍陳平爲醫而美女若玉帛若犬馬之屬皆爲藥矣苟究其病其醫之所由然則縱由於人矣亦莫非命也數也天不欲喪我二豎其於余何天欲喪我雖扁鵲亦何能爲哉此其所以郄醫者也若非高帝天縱之豁達大度孰能及此乎且秦之始皇惑於長生之術遣方士求仙藥海內虛耗竟至敗亾此高帝之所目睹而心惡者也亦豈非後世子孫或恐有如是者以示其夭壽不貳以俟天命之意哉其垂戒於後裔亦可謂深且切矣由此觀之漢武汾水之悔未必不由於此也

汾水秋風勝直臣論

汾水秋風勝直臣夫蕭蕭然瑟瑟然噓噫吹譹無辭說之

可聽者吾知其風也反覆風譏言道陳善隨事諫諍曰不聽則已矣曰風不如也則豈非抑揚之太過乎豈輪臺之詔適値秋風故有其說耶抑或風當世之無直臣而發歟仲舒之賢足以正其道長孺之直可以格其非而終不能回其非心海内虛耗文景之遺風一無存者而悔過一詔遽下於金天風颯之日則風果有所助而然歟阜民財解民慍大舜之南風也不鳴條不揚波有周之仁風也雲飛揚威盖世漢高之大風也然則風之爲風也奚止於嘘噫吹噓而已哉夫秋於行爲金兵象也其氣蕭條其色慘淡其爲風也凄凄切切肅殺萬物感發悲心於斯時也汾上一陣之風能吹露天機蕩磨其五十年久染之汚使孝武知秋之爲兵象而萬物衰敗念我民之竆乏見春生秋殺之理而悟神仙之虛無境與心會恍恍乎忽忽乎不自知其悔悟而自悟息征伐罷方士與民休息仁風復行如嚴寒霜雪之後陽和忽轉萬彙皆春則汾水之秋風果不勝於諤諤之言侃侃之論哉雖然當此時漢武之年六十九矣昔日之壯心已衰故風乘其便也若不然則秋風豈止於此時而已哉

恠石論

夏禹之定貢也九州之篚莫非生人之所須爲用者而維恠石無用豈取其玩好之具耶抑亦用爲器什而後世不知耶夫似玉無華類石異質脆弱磅礴吾知其恠石也不可以爲器明矣然則以禹之聖豈貢此無用之物徒爲耳目之誤耶此盖有以焉恠石之爲物也其兀然而出者類峰巒窈然而深者似絶壑高不過數尺廣不過一圍而巖巖之狀崎嶇之勢比之山岳體段已具此豈樂山者之所可遺者乎虞舜之有天下也天子服十二章繪繡各六衣用繪裳用繡以象天數而繪山於衣以取其厚重不遷之義禹之鑄九鼎也外圓象陽内方象陰足象三公黃耳象中且象萬物協承天休而山林川澤亦皆鏤而狀焉儉朴自治舜之德也烹飪煮熟鼎之職也而猶且或繪山於衣或鏤山於鼎其於所樂不欲其須臾暫離也則矧乎恠石之塊圠精凝自然成質非繪畫之徒以彩色陶鑄之施以刻鏤者乎恠石吾知其山岳之精氣鍾焉者也禹之貢也豈不欲置諸常目之地以爲斯人之取法乎由此觀之恠石之用大於金玉遠矣貢恠石卽袞衣繪山九鼎鏤山之意也豈可與徒爲耳目之玩好者同日而語哉余故曰知恠石者其維大禹乎不然則唐虞之世壁猶投山而况恠石乎哉

送滄海力士序

嗟嗟悲夫計不遂於漆身竊悲豫讓之忠耻未雪於獻圖常歎荆卿之恨忠臣烈士之憤豈有異於古今哉余以韓國喬木之臣雖乏鞭尸之才徒切嘗膽之心跡遍海角求賢俠窟何幸吾子痛嬴秦之強暴憐亾國之孤臣不惜千金之諾而袖其鐵椎俟祖龍於博浪竊喜亾國之讎庶幾可報天與人違認假爲眞椎其副車竟無所成復誰怨尤然義足以撼山岳聲足以徹九天於以摧強秦之心肝長英雄之氣膽使亾秦之兆萌于今日則雖未椎殺始皇亦可謂椎破秦國其誰曰誤中也哉誠如是則殲秦報韓可企以待此莫非吾子之賜也其恩輕重大小良宜如何報也以豫讓之忠荆卿之義終不能報其仇遂其心者以其死也秦網雖密其如吾子戾天之翼何哉子其去矣椎聲如雷之下必有驚蟄之龍矣良且從而求之

靜軒記

無愁子室四楹扁其西曰靜東曰自悅有客哂之曰子之平生余皆知之矣早仕通文驅馳于燕薊之間今有四十年之久動斯極矣持身如古涉世無方跋前躓後動輒得咎苦亦至矣反謂之靜悅焉是何名實之不相孚也余曰陰陽肇判動靜生焉互爲體用循環不已若非吾素有之靜爲其根焉則動安從生又何能若是其久且遠乎且人生貴適志耳余年近七旬而無殘疾之苦子若孫曾滿前而無頑悖之慮薄田弊廬足以庇風雨而供朝夕一門之內和氣藹然雖無才德之可稱亦何傷於自悅之道乎若夫世路之險夷人言之可否有則改無則勉一從事理而已何足以此爲欣慼乎客曰唯唯因以爲記

蟾蜍湖記

翰苑之陽有蟾蜍湖其上筆峯聳然而特立詞林蔚然而繞其傍且其形類蟾蜍故因以爲名文房四友日夕遨遊之所也盖其爲湖也瀦匯無源淺不容舟楫然霖潦彌旬而不溢大旱爍金而不涸有河海之弘量朝而潮夕而汐與河海同其造化有時乎涣然汎濫流出於硯石之間如時雨之潤物筆峯賴而含戴詞林由以蓊茂宜乎四友之樂而忘反也楮先生等請余爲記余略識其小而像大與其浸潤之功若夫其風光之美則覽者必有所自得不復贅焉

聰敏廳題名錄記 己未取才時應制

聰敏乃象院中一廳也自古迄今以年少才敏曾經科祿者擬薦而當應試之時又於擬薦名下廳之先生各自圈点辨其黜陟多者陟而少者黜此盖國家王署之餘法矣是以一院之所重次於教誨亞於上通廳之於院亦不卑

矣廳有先生錄一經此廳姓名年職莫不備載而詳錄一開卷秩瞭然有次藏于廳中與廳終始而傳之于後噫吾輩之留名于後者非此而誰耶然則此錄也豈足以褒已經者而已耶亦可以與將來之人矣記舊啓來之道於斯至矣廳之法季朔而講焉三經四書與夫伍倫老乞之屬輪而講焉以之褒貶旣曰之以年少名之以聰敏苟使年少才敏之人早陞此廳講習如此等書則吾知其後日之教誨也訓上也必自聰敏出而且使於四方專對周旋國家之所利者則盡心而成焉所害者則善辭而荅焉竭其力於國家者亦必自聰敏始苟能如是則豈不可佳也哉

嗟我諸僚顧名思詮盍相勸勉姑記此以詔來學云

自警文

噫嘻悲夫看爾之形神安氣清雍容端雅有儒者氣像聽爾之言博古通今理順辭正若決江河觀爾之志惟義是守不諂不貪冰淸而玉潔察爾之行敦于人倫勤儉寬裕有長者之風可謂一鄉之善士而士夫鄙不與友市吏疾若仇讎臺隷詬辱侵侮人不以人待之自亦不以人處之栖栖遑遑無所容措是何窮厄而若是其困辱歟天乎人乎以爲天也則無聲無臭至仁至公日月相磨朝夕生焉四時循序品物咸遂無彼此愛惡之別者天之道也以爲人也則聖明在上賢良居位自朝廷百執事以至匹夫匹婦之微莫不獲其所而樂其業夫此窮厄抑何命數暗如覆盆日月之明不得照焉萎若枯木雨露之澤不能生焉豈命之所定理不得而奪之數之所在人不能而強之乎嗒然自喪薄遊睡鄉恍惚之際有一人松形鶴骨道服藜杖來揖而言曰有何不平憂愁咄咄若屈子之行吟澤畔如賈生之謫于長沙余拜陳衷曲且問天人之理其人莞爾而笑曰坐吾且語汝夫天生萬物各有其則鱗者潛羽者翔是也若或有過不及之患焉不當有而有之雖善變其乖常則一也人必惡之雍容端雅非爾之貌也博古通今非爾之言也不諂不貪非爾之志也勤儉寬裕非爾之行也則是皆不當有而有者也人之惡之不亦宜乎何不挫其銳解其紛和其光同其塵守其辱而與物無爭余曰沐猴而冠猴卽榮矣人而像猴不亦勞乎朝衣朝冠坐於塗炭人情之所惡也天旣畀余以美德何忍自纍而自棄乎其人曰吁倖倖焉察察焉矜高惡下較短量長非小丈夫之所爲耶江海所以能爲百谷王者以其善下之故也知其雄守其雌爲天下谿不是至德之言耶今子之患在於不能守雌不能爲谿也不知反求諸身而恨人之不我知如是而欲免困辱是猶惡濕而居下也其可得乎人之

惡之必將甚焉若不改之難乎免於今之世矣余不覺悚然曰今聞金石之言皆余之自取也君子不怨天不尤人其斯之謂歟覺而因記其言以自警焉

祭仲姊金氏婦文

維歲次壬戌六月庚子朔二十九日戊辰舍弟某謹具菲薄之奠含哀告訣于　仲姊淑人金氏婦之靈筵曰嗚呼天其忍斯耶天其忍斯耶誰曰福善而禍淫誰曰仁者必壽無其理則已矣有其理則何獨於我　姊而不然惟我姊氏以仁孝之性正貞之介濟之以儉約行之以禮義其自于歸十有四載善事舅姑怡愉之色見於外克相夫子敬順之道出於性祭祀則必敬必慎治家則克儉克約而連育二子扶氏姓於無強和姊姒以禮接姻婭以嫻撫卑幼有愛馭臧獲有法人有或諷其儉者輒曰儉乃百福之原奢是喪家之本余以一女子爲婦人家不飢不寒足矣雖無介福之德豈可從事於奢以壞其家聲乎或有說巫覡者曰人事尚不能修況鬼神之難測者乎守正不惑宜室宜家完懿備善燦然有聞舅姑曰賢婦親戚曰賢婦隣里鄉黨皆曰賢婦人而如是可謂生不愧於爲人死不怍於爲神似無大憾矣然竊有苦苦哀哀不忍言不忍言者越在辛亥家運不幸矧余命薄失我所怙當此之時子子無托之狀行路之所堪嗟　慈闈之痛誰其慰之誰其悅之唯我男妹其麗惟六姊三我四以姊之尚未于歸同在膝下慰而度日逮其既歸歲時宴會歸寧之時必期而後會歲率二三會則必歡娛終日母子兄弟和樂且耽及其歸也則以不能久不能數常以爲恨謂余曰汝雖源源而來內外懸殊不能源源而見我心悵缺想汝一般然聞汝叩門之聲而我心稍慰余曰姊我具少何用如是恐其過愛傷懷用好言而慰之豈知今日棄我長逝永不相見耶嗚嗚痛矣嗚呼痛矣以姊爲有咎也則天性人彝之間固無負於神明吾不知其所爲罪也爲有過也則日用動靜語默之間自有懿矩不違寸尺吾無見其所爲過也嗟乎以我姊氏之無罪也無過也未免夭札之禍是余之不德獲譴于天並其常棣之樂而不畀使其割心摧肝一無樂於天地之間以重其罰也如減我兄弟五人之壽以增姊氏則凡我兄弟誰其不願而彼蒼者天何獨於我姊而偏禍之藥無其效病且轉劇倚仰之私冀茲孝友天或陰騭原鴒相喚期同斯世天不佑之神不助之支離一疾竟至不救增我　慈闈之痛割我心膂之微蘭茁兩兒劬勞育之不見其長冥冥之中其若有知能不飮泣於雲天乎嗟呼嗟呼自今以後慰我　慈闈者誰也悅我　慈闈者誰

也歲時宴會母子同樂而姊獨無矣歸寧期會兄弟皆會而姊獨無矣叩門橐橐而聞而慰心者誰也觸事興感悲纏一身悠悠此恨終吾生而已矣雖欲自慰其可得乎雖欲忘之其可得乎甇然兩甥之形雖尋常見聞猶堪爲歎況余同氣視此兩甥雖在襁褓如玉其質軒軒其宇後日之成就榮顯不卜可知惟子華寵雖不及身享之沒而有知應歆於九原惟我姊氏積德懿行之報不在其身而在於其子耶痛矣痛矣言念及此只自涕零未暇悲姊寔余自悲居諸不留靈輿將駕謹將尺紙以告衷曲心酸聲咽文不盡意靈其不昧庶幾來格嗚呼哀哉尚 饗

祭四妹高氏婦文

維歲次辛未七月丁丑朔二十六日壬寅舍兄某具菲薄之奠哭訣于亾妹孺人高氏婦之靈筵曰嗚呼夫玆人之於生死也本皆偶然而無仁壽福善之理則已矣彼天不咸唯善是與則以汝仁孝之性正貞之介宜受多福奈何其奄然止於斯耶難諶者天難知者命也汝之于歸今有十七載矣孝事舅姑克相君子和妯娌以禮敦婢僕以義家庭之內和氣藹如壼儀閫則燦然有聞可謂生順而死安孰無一死人而如是似無大憾然竊有失聲苦哀不能自已者越在辛亥家運不幸余失所怙于斯時也 慈闈之痛誰其慰之以汝之尚未于歸同在膝下慰而度日逮汝旣歸歲時歸寧唯我男妹六人必期而後會母子同樂唯日不足余之不德獲譴于天丕與此樂而不畀壬戌遭仲姊之喪丁卯長姊又棄世今也汝又先逝增我 慈闈之痛貽我半體之割使余腐心摧肝一無樂於天地之間以重其罰也彼蒼者天何不禍余而於我兄弟嗚呼痛矣以汝爲死乎則出入之際依俙若見汝之形容也夢寐之間怳惚如聞汝之聲音也以汝爲生乎則呼之而不應就之而無見夢耶眞耶天何忍斯使汝哭我祭我理之常也平日之所自期也今日之哭汝祭汝余何堪爲汝之初病也則余以爲尋常微恙不急醫藥之方及其猝重也則二豎終猛藥不奏效竟至此境余實負汝悠悠此恨終吾生而已矣雖欲自慰其可得乎雖欲忘之不可得乎子子甥女之擗踊號哭行路堪嗟矧余同氣以汝平日之仁孝不克享壽貽我 慈闈逆理之痛又不能育一男以昌厥後誰曰福善而禍淫誰曰仁者必壽居諸不留靈輀將駕此生之永訣玆將數行文字略陳衷曲靈若有知庶幾來格嗚呼哀哉尚 饗

祭金正漢鼎文

公以孝悌之性靜嘉之度守以方正華以文章孝親悌兄

不愧古人持己處事自有規矩進退周旋不失尺寸人莫不服其善而稱其正也視其履而考其祥宜受多福必得其壽奈何其淹然至於斯耶豈人之於生死也有數也命也本無關於善惡乎無福善仁壽之理則已矣彼天不忒惟善是與則以公之善奈何其淹然至於斯耶嗚呼公之於我以其姻則男妹也以其年則長我三歲矣其自髫年情孚而誼合心無所忘言無所諱如膠如漆許以知己是公與我同其志趣也旣同門而受學又聯榻而咿唔討論講磨互相問難日夜相守十年同工是公與我同其學習也花晨月夕嘉宴勝會必杖屨相從後先嘯歌歡悟且衎是公與我同其遨遊也乙卯之第公我同舉丁卯之試又俱被選是公與我同其進就也期茲情好百年相保今焉已矣遽成大夢有一於此人不堪其悲而況余之於公情誼之相孚旣如彼行止之相若又如此者乎歲在壬戌余之不德獲譴于天我姊云亡公我男妹之誼絶矣又在庚午公遭逆理之痛惟我姊氏之血屬沒矣悲痛之心慽怛之懷俱在不言之中泫然相顧情誼愈往而愈篤公自去冬猝得咳嗽屢朔彌留轉至沉痼而冀玆善人天或陰騭刀圭奏效不日康復天不佑之神不助之以公之孝友不能終三年之喪而貽令伯氏無窮之慽以公天質之正才藝之美不能試萬一而遽作夭札之人冥冥之中靈若有知能不飮泣於雲天乎嗚呼痛矣苦樂必共之懷今歸傷有之鄕日夕相訪之約忽成隔世之別自今以後許我知己者誰也責我以善者誰也酒宴詩會衆友歡樂而公獨無矣顧瞻一院羣僚濟濟而公獨無矣觸事興感悲切心肝余非木石將何爲心然而稍可慰懷者以公之三子雖在孩提卓犖其宇如玉其質繼公欲爲之志泄其未盡之用蓋必有日矣豈天之於公不於其身而福其子耶居諸不留靈輀將駕謹將數行文字略陳衷曲靈若有知庶幾歆格

代金知事泗仲氏祭外祖母淸州韓氏文

嗚呼維我外祖母懿行嘉範素爲宗黨姻戚之所共稱服而享年且百歲子若孫曾滿前視藥之勞乃躬乃親含襲之重必敬必誠生人之福於斯厚矣似無大慽然以其養則華堂靚室美衣甘食之供貧而未遂以其憂樂則不能怡然自樂無一皺眉蹙頞之戚干于胷中而屢遭喪明之慘涕淚爲日視履考祥福未酬德天何厚其就而嗇其報也余生而偏蒙慈愛見之卽悅保之若傷逮失所怙哀我零丁義方之訓旣謹且切悲憐之情溢于辭氣余所倚仰之私不容不倍于疇昔而不能盡事以禮養以誠之道萬

一莫報音容永隔此余之所悲痛追慕欲其自慰而不自得也用將數行之文以告衷曲如有不昧庶幾鑑此

呈禮部文 丁酉 請減通官員額

云云伏以小邦之服事天朝迄今有二百年之久矣特蒙聖祖聖宗之湲恩鴻渥天高地厚報答無階君臣上下秖以誠心事大四箇字銘諸心肺世世相傳罔敢或墜則自今以往服事之日又不知其爲幾千萬年也是故凡於儀物典禮不敢有所增損以爲永久遵行之地而或有未便之事難繼之弊則未嘗不隨事呼籲輒蒙許施之澤焉雖緣微衷之斷斷無他若非柔遠之盛德與天同大海外偏邦何以得此於聖朝也昔者詔勅宣諭欽派使臣及通官跟役皆無定數矣一自順治十六年欽定減額之後大次通官雖或有因事加減之時而小不下二員多不過五員康熙六十一年欽差使臣之責臨小邦共爲五十四次而通官四員者四十四五員者五三員者四二員者一雍正十三年爲十四次而四員者十三五員者一乾隆六十年爲十九次而四員者七五員者十二嘉慶二十五年爲八次而四員者一五員者七今十七年之間已爲五次而四員者一五員者二六員者二通官之六員前此之所無也小邦沿路之公館不可不增修也几席什物不可不陳設也禮單也供億也伺候人役也不可不辦備而諸般所費皆出於民力哀此殘民將何以支保又安知日後漸漸增加以至七八員之多乎然則難繼之慮莫過於此豈可徒事嚴畏含默捱過自同覆盆使日月之明不得照臨乎小邦之民雖僻在海隅亦卽我 皇帝陛下化育中赤子也伏願大人體 皇上仁覆之大德念小民溝壑之苦情率由舊章毋循近例則其恩輕重大小雖含珠結草將何以報其萬一哉衷情所激不避猥越先事仰瀆不勝悚惶祈懇之至具結是實

呈禮部文 甲午 請領賞前納方物

云云謹陳悶迫情由祈賜處分事卑職等之來到京師月將易矣貢物卸車亦已踰旬而納貢姑無期限須賞定于初四若又因循差過數日領賞前似無納貢之望王事未竣先受恩賞非但前無其例於理於分俱爲未安受亦罪也不受亦罪也言念及此罔知攸措玆敢仰訴伏乞大人亟賜處分使之領賞前輸納貢物以安微分且卑職等回期政值節序漸熱潦雨當前若早一日則有一日之幸起身日字亦卽趁早稟定則此莫非大人之惠也敢此冒昧陳情仰懇恩准具結是實

祭子婦錦山趙氏文

維歲次丁亥閏五月乙巳朔初三日丁未卽我長子婦室人錦山趙氏永窆前一日也心焉如燬悲不自抑以淸酌庶羞之奠哭訣曰雖諶者天難知者理也汝胡爲乎止於斯也汝胡爲乎止於斯也汝之于歸今且十有六年矣汝以貞正之性溫淑之姿事舅姑以孝敬夫子以禮嫂叔姊妹友愛誠切宗戚隣里一團和氣且上自奉祭祀以至細瑣家務咸得其宜一無瑕疵余心之嘉悅夫婦之和樂已無其涯隣里鄕黨莫不稱其賢而頌其德可謂生順死安何彭殤之可論然而竊有所苦苦哀哀不能自已者汝所入門之時卽我 慈母在堂之日也伊時 慈堂見汝之貞淑欣宗祀之有托卜後慶之無窮喜悅之懷極結于中慈愛之色常見于外矣至于乙亥 慈堂棄世今又汝亦棄我而逝俯仰十數年之間已成陳跡余非木石將何爲心家中大小事爲余之夫妻雖有摠領奉而行之上下和睦宗戚稱頌皆汝之力也今焉已矣余將何爲六歲女三歲兒之尋娘零丁之形行路堪嗟余將何以爲心汝自十四以後得此吐血之症無時闖發故屢試醫藥雖未快祛病源而亦未嘗危篤故看作例症冀其年久自瘳忽復添劇刀圭未試祈禱未及夫婦子女之間無一面訣之言而奄然長逝棄軀殼如脫蓰若將浼焉豈汝以上仙謫降人間罰限已滿急於歸朝若是其浼浼耶胡爲乎以汝孝友之性慈愛之心有此不忍爲之擧也福善禍淫天之道也仁者必壽理之常也而以汝之賢未免夭札之禍豈命之所定理不得而奪之耶抑天欲大爾後福善之慶不於爾身而於爾子女耶是皆余之不德獲罪於天降此威罰腐其心肝以贖其罪也不然則以汝之賢孝豈有此慘禍也余自十三至于三十七二十餘年之間失我怙恃四喪姊妹又一喪配悲痛爲懷滐淚度日矣夫自十數年來間有兒少之慽姑無他故稍定心懷安閒以過自謂庶贖其罪以送餘年矣今又遭此逆理之痛腐我心膂摧我肝膓復誰怨尤寔余自悲使汝祭我哭我理之常也今余之哭汝祭汝此何事也此何理也汝之子女惟我夫婦之保養成就決不可使汝有憾於九泉之下汝其有知莫以此爲念也葬日只隔收拾餘魂以此尺素來哭 靈前有淚盈臆悲不自裁嗚呼哀哉尙 饗

祭亡室朔寧朴氏文

維歲次己丑四月甲子朔二十二日乙酉夫某謹具菲薄之奠哭訣于 亡室貞夫人朔寧朴氏之靈筵曰嗚呼夫人于歸余家至今三十有二年矣其懿行美範則親戚隣里之素共欽歎今不必爲 夫人夐誦之以私其言維

我夫婦相敬相愛之誼共懽同悲之事 夫人及余所共知者也今不必爲 夫人霣道之夫人乘化之時余奉使在外未及面訣之痛三男四女攀呼擗踊之慘以至家中大小事務觸事興感萬端悲苦之狀使 夫人而有知則庶幾黙諒無知則亦不必爲 夫人道之余將何言悠悠此恨終吾生而已矣腐心摧肝亦復奈何然而余今年踰五十假使壽六七十亦不過一二十年之間則幾何其忍哉襄禮隔日玆將數行文字哭叙衷情非哭 夫人寔余自哭嗚呼哀哉尚 饗

高祖考判官公墓碑

我金之得姓出自鷄林其籍于開城自高麗忠毅公知開城府事諱龍珠始盖東方之甲族也新羅尚矣入麗祖世代淸顯今不能自振者亦數百有餘年矣然而尚綿綿焉保有門戶者是豈非攸積之攸曁也公諱瑄字伯玉忠毅公之後也曾祖禦侮副司正諱悌元祖禦侮副司果諱仁朴考嘉善護軍諱宗傑妣密陽卞氏折衝雲健女也公生於崇禎甲申六月十六日筮仕通文館至判官卒於 肅宗丙子四月十五日享年五十三葬高陽元堂面木稀里丁坐原配淑人密陽朴氏折衝文翼女 仁祖丁亥十月九日生 肅宗庚子九月卒享年七十四葬于公墓下坤坐原有二男長禹聲 贈參議次禹迪禹聲娶院正金景周女生三男一女長德章判官次德潤嘉善護軍季德華 贈參判女適卞東瑗禹迪娶折衝吳克興女生二男二女長德重次德耉女適李命說吳厚根德章一男世興判官德潤二男二女長世禧 贈判書次世禎虞候女適崔駿祥李寅邦德華有二女適金鯤壽李光迪而無男取世禧爲后是生相淳

曾祖考 贈參議公墓碑

公諱禹聲字尚甫高麗時有諱龍珠以推忠功臣知開城府事金氏之籍開城自此始推忠上距新羅敬順王爲十世也曾祖諱仁朴副司果祖諱宗傑嘉善護軍考諱瑄判官妣密陽朴氏折衝文翼女公以 肅宗乙卯九月一日生 英宗辛亥四月十七日卒壽五十七葬高陽木稀里先塋下負辛之原配固城金氏院正景周女 肅宗丁巳十一月二十九日生 英宗壬申八月十日卒壽七十六祔公之葬公嘗肄太史氏授參奉後 贈戶曹參議配 贈淑夫人以曾孫相淳貴也三男判官德章嘉善護軍德潤 贈參判德華一女卞東瑗也判官娶太醫正尹秖大女有一男世興也護軍娶折衝趙安基女生一女適崔駿祥繼娶嘉善崔致謙女生二男一女長男世禧 贈判書

次世禎武科虞候女適李寅邦三娶李瑞甲女無育僉判
娶宣 傳官趙璞女生二女適金鯤壽李光迪而無男取
世禧爲嗣世興判官四男長相肅次相詮判官次相協判
官次相和一女吳命訥也虞候三女高有誠鄭鉉李心養
四男相謙承嫡次相翊相恆相泰也判書一男相淳知中
樞五女敎授李持善僉使崔翼明院正金漢鼎引儀高在
昇僉正李一遇嗚呼公之歿今百有餘年平日之懿行旣
無誌乘之可徵玆遵先人未遑之志槩書生卒及世次如
右

祖考 贈僉判公墓碑

公諱德華字和叔系出新羅敬順王至推忠功臣諱龍珠
知開城府事子孫籍焉有諱宗傑嘉善諱瑄判官諱禹聲
贈僉議於公曾祖考三世也妣固城金氏院正景周女
公生于 肅宗戊子二月三十日卒于 英宗己巳四月
二十三日享年四十二配平壤趙氏宣 傳官璞女 肅
宗己亥十二月二十日生 英宗丁卯四月十二日卒享
年二十九合葬于高陽木稀里先塋下辛坐之原以孫相
淳貴 贈僉判夫人從而榮焉有二女長適金鯤壽次適
李光迪而無丈夫子取仲兄護軍公長男世禧爲嗣是
贈判書娶原州邊熽女崇祿知中樞相淳一男也敎授李
持善僉使崔翼明院正金漢鼎引儀高在昇僉正李一遇
五女也五衛將景遇漢學敎授景遂奉事景道及知中樞
李尚迪折衝李宜炫僉正金學勤僉正李泰增相淳之三
男四女也李明球明琪及知中樞秦東奭監正洪龍雲別
提李永基内醫金亨選趙鼎鐸李持善之二男五女也僉
正李一述崔翼明之一女也金學時金漢鼎之男也安祥
鴻李氣養高在昇之二女也吳載忠李一遇之女也嗚呼
小子十餘歲侍坐於先君子每語到先王考未嘗不永慕
而嗚咽小子愚且蒙王考嘉言善行一未之仰詢於先君
也今者只錄子孫三世於貞珉之陰追感靡逮自不覺淚
零而已

考 贈判書公墓碑

公諱世禧字善卿開城府人系出新羅敬順王第四子義
城君諱錫入麗朝世代淸顯爲國大姓九傳至平章事忠
毅公諱龍珠以推忠功拜開城府知事子孫仍籍焉曾祖
諱瑄通文判官祖諱禹聲 贈戶曹僉議考諱德華 贈
工曹僉判妣平壤趙氏宣 傳官璞女公以 英宗甲子
七月二十五日生登通文科官至僉正 正宗辛亥八月
初十日卒享年四十八配淑人原州邊氏 贈工曹僉判
熽女生于 英宗癸亥十月初九日卒于 純祖乙亥十

月二十六日享年七十三合葬于高陽元堂面木稀里先塋內未坐原以子相淳貴 贈判書貞夫人生一男五女男崇祿知樞相淳女適敎授李持善僉使崔翼明正金漢鼎引儀高在昇僉正李一遇相淳娶僉使黃道彦女早卒無育繼娶通德郎朴禧仁女生三男四女長景遇通政僉樞次景遂漢學敎授次景道奉事女適知樞李尙迪通政李安炫僉正金學勤僉正李泰增李持善二男五女男明球明琪女知樞秦東奭監正洪龍雲別提李永基內醫金亨選趙鼎鐸崔翼明一女李一述金漢鼎一男學明高在昇二女安祥鴻李氣養李一遇一女吳載忠景遇娶郡守趙宗協女生一男一女繼娶縣監田百熙女生三男一女男長奉事鼎漢次重漢女適金正善餘幼景遂娶正方慶國女生一男二女景道娶奉事金永祐女生一男一女幷幼嗚呼公孝根於性法古而不泥撰祭儀一篇傳于家友愛尤篤本生弟虞候公貧不能家輒割家產之半年十四五文辭已足用中歲手不釋卷有寬我堂遺稿多散帙只一卷平居恬澹雅直見世俗紛競之習若浼焉所以有蘊而未之展也又何壽之嗇也公旣歿家道零替不肖伶仃未弱冠我先妣茹悲忍痛獨持門戶奉先祀撫諸孤如綫家聲幾墜而不墜者何莫非我先妣之心之苦矣嘗語不肖曰至有今日曾謂是我之苦歟曾謂是而之才歟寔惟而先人餘庥也仍道先人平日之懿行涕隨聲落至嗚咽不能語悲夫今雖欲更聞斯語而何可得也旣不敢溢焉亦不敢泯焉泣血而謹書

金重戈傳

金重戈字孔方號阿堵海內貨泉人也自布幣金刀龜貝之廢爲九府之官掌賦通貨利人爲務其道也廣大莫測能作威福易生死貴賤易其位賢愚失其實孝者無而不能盡養祭之道仁者無而不能施濟衆之敎仁義禮智藉而行焉凡今所須爲用者亦莫不賴而成焉故不求媚於人而人自慕悅得之則喜失之則憂有爲而不避死甘受辱者有稱其家兄者阮宣豪士也挂於杖頭曺彬名將也而嘆好官之不如若非其道德之利人也深且切能如是乎嘗銅冠鐵衣坦腹委地而臥謂其子孫曰余金天之後也外圓內方體堅心通一貫之道不下于孔門救乏之德上天之不如不擇賢愚惟人所用貪官勿避偷兒莫拒若迎之以悖出亦以悖雖淸白有德之人不招莫往於是其子孫拜受服膺以迄于今世守厥德不墜先聲可嘉也已

夏雲贊

當火節而偏多宣炎帝之臣子歟藏神龍而變化抑海王

之卒徒歟紛紛郁郁友風伯而去來風從汝乎汝從風乎油油祈祈子雨師而滂沱雨爲爾乎爾爲雨乎如馬如車魯宋之分可知矣或黃或青災祥之占從別矣蔽白日而陰翳刺譖佞之欺主耶類峯巒而忽消戒冰山之難恃耶爲衣爲狗形人情之變幻耳乍合乍分狀世事之聚散耳大矣哉雲之功也驅雨藏雷鼓萬物而潤萬物也雲兮雲兮爾爲大旱之雲毋爲淋澇之雲也

陳玄贊

陳玄四友之一也墨之徒也苟利於人則磨頂放踵而無悔翺翔詞林優遊翰苑騷人墨客咸稱其玄德不亦賢乎作詩以贊曰玄之又玄衆妙門舍己利人墨之仁性眞功愽體用完澤洽所過書同文用行舍止維從人凡百君子孰不珍孟斥墨非獨不言吁此玄兮不可諠

靈臺銘

于彼丹田有臺平正仁址義簿智經禮成不高自高不宏自宏俯仰無垠虛靈且明誰其尸之天君攸涖大道仁里廣居正位收藏方寸放彌乾坤同天偕化萬理俱存七情交誘出入無時非聖罔中靡敬何持典章文物爾之著矣家齊國治爾之推已二帝相授囑其精一三代相繼傳厥建極惟微惟危操存捨亡於操與捨爲聖爲狂應物無迹窺之莫測毋安自欺先愼厥獨天之與我人之共有克敬克愼毋自荒莾

石鼓銘 敎誨取才時應製

翼翼聖廟有巖其石礱鼓厥形篆籒字蹟龔甃不設加以磨琢非三非五厥數惟十周宣功烈爰雕爰刻不蠢不滅辭嚴義密恢興大勳賴爾篕屹無聲有聲聞于千億德儔湯盤功配禹鼎吁此石鼓毋或毀傷

賢臣爲寶箴

連城經寸眩眸而蠱心是喪德之斧斯良弼賢佐亮采而惠疇乃有國之棟樑是以在昔聖君哲辟維賢是寶賤其珠玉仁親爲寶晉文公之所以伯天下也郊會誇寶魏惠王之靦然有慚色者眎山河而稱寶吳子諫其在德公亶垂戒不寶異物夫維賢臣之爲寶也照後世而光四國萬邦作孚百揆咸宅斯乃至寶何寶如之寶物民散寶賢國治爲人牧者敢不惕然省戒乎璧投于山三代之時

作舟車頌

聖人首出替天行化仰觀俯察去其疾苦刱厥利益爲民建極波瀲河海路遠率土人病跋涉帝若曰吁下民其咨余用憾憾竅木不沉轉蓬無滯取象立則爰伐其樹載剡載剡爲輪爲楫車陸舟水以濟不通道達八域于南于北

互市有無萬物豊足九夷八蠻無思不服六合作一道之所通化亦隨及兼濟暜率任重無勞利涉大川民省其力神功攸洽億兆歡忭唯帝是錫三代相因萬世不革千古同德

包蔘加增便否議

因事制禮隨時變法古今之通義也故以伊周之聖焉而不同禮以管葛之才焉而不同法豈故爲異制以售其能哉盖循自然之理各行時措之宜也惟我譯院官生特蒙
朝家憫恤之盛典刱設包蔘賴以生活者于今三十有一年矣永久支保之道專在於嚴禁潛商而奸細之徒無難干犯現發而抵罪者雖或有之隱蹤而幸免者寔繁其類將至敗亾無復餘望豈法久漸弛事隨玩愒而然歟抑亦人心之不淑有甚於前者乎夫潛商利竇也民之就利如水之就下而種蔘之繁盛不翅倍蓰於前以此就利之民商此倍蓰之蔘潛造而潛賣之勢所必至是豈可一一禁止者乎方今種蔘旣遍八道無邑不有則果難家搜而戶察然而一渡鴨綠蝟集燕市爲包蔘別將者誠心詗察豈有不捉之理哉近因蔘料之夥多彼中售賣之價僅爲昔之什一則稅隨以重若無潛商無以充納稅錢故包蔘別將之潛商有甚於他人渠旣潛商矣將何以禁人之潛商乎此實蕩然莫可禁止之肯綮也爲今之計莫若稍變其法加增斤數而分其稅額使無稅重失利之弊自無潛商之爲愈也別將輩旣不潛商則畏法自愼人之常情孰敢以一角蔘暗售燕肆乎然則潛商不期禁而自禁潛商旣無則包蔘之支保不卜可知時措之宜豈有過於此者乎 朝家之惠澤可期滂流久遠官生之輿情實有攢祝無窮此皆我 都相閤下之弘謨遠慮出尋常萬萬亦豈非不同禮不同法之意也哉孔子曰必也使無訟乎 閤下今日之舉殆亦近之矣

靜軒公年譜
乾隆四十四年　本朝正宗大王三年己亥正月二十九
日未時生于漢城南部寫字廳洞本第
庚子二歲
辛丑三歲
壬寅四歲
癸卯五歲
甲辰六歲
乙巳七歲始受學
丙午八歲
丁未九歲
戊申十歲
己酉十一歲
庚戌十二歲
辛亥十三歲夏聘夫人昌原黃氏僉使諱道彥之女　八
月初十日丑時丁　贈判書公憂晦日葬于高陽元堂
面木梯里先塋下未坐之原
壬子十四歲
癸丑十五歲
甲寅十六歲秋中通文館科初試

乙卯十七歲春中通文館科覆試　秋授通文館叅奉
嘉慶元年丙辰十八歲秋再授通文館叅奉
丁巳十九歲
戊午二十歲二月十四日哭夫人昌原黃氏同月二十四
日葬于高陽先塋下未坐之原　秋聘朔寧朴氏副司
果諱禧仁之女
己未二十一歲被選年少聰敏等第　秋陞主簿
庚申二十二歲
辛酉二十三歲六月冊立　皇后勅差擇差引禮差備
九月二十四日長子景遇生
壬戌二十四歲六月十六日哭第三姊金氏婦
癸亥二十五歲
甲子二十六歲節行以從事官赴燕正使判中樞金思穆
副使判書宋銓書狀執義元在明　十月二十七日長
女李氏婦生
乙丑二十七歲六月　貞純王后吊祭勅上勅房二堂下
差備上勅瑞齡副勅德文遠接使曺允大伴送使徐榮
輔　節行以從事官赴燕正使判中樞李時秀副使判
書李晉天書狀掌令尹魯東
丙寅二十八歲節行以從事官赴燕正使青城尉沈能建

副使判書吳泰賢書狀執義李永老兼三房陪行
丁卯二十九歲六月十九日哭長姊李氏婦　同月陞通
文館教誨　節行以從事官赴燕正使判中樞南公轍
副使判書林漢浩書狀司僕寺正金魯應上房乾糧
戊辰三十歲節行以從事官赴燕正使青城尉沈能建副
使判書趙洪鎭書狀掌令金啓河　十二月二十三日
第二女李氏婦生
己巳三十一歲本生祖妣平壤趙氏墓具床石考判書公
及元配昌原黃氏墓立望柱床石　五月十五日遭叔
母全州李氏喪　節行以從事官赴燕正使判中樞朴
宗來副使判書金魯敬書狀掌令李永純上房乾糧
庚午三十二歲八月差訓導十二月陞正
辛未三十三歲七月二十一日哭第四妹高氏婦　節行
以從事官赴燕正使判中樞曺允大副使判書李文會
書狀掌令韓用儀
壬申三十四歲正月初一日第三女金氏婦生　九月
翼宗大王冊封勅一堂下差備上勅孟住副勅廉善遠
接使朴宗來伴送使李益運　長子景遇聘錦山趙氏
郡守諱宗協之女　十二月漂人領去北京別賚　咨
官

癸酉三十五歲正月陞教授
甲戌三十六歲
乙亥三十七歲九月二十七日第四女李氏婦生　十一
月二十六日未時丁　贈貞夫人原州邊氏憂十二月
二十二日祔葬于判書公墓右同壙
丙子三十八歲四月十七日哭第二姊崔氏婦
丁丑三十九歲五月十三日遭叔父虞候公喪
戊寅四十歲六月初六日第二子景遂生　七月十六日
行長女李氏婦婚禮　皇曆賚　咨官赴燕陞折衝
己卯四十一歲同文彙考監印勞陞嘉善六月陞同知中
樞府事追榮三代
庚辰四十二歲九月三節合併及　聖節授問賚　咨官
赴燕因本院草記兼差伴送使行中首譯故除　朝辭
上勅瑞齡副勅松福伴送使李魯益　御前通事李鶴
秀朴綺壽
道光元年辛巳四十三歲陞嘉義因伴送使李魯益所
啓蒙　允　王大妃金氏告訃正使叅判洪命周書狀
持平洪彦謨以二堂上因　廟堂徃復到坡州落後
十月進賀兼卞正陳奏使以二堂上自辟赴燕正使判
中樞李好敏副使判書趙鍾永書狀掌令李元默

壬午四十四歲二月二十五日長孫女金氏婦生 陞資憲 謝陳奏準請冊字印頒使以別 啓請赴燕正使判中樞南履翼副使判書權丕應書狀執義林處鎭 六月陞知中樞府事追榮三代
癸未四十五歲十月行第二女李氏婦婚禮 節行以自辟首堂赴燕正使判中樞洪義浩副使判書李龍秀書狀掌令曺龍振 十一月初八日第三子景道生
甲申四十六歲七月行第三女金氏婦婚禮
乙酉四十七歲四月陞正憲 九月十六日長孫鼎漢生
丙戌四十八歲
丁亥四十九歲擇差訓長 五月二十四日哭長子婦錦山趙氏 八月陞崇政 行第四女李氏婦婚禮
戊子五十歲三月二十八日長子景遇聘河陰田氏縣監諱百熙之女 節行以首堂赴燕正使判中樞洪起燮副使判書柳鼎養書狀掌令朴宗吉
己丑五十一歲三月十四日哭貞夫人朔寧朴氏四月二十七日葬于高陽先塋下未坐之原
庚寅五十二歲五月二十三日孫重漢生 節行以首堂赴燕正使判中樞徐俊輔副使判書洪敬謨書狀司僕寺正李南翼

辛卯五十三歲二月 世孫冊封勅上勅慶敏副勅文輝遠接使金逌根伴送使李止淵以首堂差備 御前通事李景在趙容和 八月二十一日第二子景遂聘溫陽方氏主簿諱慶國之女
壬辰五十四歲二月因回還遠接使所奏陞崇祿 節行以首堂赴燕正使判中樞徐畊輔副使判書尹致謙書狀執義金景善
癸巳五十五歲四月 皇后崩逝勅上勅盛桂副勅賽尚阿遠接使朴宗薰伴送使徐能輔以首堂差備 御前通事朴永元吳致愚 十一月十八日哭第四女李氏婦
甲午五十六歲二月別使以別 啓請首堂赴燕正使判中樞洪敬謨副使判書李光正書狀執義金鼎集
乙未五十七歲三月 純祖大王吊祭 憲宗大王登極勅上勅慶興副勅倭什納遠接使李羲甲伴送使朴周壽以首堂差備 御前通事李景在趙斗淳因伴送使所奏承令該院從自願施賞子有實效之 承傳 七月十八日第三子景道聘慶州金氏奉事諱永祜之女 八月別使以首堂赴燕正使判中樞金鏴副使判書李彥淳書狀掌令鄭在絅承令該院從自願施賞之 承

傳　十九日長二孫女金氏婦生
丙申五十八歲十月十二日庶子壽山生　十二月十三
日行長孫金氏婦婚禮
丁酉五十九歲三月冊封　王妃奏請使以自辟首堂赴
燕正使東寧尉金賢根副使判書趙秉鉉書狀執義李
源益有田三結奴婢中一口賜給賞傳　七月冊封勅
上勅倭什納副勅明訓遠接使金鏴西下留待灣上
御前通事李啓朝張敎根
戊戌六十歲閏四月二十七日長孫鼎漢聘全州李氏箕
學別提諱惟冕之女　九月初六日孫始漢生
己亥六十一歲節行以首堂赴燕正使判中樞李嘉愚副
使判書李魯秉書狀執義李正履　十二月十三日孫
應漢生
庚子六十二歲以昨年節行　皇后崩逝勅順付事仍
廟堂草記第三子景道陞付倭學聰敏
辛丑六十三歲
壬寅六十四歲三月二十八日孫重漢聘慶州金氏僉知
諱必洙之女　十一月初三日哭第三女金氏婦
癸卯六十五歲
甲辰六十六歲正月　中宮殿吊勅上勅恆興副勅伯葰

西下差備遠接使　御前通事李公翼金英根
支勅後因　廟堂草記遠配全羅道金堤縣到配狀承
放送之　命
乙巳六十七歲正月十三日孫成漢生
丙午六十八歲
丁未六十九歲九月二十五日哭庶子壽山
戊申七十歲
己酉七十一歲四月晦行孫女金氏婦婚禮　閏四月高
陽先塋立碑石四坐
庚戌七十二歲三月二十一日孫始漢聘慶州崔氏直長
諱性昌之女
咸豐元年辛亥七十三歲正月陳奏行以首堂赴燕正使
判中樞金景善副使判書李圭祊書狀掌令李升洙以
資窮有子孫收用之　命奴婢中一口田三結　賜給
二月二十二日孫八得生
壬子七十四歲四月初六日孫應漢聘清州韓氏僉正諱
應曉之女　八月二十八日哭季妹李氏婦
癸丑七十五歲六月二十日孫八福生
甲寅七十六歲
乙卯七十七歲三月二十七日回榜宴

丙辰七十八歲
丁巳七十九歲五月十六日孫成漢聘金山李氏教授諱
應三之女　十月初九日巳時卒于標南本第十一月
二十三日卯時行葬禮于高陽木稀里先塋下未坐之
原元配昌原黃氏　贈貞夫人祔右繼配朔寧朴氏貞
夫人祔左立碑具床石

泮林英華 單

泮林英華序

鷹峰之下　國學在焉泮而抱學宮之半者
曰泮水夾泮水而東西居者曰泮人選泮人之
詩曰泮林英華詩之在人如卉木之有英華
精氣所蘊燁然外敷故曰英華而以其出于
泮人也故曰泮林云泮人依近膠序之地薰襲
衿紳之教榮慕覩感不離絃誦之事其能
有詩固也然而選之自我以我官于泮也泮之亂官
辨爭訟董風俗而已唯選詩是急者將以勸也
非詩之勸之乎善也閭巷匹庶之民進而絶仕宦

顯達之塗退而鮮砥礪兢持之行逸者無以用
心其志蕩窶者無以恒業其思濫既蕩矣濫
矣由是而爭訟作風俗漓是不可一以法齊之也
詩者古樂之遺也出乎真性發以天機懽愉者
洩焉窮苦者託焉鬱者宣勞者達興覩羣
怨之旨自現於咨嗟詠嘆之餘而及其工也春鳥
秋虫各盡技能弊帚千金俱自矜愛鳴世無間
於貴賤傳名不拘於貧富片言隻句之獨造孤詣
有足以埒軒騶穢珠玉而樂以忘憂者焉逸者
閑暢其志氣不淫於蕩窶者導發其情思不

失於濫故曰勸乎詩所以勸乎善也且夫芳辰清
景老者扶筇挈榼涉園臨水舒懷言志歌詠
聖澤少者吮墨弄翰品花題月誇奇鬪新競
發藻思日用嬉遊常在於風雅之中而承平
之象文明之徵爛然可觀故曰詩道之興閭巷
之吉祥善事也此詩之所由選也選既成遂作
而嘆曰淵乎深哉我
聖朝文教之盛而風氣之淳也茲詩之選不出於
橋之內而蔚然有六十餘家是皆凡民之俊待
文而興者也是選也雖調有高下才有深淺

要之皆敦厚溫柔無噍殺浮靡之習其爲治
世之音不待吳季札而辨之也茲豈非　過存
鼓舞之效至及於委巷圭蓽之間者乎入是選
者老者未踰六旬少者未及弱冠使各淘洗
涵湛才情益鍊篇什益富則其所造又烏可
量也菀彼泮林其將爲琅玕之圃蘭苕之沚
泮人其勉乎哉
上之二十年庚辰南至大林山人沈啓錫撰

泮林英華凡例

一 泮人中稍解聲病者自六十以下至于童丱皆令入選以示奬詡之意

一 選詩一以精約爲主以待日後才格漸長篇什益富更加廣選

一 諸家併以年齒爲次字號封貫亦令載錄

一 編詩先五六言次七言

一 入選人中父祖有載見於昭代風謠風謠續選者併加懸錄

泮林英華凡例 終

泮林英華卷之一目錄

金禹鉉 五律一

梁宗潭 五律一

李象彦 七律一

宋寬鎮 七絶一

李五奎 五絶一 五律二 七絶一 七律一

方禹興 七律一

泮林英華卷之一目錄 終

泮林英華卷之一

李鳳章稺和 編

金海 金祺永汝經 校

金得河 選詩二首

得河字士洪號四愚堂辛巳生忠州人

月夜船遊

秋月明如燭清江淡欲無不知何處客孤帆數聲呼

別友

識君不吝昧君時逢處誰諳別處悲人生恨未如浮水散聚無情任盱之

李漢蕃 選詩三首

漢蕃字君陳號賢谷壬午生　人

鴈

悲風吹落木三四鴈隨陽問爾歸何處江南是故鄉

偶吟

世事夢中夢物華春復春生涯依斗祿虛作白頭人

秋夜即事

濛濛微雨夜獨坐好懷開床上書長在燈前客不來靈心看逝水詩境到深杯靜裏還多事移松又灌梅

洪翼龍 選詩六首

翼龍字元輔號碧翁癸未生南陽人

庭草

莫除庭畔草碧色日看長隱暎踈簾外春殘用獨芳

東湖即事

千里長湖抱岸流押鷗亭下兩三舟春深古島多幽事泖酒江魚醉興悠

幽居

碧巷高卧此身幽一扇開泮水頭永日琹書非自樂暮年樽酒為寬憂尋常北渚看花去汗漫東城伴月遊莫道林園朝市近山翁醉與獨悠悠

東湖金友士洪宅漫吟

閑來高卧白鷗洲鏡裏相看雪滿頭平野烟沉千樹靜長江風穩片帆幽衰年雅調君能解半世交情我最尤攜手何時新卜築琹書永日把觴遊

敬次風軒韻

吾儕環住碧松亭及見　先王德化成恭守　聖祠斯願足忝登仙閣僕守廟號是身清虗庭淡月中秋色深樹流鸎上掩聲三十一年如昨日重來忽似夢魂醒

奉和宋上舍原韻

微烟秋色小齋平對案晴窓老眼明竹榻傳盃燈穗散華箋題墨筆花生孤松棲鶴清無夢寒月歸鴻過有聲惆悵別時長記得短橋鳴水夕陽横

朴英錫 選詩八首

英錫字景胤號可軒甲申生順興人

題梧葉

寥落高秋興閑居只自知題詩梧葉上獨坐且移時

酒渴用醫言服沉沸

人生堪與間上壽百年期盈盈上池水周流暢四肢至人能呼吸榮衛遂不衰熊經而鳥伸冈非適其宜惟余天賦性手中不捨卮狂藥攻其内良箴忘鴟夷

元亮脫巾漉伯倫荷鍤隨四體遂浮高維摩見慈悲二竪嬰三焦和扁莫之醫駸駸渴為祟鶏骨床僅支金莖難賜沾黃梅只有思烏椑圍成餅池水作生涯瓊液日潤肺宿癥袪些兒不待神樓散奏效何其奇鍾乳應洗髓鐵液便豐肌沈疴　去體竟與歲籥移可軒春晷永梅發緩吟詩

述懷

綠陰芳草看盡流水青山客來童柬乾坤百歲床頭經史千回

夏日山齋

睡起山齋夏日長憑軒一嘯坐蒼茫樹陰蓊薆當簷靜花氣沖融入户香客去柴門常掩晝身閑竹簟自生凉此間自謂多公事一咏纔成復一觴

懷人

我行纔出客来家連柳街頭数里差危隽留題松下壁寒驢還踏水邊沙深齋寂君僧歸寺空砌閑如吏退衙爲報故人催後約春風落盡北城花

閑中

自愧踈慵不出家門前一路若無涯逢人杯酌隨深淺從俗衣冠節儉奢一枕挑燈初過鴈層城擊柝已

啼鵶琴中山水知音少無復平生遇伯牙

屛跡

含光混世與人同出處行藏付太空窮巷無人携杖竹青山盡日掩門蓬心如老石誰能轉身似虗舟不畏風斂跡低眉無所事書床惟照一燈紅

靜中

城市親朋絶往還白雲深處掩柴關冠巾性懶經旬廢筆硯交踈盡日閑萬樹蒼凉垂夕陰一黎蕭洒踏青山家貧自笑無長物惟有單瓢掛壁間

安命相 選詩一首

命相字聖臣號梧泉乙酉生順興人

懷人

思君君不見悵悵獨吟詩海曲同舟日樓頭對月時人生多聚散世事久差遲寂寞樽中酒何當共一卮

梁興宇 選詩八首

興宇字泰汝號北皐丁亥生忠州人

混混亭偶吟

蕭踈秋雨下暝色易深松我来何問主坐久趂鄰舂

悲秋

明月如高士林泉出故逢凉催蛩織夜雲路鴈来時

方讀歐陽賦深知宋玉悲有懷還黙黙都付一箱詩

夏遊北渚洞

桃源非別界城外一淸溪有路邨仍近無橋岸欲低訪陰穿樹密移席傍鸎啼看看猶餘興却忘山日西

宋洞納凉

洞古雲生壁林脩綠暎衣偏宜芳草坐猶惜晩花飛有瀑寒如雪無塵氣作霏披襟消永日欲伴暝鴉歸

可軒書所偶吟

蓬峯之下一山房窄窄柴門短短墻時有玉溪故人至通宵留飲卧書床

見木葉盡脫有感

北風蕭颯鴈叅差紅葉紛紛謝故枝最是人情傷感處一年重見落花時

新秋

積雨初晴序屬秋碧梧凉意入書樓半輪忽見峨眉月既望誰登赤壁舟火傘漸從團扇遠金星爭逐小螢流繞山松籟清如許靜地渾忘宋玉愁

溪遊

輕簑短笠過前垌一望烟如草色青劈浪魚從深穴得臨風蟬自上枝聽仍炊午飯溪邊坐細酌春醪柳下停十里蘆川者不遠莫愁雲暗雨冥冥

金富宗 選詩二首

富宗字景祖號東圃辛卯生稷山人

雪

初似花飄塢旋疑月滿庭着梅微有影透竹細無聲幾意山陰興曾添灞水情近窓逢暮景白髮更分明

咏竹

数根初種小軒東直榦森森衆卉中到枕寒聲常帶雨入簾清影自生風勁姿四時長留碧點淚二妃獨灑紅今世未逢知己在與君相對托心空

李慶吉 選詩二首

慶吉字逢伯號兩槐堂辛卯生漢陽人

題畫

小閣倚林端鳥啼春晝靜中有看棋翁欹巾坐梅影

睡起

麗日弄窓間幽禽鳴屋角夢回簾影侵滿眼青山色

金宗翯 選詩三首

宗翯字伯祥號止齋辛卯生漢陽人祖麗輝父醉醒翯喜重載見風謠續選

畫山水屛

石窟谽谺勢松泉暗淡流衣巾獨棲客日夜自憑樓山月何關雨巖楓不改秋眼中多秀異疑過剡溪頭

春日過訪牛耳溪柳生別業

東林小築隔塵寰可識主人忙與閑巖底桃花花底屋墻頭流水水頭山

鴨鴟亭

衆壑羣峦赴檻前飛甍千尺勢飄然人家共礫江干樹舟檝平分水面天每日常含秋氣冷四時先得月光圓可憐客子登臨地無限風烟白鳥邊

鄭禧善 選詩三首

禧善字穉純號惺惺齋癸巳生漢陽人父一齋

惟泰載見風謠續選

湖西客中次友人上元韻

上元月正好客意慰悽凉老少登橋去笙歌滿路行
賴君多美酒忘我在他鄉永夜歡娛畢居然曉色蒼

宿龍湖

短笻閑逐白鷗遊獨倚江窓聽水流夜静三更明月
裏数聲漁笛入高樓

贈灣妓初月

君名初月月初生逢別怱怱尚記名酒席宵深鸎舌

巧舞衫風動玉眸明三春花鳥新消息千里雲烟舊
旅情数語丁寧分手後問誰同上郡西城

李慶集 選詩六首

慶集字成汝號雙柳堂癸巳生漢陽人慶吉弟

北渚濯纓

佩酒隨童冠行行到水源林深微有路松老亞成門
石潤侵雲氣沙明見雨痕濯纓日猶早拄杖更清言

聞泉

昨日流觴地猶餘𥳑竹音寒交幽處夢清會静時心
噴石知源遠盈池覺派深永懷潭上月起坐半窓陰

初秋

秋聲蟬已報凉意雨先知夜静驚梧落簷虛見露垂
醪香懷舊友才拙負明時老覺閑愁甚新詩近楚詞

雪山道中懷人有感

南州爲客幾多時馬上回看悵別離遠峀出頭微似
髻孤村成局列如棋思家幾作歸家夢滯雪還題咏
雪時明日重尋豊沛地紅娥倘記昔年知

仲秋夜小集

石砌寥寥蟲語凉病懷秋思較誰長踈林夜動驚霜
脚虛箔風来聞菊香静處看君隱城市明時容我老

書堂燈前鍊句猶餘興對月端宜送羽觴

微雲淡河漢

碧天浮月湛成文一带銀河数點雲三秋寥廓光難
掩五夜虛明影易分星含灝氣茨初見雨送新凉滴
更聞此夕應知牛女會仙橋何處集烏羣

洪義明 選詩一首

義明字宜甫號逸齋乙未生南陽人

贈別

寒落江郵夜深秋送客時浮生皆有命團會豈無期
耿耿孤燈照冥冥斷鴈悲頻聽鷄喔喔悄悵略成詩

安紀雲 選詩八首

紀雲字軒師號雲軒丁酉生順興人

次唐詩牧童韻

飮牛溪水清入谷山花落枕簑睡方酣林風故不惡

昭君怨

早被畫圖誤淒然辭玉欄琵琶邊月白鬟髻朔風寒
隴水傷心過天山住馬看塞鴻飛不盡一一向長安

秋日與柳大雅遊泉洞

歲暮孤村靜寒林帶夕陽客從流水醉雲傍晩山涼
磵道秋花亂柴門野草荒相過人不識幽意動偏長

初月

誰破白玉鏡依俙掛廣寒半邊沉海底一片入雲端
遠暎光初細斜懸體未完會須三五夜圓滿任人看

秋夜與鄰友得唐韻共賦

宮漏丁丁遠響城東林夜靜又秋晴天高漸改銀河色露冷初收蟋蟀聲病後故人能赴約樽前明月最多情家貧尚有琴書樂不恨邱園老此生

曉坐

讀罷離騷坐五更天高河漢正西傾數家砧杵秋風急一樹梧桐曉露清只有床前兒共語更無門外客相迎且愁今夜虛齋冷獨向青燈睡不成

秋夜獨坐茅亭遣懷

睡起中宵坐草亭西風掠面醉初醒藤蘿月色來閑望蟋蟀秋聲入靜聽年滿鬢毛還有改病煩囊藥惣無靈驚交零落知誰在簾外孤峰晩更青

老嘆

青春如昨歲華遷豈意吾生迫老期衣爲體羸自寬緩冠因髮短便傾欹人嗔閉戶常稱病兒怪逢春減賦詩筋力雖無強健日蒔花移菊不違時

金明奎 選詩八首

明奎字啓祥號昨匪窩丁酉生忠州人伯父庸齋國煥載見風謠續選

睡罷口占

忽覺寒宵夢踈桐細雨聲起聞南去鴈天末動歸情

春晴登杏亭

春日登高去情人載酒來乾坤身外濶時序眼前催
澗草晴猶濕山花暖欲開煩君駐幽屐同我盡餘盃

春睡

空庭春日永無事卧芳林自墮手中卷多閑床下琴
雲生花木靜犬吠竹籬深忽覺山光暗歸禽報夕陰

暮歸邨店

秋日澹將夕天光冷似氷酒醒風有力身倦策無能庄上聞孤犬林間見數燈喚人頻叩戶童子出先應

遊北寺洞

入洞穿朝霧出山乘夕風白雲生木末清露滴樽中泉石重重好柴門處處同醉餘依杖步還作一衰翁

望溪潮口占

風打蘆花日欲斜窺魚孤鷺立清波蓑翁飲罷歸江曲鷄犬聲中有數家

送人之安東

離別人間最是難情懷搖落一燈殘盆梅總發香猶淺簷月低懸酒欲乾古驛村深征馬健窮山雪積朔風寒迢迢竹嶺何時度悄倚柴扉去路看

蜀宮方覺五更長

星河搖落峽天低消息迢迢故國迷倏忽何年鸚鵡夢支離今夜子規啼林深古棧偏多雨花落行宮半雜泥坐數銅壺銀箭下巴江曙色遠凄凄

李景奎 選詩二首

景奎字士潤號懶翁丁酉生漢陽人

憶友

江湖渺渺信書稀花爛重城獨掩扉每憶情人頻北望誰教春鴈更南歸平郊雜樹迷紅暈遠峀浮烟合翠微終日倚欄無處問含泥乳鷰近簾飛

入小桃源

此地如今已再過杏花零落見桃花雲深溪斷呼船久石亂橋傾取路斜洞號桃源稀俗子山如太古近仙家風烟收拾東城暮醉載青爐放浩歌

金宗厚 選詩一首

宗厚字道述號梅窩己亥生忠州人祖默軒昌震載見風謠續選

別友

誰知今夜送君情月放清輝入座明歲暮郵亭孤燭短夜闌山閣宿雲平詩成客榻皆離恨風撼寒篁盡別聲莫道寬心相對酌含杯取醉却愁生

金景文 選詩八首

景文字汝行號梅軒庚子生忠州人

暮歸

雲外漏明月樹梢生白烟更收驢背興晩向水邨邊

東郊遊

偶上東樓望晨光逆萬山僧歸白雲裏鳥下綠蕪間

步屧心方愜登臨意自閑蹇驢餘興載晚向月中還

杏花

小園日暖始開花步逐春風不到家誰把韶光遍分與斜陽駐馬酌流霞

偶吟

良宵略約坐青燈流水孤帆露氣凝憑几閑吟須不寐蒼蒼缺月漏雲層

登三清洞水閣

攀躋石逕有朋來雲裡層層水閣開對酒寧辭終日飲題詩不妨畫心裁林風有意消炎去谷鳥多情趂

夕回庭樹自憐幽勝處故垂枝葉蔽塵埃

客堂秋夜

水郁何處起清笳夢罷幽窓月欲斜秋晩踈籬霜菊少夜深寒砌草虫多遙思故國書難寄久住他鄉鬢有華竟歲那知長作客梅花未發擬還家

夜與諸益共賦

葉落霜天鴈叫時更籌漸覺夜光移病餘留客身猶健醉裏題詩意頓奇無数黃花寒共守多情皓月每相隨古人秉燭酬清景風味如今我獨知

回文

回首白雲萬月微古今論罷夢依依閑懷好酒新添興隔樹深帆暮掩扉梅閣冷侵風颯颯竹堦寒逼雪霏霏來遊勝景山將晩臺上獨吟伴鳥歸

金宗来 選詩四首

宗来字稺和號筆隱癸巳生漢陽人祖麗輝從父醉醒窩喜重載見風謠續選

壁下亟丈挽

叔世憎多口雲烟漫太空寥寥千載下知我有楊雄

續挽 遊道峯中路聞訃

幾年勤誘掖蒙陋亦知聞雨過山川淨春深草木欣

宿遊方禹穴遐舉已修文慟哭虛堂暮淒風起落曛

再續挽 欲畫師生於屏幛藏之講堂而未就

水流雲散撼隨風墜緒茫茫萬事空傷心講席前年祈一體師生繪畫同

三續挽 壁下鄭学洙逕庵禮圖之孫竹軒安光洙之門人

東西巷陌淚如泉晝哭吾鄉失舊賢逕叟以來光古業竹師之後得遺傳蕭條送老三間屋冷落摳衣一丈遥惟有空山前夜月滿庭依舊帶寒烟

金載濆 選詩二首

載濆字仲元號敬謹齋庚子生忠州人曽祖黙

軒昌震祖野愚義福載見風謡續選

夜雨客懷

旅館殘燈夜蕭蕭雨打門離愁聊自遣卸酒借微温

、秋夜

蕭蕭木葉下月白鴈南歸遠遠時聞笛沉沉夜搗衣
人心隨俗變世事逐年非坐久虫如訴悲秋獨掩扉

金禹鉉 選詩一首

禹鉉字士鎮號是閑軒辛丑生漢陽人

、古松流水間碁聲

雲深山影静石老磵流清花下留仙約松間隔世情

驪圖今日見臺角幾番爭永晝烟霞裡碁聲雜水聲

梁宗潭 選詩一首

宗潭字道膺號栢軒辛丑生 人

、次夕陽樓韻

寂寂高樓下萋萋碧草多荒園欹古木頹壁倒新花
客到春風晩鳥啼山日斜行人指點語此地閲清歌

李象彦 選詩一首

象彦字大卿號梧軒辛丑生 人

、秋砧

微風昨夜度城陰秋氣新晴積雨林機織七襄方濯
錦月明萬户復聞砧却憐閨裡佳人手共搗窓前遠
客心坐久虫聲空外歇滿庭白露蔦衣侵

宋寛鎮 選詩一首

寛鎮字士慄號老巖辛丑生礪山人

、次風謡續選游仙詞韻

爭逐青蓮米石流鯨波月下朗吟遊蓬萊仙子今何
在遥指雲林碧海頭

李五奎 選詩五首

五奎字德聚號松齋辛丑生漢陽人

獨夜韋蘇州韻

山雨響秋池孤燈耿深竹蕭然生遠思惆悵不成寐

、暮春遊北洞

爲問桃花樹殘春餘幾枝偏多吹落日還憶未開時
爛爛如相待飄飄無定期令人空悵望林下費深思

、寒雨

寒雨柴門夕秋花意寂寥蟄虫初户牖鳴鴈各雲霄
高卧驚年邁閑愁覺夜遥山妻酒相勸似欲慰蕭條

書齋雨後

高齋清晝掩書帷雨後山光動翠微始信生成多妙
意綠陰庭畔燕雛飛

寄人

山居宜雨更宜晴忽喜前溪春水生每日閉門看草色緣朝隱几聽鳩鳴穿雲獨往不成興滿嶺相思空復情最是爽襟臺上下少車馬處可閑行

方禹輿 選詩一首

禹輿字士鼎號百忍齋丁酉生温陽人

南原客中除夕

屢剔殘燈耿不眠時光坐驗後先天舊遊黯黯心中憶故里依依夢裡懸櫪馬斷頸行欲發雲鴻飛盡信難傳深樽獨酌堪惆悵今夕明朝各一年

泮林英華卷之一終

泮林英華卷之二目錄

泮林英華卷之二目錄 終

泮林英華卷之二

李鳳章 穉和 編
金海 金祺永 汝經 校

金致潤 選詩二首

致潤字保二號菊菴壬寅生漢陽人曾祖麗輝
載見風謠續選

郵舍秋夜

莎鷄在户動秋情旅館蕭條夢不成河漢三更雲捲
後天光月色共分明

丶押鴎亭

山光水色一樓前過客登臨意豁然烟鷺分飛芳草
岸風帆争過夕陽天千年沙石孤帆迥十里桑麻大
野圓放鶴峰頭雲擁樹葱蘢佳氣二陵邉

崔星燦 選詩五首

星燦字李民號昨悔齋壬寅生羅州人

丶偶成

三春如過客来往政無期柳色烟中好山容雨後奇
謝塵心寂寞得酒意驕癡吾輩有眞樂教他庭鶴知

春夜共賦

期爾来茅屋蒼蒼月隠城琴書元有癖榮辱本無情

白髮愁中得清狂酒後生欲酬詩債積深夜對燈明

●客至

習靜仍成懶生涯安可論看雲頻捲箔迎客始開門
柳市疎烟暮潭心夕照翻天機渾寂寂覓句坐忘言

秋日東郊行

萬樹蕭蕭落葉黃千峰寂寂晚風涼宿禽飛處斜陽
遠騷客歸時石逕長耕叟田間收野色樵童雲裏掃
山光芳樽異味何須問頼有床頭麥酒香

春日混混亭

亭名混混幾何年傍水臨山勢翼然紅綠有期當好
節繁華如夢付先天山鳥空吟楊柳上野人來醉杏

花前涵庭芳草閑無主獨鶴無心白日眠

李鎭洪 選詩一首

鎭洪字士均號桂軒壬寅生完山人

●登江樓

飛閣流丹立清江拖白來捲簾遥嶼出憑檻暮帆開
鷗夢平沙穩漁歌隔岸回塵襟聊可濯且盡眼前盃

洪聖浩 選詩三首

聖浩字道淵號菊隱癸卯生南陽人

避暑鄭山人松樹下

林深迎夏後山晚納涼初泉石閑來往琴書好起居
軒清松籟滿洞白水先虛誰識紅塵裏一區樂有餘

牙山斗美邨客夜

旅館常無睡寒燈爲客明掐窓惟鴈影隱几但蛩聲
落日孤愁發中宵一夢驚回頭望鄉處月色最多情

●春晚

到老身難健逢春鬓欲斑忽驚花謝樹更喜酒開顔
邨友頻相過山扉故不關非無名利志多病合投閑

金熈民 選詩六首

熈民字穉皡號警齋癸卯生安東人

金浦道中

倦驢來金浦山日下江天疾風晚潮落楓岸繫漁船

●曉店秣馬

倚枕聞鳴鷄呼僮戒秣馬微明山路分斜月漸西下

●步虛閣

緩步來虛閣皆庭轉寂寥峯高收宿霧溪漲卧長橋
落日禽投樹寒天路絶樵披襟開小酌松韻似仙簫

秋雨江邨即事

秋風江渚淨蘆花白雨蕭蕭檣外斜三兩漁人歸暮
色前林倏忽墮棲鴉

樂民樓

成川江畔樂民樓串入青空萬丈浮大野平分層檻外羣山競揖八窓頭淸詩滿壁懷先輩佳釀盈樽積舊遊會有琴娥呈郢曲淡雲落日故遲留

踰唐天嶺

嶺入雲端斷復連強攀絶頂坐悠然杖頭颯颯風生脛眼外茫茫海接天殘雪未消陰谷冷孤峰欲墜古松懸十洲使君頻來往徭役山氓不暫便

金啓麟 選詩一首

啓麟字仲沃號遺睡軒癸卯生順天人

過松京

荒凉廢苑幾春秋草滿毬庭客子遊王氣已消空刼雨鳥聲猶帶故宮愁杜門洞外樵歌迥善竹橋邊去馬留回首那知前代事靑山黙黙水東流

朱明鎭 選詩二首

明鎭字士奎號東泉甲辰生礪山人寬鎭從父弟

銀漢

斗杓任旋斡瀅澈對秋宵雲掩初如近風收漸覺遙澄波通月殿空影轉星橋造化終難識盈虛問汐潮

秋日山齋即事

晩來幽境又何之靜坐悠然意緒遲雲影度堦餘雨氣蟬聲入戶報秋期荷池垂釣驚漁子藥圃吟詩伴牧兒霜着千林風颯爽定知楓菊各呈奇

安宅文 選詩一首

宅文字致俊號日省齋甲辰生順興人

聽鶯

忽醒山客耳鶯語入軒淸乍見尋巢過更聞求友聲出花仍囀久穿柳故飛輕斷續歸何處林烟面面生

洪疇燮 選詩二首

疇燮字致五號松塢甲辰生南陽人

聽蟬

夏凉貯佳樹繁陰逈滿城雲蒸猶雨氣蟬噪忽秋聲每以俠時出偏多感客鳴歐公作賦意托興有餘情

送友人

送君何事向南州驛路正當霜露秋千里含情頻極目一盃分袖更回頭歸雲漠漠山將隔行路迢迢水自流客裏愁懷難自定嗟君雖往莫淹留

李思祖 選詩三首

思祖字大儼號梧齋乙巳生　人

ㆍ雨餘夜坐

懶罷中宵夢呼兒急捲簾多情蘿月色爲我入茅簷

ㆍ山行

步入山幽處淙淙有一溪夕陽羣鳥語風裡自高低

小集老巖精舍

境僻城東且卜居隨時俯仰自紓餘松雲細細山深處風澗淙淙雨霽初懶性逢春詩欲健故人當酒氣凌虛吾儕韻會前期在晝日玄談勝讀書

李在運 選詩三首

在運字英顯號南谷丙午生　人

初夏遊東泉精舍

載酒來敲松下關滿床書帙主人閑餘花不負樽前約料日空催鏡裏顏小洞鮮明饒水石新詩瀟洒說雲山思君即到堪勝興初月慇勤照樹間

次唐詩韻寄東泉主人

東城雲樹正依依咫尺田園未得歸經雨好花方有態知音幽鳥亦忘機病憐鬢髮星星改老覺情懷日日非借問窮途誰得似阮公長嘯世相違

ㆍ東郊書堂

窓前流水几前山山下柴門晝不關雲影自來陳檻外書聲時出綠陰間園禽欲下花枝動野客初歸巷局閑有約重來春又暮碧桃樹裏早鶯還

李鳳章 選詩五首

鳳章字穉和丁未生　人號北源

初秋偶吟

斗柄初回白露流洞房蟲語報新秋蟬音盡入騷人賦雨氣猶餘織女愁雲護殘炎歸郭外林生清籟繞床頭微凉能使衰中健此日還思少壯遊

雨中送人乘舟東歸

西風強病送君東天氣蕭蕭露滴桐黃菊九秋誰賞

月尺書千里但憑鴻故人離別三盃裏暮雨行裝一帆中晚境烟霞同有約此生何事獨飄蓬

中秋夜雙柳堂小集

露垂簷角稍生凉始覺書窓夜已長隣杵齊鳴蟲共急片楓猶早菊先香月明一歲中秋節人坐孤帆雙柳堂新釀百壺堪盡醉碧雲歸雁見蒼蒼

次暮春夜雨韻

落來花片撲窓頻坐惜韶光減却新半世浮沉今白髮一宵風雨又殘春應知濃艶無多日強欲登臨少故人莫笑斯翁頻秉燭不堪愁緖每纏身

贈別

西風鮮佩子歸東憔悴形容秋後桐故里莫誇閑採菊孤雲爭奈獨飛鴻離樽暫設夕陽裏征馬長嘶暮雨中回首渡頭愁自望烟波十里一孤蓬

金應番 選詩二首

應番字盛汝號竹齋丁未生安東人祖浦谷昌煥載見風謠續選

八月望夜會于閑齋得明律韻

今宵多月色玉宇點雲消星斗生高閣笙歌起遠橋題詩由語濕當酒菊心嬌萬物皆秋意盈虛問汐潮

促織

微虫知節序啼近績燈明遠客秋先得佳人夢忽驚當窓何促促依草自聲聲不識緣何訴通宵似有情

朴大淳 選詩二首

大淳字太初號斗菴丁未生順興人

雪

自能虛室白更作倚風輕正使着詩好不妨添鬢明山川同淨色松竹助寒聲即此堪乘興何須上玉京

梅

伊昔勤封植平生癖此花暗香通竹塢春色護苔槎冷韻氷同潔清標玉絶瑕紛紛姚與魏笑爾競繁華

朴謙浩 選詩三首

謙浩字穉受號城隱己酉生順興人

自咏

欲識安身法清神又養元栖心能寡欲守分自忘言物理靜看草幽情獨閉門浮沉多白眼世事誰與論

●寒山寺

樽酒成佳會登臨作暇遊寺依羣峰立樓與大江浮漁火通蛟室梵鍾到客舟明花深樹裏烟雨使人愁

征婦怨

風高木落已三秋淚盡羅巾夢戍樓又是無情遼海月曉窓斜入別生愁

李應祖 選詩三首

應祖字大聲號松齋己酉生 人思祖弟

秋日送別

故人相送處木落水空流折贈河橋柳春風憶舊遊

●宿圓覺寺

諸天深邃轉虛凉秋水寒空共一光客子欲眠仍借榻胡僧叩磬自焚香回廊夜靜鍾聲遠古塔松高月影長昏黑談經灰萬慮上方留醉濁醪觴

春日銀波夜雨

京國離來歲已移天涯日夕老親思艱難旅態春風際憔悴鄉心夜雨時封札欲書千萬語破愁徒費兩三卮客懷搖落誰能識耿耿孤燈半壁垂

李愚祖 選詩二首

愚祖字大耕號槐齋庚戌生　人思祖從(父)弟

山家即事

皎皎月侵樓颼颼風打竹夜深客不來閑坐床書讀

暮春登碧臺

自佩樽醪上碧臺杏花落盡桃花開幽禽似惜春光暮啼得殘紅任去來

李基夏 選詩四首

基夏字汝善號松月堂庚戌生　人

暮春北渚洞小酌

尋春嗟已晚最恨落餘花新綠連山遍殘紅委地多綠溪高下圃滿樹兩三家終日醒還醉都為惜物華

遊紅泉翠壁

行尋幽僻處坐久許家池庭樹雲容澹堦花日影遲勝遊元有約佳景各隨時紅壁蒼藤下留看夕照移

偶題

結屋青山晝掩扉幽深洞壑客來稀醉中默念人間事二十九年都覺非

浦谷小集

閑中談笑送餘生吾輩無名勝有名寂歷空林臨月色蒼凉短砌鬧虫聲盃深酒力三分醉夜久詩懷一倍清收恰秋來無盡興明朝有約出東城

安昌克 選詩二首

昌克字仲燕號兩忘齋庚戌生順興人

丶遊孫家庄

澗畫旋平陸桑麻翳一園磬鳴知近寺烟鎖認藏邨煮茗依盤石傾醪枕碧樽臨流無瀟洒隨意坐苔痕

漁舟

鳴榔鮮纜下江涯霞鶩齊飛十里沙出沒沿灘輕似葉往來翻浪疊生花白蘋潮落波千頃紅蓼秋深月一家載得寒潭莞爾客濯纓歌罷酒頻賒

李仁福 選詩二首

仁福字景安號翠嵒辛亥生漢陽人

秋夜

習靜真心在看書衆念空砧聲墟落裏鴈影月華中

待友人

茅屋住深巷蓽門長不關虫聲侵小砌月色到前山良夜獨相對故人猶未還悄然百感集秋髮憶君顔

李民天 選詩三首

民天字士仁號市隱壬子生　人

、遊北渚洞

城北多喬木繁陰翳日暉細流喧洞壑空翠滴衣留宿峯雲重招携野客稀笻鞋度林樾夕鳥傍人飛

仲春小集西郊精舍次唐律韻

陽和蘇舊病携友坐溪東細響泉通脉歸聲鴈度空

乾坤布惠澤草樹迓條風近席行雲過翻林返照紅花情猶未旎春序正當中酒味俱賢聖詩篇較拙工寄言諸社友此會每年同

東郊

偶隨童子出東林嶺上閑雲晴復陰風外疎鐘僧寺晩雨中雙杵野庄深

洪熙奎 選詩一首

熙奎字聖五癸丑生南陽人

即事

山色蒼蒼日欲冥牛羊歸處掩松扃詩懷搖落悲頭白酒態聯翩喜眼青木落全經秋後病砧聲偏入夜深聽人情翻覆何須問高卧林泉任醉醒

鄭大潤 選詩一首

大潤字穉德號之止齋乙卯生漢陽人

閒中偶題

避喧来古洞寄傲一窓間細雨幽花發斜風好鳥還蓬門淹日月竹榻對雲山高標少塵事寧教俗子攀

金處白 選詩六首

處白字西能丙辰生漢陽人

夜懷

轉輾度長夜羈懷鬱未開窓間明欲發喜似好人来

春閨怨

小砌櫻花落空簾蝴蝶稀關山前夜雨幾度濕郎衣

夜歸江邨

欸乃聲初歌秋江碧又澄鳥還生遠島漁户對寒燈小店仍留客平沙獨去僧向昏邨寂寂東嶺月方昇

秋懷

寒雨蕭蕭古峽空破窓終夜受秋風朝来穉子登樓急爲道巖楓一半紅

挽上口號

邨鷄喔喔两三聲桃畔孤城畫角鳴獨有依山半輪月支離相守到天明

鴈盡書難寄

一別情人萬里行裁書獨夜不勝情已知鴻鴈今歸盡猶待蒼茫雲外聲

金斗鉉 選詩一首

斗鉉字器仲號可退齋丙辰生漢陽人

與諸友遊米洞

交交黃鳥喚人來暖翠浮嵐洞戶開軟草圍溪堪作席蒼苔鋪石自成臺風烟濃淡酬詩句少長團圓送酒盃觸盡紅埃初別界前林茆屋莫相催

李宗萬 選詩二首

宗萬字甫行號月浦丁巳生完山人五代祖芸谷鼎成載見昭代風謠

晩眺

凉天青杳杳仰視數鴻過日夕柴門靜山居秋葉多村烟隱犬吠隣杵間樵歌歲暮風霜至其如芳杜何

遊山寺

細路縈紆水石間偶逢樵者與俱還尋僧不覺歸來晩亂樹懸崖落照班

梁相弘 選詩一首

相弘字善大號尚古齋己未生忠州人

牧牛

牧牛無定地城北復城西初過綠楊岸更尋芳草堤行先朝霧捲歸趂夕陽低蘆笛遥相和犢鳴處處齊

鄭大洽 選詩四首

大洽字季湛號之肥齋庚申生漢陽人大潤弟

山邨即事

落日依窓坐孤邨細起烟耕牛歸壠上宿鳥下庭前

女子入禪

胡爲良女子剃髮入青山不有塵寰苦那知淨域閑松陰舂米懶泉竇洗衣還每夜朱樓夢當窓理舊鬟

江上即事

岙頭一脉接龍頭水面無風似不流汎汎軽鴎元自在門前來往小漁舟

過松京

蕭蕭落木古臺秋當世繁華逝水流住馬夕陽歌一曲蒼茫物色動人愁

洪達善 選詩三首

達善字兼之庚申生南陽人翼龍孫

秋鴈

虛月成孤影橫空不定痕勞勞煩去就旣北又南翻

登白雲臺

絶壁千尋聳近天一提低釋民閒蟻陣紺字懸鷄棲川陸盪胸烟嵐遮眼迷攀躋到仙境大界渺浮提

遊北漢登露積峯得晴字

三峯束聳不容城域內邱陵眼底平危棧蛇盤人脅息層巖龍蹴硐飛鳴遐瞻渺漠渾同色羣動喧啾共一聲造物應嫌眞面露故教雲霧未全晴

金祺永 選詩五首

祺永字汝經號東谷辛酉生金海人

暮春

身入桃花園情濃眼易醉留春春不留悵悵對蒼翠

秋日小集三益齋

爲看端正月來訪故人家燈外明紅葉衣邊襯晩花興闌詩屢警歌動酒添賒易認前溪路疎林集暮鴉

夜宿陳月寺

上方瀟洒閒無人老釋燃香養性眞竭來欲學觀心法愧我衣襟染俗塵

草堂

領略湖邊一草堂閒來隨意築林塘雨過梅子離離熟風滿松花細細香閉户不知春已盡看書但覺日初長行歌陌上君休笑天遣吾人任放狂

仲冬偶集晩圃書室

茶冷燈靑歲欲殘風喧枯木雪侵闌籬邊已盡陶潛菊宅畔偏憐謝眺山可奈年光明暗際只堪人事醉醒間消受一生無別事逢場文酒稍開顔

安宅基 選詩二首

宅基字優叔號日休齋辛酉生順興人宅文弟

寄遠

別君玉窓下幾見櫻桃春閒篋書空積當花眼更新簷前留夜月壁上起秋塵愁東忽忽說憑傳遠戍人

宿旋門洞書堂

宮漏遲遲夜五更水樓喧息草虫鳴隔窓梧葉雨聲急惟有幽人眼不成

李宗鎬 選詩三首

宗鎬字叔京號八一齋壬戌生漢陽人慶吉子

望夕

海月初生處郵烟欲暮時吾廬吾自愛宿鳥與同歸

小集昨悔齋

薄俗無交道襟期獨故人倚欄山影近移席澗聲新
對醉孤虾酒長留一洞春堪憐寒士屋花發不知貧

嘆世

真儒久不作禮樂有誰知直道難容世甘言易合時
讀書還笑拙能飲便稱奇流俗渾如此知音少子期

李友信 選詩三首

友信字稺有號受益齋壬戌生漢陽人

暮春

春風三月節來訪故人亭對酒山花落移筵澗水聽
晩雲生斷壑幽鳥下空庭寒食前宵雨稍看芳草青

睡起晩吟

石榴花發麥烟齊枝上黃鸝啼復啼睡起空庭人不
見終南山色入簾低

遣懷

初月隨人入小樓逍看碧落點雲收天低野樹恒多
雨泉近山窓冷似秋庭畔蒼松何偃蹇堦前脩竹更
深幽逢君不語塵間事布襪芒鞋鎮日遊

金鼎權 選詩二首

鼎權字幼凝號大隱壬戌生漢陽人

丶遊青巖寺

洞闢青山轉招提一路斜白雲僧獨在四月杜鵑花

秋夜

老槐餘落葉疎屋半寒星霜戶砧聲急幽人步小庭

金興國 選詩二首

興國字季良號巷隱壬子生金海人

丶秋夜聽雨

秋雨掩山扉空庭斷步履蕭蕭半夜聲樓外孤桐葉

春日謾咏

屋角喧禽語田家春意多送客柴門掩月明山杏花

童蒙洪義植 選詩二首

義植甲子生南陽人聖浩子

遊山家

謝屐踏青嶂來尋隱者家藤垂墻角出草遍戶庭多
谷靜惟聞鳥山深尚見花林泉興已盡歸路夕陽斜

平沙落鴈

霜鴈驚寒陣未成從風斷續落秋城千山孤月寒聲
苦十里平沙隻影橫獨宿蘆洲愁失侶欲歸関塞恨
無程淸宵別有幽愁處待汝空懷閨裡情

○童蒙李顯文 選詩一首

顯文甲子生 人

秋懷

詩興當秋健酒痕上面紅郊墟收積雨庭樹動凉風客咏茅堂裡蟬鳴槐葉中人心隨處變物色去年同

洋林英華卷之二 終

金斗鉉 選詩二首追入又碧山翁宗羽載見風謠三選

菊花

友甫梅兄傲爾霜深羞桃李媚春長楚騷落入餐英夕晉史流傳泛麴香隱逸幽姿安素履中央正色配黃裳古人不見花猶在爲制頹齡駐太陽

楓

丹黃寂好映青天絶勝花辰又一年地鋪紅氍堪籍坐朝開錦帳極延連沉酣竟日留清景吟賞深秋續舊緣倚杖何愁斜日暝通明歸路澹消烟

洋林英華卷之二 終

洋林英華跋

余在黌舍得選詩一卷展而讀之風調清絶不覺斂衽起色其論松則枯澹韻釋語也評菊則荒寒秀才調也迭宕放曠方外客韻思也慷慨激越燕趙士口氣也然而其詩自非廊廟典雅之什亦非科臼粉飾之詞也叩其人則委巷匹庶之士也問其俗則泮宮絃誦之地也夫華國之彦生丁昭代摛藻斐英賁飾乎笙鏞黼黻抽黃配白品題乎風花月露陶寫性情冲融平澹則其鳴之以詩固宜矣

至若圭蓽之庶生長闤闠之中弁髦六經笆籬百家陸陸於風雅之格調瀛奎之軌範而何以能蹈襲近體乎蓋其觀感乎佔俾之教優遊乎昇平之象或暢叙幽懷或輸寫端憂有景必道有唱必酬人杜陸而戶蘇黃矣苟不釆而輯之如周之六詩我　朝之風謠則逸藁散草直一醬瓿之覆巾衍之藏而已孰知夫某家某人之深於詩乎此詩之所以選也是選也不以詩選詩以性情選詩人工雕飾者去之天機澹雅者釆之要其歸則不外

乎性情之真矣名其選曰洋林英華主其
選者大林沈學士也

庚辰南至翌日花山金養直識

洋林英華跋

英華之選出而洋林增光英錫之濫竽豈
獨爲與榮之私幸乎嗚呼雖使鄧林之材
冀野之駿不遇匠石之搜伯樂之顧則固無
以售奇而衒異况玆委巷圭華之間風花月
露之詠不得文章家賞識之鑑則零金碎玉
何以補鍾磬之缺響鼠璞燕石豈能充珍藏
之下列乎猗我
聖朝右文之治比隆於成周盛際而泮水之人亦
沾薰魚之餘化閭里比興之什首選於昭代風
謠踵接於風謠續選而中間作者寂無聞焉
豈真作者之無人耶抑亦當世之鴻匠鉅工不
借吹嘘鼓動之力而然耶何幸　大林沈公
適莅國子掌古振作文風興起詩敎遂廣搜
於泮水之東西閈八百餘户採之也甚勤選之也
甚精裒成若干作以續風謠之遺韻而仍加
以弁卷之文甚盛擧也以英錫之老學究也故
貂尾之續濫有所屬固知瓦缶鼓不足以叶
成韺之音而義不敢以才拙辭遂拜手以識

庚辰十一月上瀚竹溪朴英錫謹撰

泮林英華跋 終